HEYNE <

Das Buch

Wir erwarten von unseren Richtern, dass sie ehrlich und weise handeln. Ihre Integrität und Neutralität sind das Fundament, auf dem unser Rechtssystem ruht. Wir vertrauen darauf, dass sie für faire Prozesse sorgen, Verbrecher bestrafen und eine geordnete Gerichtsbarkeit garantieren. Doch was passiert, wenn sich ein Richter bestechen lässt? Lacy Stoltz, Anwältin bei der Rechtsaufsichtsbehörde in Florida, wird mit einem Fall richterlichen Fehlverhaltens konfrontiert, der jede Vorstellungskraft übersteigt. Ein Richter soll über viele Jahre hinweg Bestechungsgelder in schier unglaublicher Höhe angenommen haben. Lacy Stoltz will dem ein Ende setzen und nimmt die Ermittlungen auf. Eins wird schnell klar: Dieser Fall ist hochgefährlich. Doch Lacy Stoltz ahnt nicht, dass er auch tödlich enden könnte.

Der Autor

John Grisham hat 31 Romane, ein Sachbuch, einen Erzählband und sechs Jugendbücher veröffentlicht. Seine Bücher wurden in mehr als 40 Sprachen übersetzt. Er lebt in Virginia.

JOHN GRISHAM

BESTECHUNG

ROMAN

Aus dem Amerikanischen von
Kristiana Dorn-Ruhl, Bea Reiter
und Imke Walsh-Araya

WILHELM HEYNE VERLAG
MÜNCHEN

Die Originalausgabe erschien unter dem Titel
The Whistler
bei Doubleday, New York

Verlagsgruppe Random House FSC® N001967

3. Auflage

Vollständige deutsche Taschenbuchausgabe 09/2018

Redaktion: Oliver Neumann
Umschlaggestaltung: Nele Schütz Design, München,
unter Verwendung von shutterstock / fotomak
Satz: Schaber Datentechnik, Austria
Druck und Bindung: GGP Media GmbH, Pößneck
Printed in Germany

ISBN 978-3-453-42243-8

www.heyne.de

1

IM AUTORADIO LIEF SOFTJAZZ, ein Kompromiss nach langer Debatte. Lacy, die Eigentümerin des Toyota Prius und mithin auch des Radios, hasste Rap in etwa so sehr wie Hugo, ihr Beifahrer, Countrymusic. Sport, Hintergrundinfos, Oldies, Comedy und BBC waren nicht infrage gekommen, und Bluegrass, CNN, Oper und hundert andere Spartensender hatten sie erst gar nicht ausprobiert. Schließlich hatte Lacy frustriert, Hugo ermüdet aufgegeben, und so wurde eben Softjazz eingestellt. Leise natürlich, damit Hugo nicht in seinem ausgiebigen Schlaf gestört wurde. Lacy machte sich ohnehin nichts aus Softjazz. Dank Kompromissen wie diesem funktionierte ihre Zusammenarbeit seit Jahren bestens. Er schlief, sie fuhr, und beide waren zufrieden.

Vor der großen Rezession hatte das BJC – das Board on Judicial Conduct, für Berufsaufsicht und standeswidriges Verhalten von Richtern in Florida zuständig – noch eine Flotte von staatseigenen Hondas zur Verfügung gehabt, alles Viertürer, weiß, kaum Kilometer auf dem Tacho, die jedoch im Rahmen von Budgetkürzungen abgeschafft worden waren. Inzwischen mussten Lacy, Hugo und die vielen anderen Behördenmitarbeiter Floridas im Dienst ihre Privatautos fahren, wofür sie eine Aufwandsentschädigung von fünfzig Cent pro Kilometer bekamen. Hugo, der vier Kinder hatte und unter saftigen Immobilienraten ächzte, fuhr einen alten Ford Bronco, der kaum den Weg zum Büro schaffte, geschweige denn eine längere Reise. Und so schlief er.

Lacy genoss die Ruhe. Sie wickelte die meisten ihrer Fälle allein ab, ebenso wie ihre Kollegen. Tiefere Einschnitte hatten ihre Abteilung auf sieben Mitarbeiter zusammenschrumpfen lassen. Sieben – in einem Bundesstaat mit zwanzig Millionen Einwohnern und tausend Richtern an sechshundert Gerichten, die eine halbe Million Fälle jährlich bearbeiteten. Lacy war zutiefst dankbar dafür, dass die überwiegende Mehrheit der Juristen ehrliche, fleißige Leute waren, die sich der Gerechtigkeit verschrieben hatten. Sonst hätte sie schon längst gekündigt. Allein die paar faulen Äpfel hielten sie fünfzig Stunden die Woche auf Trab.

Sie betätigte behutsam den Blinkerhebel und bremste in der Ausfahrt ab. Als der Wagen hielt, richtete sich Hugo mit einem Ruck auf, als wäre er schlagartig hellwach und zu allem bereit. »Wo sind wir?«

»Gleich da. Noch zwanzig Minuten. Du kannst dich auf die andere Seite drehen und das Fenster anschnarchen.«

»Tut mir leid. Ich habe geschnarcht?«

»Du schnarchst immer, zumindest sagt das deine Frau.«

»Also, zu meiner Verteidigung, heute Morgen um drei bin ich mit ihrem neuesten Baby auf und ab gewandert. Ich glaube, es ist ein Mädchen. Wie heißt sie noch?«

»Wer, deine Frau oder deine Tochter?«

»Haha.«

Die reizende und ständig schwangere Verna machte keinen Hehl daraus, worum es in dieser Ehe ging. Es war ihr Job, Hugos Ego zu pflegen, und das war keine leichte Aufgabe. In einem früheren Leben war Hugo ein Footballstar gewesen, schon in der Highschool, dann einer der Jahrgangsbesten in ganz Florida und der erste Studienanfänger, der es jemals in eine Startaufstellung geschafft hatte. Er war ein ebenso brutaler wie brillanter Tailback gewesen, zumindest für dreieinhalb Spiele, bis er mit einem gequetschten Wirbel im oberen Rückgrat vom Spielfeld getragen wurde. Er schwor, das Comeback zu schaffen, doch seine Mutter sagte Nein. Nachdem er das College mit Auszeichnung abgeschlossen hatte, studierte er Jura. Die Tage seines Ruhms waren inzwischen längst vorbei, doch er würde immer den Stolz mit sich herumtragen, einmal zum Team der Besten gehört zu haben. Er konnte nicht anders.

»Noch zwanzig Minuten?«, brummte er.

»Ungefähr. Wenn du möchtest, darfst du auch bei laufendem Motor im Auto sitzen bleiben und den ganzen Tag weiterschlafen.«

Er drehte sich auf die rechte Seite und schloss die Augen. »Ich will einen neuen Partner.«

»Das wäre natürlich eine Lösung. Das Problem ist nur, dass dich sonst keiner will.«

»Einen mit einem größeren Auto.«

»Der hier braucht nur fünf Liter auf hundert Kilometer.«

Er brummte erneut, wurde wieder still. Dann fing er an zu zucken und zu zappeln. Vor sich hin murmelnd setzte er sich auf und rieb sich die Augen. »Was hören wir da?«

»Darüber haben wir vor langer Zeit gesprochen, als wir in Tallahassee losgefahren sind. Kurz bevor du dich in den Winterschlaf begeben hast.«

»Soweit ich mich entsinne, habe ich angeboten zu fahren.«

»Mit einem offenen Auge? Tolles Angebot. Wie geht's Pippin?«

»Weint viel. Normalerweise, und ich kenne mich da wirklich gut aus, hat ein Neugeborenes einen Grund, wenn es weint. Hunger, Durst, Windel voll, Mami soll kommen – solche Sachen. Pippin nicht. Sie quäkt einfach so herum wie verrückt. Du weißt nicht, was du verpasst.«

»Du erinnerst dich, dass ich auch schon zweimal mit Pippin auf und ab gewandert bin.«

»Ja, und Gott segne dich dafür. Kannst du heute Abend rüberkommen?«

»Jederzeit. Habt ihr eigentlich je über Verhütung nachgedacht, so nach dem vierten Kind?«

»Wir fangen gerade an, uns mit dem Thema zu beschäftigen. Apropos Sex, wie sieht's da zurzeit bei dir aus?«

»Sorry, anderes Thema.« Lacy war sechsunddreißig, Single und attraktiv, und im Büro wurde ihr Sexualleben unter vorgehaltener Hand beständig diskutiert.

Sie fuhren Richtung Osten auf den Atlantik zu. St. Augustine war dreizehn Kilometer entfernt. Lacy stellte das Radio ab, und Hugo fragte: »Warst du schon mal hier?«

»Ja, vor ein paar Jahren, mit meinem Freund. Wir haben eine Woche in der Ferienwohnung einer Freundin am Strand verbracht.«

»Um Sex zu haben?«

»Ist das dein Ernst? Denkst du eigentlich immer nur unter der Gürtellinie?«

»Tja, wenn ich so überlege, muss ich gestehen: ja. Außerdem musst du bedenken, dass Verna und ich schon seit mindestens drei Monaten keine normale Beziehung mehr führen. Ich bin immer noch der Meinung, zumindest insgeheim, dass sie mir drei Wochen zu früh den Hahn abgedreht hat, aber das ist jetzt müßig. Schließlich kann ich es nicht mehr ändern. Bei mir hat sich also einiges aufgestaut. Keine Ahnung, ob es ihr auch so geht. Drei Krabbelmonster und ein Neugeborenes können in dieser Hinsicht ernsthaften Schaden anrichten.«

»Ich werd's nie erfahren.«

Er versuchte, sich ein paar Kilometer lang auf die Straße zu konzentrieren, dann wurden seine Lider wieder schwer, und er nickte ein. Lächelnd sah Lacy ihn an. In den neun Jahren, in denen sie für das BJC tätig war, hatten sie ein

Dutzend Fälle zusammen bearbeitet. Sie waren ein gutes Team und vertrauten einander. Beide wussten, dass ein Fauxpas von Hugo – bislang hatte es keinen gegeben – sofort an Verna weitergeleitet würde. Lacy arbeitete mit Hugo, und mit Verna ging sie shoppen und tratschen.

St. Augustine galt als die älteste Stadt Amerikas, hier war Kolumbus' Begleiter Ponce de León an Land gegangen und hatte seine Erkundungen begonnen. Geschichtsträchtig und entsprechend voll mit Touristen, war der Ort ein reizendes Städtchen mit historischen Gebäuden und alten Eichen, von denen dick das Louisianamoos herabhing. Als sie den Stadtrand erreichten, wurde der Verkehr dichter, und Reisebusse hielten. Rechter Hand erhob sich in der Ferne eine alte Kathedrale über die Dächer der Stadt. Lacy erinnerte sich noch gut. Sie hatte St. Augustine in bester Erinnerung behalten, auch wenn die Woche mit dem Freund eine Katastrophe gewesen war.

Eine von vielen.

»Wer ist der geheimnisvolle Whistleblower, den wir hier treffen sollen?«, wollte Hugo wissen. Er rieb sich erneut die Augen, diesmal fest entschlossen, wach zu bleiben.

»Das weiß ich noch nicht. Sein Deckname ist Randy.«

»Aha. Erzähl mir bitte noch mal, warum wir uns heimlich mit einem Mann verabreden, der inkognito bleiben will und noch nicht einmal Beschwerde gegen einen unserer geschätzten Richter erhoben hat.«

»So genau kann ich dir das auch nicht sagen. Ich habe dreimal mit ihm telefoniert, und er klang, nun ja, ziemlich ernst.«

»Toll. Wann hast du zum letzten Mal mit einem Kläger gesprochen, der nicht ziemlich ernst klang?«

»Glaub's mir einfach, okay? Michael hat uns losgeschickt, deshalb sind wir hier.« Michael Geismar war der Leiter der Behörde und ihr direkter Vorgesetzter.

»Schon gut. Gibt es denn einen Hinweis, worin das mutmaßliche standeswidrige Verhalten bestehen soll?«

»O ja. Randy meinte, es wäre ein Hammer.«

»Wow, so was habe ich ja noch nie gehört.«

Sie bogen in die King Street ein und krochen im zähen Innenstadtverkehr voran. Es war Mitte Juli, Hochsaison im Norden Floridas, und Touristen in Shorts und Sandalen schlenderten scheinbar ziellos die Gehsteige entlang. Lacy parkte in einer Seitenstraße, und sie mischten sich in den Strom der Passanten. In einem Coffeeshop ließen sie eine halbe Stunde verstreichen, in der sie Hochglanzimmobilienbroschüren durchblätterten. Um zwölf Uhr gingen sie, wie vereinbart, ins Luca's Grill und nahmen sich einen Tisch für drei Personen. Sie bestellten Eistee und warteten. Dreißig Minuten vergingen ohne ein Zeichen von Randy, und so ließen sie sich Sandwichs kommen, mit Pommes frites für Hugo und Obst für Lacy. Während sie so langsam wie möglich aßen, behielten sie die Tür im Auge.

Als Anwälten war ihnen ihre Zeit kostbar, als Ermittler mussten sie sich in Geduld üben können. Oft gerieten die Prioritäten in Konflikt.

Um vierzehn Uhr gaben sie auf und kehrten zum Wagen zurück, in dem es stickig-heiß war wie in einer Sauna. Als Lacy den Zündschlüssel drehte, summte ihr Telefon. Unbekannter Anrufer. Sie griff danach. »Ja?«

»Ich habe Sie aufgefordert, allein zu kommen«, meldete sich eine männliche Stimme. Randy.

»Wer gibt Ihnen das Recht, mir Anordnungen zu erteilen? Wir waren für zwölf Uhr verabredet. Zum Mittagessen.«

Kurzes Schweigen, dann: »Ich bin an der Municipal Marina, am Ende der King Street, drei Blocks entfernt. Sagen Sie Ihrem Freund, er soll verschwinden. Dann können wir reden.«

»Hören Sie, Randy, ich bin keine Polizistin, Mantel und Degen sind nicht mein Ding. Ich bin gern bereit, mich mit Ihnen zu treffen, aber wenn Sie mir dann nicht binnen sechzig Sekunden Ihren richtigen Namen sagen, bin ich weg.«

»Okay.«

Sie beendete den Anruf und murmelte: »Okay.«

Die Municipal Marina, der Jachthafen der Stadt, war voller Sport- und Fischerboote, die beständig ein- und ausliefen. Ein langes Pontonboot entlud gerade eine Schar lärmender Touristen. Ein Restaurant mit Terrasse am Wasser erfreute sich noch regen Zulaufs, auf Ausflugsbooten wurden Decks abgespritzt und Vorbereitungen für den nächsten Tag getroffen.

Lacy ging den mittleren Pier entlang und hielt nach dem Gesicht eines Mannes Ausschau, dem sie nie begegnet war. An einer Benzinpumpe vor ihr stand ein alternder Strandhippie, der ihr unbeholfen zuwinkte und nickte. Sie erwiderte das Nicken und ging auf ihn zu. Er war um die sechzig, und unter seinem Panamahut quoll dichtes graues Haar hervor. Shorts, Sandalen, ein knallbuntes Blumenhemd und die typische bronzefarbene Lederhaut, die von zu viel Sonne herrührte. Seine Augen blieben hinter einer Pilotenbrille verborgen.

Lächelnd trat er ihr entgegen. »Sie müssen Lacy Stoltz sein.«

Lacy nahm seine Hand. »Ja. Und Sie sind?«

»Ramsey Mix. Freut mich, Sie kennenzulernen.«

»Ganz meinerseits. Wir waren um zwölf Uhr verabredet.«

»Tut mir leid. Ich hatte mit dem Boot Probleme.« Er nickte in Richtung eines großen Rennboots, das am Ende des Piers lag. Es war fast das längste Boot im Hafen. »Können wir uns dort unterhalten?«, fragte er.

»Auf dem Boot?«

»Klar. Da sind wir ungestört.«

Mit einem Fremden auf ein Boot zu steigen klang für Lacy alles andere als vernünftig, und sie zögerte. Noch ehe sie antworten konnte, fragte Mix: »Wer ist der Schwarze?« Er blickte zur King Street hinüber.

Lacy wandte sich um und entdeckte Hugo im Schlepptau einer Touristengruppe, die sich dem Jachthafen näherte. »Mein Kollege.«

»Eine Art Leibwächter?«

»Ich brauche keinen Leibwächter, Mr. Mix. Wir sind nicht bewaffnet, doch mein Kollege bräuchte keine zwei Sekunden, um Sie ins Wasser zu befördern.«

»Hoffen wir, dass das nicht nötig sein wird. Ich komme mit friedlichen Absichten.«

»Das freut mich zu hören. Ich gehe nur mit auf das Boot, wenn es bleibt, wo es ist. Sobald der Motor angeht, ist unser Treffen beendet.«

»Okay.«

Sie folgte ihm über den Pier, an einer Reihe Segelboote vorbei, die aussahen, als hätten sie das offene Meer seit Monaten nicht gesehen. Mix' Boot hatte den bezeichnenden Namen *Conspirator*. Er sprang an Bord und streckte ihr die Hand hin. An Deck stand unter einer Markise ein kleiner Holztisch mit vier Klappstühlen. Er deutete darauf. »Willkommen. Nehmen Sie Platz.«

Lacy blickte sich flüchtig um. Ohne sich zu setzen, sagte sie: »Sind wir allein?«

»Nicht ganz. Ich habe eine Freundin, die gern mit mir rausfährt. Sie heißt Carlita. Möchten Sie sie kennenlernen?«

»Nur wenn sie in Ihrer Geschichte eine Rolle spielt.«

»Nein.« Mix sah über den Hafen zu Hugo, der an einem Geländer lehnte und herüberwinkte, als wollte er sagen: Ich habe alles im Blick. Mix winkte zurück. »Darf ich Sie etwas fragen?«

»Natürlich«, erwiderte Lacy.

»Gehe ich richtig in der Annahme, dass alles, was ich Ihnen erzähle, binnen Kurzem mit Mr. Hatch besprochen werden wird?«

»Er ist mein Kollege. Wir bearbeiten manche Fälle gemeinsam, vielleicht auch diesen. Woher kennen Sie seinen Namen?«

»Zufälligerweise besitze ich einen Computer. Ich habe mir die Website angesehen. Das BJC sollte sie wirklich mal updaten.«

»Ich weiß. Budgetkürzungen.«

»Sein Name kommt mir bekannt vor.«

»Er hatte eine kurze Karriere als Footballspieler der Florida State University.«

»Das könnte es sein. Ich bin Gators-Fan.«

Lacy enthielt sich einer Antwort. Typisch Südstaaten. Die Menschen hingen mit einer Leidenschaft an Collegefootballteams, über die sie nur den Kopf schütteln konnte.

»Dann wird er also ohnehin alles erfahren?«

»Ja.«

»Rufen Sie ihn rüber. Ich besorge uns was zu trinken.«

2

CARLITA SERVIERTE GETRÄNKE von einem Holztablett. Diätlimo für Lacy und Hugo, eine Flasche Bier für Mix. Sie war eine hübsche Mexikanerin, mindestens zwanzig Jahre jünger als Mix, und schien sich zu freuen, dass Gäste da waren, vor allem eine andere Frau.

Lacy machte sich eine Notiz auf ihrem Block. »Eine Frage. Das Handy, das Sie vor einer Viertelstunde benutzt haben, hatte eine andere Nummer als das, das Sie letzte Woche benutzt haben.«

»Das ist eine Frage?«, erkundigte sich Mix.

»Betrachten Sie's als solche.«

»Okay. Ich verwende Prepaidhandys. Und ich bin viel unterwegs. Ich nehme an, die Nummer, die ich von Ihnen habe, gehört zu einem Diensthandy?«

»Richtig. Wir benutzen im Dienst keine privaten Handys. Meine Nummer wird sich also so schnell nicht ändern.«

»Das macht es einfacher. Meine Handys wechseln monatlich, manchmal wöchentlich.«

Bislang, in diesen ersten fünf Minuten, hatte Mix mehr Fragen gestellt als beantwortet. Lacy war immer noch verstimmt, weil sie versetzt worden war, und auch ihr erster Eindruck von ihm war nicht eben positiv. »Also gut, Mr. Mix, ab jetzt werden Hugo und ich schweigen und Sie reden. Erzählen Sie uns Ihre Geschichte. Sollten sich Lücken auftun, sodass wir herumstochern müssen und im Dunkeln tappen, wird uns langweilig, und wir fahren heim. Sie waren clever genug, mich hierherzulocken. Dann reden Sie auch endlich.«

Mix sah Hugo lächelnd an. »Ist sie immer so direkt?«

Ohne das Lächeln zu erwidern, nickte Hugo, faltete seine Hände auf dem Tisch und wartete. Lacy legte den Stift weg.

Mix trank einen Schluck Bier. »Ich habe dreißig Jahre lang Recht in Pensacola praktiziert«, fing er an. »Es war eine kleine Kanzlei – meistens fünf, sechs Anwälte. Wir waren ziemlich erfolgreich. Alles war gut. Einer meiner ersten Mandanten war Bauunternehmer, ein großer Fisch, er baute Apartmentblocks, Einfamilienhaussiedlungen, Hotels, Shoppingcenter, das übliche Zeug, was in Florida über Nacht aus dem Boden gestampft wird. Ich traute dem Typ von Anfang an nicht recht, aber er verdient so viel Geld, dass ich den Köder irgendwann schluckte. Er fädelte ein paar Deals für mich ein, hier und da bekam ich ein Extrascheibchen ab, und eine Zeit lang lief alles wie geschmiert. Ich fing an, vom großen Reichtum zu träumen, was – zumal in Florida – gern auch mal böse endet. Mein Mandant frisierte die Bücher und häufte zu viele Schulden an, ohne mein Wissen. Am Ende stellte sich heraus, dass die Darlehen gefälscht waren, dass praktisch alles gefälscht war. Das FBI roch sofort organisiertes Verbrechen, und dafür hat uns der Gesetzgeber ja den Racketeer Influenced and Corrupt Organizations Act geschenkt. Halb Pensacola ging damals wegen RICO hoch, mich eingeschlossen. Die reinste Streubombe. Alle hat es erwischt, Bauunternehmer, Banker, Makler, Anwälte und andere Halsabschneider. Wie auch immer, ich wechselte die Seiten, sang wie ein Vögelchen, man bot mir einen Deal an, ich erklärte mich in einem Anklagepunkt – Postbetrug – für schuldig und saß sechzehn Monate in einem Bundesgefängnis. Außerdem verlor ich meine Lizenz und machte mir einen Haufen Feinde. Seither halte ich mich lieber zurück. Ich habe mich um Wiederaufnahme in die Anwaltskammer beworben und meine Lizenz zurückbekommen. Heute habe ich nur einen Mandanten. Er ist derjenige, über den wir ab jetzt sprechen werden. Fragen so weit?« Er nahm einen Hefter ohne Aufschrift von dem freien Stuhl und reichte ihn Lacy. »Hier sind meine gesammelten Werke, Zeitungsartikel, mein Strafminderungsdeal – können Sie alles brauchen. Ich bin sauber, soweit ein Exsträfling sauber sein kann. Jedes Wort von mir ist wahr.«

»Wie ist Ihre aktuelle Adresse?«, wollte Hugo wissen.

»Ich habe einen Bruder in Myrtle Beach, dessen Adresse ich für Rechtsangelegenheiten nutze. Carlita hat eine Wohnung in Tampa, da geht auch einiges an Post hin. Im Grunde aber lebe ich auf diesem Boot. Ich habe Telefone, Fax, WLAN, eine kleine Dusche, kühles Bier und eine nette Frau. Ich bin ein glücklicher Mann. Wir fahren um Florida herum, auf die Keys, die Bahamas. Keine schlechte Rente, dank Onkel Sam.«

»Wieso haben Sie einen Mandanten?«, fragte Lacy, ohne den Hefter zu beachten.

»Er ist ein Freund eines alten Bekannten, der meine dunkle Vergangenheit kennt und dachte, für ein dickes Honorar würde ich einiges möglich machen. Und da hatte er recht. Mein Bekannter machte mich ausfindig und überredete mich, den Fall zu übernehmen. Fragen Sie mich nicht nach dem Namen meines Mandanten. Ich habe ihn nicht. Mein Bekannter dient als Vermittler.«

»Sie kennen den Namen Ihres Mandanten nicht?«, wunderte sich Lacy.

»Nein, und ich will ihn auch nicht kennen.«

»Sollen wir das einfach so hinnehmen?«, fragte Hugo.

»Lücke Nummer eins, Mr. Mix«, sagte Lacy. »Wir akzeptieren keine Lücken. Sie erzählen uns alles, oder wir gehen, und das war's.«

»Entspannen Sie sich, okay?« Mix nippte an seinem Bier. »Die Geschichte ist lang, und es wird eine Weile dauern, sie zu erzählen. Es geht um viel Geld, Korruption von erstaunlichen Ausmaßen und ein paar richtig böse Buben, die jedem, der zu viele Fragen stellt, ein, zwei Kugeln zwischen die Augen jagen würden. Mir, Ihnen, meinem Mandanten.«

Eine längere Pause trat ein, als Lacy und Hugo seine Worte auf sich wirken ließen. »Und warum spielen Sie dann mit?«, fragte Lacy schließlich.

»Wegen des Geldes. Mein Mandant möchte sich auf den Whistleblower-Paragrafen des Staates Florida berufen, das Gesetz zum Schutz von Hinweisgebern. Er träumt davon, Millionen damit zu machen. Ich bekäme einen hübschen Anteil, und wenn alles gut geht, müsste ich nie wieder arbeiten.«

»Dann muss er beim Staat angestellt sein«, sagte Lacy.

»Ich kenne das Gesetz, Ms. Stoltz. Sie haben einen anspruchsvollen Job, im Gegensatz zu mir. Ich habe viel Zeit, über Paragrafen und Gesetze nachzugrübeln. Ja, mein Mandant ist Angestellter des Staates Florida. Nein, seine Identität darf nicht preisgegeben werden, jedenfalls nicht zum jetzigen Zeitpunkt. Vielleicht später, wenn Geld geflossen ist. Dann können wir einen Richter vielleicht überreden, die Akte dauerhaft unter Verschluss zu halten. Aber im Moment hat mein Mandant viel zu viel Angst, um formell Dienstaufsichtsbeschwerde beim BJC einzureichen.«

»Ohne formelle Beschwerde mit Unterschrift können wir nichts unternehmen«, gab Lacy zu bedenken. »Das Gesetz ist da eindeutig, wie Sie sicher wissen.«

»Und ob ich das weiß. *Ich* werde die Beschwerde unterzeichnen.«

»Unter Eid?«, fragte Hugo.

»Ja. Ich glaube, dass mein Mandant die Wahrheit sagt, und bin bereit, meinen Namen dafür herzugeben.«

»Und Sie haben keine Angst?«

»Ich lebe seit Langem in Angst. Irgendwie habe ich mich an sie gewöhnt. Wobei es sicher Steigerungen gibt.« Mix griff nach einem weiteren Hefter und zog ein paar Blätter heraus, die er auf den Tisch legte. »Vor sechs Monaten war ich in Myrtle Beach beim Gericht und habe meinen Namen ändern lassen. Ich bin jetzt Greg Myers. Das ist der Name, den ich für die Beschwerde verwenden werde.«

Lacy las die gerichtliche Anordnung aus South Carolina und bezweifelte zum ersten Mal ernsthaft, ob es klug gewesen war, nach St. Augustine zu kommen, um sich mit diesem Typen zu treffen. Ein Staatsbediensteter, der zu viel Angst hatte, um eine Aussage zu machen. Ein geläuterter Anwalt, der so viel Angst hatte, dass er in einem anderen Bundesstaat seinen Namen ändern ließ. Ein Exsträfling ohne feste Adresse.

Hugo las die gerichtliche Anordnung durch und wünschte sich zum ersten Mal seit Jahren, eine Waffe tragen zu dürfen. »Betrachten Sie sich im Moment als untergetaucht?«

»Sagen wir, ich bin sehr vorsichtig, Mr. Hatch. Ich bin ein erfahrener Skipper, der die Gewässer kennt, das Meer, die Strömungen, Inseln, Keys, abgelegene Strände und Buchten, und zwar besser als alle, die mir auf den Fersen sind, sofern da jemand ist.«

»Das hört sich eindeutig so an, als würden Sie sich verstecken«, sagte Lacy.

Myers nickte, als würde er zustimmen. Alle drei tranken einen Schluck. Eine Brise kam auf und milderte die Schwüle ein wenig. Lacy blätterte den dünnen Hefter durch. »Eine Frage«, begann sie. »Hatten Ihre juristischen Probleme in irgendeiner Weise mit dem Verstoß zu tun, über den Sie reden wollen?«

Er hielt mit dem Nicken inne, während er über die Frage nachdachte. »Nein.«

»Zurück zu dem geheimnisvollen Mandanten. Stehen Sie in direktem Kontakt mit ihm?«, wollte Hugo wissen.

»Nein. Er lehnt es ab, über E-Mail, Post, Fax oder jedwede Art von zurückverfolgbarem Telefon zu kommunizieren. Er spricht mit dem Vermittler, und der Vermittler kommt entweder persönlich zu mir oder ruft mich auf einem Wegwerfhandy an. Die Methode ist aufwendig und umständlich, aber einigermaßen sicher. Keine Spuren, keine Aufzeichnungen.«

»Und wenn Sie ihn jetzt sofort sprechen müssten, wie würden Sie ihn finden?«

»Das ist noch nie vorgekommen. Ich nehme an, ich würde den Mittelsmann anrufen und müsste vielleicht eine Stunde warten.«

»Wo lebt der Mandant?«

»Ich weiß nicht genau. Irgendwo im Nordwesten von Florida.«

Lacy atmete tief durch und wechselte einen Blick mit Hugo. »Okay, wie lautet die Geschichte?«

Myers blickte in die Ferne über das Wasser und die Boote. Eine Zugbrücke wurde geöffnet, und er schien von dem Anblick fasziniert. »Die Geschichte hat viele Kapitel«, begann er schließlich, »und ist noch nicht zu Ende geschrieben. Bei unserer kleinen Zusammenkunft heute will ich Ihnen genug erzählen, um Ihre Neugier zu wecken, aber nur so viel, dass Sie sich immer noch zurückziehen können, wenn Sie Angst bekommen. Denn das ist jetzt die entscheidende Frage: Sind Sie dabei?«

»Geht es um standeswidriges Verhalten?«, fragte Lacy.

»Es als ›standeswidriges Verhalten‹ zu bezeichnen wäre eine massive Untertreibung. Nach allem, was mir bekannt ist, ist Korruption in einem Ausmaß im Spiel, wie es sie in diesem Land noch nie gegeben hat. Wissen Sie, die sechzehn

Monate Haft waren nicht gänzlich vergeudete Zeit für mich. Man hat mich für die Jura-Bibliothek eingeteilt, und ich habe meine Nase in die Bücher gesteckt. Ich kenne sämtliche Fälle von Justizkorruption, die jemals vor Gericht kamen, und zwar in allen Bundesstaaten. Ich habe Hintergründe, Akten, Notizen, alles gesehen. Inzwischen bin ich das reinste Lexikon, falls Sie mal Bedarf haben. In der Geschichte, die ich für Sie habe, kommt mehr schmutziges Geld vor als in allen anderen zusammen. Außerdem Bestechung, Erpressung, Einschüchterung, manipulierte Gerichtsverfahren, mindestens zwei Morde und ein Fehlurteil. Nur knapp eine Stunde von hier vegetiert der Mann in der Todeszelle, der Opfer dieses falschen Spiels wurde. Und der wahre Täter sitzt vermutlich in aller Ruhe auf einem Boot, das viel schöner ist als meines.«

Myers hielt inne, trank aus seiner Flasche und sah die beiden selbstgefällig an. Er hatte ihre volle Aufmerksamkeit. »Die Frage ist, wollen Sie dabei sein? Es könnte gefährlich werden.«

»Warum haben Sie uns gerufen?«, fragte Hugo. »Warum sind Sie nicht zum FBI gegangen?«

»Ich hatte schon mit dem FBI zu tun, Mr. Hatch, und das ging nicht gut aus. Ich traue denen nicht, ich traue niemandem, der eine Dienstmarke trägt, schon gar nicht in diesem Staat.«

»Trotzdem, Mr. Myers«, sagte Lacy. »Wir sind nicht bewaffnet. Wir sind keine Kriminalermittler. Es klingt, als bräuchten Sie gleich mehrere Einheiten der Bundesregierung.«

»Sie haben die Lizenz zum Erteilen von Zwangsvorladungen«, wandte Myers ein. »Per Gesetz dürfen Sie jeden Richter und jede Richterin in diesem Land auffordern, sämtliche Unterlagen offenzulegen. Sie haben umfassende Befugnisse, Ms. Stoltz. In vielerlei Hinsicht ermitteln Sie sehr wohl in kriminellen Angelegenheiten.«

»Das stimmt«, bestätigte Hugo. »Doch wir sind nicht dafür ausgestattet, uns mit Gangstern herumzuschlagen. Wenn Ihre Geschichte stimmt, sind die bösen Buben ziemlich gut organisiert.«

»Schon mal von der Catfish-Mafia gehört?«, fragte Myers nach einem weiteren ausgiebigen Schluck.

»Nein«, erwiderte Hugo, und Lacy schüttelte den Kopf.

»Eine andere lange Geschichte. Ja, Mr. Hatch, die Bande ist gut organisiert. Die haben eine lange Verbrechenstradition, die für Sie uninteressant ist, weil darin keine Mitglieder des Rechtsapparates vorkommen. Doch es gibt einen Fall, da haben sie einen Richter gekauft. Und da kommen Sie ins Spiel.«

Die *Conspirator* schaukelte auf den Bugwellen eines alten Garnelenboots, und für einen Moment herrschte Schweigen. »Und wenn wir es ablehnen, tätig zu werden?«, fragte Lacy. »Was wird dann aus Ihrer Geschichte?«

»Wenn ich formell Dienstaufsichtsbeschwerde einlege, müssen Sie doch tätig werden, oder?«

»Theoretisch ja. Sie wissen sicher, dass wir fünfundvierzig Tage Zeit haben, um zu überprüfen, ob eine Beschwerde begründet ist. Dann setzen wir den betroffenen Richter in Kenntnis und verderben ihm gehörig die Laune. Wir sind aber auch sehr versiert darin, Beschwerden zu ignorieren.«

»O ja«, stimmte Hugo mit ein. »Schließlich sind wir Bürokraten. Wir sind berühmt für unsere Fähigkeit, uns zu drücken.«

»Davor können Sie sich nicht drücken«, sagte Myers. »Die Sache ist viel zu bedeutend.«

»Warum wurde sie dann bislang nicht aufgedeckt?«, fragte Lacy.

»Weil sie noch mitten im Gange ist. Weil die Zeit noch nicht reif war. Aus vielerlei Gründen, Ms. Stoltz, vor allem aber deshalb, weil bislang niemand gewagt hat auszusagen.

Ich werde aussagen. Die Frage ist nur: Will das Board on Judicial Conduct gegen den korruptesten Richter in der Geschichte der amerikanischen Rechtsprechung vorgehen?«

»Einer von unseren Leuten?«, fragte Lacy.

»Ganz genau.«

»Wann erfahren wir seinen Namen?«, wollte Hugo wissen.

»Warum gehen Sie davon aus, dass es sich um einen Mann handelt?«

»Wir gehen von gar nichts aus.«

»Ein guter Anfang.«

Die laue Brise gab schließlich auf, und der Ventilator, der über ihnen klapperte, wirbelte nur die stickige Luft herum. Myers schien als Letzter zu bemerken, dass allen die Kleidung an der Haut klebte, machte dann aber als Gastgeber der kleinen Runde einen Vorschlag. »Gehen wir in das Restaurant da drüben und trinken was. Die haben eine Bar und eine gut funktionierende Klimaanlage.« Er griff nach einer Botentasche aus abgenutztem olivgrünem Leder, die sich seinen Körperformen angepasst zu haben schien. Lacy überlegte, was darin sein mochte. Eine kleine Pistole? Bargeld? Ein falscher Pass? Vielleicht noch ein Aktenhefter?

Auf dem Weg über den Pier fragte sie: »Ist das eins Ihrer Stammlokale?«

»Warum sollte ich diese Frage beantworten?«, gab Myers zurück, und Lacy wünschte sich, sie hätte nichts gesagt. Sie hatte es mit einem Unsichtbaren zu tun, einem Mann auf der Flucht, nicht einem sorglosen Matrosen, der von Hafen zu Hafen fuhr. Hugo schüttelte den Kopf. Lacy hätte sich am liebsten selbst in den Hintern getreten.

Das Restaurant war leer, und sie nahmen einen Tisch mit Blick über den Hafen. Nachdem sie eine Stunde in der sengenden Sonne gesessen hatten, empfanden sie die Kühle fast als unangenehm. Die Ermittler bestellten Eistee, Myers Kaffee. Sie waren allein. Niemand würde sie belauschen können.

»Und wenn wir uns nicht für Ihren Fall erwärmen können?«, fragte Hugo.

»Dann muss ich wohl auf Plan B zurückgreifen, wobei ich dazu keine rechte Lust habe. Plan B bringt die Presse ins Spiel. Ich kenne zwei Reporter, die aber beide nicht hundertprozentig zuverlässig sind. Einer ist in Mobile, der andere in Miami. Ehrlich gesagt glaube ich, die würden sich schnell einschüchtern lassen.«

»Wie kommen Sie darauf, dass wir uns nicht auch einschüchtern lassen, Mr. Myers?«, wollte Lacy wissen. »Wie gesagt, wir sind nicht auf Gangster spezialisiert. Außerdem haben wir auch so genug zu tun.«

»Das glaube ich gern. Kein Mangel an korrupten Richtern.«

»Eigentlich sind es gar nicht so viele. Okay, ein paar faule Eier sind schon darunter, aber uns halten eher die verärgerten Kläger auf Trab. Viele Beschwerden sind nicht gerechtfertigt.«

»Sicher.« Myers nahm bedächtig die Pilotenbrille ab und legte sie auf den Tisch. Seine Augen waren verschwollen und rot wie die eines Trinkers, jedoch von blasser Haut eingerahmt, sodass er aussah wie ein rot-weißer Waschbär. Ganz offensichtlich legte er die Brille selten ab. Er sah sich noch einmal um, als wollte er sichergehen, dass seine Verfolger nicht im Raum waren, dann schien er sich zu entspannen.

»Die Catfish-Mafia«, erinnerte Hugo ihn.

Myers brummte lächelnd, als könnte er es nicht abwarten, sein Seemannsgarn zu spinnen. »Sie wollen die Geschichte hören, was?«

»Sie haben damit angefangen.«

»Allerdings.« Die Bedienung stellte die Getränke auf den Tisch und entfernte sich. Myers nahm einen Schluck Kaffee.

»Es fing vor rund fünfzig Jahren an, mit einer Bande böser Jungs, die ihr Unwesen in Arkansas, Mississippi und Louisiana trieben, wo auch immer sie einen Sheriff fanden, der sich bestechen ließ. Damals ging es hauptsächlich um Alkohol, Prostitution, Glücksspiel, die althergebrachten Sünden sozusagen, aber mit viel Geballere und Toten. Sie suchten sich ein County ohne Alkoholverbot in der baptistischen Einöde, am besten unmittelbar an der Grenze, und starteten von dort aus ihre Unternehmungen. Irgendwann hatten die Einheimischen die Nase voll, wählten einen neuen Sheriff, und die Spitzbuben zogen weiter. Schließlich ließen sie sich am Mississippi nieder, in der Gegend um Biloxi und Gulfport. Alle, die nicht bei Schießereien umkamen, wurden festgenommen und zu Haftstrafen verurteilt. Anfang der Achtzigerjahre waren fast alle aus der ursprünglichen Bande tot, bis auf ein paar der Jüngeren. Als das Glücksspiel in Biloxi legalisiert wurde, brach ihr Geschäft ein. Sie siedelten nach Florida um und entdeckten die Vorzüge von Grundstücksbetrug und die erstaunlichen Gewinnspannen von Kokainschmuggel. Sie machten einen Haufen Geld, organisierten sich neu und nannten sich Küsten-Mafia.«

Hugo schüttelte den Kopf. »Ich bin im Norden Floridas aufgewachsen, war da auf dem College und habe da Jura studiert. Seit zehn Jahren ermittle ich für das BJC, aber ich habe noch nie von dieser Bande gehört.«

»Die machen keine Werbung und stehen nie in der Zeitung. Ich glaube nicht, dass in den letzten zehn Jahren einer von ihnen festgenommen wurde. Es ist ein überschaubares Netzwerk, sehr eng und diszipliniert. Ich vermute, sämtliche Mitglieder sind Blutsverwandte. Die wären wahrscheinlich längst ausgekundschaftet, hochgenommen und im Knast, wenn nicht ein Typ sie übernommen hätte, den ich mal Omar nennen will. Ein schlechter Mensch, aber sehr clever. Omar hat die Bande Mitte der Achtziger in den Süden Floridas gebracht, wo zu der Zeit der Kokainschmuggel eingeschlafen war. Sie hatten einige gute Jahre, dann kamen ihnen ein paar Kolumbianer in die Quere, und das war's. Omar wurde angeschossen, ebenso wie sein Bruder, der wohl nicht überlebte, auch wenn die Leiche nie gefunden wurde. Sie flohen aus Miami, blieben aber in Florida. Omar war ein kriminelles Genie, und vor rund zwanzig Jahren verbiss er sich in die Idee, Kasinos auf Indianerland zu eröffnen.«

»Warum überrascht mich das nicht?«, murmelte Lacy.

»Genau. Wie Sie vermutlich wissen, gibt es heute neun indianische Kasinos in Florida. Sieben gehören den Seminolen, dem bei Weitem größten Stamm und einem von drei, die von der Regierung in Washington anerkannt sind. Die Seminolen-Kasinos setzen jährlich vier Milliarden Dollar um. Omar und seine Jungs fanden diese Vorstellung unwiderstehlich.«

»Zu Ihrer Geschichte gehören also organisierte Kriminalität, indianische Kasinobesitzer und ein korrupter Richter, die alle unter einer Decke stecken?«, fragte Lacy.

»So könnte man es zusammenfassen.«

»Für indianische Angelegenheiten ist das FBI zuständig«, warf Hugo ein.

»Ja, aber das FBI hat noch nie viel Interesse daran gezeigt, Indianer strafrechtlich zu verfolgen. Außerdem, Mr. Hatch, wie Sie sich vielleicht erinnern, habe ich schon erwähnt, dass ich mit dem FBI nichts zu tun haben will. Die haben keine Fakten. Aber ich. Und ich rede mit *Ihnen*.«

»Wann bekommen wir die ganze Geschichte?«, erkundigte sich Lacy.

»Sobald Ihr Chef, Mr. Geismar, grünes Licht gibt. Sie werden ihm mitteilen, was ich Ihnen erzählt habe, und dafür sorgen, dass er versteht, welche Gefahren damit verbunden sind. Wenn er mir am Telefon sagt, dass das BJC meine Beschwerde ernst nimmt und in vollem Umfang ermitteln wird, werde ich so viele Lücken schließen wie möglich.«

Hugo klopfte mit den Fingerknöcheln auf den Tisch und dachte an seine Familie. Lacy beobachtete ein zweites Garnelenboot, das langsam durch den Hafen tuckerte, und überlegte, wie Michael reagieren würde. Myers sah beide an und empfand beinahe Mitleid mit ihnen.

3

DAS BOARD ON JUDICIAL CONDUCT belegte die Hälfte eines zweiten Obergeschosses in einem vierstöckigen Verwaltungsgebäude in der Innenstadt von Tallahassee, zwei Straßen vom State Capitol entfernt. Alles in den Räumen roch nach Budgetknappheit und -kürzungen, angefangen bei den abgetretenen, ausgefransten Teppichen über die schmalen, gefängnisartigen Fenster, die kaum Tageslicht hereinließen, bis zu den in Jahrzehnten vom Zigarettenrauch verfärbten Deckenpaneelen und den billigen Wandregalen, die sich unter dem Gewicht umfangreicher Prozessprotokolle und längst vergessener Aktennotizen bogen. Ganz abgesehen davon hatte die Behörde bei Gouverneur und Regierung nicht gerade oberste Priorität. Jedes Jahr im Januar musste Michael Geismar, der langjährige Leiter, mit dem Hut in den Händen hinüber ins Capitol, um zuzusehen, wie Haushalts- und Senatsausschuss den Kuchen aufteilten. Ohne Katzbuckeln ging es nicht. Jedes Mal bat Michael um ein paar Dollar mehr, jedes Mal bekam er ein paar weniger. Das war das Schicksal derer, die eine Behörde leiteten, von deren Existenz die meisten Gesetzesmacher keine Ahnung hatten.

Das BJC bestand aus fünf ernannten Mitgliedern, zumeist ehemaligen Richtern und Anwälten, die beim Gouverneur Gnade gefunden hatten. Sie kamen sechsmal im Jahr zusammen, um Beschwerden zu prüfen und Anhörungen durchzuführen, die Prozessen glichen, und sich von Michael und seinen Leuten auf den neuesten Stand bringen zu lassen.

Michael brauchte mehr Personal, aber dafür gab es kein Geld. Seine sechs Ermittler – vier in Tallahassee und zwei in Fort Lauderdale – arbeiteten im Schnitt fünfzig Stunden pro Woche, und fast alle suchten insgeheim nach einer anderen Stelle.

Wenn Michael sich dem Panoramafenster seines Eckbüros zuwandte, konnte er ein anderes bunkerartiges Gebäude sehen, das sogar noch höher war als seines, sowie ein Sammelsurium weiterer Regierungsbauten. Das Büro war groß, weil man auf sein Geheiß hin Wände herausgerissen und einen langen Tisch hineingestellt hatte, der einzige in dem Irrgarten aus winzigen Kämmerchen und Stellwandwürfeln. Wenn das BJC offiziell zusammentrat, wurde ein Konferenzraum im Gebäude des Obersten Gerichts verwendet.

Heute saßen vier Personen um den Tisch: Michael, Lacy, Hugo und die geheime Wunderwaffe des BJC, eine langjährige Anwaltsassistentin namens Sadelle, die zwar in Kürze siebzig wurde, aber immer noch große Berge von Akten durcharbeiten konnte und ein herausragendes Gedächtnis besaß. Sadelle hatte das Jurastudium vor dreißig Jahren abgeschlossen, war dann aber dreimal durch die Aufnahmeprüfung der Anwaltskammer gefallen. Als ehemalige Kettenraucherin – ein guter Teil der nikotinverschmierten Fenster und Decken war ihr zuzuschreiben – litt sie seit drei Jahren an Lungenkrebs, doch sie hatte nie länger als ein paar Tage gefehlt.

Der Tisch war bedeckt mit Unterlagen und losen Blättern, die neongelb markiert und mit Rotstift bearbeitet waren. »Der Typ passt«, sagte Hugo. »Wir haben mit Kontaktpersonen in Pensacola gesprochen, Leuten, die ihn kannten, als er noch als Anwalt tätig war. Hatte wohl durchaus einen guten Ruf, zumindest bis er vor Gericht kam. Er ist, wofür er sich ausgibt, wenn auch mit anderem Namen.«

»Seine Haft verlief vorbildlich«, fuhr Lacy fort. »Er hat sechzehn Monate und vier Tage in einem Bundesgefängnis in Texas abgesessen und den überwiegenden Teil davon die Rechtsbibliothek der Anstalt geleitet. Er hat mehreren Mitinsassen bei Revisionen geholfen, ganz der Gefängnisanwalt. In zwei Fällen hat er sogar vorzeitige Entlassung erwirkt, nachdem Verteidiger im Prozess versagt hatten.«

»Und seine eigene Verurteilung?«, fragte Michael.

»Nach dem, was ich herausgefunden habe, ist das, was Myers sagt, korrekt. Das FBI war hinter einem Immobilienschwindler aus Kalifornien namens Kubiak her, der zwanzig Jahre lang Trabantensiedlungen um Destin und Panama City herum hochgezogen hat. Sie erwischten ihn, er bekam dreißig Jahre für eine lange Liste von Verbrechen, überwiegend Bankbetrug, Steuerbetrug und Geldwäsche. Von seinem Niedergang waren jede Menge Leute betroffen, unter anderem ein gewisser Ramsey Mix, der rasch die Seiten wechselte und sich gegen Zusage von Strafmilderung zur Aussage bereit erklärte. Im Prozess lieferte er alle anderen Beteiligten ans Messer, allen voran Kubiak, und richtete immensen Schaden an. Ist wahrscheinlich eine gute Idee, sich unter falschem Namen auf dem Meer zu verstecken. Er hat nur sechzehn Monate bekommen, während alle anderen mindestens fünf Jahre einsaßen – Kubiak am längsten.«

»Privatleben?«, setzte Michael die Befragung fort.

»Zwei Scheidungen, lebt allein«, berichtete Lacy. »Seine zweite Frau hat ihn verlassen, als er ins Gefängnis ging. Ein Sohn aus erster Ehe, lebt in Kalifornien und hat ein Restaurant. Als Myers sich für schuldig erklärte, zahlte er hunderttausend Dollar Strafe. Bei seiner Verurteilung bezeugte er, dass seine Anwaltskosten sich auf etwa den gleichen Betrag beliefen. Damit war er pleite. Eine Woche bevor er seine Haft antrat, hat er Insolvenz angemeldet.«

Hugo warf ein paar vergrößerte Fotos auf den Tisch. »Was mich ein wenig stutzig macht. Ich habe sein Boot fotografiert, als wir dort waren. Es ist ein Sechzehn-Meter-Motorboot der Marke Sea Breeze, eine hübsche Nussschale mit einer Reichweite von über dreihundert Kilometern, auf der vier Personen bequem übernachten können. Angemeldet ist es auf eine Scheinfirma auf den Bahamas, deshalb habe ich keine Registrierungsnummer. Das Ding ist bestimmt mindestens eine halbe Million wert. Vor sechs Jahren wurde er aus der Haft entlassen, und laut Anwaltskammer wurde seine Lizenz vor drei Monaten reaktiviert. Er hat kein Büro und sagt, dass er auf seinem Boot wohnt. Es könnte natürlich gemietet sein. Trotzdem erscheint mir sein Lebenswandel kostspielig. Drängt sich die Frage auf, wie er das finanziert.«

Lacy setzte den Bericht fort: »Es kann gut sein, dass er einen Teil der Beute offshore versteckt hat, als das FBI auf den Plan trat. Es war ein großer RICO-Fall mit zahlreichen Opfern. Ich habe mit einem ehemaligen Staatsanwalt gesprochen, der sagt, es habe immer den Verdacht gegeben, dass Myers/Mix Geld beiseitegeschafft habe. Viele der Angeklagten hätten versucht, Geld beiseitezuschaffen. Wir werden es vermutlich nie erfahren. Wenn das FBI vor sieben Jahren kein Geld gefunden hat, werden wir mit ziemlicher Sicherheit jetzt auch nichts finden.«

»Als ob wir die Zeit hätten, danach zu suchen«, murmelte Michael.

»Eben.«

»Dann ist der Typ ein Gauner?«

»Zumindest ist er ein verurteilter Verbrecher. Doch er hat seine Zeit abgesessen, seine Schulden bezahlt und ist heute ein aufrechtes Mitglied der Kammer, genau wie wir drei.« Hugo blickte Sadelle an und zeigte ihr ein kurzes Lächeln, das sie nicht erwiderte.

»Ihn als Gauner zu bezeichnen ist vielleicht zu viel«, gab Michael zu bedenken. »Nennen wir ihn dubios. Ich bin nicht sicher, ob ich die Theorie vom beiseitegeschafften Geld glaube. Wenn er es offshore gebunkert und den Konkursrichter angelogen hätte, wäre er immer noch wegen Betrugs dran. Ob er das Risiko eingehen würde?«

»Ich weiß nicht«, sagte Hugo. »Er scheint ziemlich vorsichtig zu sein. Außerdem müssen Sie bedenken, dass er seit sechs Jahren frei ist. Man muss in Florida fünf Jahre warten, bis man sich um Wiederaufnahme in die Kammer bewerben kann. In der Zeit hat er vielleicht hier und da was dazuverdient. Er macht einen ziemlich findigen Eindruck.«

»Spielt das wirklich eine Rolle?«, warf Lacy ein. »Ermitteln wir gegen ihn oder gegen einen korrupten Richter?«

»Guter Punkt«, entgegnete Michael. »Und er hat angedeutet, dass es eine Richterin ist?«

»Irgendwie«, erwiderte Lacy. »Klar ausgedrückt hat er sich nicht.«

Michael blickte Sadelle an. »Ich nehme an, wir haben eine politisch korrekte Frauenquote unter der Richterschaft in Florida.«

Sadelle atmete mühsam ein und sprach dann mit ihrer gewohnt rauen, vom Nikotin zerstörten Stimme. »Wie man's nimmt. Es gibt jede Menge Frauen, die Verkehrsgericht und so was machen, aber das hier klingt eher nach Bezirksgericht. Dort ist von sechshundert Richtern etwa ein Drittel weiblich. Bei neun Kasinos, die über den Staat verteilt sind, brauchen wir gar nicht anzufangen zu raten, wer es sein könnte.«

»Und diese sogenannte Mafia?«

Sie sog so viel Luft wie möglich in ihre Lungen. »Wer weiß? Es gab mal eine Dixie-Mafia, eine Redneck-Mafia, eine Texas-Mafia, alles das gleiche Kaliber. Sieht so aus, als wären sie allesamt weniger erfolgreich gewesen, als die Legenden es glauben lassen. Ein Haufen Cousins, die mit Whiskey dealen und

Beine brechen. Keine Silbe über eine sogenannte Catfish-Mafia oder eine Küsten-Mafia. Ich will damit nicht sagen, dass es sie nicht gibt, ich habe nur nichts über sie gefunden.« Ihre Stimme brach, als sie nach Luft schnappte.

»Nicht so schnell«, sagte Lacy. »Ich bin in der Zeitung von Little Rock auf einen fast vierzig Jahre alten Artikel gestoßen. Er erzählt die ziemlich bunte Geschichte eines Mannes namens Larry Wayne Farrell, der mehrere Catfish-Restaurants im Arkansas-Delta betrieb. Anscheinend hat er vorne Fisch verkauft und hinten schwarzgebrannten Schnaps. Irgendwann wurden er und seine Cousins ehrgeizig und erweiterten das Geschäft auf Glücksspiel, Prostitution und Autohehlerei. Wie Myers sagte, zogen sie durch den Süden, immer auf der Suche nach einem Sheriff, den sie bestechen konnten. Schließlich ließen sie sich in der Gegend von Biloxi nieder. Der Artikel ist lang und überwiegend nicht interessant für uns, aber diese Jungs hinterließen einen erstaunlichen Berg von Leichen.«

»Tja, da muss ich mich wohl korrigieren lassen«, erklärte Sadelle. »Danke für die Erleuchtung.«

»Keine Ursache.«

»Darf ich die offensichtliche Frage stellen?«, schaltete sich Hugo ein. »Wenn er Beschwerde erhebt und es im Verlauf unserer Ermittlungen tatsächlich gefährlich wird, können wir doch immer noch zum FBI gehen, oder? Myers kann uns nicht daran hindern?«

»Nein, natürlich nicht«, bestätigte Michael. »Und genau so würde es kommen. Er hat keinen Einfluss auf unsere Ermittlungen. Wenn wir Hilfe brauchen, werden wir sie uns holen.«

»Dann übernehmen wir den Fall?«

»Allerdings, Hugo. Wir haben eigentlich keine Wahl. Wenn er Beschwerde einreicht und einen Richter des standeswidrigen Verhaltens beschuldigt, müssen wir tätig werden. Das ist ganz einfach. Haben Sie Muffensausen?«

»Nein.«

»Lacy, irgendwelche Bedenken?«

»Natürlich nicht.«

»Schön. Benachrichtigen Sie Mr. Myers. Wenn er meine Stimme hören will, holen Sie ihn ans Telefon.«

Es dauerte zwei Tage, bis sie Myers erreichten, und als Lacy ihn endlich am Telefon hatte, zeigte er wenig Lust, mit ihr oder Michael zu reden. Er sei mit geschäftlichen Dingen beschäftigt und werde zurückrufen. Die Verbindung war schwach und knackste, als wäre er irgendwo weit draußen auf dem Meer. Am nächsten Tag rief er Lacy von einem anderen Telefon aus an und bat, mit Michael sprechen zu dürfen, der ihm versicherte, dass seine Beschwerde bevorzugt behandelt und man sofort mit den Ermittlungen beginnen werde. Eine Stunde später rief Myers Lacy erneut an und bat um ein Treffen. Er sagte, er wolle sie und Hugo sehen, um den Fall zu besprechen. Es gebe viel Material, das er niemals schriftlich weitergeben könne, wichtige Informationen, die ihre Ermittlungen entscheidend beeinflussen würden. Er werde die Beschwerde nicht unterzeichnen, wenn sie sich nicht mit ihm träfen.

Michael war einverstanden, und so warteten sie darauf, dass Myers sich meldete, um einen Treffpunkt zu nennen. Er ließ eine Woche verstreichen und teilte dann mit, dass Carlita und er »um Abaco herumschipperten« und in ein paar Tagen nach Florida zurückkehren würden.

An einem späten Samstagnachmittag – die Temperaturen hatten sich auf achtunddreißig Grad eingependelt – fuhr Lacy in eine jener umzäunten Einfamilienhaussiedlungen, deren

Toreinfahrt nie zu schließen schien, und schlängelte sich zwischen künstlichen Teichen hindurch, die aus billigen Fontänen heißes Wasser in die Luft sprühten. Sie kam an einem überfüllten Golfplatz und Reihen um Reihen identischer Häuser vorbei, die alle so gebaut waren, dass ihre Doppelgarage gut zur Geltung kam. Schließlich parkte sie in der Nähe einer großen Grünanlage mit mehreren miteinander verbundenen Swimmingpools. Hunderte Kinder planschten und spielten im Wasser, während die Mütter unter großen Sonnenschirmen saßen und an Gläsern nippten.

Die Meadows-Siedlung hatte die große Rezession überstanden und war als multiethnisches Wohnprojekt für junge Familien neu beworben worden. Hugo und Verna Hatch hatten vor fünf Jahren hier ein Haus gekauft, nach dem zweiten Kind. Inzwischen hatten sie vier Kinder, und der zweihundertzwanzig Quadratmeter große Bungalow war zu klein. Etwas Größeres aber konnten sie sich nicht leisten. Hugos Gehalt belief sich auf sechzigtausend Dollar im Jahr, ebenso wie Lacys, doch während sie als Alleinstehende sogar etwas auf die hohe Kante legen konnte, lebten die Hatches von der Hand in den Mund.

Gleichwohl feierten sie gern, und so stand Hugo im Sommer fast jeden Samstagnachmittag am Grill, ein kühles Bier in der Hand, briet Burger und fachsimpelte mit Freunden über Football, während die Kinder im Pool planschten und die Frauen sich im Schatten hielten. Lacy mischte sich unter die Frauen und ging nach der üblichen Begrüßung zu einem Poolhaus, wo Verna mit dem Baby die Kühle des Schattens gesucht hatte. Pippin war vier Wochen alt und bislang ein äußerst unleidliches Baby. Lacy passte hin und wieder auf die Kinder der Hatches auf, um die Eltern ein wenig zu entlasten. Babysitter zu finden war für sie normalerweise kein Problem. Beide Großmütter wohnten weniger als fünfzig Kilometer entfernt. Sowohl Hugo als auch Verna stammten aus großen, weitverzweigten Familien mit zahlreichen Tanten, Onkeln, Cousins und Cousinen und allerlei Zank und Drama. Lacy beneidete sie einerseits um die Sicherheit, die solch ein Familienklan bot, andererseits war sie froh, dass sie nicht mit so vielen Menschen und deren Problemen zu tun hatte. Es kam vor, dass Verna und Hugo Hilfe mit den Kindern brauchten, aber keine Lust hatten, die Verwandtschaft zu fragen.

Sie nahm Pippin, und Verna ging los, um etwas zu trinken zu holen. Während Lacy das Baby auf den Armen wiegte, betrachtete sie die Menschenmenge auf der Terrasse: eine Mischung aus Schwarzen und Weißen, Latinos und Asiaten, alles junge Paare mit kleinen Kindern. Da waren zwei Juristen aus dem Büro des Generalstaatsanwalts, Freunde von Hugo aus dem Studium und einer, der für den Senat des Staates Florida arbeitete. Weitere Singles waren nicht zugegen, keinerlei interessante Kandidaten, doch das hatte Lacy nicht anders erwartet. Sie ging selten mit Männern aus, weil es nicht viele gab, die infrage kamen, zumindest nicht für sie. Sie hatte eine üble Trennung hinter sich, die zwar schon acht Jahre her war, sie aber immer noch belastete.

Verna kam mit zwei Bier zurück und nahm gegenüber von ihr Platz. »Warum ist sie immer so ruhig, wenn du sie hältst?«, flüsterte sie.

Lacy zuckte lächelnd mit den Schultern. Mit ihren sechsunddreißig fragte sie sich oft, ob sie jemals ein eigenes Kind haben würde. Ihre biologische Uhr tickte, und sie befürchtete, dass ihre Chancen stetig abnahmen. Verna sah müde aus, ebenso wie Hugo. Sie wollten eine große Familie, aber waren vier Kinder nicht genug? Lacy würde nicht mit dem Thema anfangen, doch für sie war die Antwort klar. Die beiden hatten die Chance gehabt zu studieren, als Erste in ihren Familien, und träumten davon, dass ihre Kinder die gleichen Chancen haben sollten. Aber wie wollten sie vier Kindern ein Studium finanzieren?

Leise sagte Verna: »Hugo hat erzählt, dass Michael euch einen großen Fall übertragen hat.«

Lacy war überrascht, weil Hugo grundsätzlich zu Hause nichts von der Arbeit erzählte. Außerdem legte das BJC aus nachvollziehbaren Gründen viel Wert auf Vertraulichkeit. Hin und wieder, wenn sie abends zusammensaßen, fingen sie nach dem dritten Bier an, über das unmögliche Benehmen des Richters zu lästern, gegen den sie gerade ermittelten, doch sie erwähnten niemals Namen.

»Es könnte etwas Großes werden, es könnte sich aber auch als Luftnummer herausstellen«, sagte Lacy.

»Er hat mir nicht viel erzählt, wie immer, aber er schien mir ein bisschen besorgt. Komischerweise habe ich eure Arbeit nie als gefährlich betrachtet.«

»Wir auch nicht. Wir sind ja auch keine Cops mit Waffen. Wir sind Anwälte mit Zwangsanordnungen.«

»Er meinte, jetzt hätte er gern eine Waffe. Das macht mich wirklich nervös, Lacy. Du musst mir versprechen, dass ihr euch nicht in Gefahr bringt.«

»Verna, wenn ich je das Bedürfnis verspüre, mich zu bewaffnen, suche ich mir einen anderen Job. Das verspreche ich dir hoch und heilig. Ich werde in meinem Leben niemals eine Waffe abfeuern.«

»Ja, in meinem Leben, in unserem Leben gibt es viel zu viele Waffen, und es passieren viel zu viele schlimme Dinge deswegen.«

Pippin, die eine gute Viertelstunde lang geschlafen hatte, schreckte plötzlich mit einem Schrei aus dem Schlaf hoch. Verna griff nach ihr. »Dieses Kind, dieses Kind …« Lacy reichte sie ihr und stand auf, um nach den Burgern auf dem Grill zu sehen.

4

ALS MYERS ENDLICH ANRIEF, beschied er Lacy, wieder zum Jachthafen von St. Augustine zu kommen. Alles war wie beim ersten Mal – dieselbe schweißtreibende Hitze und Luftfeuchtigkeit, dieselbe Anlegestelle am Ende des Piers, Myers trug sogar dasselbe blumengemusterte Hemd. Als sie wieder an dem Tisch im Schatten auf dem Boot saßen, hielt er eine Flasche derselben Biermarke in der Hand und begann zu erzählen.

Der Mann, den Myers Omar nannte, hieß im wahren Leben Vonn Dubose und war der Nachfahre eines jener Gangster, die im Hinterzimmer eines Catfish-Restaurants in der Nähe von Forrest City, Arkansas, mit ihren Untaten begonnen hatten. Das Lokal hatte seinem Großvater mütterlicherseits gehört, der viele Jahre später bei einer Polizeirazzia ums Leben gekommen war. Sein Vater hatte sich im Gefängnis erhängt, zumindest hieß es im offiziellen Bericht, er sei erhängt vorgefunden worden. Viele der zahlreichen Onkel und Cousins hatten ähnliche Schicksale erlitten, und die Bande war arg zusammengeschrumpft, als Vonn die Reize des Kokainschmuggels im Süden Floridas entdeckte. Nach ein paar lukrativen Jahren hatte er die Mittel beisammen, um sein kleines Syndikat wiederzubeleben. Inzwischen ging er auf die siebzig zu, lebte irgendwo an der Küste, ohne offizielle Adresse, Bankkonto, Führerschein, Sozialversicherungsnummer oder Pass.

Nachdem Vonn mit dem Kasino auf eine Goldgrube gestoßen war, reduzierte er seine Bande auf eine Handvoll Cousins, um mit weniger Leuten teilen zu müssen. Er agiere, sagte Myers, aus der Anonymität heraus und verstecke sich in einem Labyrinth aus Offshore-Firmen, die alle von einer Kanzlei in Biloxi überwacht würden. Nach allem, was man wisse, und das sei nicht viel, sei er ziemlich reich, lebe aber bescheiden.

»Haben Sie ihn mal kennengelernt?«, fragte Lacy.

Er schnaubte verächtlich. »Seien Sie nicht albern. Man läuft diesem Kerl nicht einfach über den Weg, okay? Er lebt im Verborgenen, so ähnlich wie ich. Sie finden in der gesamten Gegend um Pensacola keine drei Personen, die zugeben würden, dass sie Vonn Dubose kennen. Ich habe vierzig Jahre lang da gelebt und bis vor wenigen Jahren nie etwas von ihm gehört. Er kommt und geht.«

»Er hat keinen Pass.«

»Keinen echten. Aber falls Sie ihn erwischen, werden Sie mindestens ein halbes Dutzend Fälschungen bei ihm finden.«

1936 gewährte das Bureau of Indian Affairs einem kleinen Stamm mit rund vierhundert Mitgliedern, der Tappacola Nation, einen Sonderstatus, fuhr Myers fort. Die Tappacola lebten über den »Panhandle« – »Pfannengriff«, der Nordwesten Floridas – verstreut in zumeist bescheidenen Hütten im sumpfigen Hinterland von Brunswick County. Dort unterhielten sie in einem hundertzwanzig Hektar großen Reservat, das ihnen von der Regierung in Washington achtzig Jahre zuvor zugewiesen worden war, eine Art Hauptquartier. 1990 entdeckte die mächtige Seminole Nation im Süden Floridas die Chancen des Kasinogewerbes, ebenso wie viele andere Stämme überall im Land. Der Zufall wollte es, dass Vonn und seine Bande zu jener Zeit anfingen, billiges Land an der Grenze zum Tappacola-Reservat zu kaufen.

Anfang der Neunzigerjahre – wann genau würde niemand je erfahren, weil die Gespräche darüber seit Langem verstummt waren – schlug Dubose den Tappacola einen Deal vor, den sie nicht ablehnen konnten.

»Treasure Key«, murmelte Hugo.

»Richtig. Das einzige Kasino in Nordflorida, günstig gelegen, fünfzehn Kilometer südlich der Interstate 10 und fünfzehn Kilometer nördlich der Strände. Ein Kasino mit allem Drum und Dran, rund um die Uhr geöffnet, dazu Unterhaltung für die ganze Familie im Disney-Stil, der größte Wasserfunpark Floridas, Ferienimmobilien zum Kaufen, Leasen oder für Timesharing, was Sie wollen. Ein echtes Mekka für alle, die zocken wollen, aber auch für die, die nur die Sonne genießen wollen, ideal gelegen und gut erreichbar für fünf Millionen Menschen in einem Radius von dreihundert Kilometern. Genaue Zahlen kenne ich nicht, weil die Indianer, die das Kasino leiten, nichts veröffentlichen. Aber es heißt, das Treasure Key setze mindestens eine halbe Milliarde Dollar im Jahr um.«

»Wir waren letzten Sommer dort.« Hugo sagte das so, als hätte er ein schlechtes Gewissen. »Einer dieser Lastminute-Wochenendtrips für einen Apfel und ein Ei. Es war nicht schlecht.«

»Nicht schlecht? Es ist sensationell. Nicht umsonst ist es immer ausgebucht, sodass die Tappacola einen Haufen Geld damit verdienen.«

»Das sie mit Vonn und seinen Jungs teilen?«, fragte Hugo.

»Unter anderem, aber wir sollten nicht vorgreifen.«

»Brunswick County gehört zum 24. Gerichtsbezirk. Dort gibt es zwei Bezirksrichter, einen Mann und eine Frau. Warm, wärmer?«

Myers tippte lächelnd auf eine geschlossene Akte, die in der Mitte des Tisches lag. »Das ist die Beschwerde. Ich gebe sie Ihnen später. Bei der betreffenden Person handelt es sich um Richterin Claudia McDover, seit siebzehn Jahren im Amt. Wir werden später über sie reden. Jetzt gebe ich Ihnen erst einmal die Hintergründe der Geschichte. Ohne die geht es nicht. Zurück zu den Tappacola …«

Der Stamm hatte sich wegen des Glücksspiels zerstritten. Die Gegner wurden von einem Agitator namens Son Razko angeführt, der aus religiösen Gründen jegliches Glücksspiel ablehnte. Er sammelte seine Anhänger um sich, und sie schienen die Mehrheit zu stellen. Die Befürworter des Kasinos versprachen Reichtum für alle – neue Häuser, lebenslange Renten, bessere Schulen, kostenloses College und Gesundheitswesen und vieles mehr. Vonn Dubose unterstützte die Bemühungen um eine Zulassung des Kasinos, wobei er wie gewohnt keinerlei Spuren hinterließ. 1993 wurde per Abstimmung über den Fall entschieden. Abzüglich aller Personen unter achtzehn blieben etwa dreihundert Wähler. Alle bis auf vierzehn erschienen zur Abstimmung, die von der Bundespolizei beaufsichtigt wurde, falls es zu Ausschreitungen käme. Son Razko und seine Traditionalisten gewannen mit vierundfünfzig Prozent der Stimmen. Eine ärgerliche Klage unterstellte Wahlbetrug und Einschüchterung, doch der Bezirksrichter schlug sie nieder. Die Kasino-Idee war tot.

Ebenso wie bald darauf Son Razko.

Seine Leiche wurde im Schlafzimmer eines anderen Mannes gefunden, zusammen mit dessen toter Ehefrau, beide mit einer Kugel im Kopf. Sie waren nackt und schienen in flagranti ertappt worden zu sein. Der Ehemann, Junior Mace, wurde verhaftet und des Doppelmordes angeklagt. Er war ein enger Mitstreiter Razkos in der Glücksspieldebatte gewesen. Mace beteuerte seine Unschuld, wurde aber zum Tode verurteilt. Aufgrund der Öffentlichkeitswirksamkeit verlegte die neu gewählte Richterin Claudia McDover den

Prozess in ein anderes County, bestand jedoch darauf, die Zuständigkeit zu behalten. Sie übernahm den Vorsitz und bevorzugte die Staatsanwaltschaft, wo sie nur konnte.

Dem Kasino standen zwei Dinge im Weg. Erstens Son Razko. Zweitens die Lage. Ein Großteil des Tappacola-Territoriums bestand aus tief gelegenen Sümpfen und Bayous und war praktisch unbewohnbar, doch es gab genug höher gelegenes, trockenes Land, auf dem ein großes Kasino mit entsprechendem Grundstück gebaut werden konnte. Das Problem war die Zufahrt. Die Straße ins Reservat war alt und in schlechtem Zustand und würde dem erhöhten Verkehrsaufkommen nicht standhalten. Angesichts der Aussicht auf Steuereinnahmen, gut bezahlte Jobs und blinkende Lichter erklärte sich die Verwaltung von Brunswick County bereit, von der State Route 288 aus eine neue, vierspurige Straße bis zur Reservatsgrenze zu bauen, von wo es nur noch einen Katzensprung war bis zu der Stelle, wo das Kasino gebaut werden sollte. Allerdings benötigte man für den Bau der Straße Privatland, das enteignet beziehungsweise beschlagnahmt werden musste, da die meisten Landbesitzer entlang der Wegstrecke gegen den Bau waren.

Das County zog mit elf Klagen gleichzeitig vor Gericht, die auf die Enteignung der elf Grundstücke abzielten. Richterin McDover führte die Verfahren. Sie manövrierte die Anwälte rücksichtslos aus, setzte die Fälle auf ihre Prozessliste, und binnen weniger Monate war das erste Verfahren verhandlungsreif. Spätestens jetzt war klar, dass sie auf der Seite des County stand und die Straße so rasch wie möglich zum Bau freigeben würde. Noch ehe der Prozess begann, setzte sie einen Schlichtungstermin an, zu dem alle Anwälte zu erscheinen hatten. In einer Marathonsitzung schnitzte sie einen Vergleich zurecht, auf dessen Basis das County jedem Landbesitzer den zweifachen Wert seines Grundstücks auszahlen musste. Gemäß den Gesetzen des Staates Florida bestand im Grunde kein Zweifel daran, dass das Land enteignet werden konnte. Das Problem waren die Entschädigungen. Und der Zeitverlust. Indem sie das Verfahren im Schnelldurchlauf abhandelte, verhinderte Richterin McDover, dass sich der Baubeginn um Jahre verzögerte.

Da die Enteignungen nach Plan verliefen und Son Razko aus dem Weg geräumt war, setzten die Glücksspielbefürworter ein erneutes Referendum an. Beim zweiten Mal gewannen sie mit dreißig Stimmen Vorsprung. Erneut wurde Klage wegen Wahlbetrugs eingereicht, die Richterin McDover abwies. Jetzt war der Weg frei für den Bau des Treasure-Key-Hotels, das im Jahr 2000 eröffnete.

Junior Maces Verfahren schleppte sich zäh durch die Instanzen, und obwohl mehrere Prozessbeobachter den Richtern und ihren Urteilen skeptisch gegenüberstanden, fand niemand ernsthafte Fehler. Der Schuldspruch behielt über die Jahre Bestand.

»Wir haben den Fall an der Uni behandelt«, sagte Hugo.

»Der Mord liegt sechzehn Jahre zurück, da waren Sie höchstens zwanzig, oder?«

»So ungefähr. Ich kann mich nicht an den Mord erinnern, auch nicht an den Prozess, nur dass wir im Studium darüber gesprochen haben. Im Zusammenhang mit Strafverfahren, glaube ich. Wie bei Mordprozessen Knastspitzel eingesetzt werden.«

»Sie haben nichts davon gehört, nehme ich an?«, wandte sich Myers an Lacy.

»Nein. Ich bin nicht in Florida aufgewachsen.«

»Ich habe eine dicke Akte zu dem Fall, inklusive sämtlicher Haftprüfungsklagen. Ich habe mich über die Jahre auf dem Laufenden gehalten und weiß mehr darüber als jeder andere. Falls Sie mal eine verlässliche Quelle brauchen.«

»Hat Mace seine Frau mit Son im Bett erwischt und sich gerächt?«, fragte Lacy.

»Das bezweifle ich. Er behauptete, er sei woanders gewesen, doch sein Alibi war schwach. Der Pflichtverteidiger, ein Prozessneuling, konnte dem Staatsanwalt, der ein aalglatter Profi war, nicht Paroli bieten. Richterin McDover erlaubte ihm, zwei Knastspitzel vorzuladen, die übereinstimmend aussagten, dass Mace im Gefängnis mit den Morden geprahlt habe.«

»Sollen wir mit Mace reden?«, fragte Hugo.

»Da würde ich anfangen.«

»Warum?«, wollte Lacy wissen.

»Weil Junior Mace etwas wissen könnte, und er wird ganz sicher mit Ihnen reden wollen. Die Tappacola sind ein verschworener und verschwiegener Haufen und Außenstehenden gegenüber sehr misstrauisch, besonders wenn sie Uniform tragen oder sonst irgendwie staatliche Befugnisse haben. Außerdem haben sie panische Angst vor Dubose und seiner Bande, sie haben sich ziemlich rasch einschüchtern lassen. Und sie haben inzwischen Häuser und Autos, Schulen, ein Gesundheitswesen, Geld fürs College. Warum alles aufs Spiel setzen? Das Kasino betreibt schmutzige Geschäfte mit ein paar Gangstern, na und? Wer aufmuckt, wird womöglich erschossen.«

»Können wir über die Richterin reden?«, bat Lacy.

»Sicher. Claudia McDover, sechsundfünfzig, 1994 zum ersten Mal ins Amt gewählt, seither alle sechs Jahre bestätigt. Nach allgemeiner Ansicht eine Richterin, die hart arbeitet und ihr Amt und ihr Gericht sehr ernst nimmt. Bei den Wahlen fährt sie regelmäßig Erdrutschsiege ein. Sehr intelligent, sehr ehrgeizig. Ihr Exmann war ein renommierter Arzt in Pensacola und hatte einen Hang zum jungen weiblichen Stationspersonal. Die Scheidung war schlimm, Claudia wurde vom werten Gatten und seiner Anwaltsriege böse über den Tisch gezogen. Verletzt und wütend absolvierte sie ein Jurastudium, um sich zu rächen. Irgendwann dachte sie sich, zum Henker mit dem Alten, ließ sich in Sterling nieder, der Hauptstadt von Brunswick County, und fing in einer kleinen Kanzlei für Immobilienrecht an. Sie tat sich schwer dort, und bald wurde ihr auch das Kleinstadtleben langweilig. Schließlich muss sie Vonn Dubose kennengelernt haben. Die Details kenne ich nicht. Ich habe Gerüchte gehört, dass sie auch mal zusammen waren, doch das ist nicht bestätigt und lässt sich wahrscheinlich nie beweisen. 1993, nachdem die Tappacola gegen das Kasino gestimmt hatten, fing Claudia McDover plötzlich an, sich für Politik zu interessieren und kandidierte für das Amt des Bezirksrichters. Ich wusste von alldem nichts. Ich war ein viel beschäftigter Anwalt in Pensacola und hatte keine Ahnung, wo Sterling liegt. Von den Tappacola und ihrem Streit um das Kasino hatte ich gehört, doch die Geschichte interessierte mich nicht. McDovers Kampagne war gut finanziert und organisiert, und sie schlug ihren Kontrahenten mit tausend Stimmen Vorsprung. Einen Monat nachdem sie ihr Amt angetreten hatte, wurde Son Razko ermordet, und, wie gesagt, sie leitete den Prozess gegen Junior Mace. Das war 1996, zur selben Zeit, als Vonn Dubose mit seinen Verbündeten und Teilhabern sowie ein paar Offshore-Firmen in Brunswick County am Rande des Reservats große Stücke Land aufkaufte. Ein paar weitere Spekulanten wollten mit ins Boot, als die Tappacola mit ihrer Kasino-Idee kamen, doch nach der ersten Abstimmung zogen sie sich zurück, und Vonn nahm ihnen ihre Grundstücke mit Handkuss ab. Er wusste, was kommen würde, und besaß bald sämtliche Grundstücke um das Indianerland herum. Nachdem Son Razko für immer mundtot gemacht worden war, noch dazu auf so spektakuläre Weise, gewannen die Befürworter die zweite Abstimmung. Der Rest ist Geschichte.«

Lacy tippte auf ihrem Laptop und bekam alsbald ein großes, offizielles Foto von Richterin Claudia McDover auf den Bildschirm, mitsamt schwarzer Robe und Richterhammer in der Hand. Sie trug einen schicken dunklen Bubikopf und eine Designerbrille, die das Gesicht dominierte und es schwer machte, ihren Blick zu deuten. Kein Lächeln, nicht die Spur von Wärme oder Humor, nur nüchterne Strenge. Ob sie wirklich etwas mit dem Fehlurteil zu tun hatte, das einen unschuldigen Mann vor fünfzehn Jahren in die Todeszelle gebracht hatte? Schwer zu glauben.

»Wo ist die Korruption?«, fragte sie.

»Überall. Sobald die Tappacola mit dem Bau des Kasinos anfingen, machte sich auch Dubose ans Bauen. Sein erstes Objekt war eine Golfanlage namens Rabbit Run, gleich neben dem Kasinokomplex.«

»Wir sind daran vorbeigefahren«, warf Hugo ein. »Ich dachte, sie gehört zu Treasure Key.«

»Nein, aber von der Driving Range des Golfplatzes aus erreicht man das Kasino zu Fuß in fünf Minuten. Die geheime Absprache mit den Tappacola beinhaltet, dass sie sich aus dem Golfspiel heraushalten. Sie sind für Glücksspiel und Unterhaltung zuständig, Dubose fürs Golfen und alles Übrige. Er fing mit achtzehn Loch an und säumte die Fairways mit einer hübschen Wohnanlage.« Myers schob eine Mappe über den Tisch. »Hier ist die Beschwerde, auf die ich als Greg Myers einen Eid geschworen habe. Darin unterstelle ich, dass Richterin Claudia McDover mindestens vier Wohneinheiten in Rabbit Run besitzt, dank freundlicher Unterstützung einer anonymen Körperschaft namens CFFX mit Sitz in Belize.«

»Dubose?«, fragte Lacy.

»Ohne Zweifel, nur beweisen kann ich es noch nicht.«

»Was ist mit den Grundbucheinträgen?«, wollte Hugo wissen.

Myers tippte auf die Mappe. »Die sind hier drin. Man kann daran ablesen, dass CFFX mindestens zwanzig Immobilien an weitere Offshore-Firmen übertragen hat. Ich habe Grund zu der Annahme, dass Richterin McDover vier davon für sich beansprucht, die alle auf ausländische Firmen eingetragen sind. Wir haben es hier mit ausgebufften Betrügern zu tun, die hervorragende Anwälte beschäftigen.«

»Wie viel sind die Einheiten wert?«, fragte Lacy.

»Inzwischen jeweils rund eine Million. Rabbit Run ist äußerst erfolgreich und hat sogar die große Rezession unbeschadet überstanden. Dank des Kasinos hat Dubose jede Menge Asche, und er mag geschlossene Wohnanlagen mit Reihenhäusern und Apartmentblocks entlang der Fairways. Den Golfplatz hat er von achtzehn auf sechsunddreißig und schließlich auf vierundfünfzig Loch erweitert, und er besitzt genug Land, um sogar noch mehr anzufügen.«

»Und warum hat er McDover Immobilien geschenkt?«

»Vielleicht einfach, weil er ein netter Kerl ist. Ich nehme an, das gehörte zum ursprünglichen Deal. Claudia McDover hat ihre Seele dem Teufel verkauft, um gewählt zu werden, und seither lässt sie sich bezahlen. Der Bau des Kasinos und der gesamte Ausbau von Brunswick County haben eine Flut von Rechtsstreitigkeiten nach sich gezogen: um Grundstücksgrenzen, Umweltfragen, Enteignungen, Klärung von Eigentum – und sie saß die ganze Zeit über mittendrin wie die Spinne im Netz. Wer auf Duboses Seite steht, gewinnt offenbar immer. Seine Feinde sind zum Scheitern verdammt. McDover ist clever und kann jeden Richterspruch mit einer ausführlichen Begründung belegen. Es kommt kaum jemals zu Revisionen. 2001 geriet sie mit Dubose in Streit. Ich weiß nicht genau, worum es ging, aber es wurde heftig. Es ist anzunehmen, dass sie mehr von den Kasinogewinnen abhaben wollte. Dubose dagegen fand wohl, dass sie ausreichend abgefunden würde. Da ließ McDover das Kasino schließen.«

»Wie hat sie das hinbekommen?«, fragte Lacy.

»Auch das ist eine gute Geschichte. Als das Kasino erst einmal lief und sofort satte Gewinne abwarf, wurde dem County bewusst, dass man im Hinblick auf Steuereinnahmen nicht viel davon haben würde. Indianer zahlen keine Steuern auf Kasinogewinne. Die Tappacola wollten also nichts abgeben. Das County fühlte sich missachtet, vor allem weil man eine nagelneue, zwölf Kilometer lange vierspurige Schnellstraße gebaut hatte. Und da fackelte die Regierung nicht lange und überzeugte den Staat Florida, für die neue Straße Mautgebühren zu erheben.«

»Stimmt«, sagte Hugo lachend, »man muss etwa anderthalb Kilometer vor dem Kasino an einer Mautstation halten und fünf Dollar zahlen.«

»Es funktioniert ziemlich gut. Die Indianer sind zufrieden, und das County bekommt auch ein paar Dollar ab. Als sich nun Dubose und Richterin McDover in die Haare bekamen, konnte sie einen befreundeten Anwaltskollegen dazu bewegen, eine einstweilige Verfügung zu beantragen, weil die Mautstation angeblich zu eng und sicherheitsgefährdend sei. Es hatte ein paar Blechschäden gegeben, aber nichts Ernsthaftes. Das Ganze war kompletter Humbug, dennoch erließ sie eine einstweilige Verfügung, aufgrund derer die Mautstraße gesperrt wurde. Das Kasino blieb zwar geöffnet, weil Besucher vereinzelt über Nebenstraßen kamen, doch im Grunde hätte man es genauso gut schließen können. Das ging sechs Tage so, während Vonn und Claudia darauf warteten, dass der andere die Nerven verlor. Irgendwann einigten sie sich, die vorgeschobene einstweilige Verfügung wurde aufgehoben, und alle waren zufrieden. Es war ein entscheidender Moment in der Geschichte des Kasinos und der damit einhergehenden Korruption. Richterin McDover hat allen klargemacht, dass sie am längeren Hebel sitzt.«

»Sie reden über Dubose, als würde ihn jeder kennen«, sagte Hugo.

»Niemand kennt ihn. Ich dachte, ich hätte das deutlich gemacht. Er führt eine Organisation, in der die Bosse miteinander verwandt sind und alle einen Haufen Geld machen. Er trägt einem Cousin auf, er soll eine Firma von den Bermudas anheuern und ein paar Hektar Land kaufen. Ein anderer Cousin gründet eine Firma in Barbados und verkauft ein paar Immobilien. Dubose versteckt sich hinter mehreren Schichten aus Offshore-Strohfirmen. Er hat kein Profil und hinterlässt keine Spuren.«

»Wer erledigt seine Rechtsangelegenheiten?«, erkundigte sich Lacy.

»Eine kleine Kanzlei in Biloxi, zwei Steueranwälte, die sich mit Drecksarbeit auskennen. Sie vertreten die Dubose-Bande seit Jahren.«

»Klingt, als hätte Richterin McDover keine Angst vor Dubose.«

»Dubose ist zu schlau, um eine Richterin kaltzumachen, wobei ich davon ausgehe, dass er es zumindest in Betracht gezogen hat. Doch er braucht sie genauso wie sie ihn. Überlegen Sie mal. Sie sind ein ehrgeiziger, korrupter Bauunternehmer in Florida, außerdem praktisch Eigentümer eines Kasinos, das natürlich illegal ist – Sie brauchen also jede Menge Schutz. Was wäre wohl wertvoller, als eine hoch angesehene Richterin in der Hinterhand zu haben?«

»Das riecht meilenweit gegen den Wind nach RICO«, sagte Hugo.

»Ja, aber wir werden diesen Weg nicht gehen, Mr. Hatch. RICO ist Bundesebene, also FBI-Zuständigkeit. Mir ist völlig egal, was mit Dubose passiert. Ich will Richterin McDover hochgehen lassen, damit es sich für meinen Mandanten ordentlich auszahlt, den Whistleblower zu machen.«

»Was heißt ordentlich?«, fragte Lacy.

Myers leerte die Bierflasche und wischte sich den Mund mit dem Handrücken ab. »Ich weiß nicht. Ich denke, es ist Ihre Aufgabe, das herauszufinden.«

Carlita trat aus der Kabine. »Das Mittagessen ist serviert.«

Myers stand auf. »Bitte folgen Sie mir.«

Lacy und Hugo wechselten rasch einen Blick. Sie waren seit zwei Stunden hier, kamen um vor Hunger und hatten keine Ahnung, wo sie etwas zu essen bekommen sollten. Doch auf einmal waren sie sich nicht mehr sicher, ob es eine gute Idee war, auf dem Boot zu essen. Doch Myers war schon auf dem Weg nach unten. »Kommen Sie, kommen Sie«, sagte er, und sie folgten ihm unter Deck in die Kabine. In der engen Kombüse stand ein Glastisch, gedeckt für drei. Irgendwo mühte sich eine Klimaanlage, und es war erfrischend kühl. Der Duft von gegrilltem Fisch hing in der Luft. Carlita sauste herum und schien begeistert, endlich einmal Gäste bekochen zu können. Sie stellte einen Teller mit Fischtacos auf den Tisch, schenkte Mineralwasser aus einer Flasche ein und fragte, ob jemand Wein wolle. Niemand wollte, und so verschwand sie in den hinteren Bereich der Kabine.

Myers rührte das Essen nicht an, sondern setzte seinen Bericht fort. »Das wird nicht meine einzige Beschwerde bleiben. Diesmal werde ich nur die Immobilien von Richterin McDover in Rabbit Run anprangern. Doch der eigentliche Skandal an diesem Deal ist, dass sie einen monatlichen Anteil am Kasinogewinn einstreicht. Darum geht es mir eigentlich, denn das ist eine Goldmine für meinen Mandanten. Wenn ich das beweisen kann, werde ich die Klage berichtigen. Wenn nicht, gibt es immer noch genügend

Gründe, um sie aus dem Amt zu entfernen, und wahrscheinlich auch, um sie vor Gericht zu bringen.«

»Haben Sie Vonn Dubose in der Klageschrift erwähnt?«, fragte Lacy.

»Nein. Ich bezeichne seine Organisation als ›kriminelle Vereinigung‹.«

»Wie kreativ.«

»Haben Sie eine bessere Idee, Ms. Stoltz?«

»Wie wär's, wenn wir ein bisschen weniger förmlich wären?«, schlug Hugo vor. »Lacy. Greg. Ich bin Hugo.«

»In Ordnung.« Sie begannen zu essen, und Myers fuhr kauend und mit halb offenem Mund fort. »Eine Frage. Laut Whistleblower-Paragraf hat man fünfundvierzig Tage Zeit, um Richterin McDover die Klage zuzustellen. In dieser Zeit machen Sie dann Ihre … Wie heißt das noch?«

»Fallprüfung.«

»Genau. Tja, und da habe ich gewisse Bedenken. Ich bin mir sicher, diese Leute haben keine Ahnung, dass jemand ihren Machenschaften auf der Spur ist, und wenn die Richterin die Klage bekommt, wird sie aus allen Wolken fallen. Sie wird als Erstes Dubose anrufen, und dann kann alles Mögliche passieren. Anschließend wird sie sofort ihre Anwälte auf den Plan rufen, alles abstreiten und vermutlich ihr Vermögen in Sicherheit bringen. Dubose wird in Panik geraten, sich verschanzen und unter Umständen sogar mit Drohungen kommen.«

»Und Ihre Frage?«

»Wie lange können Sie warten, um die Beschwerde zuzustellen? Wie lange können Sie das hinauszögern? Ich glaube, es wäre wichtig, so lange wie möglich zu ermitteln, bevor sie erfährt, was los ist.«

Lacy und Hugo sahen sich an. Lacy zuckte mit den Schultern. »Wir sind Bürokraten, sprich, wir sind richtig gut im Hinauszögern. Andererseits, wenn sie sich tatsächlich so zur

Wehr setzt, wie Sie sagen, werden ihre Anwälte in allem herumstochern. Wenn wir uns nicht buchstabengetreu an das Gesetz halten, werden die alles tun, um uns daraus einen Strick zu drehen.«

»Wir sollten auf Nummer sicher gehen und die Ermittlungen innerhalb von fünfundvierzig Tagen abschließen«, ergänzte Hugo.

»Die Zeit wird nicht reichen«, sagte Myers.

»Mehr haben wir aber nicht«, erwiderte Lacy.

»Was können Sie uns noch über Ihren Mandanten erzählen?«, fragte Hugo. »Woher hat er sein Wissen?«

Myers trank einen Schluck Wasser und lächelte dann. »Sie gehen schon wieder davon aus, dass es ein ›er‹ ist.«

»Also gut, wie sollen wir ihn nennen – oder sie?«

»Es gibt drei Glieder in unserer kleinen Kette. Mich, den Mittelsmann, der den Mandanten an mich empfohlen hat, und den Mandanten beziehungsweise die Mandantin. Der Mittelsmann und ich bezeichnen den Mandanten als Maulwurf. Der Maulwurf könnte männlich oder weiblich sein, jung oder alt, schwarz, weiß oder braun, das spielt im Moment überhaupt keine Rolle.«

»Maulwurf?«, warf Lacy ein. »Nicht sehr originell.«

»Ist das wichtig? Haben Sie was Besseres?«

»Wird schon gehen. Warum weiß der Maulwurf so viel?«

Myers stopfte sich einen halben, weichen Taco in den Mund und kaute bedächtig. Das Boot schaukelte in den Wellen eines vermutlich größeren Schiffs, das in der Nähe vorbeiglitt. Schließlich erwiderte er: »Der Maulwurf steht der Richterin sehr nah, und sie vertraut ihm uneingeschränkt. Was wohl ein Fehler ist, wie es aussieht. Mehr kann ich dazu im Moment nicht sagen.«

Nach einem Moment des Schweigens ergriff Lacy wieder das Wort. »Ich habe noch eine andere Frage. Sie sagten, diese Leute, also Dubose und seine Bande, sind sehr clever und haben gute Anwälte. Logischerweise braucht auch McDover einen guten Anwalt, um ihren Anteil am schmutzigen Kasinogeld zu waschen. Wer arbeitet für sie?«

»Phyllis Turban, Anwältin für Erbrecht in Mobile.«

»Wow, in dieser Geschichte bekleckern sich die Mädchen aber nicht gerade mit Ruhm.«

»Turban und McDover haben zusammen Jura studiert, sind beide geschieden und haben keine Kinder. Sie stehen sich sehr nah. So nah, dass sie unter Umständen mehr als nur Freundinnen sein könnten.«

Hugo und Lacy ließen den Satz auf sich wirken. »Wenn ich bis hierher zusammenfassen darf«, sagte Lacy dann, »lässt sich unsere Zielperson, Richterin Claudia McDover, von Kriminellen bestechen, von den Indianern an deren Kasinoumsätzen beteiligen und wäscht dann das Geld mit der Hilfe einer sehr engen Freundin, die zufällig Treuhandverwalterin ist.«

Myers lächelte. »Ich würde sagen, Sie sind auf der richtigen Spur. Ich brauche jetzt ein Bier. Noch jemand? Carlita!«

Sie verabschiedeten sich am Pier und versprachen, in Kontakt zu bleiben. Myers hatte angedeutet, dass er noch tiefer in den Untergrund gehen wolle, nun da die Klage eingereicht und mit Sicherheit in Kürze mit Ärger zu rechnen sei. Lacy und Hugo konnten nicht erkennen, wie oder warum Vonn Dubose und Claudia McDover einen Mann namens Greg Myers, früher bekannt als Ramsey Mix, verdächtigen sollten, obwohl sie ihn angeblich gar nicht kannten. Eine weitere Lücke in seiner Geschichte – und davon gab es immer noch viel zu viele.

5

SIE VERBRACHTEN DEN NÄCHSTEN TAG im Büro und legten sich zusammen mit Michael eine Strategie zurecht. Seit die Beschwerde offiziell eingereicht war, tickte die Uhr. Wenn alles nach Plan lief, würden Lacy und Hugo bald in die kleine Stadt Sterling fahren und Richterin Claudia McDover die Beschwerdeschrift zustellen. Bis dahin mussten sie so viel wie möglich recherchieren.

Als Erstes aber hatten sie einen Todeskandidaten zu besuchen. Hugo war schon einmal in der Haftanstalt gewesen, auf einem Ausflug mit der Uni. Lacy hatte immer wieder von Starke gehört, jedoch nie einen Vorwand gefunden, um hinzufahren. Sie brachen früh auf, weil sie dem Berufsverkehr um Tallahassee zuvorkommen wollten. Als sich die Lage auf der Interstate 10 allmählich beruhigte, nickte Hugo ein. Es waren zweieinhalb Stunden Fahrt bis zu dem Gefängnis. Lacy war zwar nicht die ganze Nacht lang mit einem weinenden Baby auf dem Arm auf und ab gelaufen, aber sie hatte trotzdem nicht viel geschlafen.

Hugo und sie wie auch Michael fühlten sich wie in einem Sumpf, den besser jemand anders trockenlegen sollte. Wenn man Greg Myers glauben konnte, grassierte in Brunswick County seit geraumer Zeit das organisierte Verbrechen. Das erforderte eigentlich Ermittler mit besserer Ausrüstung und mehr Routine. Sie waren Rechtsanwälte, keine Polizisten. Sie *wollten* keine Waffen tragen. Sie waren ausgebildet, um korrupte Richter zu stellen, nicht Verbrechersyndikate.

Diese Gedanken hatten ihr den Schlaf geraubt. Als sie sich beim Gähnen ertappte, hielt sie an einem Drive-in-Imbiss und bestellte Kaffee. »Wach auf«, fuhr sie ihren Partner an. »Wir haben noch anderthalb Stunden vor uns, und ich kann mich auch kaum wach halten.«

»Tut mir leid«, sagte Hugo und rieb sich die Augen.

Sie schlürften ihren Kaffee. Auf der Weiterfahrt rekapitulierte Hugo eines von Sadelles Memos. »Unserer Kollegin zufolge gab es zwischen 2000 und 2009 zehn Prozesse in Brunswick County um eine Firma namens Nylan Title mit Sitz auf den Bahamas, deren offizieller Repräsentant ein Rechtsanwalt drüben in Biloxi ist. Der Prozessgegner versuchte jedes Mal, die Offenlegung der Firmeninhaber zu erstreiten, doch die vorsitzende Richterin, unsere Freundin Claudia, wiegelte stets ab. Das sei tabu. Eine Firma mit Sitz auf den Bahamas unterliege den dortigen Gesetzen und sei dadurch geschützt. Das sei zwar reine Verschleierungstaktik, aber völlig legal. Jedenfalls muss Nylan Title richtig gute Anwälte gehabt haben, denn zumindest unter Richterin McDovers Vorsitz blieb man mit zehn zu null ungeschlagen.«

»Was waren das für Fälle?«

»Grenzstreitigkeiten, Vertragsbruch, Grundstückswertminderung, sogar eine gescheiterte Gruppenklage von Wohnungseigentümern wegen mangelhafter handwerklicher Ausführung. Und das County verklagte Nylan wegen Grundstücksbewertungen und Steuern.«

»Wer vertritt Nylan?«

»Derselbe Anwalt aus Biloxi. Er ist der Firmensyndikus und scheint genau zu wissen, was los ist. Wenn hinter Nylan tatsächlich Vonn Dubose steckt, weiß er sich gut zu tarnen, genau wie Myers sagt. Ein Labyrinth aus Offshore-Firmen, wie er es ausgedrückt hat. Ein hübsches Bild.«

»Ja, und so originell.«

Hugo trank einen Schluck Kaffee und legte das Memo weg. »Weißt du was? Ich traue Greg Myers nicht.«

»Er wirkt auch nicht gerade vertrauenerweckend.«

»Andererseits musst du zugeben, dass sich bislang alles, was er erzählt hat, als wahr herausgestellt hat«, sagte Hugo. »Also, wenn er uns nur ausnutzt, was ist dann sein eigentliches Motiv?«

»Ich habe mir heute Nacht um halb vier die gleiche Frage gestellt. Wir müssen Richterin McDover mit einem Haufen Schwarzgeld erwischen, fertig. Wenn die Herkunft des Geldes geklärt ist, bekommt der Maulwurf beziehungsweise die Maulwürfin einen Anteil als Belohnung, und davon profitiert auch Myers. Dubose und seine Jungs zu entlarven würde Myers dagegen nichts bringen, oder?«

»Nein, nur wenn McDover mit auffliegt.«

»Er nutzt uns aus, Hugo, das will ich gar nicht bezweifeln. Er wirft einer amtierenden Richterin Korruption beziehungsweise Diebstahl vor und hat deshalb bei uns eine Dienstaufsichtsbeschwerde eingereicht. Jetzt ist es unsere Aufgabe zu ermitteln. Jeder, der bei uns Beschwerde einreicht, nutzt uns aus, um die Wahrheit herauszufinden. Das liegt nun mal in der Natur unseres Jobs.«

»Sicher. Trotzdem stimmt irgendetwas nicht mit dem Kerl.«

»Mein Gefühl sagt mir das auch. Mir gefällt Michaels Strategie. Wir stochern ein bisschen herum, kratzen an der Oberfläche, versuchen herauszufinden, wem diese vier Immobilien gehören, tun unsere Arbeit und passen dabei gut auf, und wenn wir tatsächlich Hinweise für standeswidriges Verhalten finden, gehen wir zum FBI. Myers kann uns nicht davon abhalten.«

»Stimmt, aber er kann verschwinden und sich für immer in Schweigen hüllen. Wenn er Beweise für Korruption im Zusammenhang mit dem Kasino hat, werden wir die nie bekommen, sobald das FBI dazwischenfunkt.«

»Was hat uns Sadelle denn noch für unseren kleinen Ausflug nach Starke eingepackt?«

Hugo griff nach einem weiteren Memo. »Hintergrundinfos zu Richterin McDover. Ihre Wahlen, Kampagnen, Gegner, solche Sachen. Da Richter überparteilich gewählt werden, wissen wir nicht, wo sie politisch steht. Es gibt keine Daten zu Spenden an andere Kandidaten in anderen Wahlkämpfen. Bislang keine Beschwerden beim BJC. Keine Beschwerden bei der Anwaltskammer des Bundesstaats. Keine Schwerverbrechen, keine Vergehen. Seit 1998 bekommt sie von der Kammer jedes Jahr Höchstnoten. Sie schreibt fleißig, und es gibt eine lange Liste von Artikeln, die sie in Justizfachblättern veröffentlicht hat. Außerdem hält sie Vorträge an Unis. Vor drei Jahren hat sie sogar einen Kurs in Prozesspraxis an der Florida State University gehalten. Ein durchaus beeindruckender Lebenslauf. Nicht das, was man von durchschnittlichen Bezirksrichtern kennt. An Vermögenswerten nicht viel. Ein Haus in der Innenstadt von Sterling mit einem Schätzwert von zweihundertdreißigtausend Dollar, siebzig Jahre alt, darauf eine Hypothek von hundertzehntausend Dollar, ausgestellt auf ihren Namen, McDover, der übrigens ihr Mädchenname ist. Sie hat ihn gleich nach der Scheidung wieder angenommen und verwendet ihn seither. Seit 1988 alleinstehend, keine Kinder, keine weiteren Ehen. Keine Daten über Mitgliedschaften in Kirchen, Vereinen, Ehemaligenvereinigungen, Parteien, nichts. Sie hat in Stetson Jura studiert, wo sie zu den Besten gehörte. Diplom von der University of North Florida in Jacksonville. Ein bisschen Kram über ihre Scheidung von ihrem Göttergatten in Weiß, aber nichts Weltbewegendes.«

Lacy hörte konzentriert zu und nippte an ihrem Kaffee. »Wenn Myers recht hat, sahnt sie bei einem indianischen Kasino mit ab. Das ist doch eigentlich kaum zu glauben, oder?

Ich meine, eine unserer Bezirksrichterinnen, vom Volk gewählt und hoch geschätzt?«

»Allerdings. Wir haben bei Richtern schon seltsame Dinge gesehen, aber so dreist war noch keiner.«

»Wie erklärst du dir das? Was ist ihr Motiv?«

»Du bist Single und berufstätig. Erklär du's mir.«

»Kann ich nicht. Was steht in dem anderen Memo?«

Hugo durchwühlte seine Aktentasche und förderte ein paar Blätter zutage.

Als sie sich dem Hinterland von Bradford County näherten, häuften sich die Anzeichen dafür, dass Gefängnisse und Justizvollzugsanstalten vor ihnen lagen. In der Nähe der kleinen Stadt Starke mit fünftausend Einwohnern bogen sie ab und folgten den Schildern zum Florida State Prison, in dem fünfzehnhundert Insassen untergebracht waren, darunter vierhundert zum Tode verurteilte.

Nur in Kalifornien gab es mehr Todeskandidaten als in Florida. Texas lag knapp dahinter auf dem dritten Platz, doch da man dort mehr Wert darauf legte, die Zahlen gering zu halten, blieb es bei dreihundertdreißig. In Kalifornien, wo man wenig Interesse daran hatte, Menschen hinzurichten, lag die Zahl bei sechshundertfünfzig. Florida eiferte Texas nach, doch dort legten sich die oberen Instanzen immer wieder quer. Im vergangenen Jahr, 2010, war in Starke ein einziger Mann per Giftinjektion exekutiert worden.

Hugo und Lacy parkten auf einem überfüllten Parkplatz und gingen von dort zu einem Verwaltungsgebäude. Als Rechtsanwälte einer staatlichen Behörde rechneten sie nicht mit Problemen. An den Kontrollposten wurden sie durchgewinkt, und dann begleitete sie ein Wärter, der genügend Befugnisse hatte, um alle Türen zu öffnen. Im Trakt Q, Floridas berüchtigtem Todestrakt, mussten sie durch einen weiteren

Kontrollpunkt und wurden in einen länglichen Raum geführt. Am Eingang stand: »Besprechungsraum für Anwälte«. Der Wärter öffnete eine zweite Tür zu einem kleinen, abgetrennten Bereich, der durch eine Plexiglasscheibe unterteilt war.

»Das erste Mal im Todestrakt?«, fragte der Wärter.

»Ja«, antwortete Lacy, und Hugo sagte:

»Ich war im Studium mal hier.«

»Wie nett. Haben Sie die Einverständniserklärung?«

»Ja.« Hugo legte seine Aktentasche auf den Tisch und öffnete den Reißverschluss. Junior Mace wurde von einer großen Washingtoner Kanzlei unentgeltlich vertreten. Ehe Lacy und Hugo mit ihm sprechen konnten, hatten sie der Kanzlei versichern müssen, dass sie über nichts sprachen, was mit seiner aktuellen Haftprüfungsklage zu tun hatte. Hugo zog ein Blatt Papier heraus, und der Wärter begutachtete es eingehend.

Nachdem es seine Billigung gefunden hatte, reichte er es zurück mit den Worten: »Mace ist ein komischer Typ, das kann ich Ihnen sagen.«

Lacy wandte den Blick ab, weil sie darauf nichts entgegnen wollte. In den schlaflosen Stunden letzte Nacht, während ihre Gedanken in ihrem Kopf Karussell fuhren, hatte sie im Internet ein paar Artikel über Floridas Todeszellen gelesen. Die Insassen wurden dreiundzwanzig Stunden am Tag in Einzelhaft gehalten; eine Stunde war für »Erholung« vorgesehen, dann durften sie auf einer kleinen Grünfläche herumgehen und die Sonne sehen. Die Zellen hatten eine Grundfläche von zwei auf drei Meter und waren 2,75 Meter hoch. Das Bett war kaum achtzig Zentimeter breit und stand unmittelbar neben einer Edelstahltoilette. Es gab keine Klimaanlage, keinen Zellengenossen, fast keinen menschlichen Kontakt außer dem Geplänkel der Wärter zu Essenszeiten.

Falls Junior Mace nicht schon vor seiner Ankunft vor fünfzehn Jahren ein »komischer Typ« gewesen war, dann war es mehr als verständlich, wenn er inzwischen ein wenig seltsam geworden war. Totale Isolation führte zu sensorischer Deprivation und einer Fülle von psychischen Problemen. Haftexperten begannen das allmählich zu verstehen, und es gab bereits eine Bewegung zur Reformierung der Einzelhaft, die sich um stärkeren Einfluss bemühte. Allerdings war sie noch nicht bis nach Florida vorgedrungen.

Auf der anderen Seite des Raumes öffnete sich eine Tür, und ein Wärter trat herein, gefolgt von Junior Mace in Handschellen, blauer Hose und orangem T-Shirt, der Standardkleidung der Todeskandidaten. Ein zweiter Wärter folgte. Sie nahmen ihm die Handschellen ab und verließen den Raum.

Junior Mace machte zwei Schritte und setzte sich an den Tisch hinter dem Plexiglas, das sie voneinander trennte. Hugo und Lacy nahmen ebenfalls Platz, und ein paar Sekunden lang herrschte peinliche Stille.

Mace war zweiundfünfzig und recht groß. Seine Haare waren lang, dicht und grau und zu einem Pferdeschwanz zurückgekämmt. Die dunkle Haut war trotz des Lichtentzugs kaum heller geworden. Auch seine Augen waren dunkel, groß und braun und traurig. Er war schlank und hatte wohlgeformte Oberarme. Macht bestimmt regelmäßig Push-ups, dachte Hugo. Der Akte zufolge war seine Frau, Eileen, zweiunddreißig gewesen, als sie starb. Sie hatten drei Kinder gehabt, die von Verwandten aufgezogen worden waren, nachdem Junior verhaftet und weggesperrt worden war.

Lacy nahm einen der beiden Telefonhörer auf ihrer Seite der Scheibe. »Danke, dass Sie einem Treffen zugestimmt haben.«

Den Hörer in der Hand, zuckte Mace mit den Schultern, sagte aber nichts.

»Bestimmt haben Sie unseren Brief bekommen. Wir arbeiten für das Board on Judicial Conduct des Staates Florida und ermitteln gegen Richterin Claudia McDover.«

»Schon kapiert«, erwiderte er. »Ich bin ja hier. Ich war mit dem Treffen einverstanden.« Mace sprach langsam, als müsste er über jedes Wort erst einmal nachdenken.

»Wir, äh«, stammelte Hugo, »sind nicht hier, um über Ihren Fall zu sprechen. Wir können Ihnen in dieser Hinsicht nicht helfen, außerdem haben Sie ja ein paar gute Anwälte in Washington.«

»Ich lebe noch. Sieht so aus, als würden die ihre Arbeit tun. Was wollen Sie von mir?«

»Informationen«, erwiderte Lacy. »Wir brauchen die Namen von Personen, mit denen wir reden können. Tappacola von der guten Seite, Ihrer Seite. Das ist eine völlig fremde Welt für uns. Wir können da nicht einfach reinschneien und Fragen stellen.«

Seine Augen verengten sich, und seine Mundwinkel neigten sich nach unten wie zu einem umgekehrten Lächeln. Stumm starrte er sie an und nickte. »Hören Sie«, sagte er schließlich, »meine Frau und Son Razko wurden 1995 ermordet. Ich wurde 1996 verhaftet und gefesselt in einem Transporter weggebracht. Das war, bevor das Kasino gebaut wurde. Ich bin mir also nicht sicher, ob ich Ihnen helfen kann. Die mussten mich aus dem Weg schaffen, Son und mich, ehe sie mit dem Bau beginnen konnten. Sie haben Son ermordet, zusammen mit meiner Frau, und mich haben sie dafür hinter Gitter gebracht.«

»Wissen Sie, wer es getan hat?«, fragte Hugo.

Jetzt verzog sich sein Mund zu einem Lächeln, das es jedoch nicht bis zu den Augen schaffte. Bedächtig sagte er: »Mr. Hatch, ich habe sechzehn Jahre lang immer wieder ausgesagt, dass ich nicht weiß, wer meine Frau und Son

Razko ermordet hat. Es gab da ein paar Gestalten im Hintergrund, Außenstehende, die auf einmal mitmischten. Unser damaliger Chief war ein guter Mann, aber er hat sich bestechen lassen. Die Fremden setzten ihm zu, ich weiß nicht, wie sie es gemacht haben, aber es hatte sicher mit Geld zu tun, und irgendwann war er davon überzeugt, dass das Kasino die Lösung wäre. Son und ich wehrten uns und gewannen die erste Abstimmung 1993. Sie hatten damit gerechnet, dass die Wähler zu ihren Gunsten entscheiden würden, sodass sie ganz offiziell mit dem Kasino und dem Land, auf dem es steht, Geld scheffeln konnten. Nachdem unsere Leute beim ersten Mal dagegen stimmten, beschlossen sie, Son auszuschalten. Und mich wohl auch. Sie überlegten sich, wie sie es tun wollten. Son ist tot. Ich bin hier. Und das Kasino ist seit über zehn Jahren die reinste Gelddruckmaschine.«

»Schon mal den Namen Vonn Dubose gehört?«, fragte Lacy.

Er schwieg, zuckte jedoch leicht zusammen. Es war ganz klar, dass seine Antwort ja lauten musste, und so machten sie sich beide eine Notiz, als er verneinte. Das wäre ein interessantes Gesprächsthema für den Heimweg. »Vergessen Sie nicht«, sagte er. »Ich bin seit Langem weg vom Fenster. Fünfzehn Jahre in der Isolation zerstören Seele, Geist und Verstand. Ich habe viel vergessen, und ich erinnere mich nicht immer an das, woran ich mich erinnern sollte.«

»Vonn Dubose hätten Sie sicher nicht vergessen«, drängte Lacy.

Junior biss die Zähne zusammen und schüttelte den Kopf. Nein. »Ich weiß nicht, wer das ist.«

»Ich nehme an«, sagte Hugo, »Sie haben keine gute Meinung von Richterin McDover.«

»Das wäre untertrieben. Der Prozess unter ihrem Vorsitz war eine Farce, und sie hat einen Unschuldigen in die Todeszelle gebracht. Außerdem betreibt sie Vertuschung. Ich hatte immer den Verdacht, dass sie mehr wusste, als sie wissen sollte. Die ganze Sache ist ein einziger Albtraum, Mr. Hatch. Von dem Moment an, als ich erfuhr, dass meine Frau zusammen mit Son ermordet worden war, über den Schock, dass ich dafür verantwortlich gemacht wurde, bis zur Verhaftung und der Verurteilung. Alles lief wie geschmiert, nur dass von meiner Warte aus die anderen böse waren – Polizei, Staatsanwalt, Richterin, Zeugen, Geschworene. Die Maschinerie lief auf Hochtouren, und in null Komma nichts war ich verhaftet, verurteilt, weggesperrt. Ein Justizirrtum.«

»Was vertuscht die Richterin?«, fragte Lacy.

»Die Wahrheit. Ich gehe davon aus, dass sie weiß, dass ich Son und Eileen nicht getötet habe.«

»Wie viele Menschen kennen die Wahrheit?«, fragte Hugo.

Junior legte den Hörer auf den Tisch und rieb sich die Augen, als hätte er seit Tagen nicht geschlafen. Er fuhr sich mit den Fingerspitzen durch sein dichtes Haar bis zum Ansatz des Pferdeschwanzes. Langsam nahm er den Hörer wieder auf. »Nicht viele. Die meisten Leute halten mich für den Mörder. Sie glauben die Geschichte, und warum auch nicht? Ich wurde rechtmäßig verurteilt, und jetzt vegetiere ich hier vor mich hin, während ich auf die Giftspritze warte. Irgendwann werde ich sie bekommen, und dann karren sie mich zurück nach Brunswick County und bringen mich dort irgendwo unter die Erde. Die Geschichte wird mich überdauern. Junior Mace hat seine Frau mit einem anderen Mann erwischt und aus Rache beide getötet. Das ist eine ziemlich gute Geschichte, oder?«

Für einen Moment herrschte Schweigen. Lacy und Hugo kritzelten Notizen, während sie überlegten, was sie als Nächstes fragen sollten.

Junior unterbrach die Stille. »Nur damit Sie Bescheid wissen: Das gilt als Anwaltsbesuch, und die sind zeitlich nicht beschränkt. Wenn Sie es nicht eilig haben, nur zu, ich habe es ganz sicher nicht eilig. In meiner Zelle hat es jetzt fast vierzig Grad. Es gibt keine Lüftung, mein kleiner Ventilator quirlt einfach nur die heiße Luft. Ihr Besuch ist eine nette Unterbrechung für mich. Sie dürfen gern jederzeit vorbeikommen, wenn Sie in der Gegend sind.«

»Danke«, sagte Hugo. »Bekommen Sie viel Besuch?«

»Nicht so viel, wie ich möchte. Meine Kinder kommen hin und wieder, aber das sind immer schwierige Momente. Jahrelang wollte ich nicht, dass sie kommen, und sie sind so schnell erwachsen geworden. Inzwischen sind sie verheiratet. Ich bin sogar Großvater, nur habe ich meine Enkel noch nie gesehen. Immerhin habe ich Fotos, meine Wände sind voll davon. Wie würden Sie das finden? Vier Enkel, und ich konnte sie noch nie in den Arm nehmen.«

»Wer hat Ihre Kinder aufgezogen?«, fragte Lacy.

»Meine Mutter hat mitgeholfen, bis sie starb. Mein Bruder Wilton und seine Frau haben sich hauptsächlich darum gekümmert, und sie haben ihr Bestes gegeben. Es war schlimm. Stellen Sie sich vor, Sie sind ein Kind, und Ihre Mutter wird ermordet. Alle sagen, Ihr Vater ist der Mörder, und schicken ihn in die Todeszelle.«

»Halten Ihre Kinder Sie für schuldig?«

»Nein. Sie kennen die Wahrheit von Wilton und meiner Mutter.«

»Würde Wilton mit uns reden?«, fragte Hugo.

»Ich weiß nicht. Sie können es versuchen. Ich bin nicht sicher, ob er hineingezogen werden will. Sie müssen verstehen, dass unser Volk heutzutage ziemlich gut lebt, viel besser als früher. Im Rückblick bin ich gar nicht so sicher, ob Son und ich auf der richtigen Seite standen, als wir uns gegen das Kasino stellten. Es hat Arbeit, Schulen, Straßen und ein Krankenhaus gebracht, einen Lebensstandard, den sich unser Volk nie hat träumen lassen. Ab dem achtzehnten Lebensjahr bekommen Tappacola eine lebenslange Rente von fünftausend Dollar monatlich, und das könnte sogar noch mehr werden. Die sogenannte Dividende. Selbst ich bekomme monatlich Dividenden, obwohl ich hier drin sitze. Ich würde das Geld für meine Kinder anlegen, aber die brauchen es nicht. Also schicke ich es meinen Anwälten in Washington, weil ich denke, das ist das Mindeste, was ich tun kann. Als sie damals meinen Fall übernahmen, gab es die Dividenden noch nicht. Sie haben sicher nicht damit gerechnet, je Geld zu sehen. Tappacola zahlen nichts für Gesundheitsversorgung, Schule, und sogar das Studium ist kostenlos, wenn sie denn studieren wollen. Wir haben eine eigene Bank, die günstige Darlehen für Häuser und Autos gewährt. Wie gesagt, das Leben ist dort ziemlich gut, viel besser als früher. Das ist die positive Seite. Die Kehrseite ist, dass es ernsthafte Probleme mit der Motivation gibt, vor allem bei den jungen Leuten. Warum sollte man aufs College gehen und einen Beruf erlernen, wenn man auch so ein garantiertes Einkommen hat? Wozu einen Job suchen? Das Kasino beschäftigt etwa die Hälfte aller erwachsenen Stammesmitglieder, und das ist ein permanenter Reibungspunkt. Wer bekommt einen einfachen Job und wer nicht? Da wird viel gezankt und manipuliert. Doch insgesamt ist der Stamm der Ansicht, dass alles großartig läuft. Warum etwas riskieren? Warum sich noch um mich bemühen? Warum sollte Wilton Ihnen helfen, eine korrupte Richterin zu entlarven, wenn das für alle anderen nur Nachteile brächte?«

»Wissen Sie etwas über Korruption im Kasino?«, fragte Lacy.

Mace legte den Hörer wieder hin und durchwühlte sich die Haare, als würde ihm die Antwort Schmerzen bereiten.

Sein Zögern ließ darauf schließen, dass er nicht mit der Wahrheit haderte, sondern nicht wusste, welche Version davon er wählen sollte. Er nahm den Hörer. »Wie gesagt, das Kasino wurde erst eröffnet, als ich schon ein paar Jahre hier war. Ich habe es nie gesehen.«

»Kommen Sie, Mr. Mace«, beharrte Hugo. »Sie haben selbst gesagt, der Stamm ist klein. Ein großes Kasino für eine kleine Gruppe Menschen. Es ist gar nicht möglich, Geheimnisse zu bewahren. Bestimmt haben Sie von den Gerüchten gehört.«

»Was für Gerüchte?«

»Dass Gelder abgezweigt werden. Schätzungen zufolge spielt Treasure Key heute im Schnitt fünfhundert Millionen ein, und neunzig Prozent des Umsatzes ist Bargeld. Unsere Quelle hat uns berichtet, dass die indianische Führung mit einer Verbrecherbande unter einer Decke steckt, die ordentlich abkassiert. Davon haben Sie noch nie etwas gehört?«

»Das Gerücht habe ich vielleicht schon mal gehört, aber das heißt nicht, dass ich mehr darüber weiß.«

»Wer weiß dann etwas? Mit wem können wir reden?«, fragte Lacy.

»Sie müssen eine gute Quelle haben, sonst wären Sie nicht hier. Fragen Sie Ihre Quelle.«

Lacy und Hugo sahen sich an. Beide hatten das Bild von Greg Myers vor Augen, der auf seinem Boot in der Karibik umhertuckerte, ein kühles Bier in der Hand, Jimmy Buffett im Ohr. »Vielleicht später«, wiegelte Hugo ab. »Im Moment brauchen wir jemanden, der sich im Kasino auskennt.«

Mace schüttelte den Kopf. »Wilton ist meine einzige Quelle, und er erzählt nicht viel. Ich weiß nicht, wie viel er weiß, zu mir nach Starke dringt jedenfalls nicht viel durch.«

»Würden Sie Wilton anrufen und ihm sagen, dass er mit uns reden kann?«, bat Lacy.

»Und was hätte ich davon? Ich weiß nicht. Ich weiß nicht mal, ob man Ihnen trauen kann. Sie handeln bestimmt in hehrer Absicht, aber die Sache könnte Ihnen über den Kopf wachsen. Ich weiß nicht. Ich muss darüber nachdenken.«

»Wo wohnt Wilton?«, fragte Hugo.

»Im Reservat, nicht weit vom Kasino entfernt. Er hat versucht, dort einen Job zu bekommen, aber sie haben ihn abgelehnt. Niemand aus meiner Verwandtschaft arbeitet im Kasino. Sie werden dort nicht eingestellt. Es ist ein Politikum.«

»Und sie sind verärgert?«

»O ja. Alle, die gegen das Kasino waren, stehen praktisch auf einer schwarzen Liste und werden nicht angestellt. Sie bekommen zwar ihre monatlichen Schecks, aber arbeiten dürfen sie nicht.«

»Und wie stehen sie zu Ihnen?«, fragte Lacy.

»Wie gesagt, die meisten glauben, dass ich Son, ihren Anführer, getötet habe, da ist also wenig Sympathie. Die Befürworter des Kasinos haben mich von Beginn an gehasst. Sie können sich denken, dass ich nicht viele Fans unter meinen Leuten habe. Und meine Familie trägt die Konsequenzen.«

»Wenn Richterin McDover entlarvt wird«, sagte Hugo, »und die Bestechung offengelegt wird, würde das Ihrem Fall helfen?«

Mace stand langsam auf und streckte sich, als hätte er Schmerzen. Er machte ein paar Schritte zur Tür und kehrte dann zum Tisch zurück. Erneut streckte er sich, ließ seine Fingerknöchel knacken, setzte sich und nahm den Hörer wieder auf. »Ich glaube nicht. Mein Prozess ist seit Langem vorbei. Alle ihre Beschlüsse wurden durch die Instanzen zerpflückt, und zwar von richtig guten Anwälten. Wir glauben, dass die Richterin mehrfach falsch lag. Wir glauben, dass schon vor zehn Jahren ein neuer Prozess hätte anberaumt werden müssen, doch die Gerichte stellten sich immer hinter sie. Nicht einstimmig – es gab jedes Mal eine starke Fraktion zu meinen Gunsten –, doch es geht eben nach der Mehrheit, und deshalb sitze ich immer noch hier. Die beiden Knastspitzel, die mein Urteil besiegelt und mich hierhergebracht haben, sind übrigens vor zwei Jahren verschwunden. Wussten Sie das?«

»Ich habe in einem Memo davon gelesen«, sagte Lacy.

»Sie verschwanden beide zur gleichen Zeit.«

»Irgendeine Idee?«

»Ich habe zwei Theorien. Höchstwahrscheinlich wurden sie aus dem Weg geräumt, nachdem mein Urteil bestätigt war. Beide waren Berufsverbrecher und gute Komödianten, die geschniegelt und gebügelt vor Gericht erschienen und den Geschworenen überzeugend vorlogen, dass ich mich im Gefängnis mit den Morden gebrüstet hätte. Das Problem mit Spitzeln ist, dass sie ihre Aussagen gern widerrufen. Meine erste Theorie ist deshalb, dass die wahren Mörder sie kaltgemacht haben, ehe sie auf die Idee kamen, ihre Geschichte umzudichten. Ich glaube, dass es so war.«

»Und die zweite Theorie?«, fragte Hugo.

»Dass sie von meinen Leuten aus Rache erledigt wurden. Ich bezweifle das, aber ganz undenkbar ist es nicht. Die Emotionen kochten hoch damals, da war einiges möglich. Jedenfalls verschwanden die beiden auf Nimmerwiedersehen. Ich hoffe, dass sie tot sind. Dafür dass sie mir das hier eingebrockt haben.«

»Wir sollen nicht über Ihren Fall reden«, sagte Lacy.

»Worüber soll ich sonst reden? Außerdem, wen interessiert das schon noch? Die Akten sind inzwischen längst öffentlich zugänglich.«

»Dann wären wir jetzt bei vier Leichen«, zählte Hugo.

»Mindestens.«

»Da sind noch mehr?«, fragte Lacy.

Maces gleichmäßiges, beständiges Nicken konnte Zustimmung bedeuten, aber auch ein nervöser Tick sein. »Kommt darauf an, wie tief Sie bohren«, sagte er schließlich.

6

DAS ERSTE GERICHTSGEBÄUDE, das die Steuerzahler von Brunswick County finanziert hatten, war niedergebrannt, das zweite weggeblasen worden. Nach dem Hurrikan 1970 entschied sich die County-Regierung für ein Modell aus Stein, Beton und Stahl. Das Ergebnis war ein hässlicher Kasten im Sowjetstil mit drei Stockwerken, kaum Fenstern und einem Metalldach, das vom ersten Tag an undicht war. Zu der Zeit war das zwischen Pensacola und Tallahassee gelegene County schwach besiedelt und seine Strände frei von Sonnenanbetern und Müll. Der Volkszählung von 1970 zufolge lebten hier achttausendeinhundert Weiße, eintausendfünfhundertsiebzig Schwarze und vierhundertelf Indianer.

Ein paar Jahre nachdem das sogenannte Neue Gericht eröffnet worden war, entdeckten Bauunternehmer die Küste Nordfloridas und zogen Apartmentanlagen und Hotels hoch. Mit ihrem kilometerlangen breiten und unberührten Strand wurde die »Emerald Coast« ein noch beliebteres Reiseziel. Die Bevölkerung wuchs, und 1984 musste Brunswick County das Gerichtsgebäude erweitern. Im gleichen postmodernen Stil wurde ein verstörender neuer Flügel in Phallusform errichtet, der an ein Krebsgeschwür erinnerte. Die Einheimischen nannten ihn »Tumor«, während er offiziell schlicht als »Anbau« bezeichnet wurde. Zwölf Jahre später – die Bevölkerung war stetig gestiegen – fügte das County am anderen Ende des »Neuen Gerichts« einen weiteren »Tumor« an und erklärte sich von nun an für alles gewappnet.

Sitz der County-Verwaltung war die Stadt Sterling. Brunswick und die zwei angrenzenden Countys bildeten Floridas 24. Gerichtsbezirk. Es gab zwei Bezirksrichter, doch nur Claudia McDover hatte ihr Büro in Sterling, was dazu führte, dass sie das Gericht praktisch als ihres betrachtete. Sie war schon lange dabei und sehr einflussreich, und die Mitarbeiter zogen in ihrer Nähe die Köpfe ein. Ihr geräumiges Büro lag im zweiten Obergeschoss, wo sie eine schöne Aussicht und etwas Tageslicht durch eines der wenigen Fenster genießen konnte. Sie hasste das Gebäude und träumte davon, eines Tages genug Einfluss zu haben, um es einreißen und ein neues errichten lassen zu können. Doch das war nur ein Traum.

Nach einem ruhigen Tag am Schreibtisch informierte sie ihre Sekretärin, dass sie heute bereits um sechzehn Uhr Feierabend machen werde, ungewöhnlich früh für sie. Die gut ausgebildete, aber schüchterne Vorzimmerdame nahm die Auskunft zur Kenntnis, stellte jedoch keine Fragen. Niemand stellte Claudia McDover Fragen.

Sie verließ Sterling in ihrem neuen Lexus und begab sich auf eine Landstraße Richtung Süden. Zwanzig Minuten später bog sie in die imposant-protzige Einfahrt des Treasure Key ein, das sie insgeheim »mein Kasino« nannte. Ohne ihre Mühe würde es nicht existieren, davon war sie überzeugt. Außerdem verfügte sie über die Macht, es morgen schließen zu lassen, wenn sie wollte. Dazu würde es allerdings nicht kommen. Sie nahm eine Seitenstraße entlang der Grundstücksgrenze und musste wie immer lächeln, als sie die überfüllten Parkplätze sah, die dicht gepackten Shuttlebusse, die die Spieler in die Hotels brachten oder dort abholten, und die schrillen Neonanzeigen, die Shows mit abgewrackten Countrysängern und billigen Zirkusnummern ankündigten. All dies bedeutete, dass die Indianer erfolgreich waren – und diese Gewissheit löste ihr Lächeln aus. Die einen hatten Arbeit, die anderen amüsierten sich. Familien machten hier Urlaub. Treasure Key war ein wundervoller Ort, und es störte sie nicht im Geringsten, dass sie nur in bescheidenem Maßstab beteiligt war.

Im Moment störte Claudia McDover eigentlich gar nichts. Nach siebzehn Jahren im Amt waren ihr Ruf bestens, ihr Job sicher und ihre Bewertungen ansehnlich. Nach elf Jahren »Gewinnbeteiligung« durch das Kasino sah sie sich als sehr reiche Frau. Ihr Vermögen war rund um den Globus versteckt und vermehrte sich Monat für Monat. Zwar musste sie mit Menschen Geschäfte machen, die ihr nicht behagten, aber dafür bekam die Außenwelt von ihrem gemeinschaftlichen Betrug nichts mit. Es gab keine Spuren, keine Beweise. Alles lief seit elf Jahren reibungslos, seit dem Tag, an dem das Kasino eröffnet hatte.

Durch ein Tor erreichte sie Rabbit Run, das riesige Golfgelände mit Wohnanlage. Vier Einheiten gehörten ihr – zumindest gehörten ihr die Offshore-Firmen, auf deren Namen sie eingetragen waren. Eine davon nutzte sie selbst, die anderen drei ließ sie durch einen Anwalt vermieten. Ihr Domizil am vierten Fairway war eine zweistöckige Festung mit Sicherheitstüren und -fenstern. »Schutz vor Hurrikans« war ihr Argument gewesen, als sie vor Jahren baulich aufgerüstet hatte. In eines der kleinen Zimmer hatte sie einen drei auf drei Meter großen Tresorraum mit Betonwänden und Schutz gegen Brand und Diebstahl einbauen lassen. Darin bewahrte sie ein paar greifbare Vermögenswerte auf – Bargeld, Gold, Schmuck. Außerdem einige Dinge, die sich schwer transportieren ließen – zwei Picasso-Lithografien, eine viertausend Jahre alte ägyptische Urne, ein Teegeschirr aus einer anderen Dynastie sowie eine Sammlung seltener Erstausgaben von Romanen aus dem 19. Jahrhundert. Das Zimmer lag hinter einem drehbaren Bücherregal verborgen, sodass niemand, der das Haus betrat, davon etwas ahnte. Doch es betrat ohnehin nie jemand das Haus. Gelegenheitsgäste wurden zu einem Drink auf der Terrasse eingeladen, aber das Haus selbst war weder für Gäste und entspannte Drinks gedacht noch dafür, hier zu leben.

Claudia öffnete die Vorhänge und blickte auf den Golfplatz hinaus. Es waren die Hundstage im August, die Luft war heiß und stickig, und die Anlage lag verlassen da. Sie füllte einen Teekessel mit Wasser und stellte ihn auf eine Herdplatte. Während das Wasser heiß wurde, erledigte sie zwei Telefonate, beide mit Anwälten aus laufenden Prozessen an ihrem Gericht.

Pünktlich um siebzehn Uhr erschien ihr Gast. Sie trafen sich am ersten Mittwoch jeden Monats um diese Uhrzeit. Hin und wieder, wenn sie auf Reisen war, verlegten sie das Treffen, doch das kam selten vor. Sie besprachen sich immer persönlich in ihrem Haus, wo nicht die Gefahr bestand, abgehört zu werden. Telefone benutzten sie höchstens ein- oder zweimal im Jahr. Sie betrieben keinen Aufwand und hinterließen keine Spuren. Sie hatten von Beginn an auf Sicherheit geachtet, aber auch jetzt noch gingen sie kein Risiko ein.

Claudia trank Tee, Vonn genoss Wodka auf Eis. Er war mit einer braunen Umhängetasche gekommen, die er auf das Sofa gelegt hatte, so wie immer. Darin befanden sich fünfundzwanzig Stapel Hundertdollarscheine, die mit Gummibändern zusammengehalten wurden, jeweils zehntausend Dollar. Monatlich wurde eine halbe Million Dollar abgeschöpft, die sie sich fünfzig-fünfzig teilten, soweit sie wusste. Jahrelang hatte sich Claudia gefragt, wie viel er den Indianern wirklich abnahm und ob er die Schmutzarbeit selbst erledigte. Sie hatte keine Ahnung. Doch mit der Zeit hatte sie sich mit ihrem Anteil zufriedengegeben. Warum auch nicht?

Sie wusste nichts über die Einzelheiten. Wie wurde das Geld beiseitegeschafft? Wie wurden die Summen vor Buchhaltung und Sicherheitsüberwachung verborgen? Wer frisierte die Bücher? Wer in den Tiefen des Kasinos nahm das Geld an sich und hielt es für Vonn bereit? Wo holte er es ab? Und wer brachte es ihm? Wie viele korrupte Mitarbeiter waren in die Prozedur verstrickt? All dies wusste sie nicht, auch nicht, was er mit seinem Anteil machte. Sie hatten nie darüber gesprochen.

Über seine Organisation wusste sie ebenfalls nichts, was gut war. Sie hatte ausschließlich Kontakt zu Vonn Dubose und hin und wieder zu Hank, seinem getreuen Assistenten. Vonn hatte sie achtzehn Jahre zuvor entdeckt, als sie eine gelangweilte Kleinstadtanwältin gewesen war, die sich kaum über Wasser halten konnte und von Rachegelüsten gegen ihren Exmann getrieben war. Er hatte damals große Pläne für ein Bauprojekt, getragen von einem Kasino auf Indianerland, aber da war ein alter Richter im Weg. Wäre der beiseitegeschafft, genauso wie ein, zwei weitere Gegner, hätte Vonn seine Bagger losschicken können. Er bot ihr an, ihre Kampagne zu finanzieren und alles zu tun, um sie ins Amt zu bringen.

Vonn war mittlerweile um die siebzig, wäre aber für sechzig durchgegangen. Mit seiner Dauerbräune und den bunten Golfhemden sah er aus wie einer der wohlhabenden Pensionäre, die sich in Florida die Sonne auf den Bauch scheinen ließen. Er hatte zwei Scheidungen hinter sich und war seit Jahren Single. Nachdem Claudia gewählt worden war, hatte er ihr Avancen gemacht, doch sie hatte kein Interesse gehabt. Er war fünfzehn Jahre älter als sie, eigentlich nicht viel, doch es funkte nicht zwischen ihnen. Außerdem war sie mit neununddreißig Jahren darauf gekommen, dass sie Frauen lieber mochte als Männer. Und sie fand ihn langweilig. Er war ungebildet und interessierte sich für nichts anderes als Angeln, Golfspielen und das Errichten von Shopping-Outlets oder Golfplätzen. Dazu kam, dass ihr seine dunkle Seite immer noch Angst machte.

Als im Lauf der Jahre Gerüchte zu hören waren, Einzelheiten ans Licht kamen und in den Berufungsverfahren Zweifel laut wurden, begann Claudia daran zu zweifeln, dass Junior Mace seine Frau und Son Razko ermordet hatte. Bis dahin und während des Prozesses war sie von seiner Schuld überzeugt gewesen und wollte für die Menschen, die sie gerade erst ins Amt gewählt hatten, das richtige Urteil fällen. Mit der Zeit und zunehmender Routine hatten sie ernsthafte Zweifel an seiner Schuld befallen. Doch ihre Aufgabe als Prozessvorsitzende war längst erfüllt, und sie konnte wenig tun, um einen etwaigen Fehler zu korrigieren. Warum sollte sie auch? Son und Junior waren weg. Das Kasino war gebaut. Ihr Leben war schön.

Andererseits, wenn Junior nicht der Täter war, musste jemand aus Vonns Bande die Kugeln in die Köpfe von Son Razko und Eileen Mace gejagt und die beiden Gefängnisspitzel aus dem Weg geräumt haben, die Juniors Verteidigung das Genick gebrochen hatten. Auch wenn Claudia sich nach außen nichts anmerken ließ, hatte sie einen Heidenrespekt vor Dubose und seinen Jungs. Bei ihrer ersten und einzigen offenen Auseinandersetzung vor rund zehn Jahren hatte sie ihm glaubhaft versichert, dass er sofort auffliegen werde, wenn ihr auch nur ein Haar gekrümmt würde.

Über die Jahre hatten sie sich in einer Beziehung auf der Basis von gegenseitigem Misstrauen eingerichtet, bei der beide eine klar umrissene Rolle innehatten. Sie verfügte über die Macht, das Kasino jederzeit aus noch so fadenscheinigem

Grund qua gerichtlicher Anordnung zu schließen, und sie hatte bereits bewiesen, dass sie nicht davor zurückschreckte. Er übernahm die Schmutzarbeit und sorgte dafür, dass die Tappacola spurten. Der gemeinsame Erfolg machte sie von Monat zu Monat reicher. Es war erstaunlich, wie leicht sich Nähe schaffen und Misstrauen ersticken ließ, solange genug Geld im Spiel war.

Sie saßen drinnen in der kühlen Klimaanlagenluft, nippten an ihren Getränken und blickten auf das verlassene Fairway hinaus. Was für ein grandioses Gefühl, reich und erfolgreich zu sein.

»Wie läuft es mit North Dunes?«, fragte Claudia.

»Plangemäß«, erwiderte Vonn. »Beim Bauamt fällt nächste Woche die Entscheidung, und es sieht so aus, als würde grünes Licht gegeben. In zwei Monaten sollten wir so weit sein, dass die Bagger loslegen können.«

North Dunes war die neueste Ergänzung zu seinem Golfimperium, mit sechsunddreißig Loch, Seen und Teichen, schicken Apartments und noch schickeren Villen, gruppiert um ein Shoppingcenter mit Stadtplatz und Amphitheater, das Ganze nur anderthalb Kilometer vom Strand entfernt.

»Das heißt, die Leute vom Bauamt sind alle auf Linie?« Eine naive Frage. Claudia war schließlich nicht die Einzige in diesem County, die von Dubose geschmiert wurde.

»Es steht vier zu eins«, gab er zurück. »Poley ist natürlich dagegen.«

»Warum siehst du nicht zu, dass du ihn loswirst?«

»Geht nicht. Ich kann nicht auf ihn verzichten. Wir dürfen es nicht zu leicht aussehen lassen. Vier zu eins ist perfekt.«

In diesem Teil des Landes war Bestechung im Grunde nicht nötig. Jede Form von baulicher Entwicklung, von Luxuswohnsiedlungen bis hin zu Billigeinkaufszentren, war kein Problem. Man musste nur eine Hochglanzbroschüre voller

Halbwahrheiten drucken lassen, wirtschaftlichen Aufschwung, Steuereinnahmen und Jobs versprechen, dann zückten die gewählten Volksvertreter sofort ihre Stempel. Wenn irgendjemand Umwelt-, Verkehrs- oder Schulprobleme ansprach, wurde er umgehend als Liberaler, Baumkuschler oder, schlimmer noch, als »Northerner« bezeichnet. Vonn hatte schon vor Jahren Meisterschaft in diesem Spiel erlangt.

»Und die Extrasuite?«, fragte sie.

»Selbstverständlich, Euer Ehren. Auf dem Golfplatz oder im Hochhaus?«

»Wie hoch ist das Hochhaus?«

»Wie hoch hättest du es denn gern?«

»Ich würde gern das Meer sehen. Geht das?«

»Kein Problem. Laut aktuellem Plan ist es ein zehnstöckiges Haus, und etwa ab halber Höhe kann man an klaren Tagen den Golf sehen.«

»Das gefällt mir. Meerblick. Kein Penthouse, aber knapp dran.«

Die Idee, zusätzliche Wohneinheiten zu schaffen, war von Condo Conroy, einem legendären Baulöwen aus Florida, entwickelt worden. Wenn am Meer ein Wohnturm hochgezogen wurde, gab es im Trubel der Bautätigkeiten immer wieder Änderungen an den Plänen, und es wurden hier und da Wände versetzt. So entstanden zusätzliche Apartments, von denen die Baubehörde nichts wusste. Man konnte sie für alle möglichen und überwiegend nicht ganz legalen Zwecke nutzen. Vonn hatte den Trick übernommen, und seine Lieblingsrichterin hatte ein eindrucksvolles Sortiment an Extrawohnungen angehäuft. Wobei sie auch allerlei anständige Projekte mit auf den Weg gebracht hatte: ein Einkaufszentrum, einen Wasserpark, zwei Restaurants, ein paar kleine Hotels und jede Menge Baugrund, der nur darauf wartete, ausgebaggert zu werden.

»Noch einen Drink?«, fragte sie. »Es gibt zwei Dinge, die wir besprechen müssen.«

»Ich hole mir was.« Er stand auf und ging zur Küchentheke, wo sie die harten Sachen aufbewahrte, die sie selbst nie anrührte. Er goss sich ein Glas ein, gab zwei Eiswürfel dazu und kehrte zu seinem Platz zurück. »Ich höre.«

Sie atmete tief durch. Das würde nicht einfach werden. »Wilson Vango.«

»Was ist mit ihm?«, fauchte Dubose.

»Hör einfach nur zu. Er hat vierzehn Jahre abgesessen, und mit seiner Gesundheit steht es nicht zum Besten. Er hat ein Lungenemphysem, Hepatitis und psychische Probleme. Er wurde mehrfach schwer verprügelt und überfallen, das hat offenbar Spuren hinterlassen.«

»Gut so.«

»Er könnte in drei Jahren auf Bewährung entlassen werden. Seine Frau stirbt an Gebärmutterkrebs, die Familie ist völlig mittellos. Eine einzige Tragödie. Jedenfalls hat jemand den Gouverneur bekniet, und der würde Vangos Reststrafe umwandeln, wenn ich zustimme.«

Vonns Augen sprühten Funken, während er sein Glas abstellte. Er deutete erbost mit dem Finger auf sie. »Dieser Hurensohn hat vierzigtausend Dollar von einer meiner Firmen gestohlen. Ich will, dass er im Knast verreckt, am besten durch eine Prügelei. Hast du verstanden, Claudia?«

»Komm schon, Vonn. Ich habe ihm deinetwegen die Höchststrafe gegeben. Er hat lange genug gesessen. Der arme Kerl stirbt sowieso bald, genau wie seine Frau. Lass doch mal Gnade walten.«

»Niemals, Claudia. Ich lasse nie Gnade walten. Er kann froh sein, dass er eine Gefängnisstrafe bekommen hat und kein Loch in den Kopf. Verdammt, nein, Claudia. Vango wird nicht freikommen.«

»Okay, okay. Mach dir noch einen Drink. Beruhige dich. Entspann dich.«

»Mir geht's bestens. Was hast du noch?«

Sie nahm einen Schluck Tee und ließ eine Minute verstreichen. Als sich die Spannung gelegt hatte, sagte sie: »Weißt du, Vonn, ich bin jetzt sechsundfünfzig Jahre alt. Ich trage die Robe seit siebzehn Jahren, und allmählich reicht es mir mit dem Job. Das ist meine dritte Amtszeit, und da es nächstes Jahr keinen Gegenkandidaten geben wird, ist mir die vierte sicher. Vierundzwanzig Jahre am Richtertisch – das reicht. Phyllis hat auch vor, in Rente zu gehen, und wir wollen zusammen durch die Welt reisen. Ich habe genug von Sterling, und sie hat genug von Mobile. Wir haben keine Kinder, die uns an einen Ort binden, also warum sollten wir nicht in die Welt hinaus ziehen? Ein bisschen von unserem Indianergeld ausgeben?« Sie hielt inne und sah ihn an. »Was meinst du dazu?«

»Mir ist es natürlich am liebsten, wenn alles so bleibt, wie es ist. Das Tolle an dir ist, dass du so leicht zu korrumpieren warst. Und nachdem du korrumpiert warst, hast du dich in das Geld verliebt. Genauso war es bei mir auch. Der Unterschied ist, dass ich schon in die Korruption hineingeboren wurde, sie liegt mir im Blut. Ich würde Diebstahl immer ehrlicher Arbeit vorziehen. Du bist völlig unbedarft dazu gekommen, und es war erstaunlich, wie bereitwillig du dich der dunklen Seite zugewandt hast.«

»Ich war nicht unbedarft. Ich war getrieben von Hass und dem brennenden Verlangen, meinen Exmann zu demütigen. Ich wollte Rache, daran ist nichts Unbedarftes.«

»Was ich sagen will, ist: Ich bin nicht sicher, ob ich einen anderen Richter finde, der sich so leicht kaufen lässt.«

»Brauchst du denn das beim jetzigen Stand der Dinge überhaupt noch? Wenn ich gehe, gehört dir die Beute aus dem

Kasino allein, das ist doch kein schlechtes Polster. Die Politiker gehören dir. Du hast das halbe County umgepflügt, und du hast noch jede Menge Bauprojekte in der Pipeline. Es ist ziemlich offensichtlich, zumindest für mich, dass du auch ohne Richter auf deiner Gehaltsliste bestens zurechtkommst. Ich habe die Arbeit einfach satt und, um ehrlich zu sein – wobei das in einem Gespräch zwischen uns sicher nicht das richtige Wort ist –, würde ich gern eine Zeit lang enthaltsam bleiben.«

»Was das Geld betrifft oder Sex?«

»Das Geld, du Arsch«, erwiderte sie lächelnd.

Vonn lächelte und nippte erneut an seinem Wodka, während die Zeit verging. Insgeheim war er begeistert von der Idee. Ein Maul weniger zu stopfen, und zwar ein hungriges. »Wir werden überleben«, sagte er.

»Natürlich. Meine Entscheidung steht noch nicht fest, aber ich wollte dich an meinen Überlegungen teilhaben lassen. Ich habe wirklich keine Lust mehr, Scheidungen zu schlichten und halbe Kinder für den Rest ihres Lebens hinter Gitter zu stecken. Außer Phyllis habe ich aber noch niemandem davon erzählt.«

»Du kannst mir deine dunkelsten Geheimnisse anvertrauen.«

»Wir zwei sind einfach ein großartiges Team.«

Vonn stand auf. »Ich muss los. Nächsten Monat um die gleiche Zeit?«

»In Ordnung.«

Auf dem Weg nach draußen nahm er eine leere Umhängetasche aus Leder auf, die der, mit der er gekommen war, aufs Haar glich. Nur dass sie viel leichter war.

7

DER MITTELSMANN HIESS COOLEY, auch er war ein ehemaliger Anwalt, wobei sein Austritt aus der Branche wesentlich weniger spektakulär gewesen war als der seines Freundes Greg Myers. Cooley hatte Schlagzeilen vermieden, indem er sich in Georgia im Sinne der Anklage für schuldig erklärt und seine Lizenz abgegeben hatte. Er hatte nicht die Absicht, sie sich zurückzuholen.

Greg und Cooley trafen sich in einem ruhigen Winkel des Hotels Pelican in South Beach und sahen bei einem Drink auf der kleinen Terrasse die neuesten Unterlagen durch.

Die ersten paar Seiten listeten Claudia McDovers Reisen aus den letzten sieben Jahren auf, komplett mit Zeiten, Reisezielen, Aufenthaltsdauer und so weiter. Sie reiste gern und stilvoll, meist im Privatjet, auch wenn ihr Name nie in den Charterpapieren auftauchte. Phyllis Turban, ihre Anwältin, kümmerte sich um die Details. Normalerweise nahm sie eine der beiden Fluggesellschaften aus Mobile. Mindestens einmal im Monat fuhr Claudia nach Pensacola oder Panama City an der südlichen Küste Nordwestfloridas, bestieg einen kleinen Jet, in dem Phyllis bereits wartete, und flog über das Wochenende entweder nach New York oder nach New Orleans. Es gab keinerlei Hinweise darauf, was sie während dieser Wochenendtrips machten, doch der Maulwurf, hieß es, wisse da sicher mehr. Jedes Jahr im Sommer verbrachte Claudia zwei Wochen in Singapur, wo sie offenbar ein Haus besaß. Für längere Reisen flog sie mit American Airlines, und zwar Erster Klasse. Mindestens dreimal im Jahr flog sie mit dem Privatjet nach Barbados. Ob Phyllis Turban sie auf ihren Reisen nach Singapur und Barbados begleitete, war nicht klar. Der Maulwurf hatte Turbans Kanzlei in Mobile jedoch wiederholt von verschiedenen Prepaidhandys aus angerufen und festgestellt, dass sie nie dort anzutreffen war, wenn McDover im Ausland weilte. Die Anwältin kehrte immer zeitgleich mit der Richterin an den Schreibtisch zurück.

In einem Memo schrieb der Maulwurf: »Am ersten Mittwoch jeden Monats verlässt CM ihr Büro etwas früher als üblich und fährt nach Rabbit Run. Eine Zeit lang war es unmöglich zu bestimmen, wohin genau. Nachdem ein GPS-Peilsender an der Unterseite ihres Heckstoßfängers angebracht worden war, konnten ihre Bewegungen nachvollzogen werden. Die Adresse der Einheit lautet 1614D Fairway Drive. Dem Katasteramt von Brunswick County zufolge hat die Immobilie den Eigentümer gewechselt und gehört nun einer Firma mit Sitz in Belize. Es liegt nahe, dass sie nach Rabbit Run fährt, um dort Bargeld aus dem Kasino abzuholen und dann mit der gesamten oder einem Teil der Summe zu verreisen. Es liegt ebenso nahe, dass das Bargeld in Gold, Silber, Diamanten und Sammlerstücke eingetauscht wird. Gewisse Händler in New York und New Orleans sind bekannt dafür, dass sie Ware gegen Bargeld liefern, wenn auch für astronomische Preise. Diamanten und Schmuck lassen sich besonders leicht außer Landes schmuggeln, und Bargeld kann man per Expresspost über Nacht weltweit verschicken, insbesondere in die Karibik.«

»Das hört sich für mich alles ziemlich schwammig an«, sagte Greg. »Wie viel weiß er wirklich?«

»Machen Sie Witze?«, erwiderte Cooley. »Schauen Sie sich die Reisedaten an. Das sind präzise Bewegungen über einen

Zeitraum von sieben Jahren. Außerdem klingt es, als verstünde sie etwas von Geldwäsche.«

»Sie? Eine Frau?«

»Die Person, okay? Und dabei bleibt es.«

»Aber ich habe das Mandat dieser Person.«

»Lassen Sie's gut sein, Greg. Wir haben eine Abmachung.«

»Um so viel zu wissen, muss die Person täglich Kontakt mit der Richterin haben. Vielleicht eine Sekretärin?«

»Die Person hat mir einmal erzählt, dass McDover Sekretärinnen verschleißt und sie alle ein, zwei Jahre feuert. Also hören Sie auf zu spekulieren. Der Maulwurf lebt in Angst. Haben Sie die Beschwerde eingereicht?«

»Ja. Die Ermittlungen laufen und werden der Alten zu gegebener Zeit um die Ohren gehauen. Das wird wie eine Bombe einschlagen. Können Sie sich die Horrorshow vorstellen, wenn McDover klar wird, dass ihre Party vorüber ist?«

»Sie wird nicht in Panik geraten, dazu ist sie viel zu kaltschnäuzig und clever«, sagte Cooley. »Sie wird ihre Anwälte auf den Plan rufen, die sich sofort an die Arbeit machen. Dann wird sie Dubose anrufen, und der wird sein böses Spiel beginnen. Was ist mit Ihnen, Greg? Ihr Name steht auf der Beschwerde. Sie sind derjenige, der die Anschuldigungen erhebt.«

»Ich werde schwer zu identifizieren sein. Vergessen Sie nicht, ich bin McDover und Vonn Dubose nie begegnet. Sie kennen mich nicht. Es gibt mindestens achtzehnhundert Greg Myers' in diesem Land, die alle einen Wohnsitz, Telefonnummern, Familien und Jobs haben. Dubose wird nicht wissen, wo er mit der Suche anfangen soll. Außerdem, sobald ich den Schatten eines Verfolgers sehe, schwinge ich mich auf mein Bötchen und schrumpfe zu einem Punkt auf dem Ozean. Er wird mich nie aufspüren. Warum lebt der

Maulwurf in Angst? Sein – ihr – Name wird nie ans Licht kommen.«

»Keine Ahnung, Greg. Vielleicht ist er oder sie mit den Gepflogenheiten des organisierten Verbrechens nicht so vertraut. Vielleicht hat er oder sie Angst, dass es auf ihn oder sie zurückfallen könnte, wenn zu viel Schmutz über McDover ausgeschüttet wird.«

»Tja, jetzt ist es jedenfalls zu spät«, sagte Greg. »Die Beschwerde ist eingereicht, die Uhr tickt.«

»Werden Sie das demnächst verwenden?« Cooley wedelte mit ein paar Blättern.

»Mal sehen, ich muss darüber nachdenken. Sagen wir, es beweist, dass die Richterin gern mit ihrer Partnerin in Privatjets herumreist. Wow. McDovers Anwälte werden entgegenhalten, dass daran nichts verwerflich ist, solange Phyllis die Rechnungen bezahlt. Und da Phyllis bei McDover keine Fälle anhängig hat, entsteht niemandem ein Schaden.«

»Phyllis Turban führt eine kleine Kanzlei in Mobile und hat sich auf Testamente spezialisiert. Ich wette, sie macht nicht mehr als hundertfünfzigtausend im Jahr. Die Jets, die die beiden benutzen, kosten dreitausend die Stunde, und sie kommen auf achtzig Stunden im Jahr. Das macht eine Viertelmillion für Chartergebühren, und das ist nur das, was uns bekannt ist. Als Bezirksrichterin hat McDover dieses Jahr einhundertsechsundvierzigtausend Dollar verdient. Selbst wenn sie zusammenlegen, könnten sie sich nicht einmal das Kerosin leisten.«

»Gegen Phyllis Turban laufen keine Ermittlungen. Vielleicht sollte man gegen sie ermitteln, aber das ist eine andere Geschichte. Wenn wir an diesem Fall verdienen wollen, müssen wir die Richterin zur Strecke bringen.«

»Schon klar.«

»Wie oft treffen Sie sich mit dem Maulwurf?«, fragte Myers.

»Nicht oft. Die Person ist zurzeit ziemlich zurückhaltend und fast panisch vor Angst.«

»Warum macht sie es dann?«

»Aus Hass auf McDover. Und wegen des Geldes. Ich habe sie davon überzeugt, dass sich damit ein Vermögen verdienen lässt. Ich hoffe nur, dass niemand dabei zu Tode kommt.«

Lacy wohnte in einer Zweizimmerwohnung in einem umgebauten Lagerhaus, fünf Autominuten von ihrem Büro entfernt und nahe dem Campus der Florida State University. Der für den Umbau zuständige Architekt hatte tolle Arbeit geleistet, die zwanzig Wohneinheiten waren rasch verkauft worden. Ihr Vater hatte ihr eine komfortable Lebensversicherung übertragen, und zusammen mit einer großzügigen Gabe ihrer Mutter hatte Lacy eine beträchtliche Anzahlung auf die Wohnung leisten können. Es würde wohl die einzige nette Geste ihrer Eltern bleiben. Ihr Vater war jetzt seit fünf Jahren tot, und ihre Mutter, Ann Stoltz, schien mit den Jahren immer geiziger zu werden. Sie ging auf die siebzig zu und alterte nicht so lässig, wie Lacy sich das gewünscht hätte. Ann fuhr nicht mehr weiter als zehn Kilometer mit dem Auto, und so sahen sie sich kaum noch.

Lacys einziger Gefährte war Frankie, ihre Französische Bulldogge. Seit sie mit achtzehn von zu Hause ausgezogen war, um zu studieren, hatte sie nicht mehr mit einem Mann zusammengelebt. Wobei sie auch nie wirklich in Versuchung gekommen war. Vor zehn Jahren hatte ihre einzige große Liebe einmal von Zusammenziehen gesprochen, doch wie sie kurz darauf herausfand, hatte er da bereits geplant, mit einer verheirateten Frau davonzulaufen. Was er dann auch tat, auf skandalöse Art und Weise. Inzwischen lebte Lacy gern allein. Sie genoss es, mitten im Bett zu schlafen, nur ihren eigenen Dreck wegräumen zu müssen, ihr eigenes Geld zu verdienen und auszugeben, zu kommen und zu gehen, wann sie wollte, ihre Karriere zu verfolgen, ohne sich über die seine Gedanken zu machen, ihren Feierabend zu gestalten, ohne sich absprechen zu müssen, nur dann zu kochen, wenn sie Lust hatte, und die alleinige Macht über die Fernbedienung zu haben. Rund ein Drittel ihrer Freundinnen hatten Scheidungen hinter sich, unter denen sie nachhaltig litten, und keine wollte einen neuen Mann, jedenfalls nicht gleich. Ein weiteres Drittel steckte in gescheiterten Ehen fest, aus denen es kein Entrinnen gab. Und die übrigen waren entweder zufrieden mit ihren Beziehungen und berufstätig oder hatten Kinder.

Ihr gefiel diese Statistik nicht. Ebenso wenig gefiel ihr, dass die Gesellschaft sie automatisch als unglücklich betrachtete, weil sie »den Richtigen« nicht gefunden habe. Warum sollte ihr Leben danach beurteilt werden, ob und mit wem sie verheiratet war? Sie fand es schrecklich, dass die anderen sie für einsam hielten. Wenn sie nie mit einem Mann gelebt hatte, wie konnte sie etwas vermissen? Und sie hatte die Nase voll von der Neugier ihrer Familie, speziell ihrer Mutter und deren Schwester, Tante Trudy, die keine Unterhaltung führen konnten, ohne unweigerlich zu der Frage zu kommen, ob sie denn jetzt »was Ernstes« habe. »Wer sagt denn, dass ich nach was Ernstem suche?«, war dann ihre Standardantwort.

Es fiel ihr nicht leicht, das zuzugeben, doch das war der Hauptgrund, warum sie ihrer Mutter und Tante Trudy aus dem Weg ging. Sie war rundum glücklich mit ihrem Singledasein und nicht auf der Suche nach dem Märchenprinzen, doch die beiden betrachteten sie als Sonderling, der Mitleid verdiente, weil er ganz allein durchs Leben wandeln musste. Ihre Mutter war eine trauernde Witwe und würde es immer bleiben, Trudy hatte einen unmöglichen Mann, trotzdem sahen beide ihr Leben als besser an.

Es gehörte wohl zum Singledasein dazu, dass man sich mit den Vorurteilen der Mitmenschen herumärgern musste.

Lacy machte sich eine weitere Tasse koffeinfreien grünen Tee und überlegte, ob sie sich einen alten Film anschauen sollte. Andererseits war es kurz vor zweiundzwanzig Uhr an einem Wochentag, und sie brauchte Schlaf. Sadelle hatte zwei ihrer neuesten Memos gemailt, und Lacy beschloss, sich eines davon durchzulesen, bevor sie in den Pyjama schlüpfte. Im Verlauf vieler Jahre hatte sie gelernt, dass Sadelles Memos oft wirkungsvoller waren als Schlaftabletten.

Das dünnere Paket trug den Titel »Tappacola: Fakten, Zahlen, Gerüchte«.

Bevölkerung: Es ist nicht klar, wie viele Tappacola Native Americans es gibt. (Übrigens, der Ausdruck »Native Americans« ist eine politisch korrekte Wortschöpfung von ahnungslosen Weißen, die sich besser fühlen, wenn sie diese Bezeichnung benutzen; die Native Americans nennen sich selbst Indianer und lachen über die von uns, die das nicht tun … Aber ich schweife ab.) Dem Bureau of Indian Affairs zufolge gab es 2010 vierhunderteinundvierzig gegenüber vierhundertzwei im Jahr 2000. Doch die Goldgrube Kasino hat die Gruppe vor eine neue Herausforderung gestellt, denn zum ersten Mal überhaupt wollen viele Menschen Tappacola werden. Das liegt an der Verteilung von Mitteln, die gemeinhin als »Dividenden« bezeichnet werden. Den Aussagen von Junior Mace zufolge bekommt jeder Tappacola über achtzehn Jahre monatlich einen Scheck über fünftausend Dollar. Es ist unmöglich, das zu beweisen, weil der Stamm keine Zahlen veröffentlicht. Wenn eine Frau heiratet, wird ihre Dividende rätselhafterweise um die Hälfte gekürzt.

Dividenden sind von einem Stamm zum anderen unterschiedlich, auch von Staat zu Staat. Vor Jahren gab es einen Stamm in

Minnesota, der dadurch berühmt wurde, dass sein Kasino, das fast eine Milliarde Dollar im Jahr umsetzte, im Besitz von nur fünfundachtzig seiner Mitglieder war. Die jährliche Dividende pro Person betrug über eine Million Dollar. Das soll immer noch ein Rekord sein.

Es gibt in den Vereinigten Staaten fünfhundertzweiundsechzig anerkannte Stämme, aber nur zweihundert davon betreiben Kasinos. Weitere hundertfünfzig Stämme bemühen sich um die Anerkennung, doch Washington ist misstrauisch geworden. Wenn neue Stämme anerkannt werden wollen, müssen sie große Hindernisse überwinden. Viele Kritiker behaupten, dass der unvermittelt auftretende Stolz auf Traditionen allein von dem Wunsch getrieben wird, ins Kasinogeschäft einzusteigen. Die meisten Indianer haben nichts von diesen Reichtümern, und viele leben noch immer in Armut.

Jedenfalls wurden die Tappacola wie viele andere Stämme auch plötzlich von Menschen bestürmt, die behaupteten, Verwandte zu sein, und offensichtlich auf die Dividenden schielten. Der Stamm hat eigens ein Komitee eingesetzt, das Stammbäume untersucht und Blutsverwandtschaft bestimmt. Wer weniger als ein Achtel Tappacola ist, hat keine Chance. Dadurch ist es zu allerlei Reibereien gekommen.

Allerdings scheinen Reibereien bei dem Stamm durchaus üblich zu sein. Einem Artikel im *Pensacola News Journal* vor sieben Jahren zufolge wählt der Stamm alle vier Jahre einen neuen Chief und den zehnköpfigen Stammesrat. Natürlich hat der Chief großen Einfluss auf alle Belange des Stammes, insbesondere das Kasino. Es muss eine sehr wichtige Position sein, denn das Gehalt belief sich damals auf dreihundertfünfzigtausend Dollar im Jahr. Außerdem hat der Chief große Freiheiten bei der Jobvergabe und versorgt in erster Linie alle seine Verwandten, die dann ein hübsches Gehalt bekommen. Aus diesem Grund geht es bei den Wahlen erbittert zu, man schwärzt sich gegenseitig wegen Wahlfälschung und Einschüchterung an (das müssen sie von uns Nichtindianern gelernt haben). Es geht dabei um alles oder nichts.

Der aktuelle Chief heißt Elias Cappel (übrigens, nur wenige Indianer benutzen heutzutage noch die alten Namen; irgendwann haben die meisten westliche Namen angenommen). Chief Cappel wurde 2005 gewählt und vier Jahre später ohne große Konkurrenz wiedergewählt. Sein Sohn Billy sitzt im Rat.

Der Stamm hat sein Geld klug eingesetzt und hochmoderne Schulen, ein ebenso modernes Krankenhaus, Freizeiteinrichtungen, Kindergärten und Straßen gebaut, also alles, was eine gute Regierung bereitstellt. Highschoolabsolventen, die studieren möchten, bekommen aus einem Fonds Geld für Studiengebühren und Unterbringung bei einem College im Staat. Der Stamm steckt außerdem zunehmend mehr Geld in Alkohol- und Drogenprävention und -therapie.

Als souveräne Nation machen und vollstrecken die Tappacola ihre eigenen Gesetze, ohne Rücksicht auf Einmischung von außen. Der Stamm hat einen Constable, der in etwa die Aufgaben eines County-Sheriffs erfüllt, sowie eine Polizeitruppe, die offenbar gut ausgebildet und ausgerüstet ist. Es gibt eine aufgepumpte Drogenfahndungsabteilung. (Obwohl sie sonst so schmallippig sind, waren der Chief und ein paar Ratsmitglieder ziemlich auskunftsfreudig bei Themen, bei denen sie gut wegkommen, zum Beispiel Polizei.) Sie haben ein Stammesgericht, bestehend aus drei Richtern, das sich um Streitigkeiten und Delikte kümmert. Die Richter werden vom Chief ernannt und vom Rat bestätigt. Es gibt natürlich auch ein Gefängnis und eine Vollzugsanstalt für Wiederholungstäter.

Die Tappacola sind gut darin, ihre Konflikte und Auseinandersetzungen nicht nach außen dringen zu lassen. Jahrelang haben das *Pensacola News Journal* und in geringerem Umfang auch der *Tallahassee Democrat* versucht, im Schmutz zu wühlen, wobei sie im Grunde nur wissen wollten, wie viel Geld der Stamm wirklich erwirtschaftet und welches Lager die Oberhand hat. Beide waren wenig erfolgreich. Offensichtlich sind die Tappacola ein ziemlich verschlossenes Völkchen.

Obwohl nicht uninteressant, tat das Memo seine Wirkung, und Lacy begann zu gähnen. Sie schlüpfte in ihren Pyjama und absolvierte das abendliche Badritual, bei offener Tür und wie immer dankbar, dass sie allein lebte und von niemandem gestört wurde. Kurz vor elf war sie fast eingeschlafen, da klingelte das Telefon. Es war Hugo, der noch müder klang als sonst.

»Das verheißt wahrscheinlich nichts Gutes«, begrüßte sie ihn.

»Nein. Pass auf, wir brauchen heute Nacht Hilfe. Verna fällt gleich um vor Müdigkeit, und mir geht's nicht viel besser. Pippin ist voll aufgedreht und geht dem ganzen Haus auf die Nerven. Wir brauchen ein bisschen Schlaf. Verna will nicht, dass meine Mutter kommt, und ich will nicht, dass ihre kommt. Wie wär's, wenn du uns einen Riesengefallen tust?«

»Kein Problem. Bin schon auf dem Weg.«

Es war das dritte Mal seit der Geburt der Kleinen, dass Lacy zur Nachtschicht gerufen wurde. Sie hatte alle vier Kinder schon mehrmals gesittet, damit Hugo und Verna in Ruhe zu Abend essen konnten, doch über Nacht geblieben war sie erst zweimal. Rasch streifte sie Jeans und T-Shirt über und ließ den verständnislosen Frankie an der Tür zurück. Sie sauste durch die leeren Straßen und erreichte zwanzig Minuten nach dem Telefonat mit Hugo dessen Haus in der Meadows-Siedlung. Verna öffnete ihr die Tür, Pippin auf dem Arm, die gerade ruhig war. »Wahrscheinlich Bauchweh«, flüsterte sie. »Wir waren diese Woche schon dreimal beim Arzt. Das Kind kann einfach nicht schlafen.«

»Wo sind die Fläschchen?«, fragte Lacy und übernahm Pippin geschickt aus dem Arm ihrer Mutter.

»Auf dem Wohnzimmertisch. Das Haus ist ein Saustall. Es tut mir so leid.« Ihre Lippen zitterten, und ihre Augen füllten sich mit Tränen.

»Ach komm, Verna, ich gehöre doch quasi zur Familie. Geh ins Bett und schlaf ein bisschen. Morgen früh sieht alles schon viel besser aus.«

Verna streichelte ihre Wange. »Danke.« Damit verschwand sie in den Flur. Lacy hörte, wie sich eine Tür leise schloss. Sie drückte Pippin an sich und begann, in dem vollgestopften Wohnzimmer auf und ab zu gehen. Ein Summen auf den Lippen, klopfte sie der Kleinen sanft den Rücken. Alles war still, doch nicht für lange. Als Pippin wieder losquäkte, steckte Lacy ihr den Sauger eines Fläschchens in den Mund und nahm in einem Schaukelstuhl Platz, um ohne Pause beruhigend weiter auf sie einzureden, bis sie schließlich wieder einnickte. Eine halbe Stunde später – das Baby schlief jetzt tief und fest – legte Lacy sie in eine tragbare Wiege und stellte ein leises Wiegenlied ein. Pippin runzelte die Stirn und zuckte leicht; für einen Augenblick sah es aus, als würde sie zu einem neuen Ausbruch ansetzen, doch dann entspannte sie sich und setzte ihr Schläfchen fort.

Nach einer Weile entfernte sich Lacy auf Zehenspitzen in die Küche, wo sie die Deckenleuchte einschaltete und entsetzt auf das Chaos blickte. Die Spüle quoll über von schmutzigem Geschirr. Die Arbeitsplatte war voll mit Töpfen, Pfannen und Essensresten. Auf dem Tisch lagen leere Snackschachteln, Rucksäcke und sogar frisch gewaschene, aber nicht zusammengelegte Wäsche. Die Küche hatte einen Vollservice bitter nötig, doch jetzt würde das zu viel Lärm verursachen. Lacy beschloss, bis Tagesanbruch zu warten, wenn die Familie sich regte. Sie schaltete das Küchenlicht aus und genoss einen dieser glückseligen Momente, die sie mit niemandem teilen konnte, in dem sie lächelnd ihrem Schicksal dankte, dass sie Single war und so wundervoll frei.

Sie rollte sich auf dem Sofa in der Nähe des Babys zusammen und schlief irgendwann ein. Um 3.15 Uhr wachte Pippin hungrig und zornig auf, doch ein Fläschchen, dessen Sauger ihr beherzt zwischen die Lippen geschoben wurde, löste das Problem sofort. Lacy wechselte ihre Windel, gurrte sie wieder in den Schlaf und schlief selbst bis kurz vor sechs.

8

WILTON MACE WOHNTE DREI KILOMETER vom Kasino entfernt an einem Kiesweg in einem zweistöckigen Bungalow mit roter Klinkerfassade. Am Telefon hatte er sich zurückhaltend gezeigt und gesagt, dass er erst mit seinem Bruder sprechen wolle. Am nächsten Tag rief er Hugo zurück und willigte in ein Treffen ein. Als sie ankamen, saß er auf einem Gartenstuhl unter einem Baum neben dem Carport, schlug nach Fliegen und trank Eistee. Es war bewölkt und nicht mehr so heiß. Mace bot Lacy und Hugo gesüßten Eistee an, doch sie lehnten ab. Er deutete auf zwei weitere Klappstühle, und sie nahmen Platz. In einem Plastikschwimmbecken im Garten spielte unter den aufmerksamen Augen der Großmutter ein Kleinkind in Windeln.

Wilton war drei Jahre jünger als Junior und hätte als dessen eineiiger Zwilling durchgehen können. Dunkle Haut, noch dunklere Augen, langes graues Haar fast bis zu den Schultern. Seine Stimme war tief, und wie Junior schien er jede Silbe abzuwägen.

»Ist das Ihr Enkel?« Lacy versuchte, das Eis zu brechen, denn Wilton schien daran nicht gelegen.

»Enkelin. Die erste. Das ist Nell, meine Frau.«

»Wir waren letzte Woche in Starke bei Junior«, begann Hugo.

»Danke, dass Sie ihn besucht haben. Ich fahre zweimal im Monat hin, und ich weiß, dass man seine Zeit angenehmer verbringen kann. Junior ist von seinen Leuten vergessen worden. Das ist schwer für einen Menschen, vor allem wenn er stolz ist wie Junior.«

»Er sagte, die meisten Tappacola glauben, dass er seine Frau und Son Razko getötet hat«, sagte Lacy.

Wilton nickte lange. »Das stimmt. Es ist eine gute Geschichte. Leicht zu erzählen, leicht zu glauben. Er hat sie miteinander im Bett erwischt und erschossen.«

»Dürfen wir annehmen, dass Sie mit ihm gesprochen haben, seit wir dort waren?«, fragte Hugo.

»Ja, ich habe ihn gestern angerufen. Er darf zwanzig Minuten pro Tag telefonieren. Er hat mir erzählt, was Sie vorhaben.«

»Er sagte, Sie hätten versucht, Arbeit im Kasino zu bekommen, aber es hätte nicht geklappt. Können Sie uns das näher erläutern?«, bat Lacy.

»Ganz einfach. Der Stamm ist in zwei Gruppen geteilt, die sich gegenseitig verschanzt haben. Das geht auf die Abstimmung über das Glücksspiel zurück. Die Sieger haben das Kasino gebaut, ihr Chief bestimmt über alles, auch über Einstellungen und Entlassungen. Ich stand auf der falschen Seite, also bekomme ich keinen Job. Man braucht zweitausend Menschen, um das Kasino zu führen, und die meisten davon kommen von außerhalb. Die Tappacola, die dort arbeiten wollen, müssen erst einmal ihre Einstellung zurechtrücken.«

»Die Differenzen bestehen also nach wie vor?«, fragte Hugo.

Wilton lächelte brummend. »Wir könnten genauso gut zwei Stämme sein, Blutsfeinde. Es hat keine Versöhnungsversuche gegeben. Niemand hat wirklich Interesse daran.«

»Junior sagt, er und Son hätten einen Fehler gemacht, indem sie sich gegen das Kasino stellten, weil es eigentlich gut für den Stamm sei. Sehen Sie das auch so?«, wollte Lacy wissen.

Erneut entstand eine lange Pause, in der Mace seine Gedanken zu ordnen schien. Seine Enkelin fing an zu weinen und wurde nach drinnen gebracht. Er trank einen Schluck Tee. »Es ist immer schwer zuzugeben, wenn man Unrecht hat, aber ich denke, es war so. Das Kasino hat uns von der Armut erlöst und uns nette Dinge geschenkt, das ist positiv zu bewerten. Wir sind gesünder, glücklicher und leben in Sicherheit. Es liegt eine gewisse Genugtuung darin zu beobachten, wie Außenstehende kommen und uns ihr Geld geben. Es gibt uns das Gefühl, dass wir endlich etwas zurückbekommen. Ja, vielleicht ist das so etwas wie Rache. Manche von uns aber machen sich Sorgen wegen dieses Lebens auf Dividende. Faulheit bringt nur Schwierigkeiten. Wir sind von Alkohol umgeben. Unsere Kinder nehmen mehr Drogen.«

»Wenn es mehr Wohlstand gibt«, sagte Hugo, »warum gibt es dann nicht mehr Kinder?«

»Aus Dummheit. Der Stammesrat ist voller Idioten, die dumme Regeln aufstellen. Wenn eine Frau achtzehn wird, hat sie Anrecht auf den monatlichen Scheck, der sich seit vielen Jahren auf fünftausend Dollar beläuft. Doch wenn sie heiratet, bekommt sie nur noch die Hälfte. Ich bekomme fünftausend, meine Frau zweitausendfünfhundert. Immer mehr junge Frauen stellen deshalb die Ehe infrage. Männer trinken und machen Ärger, wozu sich einen anschaffen, wenn man ohne ihn mehr Geld bekommt? Außerdem grassiert die Theorie, dass weniger Stammesmitglieder mehr Geld pro Person bedeutet. Auch keine gute Idee. Man muss in Kinder investieren, wenn man will, dass eine Gesellschaft gesund bleibt.«

Lacy blickte Hugo an. »Wir sollten uns über Claudia McDover unterhalten.«

»Ich weiß nicht viel über sie«, erklärte Wilton. »Ich habe den Prozess verfolgt und fand sie zu jung und unerfahren.

Sie hat nichts getan, um die Rechte meines Bruders zu schützen. In den oberen Instanzen wurde sie zwar attackiert, doch am Ende wurden ihre Beschlüsse jedes Mal bestätigt, und wenn es noch so knapp ausging.«

»Sie haben die Protokolle gelesen?«

»Ich habe alles gelesen, Mr. Hatch. Mehrmals. Mein Bruder blickt dem Tod für Verbrechen ins Auge, die er nicht begangen hat. Das Mindeste, was ich tun kann, ist, mich auf die Details zu stürzen und ihn zu unterstützen. Außerdem habe ich ja genug Freizeit.«

»Hatte Son Razko eine Affäre mit Juniors Frau?«, fragte Hugo.

»Äußerst unwahrscheinlich. Natürlich kann man es nie genau wissen. Aber Son war ein Mensch mit Prinzipien und Moral, und er war glücklich verheiratet. Ich habe nie geglaubt, dass er mit meiner Schwägerin etwas hatte.«

»Wer hat die beiden dann umgebracht?«

»Ich weiß es nicht. Nicht lange nach der Eröffnung des Kasinos bekamen wir unsere ersten Anteile, wenn es auch kleinere Beträge waren. Damals war ich Trucker, nicht in der Gewerkschaft natürlich, und mit meinem Gehalt und dem, was meine Frau als Köchin verdient, plus den Dividendenschecks konnten wir fünfundzwanzigtausend Dollar zusammensparen. Ich gab das Geld einem Privatdetektiv in Pensacola. Angeblich einer der besten. Fast ein Jahr lang hat er ermittelt und nichts gefunden. Mein Bruder hatte einen furchtbaren Verteidiger beim Prozess, einen ahnungslosen Jungspund, doch in den oberen Instanzen hatte er ein paar gute Leute. Die haben auch gebohrt, viele Jahre lang, und nichts gefunden. Ich kann Ihnen keinen Verdächtigen nennen. Ich wünschte, ich könnte. Mein Bruder wurde mit äußerstem Geschick hereingelegt, und so wie es aussieht, wird der Staat Florida ihn am Ende umbringen.«

»Kennen Sie einen Mann namens Vonn Dubose?«, fragte Lacy.

»Den Namen habe ich gehört, kennengelernt habe ich ihn nie.«

»Was hört man über ihn?«

Wilton ließ die Eiswürfel in seinem Glas klimpern und sah mit einem Mal müde aus. Lacy tat er leid. Sie versuchte sich vorzustellen, wie schwer es war, den eigenen Bruder in der Todeszelle zu wissen, vor allem wenn man glaubte, dass er unschuldig war. »Es gab hier einmal die Legende«, begann er schließlich, »dass ein Großgangster namens Dubose sich das alles ausgedacht habe – das Kasino, die Anlage außen herum, die Bebauung von hier bis zur Küste. Teil dieser Legende war auch der Doppelmord an Son und Eileen. Aber das ist inzwischen verblasst, weggewaschen in einer Flut aus Spiel und Spaß und Geld und Jackpots und Wasserrutschen und Happy Hours, ganz zu schweigen vom Wohlfahrtsstaat. Es spielt keine Rolle mehr, weil alles gut ist. Wenn der Mann tatsächlich existiert und seine Finger im Spiel hat, interessiert das niemanden. Niemand will ihm was Böses. Würde er heute durch den Haupteingang des Kasinos treten und die Wahrheit sagen, würde man ihn verehren wie einen Helden. Er hat alles erst möglich gemacht.«

»Was glauben Sie?«

»Was ich glaube, spielt keine Rolle, Mr. Hatch.«

»Okay, aber neugierig bin ich trotzdem.«

»Also gut. Ja, am Bau des Kasinos war organisierte Kriminalität beteiligt, und diese namen- und gesichtslosen Typen bekommen immer noch einen Anteil. Sie sind bewaffnet und haben unserem Chief und seinen Gefährten gehörig den Schneid abgekauft.«

»Wie stehen die Chancen, dass wir jemanden vom Kasino finden, der mit uns sprechen würde?«, fragte Lacy.

Wilton lachte laut auf. Nach einer Weile sagte er: »Sie begreifen einfach nicht.« Erneut ließ er die Eiswürfel klimpern und schien dabei irgendeinen Punkt auf der anderen Straßenseite zu fixieren. Lacy und Hugo tauschten einen Blick und warteten. Nach einer langen Pause sprach Mace weiter. »Als Stamm, Volk, Rasse trauen wir Außenstehenden nicht. Und wir reden nicht. Ja, okay, ich sitze hier mit Ihnen, aber die Themen sind allgemeiner Natur. Wir geben keine Geheimnisse weiter, an niemanden, unter keinen Umständen. Es liegt uns nicht im Blut. Ich verachte alle aus meinem Volk, die auf der anderen Seite stehen, aber ich würde Ihnen nie etwas über sie erzählen.«

»Vielleicht ein unzufriedener Mitarbeiter, jemand, der nicht so diskret ist wie Sie. Bei so viel Spaltung und Misstrauen muss es doch ein paar Leute geben, die mit dem Chief und seinen Gefährten unzufrieden sind.«

»Es gibt ein paar Leute, die den Chief hassen, aber vergessen Sie nicht, dass er bei der letzten Wahl siebzig Prozent der Stimmen bekommen hat. Sein engster Zirkel steht geschlossen. Die haben alle die Finger im Spiel, und alle sind glücklich. Es ist absolut unmöglich, dort einen Spitzel zu finden.« Er hielt inne und verfiel in Schweigen. Sie ertrugen eine weitere lange Pause, die ihm nicht das Geringste auszumachen schien. Irgendwann sagte er: »Ich würde Ihnen raten, von dort fernzubleiben. Wenn Richterin McDover sich mit den Ganoven eingelassen hat, wird sie von Männern beschützt, die vor Gewalt und Einschüchterung nicht zurückschrecken. Dies ist Stammesland, Ms. Stoltz. Die Regeln, die in einer normalen Gesellschaft herrschen, die Dinge, an die Sie glauben, haben hier keine Gültigkeit. Weder der Staat Florida noch die Bundesregierung in Washington haben hier etwas zu melden, schon gar nicht, wenn es um das Kasino geht.«

Eine Stunde später verabschiedeten sie sich, ohne etwas mitzunehmen, was ihnen weitergeholfen hätte – außer einer Warnung. Sie kehrten zum Tappacola Tollway zurück, der verkehrsreichen vierspurigen Straße, die das County gebaut hatte, um sich ein Stück vom Kasinokuchen zu sichern. An der Grenze zum Reservat hielten sie an einem Häuschen und zahlten fünf Dollar für das Privileg, weiterfahren zu dürfen. »Ich könnte mir vorstellen«, sagte Hugo, »dass Richterin McDover an dieser Stelle beschlossen hat, den Verkehr durch eine richterliche Anordnung zu stoppen.«

»Hast du die Akte gelesen?«, fragte Lacy, während sie beschleunigte.

»Sadelles Zusammenfassung. Die Richterin hat behauptet, der Verkehr bedrohe die öffentliche Gesundheit, und die Straße für sechs Tage von der Polizei sperren lassen. Das war 2001, vor zehn Jahren.«

»Kannst du dir die Gespräche zwischen ihr und Dubose vorstellen?«

»Sie kann von Glück reden, dass sie sich keine Kugel eingefangen hat.«

»Nein, dazu ist sie zu schlau. Genau wie Dubose. Als sie sich geeinigt hatten, ließ sie die Anordnung aufheben.«

Gleich hinter dem Häuschen wurden sie von schrillen Werbetafeln begrüßt, die verkündeten, dass sie sich auf Tappacola-Land befänden. Andere Schilder wiesen den Weg nach Rabbit Run, und in der Ferne konnte man Häuser und Apartmentblocks entlang der Fairways erkennen. Das Grundstück grenzte an das Reservat, und wie Greg Myers gesagt hatte, konnte man in fünf Minuten vom Golfplatz zum Kasino laufen. Auf der Karte hatte die Tappacola-Besitzung mehr Ecken und Kanten als ein sorgfältig manipulierter Kongresswahlkreis. Dubose und seine Gefolgschaft hatten den überwiegenden Teil der umliegenden Grundstücke aufgekauft.

Und irgendjemand, vermutlich Dubose selbst, hatte den Bauplatz für das Kasino möglichst nah an seinem Land gewählt. Brillant.

Sie folgten einer weit geschwungenen Kurve, dann erhob sich das Kasino vor ihnen. Der turmhohe Eingang in der Mitte glitzerte vor Neon und schwirrenden Scheinwerfern. Zu beiden Seiten war der Bau von Hoteltürmen flankiert. Sie parkten auf einem vollen Parkplatz und nahmen ein Shuttle zum Haupteingang, wo sie sich trennten, um eine Stunde lang durch die Spielhallen zu streifen. Um sechzehn Uhr trafen sie sich zum Kaffee in einer Bar, die über Craps- und Blackjack-Tische blickte, und sahen dem Treiben zu. Hintergrundmusik, ständiges Klingeln der Spielautomaten, die Münzen für die Gewinner ausspuckten, das aufgeregte Stimmengewirr an einem »heißen« Craps-Tisch und das Getöse der Betrunkenen – kein Zweifel, dass hier größere Mengen Geld im Umlauf waren.

9

DER LEITER DER GLÜCKSSPIELAUFSICHT war Eddie Naylor, ein Senator im Ruhestand, der seinen Regierungsposten mit Freuden gegen das dicke Gehalt eingetauscht hatte, das es bei der neuen Behörde gab, als Anfang der Neunzigerjahre die ersten Kasinos entstanden und die Regierung sich bemüßigt fühlte, regulierend einzugreifen. Sein Büro war drei Blocks von dem Lacys entfernt, und es war kein Problem gewesen, ein Treffen mit ihm zu vereinbaren. Im Gegensatz zu der heruntergekommenen Bude, mit der das BJC vorliebnehmen musste, lag seine Suite in einem modernen Gebäude mit stilvollen Möbeln, fleißigem Personal und offensichtlich ohne Budgetlimit. Florida freute sich über das Glücksspielgeschäft und passte seine Steuergesetze flexibel und gewinnbringend an.

Ein Blick auf Lacy überzeugte Naylor, dass er von seinem großen Schreibtisch aufstehen und zum Plauschen an den Wohnzimmertisch gehen sollte. Bis der Kaffee kam, erwischte sie ihn mindestens zweimal dabei, wie er ihre Beine anstarrte, die dank des fast zu kurzen Rocks bestens zu sehen waren. Nach dem üblichen Begrüßungs-Small Talk sagte sie: »Wie Sie wissen, ermittelt unsere Behörde gegen Richter des Staates, nicht auf Bundesebene. Es gibt in Florida ziemlich viele, und die halten uns auf Trab. Unsere Ermittlungen sind vertraulich, ich bitte Sie also in dieser Hinsicht um Ihre Kooperation.«

»Selbstverständlich«, erwiderte Naylor. Nichts an diesem Mann erweckte Vertrauen, von den wandernden Augen und dem schmierigen Grinsen bis hin zu seinem schlecht sitzenden Anzug und dem Hemd, das an den Knöpfen spannte. Hat wahrscheinlich ein großzügiges Spesenkonto, dachte sie. Er sah aus wie einer der vielen Lobbyisten, die auf Tallahassees Straßen unterwegs waren.

Um sie zu beeindrucken, begann er, die Pflichten »seiner« Behörde ausführlich zu beschreiben. Jegliches Glücksspiel sei einer einzigen übergeordneten Behörde zugeordnet worden, und er habe alles unter sich: Pferderennen, Hunderennen, Lotterie, Automaten, Kasinos, Kreuzfahrtschiffe und sogar Jai Alai fielen in seine Zuständigkeit. Das sehe vermutlich aus wie eine Mammutaufgabe, doch er sei ihr voll und ganz gewachsen.

»Wie viel Einblick haben Sie bei den indianischen Kasinos?«, fragte Lacy.

»Alle Kasinos in Florida werden von Indianern geführt, wobei die Seminolen den bei Weitem größten Stamm und größten Betreiber darstellen. Um ehrlich zu sein, bei den indianischen Kasinos haben wir kaum Einblick und Kontrolle. Ein Stamm, der auf Bundesebene anerkannt ist, bildet eine eigene Nation und verabschiedet seine eigenen Gesetze. In Florida haben wir mit allen Kasinobetreibern Übereinkünfte geschlossen, die uns erlauben, ihre Gewinne mit einer kleinen Steuer zu belegen. Einer sehr kleinen, aber es summiert sich doch. Inzwischen gibt es neun Kasinos, die alle ziemlich gut laufen.«

»Können Sie ein Kasino besuchen und den laufenden Betrieb inspizieren?«

Er schüttelte schwer den Kopf. »Nein«, gab er zu. »Wir können auch die Bücher nicht einsehen. Jedes Kasino reicht einen Quartalsbericht ein, der Bruttoeinkommen und den Nettogewinn ausweist, und den besteuern wir. Doch ehrlich gesagt müssen wir uns auf ihr Wort verlassen.«

»Die Kasinos können also einreichen, was sie wollen?«

»Ja, so ist im Moment die Gesetzeslage, und die wird sich auch so schnell nicht ändern.«

»Die Kasinos zahlen keinerlei Bundessteuer?«

»Das ist richtig. Indem wir sie zu diesen Übereinkünften bewegen, überlisten wir sie im Grunde, dass sie wenigstens ein bisschen Steuer an den Bundesstaat zahlen. Im Gegenzug bauen wir hier und da eine Straße und bieten gewisse Dienste an, wie medizinische Notfallversorgung und Unterstützung in schulischen Angelegenheiten. Es kommt auch vor, dass sie den Staat um Hilfe bitten. Aber tatsächlich ist das vollkommen freiwillig. Wenn ein Stamm sich weigert, die Steuer zu zahlen, können wir nichts dagegen tun. Zum Glück ist es dazu noch nie gekommen.«

»Wie viel zahlen sie?«

»0,5 Prozent der Nettoeinnahmen. Letztes Jahr waren das rund vierzig Millionen Dollar. Damit wird unsere Behörde finanziert, und der Überschuss geht in einen Fonds für schlechte Zeiten. Darf ich fragen, was genau Sie hierherführt?«

»Natürlich. Es wurde eine offizielle Beschwerde gegen einen Bezirksrichter eingereicht, wegen Amtsverletzung. Mit von der Partie sind offenbar ein Bauunternehmer, der mit einem Stamm und dessen Kasino unter einer Decke steckt, und der Richter, der ein dickes Stück vom Kuchen bekommt.«

Naylor stellte seine Kaffeetasse ab und schüttelte den Kopf. »Wenn ich ehrlich sein soll, Ms. Stoltz, überrascht mich das kaum. Wenn ein Kasino seine Zahlen manipuliert und Teile vom Gewinn abzweigt – ob offen oder unter dem Tisch, spielt dabei keine Rolle –, dann kann man wenig dagegen tun. Es ist eine ideale Brutstätte für Korruption. Leute, die alles andere als geborene Geschäftsleute sind, fahren auf einmal unvorstellbare Gewinne ein und ziehen damit alle möglichen Gauner und Gangster an, die helfen wollen.

Hinzu kommt, dass ein Großteil des Geschäfts auf Bargeld basiert, das man sowieso nicht nachverfolgen kann. Eine fatale Mischung. Wir hier bei der Behörde sind oft frustriert, weil wir so wenig Einblick haben.«

»Korruption kommt also vor?«

»Das habe ich nicht gesagt. Ich sagte, es gibt Potenzial dafür.«

»Und niemand hat ein Auge darauf?«

Er schlug eines seiner dicken Beine über das andere und dachte nach. »Tja, das FBI hat die Befugnis, im Stammesgebiet gegen jede Art von kriminellem Verhalten zu ermitteln. Das dürfte als Abschreckung genügen. Außerdem sind diese Leute nicht besonders weltgewandt; schon allein die Vorstellung, dass das FBI herumstochert, hält sie im Zaum. Ich sollte hinzufügen, dass die meisten unserer Kasinos mit renommierten Unternehmen arbeiten, die wissen, wie man eine Spielbank leitet.«

»Könnte sich das FBI mit einer richterlichen Anordnung die Bücher holen?«

»Da bin ich mir nicht sicher. Es ist jedenfalls noch nie vorgekommen. In den letzten zwanzig Jahren waren die Indianer dem FBI ziemlich egal.«

»Wie kommt das?«

»Genau kann ich das nicht sagen, aber ich nehme an, es hat etwas mit Kapazitäten zu tun. Das FBI konzentriert sich zurzeit auf Terror und Cyberkriminalität. Ein paar Betrügereien in einem indianischen Spielkasino sind im Vergleich dazu Peanuts. Den Indianern ist es noch nie so gut gegangen wie heute, jedenfalls nicht in den letzten zweihundert Jahren.« Er ließ noch einen Zuckerwürfel in seinen Kaffee fallen und rührte mit einem Finger um. »Es geht nicht zufällig um die Tappacola, oder?«

»Doch.«

»Auch das überrascht mich nicht.«

»Warum nicht?«

»Es hat über die Jahre Gerüchte gegeben.« Er trank einen Schluck und wartete darauf, dass sie nachhakte.

»Also gut. Was für Gerüchte?«

»Einfluss von außen. Dass irgendwelche zwielichtigen Typen von Beginn an mitgemischt haben und sich mit Bauobjekten rund um das Kasino eine goldene Nase verdienen. Aber das sind Spekulationen. Es gehört nicht zu unserer Aufgabe, in Verbrechen zu ermitteln, deshalb schauen wir nicht näher hin. Wenn wir von Verbrechen erfahren, informieren wir das FBI.«

»Gibt es Gerüchte, dass Geld abgezweigt wird?«

Naylor schüttelte den Kopf. »Nein, davon ist mir nichts bekannt.«

»Gerüchte über einen Richter?«

Immer noch den Kopf schüttelnd, sagte er: »Nein. Ich wäre überrascht, wenn das stimmen würde.«

»Es ist überraschend, aber wir haben eine Quelle.«

»Tja, da ist ein Haufen Geld im Spiel, und das verändert die Menschen. Ich wäre an Ihrer Stelle aber sehr vorsichtig, Ms. Stoltz. Sehr, sehr vorsichtig.«

»Sie scheinen mehr zu wissen, als Sie sagen wollen.«

»Keineswegs.«

»Okay. Bitte denken Sie daran, dass unsere Ermittlungen vertraulich sind.«

»Sie haben mein Wort.«

Während Lacy ihren ersten und einzigen Besuch bei der Glücksspielaufsicht des Staates Florida machte, besuchte ihr Partner zum ersten und einzigen Mal einen Golfplatz. Auf den Vorschlag von Michael Geismar hin, der ihm auch seinen selten benutzten Schläger lieh, überredete Hugo einen

Kollegen namens Justin Barrow, mit ihm eine Runde Pseudogolf zu spielen. Justin wandte sich an einen Freund, der jemanden kannte, und mit allerlei List, Tücke und unverhohlenen Lügen wurde ein Gasttermin in Rabbit Run für sie vereinbart. Justin spielte hin und wieder und kannte die wichtigsten Regeln und Gepflogenheiten, sodass sie keinen Verdacht erregen würden. Hugo hatte weder Ahnung noch das geringste Interesse. In der Welt, in der er aufgewachsen war, galt Golf als Sport weißer Leute, der in weißen Country Clubs betrieben wurde.

Das erste Tee in Rabbit Run East war von Driving Range und Clubhaus aus nicht zu sehen, und so fiel niemandem auf, dass Justin abschlug und Hugo nicht. Es war halb elf Uhr an einem Augustmorgen, und die Temperaturen hatten bereits dreiunddreißig Grad erreicht. Der Golfplatz lag verwaist da. Obwohl Hugo, der das Golfcart fuhr, keine Ahnung vom Spiel hatte, ließ er sich nicht davon abhalten, über Justins mangelnde Spielkunst zu lästern. Als Justin es dreimal in Folge nicht schaffte, den Ball aus einem Sandbunker zu befördern, konnte Hugo kaum an sich halten, um nicht laut loszulachen. Beim dritten Green schnappte sich Hugo seinen geliehenen Putter und einen Ball. Das kann doch jeder, dieses Loch treffen, dachte er. Als es ihm dann selbst aus drei Meter Entfernung nicht gelang, überhäufte Justin ihn mit Spott.

Mithilfe von Satellitenaufnahmen hatten sie die vier Wohneinheiten entdeckt, die mutmaßlich Richterin Claudia McDover gehörten. Michael hatte ihnen aufgetragen, vor Ort Fotos zu machen. Am vierten Tee blickten Hugo und Justin über das lange Par-5-Loch mit Dogleg nach links und betrachteten dabei eine Reihe hübscher Häuser in zweihundertfünfzig Meter Entfernung und außerhalb des zugänglichen Bereichs.

»Inzwischen weiß ich ja, dass die meisten deiner Schläge ins Off gehen«, sagte Hugo. »Versuch mal, in Richtung der Häuser dort zu schlagen. Einen knallharten Slice, eine deiner Spezialitäten.«

»Warum versuchst du es nicht selbst«, konterte Justin, »wenn es so einfach ist?«

»Na dann.« Hugo steckte ein Tee ins Gras, legte einen Ball darauf, zielte, versuchte, sich zu entspannen und holte zu einem langen, lockeren Schlag aus. Der Ball schwirrte ungefähr einen Kilometer nach oben und beschrieb einen leichten Bogen nach links. Dabei gewann er immer mehr an Tempo, bis er im Wald verschwand und nicht mehr zu sehen war. Ohne ein Wort zog Hugo einen zweiten Ball aus der Hosentasche, legte ihn aufs Tee und ließ den Schläger mit noch größerer Entschlossenheit niedersausen. Der Ball schoss los wie ein Torpedo, scheinbar unmittelbar auf die Häuser zu, und gewann langsam an Höhe. Alsbald wurde ihnen klar, dass er weit darüber hinwegsegeln würde.

»Tja«, sagte Justin. »Zumindest nutzt du die gesamte Anlage. Die beiden Bälle liegen mindestens anderthalb Kilometer voneinander entfernt und jenseits von Gut und Böse.«

»Bin eben zum ersten Mal hier draußen.«

»Ja, das hat man mir gesagt.« Justin legte den Ball aufs Tee und blickte auf das Fairway. »Ich muss aufpassen; wenn ich gut treffe, landet er unter Umständen in einem Fenster. Ich will keinen Glasschaden.«

»Versuch's einfach, und ich mache mich dann auf und suche eine Weile.«

Der Schlag lief wie geplant, ein harter Slice, der außerhalb der Anlage in einem Gebüsch landete, gleich neben den Häusern. »Perfekt«, sagte Hugo.

»Danke für die Blumen.«

Sie sprangen in das Golfcart und holperten quer über das Fairway, ehe sie sich nach rechts wandten, den Häusern zu. Justin warf einen Ball auf den Rasen, wie für einen Abschlag, und zog ein kleines Gerät aus der Tasche, das aussah wie ein Laserentfernungsmesser, wie man sie verwendete, um den Abstand zwischen Ball und Lochfahne zu messen. In Wirklichkeit war es eine Videokamera, und während Hugo lässig bis zur Terrasse von Einheit 1614D schlenderte, als wäre er auf der Suche nach einem verschossenen Ball, machte Justin Nahaufnahmen vom Haus. Hugo trug an seinem Gürtel eine kleine Digitalkamera, die fotografierte, während er mit seinem 7er-Eisen im Gebüsch herumstocherte.

Lediglich zwei schlechte Golfer auf der Suche nach Bällen. So etwas konnte man jeden Tag beobachten, wenn man wollte.

Drei Stunden später gaben sie auf. Während sie den Golfshop hinter sich ließen, schwor sich Hugo im Stillen, nie wieder einen Fuß auf eine Golfanlage zu setzen.

Auf dem Weg zurück nach Tallahassee machten sie einen Umweg in eine Kleinstadt namens Eckman, weil Hugo mit dem Rechtsanwalt Al Bennett sprechen wollte. Bennett hatte ein schönes Büro in der Main Street und schien sich über den Besuch zu freuen, zumal Hugo ihn beim Verfassen langweiliger Urkunden unterbrach. Justin suchte sich unterdessen einen Coffeeshop, um die Stunde totzuschlagen.

Fünf Jahre zuvor hatte Bennett sich zum ersten und letzten Mal politisch engagiert, indem er gegen Claudia McDover antrat. Er kämpfte hart und gab viel Geld aus. Als sich gerade einmal einunddreißig Prozent der Wähler für ihn entschieden, floh er heim nach Eckman und verspürte keine Lust mehr, je wieder dem Volk zu dienen. Am Telefon hatte Hugo nichts weiter erwähnt und versprochen, dass er nur ein paar kurze Fragen zu einem Richter aus der Umgebung habe.

Nun eröffnete er Bennett, dass das BJC gegen Richterin McDover ermittle, dass die Ermittlungen vertraulich seien und dass die Beschwerde sehr wohl unbegründet sein könne. Es sei eine heikle Angelegenheit, und er brauche Bennetts Versprechen, dass nichts nach außen dringe.

»Selbstverständlich«, versprach Bennett aufgeregt, weil man ihn mit einbezog. Während des Gesprächs überlegte Hugo, wie Bennett es geschafft hatte, einunddreißig Prozent der Wähler für sich zu gewinnen. Er sprach hastig und nervös, mit einer hohen, unangenehmen Stimme, und Hugo konnte sich nicht vorstellen, wie er eine Wahlkampfrede hielt oder vor einer Jury stand.

Hugo war auf der Hut. Man konnte Anwälten im Allgemeinen trauen, wenn es um die Geheimhaltungspflicht gegenüber Mandanten ging, doch sonst waren sie oft schreckliche Klatschbasen. Je mehr Zeugen sie befragten, umso mehr undichte Stellen würde es geben, und umso rascher würden Richterin McDover und ihre Komplizen wissen, dass sie unter Beobachtung standen. Lacy sah das genauso, doch Michael wollte in Bezug auf Bennett sichergehen.

»Ging es im Wahlkampf besonders rau zu?«, fragte Hugo.

»Nun, man könnte sagen, der Ausgang war rau. Verdammt, ich wurde zermalmt. Es hat wehgetan, aber ich bin fast darüber hinweg.«

»War es schmutzig?«

Bennett überlegte einen Moment und musste offenbar der Versuchung widerstehen, die ehemalige Gegnerin nicht schlechtzumachen. »Es wurde nie richtig persönlich. Sie ist darauf herumgeritten, dass ich keine Erfahrung mit dem Amt habe. Dagegen konnte ich nichts sagen, und so habe ich versucht, edel und anständig zu entgegnen, dass sie ja auch keine Erfahrung gehabt habe, bis sie gewählt wurde. Doch es dauerte zu lange, das zu erklären, und wie Sie wissen, haben Wähler nur eine sehr begrenzte Aufmerksamkeitsspanne. Außerdem müssen Sie bedenken, Mr. Hatch, dass Richterin McDover einen guten Ruf hat.«

»Haben Sie sie attackiert?«

»Eigentlich nicht. Ich habe nichts gefunden.«

»Hat irgendjemand sie der Amtsverletzung verdächtigt?«

Er schüttelte den Kopf. »Nein.« Dann fragte er: »Was für eine Amtsverletzung untersuchen Sie denn?«

Hugo beschloss spontan, keinerlei Angaben zu machen. Wenn Bennett einen rauen Wahlkampf mit McDover hinter sich hatte und dabei keine Gerüchte über Amtsmissbrauch gehört hatte, würde Hugo ihn nicht darüber aufklären. »Sie haben nichts gehört?«, fragte er stattdessen nur.

Bennett zuckte die Schultern. »Nein. Sie hat eine schlimme Scheidung hinter sich. Sie ist nach wie vor Single, lebt allein, hat keine Kinder, engagiert sich in keinem Verein. Wir haben nicht im Dreck gewühlt, und es kam keiner an die Oberfläche. Tut mir leid.«

»Kein Problem. Vielen Dank, dass Sie sich die Zeit genommen haben.«

Während sie Eckman verließen, machte Hugo im Geiste ein Häkchen hinter Bennetts Namen und dachte, dass er auf der Jagd nach Claudia McDover einen kompletten Tag vergeudet hatte.

Lacy fand Son Razkos Witwe in einer kleinen Wohnsiedlung in der Nähe von Fort Walton Beach, rund eine Autostunde vom Tappacola-Reservat entfernt. Da sie wieder geheiratet hatte, war sie streng genommen keine Witwe. Ihr Name war Louise, und zunächst schien sie wenig geneigt zu reden. Irgendwann beim zweiten Telefonat erklärte sie sich jedoch damit einverstanden, sich mit Lacy in einem Waffelhaus für ein kurzes Gespräch zu treffen. Weil sie berufstätig war, konnte sie erst nach Feierabend. An demselben Tag, an dem Hugo auf dem Golfplatz von Rabbit Run herumdilettierte, saß Lacy drei Stunden hinterm Steuer, um sich um achtzehn Uhr mit Louise zu treffen.

Akten und Protokollen zufolge war Louise Razko einunddreißig Jahre alt gewesen, als ihr Mann ermordet und nackt im Schlafzimmer mit Junior Maces Frau gefunden wurde. Sie hatte mit Son zwei Kinder, inzwischen junge Erwachsene, die beide aus Florida weggezogen waren. Louise hatte ein paar Jahre zuvor wieder geheiratet und das Reservat verlassen.

Sie ging auf die fünfzig zu und hatte graues Haar und eine stämmige Figur. Die Jahre waren nicht eben gnädig mit ihr umgegangen.

Lacy erläuterte, was sie vorhatte, doch Louise zeigte wenig Interesse. »Ich werde nicht über die Morde und all das reden«, meinte sie schließlich.

»Okay. Tabu. Erinnern Sie sich an Richterin McDover?«

Louise trank Eistee mit einem Strohhalm und wirkte, als wäre sie am liebsten woanders. Schließlich zuckte sie die Schultern. »Nur vom Prozess.«

»Dann haben Sie den Prozess verfolgt?« Um das Gespräch in Gang zu bringen, war Lacy jede Frage recht.

»Natürlich. Von Anfang bis Ende.«

»Was haben Sie von der Richterin gehalten?«

»Spielt das jetzt noch eine Rolle? Der Prozess ist viele Jahre her. Ermitteln Sie gegen die Richterin wegen etwas, das sie damals getan hat?«

»Nein. Die Beschwerde, die uns beschäftigt, beinhaltet den Verdacht, dass sie in eine Bestechungsaffäre verstrickt ist. Es geht um das Kasino.«

»Ich will lieber nicht über das Kasino reden. Es hat einen schlechten Einfluss auf mein Volk.«

Großartig, Louise! Wenn wir nicht über das Kasino reden dürfen und auch nicht über den Mord an deinem Mann, wieso bin ich dann hergekommen? Lacy kritzelte auf ihren Schreibblock, scheinbar tief in Gedanken. »Haben Verwandte von Ihnen jemals im Kasino gearbeitet?«

»Warum fragen Sie?«

»Weil wir Informationen über das Kasino brauchen, was, wie sich herausstellt, nicht einfach ist. Ein Insider wäre eine große Hilfe für uns.«

»Das können Sie vergessen. Niemand wird mit Ihnen reden. Die Leute, die dort arbeiten, sind froh, dass sie einen Job haben und ein Gehalt bekommen. Die Leute, die nicht dort arbeiten, sind neidisch, vielleicht sogar verbittert, aber sie bekommen trotzdem jeden Monat einen Scheck. Niemand wird sich mit dem Kasino anlegen.«

»Haben Sie den Namen Vonn Dubose mal gehört?«

»Nein. Wer ist das?«

»Was, wenn ich Ihnen sage, dass er Ihren Mann höchstwahrscheinlich getötet hat, um ihn zum Schweigen zu bringen, damit er das Kasino bauen kann? Würden Sie mir das glauben?« Lacy selbst glaubte es; das Problem war nur, dass sie keine Beweise hatte. Ihre kühne Behauptung diente vor allem dazu, ihr Gegenüber gesprächiger zu machen.

Louise trank noch einen Schluck und blickte aus dem Fenster. Lacy lernte in dieser Zeit einiges über die Tappacola, insbesondere – und das war wenig überraschend – dass sie Außenstehenden nicht trauten. Wer wollte ihnen das verdenken? Außerdem ließen sie sich beim Reden Zeit. Sie sprachen langsam und nachdenklich, und lange Pausen im Gespräch schienen ihnen nicht das Geringste auszumachen.

Irgendwann sah Louise Lacy an. »Junior Mace hat meinen Mann umgebracht. Das wurde vor Gericht bewiesen. Es war eine Demütigung für mich.«

Lacy versuchte, so streng wie möglich zu klingen. »Und wenn Junior Ihren Mann nicht getötet hat? Wenn er und Eileen Mace von denselben Verbrechern umgebracht wurden, die die Tappacola dazu gebracht haben, das Kasino zu bauen, von denselben Leuten, die mit den Anlagen um das Kasino herum ein Vermögen verdienen, denselben Leuten, die aller Wahrscheinlichkeit nach große Teile der Kasinoeinnahmen in die eigene Tasche stecken? Genau diese Leute treiben Geschäfte mit Richterin McDover. Schockiert Sie das nicht, Louise?«

Ihre Augen wurden feucht, und eine Träne quoll auf ihre rechte Wange. »Woher wissen Sie das?« Nachdem sie so lange eine Version der Geschichte geglaubt hatte, würde es schwer werden, plötzlich etwas anderes zu glauben.

»Weil wir Ermittler sind. Es gehört zu unserem Job.«

»Aber das Verbrechen wurde schon vor vielen Jahren von der Polizei aufgeklärt.«

»Es war ein Scheinprozess mit einem Fehlurteil. Die beiden Hauptzeugen waren Gefängnisspitzel, die von Polizei und Staatsanwaltschaft aufgefordert wurden, den Geschworenen Lügen aufzutischen.«

»Ich sagte, ich will nicht über die Morde reden.«

»Richtig. Dann reden wir über das Kasino. Sie dürfen gern erst einmal darüber nachdenken, bevor Sie uns helfen. Doch wir brauchen Namen von Personen, von Ihren Leuten, die wissen, was los ist. Wenn Sie uns einen oder zwei Namen nennen, wird niemand je davon erfahren. Das verspreche ich. Es ist unsere Aufgabe, die Identität unserer Zeugen zu schützen.«

»Ich weiß nichts, Ms. Stoltz. Ich habe nie einen Fuß in dieses Kasino gesetzt und werde das auch nie tun. Genau wie meine Familie. Die meisten von uns sind sowieso weggezogen. Wir nehmen zwar die Schecks an, weil es unser Land ist, doch das Kasino hat die Seele unseres Volkes zerstört. Ich weiß nichts darüber. Ich hasse den Ort und die Menschen, die dort das Sagen haben.«

Sie wirkte überzeugend, und Lacy wusste, dass sie das Gespräch an dieser Stelle beenden konnte.

Noch ein Punkt zum Abhaken.

10

MICHAEL GEISMAR EILTE AN EINER WAND seines Büros auf und ab, mit loser Krawatte und aufgekrempelten Ärmeln, im Gesicht den gehetzten Ausdruck des Ermittlers, der immer wieder in Sackgassen gerät. Lacy hatte ein Foto von einer der McDover'schen Immobilien in der Hand und fragte sich, ob es irgendeinen Wert hatte. Hugo nippte wie üblich an einem Energiedrink in dem Versuch, sich mittels Koffein wach zu halten. Sadelle hackte auf ihren Laptop ein, immer auf der Suche nach weiteren schwer greifbaren Fakten.

»Wir haben nichts in der Hand«, sagte Michael. »Vier Immobilien im Besitz von Offshore-Firmen, die irgendeiner Schattenfigur gehören, die wir nicht identifizieren können. Wenn wir Richterin McDover damit konfrontieren würden, würde sie mit Sicherheit – und zwar durch ihr Anwaltsteam – entweder die Eigentümerschaft abstreiten oder erklären, dass sie die Unterkünfte als Investment gekauft habe. Geldanlagen dieser Art mögen angesichts ihrer Gehaltsstufe unverhältnismäßig erscheinen, doch das ist noch kein standeswidriges Verhalten. Es ist jetzt schon klar, dass sie eine Armee von Juristen um sich scharen wird, die uns die nächsten zehn Jahre hinhalten kann. Wir brauchen mehr schmutzige Details.«

»Ich werde jedenfalls nicht mehr Golf spielen gehen«, erklärte Hugo. »Was für eine Zeitverschwendung, in jeder Hinsicht.«

»Okay, war keine gute Idee von mir«, gab Michael zu. »Fällt Ihnen was Besseres ein?«

»Wir werden nicht aufgeben, Michael«, sagte Lacy. »Wir haben genug aufgestöbert, um davon ausgehen zu können, dass Greg Myers die Wahrheit sagt oder zumindest sehr nah dran ist. Wir können nicht zurück.«

»Das habe ich auch nicht vor, jedenfalls noch nicht. In drei Wochen müssen wir entweder McDover die Beschwerde zustellen lassen oder Greg Myers informieren, dass uns die Ermittlungen zu dem Schluss geführt haben, seine Beschwerde ist gegenstandslos. Ich denke, wir sind uns alle darin einig, dass Letzteres nicht der Fall ist. Also werden wir McDover die Beschwerde zustellen und sie dann mitsamt ihren Akten und Unterlagen zwangsvorladen. Zu diesem Zeitpunkt wird sie sich längst hinter einem Pulk aus Anwälten verschanzt haben, sodass jede unserer Aufforderungen erst einmal angefochten wird. Gehen wir davon aus, dass wir ihre Akten irgendwann vorliegen haben. Die Gerichtsakten, alle juristischen Dokumente und Unterlagen im Zusammenhang mit den Prozessen, die sie geleitet hat oder im Augenblick leitet. Dann müssen wir uns relevante Unterlagen über ihre Finanzen besorgen – es sei denn, wir haben belastbare Indizien dafür, dass sie in Diebstahl, Bestechung oder Veruntreuung verwickelt ist.«

»Wir kennen den Paragrafen«, sagte Hugo.

»Schon klar, Hugo, aber lassen Sie mich trotzdem weiterreden, okay? Ich versuche zu analysieren, wo wir stehen, und weil ich der Chef bin, darf ich das. Möchten Sie wieder Golf spielen gehen?«

»Bitte nicht.«

»Wer hintertrieben genug ist, im Schatten von derart clever aufgestellten Briefkastenfirmen zu operieren, wird seine persönlichen Finanzdaten vermutlich nicht so aufbewahren, dass wir sie finden, richtig?«

Lacy und Hugo nickten eifrig, um ihren Chef bei Laune zu halten.

Für einen Moment herrschte Schweigen. Michael ging immer noch auf und ab. Hugo trank sein Koffein und versuchte, sein Hirn wiederzubeleben. Lacy malte auf ihrem Block herum. Nur Sadelles Tastatur klapperte leise.

»Sadelle«, meinte Michael schließlich, »Sie sagen ja gar nichts.«

»Ich bin nur Assistentin«, erinnerte sie ihn und hustete los, bis sie würgen musste. »Ich bin elf Jahre zurückgegangen und habe dreiunddreißig Bauprojekte in Brunswick County gefunden, von Golfplätzen über Shoppingzentren, Wohnsiedlungen, die Mini-Einkaufszeile in Sea Stall, sogar ein Kino mit vierzehn Leinwänden. Nylan Title von den Bahamas ist an vielen davon beteiligt, doch es gibt noch ein Dutzend weiterer Offshore-Firmen, die wiederum andere Offshore-Firmen besitzen, sowie Gesellschaften, die ausländischen Unternehmen gehören. Meiner Meinung nach sieht es verdächtig danach aus, dass da jemand mit allen Mitteln versucht, etwas zu vertuschen. Jedenfalls riecht es danach. Es ist noch nie vorgekommen, dass sich so viele Offshore-Firmen für eine gottverlassene Gegend wie Brunswick County interessieren. Ich habe mich ein bisschen in die Chroniken der anderen Countys im Panhandle eingelesen – Okaloosa, Walton, sogar Escambia, wo Pensacola liegt. Obwohl es da überall wesentlich mehr Bautätigkeit gibt als in Brunswick, sind bei Weitem nicht so viele Offshore-Firmen beteiligt.«

»Kein Glück bei Nylan Title?«, fragte Hugo.

»Nein. Die Gesetze und Verfahren auf den Bahamas sind undurchschaubar. Es sei denn, das FBI schaltet sich ein.«

»Das wird warten müssen.« Michael sah Lacy an. »Haben Sie in letzter Zeit mit Myers gesprochen?«

»Nein. Ich kann nur mit Myers reden, wenn er reden will.«

»Nun, es ist Zeit für ein Gespräch. Wir werden Mr. Myers mitteilen, dass seine Beschwerde in Gefahr ist. Wenn er nicht mehr Informationen liefert, und zwar schnell, müssen wir sie unter Umständen abweisen.«

»Ist das Ihr Ernst?«, fragte Lacy.

»Nicht wirklich, nicht zu diesem Zeitpunkt. Aber wir sollten weiter Druck auf ihn ausüben. Schließlich sitzt er an der Quelle.«

Zwei Tage und ein Dutzend Anrufe auf drei verschiedenen Handynummern später rief Myers endlich zurück. Er schien sich zu freuen, Lacys Stimme zu hören, und behauptete, er habe schon über ein neues Treffen nachgedacht. Er habe weitere Informationen für sie. Lacy fragte, ob man sich nicht an einem Ort treffen könne, der für sie besser zu erreichen wäre. St. Augustine sei ja nett, aber sie müssten jedes Mal dreieinhalb Stunden dorthin fahren. Sie habe viel zu tun, er ganz offensichtlich nicht. Aus verständlichen Gründen aber bevorzugte er es, sich aus dem Panhandle Floridas fernzuhalten. »Zu viele alte Feinde da oben«, erklärte er vollmundig. Sie einigten sich auf Mexico Beach, eine kleine Stadt am Golf, rund zwei Stunden südöstlich von Tallahassee.

Sie trafen sich zum Mittagessen in einer Kneipe am Strand und bestellten gegrillte Shrimps. Myers schwadronierte über reiche Grätenfischvorkommen in Belize und Tauchabenteuer auf den Britischen Jungferninseln. Seine Bräune war nachgedunkelt, und er wirkte dünner. Nicht zum ersten Mal ertappte sich Hugo dabei, dass er diesen Mann um sein sorgloses Leben beneidete. Lebte auf einem hübschen Boot, hatte offenbar keine finanziellen Probleme … Er trank kühles Bier aus einem geeisten Krug, und auch darum beneidete ihn Hugo. Lacy lagen Neidgefühle mehr als fern; ganz im Gegenteil, Myers regte sie noch mehr auf als sonst. Seine diversen Abenteuer interessierten sie nicht die Bohne. Sie wollte Fakten, Einzelheiten, Beweise, die seine Geschichte untermauerten.

Den Mund voller Shrimps, fragte Myers: »Und, wie laufen die Ermittlungen?«

»Ziemlich zäh«, erwiderte Lacy. »Unser Chef drängt uns, mehr schmutzige Details zu finden, sonst müssen wir die Beschwerde möglicherweise abweisen. Die Uhr tickt.«

Er hielt im Kauen inne, wischte sich mit dem Handrücken über den Mund und nahm die Sonnenbrille ab. »Sie dürfen die Beschwerde nicht abweisen. Ich habe einen Eid darauf geleistet. McDover ist Eigentümerin der vier Immobilien, die sie als Bestechungsleistung bekommen hat.«

»Und wie«, sagte Hugo, »sollen wir das beweisen, wenn alles irgendwo offshore vergraben ist? Wir sind keinen Schritt weitergekommen. Sämtliche Dokumente liegen in Barbados, Grand Cayman, Belize. Werfen Sie einen Dartpfeil auf die Offshore-Karte, wir haben garantiert eine Spur dorthin verfolgt, ohne Ergebnis. Es ist eine Sache, unter Eid zu schwören, dass ihr die Firmen gehören, die die Immobilien besitzen – aber wir brauchen Beweise, Greg.«

Myers lächelte und trank einen Schluck Bier. »Botschaft angekommen. Nur einen Augenblick.«

Lacy und Hugo blickten sich an. Greg spießte eine Garnele auf seine Gabel, tauchte sie in Cocktailsauce und schob sie sich in den Mund. »Wollen Sie nicht essen?«

Beide stocherten mit ihren Plastikgabeln in den Shrimpskörbchen herum, viel Appetit hatten sie nicht. Offenbar hatte Myers schon länger nichts gegessen, außerdem war er durstig, doch er hielt sie auch hin. Ein etwas seltsam aussehendes Pärchen hatte sich an den Nachbartisch gesetzt, zu nah, als dass sie ihr Gespräch weiterführen konnten. Die beiden gingen, als die Bedienung Myers das zweite Bier brachte.

»Wir warten«, sagte Lacy.

»Okay, okay.« Er nahm noch einen Schluck und wischte sich erneut mit dem Handrücken über den Mund. »Am ersten Mittwoch jeden Monats verlässt die Richterin ihr Büro in Sterling etwa eine Stunde früher als sonst und fährt die rund zwanzig Minuten zu einem ihrer Häuser in Rabbit Run. Sie parkt ihren Lexus in der Einfahrt, steigt aus und geht zum Eingang. Vor zwei Wochen trug sie ein dunkelblaues ärmelloses Kleid und Pumps von Jimmy Choo, außerdem eine kleine Chanel-Handtasche, mit der sie schon aus dem Büro gekommen war. Sie geht zum Eingang und schließt die Tür auf. Erstes Beweismittel für die Eigentümerschaft: ein Schlüssel. Ich habe Fotos. Rund eine Stunde später parkt ein Mercedes SUV neben dem Lexus, auf der Beifahrerseite steigt ein Mann aus. Der Fahrer bleibt sitzen. Der Beifahrer geht zum Hauseingang. Auch von ihm habe ich Fotos. Meine Damen und Herren, ich denke, wir wissen endlich, wie Vonn Dubose aussieht. Er trägt eine lederne braune Umhängetasche, die gefüllt zu sein scheint. Als er die Klingel drückt, blickt er sich um, wirkt aber nicht im Mindesten nervös. Sie lässt ihn hinein. Er bleibt sechsunddreißig Minuten, und als er wieder herauskommt, trägt er scheinbar dieselbe Tasche, doch es sieht aus, als hätte er den Inhalt zurückgelassen. Das kann ich nicht so genau sagen. Er steigt ins Auto und verschwindet. Fünfzehn Minuten später tut sie es ihm nach. Diese Treffen finden, wie gesagt, am ersten Mittwoch des Monats statt, und zwar, wie es aussieht, regelmäßig und ohne vorherige Absprache per Telefon oder E-Mail.«

Myers schob sein leeres Shrimpskörbchen beiseite, trank einen Schluck Bier und entnahm seiner allgegenwärtigen olivfarbenen Botentasche zwei unbeschriftete Aktenmappen. Er sah sich um, dann reichte er Lacy und Hugo jeweils eine. Die Fotos waren zwanzig mal fünfundzwanzig Zentimeter groß und in Farbe und offensichtlich von der gegenüberliegenden Straßenseite aus aufgenommen. Das erste zeigte das Heck des Lexus mit einem deutlich lesbaren Kennzeichen. »Natürlich habe ich das Kennzeichen überprüft«, sagte Myers. »Der Wagen ist auf unsere liebe Claudia zugelassen, offenbar einer der wenigen Vermögenswerte, der auf ihren Namen läuft. Neu gekauft letztes Jahr bei einem Händler in Pensacola.«

Das zweite Foto zeigte Claudia in voller Größe, ihr Gesicht teilweise verdeckt von einer Sonnenbrille. Lacy musterte die Zwölf-Zentimeter-High Heels. »Woher wissen Sie, von welchem Designer die Schuhe sind?«

»Der Maulwurf weiß es.« Myers beließ es dabei.

Auf dem dritten Foto sah man Claudia, wie sie mit dem Rücken zur Kamera die Eingangstür öffnete, vermutlich mit einem Schlüssel, wobei das nicht zu erkennen war. Auf dem vierten war der schwarze Mercedes SUV abgebildet, der neben dem Lexus stand; auch sein Kennzeichen war deutlich zu sehen. »Das Auto ist auf einen Mann zugelassen, der in einer Hochhauswohnung in der Nähe von Destin wohnt, und es überrascht nicht, dass sein Name nicht Vonn Dubose ist. Daran arbeiten wir noch. Schauen Sie sich das fünfte Foto an.«

Bild Nummer fünf zeigte einen gut aussehenden, gebräunten Mann im Rentneralter und in Golferoutfit, ein typischer Floridabewohner, schlank, schütteres Haar, eine goldene Uhr am linken Handgelenk. »Ich habe keine Ahnung, was das FBI in seinen Akten hat – nichts, schätze ich –, aber ich gehe davon aus, dass dies das einzige existierende Foto von Vonn Dubose ist.«

»Wer hat es gemacht?«, wollte Lacy wissen.

»Jemand mit einer Kamera. Es gibt auch ein Video von der Szene. Sagen wir einfach, der Maulwurf weiß sich zu helfen.«

»Das reicht nicht, Greg«, gab Lacy leicht aufgebracht zurück. »Ganz offensichtlich gibt es jemanden, der McDover observiert. Wer? Sie spielen immer noch Katz und Maus mit uns, und ich möchte wissen, warum.«

»Hören Sie, Greg«, sagte Hugo. »Wir müssen Ihnen vertrauen können, deshalb müssen Sie uns sagen, was Sie wissen. Jemand beschattet McDover. Wer?«

Wieder einmal blickte Myers sich um – was für eine lästige Gewohnheit. Als er offensichtlich der Meinung war, dass die Luft rein war, nahm er die Pilotenbrille ab. »Ich bekomme meine Informationen vom Mittelsmann, der für Sie immer noch anonym ist«, erklärte er. »Er hat Kontakt zum Maulwurf, dessen Namen ich nicht weiß, und ich bin nicht einmal sicher, ob ich ihn wissen will. Wenn der Maulwurf etwas Wichtiges mitzuteilen hat, nimmt der Mittelsmann Kontakt zu mir auf, gibt mir die Info, und ich leite sie an Sie weiter. Es tut mir leid, wenn Ihnen dieses Arrangement nicht gefällt, aber bedenken Sie bitte, dass sowohl der Maulwurf als auch der Mittelsmann und ich und Sie und alle, die an dieser kleinen Geschichte beteiligt sind, eines Morgens eine Kugel zwischen den Augen haben könnten. Mir ist es egal, ob Sie mir vertrauen oder nicht. Meine Aufgabe ist es, so viele Informationen weiterzuleiten wie möglich, damit Sie Richterin Claudia McDover zur Strecke bringen können. Was wollen Sie mehr?« Ein schneller Schluck aus dem Krug. »Und jetzt sehen Sie sich bitte noch einmal Foto Nummer fünf an. Wir wissen nicht, ob dieser Mann Vonn Dubose ist, aber nehmen wir es mal an. Beachten Sie die Tasche. Braunes Leder, eher ein Tornister oder eine Umhängetasche als eine Aktentasche, abgetragen, vielleicht auch nur auf alt gemacht, wie es jetzt in Mode ist, relativ voluminös. Jedenfalls keine dünne Aktenmappe mit ein paar Dokumenten. Nein, diese Tasche wird benutzt, um etwas zu transportieren. Was?

Nun, unsere Quelle mutmaßt, dass sich McDover und Dubose jeden ersten Mittwoch im Monat treffen, um etwas auszutauschen. Wozu sonst braucht Dubose, der angezogen ist, als wollte er Golf spielen, so spät am Tag noch eine Umhängetasche? Ganz offensichtlich trägt er etwas mit sich herum. Nehmen Sie Foto Nummer sechs. Es wurde sechsunddreißig Minuten nach Nummer fünf aufgenommen. Derselbe Mann, dieselbe Tasche. Wenn man sich das Video anschaut, könnte man meinen, dass die Tasche weniger wiegt, so wie er sich damit bewegt. Offen gesagt, kann ich es nicht sicher sagen.«

»Er bringt ihr also einmal im Monat Bargeld«, schlussfolgerte Lacy.

»Er bringt irgendetwas mit, wenn er sich mit ihr in dem Haus trifft.«

»Wie alt sind die Fotos?«, erkundigte sich Hugo.

»Zwölf Tage, sie wurden am 3. August gemacht.«

»Es gibt keine Möglichkeit zu überprüfen, ob das wirklich Vonn Dubose ist?«, fragte Lacy.

»Meines Wissens nicht. Wie gesagt, Dubose ist noch nie festgenommen worden. Er hat keine Vorstrafen, keine Identität. Seine täglichen Ausgaben deckt er mit Bargeld. Er versteckt sich hinter Handlangern und Angestellten und hinterlässt keine Spuren. Wir haben durchaus nachgeforscht, Sie sicher auch, aber es gibt keinen Führerschein, keine Sozialversicherungsnummer, keinen Pass, ausgestellt auf seinen Namen, nirgendwo in diesem Land. Wie wir auf den Fotos sehen, hat er einen Chauffeur. Nach allem, was wir wissen, könnte er sich Joe Blow nennen und saubere Papiere auf diesen Namen besitzen.«

Myers griff in seine magische Tasche und zog zwei weitere Akten heraus, die er den beiden reichte. »Was ist das?«, fragte Hugo.

»Eine detaillierte Auflistung von McDovers Reisen in den letzten sieben Jahren. Zeiten, Ziele, gecharterte Jets und so weiter. Sie verreist fast immer mit ihrer besten Freundin, Phyllis Turban, die sich um das Chartern der Flugzeuge kümmert und die Rechnungen zahlt. Turban bucht außerdem die Zimmer, wenn sie in Hotels absteigen. Sie kümmert sich um die Details. Bislang taucht McDovers Name nirgendwo auf.«

»Warum ist das wichtig?«, fragte Lacy.

»Für sich genommen ist es wenig nützlich, aber es untermauert die Theorie, dass die zwei hochfliegenden Damen einen Haufen Asche dafür ausgeben, im Land herumzujetten, wahrscheinlich um schmutziges Geld in kostbaren Tand umzusetzen. Selbst wenn sie ihre Gehälter zusammenwerfen, könnten sie sich nicht einmal den Sprit für die Flüge leisten. Wir wissen, was die Richterin verdient. Ich kann mir ausmalen, was Turban bekommt, und ich wette, es ist weniger als bei McDover. Es könnte passieren, dass man den Fall um Kapital, Ausgaben und Wirtschaftsgüter herum konstruieren muss, deshalb sammele ich schon mal so viele schmutzige Details, wie ich finden kann.«

»Suchen Sie bitte weiter«, sagte Hugo. »Wir können jede Hilfe gebrauchen.«

»Sie wollen die Beschwerde doch nicht im Ernst abweisen? Ich meine, verdammt, schauen Sie sich die Fotos an! Kann man ernsthaft anzweifeln, dass der Frau dieses Haus gehört, wenn sie seit sieben Jahren dorthin fährt und einen Schlüssel besitzt? Es ist auf eine Scheinfirma in Belize eingetragen und heute am Markt mindestens eine Million wert.«

»Übernachtet sie auch dort? Empfängt sie Gäste?«, fragte Lacy.

»Ich glaube nicht.«

»Ich habe mir das Haus letzte Woche angesehen«, sagte Hugo. »Hab Golf gespielt und dabei vom Fairway aus Fotos gemacht.«

Myers warf ihm einen fragenden Blick zu. »Und was haben Sie dabei erfahren?«

»Rein gar nichts. Es war komplette Zeitverschwendung, aber das ist Golfen ja immer.«

»Versuchen Sie's mit Grätenfischangeln. Macht viel mehr Spaß.«

Lacy lackierte sich eben die Zehennägel, während sich ein Cary-Grant-Film dem Ende näherte, als ihr Telefon einen unbekannten Anrufer meldete. Eine innere Stimme sagte ihr, es könnte Myers sein, und die Stimme hatte recht.

»Neuigkeiten«, sagte er. »Morgen ist Freitag.«

»Wie kommen Sie denn darauf?«

»Warten Sie. Sieht so aus, als würden die Damen morgen nach New York fliegen. Claudia wird am Flughafen von Panama City einen Jet nehmen, so gegen zwölf, die genaue Zeit spielt keine Rolle, denn wenn man einen Privatjet chartert, fliegt man, wenn man Lust hat. Lear 60, Flugzeugkennung N38WW, Eigentum und im Einsatz einer Gesellschaft aus Mobile. Vermutlich wird auch ihre Anwaltsfreundin an Bord sein. Ich denke, sie wollen nach New York, um dort um die Häuser zu ziehen und mit einem Sack voll Asche angemessen shoppen zu gehen. Falls Sie's nicht wissen, bei Privatjets gibt es praktisch keine Securitychecks. Keine Scanner für Gepäck oder Durchsuchung der Passagiere. Die schlauen Jungs von der Homeland Security denken sich wahrscheinlich, dass die Reichen keinen Spaß daran haben, sich in ihren eigenen Jets in die Luft zu jagen. Jedenfalls könnte man buchstäblich hundert Pfund reines Heroin einpacken und überall im Land herumfliegen.«

»Interessant – aber was haben wir davon?«

»Wenn ich Sie wäre und nichts Besseres zu tun hätte, würde ich mich in Panama City zum Gulf-Aviation-Terminal begeben und mich umsehen. Hugo würde ich allerdings im Auto lassen; man sieht dort nicht allzu viele Schwarze, er könnte auffallen. Außerdem kann er vom Auto aus Fotos machen. Vielleicht erscheint Phyllis, um sich vor dem Abflug auf der Damentoilette die Nase zu pudern, wer weiß? Sie könnten eine Menge erfahren und vor allem sehen, mit wem Sie es zu tun haben.«

»Würde ich da nicht auffallen?«

»Lacy, meine Liebe, Sie fallen immer auf. Sie sind viel zu hübsch, um nicht aufzufallen. Ziehen Sie Jeans an, binden Sie Ihre Haare zurück, setzen Sie eine andere Brille auf. Keine Sorge. Es gibt einen Loungebereich mit Zeitschriften und Zeitungen, da sitzen immer Leute. Wenn jemand Sie anspricht, sagen Sie, Sie warten auf einen Passagier. Der Bereich ist öffentlich zugänglich, Sie wären also völlig legal dort. Ich würde mir Claudia genau anschauen. Was sie anhat, was sie bei sich trägt. Rechnen Sie nicht damit, dass sie die Taschen voller Geld hat, aber unter Umständen hat sie ein oder zwei extra Gepäckstücke dabei. Vielleicht ein Witz, das Ganze, aber auch kein schlechter Zeitvertreib. Ich persönlich hätte nichts dagegen, ein echtes Florida-Girl live zu erleben, das zufällig die korrupteste Richterin in der Geschichte Amerikas ist – und deren Bild bald auf allen Titelseiten sein wird, während sie davon noch keinen blassen Schimmer hat. Probieren Sie's.«

»Okay, wir werden es versuchen.«

11

RICHTERIN MCDOVER PARKTE nicht weit von Lacys Prius, in dem Hugo sich angespannt hinter einer Zeitung verbarg, die Kamera an seiner Seite. Passend zu seiner Sammlung nutzloser Fotos von Loch neun in Rabbit Run hatte er jetzt Gelegenheit, ein paar Bilder von einem Lear 60 auf der Rollbahn zu schießen. Während Claudia ihr Köfferchen über den Parkplatz zog und auf den Eingang des Gulf-Aviation-Terminals zusteuerte, machte er ein paar Aufnahmen von ihrer Rückansicht. Mit ihren sechsundfünfzig war sie immer noch schlank und würde, zumindest von hinten, auch für zwanzig Jahre jünger durchgehen. Tatsächlich musste er sich eingestehen, dass sie besser aussah als Verna, die nach dem vierten Kind mit ihrem Gewicht kämpfte. Er konnte sich einfach nicht abgewöhnen, wohlgeformten weiblichen Hintern nachzublicken.

Als sie im Inneren des Gebäudes verschwunden war, legte Hugo Kamera und Zeitung beiseite und schlief ein.

Im Verlauf vieler Jahre hatte Claudia McDover allmählich gelernt, wie eine Tatverdächtige zu denken. Sie nahm alles in ihrer Umgebung wahr, von dem kleinen Toyota, auf dessen Beifahrersitz ein Schwarzer mit einer Zeitung hockte – ein etwas seltsamer Anblick um zwölf Uhr mittags –, über die knuffige Rothaarige, die am Eingangsschalter saß und sie mit einem strahlenden Lächeln begrüßte, den gestressten Geschäftsmann im dunklen Anzug, dessen Flug offensichtlich verspätet war, bis zu der hübschen jungen Frau auf dem Sofa, die in einer Ausgabe von *Vanity Fair* blätterte und ein wenig deplatziert wirkte. Binnen Sekunden hatte sich Claudia vergewissert, dass in der Lobby keine Gefahr drohte, und sich alle Gesichter eingeprägt. In ihrer Welt konnte jederzeit jedes Telefon angezapft, jeder Brief abgefangen, jede E-Mail gehackt werden und jeder Fremde ein Spion sein. Dabei war sie nicht paranoid und lebte auch nicht in ständiger Angst. Sie war nur vorsichtig. Vorsicht war ihr durch jahrelange Übung zur zweiten Natur geworden.

Ein junger Mann in steifer Uniform trat vor, stellte sich als einer der Piloten vor und nahm ihren Koffer. Die knuffige Rothaarige drückte einen Knopf, die Türen glitten auf, und Claudia trat aus dem Flughafengebäude. Solche Momente gaben ihr immer noch einen Kick, auch wenn sie ohne Tamtam und von der Welt unbemerkt passierten. Während die großen Massen in endlosen Warteschlangen für Flüge anstanden, die überfüllt oder verspätet waren oder ganz abgesagt wurden, und sich schließlich, wenn sie Glück hatten, wie Rindvieh in verdreckte Maschinen treiben ließen, deren Sitze für moderne amerikanische Körpermaße viel zu eng waren, schritt sie, Claudia McDover, Richterin des 24. Gerichtsbezirks, wie eine Königin zu ihrem Privatjet, wo eisgekühlter Champagner auf sie wartete, und sie konnte sich darauf verlassen, dass der Flug pünktlich und nonstop sein würde.

Phyllis wartete auf sie. Sobald die Piloten angeschnallt waren und ihre Startroutine durchgingen, gab Claudia ihr einen Kuss und nahm ihre Hand. Nach dem Start, als der Jet die Flughöhe von achtunddreißigtausend Fuß erreicht hatte, entkorkte Phyllis eine Flasche Veuve Clicquot, und sie stießen wie immer auf den Tappacola-Stamm an.

Sie hatten sich im zweiten Jahr ihres Jurastudiums in Stetson kennengelernt und erstaunt bemerkt, wie viel sie gemeinsam hatten. Beide litten noch unter einer schlimmen ersten Ehe. Beide hatten sich aus den falschen Gründen für Jura entschieden. Claudia war von ihrem Ehemann und dessen miesen Anwälten gedemütigt und niedergemacht worden und sann auf Rache. Phyllis' Scheidungsurteil beinhaltete, dass ihr Exmann die Kosten für ihr Studium übernahm. Sie hatte sich für Medizin entschieden, um es möglichst lange hinauszuziehen, dann aber bei der Aufnahmeprüfung versagt. Daraufhin hatte sie mit Jura begonnen und ihm nach dem Examen zusätzlich drei Jahre Weiterbildung aus der Tasche gezogen. Im dritten Studienjahr fingen Claudia und sie an, sich heimlich zu treffen, doch nach dem Examen trennten sich ihre Wege wieder. Als Frauen auf einem schwierigen Arbeitsmarkt mussten sie nehmen, was sie finden konnten. Claudia ging in die Provinz, um in einer kleinen Kanzlei zu arbeiten, Phyllis wurde für einen Pflichtverteidiger in Mobile tätig, bis sie die Nase von Straßengangstern voll hatte und Zuflucht in einer Privatkanzlei fand. Seit die Indianer sie reich gemacht hatten, reisten sie mit Stil, lebten in dezentem Luxus und planten eine letzte Reise ohne Wiederkehr an einen noch zu bestimmenden Ort.

Als der Champagner leer war, schliefen sie ein. Seit siebzehn Jahren arbeitete Claudia hart, denn schließlich ging es darum, wiedergewählt zu werden. Auch Phyllis investierte viel Zeit in ihre gut laufende kleine Kanzlei. Sie bekamen nie genug Schlaf. Zweieinhalb Stunden nachdem sie Florida verlassen hatten, landete der Jet in Teterboro, New Jersey, wo es mehr Privatflugzeuge gab als auf jedem anderen Flughafen der Welt. Eine schwarze Limousine erwartete sie bereits, um sie sogleich weiterzubefördern. Zwanzig Minuten später erreichten sie ihr Ziel in Hoboken, ein schlank-schimmerndes Hochhaus am Hudson River gegenüber dem Finanzbezirk. Von ihrem Nest im dreizehnten Stock aus hatten sie einen spektakulären Blick auf Manhattan und die Freiheitsstatue, die zum Greifen nah schien. Die Wohnung war geräumig und schlicht eingerichtet, eher wie eine Kapitalanlage, nicht wie ein Zuhause, und wenn ihnen danach war, würden sie sie wieder verkaufen. Natürlich gehörte sie einer Offshore-Firma, in diesem Fall einem Scheinunternehmen mit Sitz auf den Kanaren.

Phyllis hatte großen Spaß am Spiel mit den internationalen Briefkastenfirmen und schob ständig Kapital und Unternehmen hin und her, immer auf der Suche nach dem neuesten Steuerparadies. Mit der Zeit und wachsender Erfahrung hatte sie sich zu einer Expertin entwickelt, was das Verstecken ihres Vermögens anging.

Nach Einbruch der Dunkelheit zogen sie Jeans an und fuhren mit einem Wagen in die Stadt, nach SoHo, wo sie in einem winzigen französischen Bistro zu Abend aßen. Später tranken sie in einer schummerigen Bar noch mehr Champagner und freuten sich kichernd darüber, wie weit sie gekommen waren, und zwar nicht nur auf dieser Reise, sondern im Leben.

Der Name des Armeniers war Papazian, und sie hatten nie herausgefunden, ob es sein Vor- oder Nachname war. Nicht dass es eine Rolle spielte. Ihre Geschäfte fanden im Verborgenen statt. Niemand stellte Fragen, weil niemand Antworten wollte. Papazian klingelte am Samstagmorgen um zehn bei ihnen und öffnete nach dem üblichen Small Talk seinen Aktenkoffer. Auf einem kleinen Frühstückstisch breitete er einen blauen Filz aus und ordnete seine Prachtstücke an – Diamanten, Rubine und Saphire. Wie immer machte Phyllis ihm einen doppelten Espresso, den er schlürfte, während er die einzelnen Edelsteine beschrieb. Nach vier Jahren wussten sie, dass Papazian nur die edelsten Stücke anbot. Er hatte einen Laden in der Innenstadt, dort hatten sie ihn kennengelernt, doch inzwischen kam er auch gern zu ihnen. Er hatte keine Ahnung, wer sie waren oder woher sie kamen. Ihn interessierten nur Geschäft und Geld. In weniger als dreißig Minuten wählten sie eine Handvoll seiner besten »tragbaren Reichtümer«, wie Phyllis sich ausdrückte, und übergaben ihm das Geld. Er zählte langsam zweihundertdreißigtausend Dollar in Hundertdollarscheinen und murmelte dazu in seiner Muttersprache vor sich hin. Als alle zufrieden waren, leerte er die zweite Espressotasse und verließ die Wohnung.

Nachdem die Schmutzarbeit damit weitgehend erledigt war, zogen sich die Frauen um und nahmen einen Wagen, um in die Stadt zu fahren. Sie kauften Schuhe bei Barneys, hatten ausführlich Lunch bei Le Bernardin und ließen sich anschließend langsam zum Diamond District treiben, wo sie einen ihrer Lieblingshändler ansteuerten und eine Auswahl an neuen, ungebrauchten Goldmünzen erwarben – Krügerrand aus Südafrika, Maple Leaf aus Kanada und sogar American Eagles, um die inländische Wirtschaft zu unterstützen. Barzahlung, ohne Quittung, ohne Nachweise, ohne Spuren. Der kleine Laden war mit mindestens vier Überwachungskameras ausgestattet, und zu Beginn hatte es ihnen Kopfzerbrechen beschert, dass jemand sie beobachten könnte. Doch alsbald überwog der Gedanke, dass sie in ihrem Geschäft um gewisse Risiken nicht herumkamen. Man musste nur wissen, welche man eingehen wollte und welche nicht.

Am Samstagabend sahen sie sich am Broadway ein Musical an und aßen anschließend im Orso zu Abend, ohne jedoch Prominente zu sehen. Es war nach Mitternacht, als sie zu Bett gingen, zufrieden mit einem Tag voller Säuberungsaktivitäten. Am späten Sonntagvormittag packten sie ihre Beute ein, samt einer hübschen Kollektion erschreckend teurer neuer Schuhe, und fuhren zurück nach Teterboro, wo der Jet sie bereits erwartete, um sie zurück in den Süden zu bringen.

12

WÄHREND SIE AUF HUGO WARTETEN, der sich zur Besprechung verspätete, sah Michael sich die neuen Fotos und Reisedaten an, und Lacy beantwortete E-Mails. »Irgendeine Idee, warum die Liste nur die letzten sieben Jahre umfasst?«, fragte er.

»Nein. Myers weiß es nicht, nimmt aber an, dass der Maulwurf etwa zu dieser Zeit auf der Bildfläche erschienen ist. Offensichtlich steht er oder sie McDover nahe – vielleicht seit dieser Zeit.«

»Nun, er oder sie fasst auf jeden Fall Geld an. Es ist kaum zu glauben, dass diese Fotos von der Straße aufgenommen wurden, von jemandem, der in einem Auto saß. Es sieht vielmehr so aus, als hätte sich der Fotograf in einer der Immobilien befunden.«

»In einem Gebäude gegenüber gibt es vier Einheiten zu mieten, für tausend Dollar die Woche. Wir nehmen an, dass er oder sie eine der Wohnungen gemietet hat, um da eine Kamera zu installieren, und genau wusste, wann McDover und Dubose erscheinen. Er oder sie scheint wirklich ernst zu nehmende Insiderinformationen zu haben.«

»Allerdings. Myers weiß, was er tut, Lacy. Die beiden machen da ziemlich schmutzige Geschäfte. Ich bin nicht sicher, ob wir das beweisen können, aber die Beweislage bessert sich. Was wird McDover sagen, wenn sie mit all dem konfrontiert wird?«

»Das werden wir bald herausfinden.«

Die Tür ging auf, und Hugo erschien. »Tut mir leid, dass ich zu spät bin. War wieder mal eine schlimme Nacht.« Er warf seine Aktentasche auf den Tisch und trank einen Schluck aus einem großen Kaffeebecher. »Ich wäre schon eher hier gewesen, aber ich habe mit einem Typ telefoniert, der mir seinen Namen nicht nennen wollte.«

Michael nickte abwartend, ein Foto in der Hand. »Aha?«, sagte Lacy auffordernd.

»Er rief heute Morgen gegen fünf an, ein bisschen früh, aber ich war zufällig wach. Er erzählte mir, dass er im Kasino arbeitet und Informationen hat, die uns nützlich sein könnten. Er wisse, dass wir gegen den Stamm und die Richterin ermitteln, und er könne helfen. Als ich mehr wissen wollte, hat er aufgelegt. Vor etwa einer Stunde hat er noch mal angerufen, von einer anderen Nummer aus, und gesagt, er will sich mit uns treffen und einen Deal machen. Als ich wissen wollte, was genau er damit meint, eierte er herum. Vieles, was da laufe, sei illegal, und es sei nur eine Frage der Zeit, bis alles auffliege. Er sei ein Stammesmitglied, kenne den Chief und die Leute, die das Kasino führen, und wolle nicht in der Nähe sein, wenn die Bombe hochgeht.«

Hugo drehte Kreise durch das Zimmer, wie oft in letzter Zeit. Ruhig dazusitzen machte ihn schläfrig.

»Hört sich interessant an«, meinte Lacy.

Michael ließ sich auf seinem Drehstuhl nieder und verschränkte die Hände hinter dem Kopf. »Sonst nichts?«

»Nein, aber er will sich heute Abend mit mir treffen. Er hat Spätschicht und kann erst ab neun.«

»Halten Sie ihn für glaubwürdig?«, fragte Michael.

»Wer weiß? Er klang nervös und hat verschiedene Telefone benutzt, wahrscheinlich Wegwerfhandys. Er hat mich mehrmals gefragt, wie wir es mit der Vertraulichkeit halten und ob wir seine Identität schützen können. Er meinte, viele seiner Stammeskollegen hätten die Nase voll von der Korruption, wollten aus Angst aber nicht reden.«

»Wo will er sich treffen?«, fragte Lacy.

»Er wohnt nicht weit vom Kasino entfernt im Reservat. Er meinte, er sucht einen Ort und ruft an, wenn wir in der Nähe sind.«

»Wir müssen vorsichtig sein«, mahnte Michael. »Könnte eine Falle sein.«

»Das glaube ich nicht«, widersprach Hugo. »Ich hatte den Eindruck, dass er Hilfe braucht und helfen will.«

»Welches Handy benutzen Sie?«

»Das des BJC. Ich kenne die Regeln, Chef.«

»Okay, wie ist er an die Nummer gekommen? Wem haben Sie Ihre Nummer bislang gegeben?«

Hugo und Lacy sahen sich an und versuchten, sich zu erinnern. »Myers und Junior Mace«, zählte Lacy auf. »Dem Gefängnisleiter, Wilton Mace, Razkos Witwe und Al Bennett – das ist der Anwalt, der vor fünf Jahren gegen McDover angetreten ist. Naylor von der Glücksspielaufsicht. Das war's, glaube ich.«

»Ja«, bestätigte Hugo. »Ich habe mir auf dem Weg hierher die gleiche Frage gestellt.«

»Es hat offenbar gereicht, um eine undichte Stelle zu schaffen«, sagte Michael.

»Aber niemand von diesen Leuten hat auch nur im Entferntesten mit Dubose und der Korruption zu tun«, gab Lacy zu bedenken.

»Jedenfalls soweit wir wissen«, ergänzte Hugo.

»Wollen Sie denn hinfahren?«, fragte Michael.

»Natürlich«, erwiderte Lacy.

Michael stand auf und trat an das schmale Fenster. »Das könnte der Durchbruch sein. Ein Insider.«

»Eben«, sagte Lacy. »Wir fahren.«

»In Ordnung. Aber bitte seien Sie vorsichtig.«

Sie warteten in Lacys Wagen am entfernten Ende des Kasinoparkplatzes bis kurz vor dreiundzwanzig Uhr darauf, dass der Informant sich meldete. Es war ein Montagabend, und an den Spieltischen und -automaten war nicht viel los. Hugo schlief natürlich, während Lacy auf dem iPad im Internet surfte. Um 22.56 Uhr rief der Mann an, um eine Wegbeschreibung durchzugeben. Sie fuhren dreieinhalb Kilometer über eine dunkle, schmale, kurvige Straße und hielten an einem verlassenen Stahlbau. Ein altes Schild klärte sie darüber auf, dass dies einst eine Bingohalle gewesen war. In der Ferne war ein Wohnhaus zu sehen, doch die grellen Lichter von Treasure Key drangen nicht bis hierher. Die Nacht war heiß und drückend und überall waren Moskitos. Hugo stieg aus und streckte seine Beine. Mit seinen eins achtundachtzig und seinen neunzig Kilo war er der typisch amerikanische Draufgänger, den so leicht nichts aus der Ruhe brachte. Lacy fühlte sich in seiner Gegenwart sicher. Ohne ihn hätte sie diese Fahrt nicht unternommen. Hugo rief die letzte bekannte Telefonnummer an, bekam aber keine Antwort.

Dann regte sich etwas im Schatten des Gebäudes. »Hallo?«, rief Hugo in die Dunkelheit. Lacy stieg aus dem Wagen.

Eine Stimme sagte: »Kommen Sie her.« Man sah eine Gestalt, teilweise verdeckt, regungslos. Der Mann trug eine Kappe, und die rote Glut einer Zigarette schwenkte vor seinem Mund hin und her. Sie machten ein paar Schritte, bis er wieder sprach. »Das reicht. Sie werden mein Gesicht nicht zu sehen bekommen.«

»Aber Sie können unsere sehen, oder?«, sagte Hugo.

»Das ist nah genug. Sie sind Mr. Hatch?«

»Das ist korrekt.«

»Wer ist die Frau?«

»Mein Name ist Lacy Stoltz. Wir sind Kollegen.«

»Sie haben mir nicht gesagt, dass Sie eine Frau mitbringen.«

»Sie haben nicht danach gefragt«, entgegnete Hugo. »Sie ist meine Partnerin, und wir arbeiten zusammen.«

»Gefällt mir nicht.«

»Das ist schade.«

Eine Pause entstand, in der er an seiner Zigarette zog und sie musterte. Dann räusperte er sich und spuckte aus. »Soweit ich weiß, sind Sie Richterin McDover auf der Spur.«

»Wir arbeiten für das Board on Judicial Conduct des Staates Florida«, erklärte Lacy. »Wir sind Juristen, keine Polizisten. Unser Job ist es, Beschwerden gegen Richter auf ihre Grundlagen zu überprüfen.«

»Diese Richterin gehört in den Knast, mitsamt der ganzen Bande.« Seine Stimme klang hastig und nervös. Er blies eine Lunge voll Rauch aus, und die Wolke waberte in der schweren Luft.

»Sie sagten, Sie arbeiten im Kasino?«, warf Hugo ein.

Eine lange Pause, dann antwortete er: »Das stimmt. Was wissen Sie über die Richterin?«

»Es wurde eine Dienstaufsichtsbeschwerde gegen sie eingereicht«, sagte Lacy. »Wegen standeswidrigen Verhaltens. Wir sind nicht ermächtigt, Einzelheiten preiszugeben.«

»Standeswidriges Verhalten, was?« Der Mann lachte nervös und schnippte die Zigarette auf den Boden, wo sie eine Sekunde lang weiterglühte. »Dürfen Sie Leute verhaften, oder schnüffeln Sie nur so herum?«

»Nein«, sagte Hugo. »Wir dürfen niemanden verhaften.«

Wieder ein nervöses Lachen aus dem Schatten. »Dann ist dieses Treffen für mich Zeitverschwendung. Ich muss mit jemandem reden, der was bewirken kann.«

»Wir haben die Befugnis, zu ermitteln und, wenn nötig, Richter aus dem Amt zu entfernen.«

»Die Richterin ist nicht das größte Problem.«

Sie warteten einen Moment, doch es kam nichts mehr. Als sie die Köpfe vorstreckten, war der Mann nicht zu sehen. Er schien sich davongeschlichen zu haben. Hugo trat ein paar Schritte vor. »Sind Sie noch da?«, fragte er. Keine Antwort.

»Das reicht«, flüsterte Lacy. »Ich denke, er ist weg.«

Ein paar Sekunden unbehaglicher Stille vergingen, bis Hugo sagte: »Ich glaube, du hast recht.«

»Mir gefällt das Ganze nicht. Lass uns abhauen.«

Rasch öffneten sie die Autotüren und stiegen ein. Während sie nach hinten rangierten, schwenkten die Scheinwerfer über das Gebäude. Nichts. Lacy bog in die Straße ein und fuhr Richtung Kasino zurück. »Komisch«, sagte Hugo. »Das hätten wir auch am Telefon klären können.«

In der Ferne tauchten Wagenlichter auf.

»Meinst du, wir haben ihn verscheucht?«, fragte sie.

»Wer weiß? Wenn er es ernst meint, denkt er darüber nach, Informationen weiterzugeben, die das Leben von ein paar Leuten zerstören könnten. Natürlich ist er da zurückhaltend. Ich schätze, er hat kalte Füße bekommen.«

Hugo klopfte sich lächelnd auf den Bauch. »Der Gurt rastet schon wieder nicht richtig ein. Das dritte Mal heute Abend. Kannst du das nicht mal reparieren lassen?«

Lacy blickte zu ihm hinüber und wollte gerade etwas sagen, als Hugo aufschrie. Gleißende Lichter kamen ihnen auf ihrer Spur entgegen. Ein Pick-up war über die Mittellinie ausgeschert. Sie krachten frontal aufeinander, Kühler auf Kühler, so heftig, dass der Prius in die Luft geschleudert wurde und sich um hundertachtzig Grad drehte. Mit 2,7 Tonnen doppelt so schwer wie der Toyota, kam der Pick-up, ein

Dodge Ram 2500, vergleichsweise glimpflich davon. Er stoppte auf dem Randstreifen der schmalen Straße, die demolierte Front nur Zentimeter von einem flachen Graben entfernt.

Als der Airbag in ihrem Lenkrad explodierte und gegen Lacys Oberkörper und Gesicht prallte, verlor sie das Bewusstsein. Ihr Kopf schlug gegen den Himmel des Prius, der eingedrückt war und ihr einen Riss über den Schädel zog. Der Airbag auf der Beifahrerseite versagte. Hugo, der nicht angeschnallt war, krachte ungebremst gegen die Windschutzscheibe und zerschmetterte sie mit Kopf und Schultern. Das Glas zerfetzte sein Gesicht und riss einen langen Schnitt über seinen Hals.

Glas, Metall und Trümmer regneten auf die Unfallstelle herab.

Das rechte vordere Rad des Pick-ups drehte sich frei. Der Fahrer stieg langsam aus, zog einen schwarzen Motorradhelm, Handschuhe und Knieschützer aus und blickte hinter sich. Ein zweiter Pick-up näherte sich und hielt. Der Fahrer des ersten streckte die Beine durch, rieb sich das linke Knie und hinkte auf den Prius zu, um kurz hineinzusehen. Er sah die Frau, ihr blutverschmiertes Gesicht, den zerplatzten Airbag, den Schwarzen, der aus vielen Wunden blutete. Einen Moment lang blieb er stehen, dann humpelte er zu dem anderen Pick-up und stieg ein. Seine Nase blutete, wieder rieb er sich das Bein.

Wenig später entfernten sie sich ohne Scheinwerferlicht. Der Pick-up bog auf einen Feldweg ein und verschwand. Ein Notruf erfolgte nicht.

Das Haus der Familie Beale stand knapp einen Kilometer entfernt an der Straße. Iris Beale, Ehefrau und Mutter, hörte die Kollision, wobei sie zunächst keine Vorstellung hatte, was passiert sein könnte. Doch sie war davon überzeugt, dass etwas Ungewöhnliches geschehen war, was man sich ansehen sollte. Sie weckte ihren Mann Sam und drängte ihn, sich etwas anzuziehen und nachzuschauen. Als Sam am Unfallort eintraf, stand bereits ein weiterer Wagen da. Binnen Minuten waren Sirenen zu hören, und zwei Fahrzeuge der Tappacola-Polizei näherten sich mit blinkenden Lichtern, gefolgt von zwei Einheiten der Feuerwehr. Unverzüglich wurde vom nächstgelegenen Regionalkrankenhaus in Panama City ein Ambulanzhelikopter angefordert.

Hugo wurde aus dem Wrack geborgen, indem man die restlichen Scherben der Frontscheibe entfernte und ihn vorsichtig durch die Öffnung bugsierte. Er lebte noch, war aber ohne Bewusstsein und hatte kaum Puls. Um Lacy zu befreien, wurde die Fahrertür mithilfe hydraulischer Wagenheber aufgehebelt. Sie versuchte zu sprechen, gab jedoch nur unverständliche Laute von sich. Ein Krankenwagen brachte sie in die medizinische Einrichtung des Stammes unweit vom Kasino, wo sie auf den Helikopter warten sollte. Auf dem Weg dorthin verlor sie das Bewusstsein und bekam deshalb nicht mit, dass Hugo seinen Verletzungen erlag. Sie würde den kurzen Flug zum Krankenhaus ohne ihn absolvieren.

Die Polizei war unterdessen damit beschäftigt, Fotos und Videos zu machen, die Unfallstelle zu vermessen und nach Zeugen zu suchen, die es offensichtlich nicht gab. Ebenso wenig wie einen Fahrer für den Pick-up. Dessen Airbag war ausgelöst worden. Hinweise auf Verletzungen waren nicht zu erkennen, kein Blut, nur eine zerbrochene Whiskeyflasche lag auf dem Boden der Beifahrerseite. Der Fahrer schien sich buchstäblich in Luft aufgelöst zu haben. Noch ehe der Pick-up abgeschleppt wurde, wusste die Polizei, dass er sechs Stunden zuvor in einem Einkaufszentrum in Foley, Alabama, gestohlen worden war. Lacys Prius wurde auf einen Abschlepptieflader gehievt und zu einem Kfz-Verwahrplatz in der Nähe des Tappacola-Verwaltungsgebäudes transportiert.

Hugos Leichnam wurde ebenfalls in die medizinische Einrichtung des Reservats gebracht und dort in einem Kühlraum im Keller aufgebahrt, der für solche Fälle zur Verfügung stand. Auf der gegenüberliegenden Straßenseite saß Constable Lyman Gritt an seinem Schreibtisch und starrte auf Hugos bescheidene Habseligkeiten – ein Schlüsselbund, gefaltete Dollarscheine, etwas Wechselgeld und eine Brieftasche. Vor ihm saß stumm und reglos ein Sergeant. Keiner der beiden riss sich darum, zum Telefon zu greifen.

Der Constable öffnete schließlich die Brieftasche und zog eine von Hugos Visitenkarten heraus. Er ging ins Internet, fand die Website des BJC und Michael Geismars Namen. »*Er* sollte anrufen, oder?«, fragte der Constable. »Schließlich kennt er Mr. Hatch und wahrscheinlich auch dessen Familie.«

»Gute Idee«, fand der Sergeant.

Um 2.20 Uhr ging Michael ans Telefon und wurde begrüßt mit: »Tut mir wirklich leid, dass ich Sie stören muss, aber ich glaube, Sie arbeiten mit Mr. Hugo Hatch zusammen. Ich bin der Constable des Tappacola-Stammes drüben in Brunswick County.«

Michael stolperte aus dem Bett, während seine Frau eine Lampe einschaltete. »Was ist passiert?«

»Es gab einen schlimmen Autounfall. Mr. Hatch ist dabei ums Leben gekommen. Jemand muss jetzt die Familie informieren.«

»Wie bitte? Ist das Ihr Ernst? Nein, das kann nicht Ihr Ernst sein! Wer spricht da?«

»Mein Name ist Constable Lyman Gritt, Sir, oberster Polizeichef des Tappacola-Stammes. Ich versichere Ihnen, dass es mir sehr wohl ernst ist. Der Unfall geschah vor zwei Stunden auf dem Gebiet unseres Reservats. Die junge Frau, Lacy Stoltz, wurde nach Panama City ins Krankenhaus gebracht.«

»Ich glaube das nicht.«

»Tut mir leid, Sir. Hat er Familie?«

»Ob er Familie hat? Ja, Mr. Gritt, er hat Familie, eine hübsche junge Frau und vier kleine Kinder. Ja, eine Familie. Das kann doch alles nicht wahr sein!«

»Tut mir sehr leid, Sir. Würden Sie sie informieren?«

»Ich? Wieso ich? Ist das wirklich passiert? Woher weiß ich, dass das kein Telefonstreich ist oder so was?«

»Sir, Sie können gern auf unsere Website gehen und mich überprüfen. Sie können das Krankenhaus in Panama City anrufen. Die Dame sollte inzwischen dort angekommen sein. Ich versichere Ihnen, diese schreckliche Nachricht ist wahr, und es wird nicht lange dauern, bis irgendein Fernsehreporter darauf kommt und die Familie anruft.«

»Okay, okay. Lassen Sie mich eine Sekunde nachdenken.«

»Solange Sie wollen, Sir.«

»Was ist mit Lacy?«

»Ich weiß nicht, Sir. Sie ist verletzt, aber sie lebt.«

»Gut. Natürlich komme ich sofort rüber. Geben Sie mir Ihre Telefonnummer, für alle Fälle.«

»Selbstverständlich, Sir, und wenn wir irgendwie helfen können, melden Sie sich.«

»Klar. Und danke. Ich weiß, dass das auch für Sie nicht einfach ist.«

»Nein, Sir, in der Tat. Eine Frage, Sir. Waren die beiden gestern Abend dienstlich in unserem Reservat unterwegs?«

»Ja, allerdings.«

»Darf ich fragen, warum? Ich bin der Constable.«

»Tut mir leid. Vielleicht ein andermal.«

Michael Geismar blieb bei Verna Hatch und den Kindern, bis ihre Mutter eintraf, dann floh er aus dem Haus, so schnell er konnte. Er würde für immer mit dem Horror, dem Schock, dem Schmerz, dem Irrsinn leben müssen, den er durch seine Nachricht, dass Hugo nie mehr heimkommen würde, über die Familie gebracht hatte, mit ihrer Verzweiflung, als sie sich gegenseitig glauben zu machen versuchten, dass das nicht wahr sein könne. Er war der Bösewicht, der verhasste Überbringer der schlechten Nachricht, der sie darüber hinaus auch noch davon überzeugen musste, dass Hugo tatsächlich tot war.

Er hatte noch nie solch entfesselte Trauer miterlebt und würde mit Gewissheit nie wieder einen derartigen Albtraum durchmachen. Als er Tallahassee in den frühen Morgenstunden verließ, ertappte er sich dabei, wie er weinte. Kurz nach sechs Uhr erreichte er Panama City.

13

LACY WAR STABIL, aber noch immer bewusstlos. Bei einer ersten Diagnose war eine Platzwunde an der linken Seite ihres Kopfes festgestellt worden, die mit vierundzwanzig Stichen genäht werden musste, außerdem eine Gehirnerschütterung, die zu einem Hirnödem geführt hatte, Schürfwunden im Gesicht, verursacht durch den heftigen Schleifkontakt mit dem Airbag, sowie kleinere Schnittwunden an Hals, linker Schulter, linkem Ellbogen, Hand und Knie. Ihr Kopf war rasiert. Die Ärzte beschlossen, sie für mindestens vierundzwanzig Stunden im induzierten Koma zu belassen. Einer von ihnen erklärte Michael, dass es noch einen oder zwei Tage dauern werde, bis sie nach weiteren Verletzungen suchen könnten, doch bislang sehe er nichts Lebensbedrohliches.

Lacys Mutter Ann Stoltz kam um acht Uhr aus Clearwater, zusammen mit ihrer Schwester Trudy und deren Mann Ronald. Sie gesellten sich zu Michael und ließen sich alles erzählen, was er wusste. Viel war es nicht.

Sobald sie eingeweiht waren, verabschiedete sich Michael und fuhr zum Reservat, wo er auf der Polizeistation eine halbe Stunde wartete, bis Lyman Gritt zur Arbeit erschien. Der Constable erklärte, dass sie noch in der Sache ermittelten, dass jedoch so viel bereits bekannt sei: Zur Kollision sei es gekommen, als der Pick-up die Mittellinie überfahren habe und frontal auf den Prius aufgefahren sei. Der Pick-up sei gestohlen und auf einen Mann aus Alabama zugelassen. Keine

Spur vom Fahrer, doch offensichtlich habe er getrunken. Niemand habe gesehen, wie er den Unfallort verlassen habe, und sie hätten keine Spur von ihm gefunden. Der Beifahrer-Airbag habe nicht funktioniert, und Mr. Hatch habe keinen Sicherheitsgurt getragen. Seine Verletzungen seien erheblich, insbesondere eine Kopfverletzung. Offenbar sei er verblutet. »Möchten Sie die Fotos sehen?«

»Vielleicht später.«

»Möchten Sie die Fahrzeuge sehen?«

»Ja«, erwiderte Michael.

»Okay, sehen wir sie uns an, und dann bringe ich Sie zum Unfallort.«

»Es scheint eine Reihe offener Fragen zu geben.«

»Wir ermitteln noch, Sir«, erwiderte Gritt. »Vielleicht können Sie ein wenig Licht in die Angelegenheit bringen, indem Sie mir verraten, was die beiden gestern Abend hierhergeführt hat.«

»Vielleicht, aber jetzt noch nicht. Wir werden später dazu kommen.«

»Ermittlungen erfordern uneingeschränkte Kooperation, Sir. Ich muss alles wissen. Was haben sie hier gemacht?«

»Ich darf Ihnen im Moment keine Details nennen«, wiegelte Michael ab, wohl wissend, dass er sich damit noch verdächtiger machte. Doch in diesem Moment konnte er niemandem trauen. »Hören Sie, ein Mann wurde bei einem mysteriösen Autounfall getötet. Ich muss mich darauf verlassen können, dass die Fahrzeuge beschlagnahmt und verwahrt werden, bis jemand sie untersuchen kann.«

»Jemand? Wen haben Sie da im Sinn?«

»Das weiß ich noch nicht so genau.«

»Muss ich Sie daran erinnern, dass hier Tappacola-Territorium ist und wir für die Ermittlungen zuständig sind? Einmischung von außen wird nicht geduldet.«

»Sicher, das verstehe ich. Ich bin ein bisschen durcheinander, okay? Geben Sie mir etwas Zeit, um darüber nachzudenken.«

Gritt stand auf und ging zu einem Tisch in einer Ecke des Büros. »Sehen Sie sich diese Sachen an.« Auf dem Tisch lagen eine große, schicke Damenhandtasche, daneben ein Schlüsselbund, in einigem Abstand davon eine Brieftasche und weitere Schlüssel. Michael trat näher und musterte die Gegenstände. »Wenn es Todesopfer gibt«, erklärte Gritt, »gehen wir normalerweise durch die persönlichen Dinge und erstellen eine Liste. Das habe ich noch nicht gemacht. Ich habe nur die Brieftasche geöffnet und eine Visitenkarte herausgenommen. So habe ich Sie gefunden. Die Handtasche habe ich mir noch nicht angesehen.«

»Wo sind die Handys?«, fragte Michael.

Gritt schüttelte bereits den Kopf. »Da waren keine. Wir haben seine Taschen und auch den Wagen durchsucht, aber keine gefunden.«

»Das ist unmöglich«, erwiderte Michael ungläubig. »Jemand hat sie mitgenommen.«

»Sind Sie sicher, dass die beiden welche hatten?«

»Natürlich! Wer ist heute ohne Handy unterwegs? Man könnte auf diese Weise ihre letzten Anrufe nachvollziehen, einschließlich der Telefonate mit dem Mann, den sie treffen wollten.«

»Wer war der Mann?«

»Ich weiß es nicht. Ich schwör es.« Michael rieb sich die Augen. Plötzlich schnappte er nach Luft. »Was ist mit ihren Aktentaschen?«

Gritt schüttelte erneut den Kopf. »Kein Hinweis auf Aktentaschen.«

»Ich muss mich setzen.« Michael ließ sich auf einen Stuhl am Tisch sinken und starrte voller Entsetzen auf die persönlichen Gegenstände seiner Mitarbeiter.

»Möchten Sie etwas Wasser?«, erkundigte sich Gritt.

»Ja, bitte.« Die Aktentaschen enthielten sämtliche Unterlagen zu dem Fall. Michael wurde übel, während er sich vorstellte, wie Vonn Dubose und Claudia McDover die Mappen durchsahen. Fotos der vier Immobilien, Fotos von Vonn und Claudia vor und nach ihrem Treffen, Fotos der Richterin, wie sie in ihren Flieger nach New York stieg, die detaillierten Reisedaten, eine Kopie von Greg Myers Beschwerde, Memos von Sadelle, alles. Einfach alles.

Er trank Wasser aus der Flasche und wischte sich dann den Schweiß von der Stirn. Irgendwann hatte er wieder genug Kraft gesammelt, um aufzustehen. »Ich komme morgen wieder, um die Sachen abzuholen und mir die Autos anzusehen. Jetzt muss ich zurück ins Büro. Bitte stellen Sie alles sicher.«

»Das ist unser Job, Sir.«

»Außerdem möchte ich die Schlüssel meiner Mitarbeiterin mitnehmen, wenn das in Ordnung ist.«

»Ich sehe da kein Problem.«

Michael nahm die Schlüssel, bedankte sich beim Constable und ging nach draußen. Dann rief er Justin Barrow vom BJC an und trug ihm auf, unverzüglich zu Lacys Haus zu fahren und mit dem Hausverwalter zu reden. Er solle ihm erklären, was passiert sei, und dass Lacys Vorgesetzter den Wohnungsschlüssel habe und bereits auf dem Weg sei. Da sie den Code ihrer Alarmanlage nicht kannten, brauchten sie jemanden von der Verwaltung. »Passen Sie vor der Wohnung auf, bis ich da bin«, fügte er hinzu.

Während Michael nach Tallahassee zurückraste, versuchte er sich einzureden, dass Lacy und Hugo ihre Aktentaschen bestimmt nicht bei sich gehabt hatten. Schließlich hatten sie sie nicht gebraucht, oder? Sie hatten ein nächtliches Treffen mit einem unbekannten Zeugen. Wozu hätten ihnen da die Akten genützt? Andererseits wusste er, dass sie wie jeder

Ermittlungsbeamte, genau genommen wie jeder Anwalt nie ohne die gute alte Aktentasche herumliefen, wenn sie dienstlich unterwegs waren. Er verfluchte sich für die laschen Sicherheitsbestimmungen des BJC. Gab es überhaupt Sicherheitsbestimmungen für Akten? Da alle ihre Fälle höchster Geheimhaltung unterlagen, war es Teil der Routine, die Unterlagen sicher zu verwahren. Das gehörte automatisch zu ihrem Job, und er hatte nie das Gefühl gehabt, seine Leute dazu ermahnen zu müssen.

Er hielt zweimal an, um einen Kaffee zu trinken und sich die Beine zu vertreten. Die Müdigkeit bekämpfte er, indem er telefonierte. Als Erstes rief er Justin an, der mittlerweile vor Lacys Wohnung wartete. Der Verwalter wolle ihn nicht hineinlassen, ehe nicht der Chef mit dem Schlüssel da sei. Während er weiterfuhr und einen dritten Becher Kaffee in der Hand hielt, sprach Michael mit zwei Reportern, die im Büro angerufen hatten. Dann rief er Verna an und sprach mit einer Schwester, die wenig Neues zu berichten hatte, was ihn nicht überraschte. Verna sei mit ihren beiden ältesten Kindern im Schlafzimmer. Er wollte fragen, ob jemand nach Hugos Aktentasche und Handy schauen könne, aber der Moment schien ihm unpassend. Die Familie hatte genug Sorgen. Seine Sekretärin richtete eine Konferenzschaltung mit der ganzen Abteilung ein, und er beantwortete so viele Fragen wie möglich. Verständlicherweise standen alle unter Schock und waren nicht in der Lage zu arbeiten.

Der Verwalter bestand darauf, dabei zu bleiben, solange sie sich in Lacys Wohnung aufhielten. Michael fand den richtigen Schlüssel für die Tür und schloss sie auf, dann entschärfte der Verwalter rasch die Alarmanlage. Frankie, die Französische Bulldogge, hatte ihr Geschäft in der Küche verrichtet und winselte um Futter und Wasser. Der Verwalter sagte: »Okay, ich füttere das verdammte Vieh, und Sie sehen zu, dass Sie fertig werden.« Während er nach Hundefutter suchte, gingen Michael und Justin durch die Zimmer. Auf einem Stuhl im Schlafzimmer fand Justin die Aktentasche. Michael öffnete sie vorsichtig und entnahm ihr einen Schreibblock und zwei Akten. Es waren die offiziellen Aktenmappen des BJC, jeweils mit Fallnummer versehen, die sämtliche wichtigen Unterlagen enthielten. Auf einer Ablage im Bad fanden sie Lacys iPhone, das an einer Steckdose lud. Sie bedankten sich bei dem Verwalter, der den Boden aufwischte und dabei halblaut vor sich hin brummte, und verschwanden mitsamt Aktentasche und Handy.

Am Auto sagte Michael: »Justin, ich kann da nicht noch mal hingehen. Die verbinden mich mit der furchtbaren Nachricht, die ich gebracht habe. Sie müssen Verna nach seiner Aktentasche und dem Handy fragen, ja? Sagen Sie ihr, es ist wirklich wichtig.«

Michael Geismar war sein Vorgesetzter, und so hatte Justin keine Wahl.

Das Haus der Familie Hatch war nicht zu verfehlen. Auf beiden Seiten der Straße parkten Autos dicht an dicht, und mehrere Männer standen im Vorgarten, als wäre es drinnen zu voll. Justin näherte sich zögernd und nickte ihnen zu. Sie waren höflich, aber wortkarg. Ein Weißer in Hemd und Krawatte kam ihm vage bekannt vor. Justin erklärte ihm, dass er ein Kollege von Hugo vom BJC sei. Der Mann stellte sich als Thomas vor und sagte, dass er im Büro des Generalstaatsanwalts arbeite. Hugo und er seien Freunde aus Studienzeiten gewesen. Fast im Flüsterton erklärte Justin, warum er gekommen war. Es sei von absoluter Dringlichkeit, Hugos Aktentasche zu finden und sicher zu verwahren, denn sie enthalte streng vertrauliche Akten. Thomas verstand. Außerdem werde das offizielle Diensthandy vermisst. Ob er es vielleicht zu Hause gelassen habe? »Wenig wahrscheinlich«, meinte Thomas und verschwand im Haus.

In der Tür erschienen zwei in Tränen aufgelöste Frauen, die von ihren Männern getröstet wurden. Angesichts der zugeparkten Straße war klar, dass das Haus voll mit schockierten Verwandten und Freunden war.

Nach einer scheinbaren Ewigkeit kam Thomas mit leeren Händen wieder heraus. Justin und er gingen ein paar Schritte zum Ende der Straße, um ungestört zu sein. »Seine Aktentasche ist da«, berichtete Thomas. »Ich habe Verna erklärt, worum es geht, und sie hat mir erlaubt hineinzuschauen. Es scheint alles in Ordnung zu sein, aber sie wollte nicht, dass ich sie mitnehme. Ich sagte ihr, sie müsse die Aktentasche sicher verstauen. Ich denke, sie versteht das.«

»Ich werde jetzt nicht fragen, wie es ihr geht.«

»Es ist entsetzlich. Sie ist mit den beiden älteren Kindern im Schlafzimmer und kann kaum sprechen. Hugos Mutter liegt auf einem Sofa. Überall sind Tanten und Onkel. Ein Arzt ist auch da. Es ist einfach furchtbar.«

»Keine Spur von einem Handy?«

»Nein, er hatte es dabei. Er hat sie gestern Abend gegen zehn angerufen, um zu hören, ob alles in Ordnung ist. Ich habe sie gefragt, ob er ein privates Handy hatte, aber sie sagte Nein. Er hat das dienstliche Handy für alles benutzt.«

Justin atmete tief durch. »Danke. Wir sehen uns.«

Im Wegfahren rief Justin Michael an, um ihm die neuesten Infos durchzugeben.

Verna war noch nicht in der Lage gewesen, die Details zu klären, trotzdem wurde Hugos Leichnam am frühen Nachmittag in einem Bestattungswagen zu einem Beerdigungsinstitut in Tallahassee gebracht, wo er für das Begräbnis vorbereitet wurde.

Lacy blieb den ganzen Tag auf der Intensivstation. Ihre Werte waren stabil, und die Ärzte zeigten sich mit ihren Fortschritten zufrieden. Eine erneute CT zeigte, dass die Hirnschwellung leicht zurückgegangen war. Wenn alles gut lief, würde sie in sechsunddreißig bis achtundvierzig Stunden aus dem Koma geholt werden. Lyman Gritt wollte mit ihr reden, wurde aber vertröstet.

Nach einer schlaflosen Nacht ging Michael am Mittwoch noch vor Sonnenaufgang ins Büro und wartete dort auf Justin. Er fühlte sich noch immer wie ein Schlafwandler in einem Albtraum, als er auf der Titelseite der Morgenzeitung einen Bericht über Hugo las. Zwei Fotos waren abgedruckt – ein Pressefoto aus der Zeit, als Hugo für die Florida State University Football gespielt hatte, und eines von ihm in Jackett und Krawatte von der Website des BJC. Michael las die Namen seiner vier Kinder und fühlte erneut die Tränen aufsteigen. Die Beerdigung würde am Samstag stattfinden, in drei Tagen. Er mochte sich gar nicht vorstellen, was das erst für ein Albtraum werden würde.

Um sieben Uhr fuhr er mit Justin zum Reservat. Inzwischen hatte Lyman Gritt den Inhalt von Hugos Brieftasche erfasst, das Geld gezählt und alles fotografiert. Er bat Michael, eine Liste der Gegenstände zu unterzeichnen, und übergab sie ihm dann. Michael nahm auch Lacys Handtasche mit. Sie gingen die Straße entlang zu einem kleinen Schrottplatz mit einem Dutzend Autowracks, der mit Maschendraht eingezäunt und verschlossen war. Ohne etwas zu berühren, untersuchten sie die beiden Unfallfahrzeuge. Der Pick-up roch immer noch nach Whiskey. Der Prius war wesentlich stärker demoliert und so voller Blut, dass weder Michael noch Justin sich zu weit vorwagten. Es war das Blut ihres Freundes und noch ganz frisch.

»Wahrscheinlich wird es zu einem Verfahren kommen«, sagte Michael ernst, obwohl er davon nicht überzeugt war. »Es ist also unerlässlich, diese Fahrzeuge im jetzigen Zustand zu verwahren. Ist das ein Problem?«

»Natürlich nicht«, antwortete Gritt.

»Außerdem werden die Versicherungen eingeschaltet, die ihre Schadensregulierer schicken.«

»Wir machen so was nicht zum ersten Mal, Mr. Geismar.«

»Und Sie haben überall nach den Handys gesucht?«

»Ja, wir haben überall gesucht und nichts gefunden.«

Michael und Justin tauschten Blicke, als wären sie skeptisch. Sie fragten, ob sie fotografieren dürften, und Gritt erwiderte, dass ihm das egal sei. Als sie fertig waren, folgten sie dem Constable zu der Landstraße, wo es passiert war. Zaudernd schauten sie sich um. Es war bestürzend, wie abgelegen dieser Ort war. Die ideale Stelle für einen Unfall ohne Zeugen. Sie sahen das Haus der Beales in der Ferne, den alten Bingoschuppen relativ nahe, aber keine anderen Gebäude.

Michael musterte den Asphalt. »Keine Bremsspuren.«

»Keine einzige«, pflichtete Gritt bei. »Sie hatte keine Zeit zu reagieren. Für mich sieht es so aus, als wäre der Pick-up über die Mittellinie gefahren, und hier sind sie dann aufeinandergeprallt.« Gritt stand mitten auf der nach Osten führenden Fahrspur. »Ihr Wagen wurde herumgeschleudert und blieb mit dem Kühler in diese Richtung stehen. Er hat die Spur nicht verlassen. Der Pick-up, der natürlich viel schwerer ist, kam hier von der Straße ab und landete beinahe im Graben. Offensichtlich ist er so schnell auf ihre Spur gewechselt, dass sie nichts tun konnte.«

»Irgendeine Vorstellung vom Tempo beim Aufprall?«, fragte Michael.

»Nein, aber ein Experte für Unfallrekonstruktion könnte eine ziemlich genaue Schätzung abgeben.«

Michael und Justin sahen sich den Ort genau an, entdeckten die Ölflecken, die Glasscherben, die Alu- und Metallsplitter. Am Rand der Straße, knapp vor dem Seitenstreifen, fiel ihnen etwas auf, das nur getrocknetes Blut sein konnte. Im Gras lag ein Stück Stoff, ebenfalls voller Blut. Einer ihrer Kollegen war hier ums Leben gekommen und eine andere schwer verletzt worden. Es war so ein unpassender Ort zum Sterben.

Sie machten weitere Fotos und wollten dann plötzlich nur noch weg.

Frog Freeman führte dreieinhalb Kilometer nördlich von Sterling einen Gemischtwarenladen mit Tankstelle. Er wohnte nebenan in einem alten Haus, das sein Großvater gebaut hatte, und weil er sowieso immer da war und der Laden sein Leben war, hatte er jeden Abend bis zehn Uhr geöffnet. Viel war in dieser abgelegenen Gegend von Brunswick County in den Abendstunden nicht los. Er hätte genauso gut um sechs Feierabend machen können, doch er hatte nichts Besseres zu tun. Am Montagabend hatte er nicht um zehn geschlossen, wegen eines Lecks im Bierkühlschrank. Frog verkaufte viel Bier, überwiegend eisgekühltes. Einen defekten Kühler konnte er sich nicht erlauben, und da er alles selbst reparierte, schraubte er gerade konzentriert an dem Gerät herum, als ein Kunde hereinkam und nach Eiswürfeln, Alkohol zum Einreiben und zwei Dosen Bier fragte.

Eine merkwürdige Kombination, dachte Frog, während er sich die Hände abwischte und zur Kasse ging. Er führte diesen Laden nun seit über fünfzig Jahren und durchschaute seine Kunden anhand ihrer Käufe ziemlich gut. Er hatte schon alles Mögliche erlebt, aber Eis, Alkohol zum Einreiben und Bier, das war ungewöhnlich.

Frog war dreimal ausgeraubt worden, zweimal unter vorgehaltener Waffe, und hatte schon vor Jahren begonnen, sich zu wehren. Es gab sechs Überwachungskameras, vier davon sichtbar, damit potenzielle Diebe die Konsequenzen ihres geplanten Raubzugs gleich erahnen konnten, und zwei versteckte, darunter eine über der Veranda am Eingang.

Frog trat in sein winziges Büro hinter dem Kassentresen und blickte auf den Monitor. Ein weißer Pick-up, Florida-Kennzeichen. Ein junger Mann auf dem Beifahrersitz. Irgendwas stimmte nicht mit seiner Nase. Er hielt ein Tuch davor, und der Stoff sah fleckig aus. Dann tauchte der Fahrer auf dem Bildschirm auf, den Sack Eis, eine kleine braune Tüte mit dem Alkohol und das Bier in der Hand. Er stieg hinter das Steuer, sagte etwas zu seinem Beifahrer und fuhr los.

»Wird sich wohl geprügelt haben, der Junge«, sagte sich Frog und widmete sich wieder seiner Reparatur.

Autounfälle gab es selten in Brunswick County, und so gingen am nächsten Tag in Frogs morgendlicher Kaffeerunde wilde Gerüchte hin und her. Irgendein Schwarzer und eine Weiße aus Tallahassee hätten sich im Reservat verirrt und seien von einem Betrunkenen frontal angefahren worden. Der Pick-up sei gestohlen und der Fahrer auf und davon. Es gebe noch keine Spur von ihm. Die Vorstellung, dass ein betrunkener Autofahrer sein zu Schrott gefahrenes Auto zurückließ und irgendwo im Reservat herumtorkelte, um dann putzmunter an dessen Grenze wieder aufzutauchen, gab reichlich Anlass zu Späßen, Skepsis und Spekulationen.

»Der hätte keine Stunde da draußen durchgehalten«, sagte einer der Kaffeegäste.

»Wahrscheinlich wankt er immer noch im Kreis herum«, mutmaßte ein anderer.

»Die Indianer werden ihn sich schon vornehmen«, fügte ein Dritter hinzu.

Im Laufe des Tages, als mehr Einzelheiten bekannt waren, begann Frog, eins und eins zusammenzuzählen. Er kannte den

Sheriff und wusste, dass er nicht gut auf die Tappacola-Polizei zu sprechen war. Weil der Stamm so reich war, hatte er doppelt so viele Beamte wie das County und war wesentlich besser ausgerüstet. Da waren Animositäten vorprogrammiert.

Er rief Clive Pickett an, den Sheriff von Brunswick County, und sagte, er habe unter Umständen etwas Interessantes mitzuteilen. Pickett fuhr nach Feierabend vorbei, und sie sahen sich die Aufnahme der Überwachungskamera zusammen an. »Das ist merkwürdig«, waren Picketts ersten Worte dazu. Es sei am Montagabend ruhig gewesen im County, eigentlich wie jeden Abend, sprich, die einzigen Lebenszeichen seien vom Kasino gekommen. Niemand habe an dem Abend etwas gemeldet, eine Schlägerei, einen Überfall, Spanner oder sonstige verdächtige Gestalten. Nichts war passiert, bis die beiden Fahrzeuge kollidierten.

»Das ist rund sechzehn Kilometer von hier, oder?«, fragte der Sheriff.

»Luftlinie.«

»Zeitlich würde es also passen?«

»Sieht so aus.«

Nachdenklich kratzte sich der Sheriff am Kinn. »Also, wenn der Junge mit der zerdrückten Nase den gestohlenen Pickup gefahren hat, wie hat er es dann geschafft, innerhalb von fünfzehn Minuten von einem Fremden mitgenommen und hier abgesetzt zu werden?«

»Keine Ahnung. Sie sind der Sheriff.«

»Vielleicht war der Fremde ja gar kein Fremder.«

»So was dachte ich mir auch.«

Frog war damit einverstanden, das Video zu kopieren und dem Sheriff zu mailen. Sie beschlossen, einen Tag abzuwarten, bis sie die Indianer informierten.

14

AM SPÄTEN MITTWOCHNACHMITTAG rief Michael den Rest seiner Mitarbeiter in Tallahassee zusammen. Die beiden Ermittler aus dem Büro des BJC in Fort Lauderdale nahmen nicht an der Besprechung teil. Justin Barrow, seit sechs Jahren dabei, war jetzt der leitende Ermittler. Er hatte vor einer Woche mehr schlecht als recht eine Runde Golf mit Hugo gespielt, kannte die Grundlagen der von Greg Myers eingelegten Dienstaufsichtsbeschwerde, wusste allerdings nichts von dem gewaltigen Komplott, das dahintersteckte. Er hatte genug mit seinen eigenen Fällen zu tun. Maddy Reese, die noch kein volles Jahr beim BJC arbeitete, hörte zum ersten Mal von Vonn Dubose, der Korruption im Spielkasino und Richterin Claudia McDover.

Michael fing ganz von vorn an – mit Myers – und erzählte ihnen alles. Sie lauschten mit einer Mischung aus Fassungslosigkeit und Angst. Ihr Chef hatte doch wohl nicht vor, den Fall an sie abzugeben? Er betonte, dass so gut wie keine der Behauptungen in Myers' Dienstaufsichtsbeschwerde bewiesen und er ganz sicher sei, dass das BJC auch nicht in der Lage sein werde, etwas zu beweisen. Allerdings sei er fest davon überzeugt, dass Lacy und Hugo sich auf dünnes Eis gewagt hätten. »Der Unfall ist suspekt«, sagte er. »Sie wurden von einem potenziellen Informanten an einen entlegenen Ort gelockt. Wir wissen nicht, ob sie ihn tatsächlich getroffen haben, das werden wir erst erfahren, wenn Lacy wieder reden kann. Ihr Wagen wurde auf gerader Strecke, bei klarem

Wetter und ohne Beteiligung anderer Fahrzeuge frontal von einem gestohlenen Pick-up gerammt, dessen Fahrer man wahrscheinlich nie finden wird. Der Airbag auf der Beifahrerseite sowie der Sicherheitsgurt wurden offenbar manipuliert und haben nicht funktioniert. Außerdem sind ihre BJC-Handys verschwunden. Vermutlich wurden sie gestohlen. Wir beabsichtigen, auf eine Ermittlung zu drängen, aber wir haben es hier mit dem Stamm der Tappacola zu tun, nicht mit einer normalen Strafverfolgungsbehörde.«

»Wollen Sie damit sagen, dass Hugo ermordet wurde?«, fragte Maddy.

»Noch nicht. Ich sage nur, dass die Umstände seines Todes äußerst verdächtig sind.«

»Was ist mit dem FBI? Das ist doch für solche Fälle zuständig.«

»Stimmt, und wir werden das FBI sicher irgendwann um Hilfe bitten, aber nicht jetzt.«

Maddy räusperte sich. »Und was passiert in der Zwischenzeit mit dem Fall?«

»Er liegt auf meinem Schreibtisch«, erwiderte Michael. »Ich weiß noch nicht, was ich damit machen werde, aber im Moment ist es mein Fall.«

»Ich hoffe, Sie nehmen es mir nicht übel«, meldete sich Justin, »aber ich glaube nicht, dass wir mit so etwas umgehen können. Wenn diese kriminellen Aktivitäten tatsächlich existieren, warum sollen wir dann in diesem Wespennest herumstochern? Das ist doch was für die Jungs mit den Pistolen und Dienstmarken und dem ganzen Mist.«

»Der Meinung bin ich auch. Und Ihre Frage werde ich wohl mit ins Grab nehmen. Wir sind davon ausgegangen, dass mit dem Fall ein gewisses Risiko verbunden ist, und unser Plan sah vor, ein bisschen im Umfeld herumzuschnüffeln und herauszufinden, ob was dran ist. Schließlich hat jemand eine Dienstaufsichtsbeschwerde eingelegt, und sobald sie bei uns auf dem Schreibtisch liegt, haben wir keine andere Wahl, als der Sache nachzugehen. Vermutlich hätten wir vorsichtiger sein sollen. Ich hätte den beiden verbieten sollen, am Montagabend ins Reservat zu fahren.«

»Stimmt, aber sie lassen sich nicht so schnell einschüchtern«, sagte Maddy.

Eine lange, bedrückende Stille trat ein, während sie an ihre Kollegen dachten. »Wann können wir Lacy besuchen?«, fragte Maddy schließlich.

»Sie wollen sie bald aus dem Koma aufwecken. Ich gehe morgen früh ins Krankenhaus. Wenn alles so läuft wie geplant, kann ich mit ihr reden. Jemand muss ihr sagen, dass Hugo tot ist. Vielleicht könnt ihr sie in ein paar Tagen besuchen. Und vergesst die Beerdigung am Samstag nicht. Wir werden vollzählig hingehen.«

»Ich kann es kaum erwarten«, stöhnte Justin.

Die Polizei von Foley, Alabama, wurde informiert, dass der gestohlene Dodge Ram, nach dem sie suchte, auf einen Schrottplatz im Reservat in Florida gebracht worden war. Sie benachrichtigte den Halter, der wiederum seiner Versicherung Bescheid sagte. Am Mittwochnachmittag kam ein Mann auf das Polizeirevier und erklärte, er wisse etwas über den Diebstahl. Er war Privatdetektiv, kannte einige der Polizisten und war mit der Überwachung einer jungen Hausfrau beauftragt worden, da ihr Mann glaubte, sie hätte eine Affäre. Der Detektiv hatte in seinem Wagen auf dem Parkplatz eines Einkaufszentrums auf die Frau gewartet, als er sah, wie ein Pick-up der Marke Honda mit Kennzeichen aus Florida neben besagtem Dodge Ram parkte. In dem Honda saßen zwei Männer, die jedoch nicht ausstiegen. Sie beobachteten etwa fünfzehn Minuten lang vorbeifahrende Autos und Passanten und wirkten irgendwie fehl am Platz. Schließlich schlich sich der Beifahrer aus dem Wagen und ging auf den Dodge zu. In diesem Moment zog der Privatdetektiv, der sich langweilte und nichts anderes zu tun hatte, sein Mobiltelefon aus der Tasche und begann zu filmen.

Der Dieb öffnete die Fahrertür des Dodge mit einem Metallstreifen – es war klar, dass er Erfahrung mit so etwas hatte –, ließ nach wenigen Sekunden den Motor an und fuhr davon, gefolgt von seinem Freund im Honda. Auf dem Video waren die Florida-Kennzeichen des Honda eindeutig zu erkennen. Nur wenige Autodiebstähle ließen sich so einfach aufklären. Die Polizei von Foley kopierte das Video und bedankte sich bei dem besorgten Bürger. Sie ermittelte den Halter des Honda, der in Walton County, Florida, wohnte und zwar in DeFuniak Springs, keine fünfundzwanzig Kilometer vom Kasino entfernt. Der Mann, ein gewisser Berl Munger, hatte ein ellenlanges Vorstrafenregister als Kleinkrimineller und war zurzeit auf Bewährung aus dem Gefängnis. Da es nicht um ein schweres Verbrechen ging, sondern lediglich ein Pick-up gestohlen worden war, und dafür Kollegen in einem anderen Bundesstaat kontaktiert werden mussten, legte die Polizei von Foley die Akte auf einen Stapel, der bald, aber nicht gleich am nächsten Tag abgearbeitet werden sollte.

Greg Myers und sein innig geliebtes Boot hatten in Naples, Florida, angelegt. Am späten Nachmittag genehmigte er sich einen Drink auf der *Conspirator,* bei dem er wie jeden Tag Zeitungen aus Pensacola, Tallahassee und Jacksonville durchging. Das Leben auf einem Boot gab ihm das Gefühl, heimatlos zu sein und nie genau zu wissen, wo er am nächsten Tag sein würde. Wenn er sich über Neuigkeiten aus seinen früheren Wohnorten informierte, schuf das eine Verbindung zur Vergangenheit, zu deren guten Tagen jedenfalls, und das war ihm wichtig. Außerdem hatte er dort eine Menge Feinde, die gelegentlich in den Zeitungen erwähnt wurden.

Schockiert las er, dass Hugo spätabends bei einem Autounfall im Reservat der Tappacola ums Leben gekommen und Lacy schwer verletzt worden war. Schreckliche Nachrichten, und das aus mehreren Gründen. Jetzt würde man mit Sicherheit Ermittlungen anstellen, Hinweisen nachgehen und irgendwann mit dem Finger auf Verdächtige zeigen. Wie immer ging Myers vom Schlimmsten aus, nämlich davon, dass Dubose hinter dem Unfall steckte, der nicht wie ein Unfall aussah.

Je mehr er las, desto schlechter fühlte er sich. Obwohl er sich nur dreimal mit Lacy und Hugo getroffen hatte, fand er die beiden sympathisch und bewunderte sie. Sie waren klug und bescheiden, verdienten nicht viel, engagierten sich aber trotzdem für ihre Arbeit. Seinetwegen waren sie einer bestechlichen Richterin und deren Komplizen auf der Spur. Seinetwegen war Hugo jetzt tot.

Myers verließ das Boot und ging am Pier entlang. Er suchte sich eine Bank mit Aussicht auf die Bucht, blieb lange dort sitzen und machte sich Vorwürfe. Aus einem kleinen, dunklen Komplott war plötzlich etwas sehr viel Gefährlicheres geworden.

15

AM DONNERSTAGMORGEN UM ACHT UHR traf Michael im Krankenhaus ein. Er ging in den Warteraum, um nach Ann Stoltz zu sehen, die allein war. Lacys Zustand war nach wie vor stabil. Letzte Nacht hatten die Ärzte die Barbiturate abgesetzt, und sie wachte langsam auf. Dreißig Minuten später erschien eine Schwester und informierte Ann, dass ihre Tochter bei Bewusstsein sei. »Ich werde ihr das mit Hugo beibringen«, sagte Michael. »Gehen Sie für ein paar Minuten zu ihr, dann komme ich nach.«

Da Lacy noch auf der Intensivstation lag, hatte Michael sie bis jetzt nicht besucht. Als er das Zimmer betrat und ihr Gesicht sah, war er fassungslos. Es war mit roten und blauen Blutergüssen, Abschürfungen und kleinen Schnittverletzungen übersät und so angeschwollen, dass sie kaum zu erkennen war. Ihre Pupillen waren durch die schmalen, verquollenen Schlitze kaum auszumachen. Der Beatmungsschlauch wurde mit Klebeband in ihrem Mundwinkel festgehalten. Michael berührte vorsichtig ihre Hand und sprach sie an.

Lacy wollte ihm etwas zuflüstern, aber der Schlauch war im Weg. Ann Stoltz saß auf einem Stuhl neben dem Bett und wischte sich Tränen aus den Augen.

»Wie geht es Ihnen?«, fragte Michael, der ebenfalls mit den Tränen kämpfte. Lacy war so hübsch, doch davon war nicht mehr viel zu sehen.

Sie nickte schwach.

»Ich habe ihr nichts gesagt«, flüsterte Ann. Eine Schwester kam herein und trat neben Ann.

Michael beugte sich vor und sagte: »Sie sind frontal mit einem anderen Wagen zusammengestoßen. Es war ein schrecklicher Unfall.« Er schluckte schwer, warf Ann einen flüchtigen Blick zu und fuhr fort. »Hugo hat es nicht geschafft. Er ist tot.«

Lacy stöhnte auf und schloss die schmalen Schlitze in ihrem Gesicht. Dann drückte sie seine Hand.

Michael schossen Tränen in die Augen. Er sprach weiter. »Es ist nicht Ihre Schuld, Lacy. Sie dürfen sich keine Vorwürfe machen. Es ist nicht Ihre Schuld.«

Sie stöhnte wieder und bewegte den Kopf langsam von links nach rechts.

Ein Arzt stellte sich Michael gegenüber auf die andere Seite des Bettes und sah die Patientin prüfend an. »Lacy, ich bin Dr. Hunt«, erklärte er. »Sie waren über achtundvierzig Stunden bewusstlos. Können Sie mich hören?«

Sie nickte und holte tief Luft. Eine kleine Träne suchte sich ihren Weg durch das angeschwollene Gesicht und tropfte auf die linke Wange.

Hunt führte eine schnelle Untersuchung durch, die aus kurzen Fragen und in die Luft gehaltenen Fingern bestand. Dann forderte er sie auf, verschiedene Dinge im Raum anzusehen. Sie reagierte gut, aber immer erst nach kurzem Zögern. »Haben Sie Kopfschmerzen?«, fragte er.

Lacy nickte. Ja.

Dr. Hunt sah die Schwester an und verordnete ein Schmerzmittel. Dann wandte er sich an Michael. »Sie können sich noch ein paar Minuten unterhalten, nur bitte nicht über den Unfall. Ich habe gehört, dass die Polizei mit ihr reden will, aber es wird noch eine Weile dauern, bis sie dazu in der Lage ist. Wir werden sehen, wie es ihr in ein paar Tagen geht.«

Er trat vom Bett zurück und verschwand ohne ein weiteres Wort.

Michael sah Ann an. »Wir müssen etwas Vertrauliches besprechen. Würden Sie uns bitte allein lassen? Es dauert nicht lange.« Ann nickte und verließ das Zimmer.

»Lacy, hatten Sie am Montagabend Ihr Diensthandy dabei?«

Sie nickte.

»Es ist verschwunden. Und das von Hugo auch. Die Polizei hat Ihr Auto und den Unfallort durchsucht. Sie hat überall nachgesehen, aber keine Handys gefunden. Bitten Sie mich nicht darum, das zu erklären, denn ich kann es nicht. Aber wenn die falschen Leute Ihr Telefon gehackt haben, müssen wir davon ausgehen, dass sie Myers finden können.«

Lacy riss die zugeschwollenen Augen auf und bedeutete ihm weiterzureden.

»Unser IT-Techniker sagt, es sei so gut wie unmöglich, die Handys zu hacken«, fuhr Michael fort, »aber es besteht doch eine geringe Chance. Haben Sie Myers' Telefonnummer?«

Lacy nickte.

»In der Akte?«

Sie nickte erneut.

»Gut. Ich werde sie mir raussuchen.«

Ein anderer Arzt kam herein, der die Patientin ebenfalls untersuchen wollte. Michael hatte fürs Erste genug. Die Aufgabe, vor der ihm gegraut hatte, war erledigt, und es war klar, dass er keine weiteren Fragen zu den Ereignissen vom Montagabend würde stellen können. Er beugte sich vor. »Lacy, ich muss gehen. Ich werde Verna sagen, dass Sie in Ordnung sind und dass Sie an die Familie denken.«

Sie weinte wieder.

Eine Stunde später schalteten die Schwestern das Beatmungsgerät ab und zogen die Schläuche. Lacys Werte waren normal.

Den Donnerstagvormittag über nickte sie immer wieder ein, aber gegen Mittag hatte sie keine Lust mehr zu schlafen. Ihre Stimme war heiser und schwach, was sich jedoch von Stunde zu Stunde besserte. Sie unterhielt sich mit Ann, Tante Trudy und Onkel Ronald, einem Mann, den sie nie besonders gut hatte leiden können, dessen Gesellschaft ihr jetzt aber sehr willkommen war.

Die Intensivstation hatte nicht viele Betten, und da Lacy stabil und außer Lebensgefahr war, beschlossen die Ärzte, sie in ein Einzelzimmer zu verlegen. Unmittelbar darauf kam Gunther, ihr älterer Bruder. Außer ihm hatte sie keine Geschwister. Wie immer hörte man Gunther, bevor man ihn sah. Er stand im Korridor und diskutierte mit einer Schwester darüber, wie viele Besucher sich gleichzeitig in einem Krankenzimmer aufhalten durften. Die Vorschriften sagten drei. Gunther hielt das für lächerlich, außerdem sei er gerade ohne Pause von Atlanta hergefahren, um seine kleine Schwester zu besuchen, und wem das nicht gefalle, der könne ja den Sicherheitsdienst rufen. In diesem Fall müsse er dann allerdings vermutlich seine Anwälte kontaktieren.

Wenn seine Stimme zu hören war, bedeutete das in der Regel, dass jemand Ärger bekam, aber das war Lacy in diesem Moment egal. Sie musste sogar lachen, was dazu führte, dass sie vom Kopf bis zu den Knien Schmerzen hatte. »Ich glaube, dein Bruder ist da«, sagte Ann Stoltz. Trudy und Ronald drückten den Rücken durch, als würden sie sich auf etwas Unangenehmes gefasst machen.

Die Tür schwang auf, ohne dass geklopft worden war, und Gunther stürmte herein, eine Schwester dicht auf den Fersen. Er küsste seine Mutter auf die Stirn, ignorierte Tante und Onkel und stürzte sich geradezu auf Lacy. »Du meine Güte, was haben sie denn mit dir gemacht, Schwesterherz?«, fragte er, während er sie ebenfalls auf die Stirn küsste. Sie versuchte zu lächeln.

Er warf einen Blick über die Schulter. »Hallo, Trudy. Hallo, Ronald. Du kannst dich jetzt verabschieden, Ronald, weil du nämlich draußen im Korridor warten wirst. Schwester Ratched droht damit, den Sicherheitsdienst zu holen, wegen irgendeiner völlig blödsinnigen Regel, die sie in diesem Provinzkrankenhaus hier haben.«

Trudy griff nach ihrer Handtasche, während Ronald sagte: »Wir gehen. In ein paar Stunden sind wir wieder da.« Sie eilten aus dem Zimmer, offenbar sehr froh darüber, Gunther entkommen zu können. Er starrte Schwester Ratched an, hielt zwei Finger hoch und sagte: »Ein Besucher, zwei Besucher. Ich und meine Mutter. Können Sie nicht zählen? Würden Sie uns jetzt, wo wir dem Gesetz Genüge getan haben, bitte allein lassen, damit ich mich ungestört mit meiner Schwester unterhalten kann?«

Auch Schwester Ratched war sichtlich erleichtert, verschwinden zu können. Ann schüttelte den Kopf. Lacy wollte lachen, wusste aber, dass es zu schmerzhaft sein würde.

Abhängig vom Jahr und sogar vom Monat war Gunther Stoltz entweder einer der zehn erfolgreichsten Bauunternehmer in Atlanta oder einer von fünf Immobilienspekulanten, die gerade auf den Bankrott zusteuerten. Mit seinen einundvierzig Jahren hatte er schon mindestens zweimal Konkurs angemeldet und schien ohne den Drahtseilakt, den manche Bauunternehmer für ihren Erfolg brauchen, nicht leben zu können. Wenn es gut lief und die Zinsen niedrig waren, nahm er jede Menge Kredite auf, baute wie ein Wahnsinniger und verbrannte Kapital, als hätte er die Lizenz zum Gelddrucken. Wenn der Markt sich gegen ihn stellte, versteckte er sich vor den Banken und verkaufte Immobilien zum Schleuderpreis. Einen Mittelweg, umsichtige Planung oder –

Gott bewahre – Gewinnrücklagen gab es nicht. War er am Boden, wettete er trotzdem weiter auf eine bessere Zukunft, war er wieder oben, erstickte er in Geld und vergaß die schlechten Zeiten. Atlanta würde immer wachsen, und Gunther hielt es für seine Berufung, die Stadt mit noch mehr Einkaufszentren, Wohnblöcken und Bürokomplexen vollzustopfen.

Während der Auseinandersetzung mit der Schwester hatte Lacy bereits einen wichtigen Hinweis aufschnappen können. Die Tatsache, dass ihr Bruder mit dem Auto von Atlanta gekommen war und keinen Privatjet benutzt hatte, war ein eindeutiges Indiz dafür, dass seine Geschäfte zurzeit nicht so gut liefen.

»Tut mir leid, dass ich nicht früher kommen konnte«, sagte er jetzt dicht vor ihrem Gesicht. »Ich war mit Melanie in Rom und bin so schnell wie möglich zurückgeflogen. Wie fühlst du dich?«

»Es ging mir schon mal besser«, erwiderte sie heiser. Wahrscheinlich war Gunther seit Jahren nicht in Rom gewesen. Es gehörte zu seiner Rolle dazu, Namen von exklusiven Reisezielen in die Unterhaltung einzustreuen. Melanie war seine zweite Frau. Lacy konnte sie nicht ausstehen und sah sie zum Glück selten.

»Sie ist erst heute Morgen aufgewacht«, warf Ann von ihrem Stuhl aus ein. »Es wäre Zeitverschwendung gewesen, früher zu kommen.«

»Und wie geht es dir, Mutter?«, fragte er, ohne Ann anzusehen.

»Gut. Danke der Nachfrage. War es denn nötig, Trudy und Ronald gegenüber so unhöflich zu sein?«

Und schon lagen die üblichen Spannungen innerhalb der Familie wieder in der Luft. Gunther schnaubte und ignorierte Anns Kommentar, was sonst nicht seine Art war. »Ich habe in den Medien von dem Unfall gelesen. Dein Freund ist dabei ums Leben gekommen? Ich kann das einfach nicht glauben. Was ist passiert?«

»Der Arzt hat gesagt, dass sie nicht über den Unfall reden soll«, fiel ihm Ann ins Wort.

Gunther warf seiner Mutter einen finsteren Blick zu und erwiderte: »Was der Arzt gesagt hat, interessiert mich nicht. Ich bin jetzt hier, und wenn ich mich mit meiner Schwester unterhalten möchte, hat mir niemand vorzuschreiben, worüber ich mit ihr reden darf.« Er wandte sich wieder an Lacy. »Was ist passiert? Wer hat den anderen Wagen gefahren?«

»Gunther, sie ist noch nicht so weit«, protestierte Ann. »Sie hat seit Montagnacht im Koma gelegen. Lass es bitte, ja?«

Das kam für Gunther natürlich nicht infrage. »Ich kenne einen sehr guten Anwalt. Wir werden diesen Scheißkerl so lange verklagen, bis er nichts mehr auf dem Bankkonto hat. Es war doch seine Schuld, richtig, Lacy?«

Ann atmete so laut wie möglich aus, erhob sich und verließ das Zimmer.

Lacy schüttelte langsam den Kopf und erwiderte: »Ich kann mich nicht erinnern.« Dann schloss sie die Augen und schlief ein.

Am frühen Nachmittag hatte Gunther mindestens die Hälfte von Lacys Einzelzimmer in Beschlag genommen. Er hatte zwei Stühle, einen Rollwagen, einen Nachttisch, auf dem eine Lampe gestanden hatte, und das kleine, aufklappbare Sofa so zusammengestellt, dass er Platz für seinen Laptop, sein iPad, gleich zwei Mobiltelefone und einen Stapel Dokumente hatte. Schwester Ratched hatte protestiert, aber schnell begriffen, dass jeder Kommentar ihrerseits eine scharfe und ausgesprochen bedrohliche Reaktion seinerseits hervorrief. Trudy und Ronald waren noch ein paarmal auf einen Sprung vorbeigekommen, hatten aber den Eindruck gewonnen, dass sie jetzt nur noch störten. Schließlich warf Ann das Handtuch. Sie verkündete ihren Kindern, dass sie für ein oder zwei Tage nach Clearwater wolle, so schnell wie möglich zurückkomme und Lacy bitte anrufen solle, wenn sie etwas brauche.

Wenn Lacy schlief, machte Gunther Pause beim Telefonieren oder ging mit seinem Handy in den Korridor hinaus und arbeitete fieberhaft, wenn auch leise an seinem Laptop. Wenn sie wach war, löcherte er sie mit Fragen oder brüllte in sein Telefon, um einen Geschäftsabschluss vor dem Scheitern zu bewahren. Mehrmals verlangte er von den Schwestern und Pflegern, dass sie ihm Kaffee brachten, und als der Kaffee nicht kam, stürmte er nach unten in die Cafeteria, wo das Essen »furchtbar« aussah. Bei der Visite starrten ihn die Ärzte finster an, da sie den Eindruck hatten, er könnte Ärger machen. Sie vermieden alles, was ihn provoziert hätte.

Für Lacy war seine unbändige Energie ansteckend, sogar stimulierend. Er brachte sie auf andere Gedanken und war unglaublich komisch, obwohl sie immer noch Angst hatte zu lachen. Einmal, als sie gerade aufwachte, stand er an ihrem Bett und wischte sich Tränen aus dem Gesicht.

Um achtzehn Uhr kam Schwester Ratched und sagte, ihre Schicht sei jetzt zu Ende. Sie fragte Gunther, was er vorhabe, und er erwiderte alles andere als freundlich: »Ich werde auf keinen Fall gehen. Diese Couch steht schließlich nicht ohne Grund hier. Angesichts dessen, was das alles kosten wird, hätte das Krankenhaus allerdings etwas Besseres anschaffen können als ein klappriges Bettsofa. Ein Feldbett bei der Armee ist mit Sicherheit bequemer.«

»Ich werde es weitergeben«, erwiderte die Schwester. »Wir sehen uns dann morgen früh«, fügte sie an Lacy gerichtet hinzu.

»Was für eine Zicke«, murmelte Gunther gerade so laut, dass Schwester Ratched es hören konnte, als sie die Tür hinter sich schloss.

Beim Abendessen fütterte Gunther seine Schwester mit Eiscreme und Wackelpudding, aß selbst aber nichts. Danach sahen sie sich so lange Wiederholungen von *Friends* an, bis Lacy müde wurde. Als sie eingeschlafen war, setzte er sich wieder in sein Nest und tippte unermüdlich eine E-Mail nach der anderen.

In der Nacht kamen immer wieder Schwestern herein, um nach Lacy zu sehen. Zuerst schimpfte Gunther wegen des Lärms, den sie machten, doch als ihm eine der Hübscheren von ihnen ein Beruhigungsmittel zusteckte, entspannte er sich. Um Mitternacht schnarchte er friedlich vor sich hin, trotz des klapprigen Bettsofas.

Gegen fünf Uhr am Freitagmorgen wurde Lacy unruhig und begann zu stöhnen. Sie schlief und träumte, doch es waren keine angenehmen Träume. Gunther tätschelte ihr den Arm und flüsterte, dass alles gut werde, dass sie bald wieder zu Hause sei. Plötzlich schreckte sie keuchend hoch.

»Was ist denn?«, fragte Gunther.

»Wasser«, bat sie. Er nahm den Becher vom Nachttisch und hielt ihr den Strohhalm an den Mund. Sie sog lange daran, dann wischte er ihr über die Lippen. »Gunther, ich habe ihn gesehen. Ich habe den Pick-up gesehen, kurz bevor wir mit ihm zusammengestoßen sind. Hugo hat geschrien, ich habe den Blick auf die Straße vor uns gerichtet, und da waren plötzlich grelle Scheinwerfer, direkt vor uns. Dann ist alles schwarz geworden.«

»Braves Mädchen. Kannst du dich an ein Geräusch erinnern? Von dem Zusammenstoß vielleicht? Oder von dem Airbag, wie er sich geöffnet hat?«

»Vielleicht. Ich bin mir nicht sicher.«

»Hast du den anderen Fahrer gesehen?«

»Nein, nur die Scheinwerfer. Sie waren wahnsinnig hell. Es ist so schnell passiert. Ich hatte überhaupt keine Zeit zu reagieren.«

»Du konntest gar nicht reagieren. Es war nicht deine Schuld. Der Pick-up ist über die Mittellinie gefahren.«

»Ja, er ist über die Mittellinie gefahren.« Lacy schloss die Augen. Es dauerte ein paar Sekunden, bis er begriff, dass sie weinte.

»Ist schon okay, Schwesterherz. Ist schon okay.«

»Hugo ist nicht wirklich tot, oder, Gunther?«

»Doch, Lacy. Du musst es akzeptieren und glauben und aufhören zu fragen, ob es wahr ist. Hugo ist tot.«

Sie weinte, und er konnte nichts tun. Es tat ihm in der Seele weh, als er zusehen musste, wie sie zitterte und schluchzte und um ihren Freund trauerte. Zum Glück schlief sie irgendwann wieder ein.

16

NACHDEM AM FRÜHEN MORGEN eine Welle aus Ärzten, Schwestern und Pflegern über sie hereingebrochen war, beruhigte sich alles wieder ein wenig, und Gunther hatte Zeit, sich um seine Geschäfte zu kümmern. Lacy ging es von Stunde zu Stunde besser. Die Schwellungen in ihrem Gesicht ließen allmählich nach, doch die Blutergüsse hatten die Farbe gewechselt und schillerten jetzt in verschiedenen Blautönen. Gegen neun Uhr kam Michael Geismar, der überrascht war, ein behelfsmäßiges Büro in Lacys Krankenzimmer zu sehen. Sie war wach und trank lauwarmen Kaffee mit einem Strohhalm.

Gunther – unrasiert, in Socken und mit heraushängendem Hemd – stellte sich als ihr Bruder vor und starrte den Typ im Anzug misstrauisch an. »Schon gut. Das ist mein Chef«, beruhigte ihn Lacy. Gunther ruderte zurück. Er und Michael gaben sich zögernd die Hand, und danach war Ruhe.

»Geht es Ihnen gut genug, um sich mit mir zu unterhalten?«, fragte Michael.

»Ich glaube schon«, erwiderte sie.

»Lyman Gritt ist der Constable des Reservats. Er würde gern vorbeikommen und Ihnen einige Fragen stellen. Es ist vermutlich eine gute Idee, wenn zuerst wir miteinander reden.«

»Okay.«

Michael sah Gunther an, der den Eindruck machte, als würde er nicht einmal darüber nachdenken, den Raum zu verlassen.

»Das ist jetzt ziemlich vertraulich. Es geht um eine unserer Ermittlungen.«

»Ich werde mich nicht vom Fleck rühren«, antwortete Gunther ohne Zögern. »Sie ist meine Schwester und braucht jetzt meinen Rat. Ich muss alles wissen. Und mir ist sehr wohl bewusst, was Vertraulichkeit bedeutet. Stimmt's, Lacy?«

Lacy hatte keine andere Wahl. »Er kann bleiben«, meinte sie.

Michael hatte keine Lust auf eine Diskussion; außerdem sah Gunther so aus, als würden bei ihm leicht die Sicherungen durchbrennen. »Kein Wort von Myers«, begann er. »Ich habe mehrmals bei den drei Nummern angerufen, die ich in Ihrer Akte gefunden habe, aber es klingelt immer nur am anderen Ende, mehr nicht. Anscheinend hält er nichts von einer Mailbox.«

»Michael, ich glaube nicht, dass sie ihn finden können.«

»Wer ist Myers?«, erkundigte sich Gunther.

»Erzähle ich dir später«, sagte Lacy.

»Oder gar nicht«, wandte Michael ein. »Zurück zu Montagnacht – was können Sie mir über das Treffen mit dem Informanten sagen?«

Lacy schloss die Augen und holte tief Luft, wobei sie vor Schmerz das Gesicht verzog. »Nicht viel, Michael«, erwiderte sie langsam. »Wir sind mit dem Auto zum Kasino und haben auf dem Parkplatz gewartet. Dann sind wir eine dunkle Straße entlanggefahren und haben an einem kleinen Gebäude angehalten.« Sie machte eine lange Pause, in der sie zu dösen schien.

»Haben Sie sich mit dem Informanten getroffen?«, wollte Michael wissen.

Sie schüttelte den Kopf. »Da ist nichts, Michael. Ich kann mich nicht erinnern.«

»Hat Hugo am Handy mit dem Mann geredet?«

»Ich glaube schon. Ja, er muss mit ihm gesprochen haben. Der Mann hat uns gesagt, wo wir hinfahren sollen, um ihn zu treffen. Ja, daran kann ich mich erinnern.«

»Was ist mit dem Unfall? Ist davor noch etwas passiert? Das andere Fahrzeug?«

Lacy schloss die Augen, als würde ihr Gedächtnis besser funktionieren, wenn es dunkel war. Nach einer Weile sagte Gunther: »Heute Morgen hatte sie einen Albtraum. Als sie aufgewacht ist, hat sie mir erzählt, dass sie die Scheinwerfer gesehen hat. Sie erinnert sich auch daran, dass Hugo geschrien hat und dass sie nicht reagieren konnte, weil der Pick-up direkt vor ihnen war. Sie erinnert sich daran, dass es ein Pick-up war, aber sie kann sich nicht an den Aufprall oder Geräusche oder sonst etwas erinnern. Von der Bergung, dem Rettungswagen, dem Hubschrauber, der Notaufnahme weiß sie nichts mehr. Das ist alles weg.«

Eines von Gunthers auf stumm geschalteten Mobiltelefonen vibrierte. Der Anruf war anscheinend so dringend, dass das Gerät versuchte, über den entwendeten Servierwagen in seiner Hälfte des Raums zu hüpfen. Er starrte das Handy an und kämpfte gegen die Versuchung wie ein trockener Alkoholiker, der ein kaltes Bier vor sich stehen sah.

Er nahm den Anruf nicht an.

Michael nickte in Richtung der Tür, und die beiden traten in den Korridor hinaus. »Wie ausführlich haben Sie mit den Ärzten gesprochen?«, fragte er.

»Nicht sehr ausführlich. Ich glaube, sie mögen mich nicht.«

Was für eine Überraschung. »Zu mir haben sie gesagt, dass Lacys Erinnerungsvermögen langsam zurückkommen wird. Am besten unterstützt man das, indem das Gehirn angeregt wird, vor allem durch Gespräche. Reden Sie mit ihr, bringen Sie sie zum Lachen, zum Zuhören. Geben Sie ihr Zeitschriften, und finden Sie heraus, ob sie lesen will. Sie liebt alte Kinofilme, daher wäre es gut, wenn sie sich ein paar Filme mit ihr zusammen ansehen. Weniger Schlaf und mehr Geräuschkulisse. Das braucht sie jetzt.«

Gunther hing an seinen Lippen, begeistert davon, dass er etwas tun konnte. »Verstanden.«

»Wir sollten mit den Ärzten reden und versuchen, den Constable so lange wie möglich von ihr fernzuhalten. Er will wissen, was sie und Hugo im Reservat zu suchen hatten, und offen gesagt will ich nicht, dass er das erfährt. Es ist streng vertraulich.«

»Schon klar, Michael, aber ich will die Details über den Unfall hören. Alles. Sagen Sie mir, was Sie bis jetzt wissen. An der Sache ist was faul.«

»Sie haben einen guten Riecher. Ziehen Sie Ihre Schuhe an, und dann holen wir uns einen Kaffee.«

Nach dem Mittagessen am Freitag, während Gunther mit seinem Handy durch die Korridore des Krankenhauses tigerte und verzweifelt versuchte, ein Geschäft nach dem anderen vor dem Platzen zu bewahren, tippte Lacy eine E-Mail:

Liebe Verna,
ich bin's, Lacy, vom iPad meines Bruders. Ich liege immer noch im Krankenhaus, habe aber endlich genug Kraft und klare Gedanken, um mich bei Dir zu melden. Ich weiß nicht, wo ich anfangen oder was ich sagen soll. Ich kann einfach nicht glauben, dass es passiert ist. Es ist so surreal. Ich schließe die Augen und rede mir ein, dass ich nicht hier bin, dass es Hugo gut geht und dass alles in Ordnung sein wird, wenn ich aufwache.
Aber dann wache ich auf, und mir wird klar, dass diese Tragödie wirklich passiert ist, dass er nicht mehr da ist, dass Du und die Kinder einen Verlust erlitten habt, der nicht in Worte zu fassen ist. Es tut mir so wahnsinnig leid, auch wegen der Rolle, die ich dabei

gespielt habe. Ich kann mich nicht daran erinnern, was passiert ist, nur, dass ich gefahren bin und Hugo auf dem Beifahrersitz saß. Aber das ist jetzt nicht wichtig, obwohl ich es bis an mein Lebensende mit mir herumtragen werde. Ich würde jetzt so gern bei Dir sein und Dich und die Kinder ganz fest umarmen. Ich werde Euch so bald wie möglich besuchen. Es tut mir leid, dass ich nicht zu der Beerdigung morgen kommen kann. Bei mir fließen schon die Tränen, wenn ich nur daran denke. Ich weine viel, aber sicher nicht so viel wie Du. In meinen Gedanken und Gebeten bin ich bei Dir.
Bis bald, Lacy

Vierundzwanzig Stunden später war noch immer keine Antwort auf die E-Mail gekommen.

Der Trauergottesdienst für Hugo Hatch begann am Samstag um vierzehn Uhr und fand in einem Vorort in einer riesigen, modernen Kirche statt, in der fast zweitausend Gläubige Platz hatten. Hugo und Verna hatten sich Gateway Tabernacle vor einigen Jahren angeschlossen und waren halbaktive Mitglieder. Die Kirchengemeinde bestand fast ausschließlich aus Afroamerikanern, außerdem waren viele Familienmitglieder und fast alle Freunde gekommen. Kurz vor vierzehn Uhr wurde es still, und die Trauergäste wappneten sich für den Ansturm der Gefühle, der ihnen bevorstand. Es gab nur noch wenige freie Plätze.

Zuerst wurde eine Diashow auf eine riesige Leinwand über der Kanzel geworfen. Während aus den Lautsprechern der Tonanlage ein getragenes Kirchenlied drang, wurde ein Foto nach dem anderen von Hugo gezeigt, jedes einzelne eine schmerzhafte Erinnerung daran, dass er viel zu früh gestorben war. Hugo als niedliches kleines Kind, Hugo mit Zahnlücke in der Grundschule, Hugo beim Football, Hugo an seinem Hochzeitstag, Hugo, der mit seinen Kindern spielte. Es waren Dutzende von Bildern, bei deren Anblick viele Tränen flossen, von denen es im weiteren Verlauf der Trauerfeier noch erheblich mehr geben sollte. Nach einer herzergreifenden halben Stunde verschwand die Leinwand, und die Empore für den Chor füllte sich mit hundert Sängern in wallenden burgunderroten Gewändern. Das Minikonzert wechselte übergangslos von getragenen Grabgesängen zu ohrenbetäubend lauten, von Fußstampfen und Händeklatschen begleiteten Gospelliedern, bei denen die gesamte Gemeinde mitsang.

Es waren nur wenige weiße Gesichter in der Menge auszumachen. Michael und seine Frau saßen in der ersten Reihe auf der langen, geschwungenen Galerie. Als er sich umsah, entdeckte er einige Kollegen vom BJC. Ihm fiel auf, dass die meisten Weißen auf der Galerie saßen, als würden sie versuchen, etwas Abstand zu dem lautstarken Geschehen unten zu schaffen. Michael, der in den 1960ern zur Zeit der Rassentrennung geboren worden war, entging die Ironie nicht: Die Schwarzen hatten die besten Plätze, während die Weißen auf die Galerie »verbannt« worden waren.

Nachdem sich die Akteure eine Stunde lang aufgewärmt hatten, übernahm der Reverend das Kommando und sprach zum ersten Mal, fünfzehn Minuten lang. Er war ein begabter, routinierter Redner mit dröhnender Baritonstimme, der den Angehörigen des Verstorbenen Trost spendete und die Tränen bei der Gemeinde noch heftiger fließen ließ. Die erste Trauerrede hielt Hugos älterer Bruder, der lustige Anekdoten aus ihrer Kindheit erzählte, aber mittendrin zusammenbrach und nicht mehr sprechen konnte. Die zweite Trauerrede hielt der Footballtrainer von Hugos alter Highschool, ein mürrischer alter Weißer, der keine drei Sätze herausgebracht hatte, bevor er die Fassung verlor und wie ein Schlosshund zu heulen begann. Die dritte Trauerrede hielt ein Mitspieler von Hugos altem Footballteam an der Florida State University. Die vierte Trauerrede hielt ein Juraprofessor. Dann sang eine Sopranistin voller Inbrunst »How Great Art Thou«, und als sie geendet hatte, war kein Auge mehr trocken, einschließlich ihrer eigenen.

Verna, die in der Mitte der ersten Reihe Platz genommen hatte, gelang es irgendwie, sich zusammenzureißen. Sie war von ihrer Familie umgeben und hatte die beiden älteren Kinder neben sich sitzen. Eine Tante kümmerte sich um Pippin und das vierte Kind. Selbst als andere Beerdigungsgäste laut aufschluchzten oder zusammenbrachen, starrte Verna den drei Meter vor ihr stehenden Sarg ohne einen Laut an und wischte sich die Tränen aus den Augen.

Auf Empfehlung eines befreundeten Arztes hatte sie sich dazu entschlossen, den Sarg entgegen der Tradition geschlossen zu halten. Auf einem Stativ daneben stand ein großes Foto ihres Mannes.

Als der Gottesdienst weiterging, konnte sich Michael einen Blick auf die Uhr nicht verkneifen. Er war gläubiger Presbyterianer, und in seiner Kirche durften Predigten nur zwanzig Minuten dauern, Hochzeiten dreißig Minuten, und wenn sich eine Beerdigung länger als fünfundvierzig Minuten hinzog, wurde hinterher jemand zusammengestaucht.

Doch von den Trauernden dieser Gemeinde sah niemand auf die Uhr. Dies war die Abschiedsfeier für Hugo Hatch, und sie sollte so groß und prächtig wie nur möglich ausfallen. Die fünfte Trauerrede wurde von einem Cousin gehalten, der wegen Drogenhandels im Gefängnis gesessen hatte, jetzt aber clean war und dank Hugo wieder einen Job hatte.

Es war alles sehr bewegend, aber nach zwei Stunden brannte Michael darauf zu gehen. Er war heilfroh, auf einem Polsterstuhl sitzen zu können, anstatt unten auf dem Podium zu stehen und eine Rede halten zu müssen. Hugos Familie hatte zunächst angefragt, ob er es »in Betracht ziehen« würde, ein paar Worte zu sprechen, doch die Anfrage war kurze Zeit später von Verna zurückgezogen worden. Michael hatte das Gefühl, dass sie ihm irgendwie Vorwürfe machte. Hugos Tod – egal ob Unfall oder etwas anderes – hätte vielleicht verhindert werden können, wenn sein Chef ihn nicht angewiesen hätte, sich in eine derart gefährliche Situation zu begeben. Hugos älterer Bruder hatte schon zweimal bei ihm angerufen und wissen wollen, warum Hugo so spät am Abend im Reservat unterwegs gewesen war. Die Familie erholte sich langsam von ihrem Schock und begann, Fragen zu stellen. Michael war sicher, dass es Ärger geben würde.

Die sechste und letzte Trauerrede stammte von Roderick, Hugo und Vernas ältestem Kind. Der Junge hatte einen dreiseitigen Nachruf auf seinen Vater geschrieben, der vom Reverend vorgelesen wurde. Sogar Michael Geismar, ein eher nüchterner Presbyterianer, ließ seinen Tränen jetzt freien Lauf.

Der Reverend beendete den Gottesdienst mit einer langatmigen Segnung, und schließlich wurde Hugos Sarg zu den Klängen des leise vor sich hin summenden Chors durch den Mittelgang gerollt. Verna ging dicht dahinter, ein Kind an jeder Hand, den Kopf hocherhoben, das Gesicht nass vor Tränen. Danach kamen die Familienangehörigen, von denen sich nicht viele bemühten, ihre Gefühle unter Kontrolle zu bringen.

Die Trauernden verließen das Gebäude und verteilten sich auf den Parkplätzen. Die meisten würden sich in einer halben Stunde auf dem Friedhof wieder versammeln, für eine weitere Zeremonie, die zu lange und zu schmerzlich sein würde. In der ganzen Zeit war kein einziges böses Wort über die Person gefallen, die Hugos Tod verursacht hatte. Natürlich kannte niemand ihren Namen. »Ein betrunkener Fahrer in einem gestohlenen Pick-up, der zu Fuß geflüchtet ist« war die offizielle Version. Und da es niemanden gab, dem man die Schuld zuweisen konnte, übten sich der Reverend und die Trauerredner in moralischer Überlegenheit.

Als Hugo Hatch in sein Grab hinabgelassen wurde, hatten nur Michael und ein paar andere den Verdacht, dass sein Tod kein Unfall gewesen war. Nicht weit weg, auf einer kleinen Anhöhe hinter dem Friedhof, saßen zwei Männer in einem Auto und beobachteten die Trauergemeinde durch Ferngläser.

17

BIS SAMSTAGMITTAG HATTEN Schwestern und Ärzte den perfekten Plan ausgeheckt, um Gunther loszuwerden. Er war genial – sie mussten nur seine Schwester verlegen, und schon hatte Gunther keinen Grund mehr zu bleiben. Am Freitag hatte Lacy einen Arzt gefragt, wann sie stabil genug sein würde, um nach Tallahassee zu fahren. Dort gebe es jede Menge Krankenhäuser, gute noch dazu, und da sie lediglich wieder zu Kräften kommen müsse und keine Operation notwendig sei, spreche doch nichts dagegen, sich in ihrer Heimatstadt weiterbehandeln zu lassen. Kurz nach diesem Gespräch kam eine Schwester etwas zu laut in Lacys Zimmer und weckte damit nicht nur die Patientin, sondern auch deren Bruder. Danach ging es nur noch bergab. Die Situation eskalierte schnell. Gunther verlangte mit drastischen Worten, dass die Schwestern und Pfleger ihre Privatsphäre achteten, »einen Funken Anstand« zeigten und damit aufhörten, zu jeder Tages- und Nachtzeit hereinzuplatzen. Als eine zweite Schwester herbeieilte und der ersten beistehen wollte, führte das lediglich dazu, dass die Anzahl der Beschimpfungen verdoppelt wurde. Danach schwor sich das Personal, alles zu tun, um Gunther aus dem Krankenhaus zu bekommen.

Etwa zu der Zeit, als Hugo begraben wurde, verließ Lacy in einem Rettungswagen das Krankenhaus in Panama City und wurde nach Tallahassee gefahren, was zwei Stunden dauerte. Gunther ging ebenfalls, allerdings erst, nachdem er zum Abschied ein paar letzte Unverschämtheiten gegen das

Personal losgelassen hatte. Er folgte der Ambulanz mit seiner Schwester in einem pechschwarzen Mercedes S 600, für dessen Vier-Jahres-Leasingvertrag jeden Monat dreitausendeinhundert Dollar fällig waren.

Offenbar hatte das Krankenhaus in Panama City die Kollegen in Tallahassee angerufen und vorgewarnt. Als Lacys Trage in den Fahrstuhl gerollt wurde, um sie zu einem Einzelzimmer im dritten Stock zu bringen, gesellten sich zwei kräftige Sicherheitsbeamte zu ihnen und warfen Gunther finstere Blicke zu. Er starrte die beiden empört an.

»Lass gut sein«, raunte Lacy ihrem Bruder zu.

Das Zimmer war größer als das in Panama City, und Gunther konnte die Möbel problemlos zu einem bequemen Arbeitsbereich zusammenstellen. Als die Ärzte und Schwestern nach der ersten Visite weg waren, sah Gunther seine Schwester an und verkündete: »Wir gehen spazieren. Ich kann dir jetzt schon sagen, dass die Ärzte hier erheblich besser sind als die in Panama City. Sie haben gemeint, es sei wichtig, dass du dich bewegst. Sonst liegst du dich vielleicht wund. Deine Beine sind in Ordnung. Also los.«

Er bugsierte sie vorsichtig aus dem Bett, steckte ihre Füße in ein Paar billige Krankenhauspantoffeln und sagte: »Nimm meinen Ellbogen.« Langsam gingen sie aus dem Zimmer und betraten den Korridor. Gunther wies mit dem Kopf auf ein großes Fenster am anderen Ende. »Da laufen wir hin, und dann drehen wir um. Okay?«

»Okay, aber mir tut alles weh.«

»Ich weiß. Lass dir Zeit, und wenn dir schwindlig wird, sagst du es.«

»Alles klar.«

Mit langsamen, zögernden Schritten schleppten sie sich durch den Korridor und ignorierten gelegentliche Blicke der Schwestern. Lacy hatte am linken Knie starke Prellungen und

Schnittverletzungen, und es tat weh, wenn sie es bewegte oder belastete. Sie biss die Zähne zusammen, fest entschlossen, ihren Bruder zu beeindrucken. Sein Arm war stark und tröstend. Ein Nein ließ er nicht gelten. Sie berührten das Fenster und drehten um. Ihr Zimmer schien meilenweit weg zu sein, und als sie es erreichten, hatte sie rasende Schmerzen im linken Knie. Nachdem Gunther ihr ins Bett geholfen hatte, sagte er: »Das machen wir bis heute Abend einmal in der Stunde, verstanden?«

»Wenn du das schaffst, schaffe ich es auch.«

»Braves Mädchen.« Er deckte sie zu und setzte sich auf die Bettkante. Dann tätschelte er ihr den Arm und meinte: »Dein Gesicht sieht von Stunde zu Stunde besser aus.«

»Mein Gesicht sieht aus wie Hackfleisch.«

»Okay, aber eher wie ein Filetstück, Bioqualität und aus Freilandhaltung. Lacy, hör zu, wir werden so lange miteinander reden, bis du nicht mehr reden kannst. Gestern habe ich mich eine Weile mit Michael unterhalten. Der Typ scheint in Ordnung zu sein. Er hat mich über den Fall informiert. Ich weiß nicht alles über die Ermittlungen, und vermutlich ist das auch besser so, aber ich weiß genug. Ich weiß, dass du am Montagabend mit Hugo zusammen ins Reservat gefahren bist, um einen Informanten zu treffen. Es war eine Falle, ein Hinterhalt, eine viel zu gefährliche Situation. Als ihr erst mal dort wart, hatten sie euch in der Hand, und das auch noch auf ihrem Land. Der Unfall war kein Unfall. Ihr seid mit voller Absicht frontal von einem Typ gerammt worden, der einen gestohlenen Pick-up gefahren hat. Unmittelbar nach dem Zusammenstoß hat er oder jemand, der bei ihm war, euren Wagen durchsucht und beide Handys sowie dein iPad mitgehen lassen. Und dann haben sich diese Arschlöcher aus dem Staub gemacht. Die Polizei wird sie vermutlich nie finden. Kannst du mir folgen?«

»Ich glaube schon.«

»Wir werden das jetzt genau rekonstruieren. Wir fangen damit an, dass du mit Hugo ins Reservat fährst – Uhrzeit, Strecke, was wurde im Radio gespielt, worüber habt ihr geredet, alles. Das Gleiche für den Zeitraum, in dem ihr im Wagen vor dem Kasino gewartet habt. Uhrzeit, Gesprächsstoff, Radio, E-Mails, jedes Detail. Dann fahrt ihr weiter, um den Informanten zu treffen. Ich werde dir Fragen stellen, Hunderte Fragen, und du wirst mir Antworten darauf geben. Nachdem ich dir dreißig Minuten lang auf den Zahn gefühlt habe, machen wir eine Pause, in der du schlafen kannst, wenn du willst. Dann gehen wir wieder bis ans Ende des Korridors. Klingt gut, oder?«

»Nein.«

»Tut mir leid, Schwesterherz, aber du hast keine andere Wahl. Wir haben deine Beine dazu gebracht, dass sie wieder funktionieren, und dasselbe machen wir jetzt mit deinem Gehirn. Okay? Erste Frage: Um welche Zeit seid ihr am Montagabend aus Tallahassee weggefahren?«

Lacy schloss die Augen und fuhr sich mit der Zunge über die geschwollenen Lippen. »Es war am frühen Abend, aber noch nicht dunkel. Ich schätze mal, halb acht oder so.«

»Gab es einen Grund dafür, dass ihr so lange gewartet habt?«

Lacy überlegte eine Sekunde, dann lächelte sie und nickte. »Ja, der Informant hat bis neun Uhr gearbeitet. Spätschicht im Spielkasino.«

»Perfekt. Was hattest du an?«

Sie öffnete die Augen. »Im Ernst?«

»Allerdings. Denk nach und beantworte meine Fragen. Das ist kein Spiel.«

»Äh, Jeans, glaube ich, und ein dünnes Oberteil. Es war heiß, und wir waren in Freizeitkleidung unterwegs.«

»Welche Route habt ihr genommen?«

»Die Interstate 10, wie immer. Es gibt nur einen Weg, wenn man ins Reservat will. Die Ausfahrt auf die State 288, fünfzehn Kilometer nach Süden, dann nach links abbiegen auf die Mautstraße.«

»War das Radio eingeschaltet?«

»Es läuft immer, aber nur ganz leise. Ich glaube, Hugo hat geschlafen.« Sie stöhnte und begann zu weinen. Ihre geschwollenen Lippen zitterten, Tränen liefen ihr über die Wangen. Er wischte sie mit einem Papiertuch weg, sagte aber nichts. »Die Beerdigung war heute, stimmt's?«

»Ja«, bestätigte er.

»Ich wünschte, ich hätte hingehen können.«

»Warum? Hugo weiß nicht, ob du dort gewesen bist oder nicht. Beerdigungen sind Zeitverschwendung. Nur eine Show für die Lebenden. Den Toten ist es doch egal. Der Trend geht jetzt dahin, nicht mehr Beerdigung zu sagen, sondern ›Feier‹. Was feiert man denn? Der, der tot ist, hat mit Sicherheit nichts zu feiern.«

»Tut mir leid, dass ich damit angefangen habe.«

»Zurück zu Montagnacht.«

Es sprach sich schnell herum, dass Lacy wieder in der Stadt war, und am frühen Abend traten sich die Besucher gegenseitig auf die Füße. Da sich die meisten kannten, herrschte bald eine ausgelassene Stimmung, und die Schwestern beschwerten sich mehr als einmal. Gunther, der gern flirtete, drängte sich in den Vordergrund, redete fast ununterbrochen und stritt sich mit den Schwestern. Lacy war müde und zufrieden und ließ ihn einfach machen.

Zuerst hatte sie sich gegen Besucher gesträubt, genauer gesagt dagegen, dass jemand sie in diesem Zustand sah. Mit ihrem kahl geschorenen Kopf, den Nähten, den Blutergüssen und dem stark geschwollenen Gesicht hatte sie das Gefühl, eine Statistin in einem billigen Horrorfilm zu sein. Doch Gunther rückte alles ins rechte Licht, als er sagte: »Jetzt reg dich wieder ab. Das sind deine Freunde, und sie wissen, dass du gerade einen Frontalzusammenstoß überlebt hast. In einem Monat siehst du wieder unverschämt gut aus, während die meisten dieser armen Teufel nach wie vor unterer Durchschnitt sein werden. Wir haben einfach die besseren Gene, Schwesterherz.«

Um einundzwanzig Uhr war die Besuchszeit zu Ende, und die Schwestern waren froh, dass sie Lacys Zimmer räumen konnten. Sie war fix und fertig. Die Foltersitzung mit Gunther hatte vier Stunden gedauert und war erst zu Ende gewesen, als am späten Nachmittag ihre Freunde gekommen waren. Vier Stunden, in denen er sie erbarmungslos mit Fragen bombardiert hatte und mehrmals mit ihr zusammen durch den Korridor gewandert war. Morgen wollte er das Programm intensivieren. Gunther schloss die Tür und beschwerte sich darüber, dass er sie nicht abschließen konnte, um sämtliche Störenfriede fernzuhalten. Dann löschte er das Licht und legte sich auf das Sofa. Nachdem Lacy ein leichtes Beruhigungsmittel genommen hatte, fiel sie in tiefen Schlaf.

Der Schrei. Ein Schrei des Entsetzens von einer Stimme, die niemals schrie, niemals Gefühle zeigte. Irgendetwas stimmte nicht mit dem Sicherheitsgurt. Er beschwerte sich. Sie sah ihn an, dann der Schrei, als seine breiten Schultern instinktiv nach hinten wichen. Die Scheinwerfer so hell, so nah, dass sie nicht mehr ausweichen konnte. Der Aufprall, das Gefühl, dass ihr Körper für den Bruchteil einer Sekunde nach vorn katapultiert wurde, bevor er von irgendetwas erfasst und nach hinten gerissen wurde. Der Lärm, die Explosion einer Bombe in ihrem Schoß, als mehrere Tonnen Stahl, Metall, Glas, Aluminium und Gummi mit ihrem Auto zusammenstießen und sich in die Karosserie bohrten. Der heftige Schlag in ihr Gesicht, als dreißig

Zentimeter vor ihr der Airbag auslöste, sich mit über dreihundert Stundenkilometern ausbreitete und ihr das Leben rettete, aber seinen Teil zu ihren Verletzungen beitrug. Der Moment danach, in dem ihr Wagen eine Sekunde lang in der Luft hing, während er sich um hundertachtzig Grad drehte und Blechteile von sich schleuderte. Dann nichts mehr. Wie oft hatte sie schon gehört, dass Unfallopfer sagen: »Ich muss für ein paar Sekunden das Bewusstsein verloren haben«? Niemand weiß, wie lange es dauert. Aber da bewegte sich etwas. Hugo, der in der Windschutzscheibe hing, zuckte mit den Beinen und versuchte, entweder aus dem Auto oder wieder hineinzukommen. Hugo, der stöhnte. Und zu ihrer Linken ein Schatten, eine Gestalt, ein Mann mit einer Taschenlampe, der in die Hocke ging und sie anstarrte. Hatte sie sein Gesicht gesehen? Nein. Und falls ja, konnte sie sich nicht daran erinnern. Und dann war er auf der Beifahrerseite, in der Nähe von Hugo, oder war das jemand anders? Bewegten sich zwei Schatten um ihr Auto? Hugo stöhnte. Ihr Kopf blutete, pochende Schmerzen. Schritte, die auf Glassplittern knirschten. Die Scheinwerfer eines Fahrzeugs schwenkten über das Wrack und verschwanden. Dunkelheit. Schwärze.

»Sie waren zu zweit, Gunther. Da waren zwei Leute.«

»Ganz ruhig, Schwesterherz. Du träumst, und du schwitzt stark. Seit einer halben Stunde zitterst du und sprichst im Schlaf. Wach auf und rede mit mir.«

»Sie waren zu zweit.«

»Ja, ist klar. Und jetzt wach auf und sieh mich an. Alles in Ordnung, Lacy, das war nur wieder ein Albtraum.« Er schaltete die kleine Lampe auf dem Nachttisch ein.

»Wie spät ist es?«

»Das ist doch jetzt egal. Du musst kein Flugzeug erwischen. Es ist halb drei Uhr morgens, und du hattest gerade einen üblen Traum.«

»Was habe ich gesagt?«

»Nichts, was ich verstanden habe, du hast nur die ganze Zeit gemurmelt und gestöhnt. Möchtest du einen Schluck Wasser?«

Sie sog an dem Strohhalm und drückte dann auf einen Knopf, um das Kopfteil des Bettes nach oben zu fahren. »Mein Gedächtnis kommt zurück. Ich sehe alles wieder genau vor mir. Ich kann mich an einiges erinnern.«

»Gut. Lass uns über die beiden Gestalten reden, an die du dich erinnerst. Die eine war offensichtlich der Fahrer des Pick-ups. Die andere hat vermutlich das Fluchtauto gefahren. Was hast du gesehen?«

»Ich weiß nicht. Nicht viel. Ich glaube, beide waren Männer. Da bin ich mir ziemlich sicher.«

»Okay. Kannst du ihre Gesichter sehen?«

»Nein. Nichts. Das war kurz nach dem Zusammenstoß. Es ist alles verschwommen.«

»Schon klar. Wo war dein Handy?«

»Normalerweise lege ich es immer in die Mittelkonsole. Ich kann dir nicht genau sagen, wo es zum Zeitpunkt des Unfalls war, aber wahrscheinlich in der Mittelkonsole.«

»Und wo hatte Hugo sein Handy für gewöhnlich?«

»Immer in der rechten Gesäßtasche, es sei denn, er trug ein Jackett.«

»Und an dem Abend trug er keines, richtig?«

»Richtig. Wie gesagt – es war heiß, und wir waren in Freizeitkleidung unterwegs.«

»Wenn jemand die Handys an sich nehmen wollte, musste er dazu also in das Innere des Wagens greifen. Siehst du das vor dir? War da jemand, der Hugo angefasst hat?«

Sie schloss die Augen und schüttelte den Kopf. »Nein, daran kann ich mich nicht erinnern.«

Die Tür ging langsam auf, eine Schwester kam herein. »Alles in Ordnung? Ihr Puls ist nach oben geschossen.«

»Sie hat geträumt. Alles okay«, erwiderte Gunther.

Die Schwester ignorierte ihn und berührte Lacy am Arm. »Wie fühlen Sie sich?«

»Mir geht es gut«, antwortete Lacy, deren Augen immer noch geschlossen waren.

»Sie müssen schlafen.«

Worauf Gunther erwiderte: »Tja, das ist ein bisschen schwierig, wenn alle zwei Stunden jemand hereinkommt.«

»Auf der anderen Straßenseite gibt es ein Motel. Vielleicht gefällt es Ihnen dort besser«, meinte die Schwester kühl.

Gunther beschloss, ihren Kommentar zu ignorieren, und die Schwester ging wieder.

18

ALS LYMAN GRITT DIE POLIZEISTATION um siebzehn Uhr am Sonntagnachmittag erreichte, hatte er die Vorahnung, dass es unangenehm werden würde. Der Chief hatte noch nie eine Besprechung um diese Zeit angesetzt und auch nicht sagen wollen, um was es ging. Er wartete mit seinem Sohn, Billy Cappel, vor dem Gebäude, als Lyman den Pick-up parkte. Billy gehörte zu dem aus zehn Mitgliedern bestehenden Stammesrat und war zu einem wichtigen Akteur in der Selbstverwaltung geworden. Während sie sich begrüßten, kam Adam Horn, der Vorsitzende des Stammesrats, auf seinem Motorrad angerollt. Die Männer sahen ernst aus, und als Lyman die Station betrat, erhärtete sich sein Verdacht. Der Chief hatte seit dem Unfall jeden Tag angerufen und war mit Lymans Arbeit offensichtlich nicht zufrieden. Als Constable wurde man ernannt und war daher vom Wohlwollen des Chiefs abhängig, doch die beiden waren sich noch nie sonderlich sympathisch gewesen. Genau genommen misstraute Lyman dem Chief, dessen Sohn und Adam Horn, von dem die meisten Tappacola nicht viel hielten.

Chief Elias Cappel war seit sechs Jahren Häuptling und hatte seinen Stamm fest im Griff. Billy war seine rechte Hand, Horn die linke. Die drei hatten sämtliche politischen Feinde ausmanövriert und schienen keine Opposition zu haben. Andere Meinungen wurden rigoros unterdrückt, und niemand hatte etwas dagegen einzuwenden, solange das Kasino voll war und der Scheck mit der Dividende im Briefkasten lag.

Sie marschierten in Lymans Büro, wo er sich an seinen Schreibtisch setzte. Als er die drei Männer vor sich ansah, fühlte sich sein Platz plötzlich wie ein heißer Stuhl an. Der Chief, ein wortkarger Mann, der nur wenig soziale Kompetenz besaß, begann zu sprechen: »Wir wollen über die Ermittlungen zu dem Vorfall von Montagnacht reden.«

»Es gibt da wohl ein paar offene Fragen«, fügte Horn hinzu.

Lyman nickte. »Kein Problem«, erwiderte er. »Was wollt ihr wissen?«

»Alles«, meinte der Chief.

Lyman klappte eine Akte auf, suchte zwischen den Seiten herum und zog einen Bericht heraus. Er ging die grundlegenden Fakten des Unfalls durch – die beteiligten Fahrzeuge, die Verletzungen, die Bergung der Unfallopfer, der Tod von Mr. Hatch. Die Akte enthielt so viele Berichte und Fotos, dass sie inzwischen schon fünf Zentimeter dick war. Das Video der Polizei von Foley – das den Diebstahl des Dodge Ram zeigte – lag der Akte jedoch nicht bei und wurde darin auch mit keinem Wort erwähnt. Lyman hatte Ärger mit dem Chief gewittert und zwei Akten angelegt: die offizielle, die vor ihm auf dem Schreibtisch lag, und eine geheime, die er außerhalb seines Büros versteckt hielt. Da Frogs Video wiederum an den Sheriff übergeben worden war, wusste der Chief möglicherweise davon. Deshalb hatte Lyman dieses Video in die offizielle Akte aufgenommen, aber eine Kopie davon gezogen, die bei ihm zu Hause war.

»Was haben die hier gemacht? Hier, auf unserem Land?«, wollte der Chief wissen. Sein Tonfall ließ keinen Zweifel daran, dass er das für die wichtigste Frage hielt.

»Das weiß ich noch nicht. Ich werde mich morgen mit Mr. Michael Geismar treffen und diesbezüglich mehr erfahren. Er ist der Chef der beiden Unfallopfer. Ich habe ihm diese Frage bereits gestellt, aber bis jetzt sind die Antworten vage gewesen.«

»Diese Leute ermitteln gegen Richter, stimmt's?«, erkundigte sich Horn.

»Richtig. Sie arbeiten nicht für eine Strafverfolgungsbehörde, es sind nur Ermittlungsbeamte, allerdings mit einem Jurastudium.«

»Was zum Teufel haben sie dann hier gemacht?«, fragte der Chief noch einmal. »Sie sind für unser Land nicht zuständig. Sie waren Montag gegen Mitternacht hier, dienstlich, wie ich annehme.«

»Ich bin an der Sache dran, Chief, okay? Es gibt eine Menge Fragen, und wir sind dabei, einigen Spuren nachzugehen.«

»Hast du mit dem Mädchen gesprochen, das den Wagen gefahren hat?«

»Nein. Ich habe es versucht, aber ihre Ärzte haben es verboten. Sie wurde gestern nach Tallahassee verlegt. Ich werde in ein oder zwei Tagen hinfahren und herausfinden, was sie zu sagen hat.«

»Du hättest längst mit ihr reden sollen«, warf Billy ein.

Lyman wurde wütend, konnte sich aber gerade noch beherrschen. »Wie gesagt – ihre Ärzte haben es verboten.« Die Stimmung wurde noch gereizter, und zumindest Lyman war sich jetzt fast sicher, dass die Besprechung nicht gut enden würde.

»Hast du mit Außenstehenden gesprochen?«, fragte Horn.

»Selbstverständlich. Das ist Teil der Ermittlungen.«

»Mit wem?«

»Ich habe mehrmals mit Mr. Geismar telefoniert. Ich habe ihn zweimal gefragt, was seine Leute hier gemacht haben, aber er ist mir ausgewichen. Ich habe mit den Ärzten der Frau geredet, was aber nichts gebracht hat. Beide Versicherungsgesellschaften haben Schadensregulierer hergeschickt, die sich die Fahrzeuge angesehen haben, und mit diesen Leuten habe ich mich ebenfalls unterhalten. Und so weiter und so fort. Ich kann mich nicht an jeden erinnern, mit dem ich gesprochen habe. Es gehört zu meinem Job, mit Außenstehenden zu reden.«

»Hast du noch was über den gestohlenen Pick-up herausgefunden?«, fragte der Chief.

»Da gibt es nichts Neues.« Lyman wiederholte das Wesentliche, ohne das Video aus Foley zu erwähnen.

»Und du hast keine Ahnung, wer ihn gefahren hat?«, erkundigte sich der Chief.

»Bis heute Morgen nicht. Inzwischen weiß ich es.«

Alle drei schienen zu erstarren. »Sprich weiter«, knurrte der Chief.

»Am Freitagabend ist Sheriff Pickett auf einen Kaffee vorbeigekommen. Kennt ihr Frog Freemans Laden nördlich von Sterling? Frog hatte Montagnacht geöffnet, also eigentlich nicht geöffnet, aber geschlossen hatte er auch nicht, und da kam ein Kunde herein und fragte nach Eis. Frog wurde schon mal überfallen, daher hat er sich Überwachungskameras angeschafft. Wollt ihr mal sehen?«

Die drei nickten finster. Lyman tippte auf ein paar Tasten und drehte den Laptop herum. Das Video wurde abgespielt. Der Pick-up hielt vor dem Laden, der Fahrer stieg aus, der Beifahrer drückte sich ein blutverschmiertes Tuch auf die Nase, der Fahrer ging in den Laden und kam kurze Zeit später zurück, der Pick-up fuhr weg.

»Und was soll das beweisen?«, fragte der Chief.

»Nichts. Aber die Uhrzeit, der Ort und die Tatsache, dass so spät praktisch niemand unterwegs ist, machen das Ganze schon etwas verdächtig.«

»Du interpretierst es also so, dass der Typ mit der blutenden Nase den gestohlenen Pick-up gefahren hat, mit dem der Unfall verursacht wurde. Und das sollen wir glauben?«, entrüstete sich Horn.

Lyman zuckte mit den Schultern. »Ich interpretiere gar nichts. Ich habe das Video nicht gemacht, ich zeige es euch nur.«

»Hast du das Kennzeichen überprüfen lassen?«, wollte der Chief wissen.

»Ja, habe ich. Es war ein gefälschtes Kennzeichen aus Florida. Die Kombination gibt es nicht. Warum sollte sich jemand die Mühe machen und ein Kennzeichen fälschen, wenn er nichts Böses vorhat? Meiner Meinung nach ist das gefälschte Kennzeichen ein eindeutiger Hinweis darauf, dass die beiden Männer was damit zu tun haben. Der Beifahrer wurde von dem Airbag ins Gesicht getroffen, seine Nase hat angefangen zu bluten. Sie waren nicht so clever, Eis im Fluchtwagen mitzubringen, dem Fahrzeug mit den falschen Kennzeichen, das natürlich von dem anderen Typ aus dem Video gefahren wurde. Sie machen sich also aus dem Staub, und da sehen sie zufällig Frogs Laden, der so spät noch geöffnet hat. Sie sind auf der Flucht, nervös und vermutlich sowieso nicht die Schlauesten, daher denken sie nicht an die Überwachungskameras. Großer Fehler. Sie werden gefilmt, und es ist nur noch eine Frage der Zeit, bis wir sie finden.«

»Das wird nicht passieren, zumindest nicht jetzt und nicht von dir. Du bist entlassen«, sagte der Chief.

Lyman steckte es besser weg, als er erwartet hätte. Er starrte die drei Männer vor sich an, die alle die Arme vor ihren dicken Bäuchen verschränkt hatten. »Mit welcher Begründung?«

Der Chief setzte ein falsches Lächeln auf. »Ich muss keinen Grund dafür nennen. Du hast ein jederzeit kündbares

Dienstverhältnis, das steht explizit in der Satzung. Als Chief bin ich befugt, Dienststellenleiter zu feuern. Und das weißt du.«

»O ja, das weiß ich.« Lyman starrte die drei Männer nacheinander an. Ihm war klar, dass es vorbei war, aber ein bisschen Spaß wollte er schon noch haben. »Die da oben wollen also, dass die Ermittlungen unterdrückt werden, ja? Dieses Video wird nie an die Öffentlichkeit gelangen. Und die vielen Rätsel, die den Unfall umgeben, werden nie gelöst werden. Ein Mann wird getötet, und seine Mörder kommen ungeschoren davon. Sehe ich das richtig?«

»Verschwinde jetzt. Sofort«, blaffte der Chief.

»Das ist mein Büro. Außerdem habe ich noch meine Sachen hier.«

»Jetzt ist es nicht mehr dein Büro. Hol einen Karton und schaff deinen Kram raus. Wir warten so lange.«

»Soll das ein Witz sein?«

»Nein, das meine ich todernst. Beeil dich. Es ist Sonntagnachmittag.«

»*Ich* habe diese Besprechung nicht angesetzt.«

»Halt die Klappe und fang an zu packen. Gib mir deine Schlüssel und deine Waffen, lass die Finger von den Akten, such deine Sachen zusammen und dann mach, dass du hier rauskommst. Ach, und noch was, Lyman: Es versteht sich wohl von selbst, dass es in deinem eigenen Interesse ist, den Mund zu halten.«

»Natürlich. So läuft es ja immer hier. Wir stecken den Kopf in den Sand, schweigen und vertuschen alles für die da oben.«

»Du hast es kapiert, und jetzt kein Wort mehr«, erwiderte der Chief. Lyman begann, Schubladen aufzuziehen.

Michael klopfte zaghaft an die Tür von Lacys Krankenzimmer. Als er sie öffnete, wurden seine schlimmsten Befürchtungen bestätigt. Gunther war immer noch da! Er saß auf der Bettkante, ein kleines Backgammon-Brett zwischen sich und seiner Schwester. Widerwillig klappte er es zusammen und legte es auf das Sofa in seinem »Büro«. Michael und Lacy plauderten ein paar Minuten, dann fragte er vorsichtig: »Könnte ich mich ein paar Minuten unter vier Augen mit Lacy unterhalten?«

»Wozu?«, wollte Gunther wissen.

»Einige sensible Angelegenheiten.«

»Wenn es um ihren Job geht, kann das Gespräch bis morgen warten. Schließlich haben wir jetzt Sonntagabend, und sie ist absolut nicht in der Verfassung, sich mit Themen zu befassen, die etwas mit ihrer Arbeit zu tun haben. Wenn es um den Autounfall und die Ermittlungen und diesen ganzen Mist geht, werde ich das Zimmer auf keinen Fall verlassen. Lacy braucht einen Zeugen und meinen Rat.«

Lacy mischte sich nicht ein. Michael hob die Hände und kapitulierte. »Okay. Ich werde nicht über dienstliche Angelegenheiten sprechen.« Er setzte sich auf einen Stuhl an Lacys Bett und musterte ihr Gesicht. Die Schwellungen waren fast verschwunden, und die Blutergüsse hatten wieder einmal die Farbe gewechselt.

»Haben Sie schon etwas gegessen?«, erkundigte sich Gunther. »In der Cafeteria gibt es tiefgefrorene Sandwichs, die vor mindestens zwei Jahren hergestellt wurden und wie Dachpappe schmecken. Ich kann sie nicht empfehlen, aber ich habe drei davon gegessen und bin noch am Leben.«

»Ich glaube, darauf kann ich verzichten.«

»Dann vielleicht einen Kaffee? Gut ist er nicht, aber er lässt sich trinken.«

»Großartige Idee, vielen Dank«, antwortete Michael. Fast alles war recht, um ihn aus dem Zimmer zu bekommen. Gunther zog seine Schuhe an und marschierte los. Michael verschwendete keine Zeit. »Ich war heute Nachmittag bei Verna, und wie Sie sich denken können, ist die Stimmung in ihrem Haus noch sehr gedrückt.«

»Ich habe ihr zwei E-Mails geschickt, aber bis jetzt keine Antwort bekommen. Dann habe ich zweimal angerufen und mit der Person gesprochen, die den Anruf auf ihrem Handy entgegengenommen hat. Ich muss sie sehen.«

»Darüber wollte ich mit Ihnen reden, aber ich werde in dem Moment damit aufhören, in dem Ihr Bruder durch die Tür kommt. Das sollte besser unter uns bleiben. Verna ist immer noch nicht aus diesem Albtraum aufgewacht, was ja verständlich ist, und sie steht weiterhin unter Schock. Aber so langsam begreift sie, was passiert ist, und ich bin mir nicht sicher, was ich von dem halten soll, was ich gehört habe. Eine Gruppe von Hugos Freunden, zu denen auch zwei Rechtsanwälte gehören, mit denen er Jura studiert hat, geben ihr alle möglichen Ratschläge. Sie sind auf die Idee gekommen, einen Zivilprozess anzustrengen, und das Ziel sind die Tappacola. Dort ist das große Geld, und sie suchen nach Mitteln und Wegen, um da dranzukommen. Ehrlich gesagt sehe ich hier keine Haftung seitens des Stammes, auch wenn ich mich mit Deliktsrecht nicht auskenne. Nur weil der Unfall im Reservat passiert ist, heißt das noch lange nicht, dass die Indianer schuldhaft gehandelt haben. Außerdem unterliegt der Unfall Stammesrecht, und das ist etwas ganz anderes als unser Deliktsrecht. Da Hugo Beamter war, wird Verna für den Rest ihres Lebens die Hälfte seines Gehalts bekommen. Wie wir wissen, ist das nicht viel. Er hatte eine private Lebensversicherung über hunderttausend Dollar abgeschlossen, bei deren Auszahlung es keine Probleme geben dürfte. Dann ist da die Haftpflichtversicherung des gestohlenen Pick-ups. Laut dem Mann, der anscheinend der Sprecher der Gruppe und ein absoluter Schwätzer ist, war der Pick-up bei

Southern Mutual versichert und hatte eine Deckungssumme von zweihundertfünfzigtausend Dollar. Er wurde zwar gestohlen, aber der Versicherungsschutz bestand angeblich trotzdem. Es könnte zu einem Prozess kommen, aber er glaubt, dass sie gute Chancen haben. Ich bin mir da nicht so sicher. Und jetzt wird es richtig kompliziert. Anscheinend wollen sie Toyota wegen des defekten Sicherheitsgurts und Airbags verklagen. Was dann zwangsläufig auch Sie und Ihre Versicherung betreffen würde, und genau das gefällt mir an dem ganzen Gerede nicht.«

»Soll das ein Witz sein? Verna gibt mir die Schuld an dem Unfall?«

»Zurzeit gibt Verna allen die Schuld. Sie ist verzweifelt, sie hat Angst, und sie kann nicht klar denken. Außerdem bin ich mir nicht so sicher, ob sie gut beraten wird. Ich hatte den Eindruck, diese Typen sitzen um den Tisch – Vernas Tisch – und schmieden Pläne, um jeden zu verklagen, der auch nur im Entferntesten etwas mit Hugos Tod zu tun hat. Ihr Name ist ein paarmal gefallen, und ich habe keinen Einwand von Verna gehört.«

»Sie haben vor Ihnen darüber gesprochen?«

»Es war ihnen völlig egal, ob ich es höre oder nicht. Im Haus wimmelt es nur so von Leuten, und es werden immer noch Schüsseln mit Essen abgegeben. Tanten, Onkel, Cousins, jeder, der eine Meinung hat, kann sich einen Cupcake schnappen und einen Stuhl an den Tisch schieben.«

»Michael, das glaube ich nicht. Verna und ich sind seit Jahren befreundet!«

»Es wird dauern, Lacy. Es wird dauern, bis Ihre Wunden heilen, und es wird dauern, bis Vernas Wunden heilen. Sie ist ein guter Mensch, und wenn sie den ersten Schock überwunden hat, wird sie sich wieder fangen. Aber zurzeit würde ich erst einmal Abstand halten.«

»Das glaube ich nicht«, murmelte Lacy erneut.

Gunther platzte herein, ein Tablett mit drei Bechern dampfendem Kaffee in der Hand. »Das Zeug *riecht* sogar grauenhaft«, verkündete er. Er verteilte den Kaffee und entschuldigte sich, während er ins Bad ging.

Michael beugte sich vor und flüsterte: »Wann reist er ab?«

»Morgen. Versprochen.«

»Keine Sekunde zu früh.«

19

ANN STOLTZ TRAF AM SPÄTEN Montagmorgen ein, um ein, zwei Tage mit ihrer Tochter zu verbringen. Zum Glück war ihr Sohn gerade nicht im Zimmer, allerdings war offensichtlich, dass er sein Büro noch nicht aufgelöst hatte. Lacy erklärte, dass Gunther ein paar Besorgungen mache. Die gute Nachricht war, dass er um die Mittagszeit abreisen würde, da Atlanta während seiner Abwesenheit natürlich vor dem Kollaps stand und gerettet werden musste. Die noch bessere Nachricht war, dass ihr Arzt vorhatte, sie am nächsten Tag zu entlassen. Sie hatte ihn davon überzeugt, dass ihre Haare genauso schnell wuchsen, wenn sie zu Hause im Bett lag.

Eine Schwester zog Fäden, während Ann über den neuesten Klatsch in Clearwater sprach. Ein Physiotherapeut verbrachte eine halbe Stunde damit, Lacys Muskeln zu dehnen, und gab ihr eine Broschüre mit Übungen, die sie jeden Tag zu Hause machen sollte. Dann kam Gunther zurück, mit einer Riesentüte Gourmet-Sandwichs und der Nachricht, dass er dringend nach Hause müsse. Nach einer Stunde mit seiner Mutter konnte er es nicht erwarten, das Krankenhaus zu verlassen. Und Lacy brauchte nach vier Tagen mit ihm eine Pause.

Als er sich verabschiedete, wischte er sich Tränen aus dem Gesicht. Er flehte Lacy geradezu an, sich bei ihm zu melden, wenn sie etwas brauchte, aber vor allem, wenn Schadensregulierer und Anwälte auf der Jagd nach Unfallmandaten angekrochen kamen. Er wisse genau, wie man mit solchen Leuten umgehen müsse. Auf dem Weg nach draußen gab er seiner Mutter einen flüchtigen Kuss auf die Wange, dann war er weg. Lacy schloss die Augen und genoss die Stille.

Am darauffolgenden Tag, einem Dienstag, fuhr ein Pfleger Lacy im Rollstuhl aus dem Krankenhaus und half ihr in Anns Wagen. Sie wäre durchaus in der Lage gewesen, zu Fuß zu gehen, doch das Krankenhaus beharrte auf seinen Vorschriften. Fünfzehn Minuten später hielt Ann auf dem Parkplatz neben Lacys Wohnung. Lacy starrte das Gebäude an. »Ich war nur acht Tage weg, aber es kommt mir vor wie ein ganzer Monat.«

»Ich hole die Krücken«, sagte Ann.

»Ich brauche keine Krücken, und ich werde sie auch nicht benutzen.«

»Aber der Physiotherapeut hat gesagt …«

»Mom, bitte. Er ist nicht hier, und ich weiß, was ich kann.«

Sie ging, ohne zu hinken, in ihre Wohnung. Simon, ihr britischer Nachbar, wartete schon auf sie. Er hatte sich um Frankie, die Französische Bulldogge, gekümmert. Als Lacy den Hund sah, ging sie vorsichtig in die Hocke und nahm ihn auf den Arm.

»Wie sehe ich aus?«, fragte sie Simon.

»Ziemlich gut, würde ich sagen, trotz allem. Es könnte schlimmer sein.«

»Du hättest mich vor einer Woche sehen sollen.«

»Es ist schön, dass du wieder da bist, Lacy. Wir haben uns große Sorgen um dich gemacht.«

»Wie wäre es mit einer Tasse Tee?«

Lacy war froh, nicht mehr im Krankenhaus zu sein, und redete munter drauflos, während Simon und Ann zuhörten und lachten. Hugo und der Unfall wurden mit keinem Wort erwähnt. Davon würde sie später noch genug hören. Lacy erzählte eine Gunther-Geschichte nach der anderen, die jetzt, nachdem er abgereist war, sogar noch lustiger klangen.

»Er ist bei seinem Vater aufgewachsen, nicht bei mir«, sagte Ann immer wieder.

Am Nachmittag telefonierte Lacy mit Freunden, machte ab und zu ein Nickerchen, dehnte sich exakt so, wie ihr geheißen worden war, hörte damit auf, Schmerztabletten zu nehmen, knabberte Nüsse und Fruchtschnitten und sah sich ein paar Akten aus dem Büro an.

Um sechzehn Uhr kam Michael zu einer Besprechung vorbei, und Ann fuhr zum nächsten Einkaufszentrum. Michael behauptete, einen steifen Rücken zu haben und Bewegung zu brauchen. Daher lief er vor dem großen Fenster ihrer Wohnung auf und ab, während er redete und redete. Er wirkte aufgewühlt, als würden seine Gedanken ihn quälen. »Wollen Sie sich nicht doch krankschreiben lassen?«, fragte er. »Wir zahlen Ihr Gehalt dreißig Tage weiter.«

»Und was soll ich dreißig Tage lang hier machen? Mir die Haare ausreißen, während sie gerade erst wieder anfangen zu wachsen?«

»Sie brauchen Ruhe. Das haben die Ärzte gesagt.«

»Vergessen Sie's«, erwiderte sie geradeheraus. »Ich nehme keine Auszeit. Nächste Woche bin ich wieder im Büro, einschließlich Narben und allem Drum und Dran.«

»Das habe ich mir schon gedacht. Haben Sie inzwischen mit Verna geredet?«

»Nein. Sie haben mir davon abgeraten, schon vergessen?«

»Stimmt. Seit Sonntag hat sich nichts geändert. Sie hat kein Geld, was natürlich keine Überraschung ist, und möchte die Lebensversicherung so schnell wie möglich ausgezahlt bekommen.«

»Michael, Sie wissen doch, was er verdient hat. Ihr Geld hat immer nur von Woche zu Woche gereicht. Können wir irgendwie helfen?«

»Ich glaube nicht. Wir sind alle nicht gerade überbezahlt. Außerdem ist es eine große Familie. Verna wird schon zurechtkommen, bis die Schecks eintreffen. Langfristig gesehen könnte es mit vier Kindern und einem halben Gehalt allerdings eng werden.«

»Es sei denn, die Schadensersatzklagen haben Erfolg.«

»Was alles andere als sicher ist.« Er blieb stehen und trank einen Schluck Wasser. Lacy lag auf dem Sofa, völlig erschöpft von den ersten Stunden ihrer wiedererlangten Freiheit. »Wir haben noch zwei Wochen«, sagte er. »Zwei Wochen, um McDover die Dienstaufsichtsbeschwerde zuzustellen oder das Ganze im Sand verlaufen zu lassen. Wollen Sie den Fall immer noch, oder soll ich ihn Justin geben?«

»Der Fall gehört mir, Michael. Jetzt erst recht.«

»Warum überrascht mich das nicht? Wenn ich ehrlich bin, glaube ich nicht, dass Justin schon so weit ist oder dass er den Fall überhaupt haben will. Was ich ihm nicht verübeln kann.«

»Ich behalte den Fall.«

»Also gut. Haben Sie einen Plan? Der Stand der Dinge ist: Wir haben eine Dienstaufsichtsbeschwerde von unserem Freund Greg Myers, der untergetaucht ist und das besser auch bleibt. Darin wird McDover unterstellt, dass sie sich bestechen ließ, und zwar mit vier Immobilien in Rabbit Run, die ihr von einigen Bauunternehmern überlassen wurden als Gegenleistung für entsprechende richterliche Entscheidungen. Die Beschwerde enthält wenig Konkretes und keine Beweise. Sie nennt die Namen der ausländischen Firmen, die offiziell die Eigentümer der Immobilien sind, aber wir haben keine Möglichkeit zu beweisen, dass McDover dahintersteckt. Wir können mit Anordnungen zu ihr marschieren und die

Herausgabe von Akten, Aufzeichnungen und so weiter verlangen, aber ich habe ernsthafte Zweifel, dass es etwas bringen wird. Wenn das Ganze tatsächlich so ausgeklügelt ist, wie Myers sagt, fällt es mir schwer zu glauben, dass McDover auch nur ein einziges der belastenden Dokumente an einem Ort aufbewahrt, an dem man es finden könnte. Daher ist es vermutlich am besten, wenn wir uns die Anordnungen für später aufheben. McDover wird sich erst einmal ein paar Anwälte nehmen und mit sämtlichen juristischen Mitteln gegen uns vorgehen. Die Angelegenheit wird sich zu einem Schlagabtausch entwickeln, bei dem jede Maßnahme unsererseits von der anderen Seite angefochten wird. Am Ende ist es sehr wahrscheinlich, dass McDover beweisen kann, dass sie die Immobilien als Kapitalanlage gekauft hat, was in Florida schon öfter vorgekommen sein soll.«

»Sie klingen nicht gerade begeistert.«

»Ich bin nie begeistert, wenn es um einen unserer Fälle geht, aber wir haben keine andere Wahl. Inzwischen glauben wir Myers beide. Wir glauben das, was in der Dienstaufsichtsbeschwerde steht, und wir glauben seine anderen Geschichten über Korruption in großem Stil, Geldwäsche, Bestechung, ganz zu schweigen von Mord.«

»Da Sie gerade Mord erwähnen, sollten wir auch darüber reden. Das war kein Einzeltäter, Michael. Es war eine Bande. Der Informant, der uns zu einem abgelegenen Ort im Reservat gelockt hat und dann mitten im Satz verschwunden ist. Der Typ, der den Pick-up gefahren hat. Sein Partner, der unsere Handys eingesteckt und den anderen im Fluchtwagen mitgenommen hat. Und der Typ, der den Pick-up gestohlen hat. Jemand hat die Sicherheitsgurte und die Airbags in meinem Auto manipuliert. Bei so viel Fußvolk muss es irgendwo ein oder zwei Gehirne geben, die das Sagen haben. Es spricht alles für eine Bande. Wenn wir davon ausgehen, dass Dubose dahintersteckt – und ich wüsste wirklich nicht, wen ich Ihnen sonst als Verdächtigen vorschlagen sollte –, klingt das doch genau wie die Art von Gewalt, die typisch für ihn ist. Hugo wurde ermordet, und dieses Verbrechen werden wir nicht aufklären können. Ich bezweifle auch, dass die Tappacola es können.«

»Soll das heißen, Sie wollen das FBI einschalten?«

»Wir wissen beide, dass es irgendwann darauf hinausläuft. Die Frage ist nur, wann das sein wird. Wenn wir das FBI jetzt schon zu der Party einladen, gehen wir das Risiko ein, Greg Myers vor den Kopf zu stoßen, der aufgrund des Maulwurfs immer noch die wichtigste Rolle spielt. Wenn Myers verschwindet, verlieren wir eine Quelle, die wir nicht ersetzen können. Eine großartige Quelle, mit der wir den Fall vielleicht irgendwann knacken können. Und deshalb warten wir. Wir stellen McDover die Beschwerde zu, woraufhin sie genau das tun wird, was Sie schon erwähnt haben: Sie wird sich eine ganze Horde von Anwälten besorgen. Aber sie wird nicht wissen, was wir wissen. Sie und Dubose werden davon ausgehen, dass wir glauben, der arme Hugo wäre von einem betrunkenen Autofahrer getötet worden. Sie werden annehmen, dass wir nichts von ihrer Schwäche für Privatjets, teure Reisen, Trips nach New York, Singapur, Barbados, was auch immer wissen. Sie werden keine Ahnung haben, dass wir von Phyllis Turban wissen. Alles, was wir haben, ist eine wenig überzeugende Dienstaufsichtsbeschwerde, die von einem Typ unterschrieben wurde, von dem sie noch nie etwas gehört haben und den sie nicht finden können.«

»Warum machen wir uns dann die Mühe, Ermittlungen anzustellen?«, fragte Michael. Lacy war eindeutig wieder zurück, und ihr Verstand arbeitete auf Hochtouren. Die Gehirnschwellung hatte offensichtlich keine bleibenden Schäden verursacht. Wie immer konnte sie die Fakten schneller als jeder andere beurteilen und verlor nie die Zusammenhänge aus den Augen.

»Dafür gibt es zwei Gründe, und beide sind gleich wichtig«, erklärte sie. »Erstens, um Myers bei Laune zu halten, schließlich soll er ja weitergraben. Wir werden diesen Fall vermutlich nur mit Dreck von unserem Maulwurf knacken können, der eine Menge weiß und Zugang zur Richterin hat. Zweitens, wir müssen herausbekommen, wie McDover auf die Dienstaufsichtsbeschwerde reagiert. Myers hat wahrscheinlich recht. Sie hat keine Ahnung, was auf sie zukommt. In den letzten elf Jahren haben sie und Dubose das County ungestraft terrorisieren können, sie haben Bargeld aus dem Kasino abgeschöpft, jeden bestochen, der die Stirn gerunzelt hat, Beine gebrochen oder Schlimmeres angestellt. Es war viel zu leicht verdientes Geld, und vermutlich sind die beiden inzwischen unvorsichtig geworden. Denken Sie mal darüber nach, Michael. Das Geld fließt seit elf Jahren, und bisher hat noch nie jemand in dieser Sache ermittelt. Wenn wir jetzt mit einer Dienstaufsichtsbeschwerde bei ihr auftauchen, bringt das ihre Welt ins Wanken.«

Michael hörte auf, durch die Wohnung zu wandern, und starrte ein sonderbares Gebilde mit vier unterschiedlichen Beinen an. »Ein Stuhl?«, fragte er.

»Richtig. Eine Philippe-Starck-Kopie.«

»Wohnt er hier in der Gegend?«

»Nein. Der Stuhl funktioniert. Setzen Sie sich.«

Michael ließ sich langsam auf den Stuhl sinken und schien überrascht zu sein, dass er nicht zusammenbrach. Als er einen Blick aus dem Fenster warf, konnte er in einiger Entfernung das State Capitol sehen. »Schöne Aussicht.«

»So viel zu meinem Plan«, sagte Lacy. »Haben Sie einen anderen?«

»Nein, zurzeit nicht.«

20

AM MITTWOCH WAR LACY SO LANGWEILIG, dass sie mit dem Gedanken spielte, ins Büro zu fahren. Ihr Gesicht war schon fast verheilt, aber sie zögerte immer noch, sich in diesem Zustand von ihren Kollegen sehen zu lassen. Ann ging einkaufen, erledigte Besorgungen und tat alles, was Lacy wollte, aber auch ihr wurde allmählich langweilig. Sie fuhr Lacy zum Supermarkt und zu einem Arzttermin. Sie fuhr sie zu einem Schadensregulierer der Versicherung, der ihr für den Prius – Totalschaden – einen Scheck in die Hand drückte. Ann war eine grauenhafte Fahrerin und ignorierte den Verkehr um sich herum einfach. Lacy erstarrte vor Angst, als sie die vielen Autos sah, und die riskante Fahrweise ihrer Mutter war ihr keine große Hilfe.

Sie schlief durch und brauchte keine Schmerzmittel mehr. Ihre Physiotherapie machte Fortschritte, und ihr Appetit kehrte zurück. Daher war es keine große Überraschung, als Ann beim Abendessen am Mittwoch verkündete, dass sie nach Hause müsse. Lacy bestärkte sie geschickt in ihrem Entschluss. Sie war ihrer Mutter sehr dankbar für die Hilfe, aber jetzt war sie eindeutig auf dem Weg der Besserung und brauchte keinen Babysitter mehr. Sie wollte ihre Wohnung für sich allein haben.

Außerdem hatte sie jemanden kennengelernt, einen Physiotherapeuten, der am späten Dienstag für eine kurze Sitzung vorbeigekommen war und von Ann argwöhnisch im Auge behalten wurde. Er hieß Rafe und war Mitte zwanzig, gute zehn Jahre jünger als Lacy, was diese aber nicht im Geringsten störte. Als er mit ihrem Knie arbeitete, flogen ein, zwei Funken hin und her, und vielleicht noch einer, als sie sich verabschiedeten. Er schien sich nicht an ihren Schnittverletzungen und Blutergüssen zu stören. Am Mittwochabend schickte sie ihm eine kurze E-Mail, auf die er innerhalb einer Stunde antwortete. Nachdem einige weitere E-Mails hin- und hergegangen waren, stand fest, dass keiner von ihnen in einer Beziehung war und beide Interesse daran hatten, sich auf einen Drink zu treffen.

Vielleicht, dachte Lacy, hatte diese Katastrophe doch noch etwas Gutes gebracht.

Als sie im Bett lag und in einer Zeitschrift blätterte, stellte sie überrascht fest, dass eine E-Mail von Verna gekommen war:

Lacy,

es tut mir leid, dass ich nicht früher geschrieben oder angerufen habe. Ich hoffe, es geht Dir gut und Du erholst Dich langsam.
Ich fühle mich, als wäre mein Leben in der Schwebe. Genau genommen bin ich von allem und jedem überfordert. Die Kinder sind völlig durcheinander und wollen nicht zur Schule gehen. Pippin weint noch mehr als vorher. Manchmal weinen sie alle zusammen, und ich will einfach nur noch aufgeben. Aber ich weigere mich, vor ihnen zusammenzubrechen. Sie brauchen jemanden, der stark ist, daher gehe ich unter die Dusche und heule mir dort die Augen aus. Ich bringe die Tage nur mit Mühe hinter mich und hasse den Gedanken an den nächsten Tag.
Ein Tag ohne Hugo. Die nächste Woche, der nächste Monat, das nächste Jahr ohne Hugo. Ich kann die Zukunft nicht sehen. Die Gegenwart ist ein Albtraum. Die Vergangenheit scheint so lange her zu sein und so glücklich, dass mir übel wird. Meine Mutter ist hier, meine Schwester auch, daher habe ich jede Menge Hilfe für die Kinder. Aber nichts ist real; alles wirkt so künstlich. Sie

können nicht bleiben, daher werden sie bald wieder gehen, und dann stehe ich da mit vier Kindern und habe keinen Mann mehr. Ich würde gern mit Dir reden, aber nicht jetzt. Ich brauche etwas Zeit. Wenn ich an Dich denke, muss ich an Hugo denken und daran, wie er gestorben ist. Es tut mir leid. Bitte gib mir etwas Zeit. Und antworte nicht.
Verna.

Lacy las die E-Mail zweimal durch und widmete sich dann wieder ihrer Zeitschrift. Sie wollte morgen über Verna nachdenken.

Am späten Donnerstagvormittag reiste Ann schließlich ab, einige Stunden später, als Lacy gehofft hatte. Sie machte es sich mit Frankie auf der Couch bequem und genoss die Stille, nachdem zehn Tage lang ständig jemand in ihrer Nähe gewesen war. Sie schloss die Augen und hörte nichts, was ganz wunderbar war. Dann dachte sie an Verna und die schrecklichen Geräusche, die jetzt durch das Haus der Familie Hatch hallen mussten – weinende Kinder, klingelnde Telefone, Schritte von Verwandten, die ständig ein und aus gingen. Sie hatte ein schlechtes Gewissen, weil es bei ihr so angenehm ruhig war.

Lacy war gerade dabei einzuschlafen, als Frankie leise knurrte. Vor der Haustür stand jemand.

Sie stellte sich an das große Fenster und sah sich den Besucher genauer an. Die Tür war verriegelt. Sie fühlte sich sicher. Sie brauchte nur einen Knopf an der Alarmanlage zu drücken, um ein Notsignal auszulösen. Der Mann kam ihr irgendwie vertraut vor – tief gebräunt, jede Menge lange graue Haare.

Da erkannte sie ihn. Greg Myers. Auf dem Trockenen.

Sie meldete sich über die Gegensprechanlage. »Hallo?«

»Ich suche Lacy Stoltz.« Eindeutig Myers' Stimme.

»Wer sind Sie?«

»Mein Name ist Myers.«

Lacy öffnete die Tür und begrüßte ihn lächelnd. Als er hereinkam, warf sie schnell einen Blick auf den Parkplatz, konnte aber nichts Ungewöhnliches feststellen.

»Wo haben Sie den Panamahut und das Hawaiihemd gelassen?«, fragte sie.

»Die sind für das Boot reserviert. Was ist mit Ihren Haaren passiert?«

Sie deutete auf die hässliche Narbe an ihrem Kopf. »Vierundzwanzig Stiche. Tut immer noch ziemlich weh.«

»Sie sehen großartig aus, Lacy. Ich hatte solche Angst, dass Sie schwer verletzt worden sind. In den Zeitungen stand nicht viel über Ihren Zustand, nur dass Sie eine Kopfverletzung haben.«

»Setzen Sie sich. Sie möchten sicher ein Bier haben.«

»Nein, ich muss noch fahren. Wasser, bitte.«

Nachdem Lacy zwei Flaschen Sprudelwasser aus dem Kühlschrank geholt hatte, setzten sie sich an einen kleinen Tisch in der Frühstücksnische. »Dann lesen Sie also immer noch Zeitungen?«

»Ja, eine alte Gewohnheit. Da ich auf einem Boot lebe, brauche ich ein wenig Kontakt zur Realität.«

»Ich habe seit dem Unfall keine Zeitung mehr gelesen.«

»Sie haben nicht viel verpasst. Hugo und Sie sind schon Schnee von gestern.«

»Ich nehme an, es war ziemlich einfach für Sie, mich zu finden.«

»Sehr einfach. Sie versuchen ja nicht gerade, sich zu verstecken.«

»So würde ich nicht leben wollen, Greg. Ich habe keine Angst.«

»Muss schön sein. Lacy, hören Sie, ich bin gerade fünf Stunden von Palm Harbor hierhergefahren. Ich will wissen, was passiert ist. Sie müssen es mir sagen. Es war kein Unfall, habe ich recht?«

»Ja, es war kein Unfall.«

»Okay. Ich höre.«

»Wir werden reden, aber zuerst muss ich Sie etwas fragen. Benutzen Sie immer noch die gleichen Handys wie vor einem Monat?«

Er überlegte kurz. »Eines davon.«

»Wo ist es jetzt gerade?«

»Auf dem Boot. In Palm Harbor.«

»Ist Carlita auf dem Boot?«

»Ja. Warum?«

»Können Sie Carlita anrufen und ihr sagen, dass sie das Handy suchen und über Bord werfen soll? Jetzt sofort! Sie haben keine andere Wahl.«

»Kein Problem.« Myers zog ein Wegwerfhandy aus der Tasche und tat, wie ihm geheißen. »Und was soll das?«, fragte er, als er das Gespräch beendet hatte.

»Es gehört zu der Geschichte dazu.«

»Na, dann lassen Sie mal hören.«

Während Lacy erzählte, drückte Myers hin und wieder sein Bedauern aus, aber manchmal schien ihn die Tragödie auch kaltzulassen. »Das war ein Fehler«, murmelte er mehr als einmal, als Lacy beschrieb, wie der Informant sie in die Falle gelockt hatte.

»Gab es eine Obduktion?«, wollte er wissen.

Soweit Lacy wusste, war von einer Obduktion nie die Rede gewesen. »Nein. Warum hätte es eine Obduktion geben sollen?«

»Ich weiß es nicht. Ich bin nur neugierig.«

Sie schloss die Augen und tippte sich mit den Fingern auf die Stirn, als wäre sie in Trance.

»Was ist denn?«, fragte Myers.

»Er hatte eine Lampe. Eine Lampe auf seinem Kopf, wie ein Bergarbeiter oder so.«

»Eine Stirnlampe.«

»Ich glaube, ja. Ich sehe sie vor mir. Er hat mich durch das kaputte Fenster angestarrt.«

»Haben Sie sein Gesicht gesehen?«

»Nein, das Licht war zu grell.« Sie legte die Hände auf das Gesicht und massierte sich mit den Fingerspitzen die Stirn. Eine Minute verstrich, dann noch eine.

»Haben Sie den anderen Mann gesehen?«, fragte Myers behutsam.

Sie schüttelte den Kopf. »Nein, das Bild ist weg. Ich weiß, dass es zwei gewesen sind, zwei Männer, die um das Auto herumgelaufen sind. Einer mit dieser Stirnlampe, und der andere hatte, glaube ich, eine normale Taschenlampe. Ich habe ihre Schritte gehört, als sie auf Glassplitter getreten sind.«

»Haben die Männer etwas gesagt?«

»Nichts, an das ich mich erinnern könnte. Ich war total benommen.«

»Sie hatten eine Gehirnerschütterung. Das kann das Gedächtnis ganz schön durcheinanderbringen.«

Sie lächelte, stand auf und ging zum Kühlschrank, aus dem sie Orangensaft nahm.

»Was für Mobiltelefone haben Sie benutzt?«

»Ältere BlackBerrys, Diensttelefone vom BJC.« Lacy goss zwei Gläser ein und stellte sie auf den Tisch. »Privat habe ich ein iPhone, aber das hatte ich hiergelassen. Hugo hat sein Diensthandy für alles benutzt, auch für Persönliches. Ich glaube, er hatte kein anderes. Unser IT-Techniker sagt, es sei unmöglich, sich in unsere Diensttelefone zu hacken.«

»Aber es ist zu schaffen. Für die richtige Summe macht das jeder gute Hacker.«

»Der Techniker hat gesagt, dass wir uns keine Sorgen machen sollen. Er hat auch versucht, die Handys zu orten, bekommt aber kein Signal, was bedeutet, dass sie vermutlich irgendwo auf dem Meeresboden liegen.«

»Ich mache mir über alles Sorgen. Deshalb bin ich noch am Leben.«

Lacy ging zum Küchenfenster und starrte die Wolken draußen an. Mit dem Rücken zu Myers fragte sie: »Greg, was wollen die mit Hugos Tod bezwecken?«

Er stand auf und vertrat sich die Beine. Nachdem er einen Schluck Orangensaft getrunken hatte, erwiderte er: »Einschüchterung. Irgendwie haben sie Wind davon bekommen, dass Sie und Hugo herumschnüffeln, also haben sie reagiert. Was die Polizei angeht, sieht es wie ein Unfall aus. Aber dass die Handys verschwunden sind, war eine Nachricht für Sie und das BJC.«

»Könnte ich die Nächste sein?«

»Das bezweifle ich. Die hätten Sie ohne Weiteres nach dem Zusammenstoß umbringen können. Ein Toter genügt als Warnung. Wenn Ihnen jetzt etwas zustoßen würde, würde das sofort mehrere Regierungsbehörden auf den Plan rufen.«

»Und was ist mit Ihnen?«

»Ich werde nie sicher sein. Ihr oberstes Ziel wird sein, Greg Myers zu finden, wer auch immer das ist, und ihn, mich, ohne Aufsehen aus dem Weg zu schaffen. Aber sie werden mich nicht finden.«

»Können sie den Maulwurf finden?«

»Nein, ich glaube nicht.«

»Ganz schön viele Unsicherheiten.«

Myers trat zum Fenster und stellte sich neben sie. Es hatte angefangen zu regnen, die Tropfen schlugen gegen die Scheibe. »Wollen Sie aufhören?«, fragte er. »Ich könnte die Dienstaufsichtsbeschwerde zurückziehen und mit meinem früheren Leben weitermachen. Sie könnten das dann auch. Sie haben genug Blut vergossen. Das Leben ist zu kurz.«

»Das kann ich nicht machen, Greg, nicht jetzt. Wenn wir aufgeben, gewinnen die bösen Jungs schon wieder. Hugo wäre umsonst gestorben. Das BJC wäre nur noch ein Witz. Nein, ich mache weiter.«

»Und wie soll das Ganze zu Ende gehen?«

»Die Korruption wird aufgedeckt. McDover, Dubose und Konsorten werden angeklagt und verurteilt. Der Maulwurf bekommt seine Belohnung. Hugos Tod wird untersucht, und diejenigen, die dafür verantwortlich sind, werden zur Rechenschaft gezogen. Junior Mace ist nach fünfzehn Jahren in der Todeszelle ein freier Mann. Und wer auch immer Son Razko und Eileen Mace getötet hat, kommt vor Gericht.«

»Noch etwas?«

»Nein. Damit dürfte ich für die nächste Zeit auch genug zu tun haben.«

»Sie schaffen das nicht allein, Lacy. Sie brauchen eine Menge Hilfe.«

»Ja, ich brauche Hilfe, und hier kommt das FBI ins Spiel. Es hat Ressourcen und Erfahrung mit so etwas, wir nicht. Wenn wir diesen Fall knacken wollen und die bösen Jungs ins Gefängnis sollen, müssen Sie Ihre Einstellung zum FBI ändern.«

»Sie gehen davon aus, dass es Ermittlungen anstellen wird?«

»Ja, aber da könnte ich mich auch irren.«

»Wann werden Sie sich mit dem FBI in Verbindung setzen?«

»Es ist unwahrscheinlich, dass es sich mit der Sache beschäftigt, wenn wir nicht zuerst damit anfangen. Wie Sie wissen, steckt es seine Nase nur mit allergrößtem Widerwillen in Indianerangelegenheiten. Daher haben wir vor, McDover die Dienstaufsichtsbeschwerde zuzustellen. Sie hat dann dreißig Tage Zeit für ihre Stellungnahme. Wir werden nichts überstürzen.«

»Sie müssen meine Identität zu jeder Zeit schützen, Lacy. Wenn Sie mir das nicht versprechen, bin ich draußen. Und ich werde nicht direkt mit dem FBI zusammenarbeiten. Sie schon, und ich werde alles an Sie weiterleiten, was wir von unserem Maulwurf bekommen, aber ich werde keinen Kontakt zum FBI haben. Verstanden?«

»Verstanden.«

»Und seien Sie vorsichtig. Diese Leute sind gefährlich. Und sie haben viel zu verlieren.«

»Das ist mir klar, Greg. Schließlich haben sie Hugo getötet.«

»Ja, und das tut mir sehr leid. Ich wünschte, ich hätte Sie nie angerufen.«

»Dafür ist es jetzt zu spät.«

Myers zog ein schmales Wegwerfhandy aus der Tasche. »Benutzen Sie das für die nächsten vier Wochen. Ich habe auch eines.«

Lacy ließ es auf ihrer Handfläche liegen, als wäre es gestohlen. Schließlich nickte sie. »Okay.«

»In dreißig Tagen schicke ich Ihnen ein neues. Passen Sie gut darauf auf. Wenn die falschen Leute es in die Finger bekommen, bin ich ein toter Mann. Und bei Ihnen wäre ich mir dann auch nicht mehr so sicher.«

Sie sah ihm nach, als er in einem Mietwagen mit Ohio-Kennzeichen davonfuhr, während sie das billige Handy in der Hand hielt und sich fragte, wie um alles in der Welt sie in so einen Schlamassel hineingeraten war. In ihren ersten neun Jahren beim BJC war ihr interessantester Fall ein Richter am Bezirksgericht in Duval County gewesen. Er hatte attraktiven Frauen nachgestellt, deren Scheidungsverfahren auf seiner Prozessliste standen. Außerdem hatte er Gerichtsstenografinnen, Angestellte und Sekretärinnen belästigt, eigentlich jede Frau, die eine gute Figur und das Pech hatte, in die Nähe seines Gerichtssaals zu kommen. Lacy hatte dafür gesorgt, dass er zurücktrat, später musste er dann auch ins Gefängnis.

Aber so etwas wie diesen Fall hatte sie noch nicht erlebt.

Der unvermeidliche Moment war gekommen, und Lacy war nicht bereit. Sie würde es auch nie sein, aber sie hatte keine andere Wahl. Simon, ihr Nachbar, hatte eingewilligt, mitzufahren und alles mit ihr zusammen durchzugehen. Zögernd trat sie zu dem kleinen Leihwagen, einem Ford, der von der Versicherung bezahlt und tags zuvor auf dem Parkplatz vor ihrer Wohnung abgestellt worden war. Sie öffnete die Tür und schob sich langsam hinter das Steuer. Dann packte sie mit beiden Händen das Lenkrad und spürte, wie ihr Puls unter ihren Fingern hämmerte. Simon stieg ein, legte den Sicherheitsgurt an und schlug vor, dass sie das Gleiche tat. Sie steckte den Schlüssel ins Schloss, ließ den Motor an und saß wie gelähmt da, während die Klimaanlage langsam auf Touren kam.

»Tief Luft holen«, sagte er. »Ist ganz einfach.«

»Da ist überhaupt nichts Einfaches dran.« Sie legte den Rückwärtsgang ein und nahm den Fuß von der Bremse. Als der Wagen sich bewegte, wurde ihr schwindlig, und sie trat wieder auf die Bremse.

»Komm schon, Lacy. Bringen wir's hinter uns«, meinte Simon, ganz typischer Brite, der durch nichts zu erschüttern war. »Du hast keine andere Wahl.«

»Ich weiß, ich weiß.« Lacy nahm den Fuß wieder von der Bremse und rollte Zentimeter für Zentimeter nach hinten. Sie fuhr den Wagen aus der Lücke, dann blieb sie stehen und stellte den Ganghebel auf »Drive«. Auf dem kleinen Parkplatz neben ihrer Wohnung bewegte sich kein anderes Auto, aber sie hatte trotzdem Angst vor ihnen.

»Lacy, damit sich das Fahrzeug vorwärtsbewegen kann, muss man den Fuß von der Bremse nehmen«, sagte Simon etwas zu gut gelaunt.

»Ich weiß, ich weiß«, wiederholte sie leise. Der Ford rollte langsam vorwärts, dann hielt sie vor der Straße, auf der selbst zu Stoßzeiten nur wenig Verkehr war.

»Nach rechts«, forderte Simon sie auf. »Es kommt nichts.«

»Meine Hände sind ganz feucht«, beschwerte sie sich.

»Meine auch. Es ist höllisch heiß hier drin. Und jetzt fahr, Lacy. Du machst das gut. Alles in Ordnung.«

Sie bog in die Straße ein und beschleunigte. Es war unmöglich, die Erinnerung an ihre letzte Fahrt zu ignorieren, aber sie tat ihr Bestes. Selbstgespräche schienen zu helfen. »Ich schaffe das. Ich schaffe das«, murmelte sie vor sich hin.

»Du machst das großartig, Lacy. Ein bisschen schneller, bitte.«

Sie starrte auf den Tachometer, dessen Zeiger bei dreißig Stundenkilometern stehen geblieben war, dann wurde sie langsamer und rollte im Schritttempo auf ein Stoppschild zu. Sie fuhr einen Block weiter, dann noch einen. Fünfzehn Minuten später stand sie wieder in ihrer Wohnung, mit trockenem Mund und völlig durchgeschwitzt.

»Sollen wir gleich noch mal eine Runde drehen?«, fragte Simon.

»Gibt mir eine Stunde«, bat sie stöhnend. »Ich muss mich hinlegen.«

»Wie du möchtest. Ruf einfach an.«

21

KEINER DER DREI WAR JE in Sterling gewesen, einer sehr kleinen Stadt mit nur dreitausendfünfhundert Einwohnern, und nach einer schnellen Runde um das ausgesprochen hässliche Gerichtsgebäude waren sich alle sicher, dass sie kein zweites Mal herkommen würden. Michael parkte den SUV in der Nähe eines Kriegerdenkmals, dann stiegen sie aus. Zielstrebig marschierten sie über den Gehsteig und betraten das Gericht durch den Haupteingang. Sie wussten, dass sie beobachtet wurden. Dem Anlass entsprechend hatten Michael und Justin dunkle Anzüge an, als wären sie zu einer wichtigen Verhandlung hergekommen. Justin war nur pro forma dabei, um den Eindruck zu erwecken, dass das BJC genügend Mitarbeiter hatte und es ernst meinte.

Lacy trug eine schwarze Hose und flache Schuhe, da sie zwar nicht mehr hinkte, ihr linkes Knie aber immer noch geschwollen war. Dazu hatte sie eine beigefarbene Bluse an und um den Kopf ein Seidentuch von Hermès geschlungen. Sie hatte lange überlegt, ob sie ohne Kopfbedeckung an der Besprechung teilnehmen oder ihren kahl geschorenen Schädel mit der frischen und immer noch geröteten Narbe unter einer Mütze oder einem Schal verstecken sollte. Sie wollte, dass Claudia McDover sah, was sie angerichtet hatte. Dass die Richterin gezwungen war, ein lebendes, atmendes Opfer ihrer Korruption anzustarren. Aber am Ende hatte Lacys Eitelkeit gesiegt.

Sie gingen die Treppe hinauf in den zweiten Stock und suchten das Büro von Claudia F. McDover, Richterin am Bezirksgericht, 24. Gerichtsbezirk. Als sie es betraten, wurden sie von einer Sekretärin in Empfang genommen, die nicht einmal den Hauch eines Lächelns zeigte. Michael sprach sie an. »Mein Name ist Geismar. Ich glaube, wir haben miteinander telefoniert. Wir haben um siebzehn Uhr einen Termin mit der Richterin.«

»Ich werde es ihr sagen.«

Es wurde fünf Uhr. Nichts passierte. Um 17.15 Uhr öffnete die Sekretärin die Tür und sagte: »Richterin McDover.« Die drei gingen in das Büro und wurden von McDover mit einem gezwungenen Lächeln begrüßt. Lacy vermied es, ihr die Hand zu geben. In einer Ecke des großen Raums erhoben sich zwei Männer, die an einem Konferenztisch saßen, und stellten sich als Richterin McDovers Anwälte vor. Ihre Anwesenheit war keine Überraschung. Michael hatte tags zuvor angerufen und den Termin vereinbart; Richterin McDover hatte daher vierundzwanzig Stunden Zeit gehabt, um sich Anwälte zu besorgen.

Der Ältere der beiden war Edgar Killebrew, ein berühmt-berüchtigter Strafverteidiger für Wirtschaftskriminalität aus Pensacola. Er war groß und dick und trug einen dunkelblauen Nadelstreifenanzug. Sein dünnes graues Haar, das ihm bis über den Hemdkragen fiel, war streng nach hinten gekämmt. Killebrew eilte der Ruf voraus, laut, großspurig und einschüchternd zu sein, da er immer auf einen Kampf aus war und selten vor Geschworenen verlor. Sein Partner war Ian Archer, ein stocksteifer Typ, der sich weigerte, den dreien die Hand zu geben, und einen ausgesprochen schlecht gelaunten Eindruck machte.

Sie nahmen am Konferenztisch Platz. Richterin McDover setzte sich auf die eine Seite, an jedem Ellbogen einen Anwalt.

Michael nahm sich einen Stuhl ihr gegenüber, Lacy und Justin neben sich. Small Talk war überflüssig. Wer machte sich hier schon Gedanken über das Wetter?

Michael begann zu sprechen: »Vor fünfundvierzig Tagen wurde eine formelle Dienstaufsichtsbeschwerde gegen Richterin McDover eingelegt. Wir haben sie geprüft, und wie Sie wissen, liegen die Einstiegshürden für unsere Ermittlungen nicht sehr hoch. Wenn es so aussieht, als könnten die Anschuldigungen begründet sein, stellen wir die Beschwerde dem Richter zu. Deshalb sind wir heute hier.«

»Das verstehen wir«, erwiderte Killebrew mit scharfer Stimme.

Lacy starrte McDover an und fragte sich, ob es tatsächlich stimmte. Die jahrelangen Schmiergelder als Gegenleistung für entsprechende richterliche Entscheidungen, der unverhohlene Diebstahl von den Tappacola, der Mord an Hugo Hatch, die Privatjets, die Riesensummen Bargeld und die Immobilien auf der ganzen Welt, das Fehlurteil gegen Junior Mace. Nein, in diesem Moment hielt sie es für unmöglich, dass diese attraktive Frau, eine gewählte Richterin aus einer Kleinstadt, in derart hässliche und weitreichende Verbrechen verwickelt sein könnte. Und was sah McDover, wenn sie Lacy anschaute? Das Tuch, das ihre Verletzungen versteckte? Eine Frau, die Glück gehabt hatte, dass sie nicht gestorben war? Ein Ärgernis, um das sie sich später kümmern würde? Eine Bedrohung? Was auch immer die Richterin dachte, sie ließ sich nichts anmerken. Ihr Gesicht war völlig emotionslos, so unangenehm diese Angelegenheit auch sein mochte.

Das Schöne an Lacys Strategie war, dass McDover in diesem Moment keine Ahnung hatte, was der Maulwurf ihnen bereits gesagt hatte. Sie hatte keine Ahnung, dass das BJC von dem Bargeld, den Privatjets, den Immobilien, den vielen Annehmlichkeiten wusste. Gleich würde sie erfahren, dass ihre vier Immobilien in Rabbit Run Verdacht erregt hatten, aber das war auch schon alles.

»Können wir die Beschwerdeschrift sehen?«, fragte Killebrew.

Michael schob das Original und drei Kopien über den Tisch. McDover, Killebrew und Archer griffen danach und begannen zu lesen, achteten aber darauf, keine Reaktion zu zeigen. Falls die Richterin schockiert war, verbarg sie ihre Überraschung darüber. Nichts. Keine Wut. Keine Fassungslosigkeit. Nichts außer der ungerührten, leidenschaftslosen Lektüre der Anschuldigungen. Ihre Anwälte lasen die Beschwerde und brachten es fertig, selbstgefälliges Desinteresse zu signalisieren. Archer machte sich ein paar Notizen. Die Minuten verstrichen. Die Spannung war mit Händen zu greifen.

Schließlich sagte McDover ohne jede Gefühlsregung: »Das ist absurd.«

»Wer ist Greg Myers?«, erkundigte sich Killebrew kühl.

»Wir werden seine Identität zum jetzigen Zeitpunkt nicht preisgeben«, erwiderte Michael.

»Wir werden es schon herausfinden. Schließlich ist das Verleumdung, und wir werden ihn sofort auf Schadensersatz verklagen. Er kann sich nicht verstecken.«

Michael zuckte mit den Schultern. »Wenn Sie klagen wollen, klagen Sie. Das geht uns nichts an.«

»Aus welchen Gründen sind Sie zu der Annahme gelangt, dass die Anschuldigungen begründet sein könnten?«, fragte Archer in einem näselnden, herablassenden Ton, mit dem er wohl andeuten wollte, dass er weitaus intelligenter war als sämtliche anderen Anwesenden.

»Wir sind nicht verpflichtet, zum jetzigen Zeitpunkt Angaben dazu zu machen. Sie kennen die Statuten und wissen, dass Richterin McDover dreißig Tage Zeit hat, schriftlich auf die Dienstaufsichtsbeschwerde zu antworten. In der

Zwischenzeit werden wir unsere Ermittlungen fortsetzen. Sobald wir Ihre Stellungnahme erhalten haben, werden wir darauf antworten.«

»Ich habe jetzt schon eine Antwort für Sie«, knurrte Killebrew. »Das ist verleumderisch, beleidigend und ein Haufen Scheiße. Alles Lügen. Jemand sollte gegen das BJC ermitteln, weil es diesen Mist ernst nimmt und den guten Ruf einer hoch angesehenen Richterin in Florida beschmutzt.«

»Wollen Sie uns etwa auch verklagen?«, fragte Lacy kühl, was Killebrew aus dem Konzept brachte. Er starrte sie wütend an, schluckte den Köder jedoch nicht.

»Ich habe Bedenken wegen der Vertraulichkeit«, sagte Richterin McDover. »Wegen der Anschuldigungen mache ich mir keine Sorgen, da sie grundlos sind, was wir auch beweisen werden. Aber ich muss meinen guten Ruf schützen. Das ist nach siebzehn Jahren auf der Richterbank die erste Dienstaufsichtsbeschwerde gegen mich.«

»Was nichts zu sagen hat«, warf Lacy ein, die auf ein kleines Geplänkel brannte.

»Richtig, Ms. Stoltz, aber ich brauche Ihre Zusage, dass diese Sache äußerst diskret behandelt wird.«

»Wir sind uns der Geheimhaltungspflicht sehr wohl bewusst und wissen, dass das Ansehen von Richtern auf dem Spiel steht«, erwiderte Michael. »Daher halten wir uns in dieser Beziehung strikt an den Paragrafen, der die Vertraulichkeit unserer Ermittlungen vorschreibt.«

»Sie werden mit potenziellen Zeugen reden«, wandte Killebrew ein. »Außerdem spricht sich so etwas herum. Ich weiß doch, wie solche Ermittlungen ablaufen. Sie können sich zu einer Hexenjagd entwickeln, bei der die Gerüchteküche überkocht und Menschen zu Schaden kommen.«

»Es sind bereits Menschen zu Schaden gekommen«, warf Lacy ein, während sie McDover ansah, ohne mit der Wimper zu zucken. Die Richterin erwiderte den Blick, als wäre ihr das vollkommen egal.

Für einen kurzen Moment wurde die Luft im Raum knapp. Schließlich ergriff Michael das Wort. »Wir führen solche Ermittlungen jeden Tag, Mr. Killebrew. Ich kann Ihnen versichern, dass wir wissen, was Diskretion ist. Häufig scheint das Geschwätz jedoch von der anderen Seite zu kommen.«

»Netter Versuch, aber von uns wird es kein Geschwätz geben«, entgegnete Killebrew. »Wir werden so schnell wie möglich die Abweisung der Beschwerde beantragen und diesen Mist abschmettern.«

»Ich bin jetzt seit fast dreißig Jahren beim BJC«, erwiderte Michael. »Bisher habe ich noch keinen Fall erlebt, bei dem die Beschwerde abgewiesen wurde, bevor uns die Stellungnahme vorgelegen hat. Aber Sie können es gern versuchen.«

»Das werden wir, Mr. Geismar. Wie oft in Ihrer langjährigen Karriere ist es vorgekommen, dass Sie eine Beschwerde zugestellt haben, in der die Identität des Beschwerdeführers verheimlicht wird?«

»Er heißt Greg Myers. Sein Name steht auf der ersten Seite.«

»Vielen Dank. Aber wer ist Mr. Greg Myers, und wo wohnt er? Das Dokument enthält keine Adresse, keine Kontaktdaten, nichts dergleichen.«

»Es wäre unangemessen von Ihnen, Mr. Myers zu kontaktieren.«

»Ich habe nicht gesagt, dass ich ihn kontaktieren will. Wir wollen lediglich wissen, wo er ist und warum er meiner Mandantin etwas vorwirft, das Bestechung gleichkommt. Das ist alles.«

»Darauf werden wir zu einem späteren Zeitpunkt eingehen«, erwiderte Michael.

»Noch etwas?«, fragte McDover. Die Richterin übernahm die Leitung und wollte die Sitzung vertagen.

»Nein, von unserer Seite nicht«, antwortete Michael. »Wir erwarten Ihre Stellungnahme innerhalb von dreißig Tagen, wenn nicht früher.«

Die drei standen auf und verließen den Raum ohne Handschlag, lediglich mit einem leichten Nicken. Kein Wort fiel, während sie zum Wagen gingen und losfuhren. Als die Stadt hinter ihnen lag, sagte Michael: »Okay, lassen Sie mal hören.«

Justin sprach zuerst. »Die Tatsache, dass sie den teuersten Anwalt hier in der Gegend angeheuert hat, bevor sie wusste, was kommt, ist verdächtig. Hätte sie das auch getan, wenn ihr nichts vorzuwerfen wäre? Und wie kann sie sich einen solchen Anwalt von ihrem Richtergehalt leisten? Drogenhändler und andere gut verdienende Kriminelle haben das Geld dazu, aber doch keine Richterin an einem Bezirksgericht.«

»Ich vermute, sie kann es sich leisten«, meinte Lacy.

»Sie hat zwar ziemlich cool reagiert, aber sie hatte Angst«, warf Michael ein. »Und zwar nicht um ihren guten Ruf. Das ist ihre geringste Sorge. Sind Sie auch dieser Meinung, Lacy? Was für einen Eindruck hatten Sie von ihr?«

»Ich glaube nicht, dass sie Angst hat. Dazu ist sie viel zu kaltblütig.«

»Wir wissen doch, was sie jetzt tun wird«, sagte Justin. »Sie wird eine ellenlange Stellungnahme schreiben, in der sie behauptet, die Immobilien schon vor Jahren als Kapitalanlage gekauft zu haben. Es verstößt nicht gegen das Gesetz, so etwas über Offshore-Firmen abzuwickeln. Vielleicht sieht es verdächtig aus, aber es ist nicht illegal oder standeswidrig.«

»Okay, aber wie kann sie beweisen, dass sie für die Häuser bezahlt hat?«, gab Lacy zu bedenken.

»Irgendwo wird sie ein paar Unterlagen auftreiben«, spekulierte Michael. »Sie hat Vonn Dubose, der im Hintergrund die Bücher frisiert, und jetzt auch noch Edgar Killebrew, der Nebelkerzen wirft. Es wird nicht einfach werden.«

»Das haben wir von Anfang an gewusst«, erwiderte Lacy.

»Wir brauchen mehr von Myers. Wir brauchen einen eindeutigen Beweis.«

»Richtig«, stimmte Justin zu. »Und Myers muss so lange wie möglich untergetaucht bleiben. McDover und ihre Anwälte werden alles tun, um seine Identität zu enthüllen.«

»Sie werden ihn nicht finden«, versicherte Lacy mit Nachdruck, als wüsste sie mehr als ihre Kollegen.

Sie waren zwei Stunden zu einer Besprechung gefahren, die fünfzehn Minuten gedauert hatte, doch das gehörte zu ihrer Arbeit. Da sie ein wenig Zeit hatten, wollte Lacy zu dem Schrottplatz, auf dem ihr Prius stand, und nachsehen, ob noch etwas von ihren Sachen in der Mittelkonsole oder im Kofferraum lag. Michael versuchte, sie davon abzubringen. Was auch immer sie zurückgelassen hatte – alte CDs, ein Schirm, ein paar Münzen –, war es nicht wert, so drastisch daran erinnert zu werden, wie Hugo gestorben war.

Aber weil sie schon einmal in der Gegend waren und noch ein paar Minuten hatten, wollte Michael bei Constable Gritt vorbeischauen und ihm Lacy vorstellen. Gritt war am Unfallort gewesen und hatte bei ihrer Rettung geholfen, dafür wollte sie sich bei ihm bedanken. Es war fast achtzehn Uhr, als sie die Polizeistation in der Nähe des Kasinos erreichten. Am Empfang stand ein Polizist. Als Michael nach Constable Gritt fragte, erhielt er zur Antwort, dass Gritt nicht mehr hier arbeite. Es gebe einen neuen Constable, der allerdings schon nach Hause gegangen sei.

»Was ist mit Gritt passiert?«, wollte Michael wissen, der sofort Verdacht schöpfte.

Der Polizist zuckte mit den Schultern, als hätte er keine Ahnung. »Sie können ja den Chief fragen, aber ich glaube nicht, dass Sie eine Antwort bekommen.«

Sie fuhren zwei Blocks weiter zu dem Schrottplatz und starrten durch einen abgesperrten Maschendrahtzahn auf ein Dutzend alter Autowracks. Bei der traurigen Sammlung war weder Lacys Prius dabei noch der Dodge Ram, der sie gerammt hatte. Beide Fahrzeuge waren verschwunden.

»Junge, Junge«, murmelte Michael. »Gritt hat mir versichert, dass die Fahrzeuge gesichert werden. Ich habe ihm gesagt, dass es vielleicht zu einer Ermittlung kommen wird. Ich dachte, er sieht das genauso.«

»Wie lange war er Constable?«, fragte Lacy.

»Ich glaube, er hat gesagt, vier Jahre.«

»Wir werden uns wohl mal mit ihm unterhalten müssen.«

»Wobei wir sehr vorsichtig sein werden, Lacy.«

22

DER NEUE CONSTABLE WAR BILLY CAPPEL, Sohn des Chiefs und Mitglied des Stammesrats. Als der Chief Billys Ernennung bekannt gab, verkündete er den Polizisten, dass es nur vorübergehend sei. Billy werde den Posten so lange innehaben, bis eine umfassende Personalsuche durchgeführt werden könne und der Richtige für den Job gefunden sei. Da auch der Neue aus den Reihen des Stammes kommen werde, gehe er nicht davon aus, dass die Suche lange dauern werde. Nur der Chief und Billy wussten, dass aus dem Interimsposten schon bald eine feste Stelle werden würde. Als Mitglied des Stammesrats verdiente Billy fünfzigtausend Dollar im Jahr, zusätzlich zu seiner monatlichen Dividende. Das Gehalt als Constable war dreimal so hoch, und dank einer neuen Richtlinie konnte er die Leitung der Polizeitruppe übernehmen und Mitglied des Stammesrats bleiben. Ein guter Deal, vor allem für den Cappel-Clan.

Billy hatte nicht gerade viel Erfahrung in der Strafverfolgung, aber eigentlich brauchte er auch keine. Er hatte kurz im Sicherheitsdienst des Kasinos gearbeitet, bevor er in den Stammesrat gewählt wurde, und als Freiwilliger beim Such- und Rettungstrupp mitgemacht.

Am zweiten Tag in seinem neuen Job rief ein Polizist aus Foley bei Billy an und informierte ihn darüber, dass man Berl Munger verhaften wolle, den Mann aus dem Video, der beim Diebstahl des Dodge Ram geholfen habe. Da die Polizei von Foley nicht die Staatsgrenze überqueren durfte, um die Festnahme durchzuführen, und die Polizei der Tappacola außerhalb des Reservats keine Zuständigkeit hatte, war die Sachlage etwas kompliziert. Billy versprach, sich mit der Polizei in DeFuniak Springs in Verbindung zu setzen und diese um Hilfe zu bitten. Doch er tat nichts dergleichen; stattdessen rief er seinen Vater an, der die Nachricht weitergab. Berl Munger wusste bald, dass in Alabama ein Haftbefehl gegen ihn vorlag.

Billy fand das Video nicht, das der Anrufer aus Foley erwähnt hatte. Er durchsuchte die Büros der Polizeistation und sah in sämtlichen Akten und Computern nach, wurde aber nicht fündig. Schließlich vermutete er, dass Lyman Gritt das Video versteckt oder mitgenommen hatte. Erneut unterrichtete er seinen Vater und sagte, dass sie vielleicht ein Problem hätten. Dann rief er in Foley an und erkundigte sich nach dem Video, doch die Beamten dort hatten bereits Lunte gerochen und fragten sich, »was zum Teufel die Indianer da drüben eigentlich trieben«. Sein Gesprächspartner sagte immerhin zu, das Video noch einmal zu schicken, was aber eine Weile dauern könne.

Berl Munger machte sich aus dem Staub. Billy und der Chief besuchten Lyman Gritt zu Hause. Während eines angespannten Gesprächs schwor Lyman, dass er nichts von einem Video wisse. Er habe keine Ahnung, wovon die Cops in Foley sprächen. Der Chief versuchte es mit den üblichen Drohungen, doch Lyman ließ sich nicht so leicht einschüchtern. Schließlich forderte er seine Besucher auf, das Grundstück zu verlassen. Als er noch Constable gewesen war, hatte er den Chief für aufdringlich und unehrlich gehalten. Jetzt, da er arbeitslos war, verabscheute er ihn wie auch den Rest seiner Familie.

Das Video war auf Lymans Dachboden versteckt, zusammen mit einer Kopie der Aufnahme aus Frog Freemans Laden.

Lyman hielt sich für einen ehrlichen Cop, der von Politikern mit Dreck am Stecken gefeuert worden war. Falls der Tag der Abrechnung jemals kam, würde er vielleicht ein Druckmittel brauchen.

Doch er hielt sich nicht nur für ehrlich, sondern auch für fähig. Zwei Tage nach dem Unfall, als sich immer mehr Fragen vor ihm auftürmten und Antworten nicht in Sicht waren, war er allein zum Unfallort gefahren. Drei Puzzles konnte er nicht zusammensetzen. Das erste: Warum stahl ein Dieb ein Fahrzeug im Wert von mindestens dreißigtausend Dollar und fuhr damit drei Stunden zu einem entlegenen Ort in einem Indianerreservat? Die Straße, auf der sich der Unfall ereignet hatte, lag mitten im Stammesgebiet und führte buchstäblich nirgendwohin. Sie begann hinter dem Kasino, schlängelte sich eine Weile tiefer in das Reservat hinein und wurde nur von einer Handvoll Tappacola benutzt, die im Hinterland wohnten. Wegen der üppigen Budgets sorgte der Stamm dafür, dass sie asphaltiert war und regelmäßig instand gesetzt wurde, was inzwischen für fast jeden Trampelpfad und Feldweg auf Stammesland galt.

Urteilte man nach der Vorgehensweise des Diebes im Video, hatte er Erfahrung. Profis wie er verkauften die gestohlenen Fahrzeuge in der Regel an spezielle Werkstätten, in denen sie innerhalb weniger Stunden ausgeschlachtet wurden. Sie lungerten nicht spätabends an seltsamen Orten herum, tranken Jack Daniel's und setzten sich betrunken ans Steuer. Soweit Lyman wusste, gab es in Brunswick County keine Autohehler. Es fiel ihm schwer zu glauben, dass der Fahrer, der trank oder schon betrunken war, einen Frontalzusammenstoß überlebte – und sei es nur mit einem kleinen Prius –, den Aufprall des Airbags einfach so wegsteckte und dann davonspazierte. Wohin wollte er? Das Reservat bestand zur Hälfte aus unbewohnbarem Sumpfgebiet. Das höher gelegene

Land war mit dichtem Wald bewachsen. Auf dem einzigen halbwegs passablen Areal stand das Kasino. Ein Ortsunkundiger, der mitten in der Nacht durch das Reservat marschierte, würde sich innerhalb von fünf Minuten hoffnungslos verlaufen. Falls der Typ mit der blutenden Nase aus Frogs Video der Fahrer des gestohlenen Pick-ups war, musste er einen Komplizen haben, jemanden, der einen zweiten Pick-up mit gefälschten Kennzeichen aus Florida fuhr.

Das war das erste Puzzle, und keines der Teile passte zueinander.

Das zweite war noch verwirrender. Was hatten zwei Anwälte, deren Job es war, standeswidriges Verhalten von Richtern zu untersuchen, so spät in der Nacht im Reservat gemacht? Unbefugtes Betreten konnte man ihnen nicht vorwerfen – trotz zahlloser Versuche war es den Indianern bis jetzt nicht gelungen, Außenstehende auszusperren –, aber die beiden verfügten hier über keinerlei Zuständigkeit. Das Stammesgericht bestand aus drei Männern, die gut bezahlt wurden, doch keine juristische Ausbildung hatten. Für das BJC von Florida waren sie tabu.

Das dritte Puzzle war genauso wenig zusammenzusetzen. Wie hatte es zu dem Unfall kommen können? Zur fraglichen Zeit war allem Anschein nach niemand sonst unterwegs gewesen, nur die beiden Fahrzeuge auf diesem dunklen, flachen Straßenabschnitt. Das Wetter war gut gewesen. Es gab keine Geschwindigkeitsbegrenzung, doch aufgrund der vielen Kurven war es nicht ratsam, schneller als achtzig Stundenkilometer zu fahren. Selbst alkoholisiert hätte der verschwundene Fahrer in der Lage sein müssen, auf seiner Seite der Straße zu bleiben.

Lyman, der am Ort des Zusammenpralls gestanden und auf den mit Ölflecken, Glassplittern und Trümmerteilen übersäten Asphalt gestarrt hatte, musste sich eingestehen, dass er ratlos war. Dies war nicht einfach nur ein tödlicher Verkehrsunfall gewesen, bei dem einer der Beteiligten Fahrerflucht begangen hatte. Hier ging es um mehr.

Ein Dutzend Einsatzfahrzeuge hatte ein Labyrinth aus Reifenspuren auf dem Seitenstreifen und sogar im Straßengraben und auf dem flachen Gelände östlich der Unfallstelle hinterlassen. Falls der zweite Pick-up – mit den gefälschten Kennzeichen aus Florida – den Fahrer aufgesammelt hatte, wohin wäre er anschließend gefahren? Vielleicht hätte er versucht, die Straße zu meiden, um nicht von den Tappacola gesehen zu werden, die das Kasino nach Ende der Spätschicht verließen. Lyman hatte mit jedem Anwohner in der Gegend gesprochen, doch niemand hatte etwas gesehen; die meisten hatten schon geschlafen. Nur Mrs. Beale hatte den Aufprall gehört.

Im Erdreich hinter einem flachen Straßengraben hatte Lyman Reifenspuren bemerkt, die vom Unfallort wegführten. Breite Reifen, breite Karosserie, schweres Fahrzeug, vermutlich ein Pick-up. Nachdem er den Spuren fünfzig Meter gefolgt war, fand er in einem Dickicht aus Spitzkletten ein Knäuel Papiertücher, vier Blätter, die zu einem kleinen Ball geknüllt waren und von einer getrockneten Substanz – mit Sicherheit Blut – zusammengehalten wurden. Lyman berührte das Knäuel nicht, sondern ging zu seinem Streifenwagen zurück und holte einen wiederverschließbaren Zip-Plastikbeutel aus dem Kofferraum. Mithilfe eines Stöckchens bugsierte er die Papiertücher in den Beutel, dann folgte er den Reifenspuren weiter. Er verlor sie an einer mit Gestrüpp und Gras bewachsenen Stelle und fand sie vierhundert Meter von seinem Wagen entfernt wieder. Sie zogen sich durch ein leeres Bachbett, gingen etwa hundert Meter weiter und bogen dann nach links auf eine Schotterstraße ab, die ihm noch nie aufgefallen war. Danach war es unmöglich, noch etwas zu erkennen. Die kurvenreiche Straße setzte sich etwa achthundert Meter fort und führte nur an einem einzigen Haus vorbei, das ziemlich weit entfernt stand, bevor sie an einer geteerten Straße namens Sandy Lane endete. Langsam hatte Lyman die Reifenspuren zur Unfallstelle zurückverfolgt und war in sein Auto gestiegen. Aus dem Video von Frogs Laden hatte er eine deutliche Aufnahme vom Gesicht des Mannes. Jetzt hatte er mit etwas Glück eine Probe seines Blutes.

Noch etwas war klar. Der Fahrer des Pick-ups kannte die Gegend besser als der Constable.

Das Treffen fand in einer unmöblierten Wohnung in Seagrove Beach statt, einer von vielen, die eine der zahlreichen gesichtslosen Firmen in Duboses unübersichtlicher Organisation gebaut und verkauft hatte. Als Chief Cappel den Parkplatz erreicht hatte, wurde er von einem Mann in das Gebäude eskortiert, den er nur unter dem Namen Hank kannte. Nach vielen Jahren, in denen er mit Dubose Geschäfte gemacht hatte, wunderte sich der Chief immer noch darüber, wie wenig er über ihn und seine Komplizen wusste. Hank musste in der Hierarchie ziemlich weit oben stehen, denn er blieb während des Treffens in der Wohnung, wo er nichts sagte, aber jedes Wort hörte.

Dubose hatte einen langen Tag hinter sich. Zwei Stunden vorher hatte er sich mit Claudia McDover in ihrem Haus in Rabbit Run getroffen und war über die Besprechung mit dem BJC informiert worden. Er hatte die Dienstaufsichtsbeschwerde gelesen, Fragen nach der Identität von Greg Myers gestellt und versucht, seine etwas in Panik geratene Richterin zu beruhigen. Danach hatte er sich nach Seagrove Beach fahren lassen, wo er in der Wohnung auf den Chief gewartet hatte.

Cappel hatte einen Aktenkoffer dabei, aus dem er einen Laptop zog, den er auf die Frühstückstheke der Küche legte. In der gerade fertiggestellten Wohnung standen keine Möbel; es roch nach frischer Farbe. »Es gibt zwei Videos«, sagte Cappel. »Das erste stammt von der Polizei in Foley, Alabama. Heute Nachmittag haben wir endlich eine Kopie bekommen. Wir sind fast sicher, dass es schon letzte Woche an uns geschickt wurde. Lyman hat es irgendwie fertiggebracht, die erste Kopie zu verlegen oder zu verstecken oder was auch immer. Das Video ist nicht in der Akte, und es wurde darin auch nicht vermerkt. Hier ist es.« Der Chief tippte auf einige Tasten, und Dubose kam näher. Sie sahen sich die Aufnahme vom Diebstahl des Dodge Ram auf dem Parkplatz in Foley an.

Dubose schwieg, bis es zu Ende war, dann sagte er: »Lassen Sie es noch mal laufen.« Cappel spielte es ein zweites Mal ab.

»Was haben Sie herausgefunden?«, erkundigte sich Dubose.

»Der Honda Pick-up gehört einem Mann namens Berl Munger, der einen Anruf bekommen hat und dann verschwunden ist. Was wissen Sie über ihn?«

Dubose begann, im Wohnzimmer herumzugehen. »Nichts. Es war ein Auftragsjob. Wir brauchten einen gestohlenen Pick-up, also haben wir zum Telefon gegriffen. Munger gehört nicht zur Organisation, er arbeitet selbstständig. Er weiß nichts.«

»Er hatte Kontakt mit jemandem, als er den Pick-up übergeben und das Geld genommen hat. Er hätte etwas zu sagen.«

»Ja, klar. Aber ich nehme an, man hat ihm geraten zu verschwinden und sich nicht mehr blicken zu lassen.«

»Was er auch getan hat. Wer war der andere Typ? Der den Dodge Ram gestohlen hat?«

»Keine Ahnung. Vermutlich jemand, der mit Munger zusammengearbeitet hat. Wie gesagt, wir kennen diese Leute nicht. Wir haben nur das Geld für den gestohlenen Pick-up gezahlt.« Dubose kam wieder zur Theke und starrte den Bildschirm des Laptops an. »Zeigen Sie mir das andere Video.«

Der Chief tippte, und die Aufzeichnung aus Frogs Laden wurde abgespielt. Dubose schaute sie sich an, dann schüttelte er verärgert den Kopf. Nachdem er das Video ein zweites Mal gesehen hatte, begann er zu fluchen. »So ein Idiot!«

»Sie kennen die Männer?«

»Ja.«

»Der mit der blutenden Nase hat den Dodge Ram gefahren, als er mit dem anderen Wagen zusammengestoßen ist, richtig?«

»Scheiße, scheiße, scheiße.«

»Ich vermute, das heißt: ja, ja, ja. Vonn, das gefällt mir nicht. Sie ziehen einen Job auf unserem Land durch und sagen mir nichts davon. Ich bin nur sehr ungern Ihr Partner, aber wir sind in vielerlei Hinsicht wie siamesische Zwillinge. Wenn es irgendwo eine undichte Stelle gibt, muss ich das wissen.«

Dubose ging wieder auf und ab, während er auf einem Fingernagel herumkaute und versuchte, ruhig zu bleiben, obwohl er am liebsten explodiert wäre. »Was wollen Sie wissen?«, fuhr er den Chief an.

»Wer ist der Mann mit der blutenden Nase? Und warum arbeiten Sie mit Leuten zusammen, die so dumm sind? Sie halten mitten in der Nacht an einem kleinen Laden, parken nicht irgendwo im Dunkeln, sondern direkt vor dem Eingang, als würden sie es darauf anlegen, von den Überwachungskameras gefilmt zu werden – und schon gibt es Fotos Ihrer Männer, unmittelbar nachdem sie diesen Job für Sie erledigt haben.«

»Ich gebe ja zu, dass sie dumm sind, okay? Wer hat die Aufnahme gesehen? Die zweite?«

»Sie, ich, Billy, Frog, Sheriff Pickett und Lyman.«

»Dann können wir sie verschwinden lassen, richtig?«

»Vielleicht. Lyman macht mir Sorgen. Er hat bei dem ersten Video gelogen, hat behauptet, dass er nichts davon wisse, aber die Cops in Foley haben Billy gesagt, dass sie es schon vor einer Woche geschickt hätten. Lyman plant etwas, und jetzt, wo er keinen Job mehr hat, ist er ziemlich angefressen. Es würde mich nicht überraschen, wenn er irgendwo Kopien von beiden Aufnahmen versteckt hat. Ich habe versucht, mit ihm zu reden, aber es lief nicht sehr gut.«

»Was zum Teufel hat er vor?«

»Ich musste ihn feuern, schon vergessen? Sie waren darüber informiert. Wir mussten ihn loswerden, sonst hätten wir die Ermittlungen nicht übernehmen können. BJC-Leute schnüffeln herum, und die sind mehr als nur misstrauisch. Vielleicht schalten sie das FBI ein, damit es sich die Sache näher anschaut. Lyman war noch nie ein Teamplayer. Er musste weg.«

»Schon gut, schon gut.« Dubose starrte durch eine Schiebetür nach draußen in die Dunkelheit. »Wir tun Folgendes: Sie arrangieren ein Treffen mit Lyman und machen ihm klar, dass er mit dem Feuer spielt. Anscheinend hat er vor, das Kriegsbeil zu schwingen, also hindern Sie ihn daran.«

»Der Vergleich gefällt mir nicht.«

Dubose fuhr herum und stürmte auf den Chief zu, als wollte er ihm ins Gesicht schlagen. Seine Augen funkelten, er war kurz davor, die Beherrschung zu verlieren. »Mir ist es scheißegal, was Ihnen gefällt oder nicht! Wir werden nicht untergehen, nur weil Lyman Gritt sauer darüber ist, dass er seinen Job verloren hat! Erklären Sie ihm, mit wem Sie Geschäfte machen. Er hat eine Frau und drei Kinder und ein ziemlich gutes Leben, auch ohne seine hübsche Constable-Uniform. Für ihn steht zu viel auf dem Spiel, um ausgerechnet jetzt zum Moralapostel zu werden. Er hält den

Mund, übergibt Ihnen, was auch immer er versteckt, und hört damit auf, aus der Reihe zu tanzen. Sonst passiert etwas. Verstanden?«

»Ich werde einem Bruder nichts antun.«

»Das brauchen Sie auch nicht. Sie haben keine Ahnung, wie man jemanden einschüchtert, Chief. Ich bin Experte dafür. Ich tue das schon seit Ewigkeiten. Und es macht mir Spaß. Das müssen Sie Gritt klarmachen. Wenn ich untergehe, gehen Sie mit mir unter. Und eine Menge anderer Leute auch. Aber dazu wird es nicht kommen. Bringen Sie Gritt dazu, dass er den Mund hält und tut, was man ihm sagt. Wenn Sie das schaffen, wird nichts passieren.«

Der Chief beugte sich vor und klappte den Laptop zu. »Was ist mit Sheriff Pickett?«, fragte er.

»Er ist nicht für den Unfall zuständig. *Sie* leiten die Ermittlungen. Ein Autounfall weniger, um den er sich Gedanken machen muss. Den Sheriff kann ich übernehmen. Sie kümmern sich um Gritt. Sorgen Sie dafür, dass Munger nicht wieder auftaucht. Halten Sie die Jungs drüben in Foley noch eine Weile hin. Dann werden wir diesen kleinen Sturm unbeschadet überstehen.«

»Und der Typ mit der blutenden Nase?«

»Er wird bis morgen Mittag sehr weit weg sein. Überlassen Sie ihn mir.«

23

LACY ARBEITETE WIEDER VOLLZEIT, und obwohl ihre Anwesenheit die Stimmung im Büro etwas hob, war klar, dass Hugos Tod eine Lücke hinterlassen hatte, die nur schwer zu füllen war. Sie und Michael behielten zwar die meisten Details für sich, aber inzwischen waren alle der Ansicht, dass es mehr war als ein tragischer Unfall. Für eine kleine Behörde war das rätselhafte Ableben eines Kollegen beunruhigend. Niemand beim BJC hatte seine Arbeit je für gefährlich gehalten.

Obwohl Lacy sich langsam und vorsichtig bewegte und ihren Kopf immer noch mit einer wachsenden Sammlung von – sehr modischen – Tüchern verhüllte, war sie eine Inspiration für ihre Kollegen. Sie kam allmählich wieder zu Kräften und arbeitete immer länger.

Zwei Tage nachdem sie Claudia McDover die Dienstaufsichtsbeschwerde zugestellt hatten, saß Lacy an ihrem Schreibtisch, als sie einen Anruf von Edgar Killebrew bekam. Er klang sogar am Telefon arrogant, tat aber erst einmal harmlos: »Ms. Stoltz, je öfter ich die Beschwerdeschrift lese, desto entsetzlicher finde ich sie. Sie entbehrt jeglicher Grundlage, und ich wundere mich, dass das BJC überhaupt in Erwägung zieht, Ermittlungen dazu anzustellen.«

»Das haben Sie bereits gesagt«, erwiderte Lacy ruhig. »Haben Sie etwas dagegen, wenn ich unser Gespräch aufzeichne?«

»Das ist mir völlig egal.«

Sie betätigte die Aufnahmetaste an ihrem Telefon. »Was kann ich für Sie tun?«, fragte sie dann.

»Sie können diese verdammte Beschwerde in den Papierkorb werfen. Und Sie können Mr. Greg Myers sagen, dass er seinen Arsch in den nächsten zehn Jahren nicht aus dem Gerichtssaal bekommen wird, weil ich ihn nämlich mit Verleumdungsklagen überziehen werde.«

»Ich werde es ihm ausrichten. Ich bin sicher, Mr. Myers weiß, dass an seiner Beschwerde nichts verleumderisch oder diffamierend ist, weil sie nämlich nicht öffentlich gemacht wurde.«

»Das werden wir noch sehen. Ich habe beschlossen, keinen Antrag auf Abweisung der Beschwerde zu stellen, weil das nur die Aufmerksamkeit auf diese Sache ziehen würde. Der Ausschuss des BJC besteht aus fünf Mitgliedern, fünf Bürokraten, die dem Gouverneur in den Arsch kriechen, und wenn es darum geht, etwas geheim zu halten, traue ich keinem von ihnen. Was auch für die Mitarbeiter in Ihrem Büro gilt. Die Angelegenheit muss so unauffällig wie möglich behandelt werden. Haben Sie mich verstanden, Ms. Stoltz?«

»Darüber haben wir bereits vor zwei Tagen in Richterin McDovers Büro gesprochen.«

»Dann sprechen wir eben noch einmal darüber. Außerdem würde ich gern mehr über die Ermittlungen wissen. Sie werden zweifelsohne nirgendwohin führen, daher befürchte ich, dass Sie nach jedem Strohhalm greifen und anfangen werden, jeden anzurufen, der meine Mandantin eventuell kennen könnte. So entstehen Gerüchte, Ms. Stoltz, boshafte Gerüchte, und ich traue weder Ihnen noch sonst jemandem zu, diese Angelegenheit mit Diskretion zu behandeln.«

»Sie machen sich zu viele Gedanken, Mr. Killebrew. Wir beschäftigen uns jeden Tag mit solchen Dingen und wissen, was Vertraulichkeit bedeutet. Und über die Ermittlungen darf ich nicht mit Ihnen sprechen.«

»Ich warne Sie, Ms. Stoltz. Wenn sich dieser Fall zu einer Hexenjagd entwickelt und der gute Ruf meiner Mandantin beschädigt wird, werde ich Sie und Mr. Geismar und alle anderen vom BJC wegen Verleumdung verklagen.«

»Tun Sie sich keinen Zwang an. Dann werden wir Gegenklage wegen Einreichung einer unbegründeten Klage erheben.«

»Großartig, einfach großartig. Ich freue mich schon darauf, Sie vor Gericht zu sehen. Ich wohne sozusagen dort, Ms. Stoltz, Sie dagegen nicht.«

»Sonst noch etwas, Mr. Killebrew?«

»Nein. Auf Wiederhören.«

So gelassen Lacy die Unterhaltung auch geführt hatte, fand sie den Anruf doch beunruhigend. Killebrew war ein unerschrockener Prozessanwalt, berühmt-berüchtigt für seine Taktik der verbrannten Erde. Eine Verleumdungsklage seinerseits würde mit Sicherheit als unbegründet abgewiesen werden, aber allein schon die Aussicht, sich in einem Gerichtssaal mit ihm zu streiten, schüchterte sie ein. Außerdem hatte Killebrew recht: Er verdiente viel Geld damit, vor Geschworene zu treten, Lacy dagegen hatte noch nie eine Jury gesehen. Sie spielte den Anruf Michael vor, der ein kurzes Lachen herausbrachte. Er hatte solche Drohungen früher schon bekommen, sie nicht. Solange das BJC seine Arbeit machte und sich dabei an die Richtlinien hielt, war die Behörde praktisch immun gegen Zivilklagen. Andernfalls wäre es ihr unmöglich, Dienstaufsichtsbeschwerden zuzustellen.

Lacy ging wieder zu ihrem Schreibtisch und versuchte, sich auf andere Angelegenheiten zu konzentrieren. Bereits zum zweiten Mal rief sie im Büro des Constable an und fragte nach Billy Cappel. Er war beschäftigt. Eine Stunde später versuchte sie es wieder. Er war in einer Besprechung. Sie rief ihre Versicherung an und konnte endlich den Schadensregulierer ausfindig machen, der ihren schrottreifen Prius in Verwahrung hatte. Er informierte sie darüber, dass er den Wagen für tausend Dollar an einen Schrottplatz in Panama City verkauft habe, der übliche Preis für einen Totalschaden. Er behauptete, wenig darüber zu wissen, was mit Fahrzeugen wie ihrem geschehe, nachdem sie zum Schrottplatz gebracht worden seien, glaube aber, dass sie entweder in der Schrottpresse landeten und dann zu Recyclinganlagen transportiert oder in Einzelteilen weiterverkauft würden. Zwei Anrufe bei dem Schrottplatz ergaben nichts Neues. Nach dem Mittagessen sagte sie zu Michael, dass sie einen Arzttermin habe und am Nachmittag wieder ins Büro kommen werde.

Stattdessen machte sich Lacy auf den Weg nach Panama City, ihre erste Fahrt allein im Auto. Sie hielt sich strikt an die Geschwindigkeitsbegrenzung und versuchte, nicht bei jedem Wagen zusammenzuzucken, an dem sie vorbeikam. Trotzdem war es nervenaufreibend. Das Atmen fiel ihr schwer, und in ihrem Magen spürte sie die ganze Zeit einen dicken Knoten, doch sie war fest entschlossen, die Fahrt nicht abzubrechen. Als sie den Schrottplatz erreicht hatte, parkte sie zwischen einem Abschleppwagen und einem ziemlich mitgenommen aussehenden Pick-up und fragte einen alten Mann mit ölverschmiertem Hemd und einem noch schmutzigeren Bart nach dem Büro. Er nickte in Richtung eines Metallbaus mit zerbeulten Wänden, dessen Tür offen stand. Sie ging hinüber und betrat einen Raum mit einer langen Theke, an der Mechaniker gebrauchte Autoteile kauften. An den Wänden hing eine beeindruckende Radkappensammlung, und eine Ecke war für Kalender mit spärlich bekleideten jungen Damen reserviert. Die Anwesenheit einer hübschen Frau brachte sämtliche Transaktionen zum Erliegen. Ein Mann, auf dessen Hemd der Name Bo eingestickt war, lächelte und sagte: »Hallo, Miss. Was können wir für Sie tun?«

Lacy erwiderte das Lächeln und trat einen Schritt vor. »Ich suche mein Auto«, erwiderte sie. »Ich hatte vor drei Wochen einen Unfall im Reservat der Tappacola. Der Wagen wurde hierhergebracht, und jetzt würde ich ihn gern sehen und ein paar persönliche Gegenstände herausholen.«

Bo hörte auf zu lächeln. »Wenn der Wagen zu uns gebracht worden ist, gehört er nicht mehr Ihnen. Ich gehe mal davon aus, dass es ein Totalschaden war.«

»Ja. Ich habe mit meiner Versicherung gesprochen, man sagte mir, er sei hier.«

Bo ging zu einem Computerbildschirm und fragte: »Haben Sie die Fahrzeug-Identifizierungsnummer?« Sie gab ihm eine Kopie ihres Fahrzeugbriefes. Er hämmerte auf den Tasten herum, während sich sein Kollege Fred zu ihm gesellte. Zwei Mechaniker verfolgten das Geschehen vom anderen Ende der Theke. Bo und Fred runzelten die Stirn, murmelten vor sich hin und schienen verwirrt zu sein. »Hier entlang«, sagte Bo schließlich und kam hinter der Theke hervor. Lacy folgte ihm durch einen kurzen Flur und eine Seitentür. Hinter dem Gebäude lag ein Bereich mit Hunderten von Autos, Pick-ups und Vans, die durch einen hohen Zaun vor Blicken geschützt waren. In einiger Entfernung stand eine riesige Schrottpresse, in der gerade ein Autowrack zerquetscht wurde. Bo winkte einem Mann zu, der nach einem Moment zu ihnen kam. Er trug ein weißes Hemd, das erheblich sauberer war als das von Bo oder Fred und keinen aufgestickten Namen hatte. Offenbar war er der Chef. Bo gab ihm ein Blatt Papier und sagte: »Sie sucht nach dem Prius, den wir vom Reservat bekommen haben. Es war ihrer.«

Der Mann runzelte die Stirn und schüttelte den Kopf. »Der Wagen ist nicht mehr hier. Vor ein paar Tagen ist ein Typ hier aufgetaucht, hat ihn gegen bar gekauft und auf einem Flachbettauflieger weggebracht.«

Lacy kam nicht mehr mit. »Und wer hat ihn gekauft?«

»Das kann ich Ihnen nicht sagen, ich weiß es nicht. Ich glaube, der Kerl hat seinen Namen gar nicht genannt, er wollte nur das Auto und hatte das Geld schon dabei. Das kommt öfter vor. Typen, die ein Autowrack kaufen und die einzelnen Teile weiterverscherbeln. Aber den Kerl hatte ich vorher noch nie hier gesehen.«

»Gibt es keine Unterlagen über den Verkauf?«

Bo lachte schallend, und sein Chef grinste angesichts ihrer Ahnungslosigkeit. »Nein. Wenn ein Fahrzeug einen Totalschaden hatte und der Brief ungültig gemacht wurde, interessiert keinen mehr, was damit passiert. Barverkäufe sind in unserer Branche nichts Ungewöhnliches.«

Lacy wusste nicht so genau, was sie noch fragen sollte. Sie ging davon aus, dass die beiden die Wahrheit gesagt hatten. Als ihr Blick über die zahllosen Autowracks wanderte, wurde ihr klar, dass es zwecklos sein würde, hier nach dem Prius zu suchen.

»Tut mir leid, Miss«, sagte der Chef. Dann ließ er sie stehen.

Die SMS von Verna lautete: »Möchtest du reden?«

Sie schickten sich ein paar weitere Nachrichten und vereinbarten eine Zeit.

Lacy kam nach dem Abendessen im Haus der Hatches an. Verna war mit den Kindern allein. Die beiden älteren machten Hausaufgaben am Küchentisch. Pippin und das kleinere Kind schliefen. Verna sagte, das Haus sei seit Hugos Tod nicht mehr so ruhig gewesen. Sie tranken grünen Tee auf der Terrasse und sahen den Glühwürmchen in der Dunkelheit zu. Verna war froh, dass ihre Verwandten endlich weg waren, allerdings würde ihre Mutter morgen wiederkommen und sich um Pippin kümmern. Sie war erschöpft, schlief aber wieder länger. Sie träumte immer noch, dass Hugo neben ihr lag, und wachte dann mit einem Ruck auf, doch inzwischen kehrte sie langsam in die Realität zurück. Mit vier Kindern konnte man es sich nicht erlauben, lange zu trauern.

»Ich habe heute den Scheck von der Lebensversicherung bekommen«, sagte sie. »Der finanzielle Druck ist weg, zumindest fürs Erste.«

»Das ist großartig, Verna.«

»Für ein Jahr oder so wird es reichen, aber dann werde ich mir einen Job suchen müssen. Hugo hat sechzigtausend im Jahr verdient, und wir haben keinen Cent gespart. Ich muss einen Teil des Geldes für die Zukunft anlegen, für die Kinder.«

Verna wollte reden, und sie wollte jemanden zum Zuhören haben, der nicht zu ihrer Familie gehörte. Sie hatte an der Florida State University studiert und einen Abschluss in Gesundheitswesen. Vor ihrer ersten Schwangerschaft hatte sie etwa ein Jahr lang eine Stelle als Sozialarbeiterin gehabt. Nach der dritten Schwangerschaft hatte sie den Traum von einer eigenen Karriere begraben. »Der Gedanke, einen Job zu haben, gefällt mir. Ich bin jetzt schon so lange Vollzeitmutter, dass ich mal etwas anderes machen möchte. Hugo und ich haben oft darüber geredet, und wir hatten beschlossen, dass ich wieder arbeiten gehe, wenn Pippin in den Kindergarten kommt. Mit zwei Gehältern hätten wir uns vielleicht ein größeres Haus leisten oder anfangen können, etwas für die Kinder zu sparen. Hugo fand die Idee gut. Er hatte ein großes Ego und so, dafür konnte er nichts, aber eine berufstätige Ehefrau hat ihm keine Angst gemacht.«

Lacy hörte zu und nickte. Verna hatte mehr als nur einmal davon gesprochen, wieder arbeiten zu wollen.

Verna trank einen Schluck Tee und schloss für einen Moment die Augen. »Du glaubst mir das jetzt vielleicht nicht, aber die Leute fangen schon an, Geld von mir zu verlangen«, sagte sie plötzlich. »Zwei von Hugos Cousins sind so lange hiergeblieben, bis sie Gelegenheit hatten, mich um einen Kredit zu bitten. Ich habe Nein gesagt und sie rausgeworfen, aber sie werden wiederkommen. Warum tun Leute so etwas Schreckliches, Lacy?«

Die Frage konnte nicht beantwortet werden. »Ich weiß es nicht«, erwiderte Lacy nur.

»Inzwischen geben mir viel zu viele Leute Ratschläge. Schon vor der Beerdigung wussten alle, dass ich hunderttausend Dollar aus der Lebensversicherung bekomme, und ein paar von diesen Blutsaugern haben versucht, sich bei mir einzuschleimen. Ich habe die Nase voll von ihnen. Das gilt nicht für meine Mom oder meine Schwestern, aber für einige von den Cousins und Bekannten, die Hugo und ich in den letzten fünf Jahren kaum gesehen haben.«

»Michael hat gesagt, es wären Anwälte hier gewesen, die klagen wollten.«

»Die habe ich abgewimmelt. Einer von diesen Großmäulern hat gesagt, ich kann Geld aus der Versicherung des gestohlenen Pick-ups bekommen. Inzwischen hat sich herausgestellt, dass das nicht geht. Wenn ein Fahrzeug auf diese Art gestohlen wird, erlischt die Versicherung, jedenfalls was die Haftpflicht angeht. Sie wollten auch Toyota verklagen, wegen des Airbags und des Sicherheitsgurts, aber ich glaube nicht, dass das eine gute Idee ist. Lacy, ich muss dich etwas fragen. Als du mit Hugo zum Kasino gefahren bist, hat sein Sicherheitsgurt da funktioniert?«

»Nicht so richtig. Er hat sich darüber beschwert, weil er nicht eingerastet blieb. Das ist vorher noch nie passiert. Er hat dann daran herumgefummelt, und die Schnalle ist nach mehreren Versuchen eingerastet, aber irgendetwas hat damit nicht gestimmt.«

»Glaubst du, jemand hat sich an dem Gurt zu schaffen gemacht?«

»Ja. Ich glaube, der Airbag war deaktiviert und der Sicherheitsgurt irgendwie manipuliert.«

»Und der Unfall war gar kein Unfall?«

»Nein, es war kein Unfall. Wir wurden mit voller Absicht von einem Pick-up gerammt, der doppelt so schwer war wie der Prius.«

»Aber warum? Lacy, du musst es mir sagen. Ich habe ein Recht darauf zu wissen, was los ist.«

»Ich werde so viel sagen, wie ich kann, aber du musst versprechen, nicht darüber zu reden.«

»Jetzt mach mal einen Punkt. Du kennst mich doch.«

»Hast du einen Anwalt?«

»Ja. Einer von Hugos Freunden aus dem Jurastudium kümmert sich um alles. Ich vertraue ihm.«

»Okay, aber nicht einmal er darf wissen, was passiert ist. Noch nicht.«

»Erzähl es mir. Bitte.«

Es war schon fast zehn, als Roderick die Tür öffnete und rief: »Mom, Pippin weint.«

Verna wischte sich schnell die Tränen aus dem Gesicht und meinte: »Was für eine Überraschung. Das Kind weint.«

Als die Frauen aufstanden und hineingingen, sagte Lacy: »Ich bleibe heute Nacht hier, okay? Ich kümmere mich um Pippin, und vielleicht können wir uns ja noch ein wenig unterhalten.«

»Danke, Lacy. Ich habe tatsächlich noch ein paar Fragen.«

»Das wundert mich nicht.«

24

DIE BESPRECHUNG FAND IM BÜRO des FBI in Tallahassee statt, das zehn Minuten Fußweg vom BJC entfernt lag. Der leitende Beamte war ein ernster Karrieretyp namens Luna, der die Bedeutung des Treffens schon in dem Moment anzuzweifeln schien, in dem sie sich an seinen großen Konferenztisch setzten. Zu seiner Rechten saß ein gut aussehender, freundlich wirkender Special Agent namens Pacheco – Mitte dreißig, kein Ehering –, der Lacy mit seinen Blicken zu verschlingen schien. Ans andere Ende des Tisches, als würde er zwar gebraucht werden, aber nicht richtig willkommen sein, hatte sich ein dritter Beamter mit Namen Hahn einen Stuhl geschoben. Lacy hatte Luna und Pacheco gegenüber Platz genommen, Michael zu ihrer Rechten.

»Als Erstes möchte ich mich dafür bedanken, dass Sie sich Zeit für uns genommen haben«, fing sie an. »Wir wissen, dass Sie viel zu tun haben, trotzdem wird es eine Weile dauern. Gibt es eine Zeitbeschränkung?«

Luna schüttelte den Kopf. »Nein. Sprechen Sie weiter.«

»Gut. Als wir gestern miteinander telefoniert haben, habe ich Sie nach einem Mann namens Vonn Dubose gefragt. Wir sind gespannt, ob Sie etwas über ihn wissen.«

Pacheco nahm ein Blatt Papier in die Hand. »Tja, nicht viel. Dubose hat keine Vorstrafen. Die Catfish-Mafia oder Küsten-Mafia, wie sie heute genannt wird, kennen wir schon sehr lange. Ich glaube, die Vorgeschichte haben Sie. Eine kleine Bande mit schillernder Vergangenheit, aber hier in

Florida nicht aktenkundig. Vor etwa zwanzig Jahren wurde ein Mann namens Duncan in der Nähe von Winter Haven mit einer Fuhre Marihuana erwischt. Die DEA ist damals davon ausgegangen, dass er für eine organisierte Gruppe arbeitet, vermutlich besagte Küsten-Mafia, aber die Ermittlungen verliefen im Sand, weil Duncan weder reden noch auf ein Angebot des Staatsanwalts eingehen wollte. Er hat eine lange Haftstrafe verbüßt und ist vor drei Jahren auf Bewährung aus dem Gefängnis gekommen. In der ganzen Zeit hat er kein einziges Wort gesagt. Mehr haben wir nicht. Was den Mann angeht, der unter dem Namen Vonn Dubose bekannt ist, sind wir bis jetzt noch nicht fündig geworden.«

»Wir sind der Meinung, dass es diese Küsten-Mafia gar nicht gibt«, fügte Luna hinzu. »Zurzeit konzentrieren wir uns auf bekannte Organisationen – El Kaida, Drogenhändler, solche Jungs.«

»Okay«, erwiderte Lacy. »Wir haben einen Informanten, von dem wir – wenn auch nur widerwillig – glauben, dass er die Wahrheit sagt. Ehemaliger Anwalt, verurteilter Straftäter. Allem Anschein nach weiß er, wo die Leichen vergraben sind. Natürlich nicht wörtlich, aber er ist fest davon überzeugt, dass es eine organisierte Bande gibt, die von Dubose gesteuert wird. Der Informant hat uns vor etwa zwei Monaten kontaktiert.«

»Meinen Sie Greg Myers?«, fragte Pacheco.

»Ja, das ist der Name in der Dienstaufsichtsbeschwerde, die ich Ihnen gestern geschickt habe. Es ist ein neuer Name, nicht sein richtiger. Laut Myers wurden Vonn Dubose und dessen Bruder vor vielen Jahren bei einem schiefgelaufenen Geschäft in Südflorida niedergeschossen. Der Bruder ist gestorben. Vonn hat überlebt. Gibt es dazu etwas in den Akten?«

Pacheco schüttelte den Kopf. »Nichts. Woher weiß dieser Myers davon?«

»Ich habe keine Ahnung. Er ist auf der Flucht und sehr auf Geheimhaltung bedacht.«

»Vor wem läuft er davon?«, erkundigte sich Luna.

»Da sind wir uns nicht sicher, aber nicht vor dem FBI oder einer anderen Strafverfolgungsbehörde. Bei seinem Prozess hat er sich schuldig bekannt und ein paar Leute verpfiffen, und jetzt fühlt er sich bedroht.«

»Wurde er vor einem Bundesgericht verurteilt?«, fragte Pacheco.

»Ja, und er hat seine Strafe in einem Bundesgefängnis abgesessen. Aber aus Gründen, die ich Ihnen später vielleicht nennen kann, möchte ich Sie bitten, Ihre Zeit nicht damit zu verschwenden, Greg Myers' wahre Identität zu finden. Er ist nicht der Grund dafür, dass wir hier sind. Sie haben die Dienstaufsichtsbeschwerde gegen Richterin McDover gelesen. Wir haben den Fall geprüft und sind der Meinung, dass er begründet ist. An der eigentlichen Geschichte ist jedoch erheblich mehr dran als das, was in der Beschwerdeschrift steht. Laut Myers haben Vonn Dubose und der Stamm der Tappacola vor fast zwanzig Jahren eine Vereinbarung getroffen, in der es um den Bau eines Spielkasinos geht, und seit dem Tag der Eröffnung schöpfen sie Geld ab. Eine Menge Geld, in bar, und ein Teil davon ist bei Richterin McDover gelandet.«

»Die Richterin nimmt Geld?«, fragte Luna.

»Ja. Das behauptet zumindest Myers.«

»Und warum geben sie ihr Geld?«

»Dazu kommen wir jetzt ... Die Dienstaufsichtsbeschwerde ist Anlage A. Sie haben eine Kopie davon. Das hier ist Anlage B.« Während Michael Blätter verteilte, fuhr Lacy fort. »Die wichtigsten Informationen zu den Tappacola, ihrem Stammesgebiet, der Anerkennung durch die Bundesregierung und ihren Bemühungen, ein Kasino zu bauen. Außerdem geht es um mindestens zwei Morde und einen Mann namens Junior Mace, der zurzeit in Starke im Todestrakt sitzt. Ich schlage vor, Sie nehmen sich ein paar Minuten Zeit und lesen die Anlage.«

Die FBI-Beamten lasen bereits. Bis jetzt fanden sie den Fall interessant. Systematisch gingen sie die Seiten durch, wobei Pacheco etwas schneller war. Am anderen Ende des Tisches wühlte sich Hahn schweigend durch die Kopien. Es wurde stickig im Raum, während sie jedes Wort zur Kenntnis nahmen. Lacy kritzelte sinnlose Notizen auf ihren Block, während Michael E-Mails auf seinem Mobiltelefon las.

Als die Beamten fertig waren, sagte Lacy: »Anlage C enthält eine ziemlich detaillierte Chronologie des Baus des Kasinos und einer Mautstraße sowie sämtliche Rechtsstreitigkeiten in Zusammenhang mit den beiden Projekten. Da Dubose eine Richterin in der Tasche hatte, konnte er jeden Widerstand gegen den Bau unterdrücken. Im Jahr 2000 wurde Treasure Key dann eröffnet.« Michael verteilte Kopien von Anlage C.

»Das sollen wir jetzt alles lesen?«, fragte Luna.

»Ja.«

»Okay. Möchten Sie einen Kaffee, während wir es uns ansehen?«

»Gern.« Hahn schoss in die Höhe und eilte davon, um eine Rezeptionistin zu suchen. Der Kaffee kam in Porzellantassen – keinen Pappbechern –, doch weder Luna noch Pacheco schienen es zu bemerken. Sie waren in Anlage C vertieft.

Pacheco war zuerst fertig, und anstatt seinen Chef zu unterbrechen, machte er sich Notizen am Rand der Blätter und wartete. Luna legte seine Kopie auf den Tisch und sagte: »Eine Frage zu Junior Mace, dem Mann im Todestrakt. Sollen wir allen Ernstes in Erwägung ziehen, dass er die beiden Morde, die in Anlage B erwähnt werden, *nicht* begangen hat?«

»Offen gesagt, wir wissen es nicht«, antwortete Michael. »Aber Greg Myers glaubt, dass Mr. Mace die Morde angehängt wurden und dass er unschuldig ist.«

»Ich habe Mace besucht«, fügte Lacy hinzu, »und er behauptet, unschuldig zu sein.«

»Da dürfte er nicht der Einzige im Todestrakt sein«, warf Pacheco ein.

Breites Grinsen, doch kein Gelächter. Luna warf einen Blick auf die Uhr, starrte die Dokumente vor Michael an und fragte: »Wie viele von diesen Anlagen haben Sie?«

»Nicht viele.«

»In Anlage D stellen wir Ihnen die Richterin vor«, erklärte Lacy. Michael gab die Kopien weiter. »Die Fotos zeigen sie vor einer ihrer Immobilien in Rabbit Run.«

Pacheco betrachtete die Fotos. »Ihr ist offenbar nicht bewusst, dass sie fotografiert wird. Wer hat die Aufnahmen gemacht?«, erkundigte er sich.

»Das wissen wir nicht«, erwiderte Lacy. »Greg Myers hat einen Informanten, dessen Namen wir nicht kennen, weil auch Myers ihn nicht kennt. Sie halten über einen Mittelsmann Kontakt.«

Hahn am anderen Ende des Tisches schnaubte verächtlich, als könnte er das nicht glauben.

»Die Geschichte ist kompliziert, aber es wird noch besser«, sagte Lacy mit einem Blick auf ihn. »Zurück zu der Anlage. Wir haben einige Hintergrundinformationen über McDover, allerdings nicht viele, da sie sich sehr unauffällig verhält. Ihre Komplizin – oder eine ihrer Komplizen – ist eine Anwältin für Erbrecht aus Mobile namens Phyllis Turban. Das Foto stammt aus dem Verzeichnis der örtlichen Anwaltskammer. Die beiden Frauen kennen sich schon sehr lange, sind sehr eng befreundet und machen gerne Luxusreisen, immer zusammen. Sie geben erheblich mehr Geld aus, als sie verdienen. Die Anlage enthält eine Aufstellung der Reisen, die die beiden in den letzten sieben Jahren zusammen unternommen haben.«

Die drei FBI-Beamten hatten bereits zu Anlage D gegriffen. Im Raum war es still, während sie die Seiten umblätterten.

Lacys Kaffeetasse war leer. Sie saß seit einer Stunde am Tisch und war mit dem Verlauf der Besprechung bis jetzt sehr zufrieden. Als sie und Michael eingetroffen waren, hatten sie nicht gewusst, was sie erwartete. Sie waren davon ausgegangen, dass die Geschichte, die sie erzählen wollten, durchaus interessant klang, aber sie hatten keine Ahnung gehabt, wie man sie aufnehmen würde. Jetzt hatten sie die Aufmerksamkeit des FBI. Die Beamten sahen zwar immer wieder auf die Uhr, hatten es aber offenbar nicht eilig.

Schließlich blickte Luna sie an. »Die nächste.«

»Anlage E, bis jetzt die dünnste. Eine Zeitachse unserer Ermittlungen in diesem Fall«, sagte Lacy, während Michael noch mehr Papier verteilte. Die drei Männer lasen die Anlage aufmerksam durch.

»Wie hat McDover reagiert, als Sie ihr die Beschwerdeschrift zugestellt haben?«, erkundigte sich Pacheco.

»Sie wirkte ziemlich cool«, antwortete Lacy. »Natürlich hat sie alles abgestritten.«

»Auf mich machte sie den Eindruck, als hätte sie Angst, aber meine beiden Kollegen waren anderer Meinung. Ich weiß nicht, ob das wichtig ist«, ergänzte Michael.

»Wenn sie sich Edgar Killebrew als Anwalt genommen hat, muss sie sich irgendwie schuldig gemacht haben«, meinte Pacheco.

Hahn überraschte sie, als er sagte: »Das war auch meine erste Reaktion. Ein Rechtsverdreher vor dem Herrn.«

Luna hob die Hand und schnitt ihm das Wort ab. »Gibt es noch eine Anlage?«

»Ja, die letzte«, erwiderte Lacy. »Sie haben sicher gehört, dass unser Kollege Hugo Hatch bei einem Autounfall im Reservat ums Leben gekommen ist.«

Die drei Männer nickten ernst.

»Ich habe den Unfallwagen gefahren. Ich trage ein Kopftuch, weil man mir im Krankenhaus den Schädel rasiert hat. Ich hatte Schnittwunden und Abschürfungen, musste genäht werden, eine Gehirnerschütterung war auch dabei, aber ich habe Glück gehabt. Ich weiß nicht mehr viel von dem Zusammenstoß, doch die Erinnerung kommt langsam zurück. Ein Freund und Kollege ist bei dem Unfall gestorben, und sein Tod war kein Zufall. Wir glauben, dass er ermordet wurde.« Michael verteilte Kopien von Anlage F an die FBI-Beamten, die ungeduldig danach griffen.

Fotos des Prius und des Dodge Ram, Fotos des Unfallorts, Zusammenfassungen der Gespräche mit dem Constable, eine Beschreibung des Airbags und des Sicherheitsgurts, die nicht funktionierten, die Mobiltelefone und das iPad, die verschwunden waren, und die Schlussfolgerung, dass jemand hinter dem Unfall steckte, der Unfall daher Mord war, und es sich bei diesem Jemand um Vonn Dubose und seine Bande handelte. Sie und Hugo hatten sich mit der Aussicht auf Informationen in einen entlegenen Teil des Reservats locken lassen und waren in einen Hinterhalt geraten. Der Unfall sollte ihnen Angst machen, sie einschüchtern, ihnen zeigen, dass die Sache eine Nummer zu groß für sie war und Dubose zu jedem Mittel greifen würde, um sein Imperium zu schützen. Myers zufolge – und sie hatten keinen Grund, das anzuzweifeln – hatte bis jetzt noch keine einzige Behörde im Umfeld des Kasinos herumgeschnüffelt und Fragen gestellt. Das BJC war die erste, und Dubose hatte schnell reagiert, um seinen Standpunkt deutlich zu machen. Er wusste, dass das BJC nur begrenzt Ermittlungen durchführen konnte, und ging zu Recht davon aus, dass die Behörde so gut wie keine Befugnis zur Verbrechensbekämpfung hatte. Er glaubte, dass sie die Ermittlungen einstellen würden, wenn er ihnen Angst machte.

»Wow«, sagte Pacheco, als er die Anlage auf den Tisch legte. »Sie machen vor nichts und niemandem halt.«

»Unser Kollege ist tot«, erwiderte sie. »Wir werden nicht aufgeben.«

»Aber wir haben weder die Ressourcen noch die Befugnis, weitergehende Ermittlungen zu dieser Korruption anzustellen«, ergänzte Michael. »Und hier kommen Sie ins Spiel.«

Zum ersten Mal zeigte Luna Anzeichen von Müdigkeit oder Frustration. »Ich weiß nicht. Das könnte ein ziemlich großer Fall sein.«

Während er zögerlich wirkte, schien Pacheco am liebsten sofort loslegen zu wollen. »Das ist ein Riesenfall«, sagte er mit einem Lächeln in Lacys Richtung.

»Stimmt«, erwiderte sie. »Und viel zu groß für uns. Im Bereich organisierte Kriminalität können wir nicht ermitteln. Unsere Welt dreht sich um Richter, die aus irgendeinem Grund durchgedreht sind und Dummheiten machen. Sie verhalten sich standeswidrig, verstoßen aber selten gegen Gesetze. Einen Fall wie diesen haben wir noch nie gehabt.«

Luna schob den Stapel Papier zur Seite und verschränkte die Hände hinter dem Kopf. »Ms. Stoltz, Sie sind kein Cop, aber Sie sind Ermittlerin. Sie beschäftigen sich jetzt seit mehreren Wochen mit diesem Fall. Wie würden Sie an unserer Stelle weitermachen?«

»Ich würde mit dem Mord an Hugo Hatch anfangen. Ich bin zwar persönlich betroffen, aber es dürfte einfacher sein, den Mord aufzuklären, als die Eigentumsverhältnisse von hundert Offshore-Firmen zu entwirren und den Verbleib des Geldes zu ermitteln. Jemand hat den Pick-up gestohlen. Vielleicht hat ihn eine weitere Person gefahren. Die Männer haben für eine Organisation gearbeitet, einen Chef, der den Mord angeordnet hat. Es klingt zwar merkwürdig, aber ich glaube, der Mord war so etwas wie ein Glücksfall für uns. Dubose hat es übertrieben, er hat zu heftig reagiert und etwas getan, was vielleicht zum Bumerang für ihn werden könnte. Der Mann hat sein ganzes Leben in einer Welt aus Gewalt und Einschüchterung verbracht. Manchmal gehen solche Leute zu weit. Er hat sich bedroht gefühlt, und sein Instinkt hat ihm geraten, mit aller Härte zuzuschlagen.«

»Und es gibt keinen Zweifel daran, dass die beiden Mobiltelefone und Ihr iPad gestohlen wurden?«, fragte Pacheco.

»Nicht den geringsten. Offenbar wollten sie die Geräte haben, um sich Informationen zu beschaffen, aber der Diebstahl war auch eine Warnung. Vielleicht sollte das ein nicht gerade subtiler Hinweis darauf sein, dass sie dort gewesen sind, am Unfallort.«

»Und Sie *wissen,* dass sie am Unfallort gewesen sind?«, erkundigte sich Pacheco.

»Ja. Ich kann mich nicht an viel erinnern, aber ich weiß noch, dass jemand um das Auto herumgegangen ist, jemand mit einer Art Lampe, die an seinem Kopf befestigt war. Das Licht ist auf mein Gesicht gefallen. Ich kann mich auch an das Geräusch von Schritten auf Glassplittern erinnern. Ich glaube, es waren zwei Männer, aber genau weiß ich es nicht. Ich war halb bewusstlos.«

»Das kann ich mir denken«, meinte Pacheco.

»Die Tappacola werden das Autowrack nicht gründlich genug untersuchen lassen«, fuhr Lacy fort. »Der Constable ist bereits ausgetauscht worden, und der Neue auf dem Posten ist zufällig der Sohn des Chiefs. Wir können davon ausgehen, dass sie mit drinstecken und darauf brennen, einen weiteren bedauernswerten Autounfall zu den Akten zu legen.«

»Sie nehmen an, dass der Chief gemeinsame Sache mit Dubose macht?«, fragte Luna.

»Ja. Der Chief herrscht wie ein König und weiß alles. Es ist unmöglich, dass Geld abgeschöpft wird, ohne dass er daran beteiligt ist.«

»Zurück zu den Mobiltelefonen«, sagte Pacheco. »Sind Sie sicher, dass keine Informationen nach draußen gelangt sind?«

»Ja«, erwiderte Michael. »Es waren Diensttelefone. Sie haben, oder besser gesagt hatten eine fünfstellige PIN, und danach kam noch eine Verschlüsselungsbarriere. Unser IT-Techniker sagt, dass sie sicher sind.«

»Man kann alles hacken«, wandte Luna ein. »Falls es ihnen irgendwie gelingt, was würden sie dann finden?«

»Es würde uns extrem schaden«, gab Michael zu. »Sie hätten die Verbindungsdaten, ein Protokoll sämtlicher Anrufe. Und vermutlich wären sie dann auch in der Lage, Greg Myers zu finden.«

»Ich gehe davon aus, dass Mr. Myers noch am Leben und wohlauf ist?«, fragte Luna.

»O ja«, antwortete Lacy. »Sie werden ihn nicht finden. Myers war vor zwei Wochen hier in Tallahassee. Er hat mich zu Hause besucht und gefragt, wie es mir geht. Inzwischen liegen alle alten Handys auf dem Grund des Meeres. Er hat neue Wegwerfhandys.«

»Und Ihr iPad?«, erkundigte sich Pacheco.

»Da ist nichts drauf, was ihnen weiterhelfen würde. Nur Privates.«

Luna schob seinen Stuhl zurück und stand auf. Er vertrat sich die Beine und sagte dann: »Hahn.«

Hahn am anderen Ende des Tisches schüttelte den Kopf. Er brannte darauf, sich an der Diskussion zu beteiligen. Vielleicht ist er ja die Geheimwaffe, dachte Lacy. »Ich weiß nicht«, begann er. »Angenommen, wir machen mit einem halben

Dutzend Beamten eine Razzia bei ihr. Was passiert dann? Das Geld verschwindet in einem Netzwerk ausländischer Konten. Sie hören auf, Geld aus dem Kasino abzuschöpfen. Die Indianer haben Angst vor Dubose, und keiner sagt mehr einen Piep.«

»Mir gefällt es«, murmelte Pacheco.

»So würde ich nicht vorgehen«, wandte Lacy ein. »Ich würde sehr diskret herausfinden, wer den Pick-up gefahren hat. Angenommen, Sie haben Glück und schnappen den Typ. Er muss damit rechnen, den Rest seines Lebens hinter Gittern zu verbringen, daher wäre es gut möglich, dass er reden will und sich auf einen Deal einlässt.«

»Zeugenschutz?«, fragte Pacheco.

»Das ist Ihr Spiel, und ich bin sicher, Sie wissen genau, wie man es spielt.«

Luna kehrte an seinen Platz zurück, schob die Dokumente noch ein Stück weiter von sich weg und rieb sich die Augen, als wäre er plötzlich hundemüde. »Wir haben folgendes Problem«, sagte er. »Unser Chef sitzt im Büro in Jacksonville. Wir geben eine Empfehlung ab, und er trifft die Entscheidung. Zu unserer Aufgabe gehört es abzuschätzen, wie viele Leute und Arbeitsstunden wir für diesen Fall ungefähr aufwenden müssten. Offen gesagt ist das jedes Mal Zeitverschwendung, da unsere Ziele ständig in Bewegung sind und wir unmöglich wissen können, in welche Richtung sich eine Ermittlung entwickeln wird. Aber Regeln sind Regeln, und wir unterstehen schließlich der Bundesregierung. Unser Chef sieht sich also unsere Empfehlung an. Zurzeit interessieren ihn ein paar kleine Mauscheleien im Umfeld eines Kasinos der Indianer recht wenig. Auch ein Autounfall, der etwas anderes gewesen sein könnte, wird ihn nicht allzu sehr beeindrucken können. Heutzutage kämpfen wir gegen den Terror. Wir überwachen Schläferzellen und amerikanische Teenager, die mit Dschihadisten chatten, spüren radikalisierte Idioten aus den eigenen Reihen auf, die versuchen, sich die Zutaten für eine Bombe zu beschaffen. Das hält uns ganz schön auf Trab. Wir haben zu wenige Leute und zu oft das Gefühl, dass wir nicht hinterherkommen. Wir werden nie vergessen, dass wir am 11. September vierundzwanzig Stunden zu spät dran waren. Das ist unsere Welt. Das ist der Druck, unter dem wir stehen. Tut mir leid wegen der langen Rede.«

Einen Moment lang war es still im Raum. Schließlich brach Michael das Schweigen. »Ich glaube, das verstehen wir. Aber das organisierte Verbrechen existiert nach wie vor«, gab er zu bedenken.

Luna lächelte tatsächlich. »Natürlich. Und ich glaube, dass es ein perfekter Fall für das FBI ist. Allerdings bin ich nicht sicher, ob unser Chef das auch so sieht.«

»Darf ich fragen, wie Ihre Empfehlung lauten wird?«, erkundigte sich Lacy.

»Sie dürfen, aber im Moment kann ich Ihnen noch keine Antwort geben. Wir werden zwei Tage darüber nachdenken und unsere Entscheidung mit einem Bericht zusammen nach Jacksonville schicken.« Lunas Körpersprache ließ darauf schließen, dass er nichts mit dem Fall zu tun haben wollte. Pacheco dagegen sah so aus, als wollte er sofort seine Dienstmarke ziehen und mit der Befragung von Zeugen beginnen. Hahn gab nichts preis.

Lacy sammelte ihre Unterlagen ein und machte einen ordentlichen Stapel daraus. Die Besprechung war zu Ende. »Danke, dass Sie uns zugehört haben. Sie waren sehr großzügig mit Ihrer Zeit. Wir werden unsere Ermittlung fortsetzen und auf Ihre Rückmeldung warten.«

Pacheco begleitete sie aus dem Büro und fuhr im Fahrstuhl mit ihnen nach unten, als wollte er so viel Zeit wie möglich mit ihnen verbringen. Michael beobachtete ihn aufmerksam. Als er und Lacy im Wagen saßen, sagte er: »Er wird Sie innerhalb von vierundzwanzig Stunden anrufen, aber nicht wegen des Kasinos.«

»Sie haben recht«, erwiderte Lacy.

»Das war gute Arbeit eben.«

25

WIE IMMER UM NEUN UHR MORGENS klopfte die Rezeptionistin an die Tür, kam herein, ohne auf eine Antwort zu warten, und legte die Morgenpost auf Lacys Schreibtisch. Diese lächelte und bedankte sich. Werbesendungen waren bereits aussortiert worden und in der Recyclingkiste gelandet. Übrig geblieben waren sechs an Lacy adressierte Briefumschläge, fünf davon mit vollständigen Absenderangaben. Der sechste Umschlag sah irgendwie merkwürdig aus, daher öffnete sie ihn zuerst. Es war eine mit der Hand geschriebene Nachricht:

An Lacy Stoltz, von Wilton Mace. Ich habe versucht,
Sie anzurufen, aber Ihr Telefon funktioniert nicht.
Wir müssen reden, und zwar bald. Meine Nummer:
555-996-7702. Ich bin in der Stadt und warte. Wilton.

Lacy griff sofort zu dem Telefon auf ihrem Schreibtisch und wählte die Nummer. Wilton antwortete, und sie führten ein kurzes Gespräch. Er war im DoubleTree Hotel, drei Blocks vom Capitol entfernt, und wartete seit gestern auf ihren Anruf. Er wollte sich persönlich mit ihr treffen und hatte wichtige Informationen. Lacy sagte, sie sei schon auf dem Weg. Als sie Michael von dem Gespräch berichtete, reagierte er überfürsorglich, worüber sie sich ärgerte. Allerdings räumte er ein, dass ein Treffen in einem belebten Innenstadthotel wenig Risiken barg. Er bestand darauf, dass sie ihn über sämtliche Reisen oder Befragungen in Zusammenhang mit dem McDover-Fall auf dem Laufenden hielt. Sie willigte ein, bezweifelte aber, dass sie sich daran halten würde, auch wenn sich ihre Lust auf Abenteuer inzwischen erheblich gelegt hatte.

Wie vereinbart wartete Wilton in der Nähe des Hoteleingangs auf sie. Sie suchten sich in einem Café am Rand der Lobby einen ruhigen Tisch. Für den Besuch in der Großstadt hatte sich Wilton genauso angezogen wie an dem Tag vor drei Wochen, als sie im Schatten seines Baums miteinander geredet hatten. Es schien ein ganzes Jahr her zu sein. Jeansstoff von Kopf bis Fuß, Perlenketten um den Hals und an den Handgelenken, lange, zum Pferdeschwanz gebundene Haare. Lacy fiel wieder auf, wie ähnlich er seinem Bruder sah. Während sie auf ihren Kaffee warteten, drückte er sein tiefes Bedauern über Hugos Tod aus und sagte, er sei ihm sehr sympathisch gewesen. Er erkundigte sich nach ihren Verletzungen, meinte, sie sehe großartig aus.

»Was wissen Sie über den Unfall?«, fragte sie. »Was erzählt man sich so?«

Auch hier, in der Stadt, sprach Wilton so langsam wie bei ihrem Besuch im Reservat. Er war die Ruhe selbst. »Es gibt jede Menge Verdächtigungen«, erwiderte er.

Eine Kellnerin stellte die Tassen vor sie hin – Kaffee schwarz für Wilton, einen Latte für Lacy. »Okay. Ich höre Ihnen zu«, meinte sie nach einer langen Pause.

»Sagt Ihnen der Name Todd Short etwas?«, fragte er.

»Er kommt mir irgendwie bekannt vor. Helfen Sie mir auf die Sprünge.«

»Er war einer der beiden Gefängnisspitzel, die gegen meinen Bruder ausgesagt haben. Die beiden wurden vor dem Prozess zu unterschiedlichen Zeiten in Juniors Zelle verlegt und nach ein, zwei Tagen wieder abgezogen. Beide haben die Geschworenen angelogen und gesagt, Junior habe damit geprahlt, den Hurensohn getötet zu haben, den er mit seiner Frau im Bett erwischt habe. Und weil er nun schon mal dabei gewesen sei, habe er sie auch gleich umgebracht. Sehr wirkungsvolle Aussagen. Sie haben Junior in die Todeszelle gebracht.«

Lacy nippte an ihrem Latte und nickte. Sie hatte nichts hinzuzufügen und wollte ihm nicht alles aus der Nase ziehen. Schließlich hatte er auf dem Treffen bestanden.

»Jedenfalls verschwand Todd Short kurz nach dem Prozess. Der andere Spitzel auch, ein Dreckskerl namens Robles. Nach ein paar Jahren sind alle davon ausgegangen, dass die beiden aus dem Weg geschafft wurden, vermutlich von den gleichen Leuten, die auch Son und Eileen getötet haben. Short ist jetzt wieder aufgetaucht, fünfzehn Jahre danach. Ich habe mit ihm geredet.«

Eine Pause, in der noch mehr Kaffee getrunken wurde. »Werden Sie mir erzählen, was er gesagt hat?«, fragte Lacy.

Wilton blickte sich wie beiläufig in der Lobby um und räusperte sich. »Ich habe ihn vor drei Tagen getroffen, außerhalb des Reservats. Als ich ihn sah, fiel mir wieder ein, wie sehr ich ihn hasse. Am liebsten hätte ich einen Felsbrocken genommen und ihm das Gesicht zerschmettert. Aber wir waren an einem öffentlichen Ort, einem Imbiss. Er fängt also damit an, dass es ihm leidtut und so weiter. Er sagt, er ist obdachlos und hat ein Drogenproblem und ein ellenlanges Vorstrafenregister und sein Leben geht den Bach runter. Robles kannte er nicht sehr gut, aber kurz nach dem Prozess ist ihm zu Ohren gekommen, dass der Dreckskerl wahrscheinlich umgebracht wurde, also ist er abgehauen. Nach Kalifornien, wo er dann untergetaucht ist. Irgendwie hat er die Kurve gekriegt und ein ganz passables Leben geführt. Jetzt stirbt er an Krebs und will vorher noch seinen Frieden machen. Er will sein Herz ausschütten und seine Sünden gestehen.«

»Als da wären?«

»In Sterling hat er damals wegen einer Drogenanklage gesessen, die ihm eine jahrelange Haftstrafe eingebracht hätte. Er war schon mal im Gefängnis und wollte nicht wieder hin, daher brauchten sich die Cops nicht viel Mühe zu geben. Sie haben ihm einen Deal angeboten. Der Staatsanwalt war damit einverstanden, dass Short sich wegen irgendetwas Lächerlichem schuldig bekannte. Nach ein paar Wochen im Bezirksgefängnis sollte er ein freier Mann sein. Alles, was er dafür tun musste, war, einige Tage in Juniors Zelle zu verbringen. Ich habe im Gerichtssaal gesessen und alles gesehen. Short war ein toller Zeuge, sehr überzeugend, die Geschworenen haben ihm jedes Wort geglaubt. Seine Aussage war unwiderstehlich. Eine gute Geschichte über verbotenen Sex zieht immer. Junior hat ihm angeblich erzählt, dass er an dem Tag früher nach Hause gekommen ist und Geräusche aus dem Schlafzimmer gehört hat. Er hat kapiert, was da läuft, seine Pistole geholt, die Schlafzimmertür eingetreten und seine Frau und Son Razko miteinander im Bett erwischt. Vor Wut hat er Son zweimal in den Kopf geschossen, und als Eileen nicht aufhören wollte zu schreien, hat er sie auch getötet. Dann – und das hat noch nie einen Sinn ergeben – hat er angeblich Sons Brieftasche an sich genommen und ist geflohen. Alles Schwachsinn, aber Short hat den Geschworenen die Geschichte verkauft. Wenn Junior gesagt hätte, es war Eifersucht, so was wie ein unwiderstehlicher Impuls, dann wäre das wie ein Geständnis gewesen. Aber da er mit den Morden nichts zu tun hatte, konnte er sich auch nicht richtig verteidigen. Wie ich schon sagte, er hatte einen schlechten Anwalt.«

»Hat Short Geld bekommen?«

»Zweitausend Dollar in bar. Das Geld wurde ihm nach seiner Aussage von einem Polizisten übergeben. Short ist noch ein paar Wochen in der Gegend geblieben, bis er die Gerüchte über Robles gehört hat. Dann hat er sich aus dem Staub gemacht.«

Lacys Telefon, das sie auf stumm geschaltet hatte, lag auf dem Tisch. Als es zu vibrieren begann, warf sie einen Blick auf das Display.

»Warum haben Sie Ihre Telefonnummern geändert?«, wollte Wilton wissen.

»Die alte Nummer gehörte zu meinem Diensthandy. Die BJC-Telefone wurden nach dem Unfall aus meinem Wagen gestohlen. Mein neues hat eine andere Nummer.«

»Wer hat die Handys gestohlen?«

»Ich schätze, die Leute, die den Unfall verursacht haben. Was hat Short jetzt vor?«

»Er will seine Geschichte jemandem erzählen, der ihm zuhört. Er hat gelogen, und die Polizei und der Staatsanwalt wissen, dass er gelogen hat. Jetzt hat er ein schlechtes Gewissen.«

»Ein wahrer Held«, meinte Lacy, während sie einen Schluck Latte trank und den Blick durch die geschäftige Lobby schweifen ließ. Niemand beobachtete sie oder hörte ihnen zu, aber sie war inzwischen so weit, dass sie sich ständig umsah. »Wilton, das könnte der Durchbruch sein, aber es ist nicht mein Fall, okay? Um Juniors Berufung kümmert sich die Kanzlei in Washington, und er kann froh sein, dass er jetzt so gute Anwälte hat. Sie müssen mit ihnen reden und ihnen die Entscheidung überlassen, was sie mit Todd Short anfangen wollen.«

»Ich habe sie zweimal angerufen, aber sie sind zu beschäftigt. Bis jetzt habe ich noch kein Wort von ihnen gehört. Juniors letzte Haftprüfungsklage wurde vor acht Tagen abgewiesen. Wir gehen davon aus, dass er demnächst seinen Hinrichtungstermin bekommt. Seine Anwälte haben alles versucht, aber jetzt sind wir am Ende.«

»Haben Sie mit Junior darüber gesprochen?«

»Ich werde ihn morgen besuchen. Er wird wissen wollen, was jetzt, wo einer der Spitzel seine Aussage widerruft, passieren wird. Er vertraut Ihnen, Lacy. Ich auch.«

»Danke, aber ich bin keine Strafverteidigerin, und ich habe keine Ahnung, ob das alles nach fünfzehn Jahren überhaupt noch relevant ist. Es gibt Fristen für die Vorlage neuer Beweise, und damit kenne ich mich nicht aus. Wenn Sie eine juristische Beratung brauchen, bin ich die falsche Person dafür, die falsche Anwältin. Ich würde Ihnen gern helfen, aber das ist eine Nummer zu groß für mich.«

»Würden Sie mit seinen Anwälten in Washington reden? Ich erreiche sie einfach nicht.«

»Warum kann Junior nicht mit ihnen reden?«

»Er sagt, dass im Gefängnis immer jemand lauscht. Er glaubt, dass die Telefone abgehört werden. Und er hat die Anwälte ziemlich lange nicht mehr gesehen. Er glaubt, sie haben ihn vergessen, jetzt, wo das Ende naht.«

»Da bin ich anderer Meinung. Wenn ein Spitzel mit einer völlig anderen Geschichte auftaucht und unter Eid schwört, Polizei und Staatsanwalt wussten, dass er bei seiner Aussage gelogen und Geld dafür bekommen hat, werden die Anwälte in Washington mit Sicherheit völlig aus dem Häuschen sein.«

»Dann glauben Sie, dass es noch Hoffnung gibt?«

»Ich weiß nicht, was ich glauben soll, Wilton. Wie gesagt, auf diesem Gebiet kenne ich mich nicht aus.«

Er lächelte und sagte dann nichts mehr. Ein Rodeoteam in identischen Cowboystiefeln und -hüten marschierte mit ratternden Rollkoffern durch die Lobby. Als sie weg waren und wieder Ruhe einkehrte, fragte er: »Kennen Sie Lyman Gritt, den ehemaligen Constable?«

»Nein. Ich habe gehört, dass er durch jemand anderen ersetzt wurde. Warum?«

»Er ist ein guter Mann.«

»Da bin ich mir sicher. Aber warum erwähnen Sie seinen Namen?«

»Es könnte sein, dass er etwas weiß.«

»Und was, Wilton? Lassen Sie bitte die Spielchen.«

»Ich weiß es nicht. Der Chief hat ihn gefeuert. Die beiden können sich nicht ausstehen. Die Entlassung kam ein paar Tage nach dem Unfall. Es sind eine Menge Gerüchte im Umlauf. Der Stamm ist beunruhigt. Ein Schwarzer und eine Weiße waren mitten in der Nacht im Reservat und haben nach irgendetwas gesucht. Dann stirbt er unter verdächtigen Umständen.«

»Verdächtige Umstände, weil er schwarz war?«

»Nein, das nicht. Was die Hautfarbe angeht, sind wir keine Fanatiker. Aber Sie müssen zugeben, dass es ungewöhnlich ist. Wir sind schon lange der Meinung, dass beim Bau des Kasinos schlechte Menschen die Finger im Spiel hatten, die mit unseren sogenannten Anführern unter einer Decke stecken. Jetzt kommt das vielleicht endlich ans Licht. Jemand – Sie und Hugo – hat es gewagt, ins Reservat zu kommen und Fragen zu stellen. Hugo hat ein tragisches Ende gefunden. Sie hätte es beinahe auch erwischt. Unser neuer Constable, der nicht sehr vertrauenswürdig ist, sorgt dafür, dass die Ermittlung im Sand verläuft. Jede Menge Gerüchte und Spekulationen. Und jetzt taucht wie aus dem Nichts Todd Short wieder auf und erzählt eine völlig andere Geschichte als damals. Ich finde das zumindest beunruhigend.«

Warten Sie, bis das FBI anrollt, dachte Lacy. »Versprechen Sie mir, mich auf dem Laufenden zu halten?«

»Das kommt darauf an, was ich höre.«

»Ich werde die Anwälte in Washington anrufen. Mehr kann ich nicht tun.«

»Danke.«

»Grüßen Sie Junior bitte von mir.«

»Warum besuchen Sie ihn nicht? Er bekommt selten Besuch, und es sieht so aus, als hätte er nicht mehr viel Zeit.«

»Das werde ich tun. Weiß er von Hugo?«

»Ja. Ich habe es ihm gesagt.«

»Richten Sie ihm aus, dass ich vorbeikomme, sobald ich Zeit habe.«

»Er wird sich sehr freuen, Lacy.«

Lacy informierte Michael über die Besprechung, dann überflog sie Juniors Akte. Sie rief die Kanzlei in Washington an, und schließlich gelang es ihr, einen Anwalt namens Salzman aus einer Besprechung holen zu lassen. Die Megakanzlei hatte tausend Anwälte und einen hervorragenden Ruf, was die unentgeltliche Rechtsberatung betraf. Die Anwälte hatten unzählige Stunden dafür aufgebracht, Junior seit seiner Verurteilung vor fünfzehn Jahren zu vertreten. Lacy erzählte Salzman, dass Todd Short von den Toten auferstanden sei, sein nächster Abgang allerdings endgültig sein werde. Salzman konnte es zuerst nicht glauben. Short und Robles waren so lange verschwunden, dass er erst einmal skeptisch war. Lacy gestand, dass sie sich auf diesem Gebiet nicht auskenne, und fragte, ob es zu spät sei.

»Oh, es ist spät«, erwiderte Salzman. »Sehr spät, aber bei solchen Fällen geben wir nicht auf, nicht bis zum letzten Moment. Ich fahre runter, sobald ich hier wegkann.«

Niemand war überrascht, als Special Agent Allie Pacheco an diesem Tag noch beim BJC vorbeikam. Am Telefon hatte er gesagt, er sei gerade in der Gegend und brauche nur ein paar Minuten ihrer Zeit. Seit der Besprechung in Lunas Büro waren vier Tage vergangen. Zu aller Überraschung hatte sich Pacheco weder telefonisch noch per E-Mail bei Lacy gemeldet.

Sie setzten sich in Michaels Büro an ein Ende des chaotischen Schreibtischs. Es war nicht zu übersehen, dass Pacheco dieses Mal in völlig anderer Stimmung war. Das bereitwillige Lächeln fehlte. »Luna und ich waren gestern in Jacksonville und haben den Fall unserem Chef vorgestellt«, begann er. »Unsere Empfehlung war, mit den Ermittlungen zu beginnen, und zwar sofort. Wir haben Ihre Strategie befürwortet, dass der erste Schritt darin bestehen sollte, den Mord an Hugo Hatch aufzuklären. Zeitgleich sollte mit der schwierigen Aufgabe begonnen werden, das Konstrukt aus Briefkastenfirmen zu entwirren und den Geldfluss zu rekonstruieren. Wir hatten vor, Richterin McDover, Phyllis Turban, Chief Cappel und Billy Cappel unter Beobachtung zu stellen und vielleicht sogar richterliche Beschlüsse für eine Telefonüberwachung und Wanzen in ihren Büros zu beschaffen. Unsere Empfehlung ging von zunächst fünf Beamten aus, mit mir als Leiter der Ermittlung. Heute Morgen hat der Chef Nein gesagt. Er meint, dass wir im Moment nicht die Leute für so etwas hätten. Ich habe versucht, ihn zu überreden, aber wenn er sich einmal entschieden hat, bleibt er dabei. Dann habe ich ihn gefragt, ob ich nicht vielleicht mit ein oder zwei Beamten einen Monat oder so ermitteln könnte. Wieder hat er Nein gesagt. Unsere offizielle Antwort ist also Nein. Es tut mir leid. Wir haben unser Bestes getan und so viel Druck wie möglich gemacht, obwohl ›Druck‹ unter diesen Umständen nicht das richtige Wort ist.«

Michael blieb ruhig, während Lacy am liebsten geflucht hätte. »Besteht die Möglichkeit, dass sich daran etwas ändert, wenn wir mehr erfahren?«, fragte sie stattdessen.

»Wer weiß?«, erwiderte Pacheco, der sichtlich verärgert war. »Es kann sich auch alles in eine ganz andere Richtung entwickeln. Florida ist ein bevorzugter Grenzübergang, das war schon immer so. Wir werden mit Hinweisen überflutet, nach denen sich Illegale ins Land schleichen, und sie kommen nicht her, um Teller zu waschen und Beton zu gießen. Sie organisieren einheimische Schläfer, um den Dschihad zu führen. Diese Leute zu finden, zu überwachen und aufzuhalten hat weitaus höhere Priorität als die Korruption, auf die wir uns früher immer gestürzt haben. Aber wir sollten in Kontakt bleiben. Falls etwas passiert, will ich es wissen.«

Falls etwas passierte … Als er gegangen war, blieben Michael und Lacy noch lange sitzen und sprachen miteinander. Sie gestanden sich ein, dass sie enttäuscht waren, verdrängten dieses Gefühl aber sofort. Ohne den Zugriff auf andere Ressourcen würden sie gezwungen sein, sich etwas einfallen zu lassen. In diesem Stadium der Ermittlungen waren Anordnungen ihre primäre Waffe. Sie beschlossen, mithilfe eines Memos von Sadelle eine Liste von etwa zwanzig Fällen zusammenzustellen, in denen McDover zugunsten der geheimnisvollen Firmen entschieden hatte, die in verschiedenen Teilen von Brunswick County bauen wollten. Bei elf der Klagen ging es um die Enteignungsverfahren, die den Bau des Tappacola Tollway ermöglicht hatten.

Da sie bei der Ausgestaltung der Anordnung großen Spielraum hatten, beschlossen sie, nur für die Hälfte der Fälle McDovers Akten anzufordern. Hätten sie die Unterlagen für alle verlangt, dann hätten sie sich damit verraten und der Richterin offenbart, was sie vermuteten. Sie wollten jetzt einen Teil der Dokumente, herausfinden, was McDover und deren hoch bezahlte Anwälte weitergeben wollten, und später weitere Akten anfordern, falls es notwendig sein sollte. Der Anordnung Folge zu leisten würde Killebrew und dessen

Kanzlei für eine Weile beschäftigen und zu gewaltigen Rechnungen für deren Mandantin führen.

Jede Klage wurde in der Geschäftsstelle des für Brunswick County zuständigen Gerichts archiviert, und Sadelle hatte schon vor einiger Zeit Kopien der umfangreichen Akten angefordert. Sie waren inzwischen perfekt indiziert und mit Querverweisen versehen, und es bestanden kaum Zweifel daran, dass die Zusammenfassungen des BJC erheblich detaillierter waren als alles, was Killebrew ihnen schicken würde. Doch alle Richter führten eigene Büroakten, die nicht ins Archiv aufgenommen wurden. Sie waren gespannt darauf zu sehen, wie genau McDover sich an die Vorgaben halten würde.

Lacy arbeitete an der Anordnung, bis es dunkel wurde. Es lenkte ihre Gedanken vom FBI ab.

26

GUNTHER WAR WIEDER DA. Er hatte einen faulen Samstagmorgen mit der Nachricht unterbrochen, dass er nach Florida fliegen wolle und am Nachmittag ankommen werde. Lacy hatte zwar nichts vor, unternahm aber den schwachen Versuch, beschäftigt zu klingen. Er wollte nichts davon wissen. Er vermisse seine kleine Schwester und mache sich schreckliche Sorgen um sie. Er entschuldigte sich mehrmals dafür, nicht schon früher gekommen zu sein. Er wisse doch, dass sie ihn brauche.

Lacy stand am Fenster des General Aviation Terminal und sah zu, wie die Privatflugzeuge starteten und landeten. Um drei Uhr, Gunthers voraussichtlicher Ankunftszeit, fiel ihr ein kleines, zweimotoriges Flugzeug auf, das neben dem Terminal ausrollte und zum Stehen kam. Gunther stieg aus, allein. Seine wechselhafte Pilotenkarriere erstreckte sich über die beiden letzten Jahrzehnte und war mindestens zweimal unterbrochen worden, als man ihm die Lizenz entzogen hatte. Er hatte ein Autoritätsproblem und während des Fluges mit Fluglotsen zu streiten begonnen. Solche Auseinandersetzungen werden grundsätzlich nie von den Piloten gewonnen; danach musste Gunther am Boden bleiben. Offenbar hatte er inzwischen eine Möglichkeit gefunden, die Lizenz wiederzubekommen.

Gunther hatte eine kleine Reisetasche bei sich, was sie für ein gutes Zeichen hielt, sowie einen großen Aktenkoffer, der zweifellos mit Unterlagen für wichtige Geschäfte vollgestopft war. Er umarmte sie stürmisch in der Lobby, sagte, sie sehe großartig aus, und schien den Tränen nahe zu sein, als er sich darüber ausließ, wie sehr er sie vermisst habe. Lacy bemühte sich einigermaßen erfolgreich, den gleichen Eindruck zu vermitteln.

»Du darfst wieder fliegen?«, fragte sie, als sie das Terminal verließen.

»Ja, diese Idioten bei der Luftfahrtbehörde können mich doch nicht am Boden halten. Ich habe meine Lizenz vor zwei Wochen wiederbekommen.«

»Nettes Flugzeug.«

»Gehört einem Freund, ich habe es mir geliehen.«

Sie gingen zu Lacys Wagen, dem kleinen Ford, den sie immer noch fuhr. Gunther musste natürlich eine Bemerkung über die Größe machen.

»Ist nur ein Leihwagen«, erklärte sie. »Ich weiß noch nicht, was für ein Auto ich mir kaufen soll.«

Gunther wusste alles über Autos und begann sofort einen Vortrag über die verschiedenen Modelle, die seiner Meinung nach für sie infrage kämen. »Wenn wir Zeit haben, kann ich dich ja beim Autokauf begleiten«, schlug er vor.

»Großartige Idee«, meinte sie. Ihr Bruder fuhr zurzeit einen Mercedes. Lacy konnte sich an einen Maserati, einen Hummer, einen Porsche und einen schwarzen Range Rover SUV erinnern. Außerdem war einmal von einem Rolls-Royce die Rede gewesen. Auch wenn seine Immobiliengeschäfte nicht gut liefen, war Gunther in Atlanta immer mit einem Luxusauto unterwegs. Er war angesichts ihres Budgets die denkbar schlechteste Wahl, um ihr beim Kauf eines neuen Wagens zu helfen.

Als sie auf der Straße waren, fiel ihm ihre defensive Fahrweise auf. »Fühlst du dich am Steuer wohl?«, erkundigte er sich.

»Eigentlich nicht, aber es wird langsam besser.«

»Ich hatte noch nie einen schlimmen Autounfall. Vermutlich dauert es eine Weile, bis man die Angst überwunden hat.«

»Ziemlich lange.«

»Du siehst großartig aus«, sagte er zum dritten Mal. »Deine Haare gefallen mir. Hast du schon mal daran gedacht, sie so kurz zu lassen?«

»Nicht eine Sekunde«, erwiderte sie lachend. Einen Monat nach ihrem Krankenhausaufenthalt war ihr Schädel mit kurzen, feinen Haaren bedeckt, die ein wenig dunkler waren als vor dem Unfall, aber darüber machte sie sich keine Gedanken. Wenigstens wuchsen sie wieder. Sie hatte die Tücher und Mützen weggeräumt, und wenn jemand sie anstarrte, war ihr das egal.

Gunther wollte wissen, wie sich die Ermittlungen zu der bestechlichen Richterin und dem Kasino entwickelt hatten, und Lacy erzählte ihm die Vorgeschichte. Er konnte Geheimnisse für sich behalten, und in Atlanta gab es niemanden, der sich für den Fall interessierte; trotzdem ignorierte sie ihre Verschwiegenheitspflicht nicht ganz. Sie gab zu, dass sie an ihre Grenzen gestoßen waren, als das FBI es abgelehnt hatte, sich an den Ermittlungen zu beteiligen.

Das war für Gunther der Anlass zu einer längeren Tirade, die erst endete, als sie ihre Wohnung erreicht hatten. Er wetterte gegen die Bundesregierung mit ihrer aufgeblähten Größe, den unzähligen Behörden, nutzlosen Bürokraten und ahnungslosen Politikern. Seine eigenen Auseinandersetzungen mit der Gleichstellungsbehörde, der Steuerbehörde, ja sogar dem Justizministerium blieben natürlich nicht unerwähnt, obwohl er nicht ins Detail ging und Lacy auch nicht nachfragte. Wie konnte sich das FBI mit seinen Millionen Beamten und seinem Milliardenbudget weigern, eine derart eklatante Korruption zu untersuchen? Ein Mann war getötet worden, trotzdem wollten die »FBIler« nicht in der Sache ermitteln? Er war völlig entgeistert, sogar wütend.

In Lacys Wohnung deponierte er seine Reisetasche und den Aktenkoffer im Gästezimmer. Sie bot Tee oder Wasser an, er wollte eine Diätlimo. Gunther war seit fast zehn Jahren trockener Alkoholiker und hatte die Höhen und Tiefen der anfänglichen Abstinenz lange hinter sich. Seine Sauforgien waren legendär gewesen, bis sie sich zu etwas Dunklem, Beängstigendem entwickelt hatten. Auf Drängen der Familie hatte er zweimal einen Entzug hinter sich gebracht, aber danach wieder mit dem Trinken angefangen. Dann kamen eine Verurteilung wegen Trunkenheit am Steuer, eine Scheidung und ein Bankrott – alles gleichzeitig –, und mit zweiunddreißig Jahren hatte Gunther Alkohol und Drogen abgeschworen und sich einer höheren Macht gefügt. Er hatte seit Jahren keinen Tropfen mehr getrunken und arbeitete sogar ehrenamtlich in einer Suchtklinik für Teenager. Wenn man ihn danach fragte, erzählte er freimütig von seiner Sucht.

Von allem anderen auch, wie Lacy wusste. Um nicht über heiklere Themen reden zu müssen, schilderte sie ihm das Treffen mit Wilton Mace in dem Hotel. Was allerdings dazu führte, dass sie ihm auch von den Morden an Son Razko und Eileen Mace, Juniors Prozess und so weiter erzählte. Es war nicht ihr Fall. Die Akte war nicht unter Verschluss. Vertraulichkeit war nicht wichtig.

Wie fast alle Weißen fand Gunther die Vorstellung, dass ein Unschuldiger in der Todeszelle saß, absurd. Junior habe sicher irgendetwas angestellt, sonst wäre er jetzt nicht dort. Dies führte zu einer langen und zeitweise hitzigen Debatte über das Strafjustizsystem. Recht war Lacys Leben, und sie wusste, dass es nicht perfekt war. Gunther hatte sich mit Haut und Haaren Immobiliengeschäften und dem Geldverdienen verschrieben, für alles andere hatte er kaum Interesse. Er gab zu, dass er selten eine Zeitung las, höchstens einmal einen Blick in den Finanzteil warf. Er hatte kein Wort darüber gehört, dass vor Kurzem zwei Urteile in Georgia aufgrund von DNA-Entlastungsbeweisen aufgehoben worden waren, worüber sämtliche Medien berichtet hatten. Bei dem einen Fall ging es um einen Mann, der neunundzwanzig Jahre im Gefängnis gesessen hatte, für eine Vergewaltigung und einen Mord, die von jemand anderem begangen worden waren. Gunthers Meinung nach waren die Gefängnisse nur deshalb so voll, weil die Kriminalität um sich griff.

Endlich fiel ihm ein, dass er noch einige Anrufe erledigen musste. Lacy war müde und brauchte eine Pause. Sie führte ihn zu der kleinen Terrasse, die von der Küche abging. Der Gartentisch war der ideale Ort, um ein Büro einzurichten.

Zum Abendessen gingen sie in ein Thai-Restaurant in der Nähe der Florida State University. Nachdem sie sich gesetzt hatten, griff Gunther plötzlich in die Tasche und zog ein Mobiltelefon heraus. »Ich muss nur noch schnell eine E-Mail schreiben, Schwesterherz«, sagte er, während er bereits zu tippen begann.

Lacy sah ihm stirnrunzelnd dabei zu, und als er fertig war, sagte sie: »Wir machen jetzt Folgendes. Alle Handys kommen auf den Tisch, stumm geschaltet. Derjenige, dessen Handy zuerst vibriert, zahlt die Rechnung.«

»Ich wollte dich sowieso einladen.«

»Keine Angst, das wirst du auch tun.« Sie holte ihr iPhone und das neue BlackBerry vom BJC aus der Handtasche. Gunther legte ein weiteres Mobiltelefon auf den Tisch. Gleichstand. »Was ist das da?«, fragte er, während er auf den BlackBerry zeigte.

»Mein Diensthandy. Der Vorgänger wurde aus dem Auto gestohlen.«

»Und es gibt keine Spur davon?«

»Absolut nichts. Unser IT-Techniker sagt, dass es nicht gehackt werden kann. Wir sind vermutlich auf der sicheren Seite.« Lacy griff in die Tasche ihrer Hose. »Oh, das hätte ich fast vergessen.« Sie zog das Prepaidhandy heraus, das Myers ihr gegeben hatte.

»Du hast drei Handys?«, wunderte sich Gunther.

»Das hier zählt eigentlich nicht.« Sie legte das Wegwerfhandy zu den beiden anderen. »Myers benutzt so etwas. Ich glaube, er verbraucht pro Monat ganz schön viele davon.«

»Kluger Mann. Wann hast du das letzte Mal mit ihm gesprochen?«

»Vor ein paar Wochen. An dem Tag, an dem er mir das Handy gegeben hat.«

Eine kleine Asiatin kam an den Tisch und nahm ihre Bestellung auf. Gunther wollte Tee haben und forderte Lacy auf, ein Glas Wein für sich zu bestellen. Das war so eine Art Ritual zwischen ihnen, das sie schon hundertmal durchgespielt hatten. Lacy tat nichts, um ihren Bruder in Versuchung zu führen, doch dieser war sehr stolz darauf, jenseits aller Versuchung zu sein. Außerdem war er nie ein großer Weinliebhaber gewesen. Zu schwach, zu zivilisiert. Lacy entschied sich für ein Glas Chablis und knusprige Frühlingsrollen als Vorspeise. Als die Getränke kamen und sie sich gerade über die letzten Gespräche mit ihrer Mutter Ann unterhielten, gab eines der Handys ein leises Geräusch von sich. Es war dasjenige aus der beeindruckenden Sammlung in der Mitte des Tisches, von dem Lacy es am wenigsten erwartet hätte. Myers meldete sich. Sie seufzte, zögerte und sagte dann: »Ich glaube, das Gespräch nehme ich besser an.«

»Natürlich. Und die Rechnung kannst du später auch annehmen.«

Sie klappte das Telefon auf, während sie sich verstohlen umsah, und flüsterte: »Ich hoffe, es ist wichtig.«

»Ich versuche, Lacy Stoltz zu erreichen«, sagte eine Stimme, die sie nicht kannte.

Sie zögerte wieder. Der Anrufer war mit Sicherheit nicht Greg Myers. »Das bin ich. Wer sind Sie?«

»Wir sind uns noch nie begegnet, aber wir beide kennen Greg. Ich bin der Mittelsmann, der den Kontakt zum Maulwurf hält. Wir müssen reden.«

Lacy war so beunruhigt, dass sie nur noch mit Mühe Luft bekam. Dann wurde ihr schwindlig. Offenbar konnte man ihr ansehen, wie entsetzt sie war, denn Gunther beugte sich vor und legte die Hand auf ihren Arm. »Wo ist Greg?«, fragte sie. Gunther kniff besorgt die Augen zusammen.

»Ich weiß es nicht. Deshalb müssen wir reden. Ich bin in der Stadt, nicht weit weg von Ihnen. Wie schnell können wir uns treffen?«

»Ich sitze gerade beim Abendessen. Ich …«

»Dann in zwei Stunden. Sagen wir zweiundzwanzig Uhr. Auf dem Platz zwischen Capitol und dem Gebäude des alten Capitol. Um zweiundzwanzig Uhr warte ich dort an der Treppe.«

»Darf ich Sie fragen, wie es zurzeit mit der Gefahrenstufe aussieht?«

»Für Sie und für mich? Ich würde sagen, es besteht keine unmittelbare Gefahr.«

»Okay, trotzdem nehme ich meinen Bruder mit. Er spielt gern mit Waffen. Sollte er eine mitbringen? Nur für den Fall?«

»Nein, Lacy. Wir stehen auf derselben Seite.«

»Ist Greg etwas zugestoßen?«

»Darüber reden wir später.«

»Ich habe keinen Hunger mehr. In einer halben Stunde sind wir da.«

Das Gelände um das Capitol herum war hell erleuchtet, aber es waren nur wenige Leute unterwegs. Schließlich war Samstagabend, und sämtliche Behördenmitarbeiter genossen ihr Wochenende. Die einsame Gestalt in der Nähe der Treppe vor dem alten Capitol trug Shorts, Turnschuhe und eine Baseballmütze und wäre nirgendwo in der Stadt aufgefallen. Der Mann nahm einen letzten Zug von einer Zigarette, trat den Stummel aus und kam auf sie zu. »Sie müssen Lacy sein«, sagte er mit ausgestreckter Hand.

»Stimmt. Das ist mein Bruder Gunther.«

»Ich heiße Cooley.« Rasch gaben sie sich die Hand. »Gehen wir ein paar Schritte«, schlug er vor. Sie schlenderten über den Platz, das Gebäude des Repräsentantenhauses vor sich. »Ich habe keine Ahnung, wie viel Sie über mich wissen. Vermutlich wenig«, sagte Cooley.

»Bis jetzt habe ich nicht mal Ihren Namen gekannt«, erwiderte Lacy. »Was ist los?« Aber sie wusste schon, dass Greg etwas zugestoßen war; andernfalls wäre Cooley nicht aufgetaucht, und sie würden jetzt nicht miteinander reden.

Cooley sprach leise, während sie weitergingen. »Vor vier Tagen waren Myers und sein Mädchen, Carlita, zum Tauchen in Key Largo.«

»Ich kenne Carlita.«

»Sie haben angelegt, und Greg sagte, er wolle rasch auf einen Drink in eine Bar gehen. Er ist an Land, sie blieb im Boot. Nach ein paar Stunden hat sie angefangen, sich Sorgen zu machen. Bei Einbruch der Dunkelheit sind ihr zwei Männer aufgefallen, die sich das Boot aus einiger Entfernung angesehen haben, jedenfalls hat sie geglaubt, dass es so war. Der Hafen war gut belegt, jede Menge Schiffe und Leute, die an Deck feierten, und die beiden Männer blieben nicht lange. Carlita hat mich an dem Abend angerufen, wie es im Notfallplan vorgesehen ist. Natürlich ist sie verstört und verzweifelt und hat keine Ahnung, was sie jetzt tun soll. Greg ging selten an Land, und wenn, wusste sie immer genau, wann er wiederkommen würde. Hin und wieder haben sie Vorräte eingekauft, aber in der Regel ist immer Carlita einkaufen gegangen. Manchmal haben sie sich auch ins Kino oder in ein Restaurant gewagt, doch immer zusammen. Greg war sehr vorsichtig und hat jeden seiner Schritte genau geplant.«

Sie waren jetzt auf der Duval Street und entfernten sich vom Capitol, drei Freunde, die an einem warmen Abend einen Spaziergang machten.

»Was ist mit seinem Handy, dem Laptop, den Akten, den Unterlagen?«, wollte Lacy wissen.

»Auf dem Boot ist einiges davon. Offen gesagt weiß ich nicht, was. Greg kennt die Identität des Maulwurfs nicht. Er und ich haben entweder persönlich miteinander geredet oder über Wegwerfhandys, um keine Spuren zu hinterlassen. Aber er ist Anwalt. Daher besteht die Chance, dass es irgendwo Notizen und Unterlagen gibt. Carlita wird vorerst bleiben, wo sie ist, und warten. Darauf, dass Greg zurückkommt, dass ich ihr sage, was sie tun soll. Ich kann mich nicht mit ihr treffen. Das Risiko ist zu groß.«

»Wissen die denn, wer Sie sind?«, fragte Lacy.

»Wollen Sie raten, wer *die* sein könnten? Nein, ich glaube nicht, dass sie mich erkennen würden, aber wer weiß? Ich kann Carlita jedenfalls nicht holen.«

»Kann sie das Boot nicht wegbringen?«, erkundigte sich Gunther.

»Keine Chance. Sie weiß nicht mal, wie man den Motor startet und den Rückwärtsgang einlegt. Und wo sollte sie hin?«

»Ich würde mich gern hinsetzen«, meinte Lacy, als sie eine Bank sah. Sie und Gunther ließen sich darauf nieder – er hielt ihre Hand –, während sich Cooley eine Zigarette anzündete und den Verkehr beobachtete. In ihrer Nähe hielt sich kein einziger Passant auf.

»Greg hat erzählt, dass er seit mehreren Jahren auf der Flucht ist und sich eine Menge Feinde gemacht hat, als er mit dem Gesetz in Konflikt geraten ist«, sagte Lacy. »Könnte es sein, dass dieser Teil seiner Vergangenheit ihn jetzt eingeholt hat?«

Cooley stieß eine Rauchwolke aus. »Das bezweifle ich. Wir haben uns im Gefängnis kennengelernt. Ich war auch einmal Anwalt, bis man mich gebeten hat, meinen Beruf aufzugeben. Zwei Männer, die zusammen ihre Zeit in einem Bundesgefängnis in Texas absitzen und beide aus der Anwaltskammer geworfen wurden. Einer der anderen Knackis hat mir von Vonn Dubose und dem Indianer-Kasino erzählt, daher bin ich nach meiner Entlassung nach Florida zurück und habe angefangen herumzuschnüffeln. Es ist eine lange Geschichte, aber ich kannte den Maulwurf und habe den Ball ins Rollen gebracht. Jetzt sieht es allerdings so aus, als wäre das alles ziemlich dumm von mir gewesen. Sie sind verletzt worden. Ihr Kollege ist tot. Myers dümpelt vermutlich irgendwo im Meer – in dreißig Meter Tiefe mit einem Ziegelstein um den Hals.«

»Glauben Sie, Dubose hat etwas damit zu tun?«, wollte Gunther wissen.

»Ich würde auf ihn tippen. Sicher, Greg hatte Feinde, aber das ist lange her. Ich kenne einige der Leute, die er verpfiffen hat. Das waren keine Profis. Klar, sie haben Mist gebaut, aber das sind keine Typen, die jahrelang nach Greg suchen würden, um ihm eine Kugel in den Kopf zu jagen und ihr Leben damit noch komplizierter zu machen. Kubiak, ihr Anführer, sitzt immer noch. Greg unterschreibt die Dienstaufsichtsbeschwerde, was für Dubose und seine Bande eine

Bedrohung darstellt, und – sieh an – verschwindet nach ein paar Tagen. Ich hätte da mal eine verfahrensrechtliche Frage.«

Lacy zuckte mit den Schultern. Nur zu.

»Kann die Dienstaufsichtsbeschwerde, die Myers gegen Richterin McDover eingelegt hat, weitergeführt werden, wenn der Beschwerdeführer verschwindet?«

Lacy überlegte einen Moment. »Ich bin mir nicht sicher. Soweit ich weiß, ist das noch nie vorgekommen.«

»*Soll* die Beschwerde denn überhaupt weitergeführt werden?«, fragte Gunther.

Weder Cooley noch Lacy gaben ihm eine Antwort. Cooley rauchte seine Zigarette langsam zu Ende und schnippte die Kippe lässig auf den Gehsteig, ein gedankenloser Akt der Umweltverschmutzung, den Lacy normalerweise nicht unkommentiert gelassen hätte. Jetzt war ihr das allerdings egal. »Was ist im Moment das Wichtigste?«, fragte sie.

»Carlita kann nicht mehr lange auf dem Boot bleiben«, erwiderte Cooley. »Sie hat fast keine Lebensmittel mehr, und das Wasser wird auch knapp. Außerdem liegt ihr der Hafenmeister wegen der Liegegebühren in den Ohren. Ich würde sie gern da rausholen und Gregs Sachen mitnehmen – Handys, Akten, alles, was gesichert werden muss. Aber wie gesagt, es ist zu riskant. Es ist sehr wahrscheinlich, dass das Boot beobachtet wird.«

»Das kann ich doch machen«, schlug Gunther vor.

»Auf keinen Fall«, protestierte Lacy. »Du hältst dich da raus.«

»Ich habe ein Kleinflugzeug am Flughafen stehen. In zwei Stunden kann ich auf Key Largo sein. Selbst wenn sie tatsächlich dort sind – sie haben keine Ahnung, wer ich bin. Carlita wird wissen, dass ich komme, daher wird sie reisefertig sein. Sie wird uns genau sagen, wo das Boot liegt. Ich werde weg sein, bevor jemand merkt, was passiert. Und falls es ihnen irgendwie gelingen sollte, uns bis zum Flughafen zu folgen, werden sie es wohl kaum schaffen, so schnell ein Flugzeug aufzutreiben, dass sie uns nachfliegen können. Ich werde Carlita irgendwo unterwegs absetzen, dann kann sie den Bus nehmen und fahren, wohin sie will.«

»Und wenn jemand versucht, Sie aufzuhalten?«, fragte Cooley.

»Sie haben doch gehört, was meine Schwester gesagt hat. Ich mag Waffen, und ich werde eine in der Tasche haben. Mich kann man nicht so leicht einschüchtern.«

»Ich weiß nicht, Gunther«, meinte Lacy. Cooley konnte sich schnell für die Idee erwärmen. Sie nicht.

»Wir ziehen das durch, okay, Schwesterherz? Kaum Risiko, hohe Belohnung. Ich tue das, um dem Team zu helfen und dich zu schützen.«

27

AM SPÄTEN SAMSTAGABEND LEHNTE Michael Geismar den Plan ab. Er regte sich fürchterlich darüber auf, dass es Gunther schon wieder gelungen war, seine Nase in den McDover-Fall zu stecken, und warf Lacy vor, gegen ihre Verschwiegenheitspflicht verstoßen zu haben. Sie rechtfertigte sich, indem sie erklärte, Cooley habe während des Abendessens mit ihrem Bruder angerufen, daher habe sie es nicht vor Gunther verheimlichen können, der, wie ja alle wüssten, gern lausche und ziemlich penetrant sein könne. Sie erinnerte ihren Vorgesetzten daran, dass er selbst Gunther bei einem Kaffee im Krankenhaus zu viel erzählt habe, während sie noch im Koma gelegen habe. Dies sei keine herkömmliche Ermittlung, daher seien andere Regeln erforderlich.

Das erheblich größere Problem stellten Myers' Verschwinden und die schwierigen Fragen dar, die sich daraus ergaben. Lacy bestand darauf, dass sie am frühen Sonntagmorgen eine Besprechung im BJC ansetzten. Schließlich gab Michael nach, beharrte aber darauf, dass Gunther nicht daran teilnahm. Ihr Bruder wartete daher im Auto, wo er nonstop ins Handy brüllte und einen Banker zusammenstauchte, den er aus dem Bett geholt hatte.

Michael hatte seinen Ärger ausgeschlafen und war bereit, ihr zuzuhören. Lacy gab die letzten Neuigkeiten von Cooley an ihn weiter. Er hatte am frühen Morgen mit Carlita gesprochen, aber es hatte sich nichts getan. Keine Spur von Myers.

Sie hantierte auf dem Boot herum, als wäre nichts passiert, wusch das Deck, putzte die Fenster, versuchte, alles normal aussehen zu lassen, tat aber im Grunde genommen nichts anderes, als jeden zu beobachten, der in ihre Nähe kam. Sie war untröstlich, verängstigt, hilflos und wollte nach Hause – Tampa –, hatte aber fast kein Geld und keinen Plan. Sie hatte Myers' Dokumente durchgesehen, war sich aber nicht sicher, was wichtig war. Unter dem Bett befand sich ein Karton mit »seinen Jurasachen«, doch die meisten »seiner Papiere« bewahrte er irgendwo in Myrtle Beach auf. Außerdem gab es zwei Handys und einen Laptop. Cooley hatte versprochen, dass bald Hilfe kommen werde, was er aber nur gesagt hatte, um sie zu beruhigen.

Lacy argumentierte, es sei ihre Pflicht, dem Mädchen zu helfen, wenn sie das ohne größeres Risiko tun konnten. Schließlich sei Carlita nur wegen der Ermittlungen in dieser Lage. Zurzeit gebe es niemanden sonst, der ihr helfen könne. Sie habe Unterlagen, Handys und einen Laptop in ihrem Besitz, die jemandem schaden konnten. Zugegeben, Gunther sei unberechenbar, aber er sei bereit, hin- und zurückzufliegen, auf seine Kosten. Mit dem Auto bräuchten sie mindestens zehn Stunden für *eine* Strecke. Die Zeit dränge.

»Michael, ein Nein lasse ich nicht als Antwort gelten«, sagte Lacy mehr als einmal.

»Warum kann sie nicht die Polizei anrufen und ihn als vermisst melden?«, wandte er ein. »Soll die sich doch darum kümmern. Dann kann Carlita das Boot mit allem, was sie mitnehmen möchte, verlassen und nach Hause fahren. Wenn da unten ein Verbrechen begangen wurde, muss die Polizei davon erfahren.«

»Cooley hat mit ihr darüber gesprochen, und es hat ihr Angst gemacht. Ich weiß nicht genau, warum, aber schließlich wissen wir nicht alles über Myers und sein Boot. Vielleicht will sie nicht, dass die Cops da herumschnüffeln. Vielleicht hat sie keine Papiere.«

»Sagen Sie ihr, dass sie die Akten vernichten soll, alles, was auch nur irgendwie verdächtig aussieht. Sie soll das Handy, das sie gerade benutzt, behalten und das andere zusammen mit dem Laptop über Bord werfen.«

»Michael, von hier aus hört sich das ganz gut an, aber wir wissen nicht, was sie weiß. Außerdem könnten Sie sie damit auffordern, Beweise zu vernichten. Das wird sie auf keinen Fall machen. Wie auch immer, Carlita hat Angst und weiß nicht, was sie tun soll. Wir müssen ihr helfen.«

»Wenn sie von Bord geht, was wird dann aus dem Boot?«

»Wen interessiert das? Vermutlich wird irgendwann jemand die Polizei holen. Und die wird dann zu dem Schluss kommen, dass eine vermisste Person im Spiel ist, und anfangen zu ermitteln. Wir haben schon genug eigene Probleme.«

»Lacy, Sie bleiben hier. Ich gehe auf keinen Fall das Risiko ein, dass Ihnen wieder etwas passiert.«

»Okay, dann macht es Gunther eben allein. Er kann Carlita von Bord holen und sie wegbringen.«

»Vertrauen Sie ihm?«

»Ja. In gewissen Situationen kann er sehr zuverlässig sein.«

Michael war beunruhigt. Noch ein Toter. Vielleicht hatte Myers etwas Wichtiges hinterlassen. Das BJC hatte mit solchen Sachen keine Erfahrung. Wo waren die richtigen Cops? Er trank einen Schluck Kaffee aus seinem Pappbecher und sagte: »Wenn Dubose dahintersteckt, wissen sie, dass die Dienstaufsichtsbeschwerde gegen McDover von einem Mann unterschrieben wurde, den sie aus dem Weg geräumt haben. Das Spiel ist vorbei, Lacy. Ohne den Beschwerdeführer können wir nicht weitermachen.«

»Darüber können wir uns morgen Gedanken machen. Michael, bitte! Wir müssen zu Carlita und alles holen, was Myers zurückgelassen hat.«

»Lacy, es ist vorbei.«

»Ist es nicht, und ein Nein als Antwort lasse ich nicht gelten.«

»Das habe ich jetzt schon mehr als einmal gehört.«

»Ich habe eine Idee. Sie und Gunther fliegen zusammen nach Key Largo und holen Carlita. Das Wetter ist perfekt. Er sagt, dass vier Leute in das Flugzeug passen. Ein schöner Ausflug.«

»Ich mag kleine Flugzeuge nicht.«

»Große mögen Sie auch nicht. Schließen Sie einfach die Augen. Sie werden im Handumdrehen zurück sein. Wir verstoßen damit nicht gegen Gesetze. Ein kurzer Flug, Sie holen Carlita, setzen sie irgendwo ab, und schon sind Sie wieder zu Hause.«

»Ich wäre vier Stunden lang mit Gunther in einem kleinen Flugzeug gefangen!«

»Ich weiß, aber es ist wichtig.«

»Warum sollen wir uns die Mühe machen, Lacy? Der Fall wird doch sowieso geschlossen.«

»Nicht, wenn das FBI einsteigt. Findet das Bureau heraus, dass ein Schlüsselzeuge verschwunden ist, ändert es vielleicht seine Meinung.«

»Klingt ziemlich verzweifelt.«

»Wir *sind* verzweifelt.«

Michael holte tief Luft und schüttelte dann frustriert den Kopf. »Ich kann nicht. Heute Nachmittag geben wir eine kleine Party für meine Schwiegermutter. Sie wird neunzig.«

»Dann fliege ich. Ich verspreche, dass uns nichts passieren wird. Es ist nur ein kurzer Flug an einem schönen Sonntag. Heute ist mein freier Tag. Wenn ich fliegen will, wer soll mich aufhalten?«

»Also gut. Machen Sie's, aber unter einer Bedingung: Sie halten sich von dem Boot fern. Wenn jemand zusieht, könnte er Sie erkennen. Gunther kennt niemand, für Sie gilt das nicht. Vergewissern Sie sich, dass Sie Myers' Unterlagen, die Handys und den Laptop bekommen. Carlita kennt Sie, und Ihnen wird sie mehr vertrauen als Ihrem Bruder. Was keine große Überraschung wäre. Setzen Sie sie unterwegs ab, geben Sie ihr ein bisschen Geld für ein Taxi oder den Bus, und machen Sie ihr klar, dass sie mit niemandem reden soll.«

Lacy war schon an der Tür. »Verstanden, Michael.«

Eine Stunde später hob die Baron vom Flughafen in Tallahassee ab. Gunther, der von der Aussicht auf ein Abenteuer ganz begeistert war, saß auf dem linken Sitz und steuerte das Flugzeug. Lacy, die wie er Kopfhörer trug, hatte neben ihm Platz genommen und hörte fasziniert dem Funkverkehr zwischen der Flugsicherung und den Piloten zu. Sie flogen fast genau nach Süden und waren nach kurzer Zeit über dem Golf von Mexiko. Bei zweitausendachthundert Metern hatten sie ihre endgültige Flughöhe erreicht und beschleunigten auf die Höchstgeschwindigkeit von dreihundertsechzig Stundenkilometern. Das Dröhnen der Motoren ließ etwas nach, allerdings war es in der Kabine immer noch lauter, als Lacy erwartet hatte.

Nach zwei Stunden ging Gunther in den Sinkflug über, und Lacy ließ den Blick über das Meer und die Inseln schweifen. Um 11.40 Uhr setzten sie auf. Gunther hatte bereits einen Mietwagen gebucht. Er fuhr, und Lacy, die eine Touristen-Landkarte auf dem Schoß hielt, kümmerte sich um die Route. Cooley hielt von Tallahassee aus den Kontakt zu Carlita. Als sie sich dem Jachthafen von Key Largo näherten, rief er bei Gunther an und gab ihm Carlitas Telefonnummer. Im Hafen wimmelte es nur so von Seglern, die aufs Meer hinausfuhren, und Fischerbooten, die mit ihrem Morgenfang zurückkamen. Gerade hatte ein Tauchboot angelegt, und ein Dutzend Taucher luden ihre Ausrüstung ab. Lacy blieb im Wagen und beobachtete die Umgebung, während Gunther am Kai entlangschlenderte und so tat, als würde er die Boote bewundern. Carlita verließ die *Conspirator* und schaffte es sogar zu lächeln, als wäre alles in Ordnung. Sie hatte drei Taschen bei sich: einen Rucksack, einen großen Nylonbeutel, der offenbar mit Kleidung vollgestopft war, und Myers' olivgrüne Botentasche. Gunther nahm ihr zwei der Taschen ab, dann schlenderten sie zum Parkplatz. Lacy, die vom Wagen aus den gesamten Hafen überblicken konnte, entdeckte niemanden, der sie beobachtete. Carlita freute sich sehr, ein bekanntes Gesicht zu sehen.

Gunther, der zu allem und jedem eine Meinung hatte, war fest davon überzeugt, dass die Leute, die für Myers' Verschwinden verantwortlich waren, nach fünf Tagen ohne jeden Kontakt längst fort waren. Wenn sie sich mit Carlita hätten unterhalten oder das Boot durchsuchen wollen, hätten sie das bereits getan. Eine Stunde nachdem sie den Flughafen verlassen hatten, waren sie wieder am General Aviation Terminal. Rasch verstauten sie das Gepäck in der Baron und hoben um 13.15 Uhr ab. Lacy rief Michael an, aber er ging nicht ans Telefon. Vermutlich feierte er mit seiner Schwiegermutter. Sie schickte ihm eine SMS, dass alles glattgelaufen war.

Lacy und Carlita saßen hinten in der Kabine, Knie an Knie. Sobald sie in der Luft waren, begann Carlita zu weinen. Lacy hielt ihre Hand und beteuerte, dass sie jetzt in Sicherheit sei. Carlita wollte wissen, ob Lacy etwas von Myers gehört habe. Nein, kein Wort, nichts. Was werde mit dem Boot passieren? Lacy erwiderte, sie sei sich nicht sicher. Der Plan sei, die örtliche Polizei darüber zu informieren, dass

Myers verschwunden sei, und ihr alles andere zu überlassen. Sie fragte Carlita über das Boot aus: Wie lang lebte sie schon darauf? Wo hatte Myers es gekauft – oder war es geleast? Gehörte es ihm, oder war eine Bank im Spiel? Waren weitere Besucher auf dem Boot gewesen?

Carlita wusste nicht viel. Sie lebte seit einem Jahr auf der *Conspirator,* mit Unterbrechungen, wusste aber nicht, wo das Schiff herkam. Greg, erklärte sie, rede nicht über seine Geschäfte. Gelegentlich gehe er an Land, um sich mit jemandem zu treffen, aber er komme immer innerhalb einer Stunde zurück. Er sei extrem vorsichtig. Und er habe Angst. Er mache keine Fehler. Bevor er verschwunden sei, habe er im Hafen lediglich rasch einen Drink nehmen wollen. Er habe nicht vorgehabt, jemanden zu treffen.

Als sie die endgültige Flughöhe erreicht hatten und Key Largo weit hinter ihnen lag, hörte Carlita zu weinen auf und sagte nicht mehr viel. Lacy fragte, ob sie die Botentasche und den Rucksack behalten könne. Carlita war einverstanden, sie wollte mit Myers' Unterlagen nichts zu tun haben. Er habe immer sehr darauf geachtet, was er auf dem Boot gelassen habe, weil es jederzeit hätte durchsucht werden können, sei es von den bösen Jungs oder von der Polizei. Mit der Post – nie mit einem Kurierdienst – habe er einen großen Teil der Unterlagen an seinen Bruder in Myrtle Beach geschickt. Sie sei nicht sicher, was er auf dem Boot zurückgelassen habe, gehe aber davon aus, dass es nichts Wichtiges sei.

Eine Stunde später landeten sie in Sarasota. Gunther hatte aus der Luft ein Taxi bestellt, und Lacy drückte Carlita genug Geld in die Hand, damit sie zu ihrer Wohnung in Tampa kam. Lacy bedankte sich, umarmte das Mädchen und verabschiedete sich, wohl wissend, dass sie Carlita nie wiedersehen würde.

Nach dem Start, während Gunther mit Fliegen beschäftigt war, öffnete Lacy die Botentasche. Sie holte Myers' dünnen Laptop heraus und schaltete ihn ein, kam aber nur bis zum Passwort. Außerdem fand sie ein Prepaidhandy und ein paar Aktenhefter. Einer enthielt die Registrierung des Bootes, mit einer Firma auf den Bahamas als Eigentümerin, zusammen mit Garantieerklärungen, Betriebshandbüchern und einem dicken Stapel Kleingedrucktes, in dem es um Versicherungen ging. Lacy fand kein einziges Wort über McDover, die Tappacola, Cooley, den Maulwurf oder das BJC. Der Rucksack war genauso sauber – nichts außer altem Recherchematerial und Zeitungsausschnitten über Ramsey Mix alias Greg Myers. Offenbar bewahrte er die wichtigen Unterlagen irgendwo an Land auf, zumindest die in Schriftform. Sie vermutete, dass sein Laptop mit Beweisen vollgestopft war, die in den falschen Händen größten Schaden angerichtet hätten.

Als sie in Tallahassee gelandet waren, hoffte Lacy, dass Gunther gleich sitzen blieb und nach Atlanta weiterflog, doch den Gefallen tat er ihr nicht. Auf dem Weg zu ihrer Wohnung wurde klar, dass er sich inzwischen für ein aktives Mitglied des BJC-Ermittlungsteams hielt. Er hatte vor, einige weitere Tage zu bleiben und auf seine Schwester aufzupassen.

Lacy rief Michael an und brachte ihn auf den neuesten Stand. Sie vereinbarten eine Besprechung am frühen Montagmorgen. Am späteren Nachmittag – während Gunther auf ihrer Terrasse auf und ab ging und einen Partner oder Anwalt oder Buchhalter oder Banker nach dem anderen anrief und sie selbst E-Mails beantwortete – wurde sie von Allie Pacheco überrascht. Seine SMS war kurz: »Zeit für einen Drink?«

»Privat, nach Dienstschluss, Arbeit tabu?«

»Natürlich«, antwortete er.

Doch Arbeit war genau das, was sie vorhatte. Sie lud Allie zu sich in die Wohnung ein, warnte ihn aber vor, dass ihr Bruder da sei und es nicht ganz privat werde.

Pacheco kam um 19.30 Uhr, in Shorts und einem Polohemd. Lacy goss ihm ein Bier ein und stellte ihn Gunther vor, der ihm sofort auf den Zahn fühlen wollte. Der private Status ihres kleinen Rendezvous hielt etwa fünf Minuten an, bis Gunther herausplatzte: »Wir müssen über Myers reden.«

Pacheco stellte sein Glas auf den Tisch und sah Lacy an. »Okay. Was ist mit Myers?«

»Er ist seit fünf Tagen verschwunden«, erwiderte sie. »Der Laptop auf der Arbeitsplatte in der Küche gehört ihm. Wir haben ihn heute Morgen von seinem Boot auf Key Largo geholt.«

»Lange Geschichte«, meinte Gunther.

Pacheco starrte beide an. Dann hob er die Hände, Handflächen nach oben, und sagte: »Das verstößt gegen sämtliche Richtlinien, okay? Sagen Sie mir alles, was Sie mir sagen können, dann werde ich entscheiden, was ich damit mache.«

Gunther war bemerkenswert ruhig, während Lacy Bericht erstattete.

»Das Boot muss gesichert werden«, sagte Pacheco beim zweiten Bier, »und dazu muss die Polizei benachrichtigt werden. Das FBI ist für so etwas nicht zuständig, daher können wir das nicht machen.«

»Aber Sie können doch die Polizei benachrichtigen, stimmt's?«, meinte Lacy. »Ich würde nur ungern anrufen, weil ich dann eine Menge Fragen beantworten müsste. Und ich würde es lieber vermeiden, dass mein Name in der Akte eines Vermisstenfalls landet.«

»Er wird auf jeden Fall in der Akte landen, schließlich haben Sie Myers' Laptop und Unterlagen.«

»Die haben nichts mit seinem Verschwinden zu tun.«

»Das wissen Sie nicht. Sie wissen nicht, was auf dem Laptop ist. Vielleicht findet sich dort eine Spur, ein Hinweis auf ein Treffen an dem Tag, an dem er verschwunden ist.«

»Perfekt«, warf Gunther ein. »Wir geben Ihnen den Laptop und alles andere, und Sie leiten die Sachen an die Polizei weiter. Sie wird das Ganze erheblich ernster nehmen, wenn sie vom FBI benachrichtigt wird.«

»Das könnte funktionieren«, meinte Pacheco. »Wäre es möglich, dass Myers abgehauen ist? Angesichts seiner Vergangenheit und seiner Gegenwart ist das nicht zu weit hergeholt.«

»Daran habe ich auch schon gedacht«, gestand Lacy. »Vielleicht hat ihm etwas Angst eingejagt. Vielleicht hatte er die Nase voll von dem Boot oder der Frau oder beiden und deshalb beschlossen zu verschwinden. Als er mich hier aufgesucht hat, hat er angeboten, die Dienstaufsichtsbeschwerde zurückzuziehen. Das mit Hugo hat ihm sehr leidgetan, er hat sich Vorwürfe gemacht und gesagt, es wäre besser gewesen, wenn er gar nicht erst mit der Sache angefangen hätte. Vielleicht hat er die Unterlagen vernichtet, seinen Computer ausgemistet und sich aus dem Staub gemacht.«

»Das glaubst du doch selbst nicht«, warf Gunther ein

»Nein, tue ich nicht. Ich habe mit Cooley darüber gesprochen, und er ist durch nichts davon zu überzeugen, dass Myers wieder untertauchen würde. Myers braucht das Geld. Er ist sechzig, hat im Gefängnis gesessen und so gut wie keine Zukunft. Er ist davon ausgegangen, dass er aufgrund des Whistleblower-Gesetzes eine Menge Geld bekommt. Er kennt das Gesetz in- und auswendig und hat bereits die Scheine gezählt. Er hat geglaubt, dass McDover und Dubose bis zu hundert Millionen Dollar gestohlen haben und dass ein großer Teil davon wiederbeschafft werden kann. Ich weiß nicht, wie er das Boot bezahlt hat, aber er war sehr stolz darauf. Er hat es geliebt, von Insel zu Insel zu schippern. Er war ein glücklicher Mann, der in absehbarer Zeit auch ein reicher Mann gewesen wäre. Nein, ich glaube nicht, dass er freiwillig weg ist.«

»Er ist schon seit fünf Tagen verschwunden«, meinte Pacheco, »und die Ermittlungen haben noch nicht einmal angefangen. Da dürften einige Spuren inzwischen kalt geworden sein.«

»Kann das FBI denn da gar nichts tun?«, erkundigte sich Gunther.

»Eigentlich nicht. Zuerst muss die Polizei mit den Ermittlungen beginnen. Wenn es eine Entführung oder etwas in der Art gewesen ist, könnte sie uns hinzuziehen. Aber das bezweifle ich. Offen gesagt halte ich die Chancen, Myers lebend zu finden, für ziemlich gering.«

»Und deshalb sollten wir jetzt erst recht Ermittlungen zu Dubose anstellen«, meinte Lacy.

»Der Meinung bin ich auch, aber diese Entscheidung treffe nicht ich.«

»Wie viele Tote braucht das FBI denn noch?«, fuhr Gunther ihn an.

»Auch das ist nicht meine Entscheidung. Lacy kann Ihnen bestätigen, dass ich vor einer Woche sofort loslegen wollte.«

Gunther stürmte davon und verzog sich auf die Terrasse.

»Entschuldigung«, sagte Lacy.

Pacheco hatte die Wohnung in der Erwartung betreten, mit einer hübschen Frau einen Drink zu nehmen. Er verließ sie mit Myers' Botentasche und Rucksack und keiner genauen Vorstellung davon, was er als Nächstes tun sollte.

28

ALS LACY AM MONTAGMORGEN ERWACHTE, hatte sie einen neuen Plan, um ihren Bruder loszuwerden. Dazu war ein Besuch im Todestrakt notwendig, wo ihr Bruder nicht willkommen sein würde. Sie musste ohnehin allein fahren, weil sich die Vorschriften des BJC beim besten Willen nicht so weit umgehen ließen, dass er mitkommen konnte. Während sie Kaffee kochte, ging sie in Gedanken durch, wie sie es Gunther beibringen wollte. Sie war angenehm überrascht, als er frisch geduscht und ausgehfertig in die Küche kam. Eines seiner Geschäfte drohe zu platzen, verkündete er, und er werde zu Hause gebraucht. Er fand kaum die Zeit, ein Stück Toast hinunterzuschlingen, bevor sie zu Lacys Wagen hetzten. Am Flughafen bedankte sie sich noch einmal bei ihm und rang ihm das Versprechen ab, bald wiederzukommen. Als die Baron abhob, lächelte sie und atmete tief durch, froh, dass sie nicht in dem Flugzeug saß.

Im Büro setzte sie sich mit Michael zusammen und schilderte ihm in allen Einzelheiten, wie die Reise nach Key Largo verlaufen war. Sie beschrieb den Inhalt von Myers' Tasche und Rucksack und informierte Michael, dass beide zusammen mit dem Laptop mittlerweile vom FBI beschlagnahmt worden seien.

»Sie haben sich mit dem FBI getroffen?«, fragte er verärgert.

»Pacheco mag mich und ist gestern auf einen Drink vorbeigekommen. Eins führte zum anderen, und mit Gunthers tatkräftiger Unterstützung habe ich das Gespräch auf Myers gebracht. Pacheco hat sich bereit erklärt, die Polizei zu benachrichtigen und Myers als vermisst zu melden. Er hielt es für das Beste, dass die Sachen vom Boot vom FBI beschlagnahmt werden.«

»Bitte sagen Sie mir, dass Ihr Bruder die Stadt bald verlässt.«

»Er ist schon weg. Ist heute Morgen abgereist.«

»Dem Himmel sei Dank! Ich hoffe nur, dass er den Mund halten kann.«

»Keine Angst. In Atlanta interessiert sich niemand für diesen Fall. Außerdem wird er immer das tun, was für mich das Beste ist. Entspannen Sie sich.«

»Ich soll mich entspannen? Das ist der größte Fall in der Geschichte des BJC, und er fliegt uns gerade um die Ohren. Ich nehme an, Sie haben noch nichts von Killebrew gehört?«

»Nein, und das erwarte ich auch nicht. McDover und ihre Anwälte haben noch achtzehn Tage für die Stellungnahme, und ich bin sicher, dass sie sich bis zur letzten Minute damit Zeit lassen werden. Jedes Anzeichen von Nervosität könnte sie verraten. Die Anordnung wurde letzten Freitag zugestellt, und ich bin sicher, dass sie noch immer darüber brüten.«

»Wir können nur abwarten.«

»Michael, ich kann nicht einfach hier herumsitzen. Ich werde Junior Mace besuchen. Nur damit Sie wissen, wo ich bin.«

»Ich wusste gar nicht, dass Sie Junior Mace vertreten.«

»Das tue ich natürlich nicht, aber ich habe ihm versprochen, dass ich ihn besuche. Heute Nachmittag werden sich seine Anwälte aus Washington mit ihm treffen. Salzman, der federführende Anwalt, hat mich eingeladen, an der Besprechung teilzunehmen. Junior hat nichts dagegen. Er mag mich.«

»Hängen Sie sich da nicht zu sehr rein.«

»Salzman ist zuversichtlich, dass die Hinrichtung aufgeschoben wird. Wenn der Spitzel seine Aussage widerruft, glaubt Salzman, dass sie es schaffen werden, die Hinrichtung aufzuhalten und vielleicht sogar einen neuen Prozess anzustrengen.«

»Ein neuer Prozess nach wie vielen Jahren? Fünfzehn?«

»So ungefähr.«

»Und was haben Sie damit zu tun?«

»Ich habe nicht gesagt, dass ich etwas damit zu tun habe. Sagen wir einfach, ich will nicht den ganzen Tag im Büro herumsitzen. Außerdem gehört das Fehlurteil im Fall Junior Mace zu dem Komplott dazu. Falls es aufgehoben wird, kommen vielleicht neue Beweise ans Licht. Und wenn wir davon ausgehen, dass die Spur zu Dubose führt, könnte uns das einige neue Erkenntnisse bringen. Wir müssen Juniors Fall im Auge behalten.«

»Aber passen Sie bitte auf sich auf.«

»Der Todestrakt ist ein ziemlich sicherer Ort, Michael.«

»Wenn Sie das sagen.«

Lacy schloss die Tür zu ihrem Büro und holte einen dicken Aktenhefter mit Sadelles Memos. Sie zog eines davon aus dem Stapel heraus und las es noch einmal durch. Es trug die Überschrift *Die Morde an Son Razko und Eileen Mace*:

Junior und Eileen Mace lebten mit ihren drei Kindern in einem Holzhaus in der Tinley Road, etwa drei Kilometer vom Reservat der Tappacola entfernt. (Zu der Zeit lebten rund die Hälfte der Tappacola im Stammesgebiet, viele andere in dessen Nähe. Etwa 80 Prozent wohnten in Brunswick County, einige waren weiter weggezogen, bis nach Jacksonville zum Beispiel.) Am Nachmittag des 17. Januar 1995, während die drei Kinder in der Schule waren, kam Son Razko zu Besuch. Razko und Junior Mace waren Freunde und hatten gemeinsam den Widerstand gegen das Spielkasino angeführt. Junior arbeitete als Lkw-Fahrer für eine Firma in Moreville, Florida, und war unterwegs. Falls Son und Eileen eine Affäre hatten, war der Zweck des Besuches klar. Falls nicht, ist nicht bekannt, weshalb Son vorbeikam. Jedenfalls wurden die beiden nackt und tot im Schlafzimmer gefunden, vom ältesten Kind, das gegen sechzehn Uhr von der Schule kam. Laut einem Rechtsmediziner, der für die Anklage aussagte, lag der Todeszeitpunkt zwischen vierzehn und fünfzehn Uhr.

Es war allgemein bekannt, dass Junior trank. Nachdem er seine Ladung ausgeliefert hatte, kehrte er zum Lager in Moreville zurück, stieg in seinen Pick-up und hielt bei einer Bar. Er trank ein paar Biere und spielte eine Runde Darts mit einem Mann, der nie identifiziert wurde. Gegen 18.30 Uhr wurde Junior bewusstlos und vermutlich betrunken auf dem Parkplatz in der Nähe des Pick-ups gefunden. Bei der Waffe, die für beide Morde benutzt worden war, handelte es sich um einen nicht registrierten, kurzläufigen Smith-&-Wesson-Revolver vom Kaliber .38. Er wurde unter dem Sitz von Juniors Pick-up entdeckt, zusammen mit einer Brieftasche, die Son gehörte. Junior wurde ins Krankenhaus von Moreville gebracht. Aufgrund eines anonymen Hinweises kam die Polizei dorthin und informierte Junior über den Tod Eileens und Sons. Er verbrachte die Nacht im Krankenhaus und wurde am nächsten Tag ins Gefängnis transportiert. Man legte ihm beide Morde zur Last und erlaubte ihm nicht, an der Beerdigung seiner Frau teilzunehmen. Er beteuerte seine Unschuld, doch niemand wollte ihm zuhören.

Beim Prozess, der von Richterin Claudia McDover von Brunswick County nach Panama City verlegt wurde, präsentierte die Verteidigung zwei Zeugen, die für Geschäfte arbeiteten, welche Junior am fraglichen Nachmittag beliefert hatte, und dessen Alibi bestätigten. Der erste Zeuge gab an, Junior sei zwischen vierzehn und fünfzehn Uhr etwa fünfzig Kilometer vom Tatort entfernt gewesen. Der zweite bestätigte, Junior im fraglichen Zeitraum etwa fünfundzwanzig Kilometer vom Tatort entfernt gesehen zu haben. Dem Prozessprotokoll nach zu urteilen war keiner der beiden Zeugen besonders effektiv. Der Staatsanwalt erklärte lang und breit, dass Junior die beiden

Lieferungen getätigt haben könnte und trotzdem genug Zeit gehabt hätte, um zwischen vierzehn und fünfzehn Uhr nach Hause zu fahren. Es wurde jedoch nie konkret dargelegt, wie er es hätte schaffen sollen, den Lkw abzustellen, heimzufahren, zwei Menschen umzubringen und zurückzufahren, um das Fahrzeug zu wechseln.

Die Anklage stützte sich vor allem auf die Aussage zweier Gefängnisinformanten, Todd Short und Digger Robles. Beide sagten aus, dass sie – zu unterschiedlichen Zeiten – eine Zelle mit Junior geteilt hätten und dass er ganz offen damit geprahlt habe, seine Frau mit einem anderen Mann im Bett erwischt und beide erschossen zu haben. In auffallend ähnlichen Worten berichteten sie den Geschworenen, Junior sei stolz auf das gewesen, was er getan habe, zeige keinerlei Reue und könne nicht verstehen, warum man ihn angeklagt habe. (Gerüchten und Gerede zufolge verschwanden beide Spitzel kurz nach dem Prozess aus der Gegend.)

Ein entscheidender Faktor war, dass man Sons Brieftasche in Juniors Pick-up gefunden hatte. Dem Gesetz von Florida zufolge muss ein Mord mit besonderer Schwere der Schuld eine weitere Straftat beinhalten – Vergewaltigung, Einbruch, Entführung und so weiter. Die Tatsache, dass Junior die Brieftasche des Opfers gestohlen hatte, machte deshalb aus dem Mord einen Mord mit besonderer Schwere der Schuld.

Dass man die Waffe in Juniors Pick-up gefunden hatte, hatte verheerende Folgen für seine Verteidigung. Ballistikexperten des kriminaltechnischen Labors sagten aus, es gebe keinen Zweifel daran, dass die Kugeln, die man aus den Leichen herausgeholt hatte, mit dem .38er Revolver abgefeuert wurden.

Gegen den Rat seines Rechtsbeistands (Juniors Verteidiger war ein vom Gericht ernannter Anfänger, für den es der erste Mordprozess war) trat Junior in den Zeugenstand. Er beteuerte vehement, dass er nichts mit dem Tod seiner Frau und seines Freundes zu tun habe. Er behauptete, man habe ihn hereingelegt, als Vergeltung dafür, dass er gegen den Bau des Kasinos gewesen sei. Er sagte, jemand habe ihm in der Bar etwas ins Bier geschüttet. Er habe nur drei Flaschen getrunken, dann einen Blackout gehabt und könne sich nicht daran erinnern, die Bar verlassen zu haben. Der Barkeeper sagte aus, dass Junior mindestens drei Bier getrunken habe und dass er, der Barkeeper, ihn zum fraglichen Pick-up gebracht und dort zurückgelassen habe.

Dem Prozessprotokoll zufolge scheint sich Junior im Zeugenstand tapfer geschlagen zu haben, allerdings dauerte das Kreuzverhör ungewöhnlich lang.

Die Waffe, die Brieftasche, zwei Informanten, dazu eine Verteidigung, die lediglich auf zwei Zeugen für ein wackliges Alibi beruhte, und ein Angeklagter, der offenbar betrunken gewesen war und sich an kaum etwas erinnerte, genügten den Geschworenen für eine Verurteilung. Vor der Urteilsverkündung rief Juniors Anwalt dessen Bruder Wilton und einen Cousin in den Zeugenstand, die beide aussagten, Junior sei ein guter Ehemann und Vater, kein starker Trinker, besitze selbst keine Waffe und habe seit Jahren keinen Schuss abgegeben.

Das Urteil der Geschworenen lautete zweimal Todesstrafe.

Während des acht Tage dauernden Prozesses bevorzugte Richterin McDover, die zum ersten Mal bei einem Mordprozess den Vorsitz führte, die Anklage in praktisch allen Punkten. Nur mit der Entscheidung, den Verhandlungsort zu verlegen, ging sie auf die Rechte Juniors ein. Den Zeugen der Anklage ließ sie einen großen Spielraum, und Einsprüche der Verteidigung wurden laufend abgewiesen. Bei den Zeugen der Verteidigung gab sie fast jedem Einspruch der Anklage statt. Ihre Prozessführung wurde bei den Berufungen wiederholt kritisiert, und in einigen Entscheidungen der Berufungsgerichte wurden dahingehend Bedenken geäußert. Allerdings haben die Gerichte das Urteil immer bestätigt.

Während der zweieinhalbstündigen Fahrt ins Gefängnis musste Lacy an Hugo denken. Vor nicht einmal zwei Monaten hatten sie diese Fahrt gemeinsam gemacht, beide an Schlafentzug leidend und Kaffee trinkend, um wach zu bleiben. Sie hatten über Greg Myers geredet und darüber, dass sie ihm seine Theorie über ein großes Komplott nicht abnahmen. Beide hatten erklärt, dass ihnen die Angelegenheit als zu gefährlich erschien.

Wie naiv sie gewesen waren …

In Bradford County folgte Lacy den Hinweisschildern nach Starke, dann denen zum Gefängnis. Bis sie im Trakt Q war, dauerte es eine halbe Stunde. Es war Montagmittag, von den anderen Anwälten war noch keiner da. Sie wartete fünfzehn Minuten in einem kleinen Konferenzraum, bis Junior in Ketten hereingeführt wurde. Nachdem ihn die Wärter von seinen Fesseln befreit hatten, setzte er sich auf die andere Seite der durchsichtigen Plastikscheibe. Er nahm den Hörer, lächelte und sagte: »Danke, dass Sie gekommen sind.«

»Hallo, Junior. Schön, Sie wiederzusehen.«

»Sie sehen gut aus, Lacy, trotz allem, was passiert ist. Ihre Verletzungen werden heilen.«

»Na ja, meine Haare wachsen wieder, und das ist alles, was zählt.«

Junior musste grinsen. Er war viel lebhafter und gesprächiger als bei ihrem letzten Besuch. Lacy ging davon aus, dass er die Ankunft seiner Anwälte aus Washington mit großer Spannung erwartete. Zum ersten Mal seit Jahren gab es wieder Hoffnung.

»Das mit Hugo tut mir leid. Er war mir sehr sympathisch.«

»Danke.« Lacy wollte sich eigentlich nicht über Hugos Tod unterhalten, aber da sie Zeit totschlagen mussten, sprachen sie eben darüber. Sie sagte, seine Familie versuche, mit der Situation fertigzuwerden, aber die Tage seien lang und schwierig. Junior wollte mehr über den Unfall wissen – wie und wann er passiert war, was sie inzwischen herausgefunden hatten. Als er Zweifel äußerte und meinte, es sei kein Unfall gewesen, bestätigte sie seinen Verdacht. Er erkundigte sich, weshalb niemand »von außen« Ermittlungen dazu angestellt hatte. Lacy, die aufpassen musste, was sie sagte, erwiderte, dass sich die Dinge hoffentlich in diese Richtung entwickelten. Sie redeten über Wilton, Todd Short, die Anwälte aus Washington und ein wenig auch über das Leben im Todestrakt.

Nach einer langen Pause – einer von vielen – sagte Junior: »Ich hatte gestern Besuch von einem Mann, mit dem ich überhaupt nicht gerechnet habe.«

»Wer war es?«

»Lyman Gritt. Schon mal von ihm gehört?«

»Ja. Wir haben uns sogar getroffen, allerdings kann ich mich nicht mehr daran erinnern. Er gehörte zu dem Rettungsteam, das zur Unfallstelle gerufen wurde, und hat dafür gesorgt, dass ich ins Krankenhaus kam. Ich bin bei der Polizeistation vorbeigefahren, um mich bei ihm zu bedanken, aber er scheint nicht mehr Constable zu sein. Der Zeitpunkt kommt mir ein wenig verdächtig vor.«

Junior lächelte und beugte sich vor. »Alles ist verdächtig. Das Rad dreht sich. Seien Sie vorsichtig.«

Sie zuckte mit den Schultern, um ihn zu ermuntern weiterzusprechen.

»Lyman ist ein guter Mann«, fuhr Junior fort. »Er war für den Bau des Kasinos, daher standen wir vor langer Zeit auf verschiedenen Seiten. Aber wir haben eine gemeinsame Vergangenheit. Mein Vater und sein Onkel wuchsen zusammen in einer Hütte an der Grenze zum Reservat auf. Sie waren wie Brüder. Ich kann nicht behaupten, dass die Familien sich heute noch nahestehen, weil wir wegen des Kasinos zerstritten waren. Aber Lyman hat ein Gewissen, und er weiß von der Korruption. Den Chief konnte er noch nie leiden, und inzwischen hasst er ihn und seine Familie. Der Sohn des Chiefs ist jetzt Constable, daher werden etwaige Ermittlungen zu Ihrem Unfall im Sand verlaufen. Alles wird vertuscht, was Sie ja auch vermuten. Lyman kennt die Wahrheit, und anscheinend hat er Beweise. Deshalb möchte er mit Ihnen reden.«

»Mit mir?«

»Ja. Er glaubt, dass er Ihnen vertrauen kann. Der Polizei in Brunswick County traut er nicht, aber die würde er sowieso nicht um Hilfe bitten. Wie Sie sicher schon bemerkt haben, misstraut unser Stamm Außenstehenden, ganz besonders dann, wenn sie eine Dienstmarke tragen. Aber Lyman hat irgendwelche Beweise.«

»Was für Beweise sind das?«

»Hat er nicht gesagt. Oder er wollte es nicht sagen. Diese Wände haben zu viele Ohren, daher waren wir vorsichtig. Lyman wird bedroht. Er ist verheiratet und hat drei Kinder, und der Chief und seine Jungs können ziemlich einschüchternd sein. Der gesamte Stamm lebt unter einer Wolke aus Angst, denn diese Leute reden nicht nur. Und da das Leben nach dem Bau des Kasinos besser geworden ist, wollen alle Ärger vermeiden.«

Lacy bezweifelte, dass die Gefängnisleitung Gespräche zwischen den zum Tode verurteilten Insassen und deren Anwälten abhören lassen würde. Doch dann begriff sie, dass die Unterhaltung zwischen den beiden in einem anderen Teil des Flügels stattgefunden hatte. Gritt war kein Anwalt.

»Was bringt Gritt zu der Annahme, dass er mir vertrauen kann? Wir sind uns noch nie wirklich begegnet.«

»Sie sind kein Cop und die erste Person, die ins Reservat kommt und Fragen stellt. Sie und Hugo.«

»Okay. Wann und wo soll ich mich mit ihm treffen?«

»Das wird Wilton arrangieren.«

»Und wer macht den nächsten Schritt?«

»Lyman und ich haben vereinbart, dass ich Wilton anrufe und er alles Weitere übernimmt. Natürlich nur, wenn Sie mit Lyman reden wollen.«

»Natürlich will ich mit ihm reden.«

»Dann werde ich Wilton benachrichtigen. Das Treffen muss so diskret wie möglich ablaufen. Alle haben Angst. Lyman wird beschattet und Wilton vermutlich auch.«

»Wissen die – wer auch immer sie sein mögen –, dass Todd Short wieder aufgetaucht ist?«

»Ich glaube nicht. Meine Anwälte haben sich heute Morgen mit Short getroffen, irgendwo weit weg vom Reservat. Wenn er sein Versprechen hält und seine Aussage widerruft, wird es nicht lange dauern, bis alle davon erfahren. Und dann steht er auf der Abschussliste.«

»Die können doch nicht einfach damit weitermachen, Menschen umzubringen!«

»Sie haben Ihren Kollegen Hugo getötet. Und Son und Eileen. Digger Robles, der andere Spitzel – möge er in Frieden ruhen –, geht vielleicht auch auf ihr Konto.«

Und Greg Myers.

»Außerdem haben sie nichts dagegen, dass der Staat Florida mich umbringt«, fuhr Junior fort. »Diese Leute machen vor nichts halt, Lacy. Vergessen Sie das niemals.«

»Wie könnte ich?«

Salzman und einer seiner Partner namens Fuller kamen kurz nach dreizehn Uhr. Sie trugen Freizeitkleidung, Khakihosen und Slipper; nichts an ihnen verwies noch auf die dunkle Nadelstreifenwelt der Juristen in Washington. Die Kanzlei beschäftigte tausend Anwälte auf allen wichtigen Kontinenten. Ihre Pro-bono-Arbeit für verurteilte Mörder war beeindruckend, geradezu atemberaubend. Lacy hatte im Internet recherchiert und sich gewundert, wie viele Mitarbeiter die Kanzlei für den Kampf gegen die Todesstrafe einsetzte.

Das Treffen mit Todd Short war hervorragend gelaufen. Der Spitzel hatte eine zweistündige Videoaussage gemacht, in der er zugab, dass Polizei und Staatsanwalt ihn angeworben hatten, damit er für eine mildere Strafe und Geld eine Falschaussage machte. Die Anwälte hatten ihn für glaubwürdig und reumütig gehalten. Junior würde den Mann, der ihn in die Todeszelle geschickt hatte, sein ganzes Leben lang hassen; trotzdem war er angesichts dieses Sinneswandels außer sich vor Freude.

Salzman erklärte, dass sie sofort einen Antrag auf Wiederaufnahme des Verfahrens stellen und einen Aufschub der Hinrichtung verlangen würden. Sobald der Antrag vorlag, wollten sie die Angelegenheit mit dem Generalstaatsanwalt von Florida ausfechten und vor das Bundesgericht gehen, falls notwendig. Die in einem solchen Fall zur Verfügung stehenden Verfahren waren äußerst komplex – zumindest für Lacy –, aber Salzman hatte so etwas schon oft gemacht. Er war ein erfahrener Experte in der Welt der Haftprüfungsklagen und strahlte eine Zuversicht aus, die ansteckend war. Sein Ziel war ein neuer Prozess, der möglichst weit weg von Claudia McDover und deren gefährlichen Interessen stattfand.

29

DAS WEGWERFHANDY, DAS LACY STÄNDIG mit sich herumtrug, begann am frühen Dienstagmorgen zu vibrieren. Cooley meldete sich, hatte aber nichts Neues zu berichten außer der Tatsache, dass er immer noch nichts von Greg Myers gehört habe. Was keine Überraschung war. Außerdem sagte er, dass er ihr per Post ein neues Wegwerfhandy geschickt habe, das am späten Vormittag eintreffen müsse. Wenn es angekommen sei, solle sie das alte Handy, das sie gerade in der Hand halte, vernichten.

Zum Mittagessen traf sie sich mit Allie Pacheco in einem kleinen Diner in der Nähe des Capitol. Bei einem Teller Suppe informierte er sie darüber, dass die Polizei von Key Largo die *Conspirator* beschlagnahmt habe und das Boot sicher unter Verschluss sei. Er wolle sich in ein oder zwei Tagen mit den verantwortlichen Beamten treffen und ihnen den Laptop, die Botentasche und den Rucksack übergeben. Es sei ihre Ermittlung, nicht seine, aber das FBI habe tatkräftige Unterstützung versprochen. Die Polizei befrage gerade Stammgäste des Jachthafens, doch bis jetzt habe sie noch niemanden aufgespürt, dem etwas Ungewöhnliches aufgefallen sei. Ohne Foto und mit einer lediglich vagen Beschreibung des Vermissten sei es so gut wie unmöglich, ihn zu finden – zumal die Spur inzwischen kalt sei.

Nachdem sie einige Minuten über dienstliche Belange gesprochen hatte, sagte Pacheco: »Die Suppe ist ganz okay, aber wie wäre es mit Abendessen?«

»Gern«, meinte Lacy. »Aber wie stehen wir beruflich zueinander?«

»Oh, ich glaube, wir bewegen uns auf sicherem Terrain«, erwiderte er lächelnd. »Wir sind im selben Team. Ich darf aus ethischen Gründen nur keine Häschen jagen, die für das FBI arbeiten. Wir können also loslegen.«

»Häschen?«

»Bloß eine Redensart. Ist nicht abfällig gemeint. Ich bin vierunddreißig, und ich vermute, du bist in einem ähnlichen Alter. Wir sind beide Singles, und offen gesagt finde ich es erfrischend, mal wieder einer netten Frau im richtigen Leben zu begegnen und nicht auf irgendeiner Dating-Website. Hast du dich schon mal über das Internet verabredet?«

»Zweimal. Es war jedes Mal ein Reinfall.«

»Hm, ich könnte dir jede Menge Geschichten erzählen, aber ich will dich nicht langweilen. Also, was ist mit Abendessen?«

Wenn sie sich darauf einließ, dann nur deshalb, weil Allie ein gut aussehender und sympathischer, allerdings auch etwas arroganter Mann war, womit sie aber gerechnet hatte – sie hatte noch nie einen jungen FBI-Beamten kennengelernt, der *nicht* vor Selbstbewusstsein überschäumte. Dass das BJC jede Hilfe gebrauchen konnte, spielte dabei keine Rolle.

»Wann?«, erkundigte sie sich.

»Ich weiß nicht. Heute Abend?«

»Was passiert, wenn das FBI irgendwann entscheidet, sich stärker in dem Fall zu engagieren? Hätte dein Chef dann etwas dagegen?«

»Du hast Luna kennengelernt. Er ist gegen alles; er kann gar nicht anders. Aber nein, ich sehe da keinen Konflikt. Schließlich würden wir auch dann auf derselben Seite stehen. Außerdem hast du uns sowieso schon alles gesagt. Es gibt keine Geheimnisse, oder?«

»Es gibt eine Menge Geheimnisse. Ich kenne sie nur noch nicht.«

»Und ich werde dich nicht danach fragen. Was ist mit deinem Chef?«

»Den kannst du getrost mir überlassen.«

»Dachte ich mir. Ich hatte den Eindruck, dass du die Führung übernimmst, wenn du im Raum bist. Abendessen, eine gute Flasche Wein, vielleicht sogar ein paar Kerzen? Ich hole dich um sieben ab, allerdings nur unter der Voraussetzung, dass dein Bruder nicht da ist.«

»Ist er nicht.«

»Gut. Er ist etwas gewöhnungsbedürftig.«

»Gunther will seine kleine Schwester nur beschützen.«

»Das kann ich ihm nicht verdenken. Sieben?«

»Halb acht. Und such ein nettes Restaurant aus, aber es darf nicht zu teuer sein. Die Kerzen kannst du vergessen. Wir arbeiten für die Regierung und teilen uns die Rechnung.«

»Alles klar.«

Er holte sie in einem fast neuen SUV ab, der zur Feier des Tages gewaschen, poliert und auch innen geputzt worden war. In den ersten fünf Minuten sprachen sie über Autos. Lacy hatte den kleinen Leihwagen, den sie zurzeit fuhr, gründlich satt und wollte ein neues Auto. Ihren alten Hybrid hatte sie geliebt, aber wegen des Unfalls spielte sie mit dem Gedanken, etwas Robusteres zu kaufen. Sie fuhren in Richtung Süden, weg von der Innenstadt.

»Magst du Cajun-Küche?«, fragte er.

»Und wie.«

»Schon mal bei Johnny Ray's gewesen?«

»Nein, aber ich habe nur Gutes gehört.«

Der SUV gefiel ihr, doch sie fand ihn etwas zu männlich. Sie fragte sich, was er gekostet haben mochte. Nach einer schnellen Recherche hatte sie herausgefunden, dass das aktuelle Anfangsgehalt für einen Special Agent zweiundfünfzigtausend Dollar jährlich betrug. Allie war seit fünf Jahren beim FBI, daher schätzte sie, dass sie beide in etwa gleich viel verdienten. Er hatte ihr ein Kompliment über ihre Wohnung gemacht und gesagt, dass er sich mit einem anderen FBI-Beamten ein Apartment teile. Eine Versetzung sei beim Bureau fast schon die Regel, und er zögere, etwas zu kaufen.

Sie fragten sich gegenseitig nach Persönlichem ab, obwohl beide wussten, dass der andere sich durch das Internet gewühlt hatte. Er war in Omaha aufgewachsen; College und Jurastudium in Nebraska. Nach Dienstschluss war er so locker und gelassen wie alle Männer aus dem Mittleren Westen, ohne jede Spur von Überheblichkeit. Lacy hatte das Grundstudium am William & Mary College in Williamsburg, Virginia, absolviert, das Jurastudium an der Tulane University in New Orleans. Einen gemeinsamen Nenner fanden sie in Bezug auf New Orleans, wo Allie während seiner ersten zwei Jahre beim FBI gewohnt hatte. Keiner der beiden vermisste die Stadt – zu hohe Luftfeuchtigkeit und Kriminalitätsrate –, obwohl sie sich krank vor Heimweh anhörten, als sie davon sprachen. Während sie vor dem Restaurant parkten und hineingingen, gab Lacy ihrem Begleiter in Gedanken Bestnoten in sämtlichen Kategorien. Mach dir bloß keine Hoffnungen, sagte sie sich, sie enttäuschen immer.

Sie wurden zu einem ruhigen Ecktisch geführt und klappten die Speisekarten auf. Nachdem die Kellnerin gegangen war, sagte Lacy: »Nur zur Erinnerung – wir teilen uns die Rechnung.«

»Okay – aber ich würde gern zahlen. Schließlich habe ich dich eingeladen.«

»Danke, wir teilen.« Damit war das Thema erledigt.

Sie beschlossen, mit einem Dutzend roher Austern für jeden anzufangen, und einigten sich auf eine Flasche Sancerre. »Worüber würdest du gern reden?«, fragte Allie, nachdem sie die Speisekarten zugeklappt hatten.

Sie musste schmunzeln angesichts seiner Direktheit. »Alles, nur nicht über den Fall.«

»In Ordnung. Du suchst dir ein Thema aus, danach bin ich an der Reihe. Zulässig ist jedes Thema, mit Ausnahme von dem Kasino und allem, was damit zu tun hat.«

»Dann kommt ziemlich viel infrage. Du zuerst, und dann sehen wir, wie es sich entwickelt.«

»Okay. Ich habe ein tolles Thema. Aber ich verstehe vollkommen, wenn du nicht darüber reden willst. Wie fühlt es sich an, wenn man von einem Airbag getroffen wird?«

Lacy trank einen Schluck Wasser und holte tief Luft. »Es ist laut, abrupt und überrascht einen total. Die ganze Zeit ist der Airbag einfach nur da, unsichtbar hinter dem Steuer, und man denkt nicht daran, und plötzlich explodiert er mit einer Geschwindigkeit von dreihundert Stundenkilometern und trifft dich ins Gesicht. Dieser Schlag und der Aufprall haben mich ausgeknockt. Allerdings nicht für lange, denn ich kann mich erinnern, dass jemand um das Auto herumgelaufen ist. Danach bin ich wieder ohnmächtig geworden. Der Airbag hat mir das Leben gerettet, aber es war ganz schön übel. Einmal reicht.«

»Das glaube ich dir sofort. Bist du wieder völlig gesund?«

»Fast. An einigen Stellen tut es noch weh, aber es wird mit jedem Tag besser. Ich wünschte, meine Haare würden schneller wachsen.«

»Die kurzen Haare stehen dir ausgezeichnet.«

Der Wein kam. Lacy probierte ihn und befand ihn für gut. Sie stießen mit ihren Gläsern an und tranken einen Schluck. »Du bist dran«, sagte er.

»Wie bitte? Du hast schon genug von Airbags?«

»Ich war nur neugierig. Ich hatte mal einen Freund, der mit seinem Auto einem Fußgänger ausgewichen ist. Statt des Fußgängers hat er dann einen Telefonmast getroffen, mit etwa dreißig Stundenkilometern. Eigentlich wäre er okay gewesen, aber der Airbag hat ihn ziemlich zugerichtet. Er hat eine Woche lang Kühlpads auf sein Gesicht gelegt.«

»Mit Airbag ist mir lieber als ohne. Warum hast du Jura studiert?«

»Mein Vater ist Anwalt in Omaha, daher bot es sich an. Im Gegensatz zu den meisten Jurastudenten im ersten Jahr wollte ich nie die Welt retten; für mich war nur wichtig, dass es ein guter Job ist. Mein Vater ist ziemlich erfolgreich, und ich habe ein Jahr bei ihm in der Kanzlei gearbeitet. Allerdings ist mir sehr schnell langweilig geworden, und irgendwann wurde mir klar, dass es Zeit wurde, Nebraska zu verlassen.«

»Warum das FBI?«

»Abwechslung. Man sitzt nicht von neun bis fünf an einem Schreibtisch. Wenn man Verbrecher jagt – große, kleine, kluge, dumme –, gibt es nicht viele langweilige Momente. Und du? Was hat dich dazu gebracht, gegen Richter zu ermitteln?«

»Na ja, es war nicht das, wovon ich geträumt habe, als ich mit dem Jurastudium angefangen habe. Nach meinem Abschluss war der Arbeitsmarkt gerade ziemlich angespannt, außerdem hatte ich keine Lust darauf, mich in einer Großkanzlei verheizen zu lassen. Inzwischen stellen sie ja endlich eine Menge Frauen ein – die Hälfte meines Jahrgangs war weiblich –, aber ich wollte keine hundert Stunden pro Woche arbeiten. Freunde von mir sind diesen Weg gegangen, und sie sind alle todunglücklich. Meine Eltern sind nach ihrer Pensionierung nach Florida gezogen. Ich war gerade zu Besuch, als ich eine Anzeige für eine Stelle beim BJC sah.«

»Du bist zum Interview gegangen, und sie haben dich genommen. Keine Überraschung.«

Die Austern wurden auf zerstoßenem Eis serviert, und die beiden unterbrachen ihr Gespräch, um Zitronensaft darüber zu träufeln und Meerrettich in die Cocktailsauce zu mischen, so, wie es in New Orleans gemacht wurde. Allie aß seine Austern aus der Schale, während Lacy Salzcracker benutzte, beides zulässige Methoden.

»Du hast Junior Mace gestern besucht?«, fragte er.

»Ja, zum zweiten Mal. Bist du schon mal im Todestrakt gewesen?«

»Nein, aber ich werde eines Tages sicher mal hinkommen. Gab's was Interessantes?«

»Willst du mich etwa aushorchen?«

»Ja. Ich kann nichts dafür. Liegt mir in den Genen.«

»Junior denkt, er hat vielleicht einen Tipp, eine Spur oder etwas in der Art. Irgendeine Information. Aber ich glaube, vor allem bekommt er gern Besuch.«

»Dann kannst du mir also nichts Neues sagen?«

»Nein. Na ja, vielleicht. Du hast ja sicher die Anlage gelesen, in der es um seinen Prozess geht.«

»Jedes Wort.«

»Du erinnerst dich, dass die beiden Gefängnisspitzel kurz nach dem Prozess verschwunden sind?«

»Todd Short und Digger Robles.«

Lacy musste lächeln. Beeindruckend. »Richtig. Jahrelang glaubte jeder, dass die beiden aus dem Weg geräumt wurden, damit sie nicht auf die Idee kommen konnten, ihre Aussage zu widerrufen, was Spitzel ziemlich häufig tun. Anscheinend ist einer von ihnen tatsächlich tot. Der andere allerdings ist vor Kurzem wieder aufgetaucht. Auferstanden von den Toten, sozusagen, und er redet. Er hat Krebs im Endstadium und will einiges wiedergutmachen.«

»Das sind doch großartige Neuigkeiten.«

»Vielleicht. Juniors Anwälte aus Washington waren gestern in Starke, und sie hatten mich gebeten, an der Besprechung teilzunehmen. Sie sehen gute Chancen dafür, dass sie die Hinrichtung aufschieben können und es zu einem neuen Prozess kommt.«

»Ein neuer Prozess? Das ist jetzt wie viele Jahre her? Fünfzehn?«

»Ja. Ich sehe wenig Aussicht auf Erfolg, aber die Anwälte wissen, was sie tun.«

»Das ist nicht dein Fall, richtig? Du hast mit Juniors Haftprüfungsklagen nichts zu tun. Dann hast du ihn also aus einem anderen Grund besucht.«

»Stimmt. Wie gesagt, er glaubt, er weiß vielleicht was.«

Allie lächelte und gab sich geschlagen. Es war klar, dass Lacy nichts mehr dazu sagen würde. Sie aßen die restlichen Austern und diskutierten darüber, was sie als Hauptgang nehmen sollten. Allie entschied sich für ein weiteres Dutzend Austern. Lacy bestellte Gambo.

»Wer ist dran?«, fragte er.

»Ich glaube du.«

»Okay. An was für interessanten Fällen arbeitest du sonst noch?«

Sie schmunzelte, trank dann noch einen Schluck Wein. »Unter Wahrung meiner Verschwiegenheitspflicht und ohne dass Namen genannt werden: Wir versuchen gerade, einen Richter abzusetzen, der ziemlich oft zur Flasche greift. Zwei Anwälte und zwei Prozessparteien haben sich über ihn beschwert. Der arme Kerl kämpft schon sehr lange gegen den Alkohol, aber inzwischen kann er es nicht mehr verheimlichen. Anhörungen unter seinem Vorsitz finden grundsätzlich erst nach dem Mittagessen statt. Manchmal vergisst er sie sogar. Eine seiner Gerichtsstenografinnen sagt, er habe einen Flachmann unter der Robe und gieße das Zeug in seine Kaffeetasse. Mit seiner Prozessliste ist er gewaltig im Rückstand, und niemand ist glücklich. Eigentlich ziemlich traurig, das Ganze.«

»Das dürfte einfach werden.«

»Es ist nie einfach, einen Richter abzusetzen. Sie mögen ihre Arbeit, und in der Regel stürzen sie ab, wenn sie die Robe an den Nagel hängen müssen. So, ich bin dran. An was arbeitest du gerade?«

Eine Stunde lang redeten sie über ihre Fälle. Allies Welt mit ihren Schläferzellen und Drogenhändlern war weitaus aufregender, als pflichtvergessenen Richtern auf die Nerven zu gehen, aber er war unvoreingenommen und schien von ihrer Arbeit fasziniert zu sein. Als die Weinflasche leer war, bestellten sie Kaffee und sprachen weiter.

Später, vor ihrer Wohnung, begleitete er sie wie ein Gentleman die Treppe hinauf und blieb vor der Haustür stehen. »Lass uns zur Sache kommen«, sagte er.

»Wenn du Sex meinst, ist die Antwort Nein. Mir tut noch zu viel weh, um in Stimmung zu kommen.«

»Ich hatte nicht an Sex gedacht.«

»Ist das die erste Lüge heute Abend?«

»Vielleicht die zweite.« Er beugte sich zu ihr. »Luna ist fast so weit. Das Verschwinden von Myers behalten wir im Blick. Ich habe heute fast den ganzen Tag versucht, ihn davon zu überzeugen, dass dieser Fall vielleicht erheblich größer ist, als wir es uns vorstellen können. Wir brauchen noch irgendetwas, einen eindeutigen Beweis, dann ist Luna vielleicht bereit einzusteigen.«

»Was ist mit eurem Chef in Jacksonville?«

»Das ist ein zäher Hund, aber er ist auch ehrgeizig. Wenn er das Potenzial genauso einschätzt wie wir, wird er seine Meinung ändern. Aber du musst uns noch etwas bringen.«

»Ich versuch's ja.«

»Ich weiß. Ich warte auf deinen Anruf.«

»Es war ein schöner Abend.«

»Finde ich auch.« Er gab ihr einen Kuss auf die Wange und verabschiedete sich mit »Gute Nacht«.

30

WILTON MACE SAGTE, ER RUFE von einem Münztelefon aus an, und er klang sehr nervös, geradezu gehetzt, als wäre ihm jemand auf den Fersen. Morgen werde Lyman Gritt seine Frau zu einem Arzt in Panama City fahren, irgendeinem Spezialisten. Lacy solle sich mit ihm in der Arztpraxis treffen, einem absolut unverdächtigen Ort. Wilton gab ihr die Adresse und fragte, ob sie Gritt erkennen würde. Sie sagte Nein, sie sei ihm nie begegnet, aber ihr Vorgesetzter kenne ihn. Und dieser Vorgesetzte werde darauf bestehen, dabei zu sein. Wilton wandte ein, das sei Gritt möglicherweise nicht recht, aber das könnten sie ja in der Praxis klären. Sie solle sich jedoch nicht wundern, wenn er etwas dagegen habe.

Lacy und Michael waren eine Stunde zu früh dran. Während er im Auto blieb, ging sie ins Gebäude, das zu einem geschäftigen Medizinkomplex mit Ärzten und Zahnärzten auf vier Stockwerken gehörte. Sie schlenderte durch das Erdgeschoss, las die Übersichtstafel, blieb an einem Café stehen und fuhr dann mit dem Aufzug in den zweiten Stock. Der Arzt arbeitete in einer gynäkologischen Praxisgemeinschaft, und das große, moderne Wartezimmer war voller Frauen, von denen nur zwei in männlicher Begleitung waren. Lacy kehrte zum Auto zurück und wartete, während Michael das Terrain ebenfalls erkundete. Als er zurückkam, einigten sie sich darauf, dass der Ort tatsächlich ungefährlich war. Der ideale Treffpunkt für eine konspirative Zusammenkunft. Dutzende von Patienten kamen und gingen. Um 13.45 Uhr deutete Michael mit dem Kopf auf ein Paar, das aus einem Auto stieg.

»Das ist Gritt.«

Rund einen Meter achtzig groß, dünn, aber mit Bauch. Seine Frau hatte lange, dunkle Haare, die sie zu einem Zopf geflochten hatte, und war viel kleiner und stämmiger.

»Alles klar?«, fragte Michael.

»Ja.«

Während die beiden das Gebäude betraten, stieg Lacy aus und folgte ihnen. Michael würde im Auto warten und hoffen, dass ihn kein verzweifelter Hilferuf erreichte. Er beobachtete die Passanten aufmerksam und stellte erleichtert fest, dass die Luft rein zu sein schien. Im Gebäude studierte Lacy noch einmal die Übersichtstafel, trieb sich ein paar Minuten lang herum und fuhr dann wieder mit dem Aufzug in den zweiten Stock. Als sie ins Wartezimmer kam, saßen Gritt und seine Frau an der hinteren Wand und blickten genauso unbehaglich drein wie alle anderen. Lacy nahm sich eine Zeitschrift und setzte sich auf einen Stuhl auf der anderen Seite des Zimmers. Amy Gritt starrte zu Boden, als rechnete sie mit dem Schlimmsten. Lyman blätterte beiläufig in einem Prominentenmagazin. Lacy hatte keine Ahnung, ob Wilton ihm beschrieben hatte, wie sie aussah, auf jeden Fall schien er sich nicht für sie zu interessieren. Die Dame am Empfang war zu beschäftigt, als dass ihr die junge Frau aufgefallen wäre, die sich nicht angemeldet hatte. Ein Name wurde aufgerufen. Die Patientin ging gemächlich zur Theke, wo sie von einer gestressten Arzthelferin begrüßt wurde, und verschwand um die Ecke. Die nächste halbe Stunde lang ging es ähnlich zäh weiter, während immer neue Frauen eintrafen und die Plätze der aufgerufenen Patientinnen einnahmen. Über ihre Illustrierte hinweg beobachtete Lacy Gritt unauffällig. Nach einer Stunde warf er einen Blick auf die Uhr und schien allmählich die Geduld zu verlieren. Schließlich wurde Amy Gritt aufgerufen und trat zur Rezeption. Sobald sie außer Sicht war, stand Lacy auf und fixierte Lyman. Als sich ihre Blicke begegneten, nickte sie kaum merklich und verließ das Wartezimmer. Sie ging zum Ende des Korridors, und es dauerte nur wenige Sekunden, bis Gritt die Tür hinter sich schloss und auf sie zukam.

Sie streckte die Hand aus. »Ich bin Lacy Stoltz«, sagte sie mit gedämpfter Stimme.

Er schüttelte ihre Hand, lächelte und warf instinktiv einen Blick über die Schulter.

»Ich bin Lyman Gritt, und Sie sehen um Längen besser aus als bei unserer letzten Begegnung.«

»Mir geht es wieder gut. Vielen Dank für damals.«

»Das ist mein Job. Es war ein furchtbarer Anblick. Das mit Ihrem Freund tut mir sehr leid.«

»Danke.«

Er ging zu einem Fenster und lehnte sich dagegen, sodass er das Geschehen im Korridor im Auge behalten konnte. Patientinnen der verschiedenen Praxen kamen und gingen, aber niemand schien sie zu bemerken.

»Wir haben nicht viel Zeit«, sagte er. »Ich habe nichts mit den schmutzigen Geschäften im Reservat zu tun. Ich bin ein Cop, und zwar ein anständiger, und ich muss meine Familie schützen. Mein Name darf in keiner Ermittlung auftauchen. Ich werde auf keinen Fall vor Gericht aussagen. Ich werde keine Vorwürfe gegen meine Leute oder die Gauner erheben, mit denen sie sich eingelassen haben. Ist das klar?«

»Das ist klar, aber Sie wissen, dass das nicht unbedingt in meiner Hand liegt. Sie haben mein Wort, mehr kann ich Ihnen nicht geben.«

Er griff in die Vordertasche seiner Jeans und holte einen USB-Stick heraus. »Da sind zwei Filme drauf. Der erste ist Eigentum der Polizei von Foley, Alabama. Durch einen glücklichen Zufall hat ein Unbekannter den Diebstahl des Pick-ups gefilmt. Das zweite Video wurde etwa fünfzehn Minuten nach dem Unfall an einem Gemischtwarenladen nördlich von Sterling aufgenommen. Ich denke, darauf ist der Kerl, der Sie mit dem Pick-up gerammt hat, deutlich zu sehen. Außerdem ist auf dem Stick ein Memo mit allem, was ich weiß, gespeichert.«

Lacy nahm den USB-Stick.

Gritt griff in eine andere Tasche und holte einen Plastikbeutel hervor. »Das sind ein paar Blätter einer Küchenrolle mit Blut, wenn ich mich nicht irre. Ich habe sie zwei Tage nach dem Unfall vierhundert Meter vom Unfallort entfernt gefunden. Meine Theorie ist, dass das Blut vom Beifahrer aus dem zweiten Video stammt. An Ihrer Stelle würde ich sofort einen DNA-Test machen lassen und beten, dass es einen Treffer gibt. Wenn Sie Glück haben, bekommen Sie einen Namen, den Sie dem Burschen aus dem Video zuordnen können.«

Lacy nahm den Plastikbeutel. »Und Sie haben Kopien der Filme?«

»Habe ich – und den Rest der Tücher, sicher verwahrt.«

»Ich weiß nicht, was ich sagen soll.«

»Sagen Sie nichts. Tun Sie einfach Ihre Arbeit, bringen Sie die Kerle hinter Gitter, und halten Sie meinen Namen aus der Sache raus.«

»Versprochen.«

»Danke, Ms. Stoltz. Das Treffen hier hat nie stattgefunden.« Er wandte sich zum Gehen.

»Danke«, sagte sie, »und ich hoffe, Ihrer Frau geht es gut.«

»Der geht es bestens. Das ist nur eine Routinekontrolle. Sie hat Angst vor Ärzten, deshalb gehe ich mit.«

Weder Michael noch Lacy hatten daran gedacht, im Aktenkoffer einen Laptop mitzunehmen, sonst wären sie zu einem Schnellrestaurant gefahren, hätten das Auto abgestellt, sich Kaffee geholt und an einem Tisch in einer Ecke das Filmmaterial angesehen. So aber rasten sie nach Hause, wobei sie ununterbrochen darüber spekulierten, was auf den Videos zu sehen sein mochte.

»Warum haben Sie ihn nicht gefragt?«, erkundigte sich Michael einigermaßen gereizt.

»Weil er es eilig hatte«, erwiderte sie. »Er hat mir das Ding gegeben, gesagt, was er sagen wollte, und das war's.«

»Ich hätte gefragt.«

»Das wissen Sie doch gar nicht. Hören Sie auf zu meckern. Wer ist Chef der Polizeibehörde von Florida?«

»Gus Lambert. Er ist neu, und ich kenne ihn nicht.«

»Wen kennen Sie dann?«

»Einen alten Freund.«

Michael versuchte es zweimal bei seinem alten Freund, konnte ihn aber nicht erreichen. Lacy rief eine Freundin im Büro des Generalstaatsanwalts an und bekam von ihr den Namen einer leitenden Persönlichkeit im regionalen kriminaltechnischen Labor in Tallahassee. Die leitende Persönlichkeit war sehr beschäftigt und nicht gerade entgegenkommend, versprach aber, am nächsten Tag zurückzurufen.

»Das kriminaltechnische Labor wird gar nichts unternehmen, solange die Polizeibehörde nicht aktiv wird.«

»Ich rufe Gus Lambert an«, sagte Lacy. »Der lässt sich bestimmt bezirzen.«

Commissioner Lamberts Sekretärin war gegen ihren Charme immun, sagte, ihr Chef sei in einer Besprechung und ein viel beschäftigter Mann. Michaels alter Freund rief zurück und wollte wissen, was los war. Während sie auf der Überholspur über die Interstate 10 rasten, erklärte Michael ihm, es handle sich um ein dringendes Anliegen im Zusammenhang mit dem verdächtigen Tod eines Staatsbediensteten. Abbott, der Freund, sagte, er erinnere sich an den Bericht über den Tod von Hugo Hatch.

»Wir haben Grund zu der Annahme, dass es sich nicht um einen Unfall handelte«, erklärte Michael. »Wir haben eine Quelle bei den Tappacola, und jetzt liegt uns eine Blutprobe vor, die wichtig sein könnte. Wie bekommen wir das kriminaltechnische Labor dazu, aktiv zu werden?«

Während sie redeten, recherchierte Lacy auf ihrem Smartphone im Internet. Da sie noch nie mit DNA-Tests zu tun gehabt hatte, wusste sie praktisch nichts darüber. Einem Artikel auf einer wissenschaftlichen Website entnahm sie, dass Kriminaltechniker mittlerweile in der Lage waren, die DNA eines Verdächtigen innerhalb von zwei Stunden zu testen, sodass die Polizei sie rechtzeitig durch ihre Datenbanken jagen konnte, um herauszufinden, ob ein festgenommener Verdächtiger die ihm vorgeworfene Straftat oder andere begangen hatte. Noch vor fünf Jahren hatten die Tests vierundzwanzig bis zweiundsiebzig Stunden gedauert, sodass der Verdächtige Zeit hatte, auf Kaution freizukommen.

»Nein, es sind keine Ermittlungen eingeleitet worden«, sagte Michael gerade, »nicht durch die örtliche Polizei und nicht durch die Polizeibehörde. Das ist Teil des Problems. Ich brauche einen Gefallen, Abbott. Und zwar sehr schnell.«

Michael lauschte, sagte »Danke« und legte auf. »Er will versuchen, mit dem Commissioner zu reden.«

Es war fast siebzehn Uhr, als Michael und Lacy am kriminaltechnischen Labor der Polizei in der Nähe von Tallahassee eintrafen. Abbott stand gemeinsam mit Dr. Joe Vasquez, dem Leiter des Labors, vor dem Eingang und wartete auf sie. Nach einer kurzen Vorstellungsrunde folgten sie ihm in ein kleines

Besprechungszimmer. Lacy legte den Zip-Beutel auf den Tisch vor Dr. Vasquez, der ihn musterte, aber nicht anfasste.

»Was wissen wir darüber?«, fragte er.

»Nicht viel«, erwiderte Lacy. »Wir haben das Ding vor nicht einmal zwei Stunden von unserer vertraulichen Quelle bekommen. Es soll sich um einen Fetzen von einer Küchenrolle mit Blut handeln.«

»Wer hat das angefasst?«

»Wir haben keine Ahnung, aber unsere Quelle ist selbst eine Art Polizeibeamter. Ich gehe davon aus, dass es nicht viele Leute in der Hand gehabt haben.«

»Wie lange wird es dauern?«, erkundigte sich Michael.

Vasquez lächelte stolz. »Geben Sie uns zwei Stunden.«

»Unglaublich.«

»Da haben Sie recht. Die Technik macht rasante Fortschritte: In zwei Jahren werden die Polizeibeamten wahrscheinlich vor Ort Blut und Sperma mit einem Mobilgerät analysieren können. Ein ganzer DNA-Test auf einem Chip.«

»Und wie lange dauert es, die Ergebnisse mit der Datenbank abzugleichen?«

Vasquez sah Abbott an.

Der zuckte die Achseln. »Eine halbe Stunde.«

Sie nahmen sich von einem beliebten chinesischen Take-away in der Nähe des Capitol etwas zu essen mit. Wie sie gehofft hatten, waren die Büros des BJC verlassen, als sie kurz nach achtzehn Uhr eintrafen. Sie ließen das Essen stehen und gingen direkt in Michaels Büro. Dort sahen sie sich die beiden Filme an, druckten Gritts zweiseitiges Memo aus, lasen es aufmerksam, sprachen es Zeile für Zeile durch und ließen die Videos immer wieder laufen. Lacy konnte kaum glauben, dass sie die Mordwaffe, den Pick-up, vor sich hatte, vielleicht sogar den Mörder: den Idioten mit der blutigen Nase.

In beiden Videos waren zwei Männer zu sehen, allerdings unterschiedliche. War dies vielleicht ihr erster flüchtiger Blick auf weitere Mitglieder des Verbrechersyndikats von Dubose? Bisher hatten sie nur Fotos von Dubose, wie er das Haus in Rabbit Run betrat, aber von niemandem sonst. Besonders interessant schien der Fahrer im zweiten Video zu sein, dem von Frog Freemans Laden. Er war älter als die anderen drei, vielleicht fünfundvierzig, und besser gekleidet: Er trug ein Golfhemd und eine gebügelte Baumwollhose. Immerhin hatte er daran gedacht, an seinem Pick-up hervorragend gefälschte Nummernschilder mit einem Kennzeichen des Bundesstaats Florida anzubringen. Er war nicht Vonn, aber nahm er vielleicht eine Führungsposition ein? Hatte er die Operation geleitet? War er mit seiner Lampe vor Ort gewesen und hatte Lacys zertrümmerten Prius nach den Handys durchsucht, während Hugo verblutete? So gewieft er auch sein mochte, ihm war ein Anfängerfehler passiert, als er direkt vor Freemans Laden hielt und sich von der Überwachungskamera filmen ließ. Wie Allie immer sagte, selbst den klügsten Verbrechern unterliefen dumme Schnitzer.

Schließlich aßen sie kaltes Hühnchen Chow-Mein, aber keiner von ihnen hatte Hunger. Um 19.50 Uhr rasselte Michaels Smartphone.

»Wir haben euren Mann«, verkündete Abbott fröhlich.

Das Blut stammte von einem gewissen Zeke Foreman, dreiundzwanzig, zweifach vorbestraft wegen Verstößen gegen das Betäubungsmittelgesetz und gegenwärtig auf Bewährung frei. Seine DNA war seit seiner ersten Festnahme vor fünf Jahren in der Datenbank des Bundesstaats gespeichert. Abbott hatte drei Fotos, zwei der üblichen Verbrecherfotos und eine Aufnahme aus den Gefängnisarchiven. Er wollte sie gleich per E-Mail schicken.

Michael sagte Abbott, er schulde ihm einen Gefallen, und zwar einen großen, und bedankte sich.

Lacy wartete schon am Drucker, als er die drei Fotos ausspuckte. Michael hielt das zweite Video an einer Stelle an, an der beide Gesichter deutlich zu erkennen waren. Selbst mit blutiger Nase sah der Beifahrer Zeke Foreman auffallend ähnlich.

Allie Pacheco kam gern auf einen nächtlichen Drink zu Lacy, obwohl ihr Ton nicht gerade romantisch klang. Sie sagte, es sei dringend, sonst nichts. Sie sahen sich die Videos an und studierten die Fotos. Sie lasen Gritts Memo, sprachen bis Mitternacht über den Fall und leerten nebenbei eine Flasche Wein.

31

ZEKE FOREMAN WOHNTE OFFIZIELL bei seiner Mutter in der Nähe der Kleinstadt Milton, Florida, nicht weit von Pensacola. Das FBI beobachtete sein Haus zwei Tage lang, konnte aber keine Spur von ihm oder seinem Nissan Baujahr 1998 entdecken. Sein Bewährungshelfer sagte, er müsse sich monatlich melden, zum nächsten Mal am 4. Oktober, und bisher habe er noch nie einen Termin verpasst. Das könne nämlich dazu führen, dass seine Bewährung widerrufen werde und er seine Strafe absitzen müsse. Foreman halte sich mit Gelegenheitsarbeiten über Wasser und habe sich in den vergangenen dreizehn Monaten nichts zuschulden kommen lassen.

Tatsächlich spazierte Foreman am 4. Oktober in das Amt für Bewährungshilfe im Stadtzentrum von Pensacola und meldete sich bei seinem Bewährungshelfer. Auf die Frage, wo er gewesen sei, spulte er eine auswendig gelernte Geschichte von einem Pick-up herunter, den er angeblich für einen Freund nach Miami überführt hatte.

Warten Sie hier, sagte der Bewährungshelfer, Sie haben Besuch. Er öffnete die Tür. Agent Allie Pacheco und Agent Doug Hahn kamen herein und stellten sich vor. Der Bewährungshelfer verließ den Raum.

»Was ist los?«, fragte Foreman, den schon das plötzliche Erscheinen des FBI in Panik versetzt hatte.

Keiner der Beamten setzte sich.

»Am 22. August, einem Montag, hielten Sie sich gegen Mitternacht im Reservat des Tappacola-Stammes auf. Was hatten Sie dort zu tun?«

Foreman gab sich große Mühe, überrascht dreinzusehen, wirkte aber einigermaßen erschüttert. Er zuckte die Achseln und setzte eine verständnislose Miene auf. »Keine Ahnung, was Sie meinen.«

»Sie wissen genau, was wir meinen. Sie fuhren einen gestohlenen Pick-up, der in einen Unfall verwickelt war. Sie haben den Unfallort verlassen. Erinnern Sie sich jetzt?«

»Das muss eine Verwechslung sein.«

»Was Besseres fällt Ihnen nicht ein?« Pacheco nickte Hahn zu, der seine Handschellen zückte.

»Stehen Sie auf!«, befahl Pacheco. »Sie sind wegen Mordverdachts verhaftet.«

»Sie machen wohl Witze!«

»Natürlich, das sind unsere üblichen Späßchen. Stehen Sie auf, und halten Sie die Hände auf den Rücken.« Sie legten ihm Handfesseln an, durchsuchten ihn, nahmen ihm sein Handy ab und führten ihn durch einen Seitenausgang aus dem Gebäude. Nachdem sie ihn auf den Rücksitz ihres Autos verfrachtet hatten, fuhren sie mit ihm zu den nur vierhundert Meter entfernten Büros des FBI. Während der Fahrt wurde kein Wort gesprochen.

Im Gebäude fuhren sie mit dem Aufzug in den fünften Stock. Durch ein Gewirr von Gängen gelangten sie in ein kleines Besprechungszimmer. Dort wurden sie von einer jungen Juristin erwartet.

»Mr. Foreman, ich bin Staatsanwältin Rebecca Webb«, sagte sie lächelnd. »Bitte setzen Sie sich.«

Agent Hahn nahm ihm die Handschellen ab. »Das kann eine Weile dauern.« Er bugsierte Foreman sanft auf einen Stuhl, und alle nahmen Platz.

»Was ist los?«, fragte Foreman.

Obwohl er erst dreiundzwanzig war, wirkte er keineswegs wie ein verschüchterter Jugendlicher. Er hatte genügend Zeit gehabt, sich zu sammeln, und spielte jetzt wieder den harten Burschen. Mit seinem langen Haar, dem kantigen Gesicht und der umfangreichen Sammlung billiger Knasttattoos wirkte er, als hätte er schon einiges erlebt.

Pacheco las ihm seine Rechte vor und übergab ihm ein Informationsblatt, in dem noch einmal erklärt wurde, dass er keine Erklärung abgeben müsse und Anspruch auf einen Anwalt habe. Foreman las es gründlich durch und unterschrieb zum Zeichen, dass er verstanden hatte. Das kannte er alles schon.

»Ihnen droht eine Mordanklage vor einem Bundesgericht, die Todesstrafe mit Hinrichtung durch die Giftspritze, das volle Programm.«

»Und wen soll ich umgebracht haben?«

»Einen gewissen Hugo Hatch, den Beifahrer des anderen Unfallfahrzeugs, aber das wollen wir gar nicht diskutieren. Wir wissen, dass Sie in der betreffenden Nacht auf dem Gebiet des Reservats einen gestohlenen Pick-up, einen schweren Dodge Ram, bewusst auf die Gegenfahrbahn gesteuert haben, um einen Zusammenprall mit einem Toyota Prius herbeizuführen. Sie haben sich eine Weile am Unfallort aufgehalten, Sie und der Fahrer Ihres Fluchtautos, und haben zwei Mobiltelefone und ein iPad aus dem Prius mitgenommen. Das steht fest, darüber brauchen wir nicht zu streiten.«

Foreman behielt die Fassung und ließ sich nichts anmerken.

»Fünfzehn Minuten nachdem Sie den Unfallort verlassen haben«, fuhr Pacheco fort, »hielten Sie und Ihr Komplize an einem Geschäft und kauften Eis, Bier und Alkohol zum Einreiben. Kommt Ihnen das bekannt vor?«

»Nein.«

»Hatte ich mir schon gedacht.« Pacheco entnahm einer Mappe ein Foto aus Freemans Video und schob es Foreman hin. »Der mit der lädierten Nase sind bestimmt auch nicht Sie.«

Foreman warf einen Blick auf das Bild und schüttelte den Kopf. »Ich brauche wohl einen Anwalt.«

»Den besorgen wir Ihnen gleich. Aber lassen Sie mich zuerst erklären, dass das keine normale Vernehmung ist. Wir wollen nicht herausbekommen, was Sie mit der Sache zu tun haben, das wissen wir nämlich schon. Sie können leugnen, solange Sie wollen, uns ist das egal. Wir haben Beweise, und von uns aus können wir uns gern vor Gericht wiedersehen. Ms. Webb wird Ihnen den eigentlichen Grund für dieses Treffen erklären.«

Foreman weigerte sich, sie anzusehen. Sie blickte ihn eindringlich an.

»Wir wollen Ihnen einen Deal anbieten, Zeke. Und zwar einen ziemlich guten. Wir wissen, dass Sie den Pick-up nicht aus eigenem Antrieb gestohlen haben, damit aus unerfindlichen Gründen in den hintersten Winkel des Reservats gefahren sind, einen Zusammenstoß verursacht und sich dann vom Unfallort entfernt haben, wo ein Mann im Sterben lag, und all das nur zum Spaß. Wir wissen, dass Sie für andere gearbeitet haben, abgebrühte, mit allen Wassern gewaschene Kriminelle. Dafür haben Sie wahrscheinlich ein nettes Sümmchen bar auf die Hand bekommen und wurden gebeten, eine Weile unterzutauchen. Vielleicht haben Sie noch andere Drecksarbeit für diese Leute erledigt. Wie dem auch sei, uns interessieren nur der Mord und die Hintermänner. Wir haben es bei dieser Sache auf die Bosse abgesehen, Zeke, nicht auf Kleinkriminelle wie Sie. Ein Mörder, ja, aber für uns nur ein kleiner Fisch.«

»Was soll das für ein Deal sein?«, fragte er und sah sie endlich an.

»Im wahrsten Sinne der Deal Ihres Lebens. Wenn Sie reden, kommen Sie ungeschoren davon. Sie sagen uns alles, was Sie wissen, liefern uns Namen, Telefonnummern, Hintergrund, alles, dann stellen wir das Verfahren gegen Sie ein. Wir bringen Sie im Zeugenschutzprogramm unter, besorgen Ihnen eine nette Wohnung irgendwo weit weg, vielleicht in Kalifornien, beschaffen Ihnen einen neuen Namen, neue Papiere, einen neuen Job, ein neues Leben. Ihre Vergangenheit ist vergessen, und Sie sind frei wie ein Vogel. Andernfalls landen Sie in der Todeszelle und bekommen nach zehn, vielleicht fünfzehn Jahren, wenn alle Rechtsmittel ausgeschöpft sind, die Spritze.«

Nun ließ er doch die Schultern hängen.

»Das Angebot gilt jetzt und nur jetzt«, fuhr Webb fort. »Wenn Sie ablehnen und das Zimmer verlassen, waren das Ihre letzten Schritte als freier Mann.«

»Ich glaube, ich brauche einen Anwalt.«

»In Ordnung. Bei Ihrer letzten Verurteilung war Parker Logan Ihr Pflichtverteidiger. Erinnern Sie sich an ihn?«

»Ja.«

»Waren Sie mit seiner Arbeit zufrieden?«

»Ich glaube schon.«

»Er wartet unten. Wollen Sie mit ihm reden?«

»Äh, ja.«

Hahn verließ den Raum und kam wenige Minuten später mit Parker Logan zurück, der langjährige Erfahrung mit der mühseligen Vertretung mittelloser Straftäter in Pensacola besaß. Nach einer kurzen Begrüßungsrunde schüttelte Logan seinem früheren Mandanten die Hand.

»Okay, was liegt auf dem Tisch?«, fragte er, nachdem er sich neben Foreman gesetzt hatte.

Rebecca Webb entnahm einer Mappe verschiedene Unterlagen. »Das Gericht hat Sie zum Pflichtverteidiger von Mr. Foreman bestellt. Hier sind die Papiere und die Anklage.«

Logan nahm die Dokumente und fing an zu lesen. Er blätterte eine Seite um und sagte: »Sie scheinen es eilig zu haben.«

»Dazu kommen wir gleich«, erwiderte Webb.

Logan las weiter. Als er fertig war, unterzeichnete er ein Formular und gab es Foreman. »Unterschreiben Sie hier.«

Foreman setzte seinen Namen auf das Papier.

Webb reichte Logan weitere Papiere. »Hier ist der Deal«, sagte sie. »Die Anklage wird unter Verschluss genommen und ruht, bis Mr. Foreman von der Staatsanwaltschaft nicht mehr benötigt wird.«

»Zeugenschutzprogramm?«, erkundigte sich Logan.

»Ganz recht. Ab heute.«

»Okay, okay. Ich muss mich mit meinem Mandanten besprechen.«

Webb, Pacheco und Hahn erhoben sich und gingen zur Tür. Pacheco blieb stehen. »Ich brauche Ihr Handy. Keine Anrufe.«

Das ärgerte Logan, und er zögerte eine Sekunde lang. Dann holte er sein Handy heraus und gab es ab.

Eine Stunde später öffnete Logan die Tür und sagte, sie seien so weit. Webb, Pacheco und Hahn kamen wieder herein und nahmen Platz. »Als Verteidiger möchte ich zumindest fragen, welche Beweise der Staat gegen meinen Mandanten hat«, begann Logan, der inzwischen sein Sakko abgelegt und die Ärmel hochgekrempelt hatte.

»Wir werden unsere Zeit nicht damit verschwenden, uns um Beweise zu zanken, aber wir haben DNA von Blutspuren, die in der Nähe des Unfallorts gefunden wurden. Ihr Mandant war da.«

Logan zuckte die Achseln, als wollte er sagen »Nicht schlecht«. »Was passiert, wenn mein Mandant diesen Raum verlässt, vorausgesetzt, er lässt sich auf die Absprache ein?«

»Wie Sie wissen, fällt der Zeugenschutz in die Zuständigkeit der U.S. Marshals. Er wird abgeholt und in eine andere Stadt, einen anderen Bundesstaat gebracht. Irgendwohin, wo es sich gut lebt.«

»Er macht sich Sorgen um seine Mutter und seine jüngere Schwester.«

»Sie können mitkommen, wenn sie wollen. Der Zeugenschutz verlegt öfter ganze Familien.«

»Ich möchte hinzufügen, dass die U.S. Marshals noch nie einen Zeugen verloren haben«, fuhr Pacheco fort, »und das, obwohl sie über fünftausend Personen in ihre Obhut genommen haben. Normalerweise haben sie es mit großen kriminellen Organisationen zu tun, die landesweit operieren, nicht mit lokalen Größen wie denen, die wir im Visier haben.«

Logan nickte, ließ das sacken und sah schließlich seinen Mandanten an. »Als Ihr Anwalt rate ich Ihnen, den Deal zu akzeptieren.«

Foreman nahm einen Stift. »Also los.«

Rebecca Webb griff nach einer kleinen, auf einem Stativ montierten Videokamera. Sie fokussierte sie auf Foreman, während Hahn ein Aufnahmegerät auf den Tisch vor ihm stellte. Nachdem Foreman und sein Anwalt die Vereinbarung unterzeichnet hatten, legte Pacheco ihm ein Foto vor. Er deutete auf den Fahrer des Pick-ups mit den gefälschten Kennzeichen. »Wer ist das?«

»Clyde Westbay.«

»Gut, und nun erzählen Sie uns alles, was Sie über Clyde Westbay wissen. Wir stehen jetzt auf derselben Seite, Zeke, also rücken Sie mit der ganzen Geschichte heraus. Mit allem.«

»Westbay gehören mehrere Hotels in Fort Walton Beach. Ich …«

»Namen, Zeke, wie heißen die Hotels?«

»Blue Chateau und Surfbreaker. Ich hatte da vor zwei Jahren einen Job, Teilzeit, Poolreinigung, Gartenarbeit, so Zeug, bar auf die Hand, schwarz. Westbay habe ich gelegentlich aus der Ferne gesehen, und irgendwer hat mir erzählt, dass er der Inhaber ist. Irgendwann bin ich ihm auf dem Parkplatz vom Surfbreaker über den Weg gelaufen, und er hat sich nach meinen Vorstrafen erkundigt. Er hat gesagt, normalerweise stellen sie keine Kriminellen ein, ich soll mich also benehmen. Zuerst war er ein ziemlicher Arsch, aber dann wurde er umgänglicher. Er hat mich ›Knacki‹ genannt, nicht gerade nett, aber ich habe den Mund gehalten. Er ist so ein Typ, dem man lieber nicht widerspricht. Die Hotels sind besser als manche andere und waren immer voll. Die Arbeit hat mir Spaß gemacht, weil an den Pools immer viele Mädchen waren, tolles Panorama.«

»Wir sind nicht hier, um über Mädchen zu reden«, sagte Pacheco. »Wer hat noch in den Hotels gearbeitet? Nicht Hilfskräfte wie Sie, mich interessieren der Geschäftsführer, sein Stellvertreter, solche Leute.«

Foreman kratzte sich den Bart, nannte ihnen ein paar Namen, versuchte, sich an weitere zu erinnern. Hahn hämmerte auf seine Tastatur ein. Im FBI-Büro in Tallahassee beobachteten zwei Beamte Foreman auf einem Monitor und tippten auf ihren Laptops herum. Binnen Minuten hatten sie herausgefunden, dass Blue Chateau und Surfbreaker einer Firma namens Starr S mit Sitz in Belize gehörten. Ein schneller Abgleich ergab, dass dieselbe Gesellschaft ein Shopping-Outlet in Brunswick County besaß. Ein kleines Puzzleteil des Dubose-Imperiums fügte sich ins Bild.

»Was wissen Sie über Westbay?«, fragte Pacheco.

»Eigentlich nicht viel. Als ich ein paar Monate da gearbeitet hatte, hat mir wer erzählt, dass er ziemlich dick mit Leuten ist, die jede Menge Grundstücke, Golfplätze und sogar

Bars und Stripclubs besitzen, aber das war alles hinter vorgehaltener Hand. Bloß Gerüchte, nichts Konkretes. Aber ich war ja auch nur eine Hilfskraft, wie Sie selbst gesagt haben.«

»Erzählen Sie uns vom 22. August, dem bewussten Montag.«

»Am Tag vorher ist Westbay bei mir aufgetaucht und hat gesagt, er hat einen Job für mich, einen, der gefährlich werden könnte und absolut geheim bleiben muss, für fünftausend Dollar bar auf die Hand, ob ich Interesse hätte. Ich habe gesagt, na klar, warum nicht? Ich hatte echt das Gefühl, dass ich nicht Nein sagen kann. Irgendwie wollte ich Westbay beeindrucken, außerdem ist er der Typ, der einen rauswirft, wenn man nicht spurt. Es ist nicht so einfach, Arbeit zu finden, wenn man vorbestraft ist. Ich war also am Montagnachmittag im Blue Chateau und habe endlos gewartet, bis es fast dunkel war, dann sind wir beide, er und ich, in seinen Pick-up gestiegen und nach Pensacola gefahren. Wir haben an einer Bar im Ostteil der Stadt haltgemacht, und ich musste im Auto warten. Er war eine halbe Stunde im Lokal, und als er wieder herausgekommen ist, hat er mir die Schlüssel zu einem Pick-up gegeben, dem Dodge Ram, der auch vor der Bar geparkt war. Mir ist aufgefallen, dass er ein Kennzeichen von Alabama hatte, aber ich hatte keine Ahnung, dass das Auto gestohlen war. Ich bin eingestiegen und hinter ihm her zum Kasino gefahren. Dann haben wir hinter dem Gebäude geparkt. Er ist in mein Auto gestiegen und hat mir erklärt, was der Plan ist, dass wir einen Unfall verursachen würden. Wir sind weiter in das Reservat hineingefahren, auf einer Zickzackstraße, und er hat gesagt, hier passiert es. Ich soll einen kleinen Toyota rammen, aussteigen, und er ist dann schon da und nimmt mich mit. Ich kann Ihnen sagen, ich wollte bloß noch weg, aber wohin? Wir sind zum Kasino zurück, und er hat seinen Pick-up geholt. Dann sind wir wieder ins Reservat gefahren, zu derselben

Straße, und haben lange in einem Wald gewartet. Er ist um meinen Pick-up herumgetigert, war ziemlich nervös, ständig am Telefon. Schließlich hat er gesagt, es geht los. Er hat mir einen schwarzen Motorradhelm gegeben, gepolsterte Handschuhe und Knieschützer, wie für Motocross. In der Ferne sind Scheinwerfer aufgetaucht und auf uns zugekommen, und er hat gesagt, das ist das Auto. Du trittst jetzt aufs Gas, was geht, dann fährst du über die Mittellinie. Der Pick-up war doppelt so schwer wie der Toyota, und er hat gesagt, mir passiert nichts. Ehrlich gesagt hatte ich ziemlich die Hosen voll. Ich glaube nicht, dass das andere Auto sehr schnell war. Ich bin vielleicht achtzig gefahren und im letzten Augenblick über die Mittellinie. Der Airbag hat mich halb k.o. geschlagen, ich muss ein oder zwei Sekunden bewusstlos gewesen sein. Als ich aus dem Auto gestiegen bin, war Westbay schon da. Ich habe Helm, Handschuhe und Knieschützer abgenommen und ihm gegeben. Als er gesehen hat, dass meine Nase blutet, hat er den Airbag im Pick-up nach Blutspuren abgesucht. Da war aber nichts. Meine Nase war nicht gebrochen und hat zuerst auch gar nicht so stark geblutet, aber dann ist das Blut in Strömen gelaufen. Wir sind um das Auto herumgegangen. Das Mädchen, die Fahrerin, hat versucht, sich zu bewegen und was zu sagen, aber sie war ziemlich übel zugerichtet. Der Schwarze hing in der Windschutzscheibe und war geradezu zerfetzt worden. Jede Menge Blut.« Seine Stimme wurde heiser, und er schluckte mühsam.

»Im Pick-up lag eine zerbrochene Flasche Whiskey«, sagte Pacheco. »Hatten Sie getrunken?«

»Nein, keinen Schluck. Das war bestimmt nur Theater.«

»Hatte Westbay eine Taschenlampe?«

»Nein, er hatte eine kleine Stirnlampe aufgesetzt. Er hat mir gesagt, ich soll einsteigen, in seinen Pick-up, und das habe ich wohl getan. Er war dann noch ein oder zwei Minuten bei dem anderen Auto. Ich war ziemlich benebelt und erinnere mich nicht mehr an alles. Es lief alles so schnell ab, und mir ging ehrlich gesagt ziemlich die Düse. Hatten Sie schon mal einen Frontalzusammenstoß?«

»Nicht dass ich wüsste. Hatte Westbay irgendwas bei sich, als er zu seinem Pick-up zurückkam?«

»Was zum Beispiel?«

»Zum Beispiel zwei Handys und ein iPad.«

Er schüttelte den Kopf. »Ich erinnere mich nicht, so was gesehen zu haben. Er hatte es eilig. Er hat mich angesehen und irgendwas über das Blut gesagt. In seinem Pick-up hatte er eine Küchenrolle, von der hat er ein paar Tücher abgerissen. Damit habe ich mir die Nase abgewischt.«

Pacheco sah Logan an. »Wir haben ein Stück Papiertuch mit Blut gefunden.«

»Er redet doch schon«, wandte Logan ein.

»Hatten Sie noch andere Verletzungen?«, fragte Pacheco.

»Ich hab mir das Knie angehauen, und es hat höllisch wehgetan, aber das war alles.«

»Und dann sind Sie weggefahren?«

»Ich denke schon. Westbay ist quer über eine Wiese gebrettert, was gar nicht so einfach war, weil er die Scheinwerfer ausgeschaltet hatte. Ich hatte keine Ahnung, wohin wir wollten. Ich war immer noch ziemlich fertig, nachdem ich den blutüberströmten Schwarzen gesehen hatte. Ich weiß noch, dass ich gedacht habe, das ist verdammt viel mehr wert als fünftausend Dollar. Auf jeden Fall sind wir bei einer Schotterstraße herausgekommen, und er hat die Scheinwerfer eingeschaltet. Irgendwann habe ich ihn gefragt: ›Was waren das für Leute?‹, und er hat zurückgefragt: ›Welche Leute?‹ Da habe ich den Mund gehalten. Er hat gesagt, wir brauchen Eis für meine Nase, deswegen hat er an einem Geschäft gehalten, das noch offen war. Da haben Sie wohl das Foto her.«

»Und danach?«

»Sind wir zurück zum Blue Chateau in Fort Walton. Er hat mir für eine Nacht ein Zimmer gegeben, mir ein sauberes T-Shirt gekauft und gesagt, ich soll mein Gesicht mit Eis kühlen. Falls jemand fragt, soll ich sagen, ich war in eine Schlägerei verwickelt. Das habe ich meiner Mutter erzählt.«

»Und er hat Sie bezahlt?«

»Ja, am nächsten Tag hat er mir das Geld gegeben und gesagt, ich soll die Klappe halten. Wenn die Sache jemals rauskommt, bin ich wegen Unfallflucht dran, hat er gesagt, wenn nicht wegen was Schlimmerem. Ich kann Ihnen sagen, ich hatte eine Wahnsinnsangst, also habe ich den Mund gehalten. Angst vor den Cops, aber auch vor Westbay. Nach ein paar Wochen dachte ich, die Sache ist gegessen. Dann hat Westbay mich eines Tages im Hotel gepackt und gesagt, ich soll sofort in mein Auto steigen und Florida verlassen. Er hat mir tausend Dollar gegeben und gesagt, ich soll wegbleiben, bis er anruft.«

»Hat er angerufen?«

»Einmal, aber ich bin nicht ans Telefon gegangen. Am liebsten wäre ich gar nicht mehr zurückgekommen, aber ich habe mir Sorgen um meine Mutter gemacht und wollte meinen Termin mit dem Bewährungshelfer nicht verpassen. Ich hab mich heute quasi in die Stadt geschlichen und wollte am Abend meine Mutter besuchen.«

Nachdem der Ablauf in groben Zügen klar war, fing Pacheco wieder am Anfang an und arbeitete zusätzliche Einzelheiten heraus. Er sezierte jede Bewegung und versuchte, weitere Namen von dem Zeugen zu erfahren. Nach vier Stunden war Foreman erschöpft und wollte bloß noch weg aus der Stadt. Als Pacheco ihn schließlich in Ruhe ließ, kamen zwei U.S. Marshals herein und nahmen Zeke Foreman mit. Sie fuhren ihn zu einem Hotel in Gulfport, Mississippi, wo er die erste Nacht seines neuen Lebens verbrachte.

Clyde Westbay lebte mit seiner zweiten Frau in Brunswick County hinter einem hohen Zaun in einem schönen Haus nicht weit vom Strand. Er war siebenundvierzig und nicht vorbestraft. Er besaß einen vom Bundesstaat Florida ausgestellten Führerschein, einen gültigen Reisepass und hatte sich nie ins Wählerregister eintragen lassen, zumindest nicht in Florida. Bei der Behörde war er als Geschäftsführer des Hotels Surfbreaker in Fort Walton Beach eingetragen. Er besaß zwei Mobiltelefone und nutzte zwei Festnetzanschlüsse, einen im Büro und einen zu Hause. Drei Stunden nachdem Zeke Foreman Florida verlassen hatte, hatten FBI-Beamte alle vier Telefone angezapft.

32

MIT DER MORGENPOST TRAFEN drei dicke Pakete von der Kanzlei Edgar Killebrew ein. Lacy öffnete sie widerwillig und las das Anschreiben. In der für ihn typischen, kurz angebundenen, arroganten Sprache erklärte Killebrew, »Beiliegendes« sei die Erwiderung von Richterin McDover auf Lacys »unbegründete« Anordnung. In der Anlage zu diesem Schreiben beantragte er förmlich, alle Vorwürfe gegen seine Mandantin fallen zu lassen und die Ermittlungen einzustellen. Andernfalls verlange er »eine unverzügliche und vertrauliche Anhörung vor dem gesamten Board on Judicial Conduct«.

Lacy hatte sämtliche Unterlagen seiner Mandantin angefordert, sowohl die offiziellen als auch die persönlichen. Während sie sich durch den Wust arbeitete, wurde ihr klar, dass nichts Neues dabei war. Killebrew und seine Anwälte hatten einfach die Gerichtsakten kopiert und wahllos zusammengeschustert. Vereinzelt stieß sie auf eine Aktennotiz, die die Richterin diktiert und nicht zu den Unterlagen genommen hatte, und sogar ein paar handschriftliche Notizen, aber keinerlei Hinweise auf ihre Gedanken, Absichten oder Beobachtungen, nichts, was auf die Bevorzugung der einen oder anderen Seite hindeutete. Allerdings hatte sie in allen elf Fällen zugunsten der gesichtslosen Offshore-Firmen und gegen die Grundstückseigentümer und Prozessparteien vor Ort entschieden.

Erwartungsgemäß war das Material bei Weitem nicht so systematisch sortiert wie die Unterlagen, die Sadelle längst indiziert hatte. Trotzdem blieb Lacy keine Wahl, sie musste jedes einzelne Dokument und Protokoll prüfen. Als sie fertig war, erstattete sie Michael Bericht.

Am 5. Oktober, dem ersten Mittwoch des Monats, verließ Richterin McDover ihr Büro eine Stunde früher als sonst und fuhr zu der bewussten Immobilie in Rabbit Run, ihrem zweiten Besuch dort seit Eingang der Beschwerde, in der sie beschuldigt wurde, das Haus als Bestechung erhalten zu haben. Sie parkte ihren Lexus an derselben Stelle, ließ Raum für ein weiteres Fahrzeug und betrat das Haus. Ihr war keinerlei Nervosität oder Unruhe anzumerken, nicht ein einziges Mal warf sie einen Blick über die Schulter.

Drinnen inspizierte sie die Terrassentür und sämtliche Fenster. Sie ging in den Tresorraum und verbrachte ein paar Augenblicke damit, ihre »Vermögenswerte« zu bewundern, Vergünstigungen, die sie so lange genossen hatte, dass sie jetzt meinte, sie stünden ihr zu. Bares und Diamanten in tragbaren Brandschutzkassetten. Abschließbare Stahlschränke mit Schmuck, seltenen Münzen, antiken Kelchen, Bechern und Bestecken aus Silber, limitierten Erstausgaben berühmter Romane mit eigenhändiger Widmung des Autors, altem Kristallglas und kleinen Gemälden zeitgenössischer Künstler. Alles erworben mit Geld aus dem Kasino, das sie und Phyllis Turban mit geschickten Manövern reinwuschen, indem sie systematisch bei Dutzenden unterschiedlichen Händlern einkauften, denen es nicht in den Sinn kam, dass die beiden damit die lästige Meldepflicht umgingen. Ihr System basierte auf Geduld. Seltene Luxusartikel in kleinen Mengen kaufen und die Sammlung nach und nach ausbauen. Die richtigen Händler finden, denen aus dem Weg gehen, die Fragen stellen oder unschlüssig scheinen, und die Wertgegenstände, wenn möglich, außer Landes bringen.

Sie liebte ihre Sammlung, aber zum ersten Mal in elf Jahren fühlte sie Panik aufsteigen. Das ganze Zeug hätte schon längst an einen sicheren Ort gebracht oder geschmuggelt werden müssen. Jetzt war Beschwerde gegen sie eingereicht worden. Jemand wusste von den Immobilien und den mysteriösen Firmen, denen sie gehörten. Vonn Dubose mochte Eiswasser in den Adern haben, Claudia McDover war anders gestrickt. Ihre unersättliche Gier nach Geld ließ endlich nach. Sie hatte genug. Sie konnte mit Phyllis die Welt bereisen und sich ins Fäustchen lachen, wenn sie an die Indianer dachte. Vor allem aber konnte sie jede Verbindung zu Dubose kappen.

Er kam und schenkte sich einen doppelten Wodka ein. Sie trank grünen Tee, während beide am Esstisch saßen und auf den Golfplatz blickten. Die beiden Umhängetaschen lagen auf dem Sofa: die eine mit Diebesbeute gefüllt, die andere leer.

»Was ist mit Killebrew?«, fragte er nach dem üblichen Geplänkel.

»Er überschwemmt sie mit Papieren, für fünfhundert Dollar pro Stunde, wenn ich das sagen darf. Selbstverständlich hat er beantragt, die Ermittlungen sofort einzustellen. Offiziell pocht er auf einen möglichst kurzfristigen Anhörungstermin, tatsächlich meint er, er kann das Ganze um mindestens sechs Monate verzögern. Wo werden wir in sechs Monaten sein, Vonn?«

»In sechs Monaten sitzen wir hier und zählen unser Geld. Es hat sich nichts geändert, Claudia. Machst du dir Sorgen?«

»Natürlich mache ich mir Sorgen. Die sind ja nicht blöd. Ich kann ihnen die eingelösten Schecks zeigen, mit denen ich die Anzahlung für die Immobilien geleistet habe, zehntausend für jede. Ich kann ihnen den Schuldschein über den Restbetrag zeigen, den ich fast noch in voller Höhe einer zwielichtigen Bank in der Karibik schulde.«

»Du hast im Laufe der Jahre Zahlungen geleistet. Deine Vereinbarung mit der Bank geht die gar nichts an.«

»Sehr bescheidene Zahlungen, Vonn, äußerst bescheidene. Und die wurden über eine andere Offshore-Bank an mich zurückgeschleust.«

»Das können sie nie im Leben zurückverfolgen, Claudia. Wie oft haben wir das schon diskutiert?«

»Ich weiß nicht, Vonn. Und wenn ich einfach zurücktrete?«

»Zurücktreten?«

»Denk doch mal nach. Ich kann gesundheitliche Gründe anführen, der Presse irgendeinen Mist erzählen, und mein Amt aufgeben. Killebrew würde ordentlich auf den Putz hauen und behaupten, das BJC sei gar nicht mehr zuständig. Gut möglich, dass sich das mit der Beschwerde dann von selbst erledigt.«

»Die Beschwerde hat sich schon erledigt.«

Sie atmete tief durch und trank einen Schluck Tee. »Myers?«

»Myers ist verschwunden.«

Sie schob Tasse und Untertasse von sich. »Ich halte das nicht mehr aus, Vonn. Das ist deine Welt, nicht meine.«

»Er ist untergetaucht, okay? Wir haben ihn noch nicht, aber wir sind dicht an ihm dran.«

Lange Zeit herrschte Schweigen, während sie im Geiste die Toten zählte und er überlegte, wie viel er zusätzlich einstecken konnte, wenn sie in den Ruhestand ging.

»Wer ist er?«, fragte sie.

»Ein Rechtsanwalt aus Pensacola namens Ramsey Mix, dem die Lizenz entzogen wurde. Saß eine Zeit lang in einem Bundesgefängnis, kam wieder frei, holte sich das Geld, das er versteckt hatte, bevor das FBI ihn schnappte, änderte seinen Namen in Greg Myers und lebte mit seiner kleinen mexikanischen Freundin auf einem Boot.«

»Wie habt ihr ihn gefunden?«

»Das ist nicht wichtig. Wichtig ist nur, dass das BJC ohne ihn nichts in der Hand hat. Es ist vorbei, Claudia. Es war ein ziemlicher Schock, aber es ist vorbei. Kein Grund mehr, sich aufzuregen.«

»Da wäre ich mir nicht so sicher. Ich bin die Vorschriften des BJC Wort für Wort durchgegangen, und es gibt keine eindeutige Regelung, der zufolge Ermittlungen eingestellt werden müssen, wenn der Beschwerdeführer das Interesse verliert.«

Sie war Juristin, er nicht, und er wollte ihr nicht widersprechen. »Bist du sicher, dass sie eingestellt werden, wenn du in den Ruhestand gehst?«

»Auch das lässt sich nicht vorhersagen. Die Verfahren sind nicht immer eindeutig geregelt. Aber wenn ich nicht mehr Richterin bin, kann ihnen das Ganze eigentlich egal sein.«

»Vielleicht, ja.«

Sie wusste nichts von den beiden Videos und Vonns verzweifelten Versuchen, den Schaden zu begrenzen, den sie angerichtet haben mochten. Sie wusste nichts von Lyman Gritt und dessen verdächtigen Machenschaften. Es gab viel, was sie nicht wusste, weil Wissen – in Vonns Welt – gefährlich sein konnte. Vertraute konnten zum Reden gebracht werden. Geheimnisse wurden enthüllt. Es gab schon genug, was ihr Kopfzerbrechen bereitete.

Wieder trat eine lange Gesprächspause ein. Keiner der beiden schien etwas sagen zu wollen, obwohl beide fieberhaft überlegten. Er ließ die Eiswürfel in seinem Glas klirren.

»Die Frage ist nach wie vor, wie Myers von den Häusern erfahren hat«, sagte er schließlich. »Es gibt keine schriftlichen Unterlagen, die sich zurückverfolgen ließen. Dafür sind zu viele Sicherungen eingebaut, zu viele ausländische Firmen, die einem Recht unterliegen, das alle Nachforschungen abblockt. Irgendwer hat Myers davon erzählt, es gibt also eine undichte Stelle. Sieh dir mein Umfeld an, sieh dir deine Umgebung an. Ich arbeite mit Profis, mit einer hermetisch abgeschotteten Organisation. Was ist mit dir, Claudia?«

»Das Thema hatten wir schon.«

»Dann haben wir es eben wieder. Was ist mit Phyllis? Sie weiß alles. Wie sicher ist ihr Büro?«

»Phyllis ist meine Komplizin, Vonn. Sie ist genauso schuldig wie ich.«

»Ich meine auch nicht, dass sie redet. Ich weiß, dass sie keine Partner hat, nur Lakaien, aber was für Leute sind das?«

»Sie achtet fanatisch auf Sicherheit. Sie bewahrt keine sensiblen Dokumente auf, weder bei sich im Büro noch zu Hause. Wichtige Sachen erledigt sie von einem kleinen Büro aus, das keiner kennt. Das ist alles absolut sicher.«

»Was ist mit deinem Büro?«

»Das habe ich dir doch schon erklärt, Vonn. Ich arbeite mit einer einzigen Vollzeitsekretärin, die ich alle achtzehn Monate wechsle. Bisher hat sich keine auch nur zwei Jahre gehalten, weil ich nicht will, dass sie sich zu wohl fühlen und neugierig werden. Gelegentlich kommt für ein Jahr ein Praktikant, aber diese jungen Leute sind dem Stress nicht gewachsen. Außerdem habe ich eine Gerichtsstenografin, mit der ich seit Jahren arbeite und der ich blind vertraue.«

»JoHelen.«

»JoHelen Hooper. Ein liebes Mädchen, das tolle Arbeit leistet, aber sonst nichts mit dem Gericht zu tun haben will.«

»Und seit wann ist sie deine Gerichtsstenografin?«

»Seit sieben oder acht Jahren. Wir verstehen uns bestens, weil sie wenig redet, mir zustimmt, wenn ich es brauche, und mir ansonsten nicht in die Quere kommt.«

»Und warum vertraust du ihr blind?«

»Weil ich sie kenne. Warum vertraust du deinen Leuten?«

»Blindes Vertrauen gibt es nicht, Claudia. Und oft liefern einen die ans Messer, denen man am meisten vertraut, wenn der Preis stimmt.«

»Du musst es ja wissen.«

»Allerdings. Behalte sie im Auge, okay? Du darfst niemandem trauen.«

»Ich traue niemandem, Vonn, und dir schon gar nicht.«

»Gut so. Ich würde mir auch nicht trauen.«

Sie lachten darüber, wie verkorkst sie waren, aber es war ein gezwungenes Lachen. Vonn holte sich mehr Wodka, und Claudia nippte an ihrem kalten Tee.

»Hier ist mein Vorschlag«, sagte er, als er sich wieder setzte. »Wir stimmen uns jede Woche neu ab, treffen uns jeden Mittwoch um fünf hier und behalten die Entwicklung im Auge. Und ich denke in aller Ruhe über die Sache mit deinem Rücktritt nach.«

»Ich bin mir sicher, du hast dich bald an den Gedanken gewöhnt. Du zählst doch schon das ganze schöne Geld, das du dann jeden Monat zusätzlich bekommst.«

»Stimmt, aber ich weiß inzwischen, wie praktisch es ist, einen Richter in der Tasche zu haben. Du hast mich verwöhnt, Claudia, und ich weiß nicht, ob ich noch einmal einen Richter finde, der so leicht zu bestechen ist wie du.«

»Hoffentlich nicht!«

»Hast du im fortgeschrittenen Alter zum Glauben gefunden?«

»Nein. Ich habe nur die Arbeit satt. Heute musste ich einer Mutter ihr Kind wegnehmen. Sie ist methadonsüchtig und ein totales Wrack, das Kind war gefährdet, aber es ist trotzdem nicht leicht. Es ist das dritte Mal, dass ich dieser Frau ein Kind wegnehme, und nach einer sechsstündigen Anhörung mit jeder Menge Emotionen und Beschimpfungen musste ich das Kind dem Jugendamt übergeben lassen. Im

Gehen sagt die Mutter dann mitten im Gerichtssaal: ›Hey, mir doch egal. Ich bin schon wieder schwanger.‹«

»Eine furchtbare Art, sein Geld zu verdienen.«

»Ich habe es satt. Da macht es viel mehr Spaß, die Indianer zu beklauen.«

Lacy quälte sich auf ihrer Yogamatte mit einer Vorwärtsbeuge im Sitzen, einer Yoga-Grundübung, die sie jahrelang praktiziert hatte, allerdings nicht seit dem Unfall. Mit auf dem Boden ausgestreckten, geschlossenen Beinen berührte sie fast ihre Zehen, als Cooleys Wegwerfhandy auf dem Cochtisch schepperte. Das Ding beherrschte ihr Leben im Augenblick so sehr, dass sie es geradezu hasste. Trotzdem war die Yogaübung augenblicklich vergessen, als sie nach dem Telefon griff.

»Ich wollte mich nur melden«, sagte er. »Keine Spur von Myers. Nicht dass ich was anderes erwartet hätte, aber es macht mir trotzdem Sorgen. Die Polizei von Key Largo sucht nach ihm, doch die Spur ist kalt. Irgendeine Bank hat sein Boot vor ein paar Tagen zwangsenteignet. Ich habe gerade mit dem Maulwurf gesprochen. Bei dem gibt es ebenfalls nichts Neues, bis auf die Tatsache, dass unser Mädchen sich heute mit Dubose zu ihrer monatlichen Cash-Party getroffen hat.«

»Woher weiß er das?«, erkundigte sich Lacy, aber die Frage war mittlerweile abgedroschen.

»Vielleicht können Sie ihn das eines Tages selbst fragen. Ich weiß es nicht. Sehen Sie, Lacy, wenn die Myers aufspüren können, können sie mich auch finden. Ich bin ziemlich nervös. Im Augenblick bin ich ständig unterwegs, wechsle von einem billigen Motel zum nächsten, und ehrlich gesagt bin ich ein wenig erschöpft. Ich schicke Ihnen morgen ein Paket mit einem anderen Wegwerfhandy und einer Telefonnummer. Sie ist von einem Telefon, das dem Maulwurf gehört. Wir wechseln jeden Monat. Wenn mir etwas zustößt, rufen Sie diese Nummer an.«

»Ihnen wird schon nichts zustoßen.«

»Danke, aber Sie haben keine Ahnung, wovon Sie reden. Myers hielt sich auch für clever.«

»Stimmt, aber er hat seinen Namen unter die Beschwerde gesetzt. Die anderen haben keine Ahnung, wer Sie sind.«

»Da wäre ich mir nicht so sicher. Auf jeden Fall muss ich jetzt los. Seien Sie vorsichtig, Lacy.«

Damit endete der Anruf, und Lacy starrte auf das billige Handy, als müsste es sich gleich erneut melden.

33

ANGESICHTS DER NÄHER RÜCKENDEN Herbstmonate bereitete sich das Surfbreaker auf die alljährliche Invasion der Kanadier vor. In der Lobby war es still, Pool und Parkplatz waren praktisch leer. Clyde Westbay nahm den Aufzug, um im zweiten Stock, wo renoviert wurde, kurz nach dem Rechten zu sehen. Ein Gast in Shorts und Sandalen betrat den Aufzug, als sich die Türen schon schlossen, und drückte den Knopf für den fünften Stock.

»Haben Sie ein paar Minuten Zeit, Mr. Westbay?«, fragte er, während sich der Aufzug in Bewegung setzte.

Westbay musterte ihn. »Sind Sie Gast bei uns?«

»Bin ich. In der Dolphin Suite. Mein Name ist Allie Pacheco, FBI.«

Westbays Blick wanderte zu den Sandalen, als Pacheco seine Marke zückte. »Was macht das FBI in meinem Hotel?«

»Einen gesalzenen Preis für eine mittelmäßige Suite zahlen. Wir wollen mit Ihnen reden.«

Der Aufzug hielt im zweiten Stock, aber Westbay stieg nicht aus. Niemand betrat den Fahrstuhl. Die Tür schloss sich, und sie fuhren weiter nach oben.

»Vielleicht habe ich gerade zu tun.«

»Wir auch. Nur ein paar Fragen, das ist alles.«

Westbay zuckte die Achseln und stieg im fünften Stock aus. Er folgte Pacheco bis zum Ende des Ganges und sah zu, wie dieser die Tür öffnete. »Wie gefällt Ihnen mein Hotel?«

»Geht so. Der Zimmerservice ist unter aller Kanone. Heute Morgen habe ich eine Kakerlake in meiner Dusche gefunden. Tot.«

Drinnen wurden sie von drei weiteren Herren erwartet, alle in Shorts und Sandalen, sowie einer jungen Dame, die aussah, als wäre sie auf dem Weg zum Tennisplatz. Die Männer waren vom FBI, die Frau war Staatsanwältin Rebecca Webb.

Westbay blickte sich in dem großzügigen Raum um. »Die Party gefällt mir nicht. Ich könnte Sie des Hotels verweisen.«

»Selbstverständlich, wir gehen gern«, sagte Pacheco. »Allerdings würden wir Sie mitnehmen, in Handschellen und Fußfesseln, direkt durch die Lobby, damit Ihre Gäste und Angestellten was zu sehen bekommen. Vielleicht geben wir auch der Lokalpresse einen Tipp.«

»Bin ich verhaftet?«

»Allerdings, und zwar wegen Mordverdachts.«

Aus Westbays Gesicht wich die Farbe, und seine Knie gaben nach. Er hielt sich an einer Lehne fest und hangelte sich gerade noch auf den Stuhl. Agent Hahn reichte ihm eine Flasche Wasser, die er so hastig leerte, dass ihm die Flüssigkeit über das Kinn lief. Er holte tief Luft und fixierte die Beamten Hilfe suchend. Ein Unschuldiger hätte vermutlich schon längst protestiert.

»Das kann doch nicht wahr sein«, stammelte er schließlich. Doch, das konnte es, und Westbays Leben war vorbei. Nun begann der Albtraum.

Rebecca Webb legte ihm verschiedene Papiere auf den Schoß. »Hier ist die Anklage, die gestern von der Anklagejury am Bundesgericht in Tallahassee zugelassen wurde und noch unter Verschluss ist. Sie sind des Mordes mit besonderer Schwere der Schuld in einem Fall angeklagt. Die Tötung von Hugo Hatch war Auftragsmord, das sind erschwerende Umstände, die die Todesstrafe rechtfertigen. Außerdem wurde der gestohlene Pick-up, für den Sie bar auf die Hand bezahlt hatten, von einem Bundesstaat in einen anderen verbracht. Höchst unklug.«

»Ich war es nicht«, wimmerte er fast. »Ich schwöre!«

»Sie können schwören, so viel Sie wollen, Westbay. Es wird Ihnen nicht helfen«, sagte Pacheco mit gespieltem Mitgefühl.

»Ich will einen Anwalt.«

»Gern. Wir besorgen Ihnen einen, aber zuerst müssen wir den Papierkram erledigen. Am besten setzen wir uns da drüben an den Tisch und unterhalten uns.«

Der Tisch war klein und rund, mit nur zwei Stühlen. Westbay nahm den einen, Pacheco setzte sich ihm gegenüber. Hahn und die anderen beiden Beamten stellten sich hinter Pacheco, eine Machtdemonstration, die trotz Golfhemden, Shorts und blasser Beine einschüchternd wirkte.

»Soweit wir feststellen konnten, sind Sie nicht vorbestraft«, begann Pacheco.

»Das stimmt.«

»Dies ist also Ihre erste Festnahme?«

»Ich glaube schon, ja.« Das Denken fiel ihm schwer. Er war verwirrt, sein Blick huschte von einem Gesicht zum anderen.

Pacheco las ihm langsam und deutlich seine Rechte als Angeklagter vor, dann reichte er ihm ein Informationsblatt mit dem gedruckten Text. Westbay las kopfschüttelnd, sein Gesicht bekam wieder ein wenig Farbe. Er setzte seinen Namen unten auf die Seite, mit einem Stift, den Pacheco ihm hilfsbereit reichte.

»Habe ich Anspruch auf einen Anruf?«, fragte Westbay.

»Sicher, aber Sie sollten wissen, dass wir Ihre Telefonate seit drei Tagen abhören. Sie haben mindestens zwei Handys, und wenn Sie jetzt eines davon benutzen, bekommen wir jedes Wort mit.«

»Sie tun *was?*«, fragte Westbay ungläubig.

Ms. Webb zückte einen weiteren Satz Papiere und legte sie auf den Tisch. »Hier ist der von einem Bundesrichter unterzeichnete Beschluss über die Telefonüberwachung.«

»Es sieht so aus, als würden Sie für persönliche Telefonate meistens das iPhone benutzen. Ihr Nokia wird vom Hotel bezahlt und scheint für Geschäftsgespräche und Telefonate mit Ihrer Freundin, Tammy James, reserviert zu sein, die ihre Reize früher als Kellnerin in einem Hooters-Restaurant zur Schau gestellt hat. Ich nehme an, Ihre Frau weiß nichts von Tammy?«

Westbay fiel die Kinnlade herunter, aber er konnte nicht sprechen. War das mit Tammy noch schlimmer als die Mordanklage? Vielleicht, aber er konnte nicht klar denken, und nichts ergab einen Sinn.

Pacheco, der den Augenblick in vollen Zügen genoss, war noch nicht fertig. »Übrigens haben wir auch einen Gerichtsbeschluss für Tammys Telefon. Sie schläft mit einem gewissen Burke und einem Walter und vielleicht noch anderen. Aber Tammy können Sie sowieso vergessen. Ihre Chancen, dass Sie sie noch einmal in die Kiste bekommen, sind gleich null.«

Irgendwo aus Westbays Kehle stieg ein gurgelnder Laut auf, den nur einer der Beamten richtig deutete. Er packte einen Plastikmülleimer und sagte: »Hier!«, genau in dem Augenblick, als sich der Angeklagte umdrehte und laut zu würgen begann. Sein Gesicht lief purpurrot an, während er pfeifend nach Luft rang und sich dann tatsächlich übergab. Ein paar Sekunden lang sahen alle bemüht weg, wobei die Geräusche ekelerregend genug waren. Als sein gesamtes Frühstück im Eimer gelandet war, wischte sich Westbay mit dem Handrücken den Mund ab. Er hielt den Kopf gesenkt und gab ein merkwürdiges Wimmern von sich. Ein Beamter reichte ihm ein feuchtes Handtuch, mit dem er sich erneut über den Mund fuhr. Schließlich setzte er sich gerade auf und biss die Zähne zusammen, als hätte ihm die Aktion die Kraft verliehen, sich seinen Henkern zu stellen.

Ein fauliger Geruch stieg aus dem Eimer auf. Ein Beamter schaffte ihn ins Bad.

Hahn trat einen Schritt näher an den Tisch heran. »Außerdem«, verkündete er stolz, »haben wir Aufzeichnungen über alle Telefonate, die Sie in den letzten beiden Jahren geführt haben. Wir sind gerade dabei, die Nummern zurückzuverfolgen. Irgendwo werden wir auf Vonn Dubose stoßen. Irgendwann finden wir seine Nummer.«

Westbay schien der Atem zu stocken. Er starrte Pacheco über den Tisch mit irrem Blick an. »Ich will einen Anwalt«, brachte er schließlich heraus.

»An wen hatten Sie gedacht?«

Sein Gehirn war für den Augenblick wie gelähmt. Er schloss die Augen und überlegte verzweifelt, ob ihm ein Anwalt, irgendeiner, überhaupt irgendjemand einfiel, der ihn retten konnte. Da gab es einen Immobilienanwalt, mit dem er Golf spielte, einen Anwalt für Insolvenzrecht, mit dem er öfter einen trinken ging, einen Scheidungsanwalt, der ihm seine erste Frau vom Hals geschafft hatte, und so fort. »Gary Bullington«, sagte er schließlich.

Pacheco zuckte die Achseln. »Rufen Sie ihn an. Hoffentlich macht er Hausbesuche.«

»Ich habe die Nummer nicht.«

»Aber ich«, verkündete einer der anderen Beamten mit Blick auf seinen Laptop. Er ratterte die Nummer herunter, doch Westbays Hände zitterten zu sehr. Beim dritten Versuch war er erfolgreich und hielt das Telefon ans Ohr. Mr. Bullington war in einer Besprechung, aber damit ließ sich Westbay nicht abspeisen. Während er wartete, sah er Pacheco an.

»Kann ich bitte ungestört mit ihm reden?«, fragte er.

»Was soll das bringen?«, konterte Pacheco. »Wir hören doch sowieso zu. Mit richterlicher Erlaubnis.«

»Bitte.«

»Wie Sie wollen. Es ist Ihr Hotel. Im Schlafzimmer.«

Pacheco führte ihn ins Schlafzimmer, blieb aber bei ihm. Interessanterweise stellte sich Westbay Bullington vor, als er ihn endlich in der Leitung hatte. Falls sich die beiden je begegnet waren, war es nicht offensichtlich. Westbay versuchte, seine Lage zu erklären, aber Bullington, der Rechtsanwalt, bombardierte ihn mit Fragen. Mit dem Rücken zu Pacheco versuchte Westbay verzweifelt, einen Satz zu Ende zu bringen.

»Nein, ja, hören Sie, sie sind schon hier, das FBI, jede Menge Beamte, in Fort Walton, im Hotel ... Ja, die Anklage ... ein Bundesgericht, aber ... Jetzt lassen Sie mich doch endlich mal ausreden! Sie müssen sofort ins Hotel kommen. Lassen Sie alles stehen und liegen ... Ihr Honorar? Natürlich, wie viel ... Soll das ein Witz sein? ... Ja, die Mordanklage ist von einem Bundesgericht zugelassen ... Ein FBI-Beamter lässt mich nicht aus den Augen und hört jedes Wort mit ... Okay ...«

Westbay drehte sich zu Pacheco um. »Der Anwalt sagt, Sie sollen den Raum verlassen.«

»Richten Sie dem Anwalt aus, er kann mich mal. Ich bleibe hier.«

Westbay drehte sich um. »Er sagt, Sie können ihn mal. Hören Sie, was kostet es, ich meine, nur für heute, wenn Sie sofort herkommen und mich beraten, bevor die mir hier was anhängen? ... Wow. Warum so viel? ... Ich verstehe, ich verstehe. Ist gut, aber beeilen Sie sich.«

Westbay legte auf. »Er sagt, er braucht eine Stunde.«

»Wir haben es nicht eilig. Wir haben die Suite für zwei Tage gebucht, angeblich zum Sonderpreis, weil Nebensaison ist, aber immer noch zu teuer.«

Sie gingen ins Wohnzimmer zurück, wo Hahn und die anderen Beamten mit zwei Kameras auf Stativen hantierten.

»So, Mr. Westbay, das ist keine Vernehmung«, erklärte Pacheco. »Wir befragen Sie erst, wenn Ihr Anwalt da ist. Aber um auf der sicheren Seite zu sein, nehmen wir alles auf, was ab jetzt passiert. Wir wollen doch nicht, dass irgendein Rechtsverdreher später behauptet, wir hätten Sie nicht über Ihre Rechte belehrt. Während wir auf Mr. Bullington warten, würden wir Ihnen gern Videomaterial zeigen, das uns vorliegt.«

Westbay musste sich mit Pacheco an den Tisch setzen. Ein Laptop wurde zwischen beide gestellt, und Hahn drückte eine Taste.

»Das Video zeigt live, wie der Dodge Ram in Foley, Alabama, gestohlen wird«, erklärte Pacheco. »Sie wissen schon, der, den Sie am Abend des 22. August in der Kneipe im Osten von Pensacola gegen Barzahlung erworben haben, während Zeke Foreman brav in Ihrem Pick-up mit den gefälschten Florida-Kennzeichen gewartet hat. Sehen Sie sich das ruhig an.«

Westbays Augen verengten sich zu Schlitzen, als er auf den Bildschirm starrte. »Wer hat das gefilmt?«, wollte er wissen, nachdem er das Material zweimal gesehen hatte.

Pacheco hob abwehrend die Hände. »Moment! Sie stellen keine Fragen. Wir stellen keine Fragen. Nicht, solange Ihr Anwalt nicht da ist. Das ist nur zu Ihrer Information. Vielleicht helfen Ihnen diese Videos, später die richtige Entscheidung zu treffen.«

Hahn erläuterte, was es mit dem zweiten Video auf sich hatte, dem von Frog Freemans Laden. Als Westbay sich selbst sah, wie er den Pick-up abstellte und ausstieg, rutschten seine Schultern noch ein paar Zentimeter nach unten. Hängende Schultern, Erbrechen, eine halbe Ohnmacht, kreidebleiches Gesicht und eine schwache, unsichere Stimme – Westbay wurde zu Wachs in ihren Händen. Pacheco witterte sichere Beute, obwohl der Rechtsanwalt ihnen ihre Arbeit schwer machen konnte, was nur allzu oft geschah.

Er setzte noch einen drauf. »Ganz schön blöd, direkt vor dem Laden zu parken und sich filmen zu lassen.«

Westbay nickte schicksalsergeben.

Hahn ließ auch das zweite Video zweimal laufen. »Genug gesehen?«

Westbay nickte und lehnte sich auf seinem Stuhl zurück.

»Da wir gerade Zeit haben, hätten wir noch einen längeren Film, den Sie auch recht eindrucksvoll finden dürften. Wir hatten vor ein paar Tagen ein Gespräch mit Ihrem Freund Zeke Foreman. Sie erinnern sich doch an Zeke?«

»Ich beantworte keine Fragen.«

»Richtig. Wir haben ihn uns vorgeknöpft, bis der Junge so die Hosen voll hatte, dass er gesungen hat. Aus voller Kehle. Musik ab, Hahn.«

Zeke Foremans verängstigtes Gesicht erschien auf dem Bildschirm. Er schwor, die Wahrheit zu sagen, und genau das tat er sechsundfünfzig Minuten lang. Westbay lauschte aufmerksam, während ihm sein Leben durch die Finger rann.

Als Gary Bullington eintraf, hatte das FBI seinen Lebenslauf bereits vorliegen, der nicht allzu beeindruckend war. Er war vierzig Jahre alt, ein zwielichtiger Feld-Wald-und-Wiesen-Anwalt, der auf zwei Plakatwänden prangte und mit seiner Kanzlei nach lukrativen Verkehrsunfällen gierte, sich tatsächlich aber mit Arbeitsunfähigkeitsentschädigungen und mittleren Drogenfällen über Wasser hielt. Auf seinen Plakaten war er als gut gekleideter junger Anwalt mit schmaler Taille und dichtem Haar abgebildet, wobei er offenkundig für Werbezwecke und sein Selbstbewusstsein kräftig mit Photoshop nachgeholfen hatte. Im echten Leben trug er einen verknitterten

Anzug, der über dem Bauch spannte, das wirre Haar war grau gesprenkelt und wurde allmählich schütter. Nach einer steifen Begrüßungsrunde ging er mit seinem Mandanten ins Schlafzimmer, schlug die Tür zu und blieb eine Stunde lang verschwunden.

Inzwischen bestellte Pacheco beim Zimmerservice eine Sandwichplatte und überlegte kurz, ob er das Essen dem Hotel in Rechnung stellen sollte. Er beherrschte sich, Westbay hatte schon genug am Hals, auch ohne zusätzliche Schikanen.

Als Westbay und Bullington wieder ins Wohnzimmer kamen, sahen sie aus, als hätten sie eine hitzige Diskussion hinter sich. Pacheco bot Sandwichs und Bananen an. Bullington nahm ein Brot und eine Banane, aber sein Mandant hatte keinen Appetit.

»Können wir weitermachen?«, fragte Pacheco.

»Ich habe meinem Mandanten geraten, keinerlei Fragen zu beantworten«, sagte Bullington mit vollem Mund.

»Mir recht. Aber wir sind gar nicht wegen einer Vernehmung hier.«

»Weswegen dann?«

Rebecca Webb, die auf einem kleinen Sofa saß und auf einem Block herumkritzelte, erwiderte: »Wir sind bereit, eine Absprache anzubieten. Er bekennt sich des Mordes in einem Fall schuldig. Von der Todesstrafe werden wir später absehen. Bleibt die lebenslange Freiheitsstrafe, aber wir werden deutlich weniger beantragen.«

»Wie viel weniger?«, wollte Bullington wissen.

»Fangen wir mit zwanzig Jahren an und sehen dann, wie es läuft. Ihr Mandant wird die Haftzeit abarbeiten können.«

»Was für eine Arbeit soll das sein?«

»Ein Insiderjob. Als Informant. Eine Einschleusung wird wohl nicht erforderlich sein, weil Ihr Mandant der Bande bereits angehört. Er wird sich verkabeln lassen müssen, ein paar Gespräche initiieren, solche Dinge.«

In dem Blick, den Westbay ihr zuwarf, lag nacktes Entsetzen.

»Kurz gesagt, Mr. Bullington, soll Ihr Mandant die Küsten-Mafia ans Messer liefern«, fasste Pacheco zusammen.

»Und was bekommt er dafür?«

»Vielleicht nur fünf Jahre«, sagte Webb. »Das wird zumindest unsere Empfehlung sein, aber die endgültige Entscheidung liegt, wie Sie wissen, beim Richter.«

»Fünf Jahre«, wiederholte Pacheco, »und dann ein angenehmes Leben im Zeugenschutz. Das oder die nächsten zehn Jahre in der Todeszelle, gefolgt von einem Rendezvous mit dem Henker.«

»Drohen Sie meinem Mandanten nicht«, knurrte Bullington wütend.

»Das ist keine Drohung. Das ist ein Versprechen. Er ist eindeutig des Mordes schuldig, und die Staatsanwaltschaft wird ihm das problemlos nachweisen können. Wir bieten ihm einen Superdeal an, bei dem er, statt in der Todeszelle zu landen, in fünf Jahren ein freier Mann ist.«

»Ist ja gut, ist ja gut.« Bullington stopfte sich das restliche Sandwich mit einem riesigen Bissen in den Mund. »Zeigen Sie mir die verdammten Videos.«

Es war fast halb fünf, als Rechtsanwalt und Mandant nach einer weiteren angespannten Besprechung aus dem Schlafzimmer zurückkehrten. Zwei Beamte spielten am Tisch Gin Rommé. Rebecca Webb hing am Telefon. Hahn hielt auf dem Sofa ein Nickerchen. Pacheco schickte gerade den Etagendienst weg. Sie hatten Mr. Bullington angekündigt, dass die Besprechung die ganze Nacht dauern würde, falls nötig. Im Augenblick hatten sie nichts anderes vor, und wenn es keine Absprache gab, würden sie Mr. Westbay in Handschellen nach Tallahassee verfrachten, wo er in einer Gefängniszelle landen würde, der ersten von vielen, in denen er den Rest seines Lebens verbringen würde. Wenn sie ohne Einigung das Hotel verließen, würde es keine zweite Chance geben.

Bullingtons Jacke hing an einer Türklinke. Er trug rote Hosenträger, die seine Hose nur mühsam an ihrem Platz hielten. Er baute sich mitten im Zimmer auf und wandte sich an die Beamten. »Ich denke, ich habe meinen Mandanten überzeugt, dass die Beweise gegen ihn stichhaltig sind und dass kaum Aussicht auf einen Freispruch besteht. Verständlicherweise möchte er seine Zeit im Gefängnis so kurz wie möglich halten und sich die Bekanntschaft mit der Spritze gern ersparen.«

Westbay alterte zusehends. Er war blass, und seine ohnehin nicht besonders eindrucksvolle Gestalt war zu einem geradezu leblosen Etwas geschrumpft. Er vermied den Blickkontakt mit allen im Raum und war mit seinen Gedanken offensichtlich woanders. Die Beamten beobachteten ihn genau und hatten sich während des letzten Anwaltsgesprächs im Schlafzimmer eingestehen müssen, dass er ihnen Sorgen bereitete. Um verkabelt in einen Raum zu gehen, in dem Vonn Dubose auf ihn wartete, brauchte er Courage und Nerven und musste eine überzeugende Show abziehen. In seinem lädierten Zustand wirkte Westbay nicht gerade vertrauenerweckend. Den Beamten hatte gefallen, dass er zunächst – wie erwartet – den harten Burschen gespielt hatte, aber sie waren verblüfft, dass er so schnell zusammengebrochen war.

Nun gut, Informanten konnte man sich nicht immer aussuchen, und sie hatten schon viel unsicherere Kandidaten gecoacht.

»Wie ist der Ablauf?«, fragte Bullington.

»Er wird zusammen mit den anderen des Mordes angeklagt werden«, erwiderte Ms. Webb. »Die Anklage ruht, während wir abwarten, wie engagiert er für uns arbeitet. Wenn er liefert, kann er sich schließlich schuldig bekennen, und wir tun alles, um ihm ein mildes Urteil zu verschaffen. Wenn er eine Dummheit begeht, zum Beispiel untertaucht oder die Aktion platzen lässt, ist die Absprache hinfällig, und er verbringt den Rest seines Lebens im Gefängnis.«

»So hatte ich mir das vorgestellt. Mr. Westbay?«

Westbay hob resigniert die Hände und lächelte gequält. »Habe ich eine Wahl?«

34

CLYDE WESTBAY HATTE NIE ERFAHREN, ob Vonn Dubose ein richtiger Name oder ein Alias war. Er gehörte nicht zu den fünf »Cousins«, dem Führungskreis der Bande. Keiner der anderen vier verwendete den Familiennamen Dubose. Vonns jüngerer Bruder sei 1990 in Coral Gables bei einem aus dem Ruder gelaufenen Drogendeal erschossen worden, sagte Westbay, und habe Nash Kinney geheißen. Recherchen des FBI ergaben, dass Nash Kinney 1951 in Louisiana geboren war und keine Brüder hatte.

Clyde gab zu, dass ihm das meiste, was er über die Geschichte der Gang wusste, bruchstückhaft zu Ohren gekommen war und dass es nicht belegt war. Die Bosse säßen nicht am Pokertisch und prahlten mit ihrer glorreichen Vergangenheit. Tatsächlich habe er nur sehr wenig Zeit mit den Cousins verbracht. Er wisse nicht einmal sicher, ob sie blutsverwandt seien. Clyde sei schon zwei Jahre lang an Bord gewesen, bevor er alle fünf kennengelernt habe.

Vonn Dubose besaß weder Adresse noch Führerschein, Sozialversicherungsnummer, Steuernummer, Reisepass, Bankkonten oder Kreditkarten. Das hatte das FBI überprüft und war zu dem Schluss gekommen, dass es sich um einen Decknamen handeln musste, der irgendwann erfunden und über die Jahre sorgfältig gehütet worden war. Es gab keinerlei Aufzeichnungen darüber, dass eine solche Person jemals eine Steuererklärung abgegeben hätte. Greg Myers zufolge hatte Vonn mehr als eine Ehe und Scheidung auf dem Buckel.

Das FBI konnte jedoch keine Hinweise auf Heiratsgenehmigungen oder Scheidungsurteile finden.

Henry Skoley war der erste Cousin, der ihnen Rätsel aufgab. Er wurde Hank genannt und sollte Vonns Neffe sein, der Sohn des erschossenen Bruders. Wenn es jedoch keinen Bruder gab, wer war dann Hank? Die Geschichte stimmte von Anfang an nicht.

Hank sei etwa vierzig und fungiere als Vonns Fahrer, Leibwächter, Golfpartner, Saufkumpan und überhaupt als Mann für alles. Alles, was Vonn wolle oder brauche, laufe auf Hank. Wenn Vonn ein neues Auto benötige, werde Hank losgeschickt, um es auf seinen Namen zu kaufen. Wenn Vonn sich ein Wochenende in Las Vegas gönne, besorge Hank Flugzeug, Limousinenservice, Hotel und Nutten und sei selbstverständlich vor Ort, um die Details zu organisieren. Vor allem aber leite Hank Vonns Befehle an die anderen weiter. Vonn benutze weder Telefon noch E-Mail, zumindest nicht für die Drecksarbeit.

Clyde händigte seine beiden Mobiltelefone aus, teilte den Beamten die Passwörter mit und sah zu, wie zwei Beamte anfingen, seine Daten herunterzuladen. Für Hank Skoley hatte er zwei Nummern gespeichert, aber das wusste das FBI bereits.

Clyde konnte nicht sagen, wo Vonn im Augenblick lebte. Er wechsle häufig den Standort, verbringe ein paar Monate hier und da in den neuen Wohnanlagen, die er an der Küste des Panhandle errichte. Ihm sei nicht bekannt, ob Vonn allein lebe.

Zwei Cousins, Vance und Floyd Maton, waren angeblich mit Vonn Dubose verwandt. Hank eingeschlossen waren das vier. Der Fünfte hieß Ron Skinner, ein mutmaßlicher Neffe von Dubose. Skinner lebte an der Küste in der Nähe von Panama City und führte die Bars, Spirituosenläden, Minisupermärkte und Stripclubs, Geschäfte, die für die Geldwäsche unverzichtbar waren. Die Maton-Brüder waren für das weitverzweigte Immobilienimperium der Bande zuständig, Hank für die Hotels, Restaurants und Vergnügungsparks. Es war ein straff und diszipliniert geführtes Unternehmen, in dem Vonn alle wichtigen Entscheidungen traf und Treasure Key die finanzielle Basis lieferte.

Die nächste Ebene war das mittlere Management, Leute wie Clyde, die viele der scheinbar sauberen Geschäfte leiteten. Diese Gruppe bestand aus etwa einem Dutzend Personen, die Clyde aber nicht alle persönlich kannte. Das Unternehmen legte keinen Wert auf eine familiäre Atmosphäre mit Betriebsausflügen und Familientagen. Vonn war es wohl nur recht, wenn ein Geschäftsbereich möglichst wenig vom anderen wusste. Vor zehn Jahren hatte Clyde in einem Hotel in Orlando gearbeitet, als er von einer offenen Stelle in Fort Walton Beach gehört hatte. Er wechselte den Job, weil er gern am Meer lebte. Ein Jahr später wurde er stellvertretender Geschäftsführer im Blue Chateau und damit, ohne es zu wissen, Teil der kriminellen Welt der Küsten-Mafia, die ihm bis dahin völlig unbekannt gewesen war. Er lernte Hank kennen, fand ihn höchst sympathisch und wurde bald zum Geschäftsführer befördert, was eine gewaltige Gehaltserhöhung bedeutete. Er verdiente sehr gut, viel mehr als in der Branche üblich, und meinte, das wäre im gesamten Dubose-Imperium so. Loyalität hatte ihren Preis. Nachdem sich Clyde als Chef bewährt hatte, ließ Hank ihn wissen, dass die Firma nun auch das einen knappen Kilometer entfernte Strandhotel Surfbreaker erworben habe. Das Unternehmen, eine mysteriöse Gesellschaft mit Sitz in Belize, werde umstrukturiert, und Clyde solle beide Hotels in Fort Walton Beach leiten. Sein Gehalt verdoppelte sich, und er erhielt eine fünfprozentige Beteiligung an der neuen Gesellschaft Starr S. Clyde glaubte, Hank und die anderen Mitglieder der Unternehmensleitung hielten die verbleibenden fünfundneunzig Prozent, war sich aber nicht sicher. Später erfuhr er, dass alles Teil desselben großen Komplotts war.

Sein Leben als Krimineller begann, als Hank eines Tages mit vierzigtausend Dollar in bar erschien, alles in Hundertdollarscheinen. Hank erklärte ihm, es sei schwierig, schmutziges Geld in Hotels zu waschen, weil fast alle Transaktionen mit Kreditkarten getätigt würden. Allerdings hätten alle Hotels gut besuchte Bars, in denen viele Gäste immer noch bar zahlten. Hank erläuterte ihm in allen Einzelheiten, wie das schmutzige Geld systematisch unter die Bareinnahmen der einzelnen Bars gemischt werden sollte. Er sprach allerdings nie von Geldwäsche, sondern verwendete den beschönigenden Ausdruck »die Bücher frisieren«. Von diesem Tag an wurden die täglichen Bareinnahmen der Bars nur noch von Clyde persönlich gehandhabt. Mit der Zeit lernte er, die Zahlen dem Publikumsverkehr in den Hotels anzupassen. Er entwickelte sogar eine Methode, das schmutzige Bargeld in die Bruttoeinnahmen der Rezeption einzuschleusen. Die frisierten Bücher waren auf den ersten Blick einwandfrei. Die Wirtschaftsprüfer in Pensacola gratulierten ihm zur Umsatzsteigerung, stellten aber nie lästige Fragen.

Clyde führte seine Aufzeichnungen auf einem Schreibblock, außer Reichweite jeglicher Computer, und konnte dem FBI nach einem kurzen Blick genau sagen, welche Beträge er in seinen Hotels und Bars in den vergangenen neun Jahren gewaschen hatte. Er schätzte, dreihunderttausend Dollar pro Jahr. Und das sei nur das Kleinzeug. Im großen Stil werde in den anderen Bars, den Spirituosenläden und den Stripclubs Geld gewaschen.

Langsam geriet er immer tiefer in den Strudel der Bandenkriminalität. Nach zwei Jahren als Geschäftsführer wurde er zu einem Männerausflug nach Las Vegas eingeladen. Er flog in einem Privatjet mit Hank und den Maton-Brüdern. Eine Stretchlimousine brachte sie zu einem luxuriösen Kasino, wo Clyde eine eigene Suite bekam. Hank übernahm alle Kosten – das Essen im Steakrestaurant, die erlesenen Weine, die hochkarätigen Nutten. Am Samstagabend lud Hank ihn zu einem Drink mit Vonn in eine Penthouse-Suite ein. Nur Vonn Dubose, die Cousins und Clyde Westbay, mittlerweile eine Vertrauensperson. Am folgenden Tag trank Hank mit ihm in einer Bar des Kasinos Kaffee und erklärte ihm einige Grundregeln. Sie waren nicht schwer zu merken: 1. Tu, was dir gesagt wird, 2. halt den Mund, 3. trau keinem außer uns, 4. sei wachsam und denk immer daran, dass du das Gesetz brichst und 5. lass dir nicht einfallen, uns zu bespitzeln, das könnte für dich und deine Familie tödlich enden. Clydes Loyalität wurde eingefordert, und er hatte damit kein Problem.

Von den Führungskräften wurde erwartet, dass sie mindestens zweimal monatlich dem Kasino einen Besuch abstatteten. Die Geldwäsche war einfach. Clyde erhielt von Hank fünf- bis zehntausend Dollar in bar, um zu spielen – aus dem Kasino stammende Gelder, die über Vonn, Hank und Clyde wieder dem Kasino zugeführt wurden. Clyde tauschte sie gegen einen Stapel Hundertdollarchips für seinen Einsatz ein. Sein Lieblingsspiel war Blackjack, und er beherrschte es gut genug, um ohne Verlust herauszukommen. Wenn er beispielsweise zweitausend Dollar in Chips gekauft hatte, spielte er eine Stunde lang und legte dann eine Pause ein. Statt seine Chips mitzunehmen, ließ er sich auszahlen und den Saldo auf sein Konto beim Haus überweisen, das auf einen fiktiven Namen lief. Einmal im Jahr überwies er das Guthaben dann auf eines von Hanks Bankkonten. Im vergangenen Jahr, 2010, zog Clyde einhundertsiebenundvierzigtausend Dollar sauberes Geld aus dem Kasino ab. Er war praktisch sicher, dass die Cousins und alle Manager mit dieser Methode über Kasinochips Geld wuschen.

Im Nachhinein wusste er nicht mehr, wann er beschlossen hatte, die rote Linie zu überschreiten und kriminell zu werden. Er befolgte die Anweisungen seines Chefs, was scheinbar niemandem schadete. Er wusste, dass Geldwäsche illegal war, aber es war so einfach. Die Wahrscheinlichkeit, dass ihnen jemand auf die Schliche kam, schien gegen null zu gehen. Wenn schon die eigenen Wirtschaftsprüfer keine Ahnung hatten … Außerdem bekam er viel Geld, gab viel Geld aus und genoss das Leben in vollen Zügen. Natürlich, er arbeitete für eine kriminelle Vereinigung, aber sein Anteil an den illegalen Machenschaften war sicherlich verschwindend gering. Mit der Zeit identifizierte er sich völlig mit der Organisation, sah sie sozusagen als Absicherung für das Alter. Wenn er entlang der Küste durch Brunswick County fuhr, war er beim Anblick eines Hochhausneubaus oder der Plakate für eine neue Luxuswohnanlage rund um einen Golfplatz fast ein wenig stolz, dass Vonn so ein Macher war. Falls sich das FBI jemals für die Organisation interessierte, dann bestimmt für die großen Bosse, die Cousins, und nicht für kleine Fische wie ihn.

Doch niemand interessierte sich für sie. Keiner stellte Fragen. Nach ein paar Jahren war es zur Routine geworden.

Deswegen, so Clyde, sei es ein Schock gewesen, als Hank angerufen habe, weil es ein Problem gebe. Richterin McDover, der Clyde nie begegnet sei, sei zum Gegenstand unerwünschter Aufmerksamkeit geworden. Da er in einem anderen Gerichtsbezirk wohne, habe Clyde sie nur dem Namen nach gekannt. Ihre Rolle in der Dubose-Organisation sei ihm nicht klar, aber in Anbetracht der allgemeinen Aufregung müsse sie wichtig sein. Hank, der seinen Onkel kaum jemals erwähnt habe, habe zugegeben, dass Vonn beunruhigt sei. Man habe handeln müssen.

Hank stattete Clydes Büro im Surfbreaker einen Besuch ab und teilte ihm bei einem Kaffee am Pool mit, er müsse Vonn einen Gefallen tun. Hank zufolge habe Vonn ihn, Clyde Westbay, ausgewählt, weil ihn niemand verdächtigen werde. Von Mord war nie die Rede. Es ging nur um Einschüchterung, wenn auch auf höchst brutale Art. Ein Autounfall auf dem Land der Tappacola, mitten in der Nacht. Natürlich wollte Clyde eigentlich nicht mitmachen, aber er konnte schlecht Nein sagen. Tatsächlich gelang es ihm, so zu tun, als wäre dies reine Routine – Hauptsache, die Cousins waren zufrieden.

Hank hielt Zeke Foreman ebenfalls für den idealen Handlanger. Um die Bereitstellung des gestohlenen Pick-ups kümmerte sich Hank, Clyde hatte keine Ahnung, wie das arrangiert wurde. Das war für die Bande typisch: Je weniger die Leute wussten, desto weniger konnte durchsickern. Hank besorgte die gefälschten Florida-Kennzeichen für den Pick-up, den Clyde fuhr. Die Operation verlief reibungslos; Hank war vor Ort und dirigierte die Autos über Telefon. Clyde wusste nicht, wer sich als Informant ausgegeben hatte, um Lacy und Hugo ins Reservat zu locken. Sekunden nach dem Aufprall hielt Clyde hinter dem Dodge Ram und schickte Zeke in seinen Pick-up, weg von dem Prius. Zu diesem Zeitpunkt blutete Zeke bereits aus der Nase. Clyde überprüfte den Airbag im Dodge, fand aber kein Blut. Hugo war in einem furchtbaren Zustand, er hing in der zerschmetterten Windschutzscheibe, stöhnte, zuckte mit den Beinen und blutete in Strömen. Sein Handy steckte in der rechten hinteren Tasche der Jeans. Clyde fiel auf, dass er den Sicherheitsgurt nicht angelegt hatte, er konnte aber nicht sagen, ob der Airbag ausgelöst hatte.

Nein, ihm sei nicht bekannt, ob Sicherheitsgurt und Airbag manipuliert worden seien. Nein, er habe Hugo nicht angefasst, außer um ihm das Handy abzunehmen. Er habe Gummihandschuhe getragen und es entsetzlich gefunden, an einem Menschen herumzufummeln, der sich so quälte und heftig blutete. Clyde gab zu, dass ihm die ganze Angelegenheit höchst zuwider gewesen sei. Aber er habe seine Anweisungen gehabt. Lacys Mobiltelefon und iPad hätten hinten links im Fußraum gelegen, aber die hintere Tür habe nach dem Aufprall geklemmt. Es sei ihm gelungen, die Tür hinter Hugo zu öffnen und beides herauszuholen. Sie habe geblutet und irgendetwas gemurmelt und versucht, sich zu bewegen.

Emotionslos schilderte Clyde diesen Teil der Ereignisse. Falls er Reue spürte, ließ er es sich nicht anmerken. Allerdings brauchte er eine Toilettenpause. Es war fast sechs Uhr abends.

Er und Zeke hätten sich über einen Feldweg abgesetzt, den er am Tag vorher mit Hank zusammen ausfindig gemacht habe, fuhr Clyde fort. Nein, er könne sich nicht erinnern, dass Zeke etwas aus dem Fenster geworfen habe. Pacheco zeigte ihm ein Stück von dem blutigen Papiertuch. Clyde konnte sich nicht erklären, warum er direkt vor Freemans Laden gehalten hatte. Sein einziger Erklärungsversuch lautete, dass er nicht sicher gewesen sei, ob das Geschäft überhaupt geöffnet habe. Wozu brauche ein solcher Saftladen Überwachungskameras? Ziemlich blöd von ihm, im Nachhinein gesehen. Er habe mit Zeke ein Bier getrunken, als sie die Grenze von Brunswick County überquerten. An einer Raststätte an der Interstate 10 hätten sie auf Hank gewartet. Dem habe er eine Einkaufstüte mit den beiden Handys und dem iPad übergeben. Von dort seien sie nach Fort Walton Beach zum Blue Chateau zurückgefahren, wo der Junge die Nacht in einem Zimmer verbracht habe. Am nächsten Tag sei Clyde mit ihm zum Arzt gefahren, aber die Röntgenaufnahme habe keine Knochenbrüche gezeigt. Er habe Zeke fünftausend Dollar in bar gegeben und gedacht, damit sei die Sache für sie erledigt. Er habe den ganzen Vormittag lang Nachrichten gesehen und sei geschockt gewesen, als er erfahren habe, dass Hugo Hatch tot war. Ungefähr eine Woche später sei Hank in sein Büro gestürmt und habe ihn wegen des Videos zur Schnecke gemacht. Er habe gesagt, Vonn sei außer sich vor Wut und versuche verzweifelt, den Schaden zu begrenzen. Dann hätten sie Zeke aus der Stadt gebracht und angewiesen, bis auf Weiteres wegzubleiben.

Nein, er habe schon ewig nicht mehr mit Vonn gesprochen, zum letzten Mal lange vor dem Unfall, und würde das im Moment auch gern vermeiden. Obwohl er ständig mit dem Schlimmsten gerechnet und unruhig geschlafen habe, habe er den Eindruck gehabt, die Lage hätte sich beruhigt, zumindest bis heute. Jetzt sei seine Welt aus den Fugen geraten.

Hahn bestellte Sandwichs und Obst nach, und als sie kamen, zogen sich Westbay und Bullington ins Schlafzimmer zurück. Es war fast acht Uhr abends. Westbay meinte, seine Frau mache sich bestimmt Sorgen. Er rief sie an und sagte, er müsse sich überraschend um eine geschäftliche Angelegenheit kümmern.

Während des Essens folgte eine weitere Vernehmungsrunde, bei der Allie Pacheco und Rebecca West abwechselnd Fragen stellten. Als sie schließlich um kurz vor zehn Uhr abends Schluss machten, hatten sie sechs Stunden Videomaterial von Clyde Westbay im Kasten und mehr als genug in der Hand, um den Angriff auf Dubose und dessen Cousins zu starten. In Tallahassee hatte ein zweites Team von Beamten alles verfolgt und warf bereits die Netze aus.

Clyde verließ das Surfbreaker als freier Mann, in dem Sinne, dass er weder Handschellen noch Fußfesseln trug. Aber er hatte seine Seele oben in der Dolphin Suite gelassen, fein säuberlich auf Video aufgezeichnet und archiviert, um ihn später ans Messer zu liefern. Ihm blieben ein paar Tage, vielleicht Wochen in Freiheit, bevor er bei einer spektakulären Razzia festgenommen werden würde. Panik bei seiner Frau und den Kindern, Fotos auf der Titelseite, entsetzte Anrufe von Familie und Freunden. Clyde Westbay, Mitglied einer kriminellen Vereinigung, Angeklagter in einem Mordfall.

Während er ziellos durch Destin kurvte, dachte er flüchtig an seine Exgeliebte Tammy. So eine Schlampe! Stieg sie doch tatsächlich mit der halben Stadt ins Bett, und auch noch mit diesem Loser Walter. Vielleicht erfuhr seine Frau ja nichts davon. Wie viel sollte er ihr jetzt erzählen? Sollte er es hinter sich bringen oder auf die Razzia warten, auf die Schande, gefesselt abgeführt zu werden?

Wie zum Teufel sollte er wissen, wie er sich am besten verhielt? Sein Leben war vorbei.

Je länger er durch die Gegend fuhr, desto besser gefiel ihm der Gedanke, sich eine Kugel in den Kopf zu jagen, seinen Abgang selbst zu bestimmen, bevor ihn einer von Duboses Killern erledigte. Vielleicht sprang er auch von einer Brücke oder nahm eine Packung Tabletten. Das FBI hatte ihn ja auf Video.

35

DIE SCHLIMMSTE DRECKSARBEIT ließ Vonn durch einen Auftragskiller erledigen, der schon ewig im Geschäft war und sich Delgado nannte. Ob er tatsächlich so hieß oder ob es nur eine der vielen Fiktionen war, von denen es in Vonns Welt nur so wimmelte, war nicht klar.

Offiziell führte Delgado eine Bar, eine der vielen florierenden Einnahmequellen und Geldwäschefirmen des Konzerns, aber sein wahrer Wert für die Organisation bestand in seiner Nebentätigkeit. Er besaß erstaunliche technische Fähigkeiten im Umgang mit Waffen, ob mechanisch oder elektronisch war ihm egal. Delgado hatte Son Razko ins Haus der Familie Mace gebracht, ihn und Eileen dort seelenruhig im Schlafzimmer erschossen und war dann spurlos verschwunden. Eine Stunde später war er in einer Bar scheinbar zufällig Junior begegnet und hatte ihn auf einen Drink eingeladen.

Nach Juniors Prozess hatte Delgado mit Digger Robles, dem einen Gefängnisspitzel, eine nächtliche Bootsfahrt unternommen und ihn mit Ketten um die Beine im Golf von Mexiko versenkt. Todd Short, dem anderen Spitzel, hätte er um ein Haar mit dem Jagdgewehr den Schädel weggeblasen und hatte auch bereits angelegt. Die Kugel hätte ihn, noch bevor der Knall seine Ohren erreichte, am linken Ohr getroffen, aber dann versperrte ihm ein anderer Kopf die Sicht, und Todd bekam eine Gnadenfrist. Klugerweise ergriff er die Flucht. Fast hätte Delgado ihn in Oklahoma erwischt.

Der große Fehler in Vonns Laufbahn war, dass er Hugo von Clyde Westbay hatte ausschalten lassen, nicht von Delgado. Er hatte dem Profi einen Amateur vorgezogen. Die Überlegung war schlüssig gewesen: Es war höchst unwahrscheinlich, dass der Verdacht auf Clyde fiel, es waren keine Schusswaffen im Spiel, der Auftrag war – relativ gesehen – eher einfach, und Vonn hatte Clyde eine wichtigere Position im Unternehmen zugedacht. Er hatte sein Talent erkannt und wollte ihn an sich binden. War Clyde erst einmal in ein schweres Verbrechen verwickelt, gehörte er Vonn für den Rest seines Lebens. Der entscheidende Faktor waren Delgados Nierensteine, die sich in letzter Minute so massiv meldeten, dass er drei Tage lang mit einer schweren Kolik im Krankenhaus lag. Die unerträglichen Schmerzen setzten ihn, nur wenige Stunden nachdem er in Lacys Auto eingebrochen und Beifahrerairbag und -sicherheitsgurt manipuliert hatte, außer Gefecht. Da Delgado vorübergehend nicht verfügbar war und die Situation zu eskalieren drohte, wies Vonn Hank an, Clyde in den Plan einzuweihen.

Delgado lebte in einer Welt voller Überwachungskameras und hätte sich nie bei Freeman filmen lassen.

Auf jeden Fall war er seine Nierensteine jetzt los und wieder im Geschäft. Acht Kilometer nördlich vom Golf von Mexiko parkte er seinen kleinen roten Lieferwagen mit der Aufschrift »Blann's Pest Control« in der Einfahrt eines Häuschens an einem Golfplatz. Die gesamte Anlage war eingezäunt und nur für Anwohner zugänglich, doch Delgado kannte den Code für das Tor. Eine Firma mit Sitz auf den Bahamas hatte den Komplex gebaut. Diese Firma gehörte wiederum einer Firma mit Sitz auf Nevis. Irgendwo weit oben in der Kette der Eigentumsverhältnisse stand Vonn Dubose. Die Eigentümerin dieses Hauses hielt sich gerade im Gericht auf, wo sie ihren Arbeitsplatz hatte. Sie protokollierte wichtige Dinge für Richterin McDover, die ihr überhaupt erst vorgeschlagen hatte, die Immobilie zu erwerben.

Delgado trug eine adrette Uniform mit rotem Hemd und passender Kappe und sah mit seinem wuchtigen Sprühkanister aus, als wollte er jedes einzelne Insekt im Panhandle ausmerzen. Er klingelte, wusste aber schon, dass niemand zu Hause war. Geschickt schob er einen flachen Schraubenzieher zwischen Schnapper und Schließblech und drehte den Türknopf. Mit dem passenden Schlüssel hätte er die Tür nicht schneller öffnen können. Er lauschte auf ein warnendes Geräusch der Alarmanlage. Nach wenigen Sekunden setzte ein Piepsen ein. In dreißig Sekunden würde ein Höllenlärm losbrechen. Er ging zu dem Tastenfeld hinter der Tür und gab in aller Ruhe den fünfstelligen Zugangscode der Sicherheitsfirma ein, in deren System er sich gehackt hatte. Delgado holte tief Luft und genoss die Stille. Wenn der Code nicht funktioniert hätte, wäre er einfach wieder gefahren.

Er zog ein Paar eng anliegende Gummihandschuhe über und vergewisserte sich, dass sowohl die Vordertür wie auch die hinteren Türen abgeschlossen waren. Jetzt konnte er sich Zeit lassen. Es gab zwei Schlafzimmer. Das größere wurde offensichtlich von der Eigentümerin genutzt, im kleineren stand ein billiges Stockbett. Delgado wusste, dass die Frau allein lebte. Sie war dreiundvierzig, geschieden, keine Kinder. Er ging die beiden Kommoden durch, fand aber nur Kleidung. In den Schränken und den beiden Bädern sah es nicht besser aus. In ihrem kleinen, vollgestopften Büro entdeckte er einen Desktop-PC und einen Drucker sowie ein paar niedrige Aktenschränke. Langsam und methodisch durchsuchte er jede Schublade, jede Akte, jedes Blatt Papier.

In ihrem Haus war ein Mann! JoHelen Hooper tippte auf ihr iPhone. Die App ihres Überwachungssystems hatte sie gewarnt, als ihre Alarmanlage um 9.44 Uhr, vor zwei Minuten, deaktiviert worden war. Sie tippte erneut auf das Handy, um das Video aufzurufen. Die im Deckenventilator im Wohnzimmer versteckte Kamera zeigte ihn, wie er auf dem Weg zu den hinteren Zimmern vorbeischlich. Weiß, männlich, um die vierzig, mit einem albernen roten Hemd und einer genauso albernen Kappe, die er offenbar zur Tarnung trug. Die Kamera im Lüftungsschlitz zeigte, wie er ihr Schlafzimmer betrat und anfing, systematisch ihre Schubladen zu durchsuchen. Er begrapschte alles.

Sie schluckte und gab sich Mühe, nicht die Fassung zu verlieren. Keine sechs Meter von ihr entfernt wartete Richterin McDover darauf, dass eine Gruppe entnervt wirkender Anwälte, die bei den Geschworenenbänken standen und die Köpfe zusammensteckten, zu einem Entschluss kam. Zum Glück saßen dort keine Geschworenen, die Richterin hörte nur die Anträge der Parteien.

Vor JoHelen stand auf einem Stativ ihre Stenografiermaschine. Auf dem Tisch lagen ein Notizblock, ein paar Dokumente und das iPhone, auf das sie immer wieder möglichst unauffällig einen Blick warf, ohne sich anmerken zu lassen, wie verstört sie war. Verstört war gar kein Ausdruck. Bei ihr zu Hause durchwühlte ein Mann Stück für Stück ihre Unterwäsche. Jetzt schloss er eine Schublade und nahm sich die nächste vor.

Einer der Anwälte fing an zu reden, und JoHelen schrieb mit. Es war eine sinnlose Anhörung in einer Sache ohne jede Bedeutung, und wenn ihr hier und da ein oder zwei Wörter fehlten, konnte sie sich immer noch die Tonaufzeichnung anhören. Ihr drehte sich der Kopf, und sie hatte panische Angst, aber sie starrte den Anwalt an, fixierte seine Lippen und versuchte, sich zu konzentrieren. Die App würde das gesamte Videomaterial von allen vier in ihrem Haus versteckten

Kameras aufzeichnen, sie verpasste also nichts, wenn sie es sich in der Mittagspause ansah.

Bleib ruhig, sei cool, sieh gelangweilt aus, während du juristisches Fachchinesisch mit einer Geschwindigkeit von zweihundert Wörtern pro Minute mitschreibst. Nach acht Jahren einer makellosen Laufbahn als Gerichtsstenografin konnte sie das fast im Schlaf. Ob sie künftig noch ruhig schlafen würde, war allerdings eine andere Sache.

Ihr großer Augenblick war endlich gekommen. In der vergangenen Woche hatte sich die ehrenwerte Richterin durch ihr Verhalten verraten. Sie war nie der warme, herzliche Typ gewesen, aber JoHelen gegenüber immer freundlich und professionell, und sie hatten gern miteinander über Ereignisse am Gericht geplaudert und gelacht. Sie waren nicht befreundet, weil Claudia zu abgehoben für eine normale Freundschaft war. Sie sparte sich ihre Zuneigung für Phyllis Turban auf, über die JoHelen viel wusste, die sie aber nicht persönlich kannte.

Seit dem Tag, als die Beamten vom BJC gekommen und ihr die Beschwerde übergeben hatten, war Claudia nicht sie selbst gewesen. Sie war gereizter, distanzierter, wirkte zerstreut und besorgt. Normalerweise war sie ausgeglichen und neigte nicht zu Stimmungsschwankungen. In letzter Zeit und vor allem in den letzten Tagen war sie jedoch JoHelen gegenüber kurz angebunden und brüsk gewesen. Zugleich hatte sie versucht, ihre Gefühle mit einem falschen Lächeln oder einer dick aufgetragenen Schmeichelei zu übertünchen. Acht Jahre lang hatten beide Frauen praktisch jeden Arbeitstag im selben Raum verbracht. JoHelen wusste, dass sich etwas verändert hatte.

Was war mit der Alarmanlage? Es war eine neue Anlage mit Sensoren an allen Fenstern und Türen, die Cooley erst vor zwei Monaten installiert hatte. Wenn der Typ mit dem roten Hemd und der roten Kappe die umgangen hatte, musste er ein Profi sein.

Eine kurze Pause, als der Anwalt nach einem Dokument suchte, und JoHelen warf einen Blick auf ihr Handy. Der Eindringling war im Wandschrank kaum zu sehen, während er ihre Garderobe durchwühlte. Sollte sie die Polizei anrufen und den Kerl hochgehen lassen? Sollte sie Neighborhood Watch alarmieren? Nein – Telefonate ließen sich zurückverfolgen, und die meisten Spuren schienen im Augenblick zu ihr zu führen.

Plötzlich sprachen zwei Rechtsanwälte auf einmal, was in ihrer Welt ständig passierte, und sie trennte die beiden im offiziellen Protokoll gekonnt, ohne sich ein Wort entgehen zu lassen. Ärgerlich fand sie es nur, wenn drei Juristen gleichzeitig sprachen. Dann reichte ein kurzer Blick zu Richterin McDover, damit diese für Ordnung sorgte. Sie verständigten sich häufig über kaum merkliche Veränderungen der Mimik oder Handbewegungen, doch heute vermied JoHelen es, ihre Chefin anzusehen.

Der Eindringling würde nichts Belastendes finden. Sie war nicht so dumm, ihre Aufzeichnungen an einem so offensichtlichen Ort zu verstecken. Die Unterlagen waren woanders, sicher hinter Schloss und Riegel. Aber was würden sie als Nächstes unternehmen? Sie hatten einen Mann getötet, um die Ermittler vom BJC einzuschüchtern und zu behindern. Offenbar hatten sie Greg Myers aufgespürt und zum Schweigen gebracht. Und jetzt war Cooley, ihr Freund, Vertrauter, Verbindungsmann und Mitverschwörer zumindest kurz vor dem Absprung, wenn er nicht schon weg war, in Panik und offenbar am Rande eines Nervenzusammenbruchs. Er hatte ihr versichert, sie sei sicher, niemand werde ihre Identität je erfahren, aber das waren leere Worte von letzter Woche.

Die Richterin unterbrach die Verhandlung für zehn Minuten, und JoHelen ging ohne Eile zu ihrem kleinen Büro am selben Gang, wo sie die Tür hinter sich abschloss, um in Echtzeit ihren unerwünschten Besucher zu beobachten. Der Mann war immer noch im Haus, durchsuchte jetzt die Küchenschubladen, nahm vorsichtig Töpfe und Pfannen heraus und stellte sie ordentlich wieder an ihren Platz. Das war kein Dieb, und er würde keine Spuren hinterlassen. Er trug Handschuhe. Schließlich hatte er sich zu ihrem Büro vorgearbeitet, wo er sich setzte und um sich blickte. Er fing an, Akten aus ihren Schubladen zu nehmen, als hätte er alle Zeit der Welt.

Er arbeitete für Vonn Dubose. Und sie waren jetzt hinter ihr her.

Gegen Mittag kam Allie Pacheco vorbei, um Lacy auf den neuesten Stand zu bringen. Sie setzten sich in Michaels Büro an den Arbeitstisch, auf dem sich die Akten anderer laufender Verfahren türmten. Allie prahlte nicht mit dem Erfolg bei Clyde Westbay, aber er war unübersehbar stolz auf die gute Arbeit. Und das Beste kam noch.

Alle Anträge auf Telefonüberwachung waren von einem Bundesrichter genehmigt worden, und ihre Techniker hatten Dutzende von Telefonen angezapft. Das FBI hatte herausgefunden, wo Vance und Floyd Maton, Ron Skinner und Hank Skoley lebten, also vier der fünf Cousins. Ihr Chef, Mr. Dubose, bewohnte derzeit ein kleines Haus in Rosemary Beach. Am gestrigen Abend hatte Hank Vonn zu einem angesagten Restaurant in Panama City gefahren, wo sie sich mit einem dritten Mann trafen, bei dem es sich rein zufällig um einen leitenden Mitarbeiter des Bauamts von Brunswick County handelte. Der Zweck des Treffens war nicht klar, und das FBI hörte die Besprechung nicht ab.

Vonn Dubose gab ihnen immer noch Rätsel auf. Sie waren sich mittlerweile darüber einig, dass der Name erfunden sein musste und dass es ihm meisterhaft gelungen war, in den vergangenen dreißig bis vierzig Jahren mit einer fremden Identität zu leben. Was die Verwandtschaftsverhältnisse anging, so waren sie nur schwer zu entwirren. In Anbetracht der moralischen Verirrungen ihrer Vorfahren ließ sich nur schwer feststellen, wie die Cousins tatsächlich miteinander verwandt waren. Das war jedoch nur bei der Suche nach Vonns echter Identität von Bedeutung.

Clyde nannte ihnen die Namen von sieben weiteren Managern. Bisher war das FBI auf fast dreißig Bars, Restaurants, Hotels, Einkaufszentren, Stripclubs, Spirituosenläden, Supermärkte, Wohnanlagen, private Luxussiedlungen und Golfplätze gestoßen, die von Clyde und seinen sieben Kollegen gemanagt wurden. Die einzelnen Unternehmen gehörten Offshore-Gesellschaften, von denen die meisten ihren Sitz in Belize, auf den Bahamas oder den Cayman Islands hatten.

Die Ermittlungen wurden von Stunde zu Stunde ausgeweitet. Der Chef in Jacksonville teilte alle Mitarbeiter und Ressourcen zu, die Tallahassee beantragte. Luna, Allies Vorgesetzter, ließ alles andere stehen und liegen, um die Operation zu leiten. Die Bundesanwaltschaft hatte vier Staatsanwälte abgestellt, die eng mit dem FBI zusammenarbeiteten.

Allie war aufgedreht, aber sehr professionell. Sie arbeiteten zwanzig Stunden pro Tag, sein Interesse an Lacy wirkte rein beruflich.

Als er davonstürmte, hakte Michael nach. »Treffen Sie sich mit ihm?«

»Das habe ich doch gerade getan.«

»Sie wissen, was ich meine.«

»Wir waren einmal zum Mittagessen und zweimal zum Abendessen aus und haben spätabends zwei Flaschen Wein miteinander geleert. Ich mag ihn, aber wir gehen es langsam an.«

»Machen Sie das nicht immer?«

»Ja. Haben Sie was dagegen, dass ich ihn treffe?«

»Irgendwie schon. Es ist eine Grauzone.«

»Wir haben darüber geredet. Wir stehen auf derselben Seite, aber wir arbeiten nicht für dieselbe Behörde. Er könnte nichts mit einer FBI-Beamtin hier am Ort anfangen, aber für mich gelten die Regeln nicht. Soll ich es beenden?«

»Und wenn ich Ja sage?«

»Sie sind der Boss, ich würde mich daran halten. Er wird noch länger da sein. Er läuft mir nicht weg.«

»Ich sage aber nicht Ja. Ich finde, Sie passen ganz gut zueinander, aber seien Sie vorsichtig, was Sie ihm erzählen. Sie können sicher sein, er sagt uns nicht alles, was er weiß.«

»Stimmt, aber dafür weiß er viel mehr als wir.«

36

WÄHREND SIE LANGSAM NACH HAUSE FUHR, ließ JoHelen ihre Optionen Revue passieren und stellte fest, dass ihr keine davon gefiel. Sie konnte nicht einfach weglaufen und untertauchen. Sie musste zumindest nach Hause fahren und nachsehen, ob etwas fehlte, obwohl auf dem Video eindeutig zu sehen war, dass der Einbrecher nichts mitgenommen hatte. Er war dreiundneunzig Minuten in ihrem Haus geblieben, viel zu lang für den monatlichen Kammerjägerservice. Er kam und ging ohne Schlüssel, aber mit dem Code für ihre Alarmanlage. Was hielt ihn davon ab, ihr um zwei Uhr morgens einen weiteren Hausbesuch abzustatten? Sollte sie im Haus bleiben oder nicht? Falls nicht, wo sollte sie hin?

Sie verfluchte Cooley mit einer Bitterkeit, die sie selbst überraschte. Gemeinsam hatten sie ihr kleines Komplott auf den Weg gebracht, enge Verbündete, die Gutes tun und sich dabei eine goldene Nase verdienen wollten, und nun verlor er die Nerven. Er war weg, hatte die Flucht ergriffen, bevor Dubose zuschlagen konnte, und sie schutzlos, verängstigt und orientierungslos zurückgelassen.

Das Tor wurde durch den Magnetsticker auf ihrer Parkvignette automatisch geöffnet. Sandy Gables, Wohneinheit 58. Sie parkte in ihrer Einfahrt, starrte auf ihr Haus und wusste, dass es nie wieder so sein würde wie früher. Dies war der entscheidende Augenblick. Sollte sie bleiben? Weglaufen? Sich verstecken? Woher sollte sie das wissen? In diesem kritischen

Augenblick hätte sie einen Freund gebraucht, der sie beschützte.

JoHelen griff nach ihrer Handtasche, stieg aus und ging zur Haustür. Sie schloss auf, öffnete die Tür aber nicht. Auf der anderen Straßenseite sah sie Mr. Armstrong, der in seinem Carport herumkramte. Sie ging zu ihm und erklärte, ihre Tür sei nicht abgeschlossen und sie habe Angst. Ob er mitkommen könne? Sie frage nur ungern, wahrscheinlich sei sie ein bisschen paranoid, aber als Frau müsse man heutzutage immer auf der Hut sein. Mr. Armstrong war ein netter Mensch, ein Rentner, und langweilte sich häufig, deswegen war er sofort einverstanden. Sie gingen zusammen ins Haus, und JoHelen schaltete die Alarmanlage aus. Er blieb im Wohnzimmer stehen und sprach über die aktuelle Gürtelrose-Attacke seiner Frau, während JoHelen hierhin und dorthin lief und jedes Zimmer durchsuchte, während sie alle nur erdenklichen Fragen zu der Erkrankung stellte. Sie stocherte in den Schränken herum, sah unter die Betten, überall, wo sich ein Mensch verstecken konnte. Sie wusste, dass niemand da war, aber das änderte nichts. Wenn sie das Haus nicht zumindest durchsuchte, konnte sie hier auf keinen Fall bleiben.

Sie bedankte sich bei Mr. Armstrong und bot ihm eine Diätlimo an. Er freute sich über die Gelegenheit zu einem Plausch und war eine Stunde später immer noch da. Nachdem er schließlich gegangen war, saß sie im Wohnzimmer und versuchte, ihre Gedanken zu ordnen. Als auf dem Dachboden eine Diele knarrte, fuhr sie zusammen. Ihr Herz raste, und ihr Atem beschleunigte sich, während sie auf weitere Geräusche lauschte. War das ein Schritt gewesen? Doch danach war nichts mehr zu hören, alles blieb still. Sie beschloss wegzufahren und zog sich schnell eine Jeans an. Was sollte sie packen? Wenn *sie* sie beobachteten und mit Gepäck aus dem Haus kommen sahen, war ihnen klar, was sie vorhatte. Natürlich konnte sie bis nach Einbruch der Dunkelheit warten und eine Tasche oder vielleicht auch zwei ins Auto schmuggeln, aber sie hatte keine Lust, im Haus zu sein, wenn es dunkel wurde. Also nahm sie ihre größte Handtasche und füllte sie mit Kosmetika und Unterwäsche. Dann stopfte sie eine leere Sporttasche und Kleidung zum Wechseln für zwei Tage in eine Supermarkttüte aus Papier. In der Nähe gab es Geschäfte, sie konnte später kaufen, was sie brauchte.

Als sie losfuhr, winkte sie Mr. Armstrong zu und fragte sich, wann sie zurückkommen würde.

JoHelen fuhr nach Süden, in Richtung der Strände, nahm den Highway 98 nach Westen und schwamm im Verkehr entlang der Küste mit, durch Badeorte und gelegentlich ein Stück unberührte Küstenlandschaft. Während der Fahrt versuchte sie, den Verkehr hinter sich im Auge zu behalten, gab aber bald auf. Wenn *sie* ihr quer durch das Land folgen wollten, wie hätte sie das verhindern können? Sie tankte in Destin und fuhr immer weiter, wobei sie auf Nebenstraßen auswich, um Pensacola zu umgehen. Als ihr auffiel, dass sie in Alabama war, wandte sie sich nach Osten und schlug einen langen Bogen zurück zur Interstate 10. Bei Einbruch der Dunkelheit hielt sie an einem Motel und zahlte bar für ein Zimmer.

JoHelen hatte nie mit Greg Myers gesprochen. Sie kannte seinen Namen, aber er wusste nichts über sie. Über Cooley hatte sie eine Kopie der Beschwerde erhalten, die Myers gegen ihre Chefin eingelegt hatte. Er war bereit gewesen, das mit der Aufdeckung der Korruptionsaffäre verbundene Risiko einzugehen, wenn er dafür ein Stück vom Kuchen abbekam, wobei keiner der drei wusste, wann sie Anspruch auf ihre Belohnung als Whistleblowerin erheben konnte. Myers sollte als Anwalt und beschwerdeführende Partei ihre Forderung bei Gericht geltend machen. Cooley, der ehemalige Anwalt, sollte für seine Vermittlung zwischen Myers und JoHelen eine großzügige Beteiligung bekommen. Myers ebenfalls. Der Rest war für sie. Ein Geschäft, bei dem theoretisch nichts schiefgehen konnte.

Aber jetzt war Myers vermutlich tot. Cooley hatte die Nerven verloren und die Flucht ergriffen. Und JoHelen Hooper versteckte sich in einem billigen Motel und starrte auf ein Wegwerfhandy, mit dem sie nur eine einzige Person anrufen konnte. Außer ihr gab es niemanden.

Es war schon fast zehn Uhr abends, als sie sagte: »Ms. Stoltz, mein Name ist JoHelen Hooper. Cooley hat mir Ihre Nummer gegeben. Sie erinnern sich an ihn?«

»Ja.«

»Und das ist das Handy, das er Ihnen gegeben hat?«

»Ja. Sie sind die Informantin?«

»Die bin ich. Der Maulwurf. Die Quelle. Wenn man Cooley glauben will, hat Myers immer von einem Whistleblower gesprochen, der McDover verpfeift. Was wissen Sie über mich?«

»Nichts. Ich wusste nicht einmal, dass Sie eine Frau sind. Warum rufen Sie an?«

»Weil Cooley mir die Nummer von diesem Handy gegeben und gesagt hat, ich soll anrufen, wenn etwas schiefgeht und ich Angst bekomme. Jetzt habe ich Angst.«

»Wo ist Cooley?«

»Keine Ahnung. Er hat die Nerven verloren und die Flucht ergriffen, er wollte weg aus der Gegend, bevor Dubose ihn in die Finger bekommt. Myers hat er ja schon gefunden. Ich weiß nicht, mit wem ich sonst reden könnte.«

»Gut, reden wir. Woher kennen Sie Richterin McDover?«

»Ich bin seit acht Jahren ihre Gerichtsstenografin, aber das kann ich Ihnen irgendwann anders erzählen. Während wir heute bei Gericht waren, ist ein Mann bei mir eingebrochen und hat mein Haus Zentimeter für Zentimeter durchsucht. Ich weiß das, weil ich Kameras angebracht habe, mit denen ich über das Handy alles in Echtzeit überwachen kann. Er hat nichts mitgenommen, also war er kein Dieb. Er hat nichts gefunden, weil ich aus offensichtlichen Gründen nichts zu Hause aufbewahre. Cooley und ich planen diese kleine Aktion seit Jahren und waren sehr vorsichtig. Deswegen das Überwachungssystem, die Wegwerfhandys, die ausgelagerten Akten und jede Menge andere Maßnahmen und Vorkehrungen zu unserem Schutz.«

»Wohnt da noch jemand?«

»Nein. Ich bin alleinstehend, geschieden, keine Kinder.«

»Haben Sie eine Vorstellung, wer Ihr Besucher war?«

»Nein. Aber ich würde ihn vermutlich erkennen – obwohl ich nicht glaube, dass ich ihn noch einmal zu Gesicht bekomme. Er arbeitet mit Sicherheit in irgendeiner Funktion für Dubose, und ich fürchte, sie sind mir auf den Fersen. Die Informationen, die ich Cooley und Myers über Claudia McDover geliefert habe, können nur von wenigen Personen stammen. Ich stehe auf der Liste. Das mit Ihrem Freund tut mir leid.«

»Danke.«

»Ich meine es ernst. Er wäre noch am Leben, wenn ich nicht beschlossen hätte, die Richterin zu Fall zu bringen.«

»Warum tun Sie das?«

»Das ist eine andere Geschichte. Ich würde sagen, die heben wir uns auch für später auf. Im Augenblick brauche ich einen Rat, und es gibt niemanden, an den ich mich sonst wenden kann. Ich halte mich in einem Motel versteckt, weil ich heute nicht nach Hause will. Was morgen ist, weiß ich nicht genau. Wenn ich nicht zur Arbeit erscheine, wird das Misstrauen erregen. Ich war in den acht Jahren kaum krank, und

Claudia ist sowieso schon misstrauisch. Gehe ich zur Arbeit, bin ich wieder in ihrem Revier, und das macht mich nervös. Was, wenn sie, wer auch immer sie sind, beschlossen haben, mich loszuwerden? In der Arbeit oder auf dem Weg dorthin bin ich eine perfekte Zielscheibe. Sie wissen selbst, wie gefährlich die Straßen sind.«

»Melden Sie sich krank, irgendeine extrem ansteckende Magenerkrankung. Das kann jedem passieren.«

JoHelen lächelte. Warum war sie nicht auf diese einfache Lösung gekommen? Vielleicht weil sich ihr der Kopf drehte und sie keinen klaren Gedanken mehr fassen konnte. »Okay, aber was mache ich morgen?«

»Bleiben Sie in Bewegung.«

»Wissen Sie, dass Cooley ein Ortungsgerät in Claudias Auto versteckt hat? Es hat ihn dreihundert Dollar gekostet und war in einer Minute eingebaut. Ging ganz leicht, hat er gesagt. Wussten Sie das?«

»Wir wussten von dem Ortungsgerät, aber wir wussten nicht, wer ihr auf der Spur ist und warum.«

»Ich will damit sagen, diese Leute können mein Auto verwanzen, sich in mein Handy einhacken, wer weiß, was noch. Dubose hat das Geld für alles, was nötig ist. Ich fühle mich im Augenblick ziemlich verwundbar, Ms. Stoltz.«

»Nennen Sie mich Lacy. Gibt es in dem Motel eine Bar?«

»Ich glaube schon.«

»Setzen Sie sich in die Bar, bis sie zumacht. Wenn Sie von einem unglaublich gut aussehenden, durchtrainierten jungen Mann angesprochen werden, nehmen Sie ihn mit zu sich aufs Zimmer und verbringen Sie die Nacht mit ihm. Wenn Sie nicht so viel Glück haben, steigen Sie in Ihr Auto und suchen Sie sich ein Lokal, das die ganze Nacht geöffnet hat, wenn es sein muss eine Truckerkneipe. Schlagen Sie ein paar

Stunden tot. Falls das Motel einen Nachtportier hat, setzen Sie sich bis zum Sonnenaufgang in die Lobby. Dann rufen Sie mich an.«

»Gut, das schaffe ich.«

»Bleiben Sie unter Menschen.«

»Danke, Lacy.«

37

WEISUNGSGEMÄSS TRAF SICH Clyde Westbay mit Hank Skoley an einer riesigen Baustelle drei Kilometer westlich von Panama City und anderthalb Kilometer nördlich des Golfs von Mexiko. Überdimensionale Werbetafeln kündigten die neue Anlage Honey Grove an, eine Reißbrett-Siedlung mit bezaubernden Häusern, besten Einkaufsmöglichkeiten und Golf nach Herzenslust, all das nur wenige Minuten von der Emerald Coast entfernt. In der Ferne machten Bulldozer einen Wald platt. Nicht ganz so weit weg wurden Randsteine und Gullys eingesetzt. Und an der Hauptstraße wuchsen die ersten Häuser in die Höhe.

Clyde stellte seinen Wagen ab und stieg in Hanks schwarzen Mercedes SUV. Sie nahmen eine der wenigen asphaltierten Straßen und schlängelten sich zwischen Dutzenden Lkws und Lieferwagen hindurch, die den Baufirmen gehörten. Hunderte Arbeiter wuselten durcheinander. Gegen Ende der Straße waren die Häuser schon fast fertig, und ganz hinten warteten drei brandneue Musterhäuser auf Kaufinteressenten. Hank parkte in einer der Einfahrten, und sie gingen hinein. Die Tür zum Carport war nicht abgeschlossen. Das Haus war leer, kein einziges Möbelstück, keine Menschenseele.

»Komm mit«, sagte Hank, und sie gingen die Treppe hinauf.

Vonn Dubose wartete im leeren Elternschlafzimmer. Er sah aus dem Fenster, als genösse er die hektische Aktivität, mit der sein x-tes Projekt ohne Rücksicht auf Verluste aus dem

Boden gestampft wurde. Sie begrüßten sich, schüttelten sich die Hände, Vonn lächelte und schien tatsächlich guter Stimmung zu sein. Clyde hatte ihn seit über einem Jahr nicht gesehen, aber er hatte sich nicht im Geringsten verändert. Schlank, sonnengebräunt, Golfhemd und Baumwollhose – ein wohlhabender Rentner, wie es so viele gab.

»Was hast du auf dem Herzen?«, fragte Vonn.

Die Wanze war in die Timex-Uhr an Clydes linkem Handgelenk eingebaut, einer Uhr, die genauso aussah wie die, die er seit drei Jahren trug. Clyde hatte sich nicht gemerkt, was für Uhren Hank und Vonn hatten, und war praktisch sicher, dass sie auf seine ebenso wenig geachtet hatten. Männer hatten kein Auge für solche Dinge, aber Allie und dessen Techniker wollten kein Risiko eingehen. Das Lederband saß sehr fest, wegen des winzigen Vibrators am Gehäusedeckel der Uhr. Wenn der Lieferwagen in der Nähe war, würde der Deckel vibrieren, damit Clyde wusste, dass die Verbindung stand.

Der Lieferwagen, der jetzt vor dem Nachbarhaus hielt, sah aus wie ein FedEx-Fahrzeug. Der Fahrer, der in einer offiziellen FedEx-Uniform steckte, stieg aus und öffnete die Motorhaube: eine Panne. Hinten im Wagen saß das FBI – Allie Pacheco und drei Techniker samt Ausrüstung. Als sie sich der Timex bis auf sechzig Meter genähert hatten, drückten sie eine Taste, und die Uhr vibrierte. Im Inneren des Schlafzimmers würde das Mikrofon selbst ein Flüstern in einer Entfernung von zehn Metern erfassen.

Am Vortag hatte Clyde seine Rolle vier Stunden lang mit Allie Pacheco und zwei anderen Beamten eingeübt. Jetzt war der große Augenblick gekommen. Wenn er Vonn Dubose ans Messer lieferte, würde er, Clyde Westbay, für ein paar Jahre ins Gefängnis wandern und konnte danach in Freiheit alt werden.

»Zwei Dinge, Vonn«, begann Clyde. »Ich kann Zeke Foreman nicht finden. Vor zwei Wochen habe ich ihm gesagt, er soll verschwinden und mich jeden zweiten Tag anrufen. Wir haben ein paarmal telefoniert, aber jetzt kann ich ihn nicht mehr erreichen. Ich vermute, der Junge hat Panik bekommen und sich abgesetzt.«

Vonn sah Hank an, zuckte die Achseln, sah Clyde an. »Das weiß ich schon.«

Clyde, dessen Magen heftig rebellierte, trat von einem Fuß auf den anderen. »Hör zu, Vonn, das ist alles meine Schuld, und ich übernehme die Verantwortung. Es war ein saublöder Fehler, wer weiß, was das noch nach sich zieht.«

Erneut blickte Vonn zu Hank. »Ich dachte, du hast ihm schon gesagt, wie sauer ich bin, dass es so gelaufen ist.« Dann nahm er wieder Clyde ins Visier. »Es war blöd, aber die Sache ist gegessen und für mich erledigt. Sieht so aus, als würde sich der Schaden in Grenzen halten. Du machst einfach weiter wie bisher und kümmerst dich um die Hotels, fürs Grobe nehme ich künftig andere Leute.«

»Danke, Vonn«, erwiderte Clyde. »Die zweite Sache ist, ich wollte dir nur sagen, dass ich bereit wäre, ein Jahr oder so aus der Stadt zu verschwinden. Weißt du, Vonn, mit meiner Frau läuft es nicht so toll, und ehrlich gesagt wäre jetzt ein guter Zeitpunkt, um Abstand zu gewinnen. Es muss ja nicht endgültig sein, aber ihr ist es recht, wenn ich eine Weile aus dem Weg bin.«

»Vielleicht gar keine schlechte Idee. Ich überlege es mir.«

»Immerhin ist mein Gesicht auf dem Video, und ich weiß nicht, wie ich reagieren soll, wenn morgen ein Cop bei mir im Büro auftaucht und Fragen stellt. Der Gedanke macht mir zu schaffen, Vonn. Ich wäre im Augenblick lieber woanders. Ich habe gute Mitarbeiter und würde mich jede Woche melden. Die Hotels laufen auch ohne mich.«

»Wie gesagt, ich überlege es mir.«

»Okay.« Clyde zuckte die Achseln, als hätte er nichts mehr zu sagen. Er tat einen Schritt in Richtung Tür, blieb stehen und drehte sich zu Vonn um. Zeit, die Bombe platzen zu lassen. »Hör mal, Vonn, meine Arbeit macht mir Spaß, und ich bin stolz darauf, dass ich zu deiner Organisation gehöre, aber das ›Grobe‹, wie du es nennst …« Seine Stimme wurde heiser und brach. »Weißt du, ich kann das einfach nicht, das verstehst du doch. Ich wusste nicht, dass der Typ sterben würde. Ich wusste nicht, dass ihr das einkalkuliert hattet. Irgendwer hat Sicherheitsgurt und Airbag lahmgelegt, und der arme Kerl ist mit voller Wucht durch die Windschutzscheibe geflogen. Du hättest ihn sehen sollen, Vonn. Sein Gesicht war völlig zerschnitten, überall war Blut, und er hat heftig gezuckt. Er hat mich angesehen, Vonn, mit einem flehenden Blick. Ich habe Albträume deswegen. Ich habe ihn einfach liegen gelassen. Ich wusste nicht, was ich tat. Ihr hättet mir sagen müssen, was ihr vorhattet.«

»Du solltest einen Auftrag erledigen«, knurrte Vonn und trat einen Schritt auf Clyde zu.

»Aber ich wusste nicht, dass dabei jemand ums Leben kommen würde.«

»Das nennt sich Einschüchterung, Clyde. So läuft das Spiel, das gehört zu meinem Job. Ohne Einschüchterungsmaßnahmen wäre ich nicht hier, und du würdest kein fettes Gehalt dafür einstreichen, dass du meine Hotels managst. In diesem Geschäft muss man die Leute manchmal zur Ordnung rufen und ihnen einen Schuss vor den Bug verpassen. Wenn du da nicht mitmachen willst, soll es mir recht sein. Ich habe mich wohl in dir getäuscht. Ich hätte nicht gedacht, dass du so ein Weichei bist.«

»Ich auch nicht, aber diesen Menschen verbluten zu sehen, das war einfach zu viel.«

»Es gehört dazu.«

»Hast du je zugesehen, wie ein Mensch verblutet, Vonn?«

»Ja«, erklärte Vonn stolz.

»War auch eine dumme Frage.«

»Sonst noch was?« Vonn warf Hank einen wütenden Blick zu, als wollte er sagen: Schaff ihn mir vom Hals.

Clyde hob resigniert die Hände und trat zurück. »Okay, okay, aber ich will wirklich weg, nur ein Jahr, um Abstand zu gewinnen. Bitte, Vonn.«

»Ich überlege es mir.«

Im Lieferwagen nahm Allie Pacheco seine Kopfhörer ab und grinste die Techniker an. »Perfekt«, murmelte er vor sich hin. »›Das nennt sich Einschüchterung, Clyde. So läuft das Spiel, das gehört zu meinem Job.‹«

Der FedEx-Bote schaffte es plötzlich doch, seinen Lieferwagen zum Laufen zu bringen. Er fuhr los, als Clyde und Hank aus dem Haus kamen. Clyde fiel der Wagen auf, aber er hatte keine Ahnung, dass das FBI-Team darin saß.

Hank sagte nichts, während sie sich durch das Labyrinth der Baustelle schlängelten. Ein mit Ziegeln beladener Lkw versperrte ihnen den Weg. Der FedEx-Lieferwagen vor ihnen musste ebenfalls warten. Hank trommelte mit den Fingern auf dem Lenkrad herum.

»Ich wüsste gern, was FedEx hier will. Hier wohnt doch noch keiner.«

»Die sind überall«, meinte Clyde.

Die Timex vibrierte erneut. Pacheco war ganz in der Nähe und gab ihm zu verstehen, dass er weiterreden sollte.

»Hank«, begann Clyde, »meinst du, ich hätte Vonn lieber nicht sagen sollen, dass er sich jemand anderen für die Drecksarbeit suchen soll?«

»Ja, das war saublöd. Vonn hasst Weicheier. Du hättest besser deinen Mund gehalten. Ich habe das Treffen nur organisiert, damit du ihm anbieten kannst unterzutauchen. Das wäre okay gewesen. Aber dieses Rumgeheule geht Vonn auf die Nerven.«

»Ich wollte bloß klarstellen, dass ich nicht als Auftragskiller angeheuert habe.«

»Nein, hast du nicht. Aber Vonn dachte, in dir steckt mehr. Ich übrigens auch. Wir haben uns wohl geirrt.«

»Und was soll das sein? Was erwartet ihr von mir?«

»Dass du keine Angst davor hast, dir die Hände schmutzig zu machen.«

»So wie du?«

»Halt die Klappe, Clyde. Du hast schon genug geredet.«

Du auch, dachte Pacheco und grinste. Er hatte Clyde aufgetragen, von Honey Grove zum Surfbreaker Hotel in Fort Walton Beach zu fahren, und genau das tat er. Clyde meldete sich bei seiner Sekretärin, telefonierte kurz und ging dann wieder. Über eine rückwärtige Tür in der Nähe einer Laderampe verließ er das Gebäude und sprang in den Fond eines grauen SUV. Auf den Vordersitzen saßen zwei FBI-Beamte.

»Gute Arbeit«, sagte der Fahrer, als sie das Surfbreaker hinter sich ließen. »Pacheco sagt, das war klasse. Das bricht ihm das Genick.«

Clyde schwieg. Er wollte nicht reden und sich schon gar nicht gratulieren lassen. Er fühlte sich als Verräter, weil er seine Komplizen ans Messer geliefert hatte, und wusste, dass es von nun an bergab gehen würde. Er wollte noch nicht einmal daran denken, dass er irgendwann in einen überfüllten Gerichtssaal marschieren und den Geschworenen seine Geschichte erzählen sollte, während Vonn Dubose vom Tisch der Verteidigung aus zusah.

Er nahm die Uhr ab und gab sie dem Beamten vor ihm. »Ich halte ein Nickerchen. Wecken Sie mich, wenn wir in Tallahassee sind.«

Um neun Uhr am Freitagmorgen hatte Lacy immer noch nichts von JoHelen gehört, sie ging auch nicht an das Telefon, das sie am Vorabend benutzt hatte. Lacy informierte Michael Geismar, der ebenfalls beunruhigt war. Über ein Festnetztelefon im Büro rief Lacy bei der Geschäftsstelle des Gerichts in Sterling an und erfuhr, nachdem sie mehrfach weiterverbunden worden war, dass Richterin McDover nicht im Haus war. Möglicherweise habe sie eine Verhandlung im Städtchen Eckman. Da JoHelen vielleicht zur Arbeit gegangen war, rief Lacy in der Geschäftsstelle in Eckman an, wo das Mädchen am Telefon bestätigte, dass Richterin McDover im Gebäude sei, aber nicht in der Verhandlung. Es sei kein Termin angesetzt.

Nachdem weitere Versuche erfolglos blieben, konnte Lacy nur warten. Sie rief Gunther zurück, und es wurde ein angenehmes Gespräch. Er hatte keine Pläne für das Wochenende, bis auf die üblichen »anstehenden Geschäfte«, und meinte, er komme vielleicht am Samstagabend zum Essen vorbei. Sie versprach, ihn später noch einmal anzurufen.

Als JoHelen aufwachte, schien die Sonne, und der Akku des Mobiltelefons war leer. Das letzte Wegwerfhandy, das Cooley ihr gegeben hatte, hatte keinen Saft mehr, und sie hatte das Ladegerät zu Hause vergessen. Sie rief Claudia von ihrem Handy aus an und tischte ihr die Geschichte mit dem verdorbenen Magen auf. Claudia schien halbwegs überzeugt und zeigte sogar ein gewisses Mitgefühl. Glücklicherweise seien keine Termine angesetzt, bei denen eine Gerichtsstenografin erforderlich sei. Das hieß nicht, dass JoHelen freihatte.

Sie war immer mit der Übertragung der Protokolle im Rückstand.

Sie brauchte das verdammte Ladegerät, und das bedeutete einen Besuch zu Hause. Sie hatte um Mitternacht die Segel gestrichen. Der Einzige, der als Bettgefährte infrage gekommen wäre, war ein vierzigjähriger Lkw-Fahrer gewesen, dem der ungepflegte Bart bis auf den ausladenden Bierbauch hing. Sie hatte sich von ihm auf einen Drink einladen lassen, war aber nicht einen Augenblick in Versuchung gewesen, etwas mit ihm anzufangen.

Um neun Uhr checkte sie aus und fuhr eine Stunde lang in Richtung Südosten, zur Küste mit den Badestränden. Unterwegs erinnerte sie sich immer wieder daran, dass sie den Rückspiegel im Auge behalten musste, aber sie taugte einfach nicht zur Geheimagentin. Mit einem mulmigen Gefühl in der Magengrube parkte sie vor dem Haus und machte sich klar, dass sie hier nicht weiterleben konnte. Jeder Zentimeter ihrer Privatsphäre war von jemandem, der nichts Gutes im Schilde führte, betatscht und durchwühlt worden. Selbst wenn sie die Schlösser austauschte und die Sicherheitsmaßnahmen verdoppelte, würde sie sich nie wieder zu Hause fühlen.

Mr. Armstrong zupfte vor seiner Veranda Unkraut und war offenbar immer noch in Flirtlaune. Sie schenkte ihm ein charmantes Lächeln und lud ihn auf einen Drink ein.

Er kam mit ihr ins Haus und blieb in der Tür stehen, während sie die Alarmanlage deaktivierte. Sie ging zu ihrem Schlafzimmer und überprüfte im Vorbeigehen alle Zimmer, wobei sie ununterbrochen redete – schließlich wollte sie unbedingt wissen, wie es Mrs. Armstrongs Gürtelrose ging. Das Ladegerät war da, wo sie es hingelegt hatte: auf der Ablage im Bad. Sie steckte es an das Wegwerfhandy und kehrte wieder ins Wohnzimmer zurück.

»Wo waren Sie denn letzte Nacht?«, fragte Mr. Armstrong. Er und seine Frau waren berüchtigt für ihre Neugier – Privatsphäre war für sie ein Fremdwort. Sie spionierten der ganzen Straße hinterher und steckten ihre Nase in alles.

»Bei meiner Schwester«, erwiderte JoHelen, die mit dieser Frage gerechnet hatte.

»Wo ist das denn?«

»In Pensacola.«

Da im Haus keine unmittelbare Gefahr zu drohen schien, änderte sie ihren Plan. »Wenn ich es recht bedenke, trinken wir unsere Limo doch besser drüben bei Ihrer Frau.«

»Da wird sie sich freuen.«

Sie saßen auf der Veranda hinter dem Haus der Armstrongs im Schatten und schlürften mit dem Strohhalm ihre Getränke. Glücklicherweise hatte die Gürtelrose Glorias unteren Rücken befallen, und so weit wollte sie sich nun doch nicht entblößen. JoHelen blieb daher eine eingehende Inspektion erspart.

»Ist bei Ihnen der Abfluss verstopft?«, fragte Mr. Armstrong.

»Nicht dass ich wüsste. Warum?«

»Weil heute früh um neun ein Installateur da war.«

Ein Installateur? JoHelen entschied blitzschnell, die beiden nicht zu beunruhigen. »Ich hatte ein Leck, aber der Handwerker sollte erst am Montag kommen.«

»Unangenehmer Typ, das kann ich Ihnen sagen. An Ihrer Stelle würde ich dem nicht trauen.«

»Warum nicht?«

»Erst ist er zur Tür gegangen und hat geklingelt. Dann hat er irgendwie an der Tür herumgefummelt und schließlich eine Klinge oder so was herausgeholt, wie ein Einbrecher. Ich hoffe, Sie haben nichts dagegen, aber ich habe ihn angebrüllt und bin hingegangen. Hab ihn gefragt, was er da treibt. Da hat er die Klinge, oder was das war, in seiner Tasche verschwinden lassen und so getan, als ob nichts wäre. Ich habe gesagt, dass Sie nicht zu Hause sind. Er hat gegrummelt, dass er später wiederkommt, und ist mit einem Affenzahn verschwunden. An Ihrer Stelle würde ich mir einen anderen Installateur suchen. Mit dem Typ stimmt was nicht.«

»Heutzutage kann man wirklich keinem mehr trauen«, sagte JoHelen und wandte sich wieder der Gürtelrose zu, einem Thema, das Gloria unter den Nägeln brannte. Während sie sich lang und breit darüber ausließ, dass es sie jetzt schon zum dritten Mal in zwanzig Jahren erwischt habe, überlegte JoHelen fieberhaft.

»Hast du ihr von dem Kammerjäger von gestern erzählt?«, fragte Gloria ihren Ehemann übergangslos.

»Nein, das habe ich vergessen. Ich war auf dem Golfplatz, und Gloria schwört Stein und Bein, dass ein Kammerjäger gestern mindestens eine Stunde in Ihrem Haus war.«

Wieder beschloss JoHelen, die beiden nicht zu beunruhigen und hundert weitere Fragen heraufzubeschwören. »Ach, das ist der Neue«, sagte sie daher. »Freddie. Er hat einen Schlüssel.«

»Der lässt sich aber Zeit«, meinte Gloria.

Bei der nächsten Gelegenheit würgte JoHelen das Gespräch ab und behauptete, sie wolle sich gleich bei der Firma des Installateurs beschweren. Sie verabschiedete sich und ging über die Straße. Drüben griff sie zu ihrem Wegwerfhandy und meldete sich bei Lacy.

38

Die Anklagejury am Bundesgericht trat am Freitag, den 14. Oktober, 13.00 Uhr, zusammen. Bei ihrer Berufung vier Monate zuvor waren dreiundzwanzig Geschworene ausgewählt worden, alle eingetragene Wähler und in jeder Hinsicht ordnungsgemäß qualifizierte Bürger der sechs Countys, die zum nördlichen Bezirk Floridas gehörten. Der Geschworenendienst war anspruchsvoll, vor allem für Bürger, die sich nicht danach gedrängt hatten. Die Bezahlung war niedrig, vierzig Dollar pro Tag, was kaum die Auslagen deckte. Aber es war ein wichtiges und manchmal auch spannendes Amt, vor allem wenn das FBI und die Bundesstaatsanwaltschaft dem organisierten Verbrechen auf der Spur waren.

Siebzehn Geschworene waren kurzfristig abkömmlich, und da für die Beschlussfähigkeit nur sechzehn gebraucht wurden, ging es schnell zur Sache. Weil die Ermittlungen von Stunde zu Stunde ausgeweitet wurden und die seltene Möglichkeit einer Mordanklage gegen reiche Weiße bestand, hatte die Bundesstaatsanwältin den Fall an sich gezogen. Sie hieß Paula Galloway, war von Barack Obama ernannt worden und besaß langjährige Erfahrung. Ihre rechte Hand war Staatsanwältin Rebecca Webb, die inzwischen mehr über die Sache wusste als irgendwer sonst – abgesehen von Allie Pacheco, der als erster Zeuge geladen war.

Da die Jury bereits Anklage gegen Zeke Foreman und Clyde Westbay erhoben hatte, waren die Geschworenen mit den

Umständen des Mordes an Hugo Hatch vertraut. Pacheco fasste sie noch einmal kurz zusammen und beantwortete einige Fragen der Anwesenden. Ms. Galloway überraschte sie, indem sie als nächsten Zeugen den Fahrer selbst aufrief.

Zeke Foreman tauchte aus den Tiefen des FBI-Zeugenschutzprogramms auf und schwor, die Wahrheit zu sagen. Weder seine Absprache mit dem Gericht noch sein Aufenthaltsort sollten zur Sprache kommen. Er erzählte seine Geschichte, und die Geschworenen lauschten gebannt. Da sie die Anklage gegen ihn bereits zugelassen hatten, fühlten sie sich bestätigt und verfolgten fasziniert seine detaillierte Schilderung der Ereignisse vom 22. August. Sie bombardierten ihn mit Fragen, aber Foreman hielt sich gut. Er blieb ruhig, zeigte Reue und wirkte sehr glaubwürdig. Galloway, Webb, Pacheco und die anderen FBI-Beamten im Raum behielten ihn genau im Auge. Eines Tages würde er vor Gericht gegen die Cousins aussagen, und deren Anwälte würden versuchen, ihn niederzumachen.

Der nächste Zeuge war Clyde Westbay, der kein Problem damit zu haben schien, vor denselben Geschworenen zu stehen, die vor nicht einmal einer Woche Anklage gegen ihn erhoben hatten. Immerhin hatte er soeben seine erste schwere Prüfung bestanden, ein Gespräch mit dem Boss höchstpersönlich, bei dem er verkabelt nach belastenden Aussagen gefischt hatte. Während der ersten Stunde erklärte Westbay, welche Rolle er bei dem Autounfall gespielt hatte. In den nächsten beiden Stunden sprach er über Vonn Duboses Organisation und seine eigene Position darin. Er wusste nichts über die im Kasino abgezweigten Gelder, zog die Jury aber mit seiner Beschreibung des Geldwäscheverfahrens über die Blackjack-Tische in seinen Bann.

Ein Geschworener, ein Mr. Craft aus Apalachicola, gestand seine Schwäche für Blackjack ein und erklärte, er verbringe viel Zeit in Treasure Key. Fasziniert von dem Geldwäschekomplott, stellte er so viele Detailfragen, dass Ms. Galloway vorschlug, mit der Aussage weiterzumachen.

Am späten Nachmittag spielte Pacheco die Tonaufnahme des Gesprächs vor, das Westbay acht Stunden zuvor mit Vonn Dubose geführt hatte.

Als Westbay nach fast fünf Stunden aus dem Zeugenstand entlassen wurde, belehrte Ms. Galloway die Jury über die maßgeblichen Bundesgesetze. Dass der gestohlene Pick-up von einem Bundesstaat in einen anderen verbracht worden sei, bedeute, dass die Mordwaffe im grenzüberschreitenden Rechtsverkehr verwendet worden sei. Nachdem Zeke Foreman fünftausend Dollar für seine Rolle erhalten hatte, handle es sich eindeutig um Auftragsmord, auf den die Todesstrafe stehe. In Anbetracht der Tatsache, dass sie es mit einer kriminellen Vereinigung zu tun hätten, seien alle Mitglieder der Bande strafrechtlich zu verfolgen, wenn ein oder mehrere Mitglieder der Vereinigung ein Verbrechen zugunsten der Vereinigung begingen.

Es war fast acht Uhr abends, als die Anklagejury einstimmig beschloss, Vonn Dubose, Hank Skoley, Floyd Maton, Vance Maton und Ron Skinner des Mordes an Hugo Hatch und der schweren Körperverletzung an Lacy Stoltz anzuklagen. Clyde Westbay wurde ebenfalls angeklagt, das Verfahren gegen ihn würde jedoch später abgetrennt werden. Seine Absprache mit dem Gericht hatte Vorrang. Allerdings war extrem wichtig, dass Dubose und die anderen Westbay als Mitangeklagten und Teil ihres Teams sahen. Von der Vereinbarung mit der Staatsanwaltschaft sollten sie erst viel später erfahren.

Lacy stand am Herd und rührte die letzte Zutat, frische Miesmuscheln, in ihre Version des *Cioppino,* eines italienischen

Fischgerichts, das mit Jakobsmuscheln, Venusmuscheln, Garnelen und Kabeljau zubereitet wurde. Der Tisch war gedeckt, die Kerzen brannten, der Sancerre lag auf Eis. Allie rief an, sobald er aus dem zehn Minuten entfernten Bundesgericht heraus war. Sie begrüßte ihn an der Tür mit einem züchtigen, aber liebevollen Kuss. Bisher blieb es bei Küssen, mehr geschah nicht, zumindest auf körperlicher Ebene. Tatsächlich versuchten sie, einander eingehend kennenzulernen, und fragten sich, was die Zukunft bringen mochte. Lacy war weder körperlich noch emotional bereit für den nächsten Schritt, und er setzte sie nicht unter Druck. Er schien bis über beide Ohren in sie verliebt zu sein und bereit zu warten.

Sie schenkte ihm Wein ein, während er Sakko und Krawatte ablegte. Die Achtzehn- und Zwanzigstundentage rächten sich allmählich, und er war erschöpft. Auch wenn die Anklageerhebung streng geheim war, wusste er, dass er Lacy vertrauen konnte. Schließlich stand sie auf derselben Seite und hatte eine genaue Vorstellung davon, was Vertraulichkeit bedeutete.

Die Anklageschriften, sagte er, lägen unter Verschluss bereit und könnten jederzeit zugestellt werden, wenn das FBI die Bande zusammengetrieben habe. Er wisse nicht genau, wann, aber die Festnahmen stünden unmittelbar bevor.

Paula Galloway und das FBI hätten sich darauf verständigt, in zwei Fällen Anklage zu erheben. Das erste Verfahren sei das dringlichere und wichtigere, aber auch das unkompliziertere. Die Zeugenaussagen von Zeke Foreman und Clyde Westbay reichten als Beweis für eine Verurteilung wegen Mordes aus, die Sache sei also klar. Immer vorausgesetzt, Dubose und dessen Leute hätten keine Ahnung, was ihnen drohe, würden sie binnen Tagen verhaftet und ohne Aussicht auf Kaution weggesperrt werden. Zeitgleich werde das FBI ihre Privathäuser und Büros sowie die von Claudia McDover, Phyllis

Turban, Chief Cappel, Billy Cappel und die der Anwälte in Biloxi durchsuchen, die Dubose seit zwanzig Jahren vertraten. In allen nachweislich zur Organisation gehörenden Unternehmen und Geschäften würden Razzien stattfinden, viele würden vorübergehend geschlossen werden. Im Kasino werde es nur so wimmeln von FBI-Beamten mit Durchsuchungsbeschlüssen. Die Bundesstaatsanwältin versuche gerade, einen Bundesrichter zu einer endgültigen Schließung zu bewegen. Die zweite Anklage laute auf organisierte Kriminalität im Wirtschaftsbereich und werde zu einer ganzen Welle von Verhaftungen führen, die mit den Razzien koordiniert werden sollten, wobei McDover ganz oben auf der Liste stehe und der Chief wohl an zweiter Stelle.

»Myers hat immer von einer RICO-Streubombe gesprochen«, sagte Lacy. »RICO hat ihm damals das Genick gebrochen.«

»Keine schlechte Beschreibung. Die Akte wird fünf Zentimeter dick sein. Während Dubose also noch dabei ist, sich im Gefängnis zurechtzufinden, und sich fragt, wie zum Teufel es zu dieser Mordanklage gekommen ist, fliegt schon die kleine RICO-Überraschung ein.«

»Er wird zehn Anwälte brauchen.«

»Stimmt, aber die wird er sich nicht leisten können. Alle seine Konten werden eingefroren.«

»Myers, Myers … Ich frage mich, wo er steckt. Ich mochte den Burschen.«

»Ich fürchte, den siehst du nicht wieder.«

»Ob wir je erfahren, was mit ihm passiert ist?«

»Ich bezweifle es. Die Polizei in Key Largo hat keine Hinweise gefunden. Die Spur ist kalt, und wenn Dubose dahintersteckt, wird es wahrscheinlich nie herauskommen, es sei denn, einer seiner Auftragskiller lässt sich überreden, reinen Tisch zu machen.«

Sie schenkte Wein nach. Die Anklagejury würde morgen, am Samstag, und, falls nötig, auch am Sonntag arbeiten. Die Dringlichkeit lag auf der Hand: Wenn sich die Ermittlungen in die Länge zogen, während immer neue Zeugen vor der Anklagejury aussagten, konnte leicht etwas durchsickern, und dann war alles verraten. Die Mitglieder der Organisation besaßen sowohl die Mittel als auch die Fähigkeit, um von einem Augenblick zum anderen unterzutauchen. Wenn die Cousins verhaftet wurden, versuchten ihre Manager, Laufburschen, Fahrer, Leibwächter und Kuriere mit großer Wahrscheinlichkeit, sich abzusetzen. Nachdem das FBI acht Tage lang rund um die Uhr Leitungen abgehört hatte, standen neunundzwanzig Namen auf der Liste der vermuteten Bandenmitglieder.

»Ihr wollt also zuerst schießen und dann Fragen stellen«, sagte Lacy.

»So in der Art. Denk daran, dass eine Anklage nachträglich abgeändert werden kann. Wir können immer noch weitere Angeklagte hinzufügen und andere herausnehmen. Es ist ein Riesenverfahren, und es wird lange dauern, bis es abgeschlossen ist, aber wir wollen mit aller Macht zuschlagen und alle hinter Gitter bringen, bevor sie Beweise manipulieren können. Ich bin am Verhungern.«

»Hast du was zu Mittag gegessen?«

»Nein. Nur einen fettigen Burger von einem Drive-in.«

Er mischte den Salat, während sie das Fischgericht in zwei Schalen löffelte. »Das ist eine Tomatensoße, ich glaube, dazu passt ein Roter besser. Was findest du?«

»Rot klingt gut.«

»Okay. Mach den Barolo da drüben auf.«

Lacy holte ein mit Butter überbackenes Baguette aus dem Ofen und richtete den Salat an. Sie setzten sich einander gegenüber an den Tisch und nippten an dem Wein.

»Riecht köstlich«, sagte er. »Danke, dass du auf mich gewartet hast.«

»Ich hatte keine Lust, allein zu essen.«

»Kochst du oft?«

»Nein. Es gibt keinen Anlass. Ich muss dich was fragen.«

»Schieß los.«

»Welche Rolle spielt der Informant zu diesem Zeitpunkt der Ermittlungen?«

»Welcher Informant?«

»Der Maulwurf aus dem Umfeld von McDover, von dem die Details stammen, die Cooley dann an Myers weitergegeben hat.«

Allie hatte den Mund voll Salat und kaute, während er ihr Gesicht studierte. »Im Augenblick ist er nicht wichtig, aber wir werden ihn später brauchen.«

»Der Informant ist eine Informantin, die mich gestern angerufen hat, weil sie panische Angst hat. Jemand ist bei ihr eingebrochen und hat ihre Sachen durchsucht. Sie sieht McDover jeden Tag und fürchtet, dass die Richterin Verdacht geschöpft hat.«

»Wer ist sie?«

»Ich habe geschworen, ihre Identität nicht zu verraten, zumindest jetzt noch nicht. Vielleicht später. Wie gesagt, sie ist verängstigt und verwirrt und weiß nicht, wem sie trauen kann.«

»Sie wird irgendwann eine wichtige Zeugin sein.«

»Ich bin mir nicht so sicher, dass sie vor Gericht erscheinen will.«

»Da hat sie möglicherweise keine Wahl.«

»Ihr könnt sie nicht zur Aussage zwingen.«

»Nein, das können wir nicht, aber wir können sie überreden. Der Fischtopf ist köstlich.« Er tauchte ein Stück Brot in die Brühe und aß es mit der Hand.

»Freut mich, dass es dir schmeckt. Du arbeitest also morgen?«

»O ja. Die Anklagejury tritt um neun zusammen. Ich muss um acht da sein, und es wird bestimmt wieder ein langer Tag. Sonntag genauso.«

»Habt ihr immer solche Arbeitszeiten?«

»Nein, aber wir haben auch nur selten so große Fälle. Das jagt den Adrenalinspiegel in die Höhe. Wie heute Morgen, als ich bei fast fünfzig Grad mit drei Technikern in einem Lieferwagen gesessen und Westbays Treffen mit Dubose abgehört habe. Da steigt die Pulsfrequenz. Es ist ein richtiges Hochgefühl, einer der Gründe, warum ich diesen Job so liebe.«

»Wie viel kannst du mir erzählen?«

Allie sah sich in der Küche um, als hielten sich irgendwo Spione versteckt. »Was willst du wissen?«

»Alles. Was hat Dubose gesagt?«

»Es war ein Fest.«

39

LACY SCHLIEF AM SAMSTAG fast bis sieben Uhr, was für sie sehr lang war, und hatte trotzdem noch keine Lust aufzustehen. Wie jeden Morgen verhinderte ihr Hund, Frankie, das mit seinem Schnüffeln und Schnauben erfolgreich, weil er sein Geschäft erledigen musste. Schließlich ließ sie ihn nach draußen und griff nach den Kaffeebohnen. Während der Kaffee durchlief, klingelte ihr iPhone. Allie Pacheco, 7.02 Uhr.

»Danke für das Abendessen«, sagte er. »Gut geschlafen?«

»Bestens. Und du?«

»Nein, es war zu viel los. Wir haben letzte Nacht Gespräche aufgefangen, die gelinde gesagt beunruhigend sind. Die Informantin, die du gestern erwähnt hast, ist nicht zufällig eine Gerichtsstenografin?«

»Wie kommst du darauf?«

»Falls es sich um McDovers Gerichtsstenografin handelt, ist sie in Gefahr, deswegen. Wir hören im Augenblick Unmengen von Leitungen ab, und ich kann den Wortlaut nicht wiedergeben, weil sie eine alberne Geheimsprache benutzen, aber es sieht so aus, als hätte der Boss den Befehl gegeben.«

»Sie ist die Informantin, Allie, Myers' Whistleblowerin.«

»Dann haben sie sie im Visier. Weißt du, wo sie ist?«

»Nein.«

»Kannst du sie kontaktieren?«

»Ich werde es versuchen.«

»Tu das und ruf mich zurück.«

Lacy ließ den Hund ins Haus und goss sich Kaffee ein. Sie griff nach dem Wegwerfhandy und wählte JoHelens Nummer.

»Sind Sie das, Lacy?«, fragte ein dünnes Stimmchen nach dem fünften Klingeln.

»Ja. Wo sind Sie?«

Eine lange Pause, dann: »Und wenn jemand mithört?«

»Es hört keiner mit. Niemand weiß von diesen Handys. Wo sind Sie?«

»In Panama City Beach, in einem billigen Hotel, Zimmer mit Meerblick. Ich habe bar bezahlt.«

»Ich habe gerade mit dem FBI gesprochen. Bei einer der Abhöraktionen ist Ihr Name gefallen. Sie sind offenbar in Gefahr.«

»Das sage ich Ihnen schon seit zwei Tagen.«

»Bleiben Sie in Ihrem Zimmer. Ich rufe das FBI.«

»Nein! Tun Sie das nicht, Lacy. Cooley hat gesagt, dem FBI kann man nicht trauen. Rufen Sie die bloß nicht an.«

Lacy kaute auf einem Nagel herum und blickte auf Frankie herunter, der jetzt sein Frühstück verlangte. »Sie müssen ihnen vertrauen, JoHelen. Ihr Leben ist in Gefahr.«

Plötzlich war die Leitung tot. Lacy rief noch zweimal an, aber es meldete sich niemand. In aller Eile fütterte sie den Hund, schlüpfte in eine Jeans und verließ die Wohnung. Aus ihrem brandneuen Mazda-Kombi, den sie vier Tage zuvor gekauft hatte und der ihr immer noch fremd war, rief sie Allie an und erzählte ihm, was los war. Er sagte, im Augenblick habe er mit der Anklagejury zu tun, aber sie solle ihn auf dem Laufenden halten. Bei ihrem fünften Anruf nahm JoHelen endlich ab. Sie klang panisch und weigerte sich, Lacy den Namen des Hotels zu nennen. Lacy wusste, dass Panama City Beach ein sehr belebter Abschnitt von Highway 98 war, an dem sich auf der Meerseite Dutzende kleiner Hotels drängten, während sich auf der anderen Straßenseite Fast-Food-Restaurants und T-Shirt-Läden niedergelassen hatten.

»Warum haben Sie vorhin aufgelegt?«, fragte Lacy.

»Ich weiß nicht. Ich habe Angst und mache mir Sorgen, dass ich abgehört werde.«

»Diese Telefone sind sicher. Schließen Sie die Tür ab, und wenn Sie irgendwas Verdächtiges sehen, rufen Sie die Rezeption oder die Polizei an. Ich bin unterwegs.«

»Sie sind was?«

»Ich hole Sie, JoHelen. Halten Sie durch. Ich bin in etwa einer Stunde da.«

Delgado hatte ein Zimmer im zweiten Stock des West Bay Inn. Sie war im Neptune. Beides waren Budget-Motels, die nur halb belegt waren, mit Touristen, die nach dem Ende der Sommersaison auf Sonderangebote hofften. Ihre Tür öffnete sich auf einen schmalen Beton-Laufgang im ersten Stock. Die Treppe war ganz in der Nähe. Über dem Geländer waren Strandtücher und Badeanzüge zum Trocknen aufgehängt. Aber sie war nicht schwimmen gegangen. Das hätte es ihm zu einfach gemacht.

Aus einer Entfernung von gut dreißig Metern beobachtete er ihre Tür und ihr Fenster. Sie hatte die Vorhänge dicht zugezogen, was ihr das Leben gerettet hatte. Mit dem Scharfschützengewehr brauchte er nur einen kleinen Spalt, aber bisher hatte sich keine Gelegenheit geboten. Also wartete er geduldig, während die Stunden verstrichen.

Am Samstagmorgen hatte er kurz überlegt, ob er einfach hinübergehen und bei ihr klingeln sollte. »Entschuldigung, hab mich im Zimmer geirrt« – dann hätte er die Tür aufgestoßen, und binnen Sekunden wäre alles vorbei gewesen. Das offenkundige Problem war die Gefahr, dass sie schrie oder kreischte oder irgendein anderes panisches Geräusch von sich gab, das Aufmerksamkeit erregte; es war einfach zu riskant. Wenn sie das Zimmer verließ, würde er ihr folgen und auf eine Gelegenheit warten, aber er war nicht optimistisch. Die Motels und Cafés an der Straße waren keineswegs menschenleer. Dort trieben sich einfach zu viele Menschen herum, und ihm gefiel das Szenario nicht.

Er wartete und fragte sich, warum sie sich versteckt hielt. Wer sich versteckte, hatte Angst oder ein schlechtes Gewissen. Was hatte sie so erschreckt, dass sie die Flucht ergriff und in kleinen Zimmern in billigen Hotels übernachtete, wo sie auch noch bar bezahlte? Ihr eigenes Haus war keine Stunde entfernt und viel schöner als diese Absteigen. Vielleicht hatten die Nachbarn ihn am Donnerstag als Kammerjäger gesehen. Vielleicht hatte dieser renitente Mensch von gegenüber ihr von dem verdächtigen Installateur am Freitagmorgen erzählt. Sie hatte ein schlechtes Gewissen, und jetzt war sie paranoid.

Delgado fragte sich, ob sie sich mit einem Mann traf, einem, den sie nicht hätte treffen sollen, aber es gab keine Anzeichen für ein Techtelmechtel. Sie war allein da drin, schlug die Zeit tot, wartete – aber worauf? Sex war wahrscheinlich ihre geringste Sorge. Ein Spaziergang am Strand wäre eine wunderbare Idee gewesen. Oder ein Bad im Meer. Warum konnte sie sich nicht benehmen wie alle anderen, damit er eine Chance hatte? Doch die Tür blieb geschlossen, und soweit er sehen konnte, lief sie noch nicht einmal im Zimmer herum.

»Das gefällt mir nicht, Lacy«, sagte Allie. »Du hast keine Ahnung, worauf du dich einlässt.«

»Mach dir keine Sorgen.«

»Überlass es der örtlichen Polizei. Besorg dir den Namen des Hotels und ruf die Polizei an.«

»Sie will mir den Namen nicht nennen, und sie will nicht mit der Polizei reden. Sie ist außer sich vor Angst und denkt nicht rational, Allie. Ich bin schon froh, dass sie mit mir spricht.«

»Ich kann zwei Beamte von unserem Büro in Panama City hinschicken, die wären sofort da.«

»Nein, sie hat Angst vor dem FBI.«

»In Anbetracht der Umstände ziemlich blöd. Wie willst du sie finden, wenn du nicht weißt, wo sie ist?«

»Ich hoffe, sie sagt es mir, wenn ich dort bin.«

»Also gut. Ich muss zurück zur Anklagejury. Ruf mich in einer Stunde wieder an.«

»Mache ich.«

Lacy überlegte, ob sie Michael Geismar informieren sollte, aber sie wollte ihm nicht den Samstag verderben. Tatsächlich hatte sie die Anweisung, alles mit ihm zu besprechen, was ihr dieser Tage in den Sinn kam, aber er war viel zu besorgt. Sie hatte heute frei und keine Lust, sich zum Rapport zu melden. Was sollte schon passieren? Sie musste JoHelen lediglich finden und an einen sicheren Ort bringen.

JoHelen wusste, dass er im West Bay Inn saß und sie beobachtete. Er war nicht so clever, wie er dachte. Er hatte keine Ahnung, dass sie auf ihren Überwachungskameras gesehen hatte, wie er in ihrem Haus von einem Zimmer ins andere ging, ihre Unterwäsche begrapschte und ihre Akten durchwühlte. Ein großer Mann, bestimmt einen Meter neunzig, mit schmaler Taille und massigen Armen, der mit dem linken Bein leicht hinkte. Kurz vor Sonnenaufgang hatte sie ihn beobachtet, als er mit einer unförmigen Tasche über den Parkplatz des Motels ging. Auch ohne die adrette Kammerjägeruniform wusste sie, dass es derselbe Mann war.

Sie hatte Cooley angerufen, aber er meldete sich nicht. Was für ein Feigling, ein Versager, ein feiger Lügner, der sich abgesetzt und sie ihrem Schicksal überlassen hatte! Sie hatte überlegt, ob sie wieder Lacy anrufen sollte, aber die war in Tallahassee, und was hätte sie schon tun können? Also wartete JoHelen weiter, während sie versuchte, ihre Gedanken zu ordnen. Sie hatte die Notrufnummer auf Kurzwahl gespeichert, falls jemand an ihrer Tür klopfte.

Um 9.50 Uhr klingelte das Wegwerfhandy, und sie griff danach. »Hallo, Lacy«, sagte sie so ruhig wie möglich.

»Ich bin unten an der Hauptstraße. Wo sind Sie?«

»Im Neptune Motel, gegenüber vom McDonald's. Was für ein Auto fahren Sie?«

»Einen roten Mazda-Kombi.«

»Okay. Ich gehe nach unten und warte an der Rezeption auf Sie. Beeilen Sie sich.«

JoHelen schlüpfte aus der Tür und schloss sie leise hinter sich. Zielstrebig, aber ohne Panik stieg sie die Treppe zum Erdgeschoss hinunter. Dann überquerte sie einen Innenhof und ging am Pool entlang, wo sich ein altes Paar mit Sonnenschutzmittel einschmierte. In der Lobby grüßte sie den Rezeptionisten und stellte sich an ein Fenster, um das Motel nebenan im Auge zu behalten. Die Minuten vergingen. Der Rezeptionist erkundigte sich, ob sie etwas brauche. Ein Sturmgewehr wäre nicht schlecht gewesen … Nein, danke, sagte sie. Als sie einen leuchtend roten Kombi vom Highway auf den Parkplatz des Motels einbiegen sah, verließ sie die Lobby durch eine Seitentür und ging zu dem Auto. Während sie die Tür öffnete, warf sie einen Blick auf das West Bay Inn. Er rannte über den Laufgang im zweiten Stock, ohne sie aus den Augen zu lassen, konnte sie aber unmöglich einholen.

»Ich nehme an, Sie sind JoHelen Hooper«, sagte Lacy, als sie die Tür schloss.

»Ja. Freut mich, Sie kennenzulernen. Er kommt, wir müssen weg.«

Sie bogen auf den Highway 98 ein und fuhren in östlicher Richtung. JoHelen drehte sich um und beobachtete den Verkehr hinter ihnen.

»Okay, wer ist er?«, fragte Lacy.

»Keine Ahnung, wie er heißt. Wir wurden uns nicht vorgestellt, und ich könnte darauf auch gut verzichten. Hängen wir ihn ab.«

An einer belebten Ampel bog Lacy links ab, an der nächsten rechts. Es war kein Verfolger zu entdecken. JoHelen rief auf ihrem iPhone eine Straßenkarte auf und navigierte, während sie sich im Zickzack durch Panama City Beach Richtung Norden durchschlugen, weg von der Küste. Der Verkehr wurde spärlicher, die Staus hörten auf. Lacy fuhr viel zu schnell; wenn sie von der Polizei angehalten wurde, konnte ihr das nur recht sein. Immer noch der Karte folgend, bogen sie auf jeder einzelnen Land- und Fernstraße entweder rechts oder links ab.

Beide behielten die Straße hinter ihnen im Auge und sagten wenig. Nach einer Stunde fuhren sie unter der Interstate 10 durch, eine weitere halbe Stunde später hieß ein Schild sie in Georgia willkommen.

»Irgendeine Vorstellung, wo wir hinfahren?«, fragte JoHelen.

»Nach Valdosta.«

»Wieso Valdosta?«

»Da vermutet uns keiner. Waren Sie schon mal da?«

»Nicht dass ich wüsste. Sie?«

»Nein.«

»Sie sehen ganz anders aus als auf dem Foto auf der BJC-Website.«

»Damals hatte ich auch noch Haare«, entgegnete Lacy.

Sie fuhr jetzt in normalem Tempo. In Bainbridge hielten sie an einem Fast-Food-Restaurant, gingen zur Toilette und beschlossen, drinnen zu essen und den Verkehr im Auge zu behalten. Beide waren überzeugt, dass ihnen niemand gefolgt sein konnte, aber sie waren angespannt. Seite an Seite saßen sie am Fenster zur Straße vor Burger und Pommes frites und beobachteten jedes einzelne Auto, das auf dem Highway vorbeifuhr.

»Ich habe tausend Fragen«, begann Lacy.

»Ich bin nicht sicher, ob ich viele Antworten habe, aber probieren Sie es ruhig.«

»Name, Rang und Dienstnummer. Das Wesentliche.«

»Dreiundvierzig Jahre alt, 1968 in Pensacola geboren, meine Mutter war damals sechzehn und hatte Indianerblut. Sehr wenig Indianerblut, nicht genug, wie es aussieht. Mein Vater war ein Weiberheld, der es nirgends lange aushielt, ich bin ihm nie begegnet. Ich war zweimal verheiratet und halte mittlerweile nicht mehr viel von der Institution Ehe. Und Sie, Lacy?«

»Single, nie verheiratet.«

Beide waren am Verhungern und aßen hastig.

»Das mit der indianischen Abstammung, spielt das bei dem Ganzen eine Rolle?«, fragte Lacy.

»Allerdings. Ich wuchs bei meiner Großmutter auf, einer wunderbaren Frau, Halbindianerin. Ihr Ehemann hatte überhaupt keine Abstammung, weder indianisch noch sonst irgendwas, also war meine Mutter zu einem Viertel Indianerin. Sie behauptet, mein Vater wäre Halbindianer, aber das ließ sich nicht überprüfen, weil er sich längst abgesetzt hatte. Ich habe jahrelang versucht, ihn zu finden, nicht aus emotionalen oder sentimentalen Gründen, nur des Geldes wegen. Wenn er Halbindianer ist oder war, bin ich zu einem Achtel Indianerin.«

»Tappacola, stimmt's?«

»Natürlich. Als Achtelindianerin kann man sich ›registrieren‹ lassen. Ist das nicht ein furchtbarer Ausdruck? Ich dachte, es werden nur Schwerverbrecher und Sexualstraftäter registriert, nicht ganz normale Menschen, nur weil sie Mischlinge sind. Ich habe mich mit den Tappacola wegen meiner Abstammung angelegt, hatte aber einfach nicht genügend Beweise. Irgendwer in meinem Genpool hat mir hellbraune Augen und helles Haar vererbt, daher passt mein Aussehen nicht. Auf jeden Fall haben die für die Einstufung der ethnischen Zugehörigkeit zuständigen Stellen letztendlich gegen mich entschieden, und ich wurde nicht in den Stamm aufgenommen. Nicht dass ich jemals dazugehört hätte.«

»Keine Dividende.«

»Keine Dividende. Leute mit einem viel dürftigeren Anspruch wurden aufgenommen und leben vom Kasino, aber ich bin durch die Maschen gefallen.«

»Ich kenne nicht viele Tappacola, aber Sie sehen bestimmt nicht aus wie eine.«

JoHelen war drei oder vier Zentimeter größer als Lacy, die knapp sitzende Jeans und die enge Bluse betonten ihre schlanke, sportliche Figur. Die großen hellbraunen Augen glänzten sogar, wenn sie Angst hatte. Ihr Gesicht wies keinerlei Falten oder andere Spuren des Alters auf. Sie trug kein Make-up und hatte es auch nicht nötig.

»Danke. Mein Aussehen hat mir bisher nur Ärger eingebracht.«

Lacy stopfte den letzten Rest von ihrem Cheeseburger in die Tasche. »Gehen wir«, sagte sie.

Sie fuhr auf dem Highway 84 in Richtung Osten. Mit einem Auge beobachtete sie die Straße hinter ihnen. Es gab nur wenig Verkehr, daher hielt sie sich an die vorgeschriebene Höchstgeschwindigkeit. Und hörte zu.

Wie nicht anders zu erwarten, war Cooley nicht der echte Name, den gab JoHelen nicht preis. Sie kannte ihn seit fast zwanzig Jahren, aus jener Zeit, als ihre erste Ehe gescheitert war. Er hatte eine kleine Kanzlei in Destin und einen soliden Ruf als Scheidungsanwalt. Ihr erster Mann war Trinker und misshandelte sie. Als Cooley sie bei einer Auseinandersetzung in seinem Büro verteidigte, wurde sie ein großer Fan von ihm. Sie war zu einer Besprechung in der Kanzlei, da platzte ihr Mann betrunken und streitlustig herein. Cooley zog eine Waffe und setzte ihn vor die Tür. Die Scheidung lief problemlos, und ihr Ex verschwand. Kurz darauf meldete sich Cooley, der selbst geschieden war, bei ihr. Mehrere Jahre lang führten sie eine On-Off-Beziehung, keiner wollte eine feste Bindung. Er heiratete eine andere, wieder die Falsche, und sie beging denselben Fehler. Cooley vertrat sie bei ihrer zweiten Scheidung, und bald waren sie wieder zusammen.

Er war ein guter Anwalt, der noch viel besser gewesen wäre, wenn er sich nicht immer auf die dunkle Seite hätte ziehen lassen. Er liebte schmutzige Scheidungen und Strafverfahren gegen Drogendealer und Rockerbanden. Er trieb sich mit zwielichtigen Gestalten herum, die Stripclubs und Bars im Panhandle betrieben. Es war unausweichlich, dass er dabei irgendwann die Wege von Vonn Dubose kreuzen würde. Sie kamen nicht miteinander ins Geschäft, und Cooley versicherte ihr mehr als einmal, er sei Dubose nie persönlich begegnet, aber er beneide ihn um seine Organisation. Vor fünfzehn Jahren hörte Cooley gerüchteweise, die Küsten-Mafia stecke mit den Indianern bei dem Kasinoprojekt unter einer Decke. Er wollte auch ein Stück vom Kuchen, wurde aber vom FBI der Steuerhinterziehung überführt und aus dem Verkehr gezogen. Er verlor seine Zulassung als Anwalt und wanderte ins Gefängnis, wo er einen gewissen Ramsey Mix kennenlernte, ebenfalls ehemaliger Anwalt und sein künftiger Komplize.

Der Name Greg Myers sagte ihr nichts, bis sie ihn auf der Beschwerde gegen Claudia McDover sah. Cooley und JoHelen hätten es nie gewagt, eine Beschwerde zu unterzeichnen und ihre Chefin illegaler Machenschaften zu bezichtigen. Es war sein Vorschlag, einen Dritten zu finden, der für ein schönes Stück vom Kuchen bereit war, das Risiko einzugehen.

JoHelen wollte mehr über Greg Myers wissen, daher erzählte Lacy nun ihre Geschichte: das erste Treffen auf dem Boot in der Marina von St. Augustine, seine mexikanische Freundin Carlita, das zweite Treffen am selben Ort, das dritte zum Mittagessen in Mexico Beach, sein Überraschungsbesuch in ihrer Wohnung nach dem Unfall, sein Verschwinden auf Key Largo und Carlitas Rettung. Ihrer Quelle beim FBI zufolge sei sein Verschwinden nach wie vor ungeklärt.

Lacy wollte wissen, vor wem sie davonliefen, wer sie am Motel beobachtet habe. JoHelen kannte den Namen des Mannes nicht, hatte ihn aber auf Video. Lacy hielt an einem Gemischtwarenladen in der Nähe des Städtchens Cairo und sah sich auf JoHelens iPhone einen Teil des Films an, in dem der Mann ihr Haus durchkämmte. JoHelen erklärte ihr, was Elektronik und technische Spielereien angehe, sei Cooley ein Genie, er habe die Kameras für sie eingebaut. Er sei es auch gewesen, der das GPS-Ortungsgerät unter dem Heckstoßfänger von Claudia McDovers Lexus angebracht und eine Wohnung auf der anderen Straßenseite gemietet hatte, um Fotos und Videos von ihren Treffen mit Vonn Dubose am ersten Mittwoch jedes Monats aufzunehmen.

Was war mit Cooley passiert? JoHelen hatte keine Ahnung, aber sie war wütend. Die ganze Operation war seine Idee gewesen. Er hatte jede Menge Informationen über Vonn

Dubose und das Kasino gehabt. Er hatte seine langjährige intime On-Off-Beziehung mit ihr und ihren Groll gegen den Stamm ausgenutzt. Er hatte sie überredet, sich als Gerichtsstenografin bei Richterin McDover zu bewerben, als diese vor acht Jahren ihre Vorgängerin entlassen hatte. Sobald sie in Diensten des Staates stand, war sie durch das Gesetz zum Schutz von Hinweisgebern gedeckt, und der Weg zur Vergeltung stand ihnen offen. Cooley kannte das Recht und war damals, nachdem er sich durch die Fälle, Anträge und Entscheidungen gewühlt hatte, zunehmend davon überzeugt, dass Vonn Dubose McDover in der Tasche hatte. Er befasste sich mit der Bautätigkeit in Brunswick County und versuchte, das Gewirr der involvierten Offshore-Firmen aufzudröseln. Er rekrutierte Greg Myers als Speerspitze des Angriffs. Er war so klug, ihre Identität selbst vor Myers geheim zu halten. Er hatte jahrelang seine Fäden gesponnen und methodisch alles vorbereitet, und manchmal schien sein großer Plan wirklich genial zu sein.

Jetzt war Hugo Hatch tot und Myers verschwunden, wenn nicht ebenfalls tot. Cooley hatte das sinkende Schiff verlassen, und sie stand ganz allein da. So sehr sie Claudia McDover hasste, sie hatte sich mittlerweile tausendmal gewünscht, sich nie auf den Angriff auf sie eingelassen zu haben.

JoHelen vermutete, dass Dubose Myers sehr schnell zum Reden bringen würde, wenn er ihn je in die Finger bekam. Dann waren Cooleys Tage gezählt. Früher oder später hatte auch der Verdacht aufkommen müssen, dass sie die Informantin war, und nun gab es niemanden, der sie beschützen konnte.

Vor seiner Zeit im Gefängnis war Cooley ein harter Bursche gewesen, der Waffen trug und sich gern mit Kleinkriminellen umgab. Aber die drei Jahre hinter Gittern hatten ihn verändert. Er verlor das unerschütterliche Selbstbewusstsein, seine Kaltblütigkeit. Als er wieder auf freiem Fuß war, brauchte er dringend Geld. Ohne Zulassung als Rechtsanwalt und als Vorbestrafter waren seine Möglichkeiten begrenzt. Eine Whistleblower-Aktion, bei der ganz legal etwas für ihn heraussprang, war ihm da gerade recht gekommen.

40

DAS TERMINAL FÜR DIE ALLGEMEINE Luftfahrt am Regionalflughafen Valdosta war leicht zu finden. Während Lacy ihr Auto abschloss, sah sie sich noch einmal um, konnte aber nichts Verdächtiges entdecken.

Gunther flirtete im Gebäude mit dem Mädchen am Schalter und umarmte seine Schwester, als hätte er sie seit Jahren nicht gesehen. Sie stellte ihn JoHelen nicht vor, weil sie keine Namen nennen wollte.

»Kein Gepäck«, sagte er.

»Wir können froh sein, dass wir Handtaschen haben«, stellte Lacy fest. »Gehen wir.«

Sie liefen aus dem Terminal, an mehreren Kleinflugzeugen vorbei, die an der Rollbahn standen, und blieben vor der Baron stehen, die Gunther für Carlitas Rettung benutzt hatte. Wieder sagte er, das Flugzeug gehöre einem Freund. Im Verlauf des Tages sollten sie herausfinden, dass Gunther sehr gute Freunde hatte. Bevor sie durch die kleine Tür kletterte, rief Lacy Allie Pacheco an, um ihn auf den neuesten Stand zu bringen. Er nahm sofort ab, sagte, die Anklagejury tage immer noch im Schweiße ihres Angesichts, und wo zum Teufel sei sie überhaupt? Sie sagte, sie seien in Sicherheit und würden gleich abheben. Sie werde sich später noch einmal melden.

Gunther schnallte sie an und kletterte ins Cockpit. Die Kabine war die reinste Sauna, und ihnen brach sofort der Schweiß aus. Er ließ beide Triebwerke an, und die Maschine vibrierte von den Propellern bis zum Heck. Als er zu rollen begann, öffnete er ein Fenster einen Spaltbreit, und ein leichter Luftzug linderte die drückende Hitze. Es gab keinen weiteren Flugverkehr, und er bekam die Startfreigabe gleich. Als er die Bremsen löste und das Flugzeug einen Satz nach vorn tat, schloss JoHelen die Augen und packte Lacy am Arm. Glücklicherweise war es ein klarer Tag, wenn auch ungewöhnlich heiß und schwül für Oktober. Es war der 15., Hugo war nun seit fast zwei Monaten tot.

Auf tausendfünfhundert Metern fiel die Anspannung allmählich von JoHelen ab. Die Klimaanlage lief, und in der Kabine herrschte eine angenehme Temperatur. Das ständige Dröhnen der beiden Triebwerke erschwerte jedes Gespräch, aber JoHelen versuchte es trotzdem.

»Nur aus Neugier: Wohin fliegen wir?«

»Das weiß ich nicht«, erwiderte Lacy. »Er wollte es mir nicht sagen.«

»Na bravo.«

Bei zweitausendfünfhundert Metern ging die Baron in den Reiseflug über, und das Dröhnen der Triebwerke wurde zu einem Brummen. JoHelen hatte die vergangenen beiden Nächte in billigen Motels verbracht, auf der Flucht und immer in Erwartung des Schlimmsten, jetzt forderte die Erschöpfung ihren Tribut. Das Kinn sank ihr auf die Brust, und sie fiel in einen tiefen Schlaf. Da Lacy ohnehin nichts zu tun hatte, gönnte sie sich ebenfalls ein Nickerchen.

Als sie eine Stunde später erwachte, reichte Gunther ihr einen Kopfhörer nach hinten. Sie stellte das Mikrofon ein. »Hallo.«

Er nickte, hielt aber den Blick nach vorn gerichtet, auf seine Instrumente. »Und, wie geht's dir, Schwesterherz?«

»Gut, Gunther, und danke.«

»Ist sie in Ordnung?«

»Sieht so aus, als ob sie im Koma liegt. Die letzten beiden Tage waren hart. Ich erkläre dir alles, wenn wir gelandet sind.«

»Hat keine Eile. Freut mich, dass ich dir helfen kann.«

»Wo fliegen wir hin?«

»In die Berge. Ein Freund von mir hat ein Ferienhaus in einem versteckten Winkel. Wird dir gefallen.«

Anderthalb Stunden später nahm er leicht Gas weg, und die Baron ging in einen langsamen Sinkflug über. Die Gegend unter ihnen sah völlig anders aus als das flache Land, durch das sie erst wenige Stunden zuvor auf ihrer Flucht von Florida nach Valdosta gefahren waren. Soweit Lacy erkennen konnte, war sie von sanften, dunklen Bergketten durchzogen, die bereits rot, gelb und orange leuchteten. Sie kamen näher, als Gunther in den Landeanflug überging. Sie rüttelte JoHelen am Arm und weckte sie so. Die Landebahn lag malerisch in einem von Bergen umgebenen Tal, und Gunther setzte gekonnt auf. Sie rollten zu dem kleinen Terminal, wobei sie vier parkende Flugzeuge passierten, alles kleine Cessnas.

»Willkommen am Macon County Airport in Franklin, North Carolina«, sagte Gunther und stellte die Triebwerke ab. Er kletterte aus dem Cockpit, öffnete die Kabinentür und half ihnen heraus. »Wir werden von einem gewissen Rusty abgeholt, einem Einheimischen, der uns fährt, etwa dreißig Minuten immer nur bergauf. Er hat ein Auge auf ein paar der Ferienhäuser in der Gegend.«

»Bleibst du bei uns?«, frage Lacy.

»Natürlich. Ich lasse dich doch nicht allein, Schwesterherz. Wie findet ihr das Wetter? Und dabei sind wir nur auf sechshundert Metern.«

Rusty war ein richtiger Bär mit dichtem Bart, breiter Brust und einem ebenso breiten Lächeln, das beim Anblick der beiden attraktiven Damen etwas anzüglich wurde. Er fuhr einen Ford Explorer, der aussah, als wäre er sein ganzes Leben lang auf unbefestigten Bergstraßen herumgekurvt.

»Soll ich in der Stadt einen Zwischenstopp einlegen?«, fragte er, als sie am Flughafen losfuhren.

»Ich könnte eine Zahnbürste gebrauchen«, meinte Lacy.

Rusty hielt auf dem Parkplatz eines kleinen Lebensmittelgeschäfts.

»Gibt es im Ferienhaus Vorräte?«, fragte Gunther.

»Whiskey, Bier, Popcorn. Wenn Sie was anderes wollen, kaufen Sie es besser.«

»Wie lange bleiben wir?«, fragte JoHelen. Sie hatte bisher nur wenig gesagt, als hätte sie den Szenenwechsel noch nicht verdaut.

»Ein paar Tage«, erwiderte Lacy. »Wer weiß?«

Sie kauften Hygieneartikel, Eier, Brot und abgepackten Aufschnitt und Käse. Am Stadtrand bog Rusty auf eine Schotterpiste ein, und bald lag der Asphalt weit hinter ihnen. Er fuhr einen Berg hinauf, den ersten von vielen, und Lacy merkte, dass ihre Ohren knackten. Er redete ununterbrochen und viel zu lässig, während sie an Abgründen entlangbrausten und über Holzbrücken fuhren, unter denen wilde Bäche rauschten. Wie sich herausstellte, hatte Gunther hier vor einem Monat eine Woche mit seiner Frau verbracht, um die kühlen Temperaturen und das erste Herbstlaub zu genießen. Die Männer unterhielten sich, die Frauen auf dem Rücksitz hörten zu. Die Schotterstraße wurde zu einem besseren Trampelpfad. Das letzte Stück ging schnurstracks bergauf und war furchterregend, aber als sie die Kuppe des Berges erreicht hatten, lag ein wunderschöner See vor ihnen. Das Ferienhaus schmiegte sich direkt an das Ufer.

Rusty half ihnen, die Vorräte auszuladen, und zeigte ihnen das Haus. Lacy hatte sich auf einen primitiven Schuppen mit

Außentoilette eingestellt, aber da lag sie völlig falsch. Das Ferienhaus war ein spektakuläres, auf drei Ebenen angelegtes Nurdachhaus mit Sonnendecks und Veranden, einem Steg, an dessen Ende ein Boot vertäut war, und mehr Komfort als in ihrer Wohnung in Tallahassee. Ein funkelnder Jeep Wrangler parkte in einem kleinen Carport. Gunther erklärte, der Besitzer, ein Freund von ihm, sei mit Hotels reich geworden und habe das Haus gebaut, um den schwülen Sommern in Atlanta zu entkommen.

Rusty verabschiedete sich und sagte, sie sollten anrufen, wenn sie etwas brauchten. Der Handyempfang war gut, und alle drei hatten Telefonate zu erledigen. Lacy bat den Verwalter ihrer Wohnanlage, ihrem Nachbarn Simon auszurichten, er möge sich bitte um Frankie kümmern. Dann meldete sie sich bei Allie und erklärte ihm, sie seien in den Bergen in einem sicheren Versteck. JoHelen rief Mr. Armstrong an und bat ihn, ein Auge auf ihr Haus zu haben, was er und Gloria sowieso mindestens fünfzehn Stunden am Tag taten. Gunther hatte natürlich Geschäfte zu erledigen und telefonierte hektisch.

Langsam fiel die Anspannung von ihnen ab. Nachdem sie gerade erst der Hitze Floridas entronnen waren, genossen sie die klare, belebende Luft in vollen Zügen. Ein altes Thermometer auf der Veranda zeigte achtzehn Grad an. Das auf einer Höhe von tausendzweihundertfünfzig Metern gelegene Haus hatte alles, nur keine Klimaanlage.

Als die Sonne am späten Nachmittag hinter den Bergen unterging, tigerte Gunther auf der weit entfernten Veranda auf und ab und sprach dabei in sein Handy, während Lacy und JoHelen am Ende des Stegs in der Nähe des kleinen Fischerboots saßen und kaltes Bier aus der Dose tranken.

»Erzählen Sie mir von Claudia McDover«, bat Lacy.

»Wow. Wo soll ich anfangen?«

»Bei Tag eins. Warum hat sie Sie eingestellt und acht Jahre lang behalten?«

»Sagen wir mal, ich mache einen sehr guten Job. Nach meiner ersten Scheidung habe ich beschlossen, Gerichtsstenografin zu werden, und sehr hart dafür gearbeitet. Ich hatte die beste Ausbildung, habe mit den Besten meiner Kollegen gearbeitet und bin immer auf dem aktuellen Stand der Technik. Als Cooley herausfand, dass Claudia McDover eine neue Mitarbeiterin brauchte, drängte er mich, eine Bewerbung einzureichen. Ich bekam die Stelle, und damit eröffneten sich für seinen Masterplan neue Möglichkeiten, weil er nun jemanden hatte, der zum inneren Kreis gehörte. Gerichtsstenografen wissen alles, Lacy. Als ich meine Stelle antrat, hatte ich bereits Verdacht gegen McDover geschöpft. Sie hatte nicht die geringste Ahnung, das machte es einfacher. Mir fielen verschiedene Dinge auf. Ihre Garderobe war teuer, was sie zu verbergen versuchte. Wenn sie eine wichtige Verhandlung mit vielen Menschen hatte, zog sie sich bewusst einfach an. Wenn sie aber nur in ihrem Büro saß und keine besonderen Termine hatte, holte sie die edlen Stücke heraus. Sie konnte nicht anders, sie liebte Designermode. Sie trug immer wieder anderen Schmuck, jede Menge Diamanten und Rubine, aber ich weiß nicht, ob es irgendwem außer mir auffiel, vor allem an einem Ort wie Sterling. Sie gab ein Vermögen für Kleidung und Schmuck aus, mehr als von jemandem mit ihrem Gehalt zu erwarten war. Jedes Jahr wechselte sie die Sekretärin, damit ihr keine zu nahekam. Sie war arrogant, distanziert, immer knallhart, aber sie hatte mich nie im Verdacht, weil ich Abstand hielt. Das dachte sie zumindest. Eines Tages entwendete ich mitten in einer Verhandlung ihren Schlüsselbund. Cooley kam am Gericht vorbei und holte ihn ab. Er ließ alle Schlüssel nachmachen. Bei einer verzweifelten Suchaktion fand sie die Schlüssel neben einem Papierkorb und kam gar nicht auf den Gedanken, dass jemand nun Kopien davon hatte. Nachdem Cooley Zugang zu ihrem Büro hatte, war er nicht mehr zu halten. Er zapfte ihre Telefone an und bezahlte jemanden, der sich in ihren Computer einhackte. Daher haben wir auch die ganzen Informationen. Sie war vorsichtig, vor allem wenn es um Phyllis Turban ging. Sie nutzte ihren PC für die offiziellen Dokumente und einen Laptop fürs Private. Aber sie hatte noch einen zweiten Laptop für ihre geheimen Geschäfte. Cooley hat Myers nicht alles verraten, weil er Angst hatte, dass die gesamte Operation auffliegt, wenn Myers etwas zustößt. Er lieferte ihm nur so viel Futter, wie er brauchte, um Sie davon zu überzeugen, dass sich eine Ermittlung lohnte.« JoHelen nahm einen langen Schluck. Sie beobachteten, wie sich das Wasser kräuselte, wo die Fische fraßen.

»Kleider und Schmuck fielen mir zuerst auf, aber als wir herausfanden, dass sie und Phyllis die ganze Zeit durch die Gegend jetteten – New York, New Orleans, Karibik –, wurde uns klar, dass sehr viel Geld im Spiel sein musste. Und alle Jets wurden von Phyllis gebucht, nichts auf Claudias Namen. Dann entdeckten wir eine Wohnung in New Jersey, ein Haus in Singapur, eine Villa auf Barbados, ich weiß gar nicht mehr alles. Und es war alles sehr gut versteckt – dachten sie zumindest. Aber Cooley fand es.«

»Warum ist er nicht zum FBI gegangen und hat uns aus dem Spiel gelassen?«

»Sie haben darüber gesprochen, aber keiner traute dem FBI, vor allem Myers nicht. Tatsächlich wollte er nur mitmachen, wenn das FBI außen vor blieb. Ich glaube, sie haben ihm übel mitgespielt, als er verhaftet wurde, und er hatte Angst vor ihnen. Da die Polizei des Bundesstaats für die Indianer nicht zuständig ist, beschlossen sie, sich an das BJC zu wenden. Sie wussten, dass Ihre Befugnisse begrenzt sind, aber irgendwo mussten die Ermittlungen ja anfangen. Es ließ sich unmöglich vorhersagen, wie sich die Sache entwickeln würde, aber niemand rechnete damit, dass es Tote geben würde.«

Neben Lacy vibrierte ihr Telefon. Pacheco. »Da muss ich rangehen.«

»Natürlich.«

Sie ging in Richtung Haus und meldete sich leise. »Ja?«

»Wo bist du?«

»Irgendwo in den Bergen von North Carolina. Gunther hat uns hergeflogen und hält sozusagen Wache.«

»Er ist also immer noch im Spiel?«

»Ja, er war fantastisch.«

»Die Anklagejury hat sich auf morgen vertagt. Wir haben die Haftbefehle.«

»Wann geht's los?«

»Wir treffen uns gleich, um das zu entscheiden. Ich halte dich auf dem Laufenden.«

»Sei vorsichtig.«

»Vorsichtig? Jetzt fängt der Spaß erst richtig an. Wir sind bestimmt die ganze Nacht im Einsatz.«

In der Dämmerung machten sie in einer Steingrube am See Feuer und kuschelten sich auf alten Korbstühlen unter warme Decken. Gunther fand eine Karaffe mit Rotwein, den Lacy für genießbar erklärte. Sie trank wenig, JoHelen noch weniger. Gunther, der Nichttrinker, schlürfte koffeinfreien Kaffee und schürte das Feuer.

JoHelen wollte die Geschichte von dem furchtbaren Unfall und Hugos Tod hören, und Lacy tat ihr Bestes. Gunther wiederum wollte alles über Cooley und dessen erstaunlichen Einsatz bei der Überwachung von McDover wissen. JoHelen sprach eine Stunde lang. Lacy wollte wissen, wie ihr Bruder drei Insolvenzverfahren überstehen und immer noch im Geschäft sein konnte, und Gunthers wilde Geschichten sorgten für den Rest des Abends für Unterhaltung. Zum Abendessen verspeisten sie am Feuer Käse- und Schinken-Sandwichs mit weißem Brot und redeten und lachten bis spät in die Nacht.

41

DIE ERSTEN VERHAFTUNGEN WAREN geradezu ein Geschenk.

Von den sieben Golfplätzen, die Vonn sein Eigen nannte, mochte er Rolling Dunes am liebsten, einen exklusiven Club im Süden von Brunswick County, mit malerischen Ausblicken auf den Golf von Mexiko und der ganzen Privatsphäre, die sich ein ambitionierter Golfer nur wünschen konnte. Normalerweise hütete er sich vor jeder Routine, aber einmal in der Woche gönnte er sich ein festes Ritual. Sonntagmorgens um acht Uhr trafen er und seine Freunde sich im Men's Grill im Clubhaus von Rolling Dunes, wo keine Frauen zugelassen waren, zum Frühstück und zu Bloody Marys. Die Stimmung war immer entspannt, ungezwungen, geradezu ausgelassen. Für Männer in den Sechzigern und Siebzigern war es ein Fest, mal unter sich zu sein. Sie freuten sich auf fünf Stunden auf einem wunderschönen Golfplatz, mit Bier, erlesenen Zigarren, Wetten an jedem Loch, Mogeln, wann immer es ging, Fluchen nach Herzenslust, schmutzigen Witzen – und all das, ohne von Caddys oder anderen Golfern belästigt zu werden. Ihre Abschlagzeit war immer neun Uhr, und Vonn blockierte dreißig Minuten vorher und dreißig Minuten nachher. Er hasste überfüllte Golfplätze und feuerte einmal einen Starter auf der Stelle, weil er fünf Minuten hinter einem langsamen Vierer warten musste.

Die Maton-Brüder, Vance und Floyd, stritten sich ständig und mussten daher getrennt werden. Vonn spielte immer mit Floyd, Skinner mit Vance. Am Sonntag, dem 16. Oktober, schlugen vier der fünf Cousins um neun Uhr ab, ohne auch nur zu ahnen, was ihnen bevorstand. Es sollte ihre letzte Runde Golf werden.

Der Fünfte, Hank Skoley, setzte seinen Boss am Grill ab und wollte ihn fünf Stunden später wieder holen. Hank hasste Golf und verbrachte den Sonntagvormittag meist mit seiner Frau und den kleinen Kindern am Pool. Er war auf dem Weg nach Hause, hatte nichts Böses im Sinn, fuhr defensiv und hielt sich brav an die Geschwindigkeitsbeschränkung, als ihn ein Florida State Trooper auf dem Highway 98 stoppte. In dem Bewusstsein, sich strikt an die Straßenverkehrsordnung gehalten zu haben, meckerte er den Beamten ordentlich an, woraufhin dieser ihm mitteilte, er sei verhaftet – wegen Mordes. Minuten nachdem er angehalten worden war, saß er mit Handschellen gefesselt auf dem Rücksitz eines Streifenwagens.

Loch Nummer fünf von Rolling Dunes war ein langes Par 5 mit Dogleg nach rechts. Vom Abschlag aus war das Grün nicht zu sehen, das in der Nähe einer öffentlichen Straße lag, die durch Bäume und dichte Vegetation verdeckt war. Dort hockte Allie Pacheco mit seinem Team. Als die beiden Golfcarts über den Weg ratterten und an einem Grünbunker hielten, warteten die Beamten, bis Vonn, Floyd, Vance und Ron mit ihren Puttern auf das Grün marschierten. Sie rauchten Zigarren und lachten, als plötzlich aus dem Nichts ein Dutzend Männer in dunklen Anzügen auftauchte und das Spiel für beendet erklärten. Noch auf dem Grün wurden ihnen Handschellen angelegt, bevor sie durch die Bäume und Büsche abgeführt und weggebracht wurden. Ihre Handys und Brieftaschen wurden beschlagnahmt, doch Golfschläger, Schlüssel und gekühltes Bier blieben in den Carts zurück. Putter, Bälle und Zigarren lagen auf dem Grün verstreut.

Es würde eine halbe Stunde dauern, bis der nächste Vierer am Ort des Geschehens eintraf. Das Geheimnis der verschwundenen Golfer sollte den Club vierundzwanzig Stunden lang in Atem halten.

Die Cousins wurden auf unterschiedliche Fahrzeuge verteilt. Allie Pacheco fuhr auf dem Rücksitz neben Vonn Dubose mit.

»Das ist das Letzte«, sagte dieser nach einigen Minuten im Auto. »Ich hatte eine gute Runde. Eins unter Par nach drei Löchern.«

»Freut mich, dass Sie Ihren Spaß hatten«, erwiderte Pacheco.

»Würden Sie mir freundlicherweise erklären, worum es geht?«

»Mord.«

»Und wer soll das Opfer sein?«

»Haben Sie den Überblick verloren? Hugo Hatch.«

Dubose nahm es gelassen und äußerte sich nicht mehr. Hank Skoley, die Maton-Brüder und Ron Skinner hielten sich an ihren Ehrenkodex und sprachen auf dem Weg ins Gefängnis kein einziges Wort.

Sobald ihnen Handschellen angelegt und die Handys abgenommen worden waren, schwärmten FBI-Teams aus, um Privatwohnungen und Büros zu durchsuchen, und begannen, Computer, Telefone, Scheckhefte, ganze Aktenschränke und überhaupt alles wegzuschleppen, was irgendeinen Beweiswert besitzen mochte. Die Matons und Ron Skinner unterhielten echt wirkende Büros mit Assistenten und Sekretärinnen, doch da Sonntag war, gab es für die Invasion des FBI keine Zeugen. Hank Skoley hatte sämtliche Aufzeichnungen im Keller seines Hauses deponiert, und seine Frau und Kinder beobachteten verschreckt, wie Beamte mit grimmiger Miene einen gemieteten Lkw beluden. Vonn

Dubose bewahrte zu Hause nichts auf, was gegen ihn verwendet werden konnte, und führte auch nichts Belastendes bei sich.

Nachdem ihnen die Fingerabdrücke abgenommen und Fotos gemacht worden waren, wurden die frisch Angeklagten in getrennten Zellen untergebracht. Es würde Monate dauern, bis sie einander auch nur aus der Ferne sehen würden.

Vonn Dubose wurde ein nicht mehr ganz frisches Sandwich zum Mittagessen angeboten. Er lehnte ab und wurde in ein Vernehmungszimmer geführt, in dem Allie Pacheco und Doug Hahn warteten. Er sagte Nein zu Kaffee und Wasser und verlangte einen Anwalt. Pacheco belehrte ihn darüber, dass er keine Erklärung abgeben müsse und jederzeit einen Anwalt hinzuziehen könne. Wieder verlangte er einen Anwalt und bestand darauf zu telefonieren.

»Das ist keine Vernehmung, Jack«, sagte Pacheco kühl. »Wir wollen uns nur mit Ihnen unterhalten, sozusagen eine Vorstellungsrunde, jetzt, wo wir Ihren richtigen Namen kennen. Fingerabdrücke. Wir haben sie durch das System gejagt und einen Treffer bekommen, von Ihrer Verhaftung im Jahr 1972 wegen versuchten Totschlags. Damals waren Sie noch Jack Henderson und gehörten zu einer Gang vom alten Schlag, die mit Drogen, Prostitution und Glücksspiel ihr Geld verdiente. Nachdem Sie in Slidell, Louisiana, verurteilt worden waren, beschlossen Sie, dass Gefängnis nichts für Sie war, und setzten sich elegant ab. Sie legten Ihren alten Namen ab, wurden Vonn Dubose und haben es in den letzten vierzig Jahren geschafft, sich gekonnt im Hintergrund zu halten. Aber die Party ist vorbei, Jack.«

»Ich will einen Anwalt.«

»Den bekommen Sie, Jack, aber nicht so einen gewieften Rechtsverdreher, wie Sie sich das vorstellen. Diese Leute kosten ein Vermögen, und seit neun Uhr heute Morgen sind

Sie so pleite wie Ihr Vater, als er sich im Gefängnis erhängte. Ihre Bankkonten werden eingefroren, Jack. All das schöne Geld ist blockiert und außer Reichweite, für immer.«

»Besorgen Sie mir einen Anwalt.«

Clyde Westbay wurde eine Vorzugsbehandlung zuteil, seine Verhaftung so diskret wie möglich gehandhabt. Am frühen Sonntagmorgen erhielt er einen Anruf von einem FBI-Beamten, der ihm mitteilte, es sei so weit. Clyde sagte seiner Frau, es gebe ein Problem im Büro, und verließ das Haus. Er fuhr zum leeren Parkplatz eines Einkaufszentrums und parkte neben einem schwarzen Chevrolet Tahoe. Er ließ die Autoschlüssel im Fußraum, stieg aus, bekam Handschellen angelegt und setzte sich in den Fond des Tahoe. Seiner Frau hatte er nicht gesagt, was passieren würde. Er hatte einfach nicht die Courage dafür gehabt.

Zwei FBI-Teams verschafften sich mit seinen Schlüsseln Zutritt zu den Büros der Hotels, die er für die Offshore-Firma Starr S führte. Am Montag würden alle Gäste aufgefordert werden, die Häuser zu verlassen, alle Buchungen würden storniert werden. Die Hotels würden auf unbestimmte Zeit geschlossen bleiben.

Als den Cousins schließlich Telefonate gestattet wurden, sickerte die Nachricht von ihrer Verhaftung sehr schnell durch und verbreitete sich wie ein Lauffeuer innerhalb der Organisation. Fliehen oder nicht fliehen – das war die panische Frage, die die Komplizen sich stellten. Bevor sie sich entscheiden konnten, waren die meisten von ihnen bereits verhaftet, während ihre Büros vom FBI praktisch auseinandergenommen wurden.

In Biloxi betrat ein Rechtsanwalt namens Stavish mit seiner Frau gerade eine katholische Kirche, um die Sonntagsmesse zu besuchen, als er von zwei Beamten aufgehalten wurde, die ihn auf einen Ausflug mitnehmen wollten. Nachdem ihm erklärt worden war, dass ihm und seinem Partner RICO-Straftaten vorgeworfen wurden und dass er verhaftet war, konnte er sich aussuchen, ob er dem FBI die Schlüssel zu ihren Büros aushändigen wollte oder ob die Beamten die Türen eintreten sollten. Stavish gab seiner Frau einen Abschiedskuss, ignorierte die entsetzten Blicke der anderen Gemeindemitglieder und fuhr in Tränen aufgelöst mit den Beamten zu seiner Kanzlei.

Im Treasure Key suchten vier FBI-Mitarbeiter den diensthabenden Manager auf und teilten ihm mit, das Kasino sei geschlossen. Er solle die Besucher informieren und das Gebäude räumen lassen. Ein weiterer Beamter rief Chief Cappel an und bat ihn, ins Kasino zu kommen. Es sei dringend. Als er zwanzig Minuten später eintraf, wurde er verhaftet. Ein Trupp U.S. Marshals fing an, die verärgerten Glücksspieler aus dem Gebäude und auf den Parkplatz zu treiben. Die Gäste der beiden Hotels wurden angewiesen, sofort zu packen und abzureisen. Als Billy Cappel zum Kasino geeilt kam, wurde er ebenfalls verhaftet, zusammen mit Adam Horn und drei Managern des Kasinos. Sie überließen den zuständigen Marshals das Chaos der ziellos durcheinanderlaufenden Spieler, Gäste und Angestellten, die nicht gehen wollten, aber feststellen mussten, dass an allen Türen Schlösser angebracht wurden.

Gegen fünfzehn Uhr am Sonntagnachmittag trank Phyllis Turban auf ihrer Veranda Eistee und las ein Buch. Ihr Handy summte und zeigte eine unbekannte Nummer. Sie meldete sich, ein anonymer Anrufer sagte: »Gegen Sie wurde Anklage erhoben, zusammen mit McDover, Vonn Dubose und vielleicht hundert anderen. Das FBI durchsucht überall an der Küste Büroräume, Ihre kommen als Nächstes dran.«

Über ein Wegwerfhandy, das dem FBI bekannt war, rief sie sofort Claudia an, die von nichts wusste. Claudia versuchte vergeblich, ihren Kontaktmann, Hank Skoley, zu erreichen. Beide Frauen durchforsteten das Internet nach Meldungen, fanden aber nichts. Phyllis meinte, sie sollten sich vorsichtshalber absetzen, und rief eine Charterfirma in Mobile an. Ein Jet war verfügbar und konnte in zwei Stunden starten.

Wie vereinbart, informierte die Charterfirma das FBI. FBI-Beamte folgten Phyllis zu ihrem geheimen Büro in einem hochpreisigen Einkaufszentrum in der Nähe des Flughafens. Sie ging ohne Gepäck nur mit ihren Schlüsseln in der Hand hinein, kam aber mit zwei sperrigen Prada-Taschen heraus. Sie folgten ihr auf der Fahrt zum Terminal für die allgemeine Luftfahrt am Regionalflughafen Mobile.

Die Charterfirma teilte dem FBI mit, die Kundin, die das Unternehmen regelmäßig nutze, wünsche eine Zwischenlandung in Panama City, um einen weiteren Fluggast an Bord zu nehmen, Ziel sei Barbados. Das FBI wies die Charterfirma in Absprache mit der Flugsicherungsbehörde FAA an, den Flug durchzuführen. Um 16.50 Uhr startete der Lear 60 in Mobile zu dem zwanzigminütigen Flug nach Panama City.

In der Zwischenzeit sprintete Richterin McDover zu ihrer geliebten Immobilie in Rabbit Run, griff sich ein paar Wertgegenstände, stopfte sie in eine große Handtasche und raste zum Flughafen. Sie war da, als der Lear um 17.15 Uhr ausrollte, und hastete sofort zur Maschine. Der Flugkapitän begrüßte sie an Bord und ging ins Terminal, um die erforderlichen Papiere auszufüllen. Nach fünfzehn Minuten teilte der Kopilot Claudia und Phyllis mit, über dem Golf von Mexiko herrsche schlechtes Wetter, ihr Flug verspäte sich.

»Können Sie nicht einfach ausweichen?«, fuhr Phyllis ihn an.

»Leider nicht.«

Zwei schwarze SUV tauchten hinter dem Jet auf und hielten vor der linken Tragfläche. Claudia sah sie zuerst und stieß einen unterdrückten Fluch aus.

Nachdem die Damen in Handschellen abgeführt worden waren, durchsuchten die Beamten den Jet. Die Frauen hatten kaum Kleidung eingepackt, stattdessen aber so viele Wertgegenstände mitgenommen, wie sie tragen konnten, Diamanten, Rubine, seltene Münzen und bündelweise Bargeld. Als Monate später ein Inventar erstellt worden war, wurde der Wert auf 4,2 Millionen Dollar geschätzt. Auf die Frage, wie sie damit durch den Zoll in Barbados kommen wollten, antworteten die beiden nicht.

Weitere Schätze wurden bei der Durchsuchung von Claudias Haus in Rabbit Run beschlagnahmt. Als die Beamten schließlich ihren Tresorraum entdeckten, standen sie mit offenem Mund vor der Sammlung von Bargeld, Schmuck, Kunstgegenständen, seltenen Büchern, erlesenen Uhren und Antiquitäten. Dagegen wurde bei ihr zu Hause kaum etwas von Wert gefunden. In ihrem Büro beschlagnahmten die Beamten die übliche Sammlung von Computern, Telefonen und Akten. Die Computer in Phyllis Turbans Büro waren offensichtlich nicht für schmutzige Geschäfte verwendet worden. Allerdings fanden sich auf den beiden Laptops in ihrem Geheimbüro jede Menge Kontoauszüge, Überweisungsbelege, Unterlagen über Firmen und Immobilien sowie Korrespondenz mit Anwälten in Ländern, die als Steueroasen berüchtigt waren.

Die Operation entlang des Panhandle war breit angelegt und schnell. Bis Sonntagabend waren einundzwanzig Männer und zwei Frauen verhaftet und einer ganzen Reihe von RICO-Straftaten angeklagt worden, wobei die Liste in den kommenden Wochen noch länger werden sollte. Dazu gehörte auch

Delgado, der in einem Fitnessstudio ein schweißtreibendes Training absolvierte, als ihm zwei Beamte den Tag verdarben. Auf dem Papier arbeitete er für eine Bar, die einer Firma gehörte, die wieder anderen Firmen gehörte, und er wurde wegen der üblichen Vergehen gegen das Geldwäschegesetz angeklagt. Es sollte Jahre dauern, bis sich herausstellte, dass er viel schlimmere Verbrechen begangen hatte.

42

DAS FERNSEHEN ENTDECKTE DIE STORY gegen achtzehn Uhr am Sonntagabend, konnte zunächst aber offenbar nicht viel damit anfangen. Da die Straftaten ebenso unbekannt waren wie die Angeklagten, wurde kaum darüber berichtet. Das sollte sich durch zwei Ereignisse gründlich ändern: durch die Nachricht, dass das Kasino geschlossen worden war, und die Entdeckung des Begriffs »Küsten-Mafia« durch einen unbekannten Journalisten. Letzteres war schlicht zu sensationell, als dass man die Sache hätte ignorieren können, und bald wurde live von den versperrten Toren von Treasure Key berichtet.

Lacy und JoHelen starrten fasziniert und geradezu ungläubig auf den Bildschirm. Das Komplott war am Ende. Das Syndikat war aufgeflogen. Die Korruption war aufgedeckt worden. Die Verbrecher saßen im Gefängnis. Es gab doch noch Gerechtigkeit. Sie konnten kaum glauben, dass sie diese aufsehenerregenden Ereignisse in Gang gesetzt hatten. So viel hatten sie dadurch verloren, dass es ihnen schwerfiel, Stolz zu empfinden, zumindest im Augenblick. Als wieder ein Bericht von einer Eilmeldung unterbrochen wurde und das Gesicht von Richterin Claudia McDover auf dem Bildschirm erschien, schlug JoHelen die Hände vor den Mund und fing an zu weinen. Die Reporterin beschrieb in allen Einzelheiten, wie die Richterin und ihre Anwältin an Bord eines Privatjets festgenommen worden waren, als sie versucht hatten, das Land zu verlassen. Die Details stimmten nur etwa zur Hälfte, aber was der Reportage an Wahrheitsgehalt fehlte, glich die Journalistin durch Enthusiasmus aus.

»Sind das Freudentränen?«, fragte Lacy.

»Vielleicht. Das weiß ich im Augenblick nicht. Traurig bin ich jedenfalls nicht. Es ist nur schwer zu glauben.«

»Das stimmt. Vor einigen Monaten hatte ich noch nie von diesen Leuten gehört, und an das Kasino habe ich eigentlich nie einen Gedanken verschwendet.«

»Wann kann ich wieder nach Hause?«

»Das weiß ich nicht. Warten Sie, bis ich mit dem FBI gesprochen habe.«

Gunther war mit dem Jeep in die Stadt gefahren, um Fleisch und Holzkohle zu besorgen. Jetzt stand er auf der Veranda und grillte Rib-Eye-Steaks, während in der Glut Kartoffeln garten. Ab und zu kam er herein, um die Nachrichten zu sehen, aber als es dunkel wurde, fingen die Berichte an, sich zu wiederholen. »Herzlichen Glückwunsch, Mädchen«, sagte er mehr als einmal. »Ihr habt der korruptesten Richterin der amerikanischen Geschichte das Handwerk gelegt. Gut gemacht!«

Aber sie waren nicht in Feierlaune. JoHelen war so gut wie sicher, dass sie ihre Stelle behalten würde, obwohl McDovers Nachfolger eine neue Gerichtsstenografin einstellen konnte, wenn er wollte. Falls sie an ihren Anspruch nach dem Gesetz für den Schutz von Hinweisgebern dachte, erwähnte sie das nicht. Im Augenblick schien es zu komplex und zeitaufwendig, außerdem war ihr der Anwalt abhandengekommen, der ihr hätte erklären sollen, wie sie das Gesetz zu ihrem Vorteil nutzen konnte.

Vor dem Abendessen rief Lacy Michael Geismar an, um die Informationen abzugleichen. Sie telefonierte mit Verna und erzählte ihr, dass die Männer, die des Mordes an Hugo beschuldigt wurden, verhaftet worden waren. Sie versuchte es bei Allie Pacheco, aber er meldete sich nicht. Sie hatten den ganzen Tag über nicht miteinander gesprochen, doch das ging schon in Ordnung. Er war bestimmt sehr beschäftigt.

Um neun Uhr am Montagmorgen beantragte Bundesstaatsanwältin Paula Galloway persönlich bei einem Bundesrichter in Tallahassee eine Reihe von Beschlüssen, mit denen die sofortige Schließung von siebenunddreißig Unternehmen angeordnet wurde. Die meisten davon lagen in Brunswick County, aber der gesamte Panhandle war betroffen. Dazu gehörten Bars, Spirituosenläden, Restaurants, Stripclubs, Hotels, Supermärkte, Einkaufszentren, Vergnügungsparks, öffentliche Golfplätze und drei im Bau befindliche Wohnanlagen. Die Tentakel der Organisation reichten bis in mehrere Wohnsiedlungen wie Rabbit Run, doch da die meisten Immobilien an Privatpersonen verkauft worden waren, würden sich die Maßnahmen dort nicht auswirken. Ms. Galloway legte dem Richter eine Liste von vierundachtzig Bankkonten vor, die sie vorübergehend einfrieren lassen wollte. Die meisten gehörten Unternehmen, einige jedoch Privatpersonen wie Hank Skoley, der zweihunderttausend Dollar in Einlagenzertifikaten mit niedrigem Zinssatz und rund vierzigtausend Dollar auf einem gemeinsamen Girokonto hatte. Der Richter, ein erfahrener Mann, der Paula Galloway voll und ganz unterstützte, ließ beide einfrieren. Aufgrund der Art des Verfahrens gab es niemanden, der gegen ihre Anträge Einspruch erheben konnte. Sie beantragte, einen bestimmten Rechtsanwalt von einer großen Kanzlei in Tallahassee als Insolvenzverwalter für alle bisher aufgeführten Unternehmen zu ernennen.

Der Insolvenzverwalter würde weitreichende Befugnisse erhalten. Ihm würde kraft Gesetzes die Kontrolle über alle Unternehmen übertragen werden, deren Finanzmittel ganz oder teilweise aus den kriminellen Aktivitäten der Organisation stammten, die nun offiziell als »Dubose-Syndikat« bezeichnet wurde. Er würde die Entstehung der einzelnen Unternehmen und Gesellschaften bis zu ihren Anfängen zurückverfolgen und eine korrekte Buchhaltung rekonstruieren. Mithilfe kriminaltechnischer Wirtschaftsprüfer würde er versuchen, die verschlungenen Geldströme zwischen den Unternehmen zum Syndikat zurückzuverfolgen. In Zusammenarbeit mit dem FBI würde er sich bemühen, das Gewirr der von Dubose gegründeten Offshore-Firmen zu durchdringen und festzustellen, welche Aktiva sie besaßen. Vor allem aber würde er die endgültige Einziehung oder den Verkauf aller Vermögenswerte handhaben, die in Verbindung mit dem Dubose-Syndikat standen.

Zwei Stunden später hielt Ms. Galloway eine meisterhaft inszenierte Pressekonferenz, wie sie der Traum aller Bundesstaatsanwälte war. Vor einer Horde von Reportern stehend, sprach sie in die zahlreichen Mikrofone, die sich ihr entgegenreckten. Hinter ihr hatten sich ihre Staatsanwälte, darunter Rebecca Webb, und mehrere FBI-Beamte aufgebaut. Rechts von ihr zeigte ein großer Bildschirm die vergrößerten Verbrecherfotos von Clyde Westbay und den fünf Cousins. Sie erklärte, sie würden des Mordes beschuldigt, befänden sich bereits in Haft und, ja, sie plane, die Todesstrafe zu beantragen. Sie bat darum, Fragen erst im Anschluss zu stellen, und kam auf die RICO-Anklage zu sprechen. Die Aktion sei noch nicht abgeschlossen, bisher seien sechsundzwanzig der dreiunddreißig Angeklagten verhaftet worden. FBI und Bundesstaatsanwaltschaft stünden ganz am Anfang der Ermittlungen, vor ihnen liege noch viel Arbeit. Die kriminellen Aktivitäten des Dubose-Syndikats seien weitverzweigt und hervorragend organisiert.

Als sie um Fragen bat, wurde sie damit geradezu bombardiert.

Als es Montagmittag wurde, fanden sie ihren Zufluchtsort in den Bergen nicht mehr ganz so bezaubernd. Sie hatten es satt, die Nachrichten zu sehen, Nickerchen zu halten, alte Bücher zu lesen, die jemand anderer ausgesucht hatte, auf dem Sonnendeck zu sitzen und die Farben der ersten Herbsttage zu genießen, so schön sie auch sein mochten. Gunthers Freund wollte sein Flugzeug wiederhaben. Lacy hatte zu tun. Und JoHelen brannte darauf, wieder ins Gericht zu kommen, jetzt wo sie wusste, dass sie Claudia McDover dort nie wieder begegnen würde. Sie konnte es gar nicht erwarten, den Tratsch zu hören.

Am wichtigsten war jedoch, dass JoHelen nach Allies Meinung nicht mehr in Gefahr war. Dubose hatte viel größere Probleme als eine Gerichtsstenografin, die den Mund nicht halten konnte. Da alle wichtigen Akteure hinter Gittern saßen und keinen Zugang zu ihren Telefonen hatten, würde es ihm schwerfallen, irgendwelche Aufträge zu erteilen. Zudem versprach Allie, das FBI werde JoHelen einige Wochen lang im Auge behalten.

Rusty holte sie um vierzehn Uhr ab. Die steile Fahrt den Berg hinunter war noch schlimmer als in umgekehrter Richtung. Selbst Gunther war schlecht, als sie in Franklin ankamen. Sie bedankten sich bei Rusty, versprachen wiederzukommen, was eine reine Höflichkeitsfloskel war, und flogen los.

Lacy wollte direkt nach Hause, aber das ging nicht. Sie hatte ihren neuen Kombi in Valdosta gelassen und musste ihn wohl oder übel abholen. Der Flug war unruhig, Gunther versuchte vergeblich, Schlechtwettergebieten auszuweichen und eine Flughöhe zu finden, in der es keine Turbulenzen gab. Als sie endlich landeten, waren Lacy und JoHelen so mitgenommen, dass sie froh waren, ins Auto umsteigen zu können. Sie umarmten Gunther zum Abschied und bedankten sich. Nachdem er abgehoben hatte, fuhren sie sofort los. Tallahassee lag auf halbem Weg zwischen Valdosta und Panama City, wo JoHelen ihr Auto auf dem Parkplatz des Neptune Motels abgestellt hatte.

Angesichts der endlos langen Fahrt kam Lacy ein besserer Einfall. Sie würden in ihrer Wohnung in Tallahassee übernachten und Allie zum Abendessen einladen. Bei Pasta und einem guten Glas Wein würden sie sich von ihm über die Ereignisse der letzten Tage berichten lassen. Sie würden die Informationen aus ihm herausholen, auf die sie brannten. Wer hatte Dubose verhaftet, und was hatte er gesagt? Was war mit Claudia McDover und ihrer misslungenen Flucht? Wer waren die anderen Angeklagten, und wo waren sie im Augenblick? Wer hatte JoHelen bedroht? Während sie Kilometer um Kilometer zurücklegten, kamen ihnen Dutzende von Fragen in den Sinn.

Lacy rief Allie an und fragte, was er von einer Einladung zum Abendessen halte. Mit dem Zusatzbonus, dass JoHelen Hooper da sein würde.

»Dann lerne ich also die Whistleblowerin kennen?«, fragte er.

»Live und höchstpersönlich.«

»Ich kann es kaum erwarten.«

EPILOG

IN DEN TAGEN NACH DEN VERHAFTUNGEN und Razzien wurde auf jeder Titelseite in Florida und im Südosten der USA über die Sache berichtet. Überall hasteten Reporter durch die Gegend, stocherten hier und da herum, jagten Fährten nach, immer auf der Suche nach den neuesten Informationen. Die versperrten Tore von Treasure Key waren der bevorzugte Hintergrund für Fernsehberichte. Die Journalisten kampierten in Vernas Einfahrt, bis sie zwangsweise entfernt wurden, woraufhin sie sich auf die Straße vor ihrem Haus zurückzogen und dort den Verkehr blockierten. Nachdem zwei von ihnen festgenommen worden waren und sie gemerkt hatten, dass Verna nichts zu sagen hatte, verloren sie das Interesse und verschwanden nach und nach. Paula Galloway, die Bundesstaatsanwältin, gab täglich Pressekonferenzen, die praktisch nichts Neues brachten. Allie Pacheco, der offizielle Sprecher des FBI, verweigerte jeden Kommentar. Ein paar Tage lang drehten die Reporter vor McDovers Haus in Sterling und dem für Brunswick County zuständigen Gericht. Sie filmten vor dem geschlossenen Büro von Phyllis Turban und vor der Kanzlei in Biloxi. Allmählich rutschte die Geschichte von der ersten auf die zweite Seite.

Da FBI und Bundesstaatsanwaltschaft im Mittelpunkt der Aufmerksamkeit standen, interessierte sich kaum jemand für das Board on Judicial Conduct. Tatsächlich kam die winzige Behörde praktisch unbehelligt durch die turbulenten Tage. Lacy und Michael erhielten ein paar Anrufe von Reportern, die sie nicht erwiderten. Wie alle anderen verfolgten sie die Entwicklung in der Presse und wunderten sich, wie viele Falschinformationen in Umlauf waren. Soweit es das BJC anging, war der Fall abgeschlossen. Ihre Zielperson saß im Gefängnis und würde hoffentlich demnächst von ihrem Amt zurücktreten.

Zumindest Lacy fiel es jedoch schwer, mit der Sache abzuschließen. Sie war emotional zu stark engagiert, um die Akte einfach abzulegen und eine andere zu öffnen. Der größte Fall ihrer beruflichen Laufbahn war vorbei, würde sie aber noch monatelang in Anspruch nehmen. Sie verbrachte viel Zeit mit Allie, und beide konnten über nichts anderes reden.

Zwei Wochen nach der Verhaftung von McDover und der Dubose-Gang kam Lacy am späten Nachmittag nach Hause. Als sie aus dem Auto steigen wollte, entdeckte sie einen Mann, der auf ihrer Türschwelle herumlümmelte und offenbar wartete. Sie rief Simon an und bat ihn aufzupassen. Er hatte die Situation bereits im Blick. Während Lacy zu ihrer Wohnung ging, trat Simon vor die Tür, um die Vorgänge im Auge zu behalten.

Der Mann trug ein weißes Golfhemd und Baumwollshorts, seine Baseballkappe war so tief ins Gesicht gezogen, dass die Augen kaum zu sehen waren. Sein Haar war kurz geschnitten und blauschwarz gefärbt. Als sie näher kam, lächelte er.

»Hallo, Lacy.«

Es war Greg Myers.

Sie winkte Simon beruhigend zu, und sie gingen in die Wohnung.

»Ich dachte, Sie sind tot!«, sagte sie, als sie die Tür hinter ihnen schloss.

Greg lachte. »So gut wie. Ich brauche ein Bier.«

»Ich auch.« Sie öffnete zwei Flaschen, und sie setzten sich an den Tisch.

»Carlita haben Sie wohl nicht gesehen?«, begann Lacy.

Er lachte erneut. »Wir haben die letzte Nacht zusammen verbracht. Ihr geht es gut. Danke, dass Sie sie gerettet haben.«

»Danke? Das soll alles sein? Jetzt reden Sie schon, Greg.«

»Was wollen Sie wissen?«

»Alles. Warum sind Sie untergetaucht?«

»Das ist eine lange Geschichte.«

»Kann ich mir vorstellen. Dann fangen Sie besser an. «

Myers war bereit zu reden, bereit, wieder Teil der Ereignisse zu sein, die er mit ins Rollen gebracht hatte. Er nahm einen tiefen Zug aus der Flasche, wischte sich den Mund mit dem Handrücken ab, eine unbewusste Bewegung, die Lacy schon von ihm kannte, und fing an.

»Warum ich untergetaucht bin? Dafür gibt es zwei Gründe, wie sich herausstellen sollte. Erstens war das von Anfang an ein Back-up-Plan. Ich wusste, dass sich das FBI nur ungern einschalten würde, und die Entwicklung der Dinge gab mir recht. Wenn ich verschwand, würden Sie und das FBI annehmen, dass Dubose mich erwischt hatte. Ein weiterer Mord, nämlich an mir, würde das FBI veranlassen, genauer hinzusehen. Ich wollte das FBI nicht im Boot haben, aber wir, wir alle, merkten bald, dass die Sache ohne das FBI nicht vorankam. Hatte ich damit recht?«

»Kann sein. Ihr Verschwinden machte die Sache sicherlich interessanter, aber die Entscheidung des FBI wurde dadurch nicht wesentlich beeinflusst.«

»Wodurch dann?«

»DNA. Jemand hat am Tatort Blutspuren gefunden, die uns zu dem Fahrer des Pick-ups führten. Sobald er identifiziert war, wusste das FBI, dass der Fall gelöst werden konnte. Die Beamten rochen eine große Sache und stürzten sich, sozusagen aus allen Rohren feuernd, ins Gefecht.«

»Woher hatten Sie das Blut für den Test?«

»Das erzähle ich Ihnen später. Sie haben gesagt, Sie hätten zwei Gründe gehabt unterzutauchen.«

»Ja, und der zweite war viel wichtiger als der erste. Eines Morgens bastelte ich auf Key Largo am Bootsmotor herum und dachte an nichts Böses, als das Wegwerfhandy in meiner Tasche summte. Ich klappte es auf und sagte Hallo oder etwas in der Art, worauf eine Stimme ›Myers?‹ fragte.

Ich dachte zuerst, es wäre Cooley, aber dann hatte ich das Gefühl, dass etwas nicht stimmte. Ich legte auf und rief Cooley von einem anderen Telefon aus an. Er sagte, er habe nicht versucht, mich anzurufen. Da wusste ich, dass mir jemand auf der Spur war, und dieser Jemand war Vonn Dubose. Ich stieg nach unten, löschte alle Daten von meinem Laptop, stopfte mir die Taschen mit Bargeld voll und sagte zu Carlita, dass ich auf einen raschen Drink in eine Bar gehe. Ich trieb mich eine halbe Stunde lang an der Marina herum und behielt alles im Auge, schließlich fuhr mich ein Einheimischer gegen Bezahlung nach Homestead. Von dort schlug ich mich nach Miami durch und tauchte ab. Es war verdammt knapp gewesen, und ich hatte einen Riesenschreck.«

»Warum haben Sie Carlita einfach sitzen lassen?«

Ein weiterer Schluck aus der Flasche. »Ich wusste, dass sie ihr nichts tun würden. Ich war mir ziemlich sicher, dass sie sie höchstens bedrohen und einschüchtern würden, dass sie aber nicht in Gefahr war. Es war ein Risiko. Und ich musste sie, Cooley, Sie und vielleicht auch das FBI davon überzeugen, dass ich einem weiteren Mord zum Opfer gefallen war. Man kann jeden zum Reden bringen, selbst Carlita und Cooley. Es war wichtig, dass sie nichts über mein Verschwinden wussten.«

»Sie sind davongelaufen. Cooley ist davongelaufen. Die Mädchen mussten selbst sehen, wie sie zurechtkamen.«

»Das mag so aussehen, aber so einfach ist es nicht. Ich musste abhauen, sonst hätte ich mir eine Kugel eingefangen. Cooley hat sich aus anderen Gründen abgesetzt. Als ich weg war, dachte er, er wäre aufgeflogen. Er ist in Panik geraten und hat sich versteckt.«

»Und jetzt sind Sie wieder da und wollen Ihren Anteil.«

»Und ob. Denken Sie daran, Lacy, ohne uns wäre das alles nicht passiert. Cooley war der Kopf, der alles über lange Zeit vorbereitet hat. Er ist das Genie hinter allem. Er hat JoHelen rekrutiert und hervorragend geführt, natürlich nur, bis er selbst Angst bekommen hat. Und ich habe immerhin die Beschwerde unterzeichnet und hätte fast mit dem Leben dafür bezahlt.«

»JoHelen auch.«

»Und sie wird genauso ihre Belohnung bekommen, das können Sie mir glauben. Es wird genug für uns alle drei geben.«

»Hat sich Cooley mit JoHelen versöhnt?«

»Sagen wir, sie sind im Gespräch. Die beiden schlafen seit zwanzig Jahren miteinander, mit Unterbrechungen natürlich, die verstehen sich.«

Lacy atmete aus und schüttelte den Kopf. Sie hatte keinen Schluck von dem Bier getrunken, aber seine Flasche war leer. Sie holte eine neue aus dem Kühlschrank und trat zum Fenster.

»Sehen Sie es doch so, Lacy«, meinte Myers. »Cooley, JoHelen und ich, wir haben die Attacke auf Dubose und McDover geplant. Die Dinge sind aus dem Ruder gelaufen. Ihr Kollege ist ums Leben gekommen. Sie wurden verletzt. Wir können von Glück sagen, dass nicht mehr Menschen zu Schaden gekommen sind. Im Nachhinein würde ich es nicht mehr tun. Aber es lässt sich nicht ungeschehen machen, und die Gangster sitzen im Gefängnis, während wir drei noch da sind.«

»Sie haben doch bestimmt Zeitung gelesen.«

»Jedes Wort.«

»Sagt Ihnen der Name Allie Pacheco etwas?«

»Allerdings. Das scheint ein ganz heißer FBI-Mann zu sein.«

»Und mein Freund. Ich finde, er muss Ihre Geschichte hören.«

»Sagen Sie ihm Bescheid. Ich habe nichts Unrechtes getan, und ich will reden.«

Die Ermittlungen des FBI dauerten noch einmal vierzehn Monate und führten zu sechs weiteren Anklagen. Insgesamt wurden neununddreißig Personen festgenommen, und so gut wie alle blieben wegen Fluchtgefahr in Haft, ohne die Möglichkeit, auf Kaution freizukommen. Etwa die Hälfte von ihnen waren Zielpersonen aus der zweiten Reihe, die für dem Syndikat gehörende Unternehmen arbeiteten, aber wenig über die Geldwäsche und nichts über die Machenschaften in Treasure Key wussten. Ihre Bankkonten waren eingefroren, sie selbst saßen hinter Gittern und mussten mit Pflichtverteidigern vorliebnehmen, daher rissen sie Paula Galloway die angebotenen Absprachen förmlich aus den Händen. Innerhalb von sechs Monaten nach der Verhaftung von Dubose hatte sich rund ein Dutzend seiner Mitangeklagten bereit erklärt, sich schuldig zu bekennen und die Bosse ans Messer zu liefern. Während sich die Staatsanwaltschaft die Randfiguren vorknöpfte, zog sich die Schlinge um den Hals der wahren Verbrecher immer enger zu. Aber sie hielten dicht. Keiner der elf Manager – mit Ausnahme von Clyde Westbay natürlich – knickte ein, und erst recht keiner der fünf Cousins.

Dafür tat sich außerhalb des Syndikats eine Schwachstelle auf. Gavin Prince, ein angesehener Tappacola mit Abschluss der Florida State University, konnte sich ein Leben im Gefängnis nicht vorstellen. Er war der zweite Mann im Kasino gewesen und kannte die meisten der schmutzigen Geheimnisse. Sein Anwalt überzeugte Paula Galloway, dass Prince kein Verbrecher war und ihrer Sache ungemein nützlich sein konnte, wenn er das richtige Angebot erhielt. Er war einverstanden, sich in einem Fall schuldig zu bekennen, wenn er eine Bewährungsstrafe bekam.

Prince erklärte ihnen, dass jeder Spieltisch – Blackjack, Roulette, Poker und Craps – mit einer Geldbox mit Schlitz ausgestattet war, auf die der Croupier keinen Zugriff hatte. Neunzig Prozent des Geldes waren Scheine, die der Croupier an sich nahm und vor den Augen der Spieler für die Kameras zählte, bevor er sie in die am Tisch montierte Geldbox stopfte und in Chips umtauschte. Beim Blackjack wurde am meisten Bares eingenommen, beim Roulette am wenigsten. Das Kasino schloss nie, nicht einmal an Weihnachten, am ruhigsten war es gegen fünf Uhr morgens. Jeden Tag um diese Zeit wurden die Boxen von bewaffneten Wachmännern eingesammelt, auf einen Wagen gestellt und durch leere Boxen ersetzt. Dann wurden sie in einen befestigten Raum – den offiziellen »Zählraum« – gebracht, wo ein Team von vier professionellen Zählern – das »Zählteam« – die einzelnen Boxen durchging. Hinter jedem Zähler stand ein Wachmann, direkt über jedem hing eine Kamera. Jede Box wurde viermal gezählt. Üblicherweise waren es rund sechzig Boxen. Die Aufgabe von Prince war es, jeden Morgen Box Nummer BJ-17, die von dem lukrativsten Blackjack-Tisch, zu entfernen. Das tat er, indem er sie einfach vom Wagen nahm, bevor dieser in den Zählraum geschoben wurde. Das lief stets ab, ohne dass er ein Wort sagte. Die Wachleute sahen weg. Es war Routine. Mit BJ-17 ging Prince in einen kleinen Raum ohne Kameras und legte die Geldbox in eine Schublade, die ständig abgeschlossen war. Seines Wissens gab es nur einen anderen Schlüssel, und der gehörte dem Chief, der jeden Tag ins Kasino kam und das Geld mitnahm.

Im Durchschnitt landeten in den Geldboxen an den Blackjack-Tischen pro Tag einundzwanzigtausend Dollar, wobei BJ-17 noch profitabler war. Prince schätzte, dass die Box pro Jahr mindestens acht Millionen Dollar einbrachte, die spurlos verschwanden.

Die Überwachungsvideos des Tisches wurden auf geheimnisvolle Weise alle drei Tage gelöscht, falls doch jemand Fragen stellte, was aber nie geschah. Wer hätte auch nachhaken sollen? Sie waren auf Stammesgebiet!

Prince war einer der drei Manager, die Gelder für die bewusste Schublade des Chiefs abzweigten. Alle drei saßen im Gefängnis, gegen alle drei war Anklage erhoben worden, allen drei drohten langjährige Freiheitsstrafen. Als er einknickte, hielten auch die anderen beiden nicht mehr lange durch. Alle drei behaupteten, sie hätten keine Wahl gehabt, sie hätten mitmachen müssen. Sie wussten, dass der Chief nicht das gesamte Geld behielt, sondern dass es für die Bestechung der richtigen Leute und ähnliche Zwecke verwendet wurde. Aber sie arbeiteten in einer Umgebung, in der keine überflüssigen Fragen gestellt wurden und jeder dichthielt, in der ihre eigenen Regeln galten, und waren fest davon überzeugt gewesen, dass sie nie auffliegen würden. Keiner der drei konnte etwas zu Vonn Dubose sagen.

Das Kasino blieb drei Wochen lang geschlossen. Angesichts der Tatsache, dass zweitausend Menschen ihre Arbeit verloren hatten und ihre Dividende in Gefahr war, engagierten die Tappacola mehrere hochkarätige Anwälte, die einen Richter davon überzeugten, dass sie ihre Angelegenheiten in Ordnung bringen wollten. Sie verpflichteten sich, ein professionelles Team aus dem Las-Vegas-Kasino Harrah's zu engagieren.

Da Chief Cappel voraussichtlich die nächsten Jahrzehnte im Gefängnis verbringen würde, beschloss der zutiefst gedemütigte Stamm, einen Neuanfang zu wagen. Neunzig Prozent der Tappacola unterzeichneten eine Petition, mit der Cappels Rücktritt und Neuwahlen gefordert wurden. Er stellte sein Amt zur Verfügung, genau wie sein Sohn Billy und ihr Handlanger Adam Horn. Zwei Monate später wurde Lyman Gritt mit überwältigender Mehrheit der Stimmen zum neuen Chief gewählt. Nach seiner Wahl versprach er Wilton Mace, dessen Bruder aus dem Gefängnis zu holen.

Die Anwälte der Cousins versuchten vergeblich, zumindest einen Teil ihres Geldes freizubekommen. Sie wollten Staranwälte verpflichten, die Gesetzeslücken ausfindig machen sollten. Der Richter hielt jedoch nichts davon, schmutziges Geld für Anwaltshonorare auszugeben. Er lehnte rundheraus ab und ernannte erfahrene Strafrechtsexperten zu Pflichtverteidigern.

Obwohl die Mordanklage wesentlich schwerer wog als die RICO-Vorwürfe, war der Prozess viel einfacher vorzubereiten. Ohne Clyde Westbay blieben nur fünf Angeklagte, während es in der RICO-Sache um die zwanzig waren. Paula Galloway hatte längst beschlossen, die Mordanklage zuerst durchzuboxen; wenn die Cousins zu lebenslanger Haft oder zum Tod verurteilt waren, wollte sie mit den übrigen RICO-Angeklagten aggressiv verhandeln. Sobald alle gefasst waren und im Gefängnis saßen, konnte die Hauptverhandlung in der Mordsache in etwa achtzehn Monaten angesetzt werden, davon waren sie und ihr Team überzeugt. Die Vorbereitung des RICO-Verfahrens konnte zwei Jahre in Anspruch nehmen.

Im April 2012, etwa sechs Monate nach den Verhaftungen, begann der vom Gericht bestellte Insolvenzverwalter mit der Veräußerung der Vermögenswerte. Unter Berufung auf ein berüchtigtes kontroverses Gesetz ließ er neun Autos der neusten Generation, vier Jachten und zwei zweimotorige Flugzeuge versteigern. Die Anwälte der Cousins protestierten und machten geltend, eine solch endgültige Einziehung des Vermögens sei verfrüht, solange ihre Mandanten, zumindest theoretisch, als unschuldig galten. Es war ein Einwand, den Verteidiger seit zwanzig Jahren erhoben. So unfair es auch schien, Gesetz war Gesetz, und die Auktion brachte 3,3 Millionen Dollar ein. Der erste Tropfen in einem Fass, das sich als nahezu bodenlos erweisen sollte.

Eine Woche später verkaufte der Insolvenzverwalter ein Einkaufszentrum einschließlich aller Belastungen für 2,1 Millionen Dollar. Das Dubose-Syndikat wurde in seine Bestandteile zerlegt.

Der von Verna Hatch verpflichtete Anwalt verfolgte die Vorgänge ganz genau. Nach der Versteigerung klagte er gemäß den zivilrechtlichen RICO-Bestimmungen auf Schadensersatz in Höhe von zehn Millionen Dollar wegen schuldhaft verursachten Todes eines Menschen und teilte dem Insolvenzverwalter mit, er beabsichtige, ein Sicherungsrecht an der Vermögensmasse zu beantragen. Dem Insolvenzverwalter war das egal. Schließlich war es nicht sein Geld. Vernas Beispiel folgend, klagte Lacy wegen ihrer eigenen Verletzungen.

Die Vermögenswerte von Claudia McDover und Phyllis Turban zurückzuverfolgen war nicht ganz so kompliziert wie bei den schmutzigen Geldern des Syndikats. Als das FBI alle Unterlagen von Turban in der Hand hatte, war der Weg klar. Über die Offshore-Firmen hatten die Damen eine Villa auf Barbados, die Wohnung in New Jersey und ein Haus in Singapur erworben. Die Immobilien wurden einer geordneten Veräußerung zugeführt und brachten 6,3 Millionen ein. Die beiden kontrollierten elf Firmenkonten weltweit, mit einem Gesamtguthaben von gut fünf Millionen Dollar. Nachdem ein Gerichtsbeschluss ergangen war und das amerikanische

Außenministerium entsprechenden Druck ausgeübt hatte, öffnete eine Bank in Singapur ein Schließfach, das den beiden gehörte. Es war prall gefüllt mit Diamanten, Rubinen, Saphiren, seltenen Münzen und Zehn-Unzen-Goldbarren. Der Wert wurde auf elf Millionen Dollar geschätzt. Auch bei einer Bank auf Barbados zeigte der Druck Wirkung, mit demselben Ergebnis. Hier wurde der Wert mit 8,8 Millionen Dollar veranschlagt. Die vier Immobilien in Rabbit Run wurden für je eine Million Dollar verkauft.

Beim FBI in Tallahassee lief das eindrucksvolle Vermögen, das die Damen angehäuft hatten, unter der Bezeichnung Whistleblower-Fonds. Die Vermögenswerte wurden nach und nach vom Insolvenzverwalter veräußert, und ein Jahr nach ihrer Verhaftung wies der Fonds einen Saldo von achtunddreißig Millionen auf. Auf dem Papier war das eine beeindruckende Zahl, doch als im Laufe der Monate immer mehr dazukam, ließ der anfängliche Schock nach.

Rechtsanwalt Greg Myers beantragte eine Belohnung aus dem Whistleblower-Fonds. Die Pflichtverteidiger von McDover und Turban erhoben ihren Standardeinspruch gegen den Verkauf der Vermögenswerte, ohne jeden Erfolg. Nachdem alles eingezogen und zu Bargeld gemacht war, hatten die Anwälte nichts, worauf sie sich berufen konnten. Was sollten sie sagen? Das Geld sei nicht gestohlen worden? Also traten sie den Rückzug an und gaben schließlich auf.

Die Anwälte der Tappacola erklärten, das Geld gehöre dem Stamm, und der Richter gab ihnen recht. Allerdings hätte man das Geld nie gefunden und das Netz der Korruption nicht aufgedeckt, hätten JoHelen, Cooley und Greg Myers nicht so couragiert gehandelt. Die Tappacola seien keineswegs schuldlos. Immer wieder hätten sie einen betrügerischen Chief gewählt. Von den achtunddreißig Millionen sprach das Gericht dem Trio zehn Millionen zu – die Hälfte für JoHelen, je ein Viertel für Myers und Cooley. Es ließ auch keinen Zweifel daran, dass sie Anspruch auf eine noch höhere Belohnung hatten, wenn eines Tages in ferner Zukunft alle Vermögenswerte des Dubose-Syndikats aufgespürt und verkauft waren.

Am 14. Januar 2013, fünfzehn Monate nach ihrer Verhaftung, fand am Bundesgericht in Pensacola die Verhandlung gegen die fünf Cousins statt. Zu diesem Zeitpunkt wussten sie bereits, dass Clyde Westbay und Zeke Foreman gegen sie aussagen würden. Sie wussten, dass sich Westbay am Tag seiner Verhaftung des Mordes schuldig bekannt hatte und dafür ein milderes Urteil bekommen würde, dessen Strafmaß noch nicht feststand. Sie hatten keine Ahnung, wo sich Zeke Foreman versteckt hielt, und es war ihnen auch egal. Für sie war die Party vorbei. Eine düstere Zukunft lag vor ihnen.

Der Zuschauerraum war bis auf den letzten Platz gefüllt, als Paula Galloway in der Verhandlung die Argumente der Staatsanwaltschaft vortrug. Ihre erste Zeugin war Verna Hatch. Die zweite war Lacy. Fotos und Videos vom Unfallort wurden gezeigt. Lacy sagte einen ganzen Tag lang aus und war danach völlig erschöpft. Trotzdem blieb sie während des gesamten Verfahrens an Vernas Seite. Viele von Hugos Freunden und Verwandten kamen und gingen während der acht Verhandlungstage. Sie sahen das Video vom Diebstahl des Dodge Ram und das von Freemans Geschäft. Zeke Foreman war ein hervorragender Zeuge. Clyde Westbay sorgte für eine bombensichere Verurteilung, obwohl er nervös war und die Angeklagten nicht ansehen wollte. Keiner von ihnen sagte aus. Die Front ihrer Verteidigung stand. Alle für einen, einer für alle. Wenn sie untergingen, dann gemeinsam.

Die Geschworenen berieten sechs Stunden lang und sprachen alle fünf schuldig. In der folgenden Woche versuchte Paula Galloway, die Todesstrafe zu erreichen, aber vergeblich. Die Geschworenen hatten kein Problem damit, Vonn Dubose und Hank Skoley zum Tode zu verurteilen. Vonn hatte den Mord angeordnet. Hank hatte sich um die Einzelheiten der Ausführung gekümmert. Aber es war unklar, ob die Maton-Brüder oder Ron Skinner überhaupt von dem Plan gewusst hatten. Nach dem Gesetz ist ein Mitglied einer kriminellen Vereinigung für die Verbrechen seiner Bande verantwortlich, ob eine direkte Beteiligung vorliegt oder nicht, aber die Geschworenen brachten es nicht über sich, die anderen drei zum Tod zu verurteilen. Stattdessen bekamen sie lebenslang ohne Aussicht auf Bewährung.

Nachdem die Cousins verurteilt und für immer weggesperrt waren, war Paula Galloway mehr als bereit, sich mit den anderen RICO-Angeklagten zu einigen.

Einer der Handlanger, eine langjährige Vertrauensperson namens Willis Moran, wollte auf keinen Fall ins Gefängnis. Ein Bruder von ihm war dort vergewaltigt und ermordet worden, davor hatte Moran panische Angst. Bei mehreren Vernehmungen deutete er an, er wisse etwas über die Morde an Son Razko und Eileen Mace, ja sogar über das Verschwinden des Knastspitzels Digger Robles. Das FBI hatte kein großes Interesse daran, Moran für viele Jahre oder überhaupt hinter Gitter zu bringen, und so einigten sie sich auf eine Freiheitsstrafe in Höhe der bereits verbüßten Untersuchungshaft.

Im Laufe der Jahre hatte Moran mehrfach mit Delgado zusammengearbeitet, Vonns bevorzugtem Auftragskiller. Zumindest die alten Hasen wussten, dass Delgado sehr gut in seinem Job war und vermutlich Son und Eileen auf dem Gewissen hatte.

Widerwillig schlug Allie Pacheco ein weiteres Kapitel der Dubose-Geschichte auf.

Zwei Monate nach dem Mordprozess wurden Claudia McDover und Phyllis Turban, flankiert von ihren Anwälten, in einen Sitzungssaal des Bundesgerichts von Tallahassee geführt. Beide hatten sich bereits der Vorteilsgewährung und der Geldwäsche schuldig bekannt. Jetzt sollten sie abgeurteilt werden. Der Richter nahm sich zunächst Phyllis vor, die er nach einer Strafpredigt für zehn Jahre hinter Gitter schickte.

Seine Attacke gegen Claudia McDover war von historischer Qualität. In einem vorbereiteten Text geißelte er ihre »erstaunliche Gier«, ihre »widerwärtige Unaufrichtigkeit«, ihren »feigen Verrat« des Vertrauens, das die Wähler in sie gesetzt hätten. Eine stabile Gesellschaft beruhe auf dem Grundsatz von Fairness und Gerechtigkeit, und »Richter wie Sie und ich« seien dafür verantwortlich, die Bürger vor Korruption, Gewalt und den Kräften des Bösen zu schützen. Manchmal bitterböse, dann wieder bissig und sarkastisch und nicht einen Augenblick lang auch nur im Geringsten mitfühlend, erging sich der Richter dreißig Minuten lang in seiner Urteilstirade, die viele im Saal aufrüttelte. Claudia, die nach siebzehn Monaten Gefängnisessen zerbrechlich und abgemagert wirkte, nahm die Schläge so aufrecht wie möglich entgegen. Nur einmal schien sie ins Wanken zu geraten, als wollten ihre Knie unter ihr nachgeben. Sie vergoss keine Träne und ließ den Richter nicht aus den Augen.

Er gab ihr fünfundzwanzig Jahre.

Lacy, die zwischen Allie und JoHelen in der ersten Reihe saß, tat sie beinahe leid.

Werkverzeichnis der im Heyne Verlag erschienenen Titel von John Grisham

> Bonusmaterial

© Leonardo Cendamo/Grazia Neri/Agentur Focus

HEYNE <

Der Autor

John Grisham wurde am 8. Februar 1955 in Jonesboro/ Arkansas, geboren. Als junger Mann träumte er von einer Karriere als Profi-Baseballspieler, doch als sich diese Pläne zerschlugen, studierte er in Mississippi Rechnungswesen und Jura. 1981 schloss er sein Studium erfolgreich ab und heiratete im selben Jahr Renee Jones.
Er ließ sich in Southaven/Mississippi als Anwalt für Strafrecht nieder und engagierte sich außerdem in der Politik. 1983 und 1987 wurde er in das Abgeordnetenhaus von Mississippi gewählt.
Der schreckliche Fall einer vergewaltigten Minderjährigen brachte ihn zum Schreiben. In Früh- und Nachtschichten entstand sein erster Thriller *Die Jury,* der 1988 in einem kleinen, unabhängigen Verlag erschien.
Sofort nach Fertigstellung von *Die Jury* begann John Grisham mit seinem nächsten Buch, *Die Firma.* Noch vor Erscheinen des Buches erwarb Paramount Pictures die Filmrechte, wodurch die großen Verlage aufmerksam wurden. Schließlich kaufte Doubleday die Buchrechte, und *Die Firma* wurde der Bestseller des Jahres 1991 und stand 47 Wochen in Folge auf der *New York Times*-Bestsellerliste.
Seither hat John Grisham jedes Jahr ein neues Buch veröffentlicht. Alle seine Bücher kamen auf die internationalen

Bestsellerlisten; sie wurden in 38 Sprachen übersetzt. Weltweit sind über 275 Millionen Exemplare verkauft worden. Die meisten seiner Romane wurden auch verfilmt.
Heute lebt John Grisham mit seiner Frau Renee zurückgezogen in Charlottesville/Virginia und auf einer Farm in Oxford/Mississippi. Neben dem Schreiben fördert er die Baseball-Jugend und engagiert sich in karitativen Projekten. Er versucht dem Medienrummel zu entgehen und ein möglichst normales Familienleben zu führen.

»Grisham bürgt für Hochspannung und Qualität, er ist die oberste Instanz des Thrillers.« *Neue Zürcher Zeitung*

»Mit John Grishams Tempo kann keiner mithalten.«
The New York Times

»John Grisham ist so viel besser als alle anderen.«
Süddeutsche Zeitung

Die Romane

Die Jury

A Time to Kill

Ein zehnjähriges schwarzes Mädchen wird brutal misshandelt und vergewaltigt. Ihr Vater, Carl Lee Hailey, übt Selbstjustiz und tötet die geständigen Täter. Mord oder Hinrichtung? Gerechtigkeit oder Rache? Jetzt geht es um viel mehr: den Rassenkonflikt, die Machenschaften der Presse und nicht zuletzt die persönlichen Interessen von Staatsanwalt, Richter und Verteidiger.

Die Firma

The Firm

Etwas ist faul an der exklusiven Kanzlei, der Mitch McDeere sich verschrieben hat. Der hochbegabte junge Anwalt wird auf Schritt und Tritt beschattet, er ist umgeben von tödlichen Geheimnissen. Als er dann noch vom FBI unter Druck gesetzt wird, erweist sich der Traumjob endgültig als Albtraum.

Die Akte

The Pelican Brief

In einer Oktobernacht werden zwei Richter des obersten Bundesgerichts der USA ermordet. Die Jurastudentin Darby Shaw legt eine Akte über den schlimmsten politischen Skandal seit Watergate an – ein tödliches Dokument für alle, die sie kennen. Eine erbarmungslose Jagd beginnt.

Der Klient

The Client

Der elfjährige Mark beobachtet den Selbstmordversuch eines Mannes. Er will eingreifen, aber es ist zu spät. Der Mann, ein New Yorker Mafia-Anwalt, stirbt, nachdem er ein Geheimnis preisgegeben hat: Er nennt den Ort, an dem der ermordete Senator begraben liegt, dessen mutmaßlicher Mörder vor Gericht steht. Mark gerät in die Zwickmühle: FBI und Staatsanwaltschaft setzen ihn unter Druck, damit er auspackt. Die Mafia ihrerseits versucht mit allen Mitteln das zu verhindern.

Die Kammer

The Chamber

Im Hochsicherheitstrakt des Staatsgefängnisses von Mississippi wartet Sam Cayhall auf die Hinrichtung. Er ist wegen eines tödlichen Bombenanschlags verurteilt. Seine Lage ist hoffnungslos. Nur der Anwalt Adam Hall kann ihm noch eine Chance bieten. Es geht um Tage, Stunden, Minuten.

Der Regenmacher

The Rainmaker

Rudy Baylor, ein Jurastudent im letzten Semester, gewinnt seine ersten »Mandanten«, ein Ehepaar, dessen Sohn an Leukämie erkrankt ist. Die Krankenversicherung weigert sich, für die wahrscheinlich lebensrettende Therapie zu zahlen. Rudy erkennt bald, dass er es mit einem riesigen Versicherungsskandal zu tun hat. Er nimmt den Kampf gegen eines der mächtigsten, korruptesten und skrupellosesten Unternehmen Amerikas auf.

Das Urteil

The Runaway Jury

In Biloxi, einer verschlafenen Kleinstadt in Mississippi, findet ein Prozess statt, der weltweit Aufsehen erregt. Der Richter lässt die Geschworenen von der Außenwelt abschotten, weil er fürchtet, dass die Jury von außen kontrolliert wird. Für einen mächtigen Konzern geht es um Milliardengeschäfte.

Der Partner

The Partner

Bevor sie die Falle zuschnappen ließen, hatten sie Danilo Silva rund um die Uhr bewacht. Er führte ein ruhiges Leben in einem heruntergekommenen Viertel einer kleinen Stadt in Brasilien. Nichts deutete darauf hin, dass er neunzig Millionen Dollar beiseitegeschafft hatte.

Der Verrat

The Street Lawyer

Michael Brock ist der aufsteigende Stern bei einer einflussreichen Anwaltskanzlei in Washington. Er führt ein Leben auf der Überholspur, bis eine Geiselnahme alles verändert. Der Geiselnehmer, ein heruntergekommener Obdachloser, wird erschossen. Michael forscht nach den Hintergründen dieser Tat und spürt ein schmutziges Geheimnis auf.

Das Testament

The Testament

Ein milliardenschwerer, lebensmüder Geschäftsmann, eine gierig lauernde Erbengemeinschaft, die im brasilianischen Regenwald arbeitende Missionarin Rachel und ein ehemaliger Staranwalt, der es noch einmal wissen will – das sind die Akteure in diesem Drama. Es geht um Geld, Macht und Ehre, und es geht um Leben und Tod.

Die Bruderschaft

The Brethren

Drei verurteilte Richter brüten im Gefängnis über einem genialen Coup. Wenn alles klappt, haben sie für die Zeit nach dem Knast ausgesorgt. Sie sind gerissen und haben die richtigen Kontakte, aber ist ihre Strategie wirklich wasserdicht? Meisterhaft entwirft John Grisham ein raffiniertes Szenario, bei dem keiner seiner Helden ungeschoren davonkommt.

Die Farm

A Painted House

In der staubigen Hitze von Arkansas wird ein neugieriger Siebenjähriger plötzlich mit den harten Realitäten des Lebens konfrontiert. Während Luke noch von Baseball träumt und heimlich die Erwachsenen belauscht, gerät er unvermutet in ein Drama um Liebe und Tod, in dem er selbst eine entscheidende Rolle spielt.

Das Fest

Skipping Christmas

Als Luther und Nora zum ersten Mal seit zwanzig Jahren ein kinderloses Weihnachtsfest auf sich zukommen sehen, beschließen sie, mit den gesellschaftlichen Konventionen zu brechen und das Fest erstmals ausfallen zu lassen. Obwohl deshalb allerorts geächtet, halten sie eisern durch, bis am Morgen des 24. Dezembers ein Anruf aus der Ferne alle Pläne durchkreuzt. Ein Wettlauf gegen die Zeit beginnt.
Mit seiner urkomischen Weihnachtskomödie beweist John Grisham, dass er auch als Humorist unschlagbar ist.

Der Richter

The Summons

In diesem Bestseller kehrt John Grisham zurück nach Clanton, Mississippi, der fiktiven Kleinstadt in dem Bezirk, wo der Autor einst selbst als Anwalt tätig war. Dort, im tiefen Süden der USA, muss Ray Atlee das finstere Erbe seines patriarchalischen Vaters, des alten Richters Atlee, antreten. Und schon bald merkt Ray, dass er nicht der Einzige ist, der dessen schreckliches Geheimnis kennt.

Die Schuld

The King of Torts

Clay Carter muss sich schon viel zu lange und mühsam seine Sporen im Büro des Pflichtverteidigers verdienen. Nur zögernd nimmt er einen Fall an, der für ihn schlicht ein weiterer Akt sinnloser Gewalt in Washington. ist: Ein junger Mann hat mitten auf der Straße scheinbar wahllos einen Mord begangen. Clay stößt aber auf eine Verschwörung, die seine schlimmsten Befürchtungen weit übertrifft.

Der Coach

Bleachers

Grishams wohl persönlichstes Buch – ein bewegender Roman um eine väterliche Freundschaft, um Rückkehr und Abschied und um das Spiel des Lebens, das ganz eigenen Regeln gehorcht. Fünfzehn Jahre nach dem tragischen Ende seiner kurzen, glorreichen Profi-Karriere kehrt Neely heim, um sich von seinem damaligen Coach zu verabschieden, der im Sterben liegt.

Die Liste

The Last Juror

Ein junger Zeitungsreporter trägt mit exklusivem Material zur Aufklärung eines grausamen Mordes bei, woraufhin die Begeisterung groß ist. Doch als der mächtige Verurteilte in aller Öffentlichkeit das Leben der Geschworenen bedroht und Rache schwört, verstummen die Jubelrufe. Neun Jahre später kommt der Mörder frei und macht sich daran, seine Drohung in die Tat umzusetzen.

Die Begnadigung

The Broker

Die letzte Amtshandlung des Präsidenten der Vereinigten Staaten ist die Begnadigung eines berüchtigten Wirtschaftskriminellen. Joel Backman war bis zu seiner Verurteilung einer der skrupellosesten Lobbyisten in Washington. Niemand weiß, dass die umstrittene Entscheidung des Präsidenten erst auf großen Druck des CIA zustande kam.
Eine brisante Geschichte aus dem Zentrum der Macht, die nicht vom Weißen Haus, sondern von einem unkontrollierbaren Staat im Staate ausgeht.

Der Gefangene

The Innocent Man

Debbie Carter arbeitet als Bardame im Coachlight Club in Ada, Oklahoma. Eines Morgens wird die junge Frau vergewaltigt und erwürgt in ihrer Wohnung aufgefunden. Sechs Jahre später werden Ron Williamson, ein Stammgast von Debbie, und sein Freund Dennis Fritz aufgrund einer Falschaussage der Tat bezichtigt. Williamson wird zum Tode, Fritz zu lebenslanger Haft verurteilt. Beide beteuern ihre Unschuld.

Touchdown

Playing for Pizza

Als einst umjubelter Football-Star steht Rick Dockery plötzlich vor dem Aus. Ein Angebot aus dem fernen Italien kommt ihm da sehr gelegen: Die Parma Panthers suchen einen neuen Spielmacher. Rick zögert nicht, und aus der Reise ins Ungewisse wird der Aufbruch in ein neues Leben.

Berufung

The Appeal

Sie verlor ihre ganze Familie. Um ihren Tod zu sühnen, zieht Jeannette Baker gegen einen der größten Chemiekonzerne der USA vor Gericht. Als ihrer Klage stattgegeben und das Unternehmen zu 41 Millionen Dollar Schadenersatz verurteilt wird, ist die Sensation perfekt. Doch dann geht Krane Chemical Inc. in Berufung, und eine Intrige unglaublichen Ausmaßes nimmt ihren Lauf.

Der Anwalt

The Associate

Kyle Mc Avoy steht eine glänzende Karriere als Jurist bevor. Bis ihn die Vergangenheit einholt. Eine junge Frau behauptet, Jahre zuvor auf einer Party in Kyles Appartement vergewaltigt worden zu sein. Kyle weiß, dass diese Anklage seine Zukunft zerstören kann. Und er trifft eine Entscheidung, für die er mit allem brechen muss, was bisher sein Leben bestimmt hat.

Das Gesetz

Ford County

Inez Graney scheut keine Mühe, ihren Sohn zu besuchen. Seit elf Jahren sitzt Raymond im Todestrakt. Seine Brüder, die ihre Mutter stets begleiten, halten Raymond für einen schrägen Vogel. Oft muss Inez zwischen ihren Söhnen vermitteln. So auch diesmal, an diesem besonderen Besuchstag, an dem Raymond Graney hingerichtet wird. John Grisham erzählt Stories, die den Leser ins Herz treffen, und schafft Figuren, die man nie mehr vergisst. Ein Meisterwerk!

Das Geständnis

The Confession

Ein Geständnis in letzter Sekunde steht am Anfang von John Grishams neuem großem Roman. Travis Boyette, ein rechtskräftig verurteilter Sexualstraftäter, der mehr als sein halbes Leben hinter Gittern verbracht hat, gesteht einen Mord, für den ein anderer verurteilt wurde: Donté Drumm. Der sitzt seit acht Jahren in der Todeszelle und soll in genau vier Tagen hingerichtet werden. Ein verzweifelter Wettlauf gegen die Zeit beginnt.

Verteidigung

The Litigators

Als Harvard-Absolvent David Zinc Partner bei einer der angesehensten Großkanzleien Chicagos wird, scheint seiner Karriere nichts mehr im Weg zu stehen. Doch der Job erweist sich als die Hölle. Fünf Jahre später zieht David die Reißleine und kündigt. Stattdessen heuert er bei Finley & Figg an, einer auf Verkehrsunfälle spezialisierten Vorstadtkanzlei, deren chaotische Partner zunächst nicht wissen, was sie mit ihm anfangen sollen. Bis die Kanzlei ihren ersten großen Fall an Land zieht. Der Prozess könnte Millionen einspielen – die Feuertaufe für David.

Home Run

Calico Joe

Joe Castle ist ein Ausnahmetalent. Bereits in seinen ersten Spielen für die Chicago Cubs schlägt er einen Home Run nach dem anderen. Die Fans sind begeistert, und es dauert nicht lange, bis das ganze Land den jungen Spieler frenetisch feiert. Joes Weg an die Spitze scheint vorgezeichnet zu sein, bis er eines Tages auf dem Spielfeld Warren Tracey gegenübersteht, einem mittelmäßigen Werfer der New Yorker Mets, der Joes Erfolg nicht vertragen kann.

Das Komplott

The Racketeer

Malcolm Bannister, in seinem früheren Leben Anwalt in Winchester, Virginia, sitzt wegen Geldwäsche zu Unrecht im Gefängnis. Die Hälfte der zehnjährigen Strafe hat er abgesessen, da wendet sich das Blatt. Ein Bundesrichter und seine Geliebte wurden ermordet aufgefunden. Es gibt weder Zeugen noch Spuren, und das FBI steht vor einem Rätsel – bis Bannister auf den Plan tritt. Als Anwalt mit

Knasterfahrung kennt er viele Geheimnisse, darunter auch die Identität des Mörders. Dieses Wissen will er gegen seine Freiheit eintauschen.

Die Erbin

Sycamore Row

Spektakulärer hätte Seth Hubbard seinen Tod nicht inszenieren können. Als ein Mitarbeiter ihn eines Morgens an einem Baum aufgehängt findet, ist die Bestürzung im beschaulichen Clanton groß. Hubbards Familie sieht das pragmatischer und ist in erster Linie an der Testamentseröffnung interessiert. Was sie nicht weiß: Kurz vor seinem Tod hat Hubbard sein Testament geändert. Alleinige Erbin ist seine schwarze Haushälterin Lettie Lang. Ein erbitterter Erbstreit beginnt.

Anklage

Gray Mountain

Als New Yorker Anwältin hat es Samantha Kofer binnen wenigen Jahren zu Erfolg gebracht. Mit der Finanzkrise ändert sich alles. Samantha wird gefeuert. Doch für ein Jahr Pro-Bono-Engagement bekommt sie ihren Job zurück. Samantha geht nach Brady, Virginia, ein 2000-Seelen-Ort, der sie vor große Herausforderungen stellt. Denn anders als ihre New Yorker Klienten, denen es um Macht und Geld ging, kämpfen die Einwohner Bradys um ihr Leben. Ein Kampf, den Samantha bald zu ihrem eigenen macht und der sie das Leben kosten könnte.

Der Gerechte

Rogue Lawyer

Sebastian Rudd ist Anwalt. Seine Kanzlei ist ein Lieferwagen, eingerichtet mit Bar, Kühlschrank und Waffenschrank. Rudd arbeitet allein, sein einziger Vertrauter ist sein Fahrer. Rudd verteidigt jene Menschen, die von anderen als Bodensatz der Gesellschaft bezeichnet werden. Warum? Weil er Ungerechtigkeit verabscheut und überzeugt ist, dass jeder Mensch einen fairen Prozess verdient.

Bestechung

The Whistler

Wir vertrauen darauf, dass Richter für faire Prozesse sorgen, Verbrecher bestrafen und eine geordnete Gerichtsbarkeit garantieren. Doch was, wenn ein Richter korrupt ist? Lacy Stoltz, Anwältin bei der Rechtsaufsichtsbehörde in Florida, wird mit einem Fall richterlichen Fehlverhaltens konfrontiert, der jede Vorstellungskraft übersteigt. Ein Richter soll über viele Jahre hinweg Bestechungsgelder in schier unglaublicher Höhe angenommen haben. Eines wird schnell klar: Der Fall ist hochgefährlich. Lacy Stoltz ahnt nicht, dass er auch tödlich enden könnte.

Das Original

Camino Island

In einer spektakulären Aktion werden die Manuskripte von F. Scott Fitzgerald aus der Bibliothek der Universität Princeton gestohlen. Eine Beute von unschätzbarem Wert.

Das FBI übernimmt die Ermittlungen, und binnen weniger Tage kommt es zu ersten Festnahmen. Ein Täter aber bleibt wie vom Erdboden verschluckt und mit ihm die wertvollen Schriften. Eine heiße Spur führt schließlich nach Florida, in die Buchhandlung von Bruce Cable. Das Ermittlungsteam heuert eine junge Autorin an, die sich gegen eine großzügige Vergütung in Cables Leben einschleichen soll. Doch die Ermittler haben die Rechnung ohne Bruce Cable gemacht, der überaus findig sein ganz eigenes Spiel mit ihnen treibt.

Forderung

The Rooster Bar

Sie wollten die Welt verändern, als sie ihr Jurastudium aufnahmen. Doch jetzt stehen Zola, Todd und Mark kurz vor dem Examen und müssen sich eingestehen, dass sie einem Betrug aufgesessen sind. Die private Hochschule, an der sie studieren, bietet eine derart mittelmäßige Ausbildung, dass sie das Examen nicht schaffen werden. Doch ohne Abschluss wird es schwierig sein, einen gut bezahlten Job zu finden. Und ohne Job werden sie die Schulden, die sich für die Zahlung der horrenden Studiengebühren angehäuft haben, nicht begleichen können. Aber vielleicht gibt es eine Möglichkeit, dem Schuldenberg zu entkommen und die Verantwortlichen zur Rechenschaft zu ziehen. Ein geniales Katz- und Mausspiel nimmt seinen Lauf.